Weitere Titel des Autors:

Das fünfte Evangelium
Die achte Sünde
Das vergessene Pergament
Die Akte Golgatha
Purpurschatten
Sixtinische Verschwörung

Titel in der Regel auch als Hörbuch und E-Book erhältlich

Über den Autor:

Philipp Vandenberg, geboren 1941 in Breslau, landete gleich mit seinem ersten Buch einen Welterfolg: *DER FLUCH DER PHARAONEN* war der phänomenale Auftakt zu vielen spannenden Thrillern und Sachbüchern, die meist einen historischen Hintergrund haben. Vandenberg zählt zu den erfolgreichsten Schriftstellern Deutschlands. Eine spannende Erzählweise und außerordentliches Wissen in Kirchengeschichte machten den ehemaligen Klosterschüler mit profunden Kenntnissen der alten Sprachen zum »Meister des Vatikan-Thrillers«. Vandenbergs Bücher wurden in 34 Sprachen übersetzt. Der Autor lebt mit seiner Frau Evelyn in einem tausend Jahre alten Dorf zwischen Starnberger- und Tegernsee.

PHILIPP VANDENBERG

Die Frau des Seiltänzers

Historischer Roman

BASTEI LÜBBE TASCHENBUCH
Band 16817

1. Auflage: Juni 2013

Dieser Titel ist auch als Hörbuch und E-Book erschienen

Vollständige Taschenbuchausgabe
der im Gustav Lübbe Verlag erschienenen Hardcoverausgabe

Copyright © 2011 by Philipp Vandenberg
TB-Ausgabe 2013 by Bastei Lübbe GmbH & Co. KG, Köln

Titelillustration: © akg-images; © Portrait of a Lady, c.1460, Weyden,
Rogier van der (1399-1464) National Gallery of Art, Washington DC,
USA / Bridgeman Berlin; © FinePic®, München
Umschlaggestaltung: Pauline Schimmelpenninck Büro für Gestaltung, Berlin
Satz: Bosbach Kommunikation & Design GmbH, Köln
Gesetzt aus der Adobe Caslon Pro
Druck und Verarbeitung: GGP Media GmbH, Pößneck
Printed in Germany
ISBN 978-3-404-16817-0

Sie finden uns im Internet unter
www.luebbe.de
Bitte beachten Sie auch: www.lesejury.de

PROLOG

Ich heiße Hildebrand von Aldersleben, nach einem kleinen Dorf im Fränkischen, wo ich vor beinahe 50 Jahren zur Welt kam. Manche halten mich für einen Mann von Adel, dabei bin ich nichts weiter als ein fahrender Sänger, ein Gaukler, wenn ihr wollt, und vogelfrei, und jeder Landsknecht könnte mich meucheln, ohne eine Strafe fürchten zu müssen.

Meine mir angeborene Bescheidenheit verbietet mir, mich einen Minnesänger zu nennen wie jener Reimar von Hagenau oder Neidhart von Reuenthal oder gar Oswald von Wolkenstein, der, mit nur einem Auge wie der unselige Riese Polyphem, Gedichte schrieb, die noch heute zu Tränen rühren, und Lieder komponierte, die er in Anwesenheit schöner Frauen vortrug. Jetzt ist er schon hundert Jahre tot. Er zählte zu den Größten seiner Zunft.

Ganz zu schweigen von Walther von der Vogelweide, dem Geadelten, der mit Königen und Kaisern auf Du und Du stand und mit seinem Sprechgesang und seinem Dumdideldei die Frauen verzückte. Seine Texte, da bin ich sicher, werden noch bewundert werden, wenn keinem mehr im Gedächtnis ist, wo Walther geboren und begraben wurde.

Mir, Hildebrand dem Geschichtenerzähler, wird es nicht anders ergehen. Aber das stimmt mich nicht traurig, im Gegenteil. Schließlich lebe ich nicht schlecht vom Geschichtenerzählen – von Geschichten, die ich selbst erlebt oder von anderen erfahren habe.

Das Volk giert nach Geschichten, mehr noch als nach hochtrabendem Minnesang. Nicht umsonst ist die Bibel zum Buch der Bücher geworden. Nur Pfaffen und ihre frömmlerischen Anhänger glauben, das Versprechen ewigen Lebens sei der Grund dafür. Weit gefehlt. Der Erfolg der Bibel beruht auf zahllosen Geschichten, die von Eifersucht und Brudermord, Ehebruch und Triebleben erzählen. Nicht einmal vor Zauberei macht die Bibel halt, obwohl diese vom römischen Papst als Gottlosigkeit und damit als schwerste aller Sünden verurteilt wird. Wäre mir vergönnt, dem Pontifex maximus jemals zu begegnen, würde ich ihm die schlichte Frage stellen, wie er die Fähigkeit des Herrn, über das Wasser zu wandeln, bezeichnen würde, wenn nicht als Zauberei.

Was mich betrifft, muss ich bei meinen Erzählungen auf niemanden Rücksicht nehmen. Mich kümmern weder die Gesetze der Natur noch die der Moral, denn ich erzähle Geschichten aus dem Leben. Und das Leben hat seine eigenen Gesetze. Gesetze, die mal dem einen, mal dem anderen missfallen. Gesetze sind ohnehin so fragwürdig wie das Versprechen ewiger Glückseligkeit, wobei noch niemand den Beweis für deren Existenz erbracht hat. Ist es nicht so, dass die Bestimmung, wie etwas sein oder geschehen soll, schon jenseits eines Flusses oder Gebirges nicht mehr gilt, ja verspottet wird, weil dort ganz andere Gesetze gelten, über welche wiederum wir uns lustig machen?

Ich, Hildebrand, der Geschichtenerzähler, scheue mich nicht, Geschichten von Zauberern und Hexen zu erzählen. Selbst der Teufel, von dem manche sagen, es gebe ihn gar nicht, während andere sichtbar von ihm besessen scheinen, selbst der Teufel spielt in meinen Geschichten keine unbedeutende Rolle. Es gibt Zeitgenossen, die meinen, all das entspringe meiner Phantasie wie die Verse des größten aller Geschichtenerzähler, Homer mit Namen, dem keiner von uns das Wasser reichen kann. Darüber jedoch soll sich jeder seine eigene Meinung bilden.

Zwar will ich eingestehen, dass auch ich schon über Länder berichtet habe, die mir fremd sind wie die neu entdeckte Welt jenseits des großen Ozeans, in die ich nie im Leben meinen Fuß gesetzt habe. Aber kommt es wirklich darauf an? Wenn es mir gelingt, das Land in der Vorstellung des Einzelnen lebendig werden zu lassen, sehe ich mein Ziel erreicht. Da ist es ohne Bedeutung, ob eine Wiese im Tal mit Lichtnelken bewachsen ist oder mit fremdartigen Blumen, deren Farben noch keiner gesehen und deren Namen keiner erfahren hat. Für den Geschichtenerzähler ist von Wichtigkeit, wer sich auf dieser Wiese begegnet: der Ritter seinem Erzfeind, der Räuber dem reichen Prasser, der Jüngling seiner Geliebten, der lüsterne Mönch der schüchternen Jungfrau.

In meinem aufregenden Leben habe ich viele Menschen kennengelernt, die es verdient hätten, sich ihnen länger zu widmen. Immer wieder waren es Frauen, die meinen Weg kreuzten, denen ich sogar zum Objekt der Begierde wurde und umgekehrt. Aber die Zeit – heute hier, morgen da – erlaubte selten, mich näher mit ihnen abzugeben. Leider – stelle ich heute mit Wehmut und Bedauern fest. Aber mir ist nach einem ereignisreichen Leben auch klar geworden: Ein fahrender Geschichtenerzähler, ein Vagant und Gaukler hat es schwer mit einer Frau an seiner Seite. Ein Geschichtenerzähler lebt von der Sehnsucht des Mannes nach einer Frau. Und diese Lüsternheit, Begehrlichkeit oder Naschhaftigkeit – nennt es, wie ihr wollt – zieht sich durch alle Geschichten, die ich im Gedächtnis habe.

Zu den anrührendsten und aufregendsten zählt die folgende Geschichte. Es ist im Übrigen die einzige, welche ich zu Papier gebracht habe – eine langwierige Angelegenheit. Denn so leicht es mir fällt, meine Gedanken mit schneller, flüssiger Zunge zu formen, so schwer fällt es mir, diese stumm mit ungelenker Hand aufzuschreiben. Die Sprache wird dem Menschen in die Wiege gelegt, die Schrift muss er sich erdienen.

Verzeiht mir also, wenn ich bisweilen vulgär werde und schreibe, wie ich rede. Dahinter steckt keine Absicht. Für hochtrabende Worte ist der abtrünnige Mönch aus Wittenberg zuständig. Doch auch der versteigt sich nicht selten ins Ordinäre. Ich schreibe so, wie mir der Schnabel gewachsen ist und so, wie es dem Milieu angemessen erscheint, in dem sich die Frau, von der hier die Rede ist, bewegte.

Erwartet also von mir keine Erzählungen wie Wunderblüten mit betörendem Duft. Dazu ist das Leben zu nüchtern – vor allem jenes der schönen Magdalena. Ihre Geschichte von Liebe und Leidenschaft, Glück und Leid, Tugend und Laster, Gottesfurcht und Gottlosigkeit hätte genügt, drei Leben anzufüllen; und doch ist es nur das eine, von dem ich berichten will.

1. KAPITEL

Um Mitternacht gellte die Glocke des Dormitoriums und rief die Nonnen zur Matutine, dem ersten Stundengebet des neuen Tages. Vor der Türe des lang gestreckten Schlafsaals schallte die dürre, heisere Stimme der Äbtissin: »Erhebt eure sündhaften Leiber und preiset den Herrn. Raus mit euch!«

Verschlafen murmelten die siebzig Nonnen: »Dank sei Gott!« und wälzten sich aus ihren rohen, aus knorrigem Holz gezimmerten und mit Strohsäcken ausgelegten Bettkästen. Jeweils 35 dieser Kästen standen sich an den beiden Längswänden mit den Fußenden voraus gegenüber, sodass nur ein schmaler Durchgang frei blieb. Zwischen den Betten diente rechter Hand jeweils ein Stuhl zur Aufnahme der Ordenskleidung während der Nacht.

Magdalena, der man beim Eintritt ins Kloster vor vier Jahren den Ordensnamen Laetitia gegeben hatte, schob die raue Decke beiseite und setzte sich benommen auf die Bettkante. Durch das derbe bodenlange Leinenhemd, das sie wie alle anderen bei Tag und Nacht anbehielt, schnitt das ungehobelte Bett in ihre Oberschenkel. Sie hielt einen Augenblick inne und schaute durch das unverglaste, kleine Fenster auf der gegenüberliegenden Seite. Magdalena fröstelte. Ein eiskalter, modriger Luftzug schlug ihr von der Luke entgegen. Nur im strengen Winter bei klirrender Kälte wurden die Fenster mit einem Sack Heu verschlossen.

Unter allen Kasteiungen, welche der Orden der Zisterzienserinnen den Nonnen auferlegte, war diese Magdalena zunächst am rätselhaftesten erschienen: Es wollte ihr nicht in den Kopf, warum eine vor Kälte schlotternde Nonne Gott, dem Herrn, näher sein sollte als eine warm gebettete. Das Rätsel fand jedoch schon nach wenigen Nächten im Dormitorium eine einleuchtende Erklärung, als Magdalena – sie wollte ihren Ohren nicht trauen – zu nachtschlafender Zeit ungehörige Geräusche vernahm. Ungehörig insofern, als diese zweifelsfrei als Ausdruck körperlichen Lustempfindens gedeutet werden mussten, also als klaren Verstoß gegen das Keuschheitsgelübde einer Zisterzienserin.

Schon bald war Magdalena klar geworden, dass es in einem Nonnenkloster Feindschaften, aber auch Liebschaften gab wie im normalen Leben. Was die Liebschaften betraf, waren diese so geheim wie die Geheime Offenbarung des Johannes. Der Vergleich hinkte keineswegs, immerhin bietet das eine wie das andere genügend Möglichkeiten der Interpretation.

Tatsache ist, offiziell lebten die Nonnen in ihrem Kloster Seligenpforten, in halber Höhe über dem Maintal gelegen, in Demut und Keuschheit, streng nach den Regeln des heiligen Benedikt. Insgeheim, vor allem nächtens, schien es, als ließen sie ihren Gefühlen und körperlichen Bedürfnissen freien Lauf.

Die Äbtissin von Seligenpforten, eine hochgewachsene, androgyne Frau von großer Bildung, hatte diese Vorkommnisse zum Anlass genommen, den Wallungen der Nonnen Einhalt zu gebieten. Vom Hörensagen, vielleicht aber auch aus eigener Erfahrung, glaubte sie, ein kaltes Bett sei ein probates Mittel, triebhafte Regungen zu unterdrücken. Mindestens einmal die Woche machte sie, mit einer Laterne ausgerüstet, einen Kontrollgang durch den lang gestreckten Schlafsaal, ohne sich näher zu erklären. Bislang jedoch ohne eine Entdeckung zu machen, die den Ordensregeln des heiligen Benedikt widersprach.

Dies mag seine Ursache zum einen in dem Laternenschein gehabt haben, der ihren Kontrollgang schon von Weitem ankündigte, vielleicht aber auch im Klimpern jenes Rosenkranzes, den sie unter dem schwarzen Skapulier der weißen Nonnentracht um den Leib trug. Im Dormitorium ertönte dann wie bei den Murmeltieren im Gebirge ein leiser Pfiff, und augenblicklich herrschte andächtige Ruhe.

Bisher war Magdalena von Annäherungsversuchen ihrer Mitschwestern verschont geblieben. Nicht dass sie hässlich gewesen wäre oder auf irgendeine Weise von der Natur vernachlässigt, im Gegenteil. Ihr Schöpfer hatte sie mit einem wohlgeformten Leib und mit Brüsten ausgestattet, deren Existenz nicht einmal die strenge Zisterzienserinnentracht verbergen konnte. Nein, es war wohl ihre ungewollte Unnahbarkeit, eine Vornehmheit, ja Würde, die von Magdalena trotz ihrer niederen Herkunft und der Jugendlichkeit von gerade 22 Jahren ausging.

Doch in dieser Nacht – Magdalena hatte noch den monotonen Singsang der Komplet im Kopf, welche den Tag beschloss –, in dieser Nacht hatte sie leise Schritte am Fußende ihres Bettkastens vernommen. Nichts Ungewöhnliches unter den geschilderten Umständen.

Als äußerst ungewöhnlich empfand Magdalena allerdings nur Augenblicke später die Hände, welche zärtlich ihren Leib abtasteten. Sie war wie gelähmt. Zunächst, weil sie glaubte zu träumen; dann aber, als sie in die Wirklichkeit zurückfand, weil sie nicht wusste, wie sie sich in dieser Situation verhalten sollte.

Die Berührungen, deren Verursacherin ihr in dem stockfinsteren Dormitorium verborgen blieb, erschienen ihr keineswegs unangenehm, ja, Magdalena musste sich eingestehen, dass hier etwas ablief, was sie insgeheim manchmal ersehnt hatte. Mehr als einmal hatte sie sich in ihren Wachträumen vorgestellt, wie es sein würde, wenn eines Mannes lüsterne Hände ihren jungfräulichen Leib liebkosten. Auf einmal schien alles so real, dass sie vergaß, wer sie war und wo sie sich aufhielt. Magdalena glaubte verrückt zu werden vor Lust, und sie begann erregt zu stöhnen – so, wie sie es in schlaflosen Nächten im Dormitorium vernommen hatte.

Doch als sich die fremden Hände zwischen ihre Schenkel drängten, als das Blut in ihren Adern brannte wie Feuer, als sie nicht mehr ein noch aus wusste, wie sie der Situation begegnen sollte, da schlug sie, beinahe besinnungslos, mit dem Handrücken ihrer Linken in die Dunkelheit, dass ein Klatschen zu vernehmen war. Ein unterdrückter Schrei. Dann entfernten sich leise Schritte.

So saß Magdalena also benommen auf der harten Bettkante und versuchte ihre Gedanken zu ordnen. Noch herrschte stockfinstere Nacht, und in der Nacht vermengen sich Traum und Wirklichkeit auf beklemmende Weise.

Während sie nun in ihre Kutte schlüpfte und den kahlen Kopf in die gestärkte Nonnenhaube zwängte, warf sie verschämte Blicke in den halbdunklen Schlafsaal. Magdalena fühlte alle Blicke auf sich gerichtet. Aufgelöst und verzweifelt nahm sie in der Zweierreihe Aufstellung, die sich in dem schmalen Mittelgang formierte. Schließlich setzte sich die mitternächtliche Prozession zum Kirchgang in Bewegung. Sie führte über eine schmale Treppe, die sich wie eine Schnecke nach unten wand, durch eine Öffnung zum Kreuzgang und auf der gegenüberliegenden Seite zu einer Türe mit spitzem Bogen, dem Eingang zum Chorgestühl.

Während der Matutine mit ihren ständig wiederkehrenden Gebetsformeln versuchte Magdalena krampfhaft das Geschehen der vergangenen Nacht aus ihrem Gedächtnis zu drängen. Sie war wie berauscht; aber nicht wie sonst vom Weihrauch und dem Duft brennender Kerzen, die sie in Entzücken versetzten, sondern von der Macht der Gefühle, die sie erlebt hatte.

Aber je länger sich die Sprechgesänge des ersten Morgengebetes hinzogen, desto mehr kamen Magdalena Zweifel, ob sie das Erlebte nicht doch nur erträumt, erhofft und sich eingebildet hatte. Ob Keuschheit und Jungfräulichkeit ihr nicht etwas vorgegaukelt hatten, dem sie bei ihrem Eintritt ins Kloster entsagt hatte. Ob es nicht nur eine Versuchung des Bösen war, das in vielerlei Gestalt an jeden herantritt. Selbst der Herr Jesus bildete da keine Ausnahme.

Nach dem Ende des ersten Stundengebetes machten sich die Nonnen in der gleichen Aufstellung, in der sie gekommen waren, auf den Rückweg zum Dormitorium, um ihre Schlafstätten in Ordnung zu bringen. Beinahe angeekelt betrachtete Magdalena die Stätte ihres Sündenfalls.

Nach den Ordensregeln war es verboten, vor Sonnenaufgang auch nur *ein* lautes Wort zu sprechen. Die Blicke, welche die Nonnen austauschten, sprachen jedoch oft Bände. Verstohlen suchte Magdalena einen dieser Blicke aufzufangen, einen Blick, der ihr einen Hinweis gab auf die Person, die für das Geschehen der vergangenen Nacht verantwortlich war. Vergeblich.

Noch bevor der Tag graute, trafen sich die Nonnen im Refektorium zur Morgensuppe. Der Speiseraum, zwei Stockwerke unter dem Dormitorium gelegen, hatte dieselben Ausmaße wie der Schlafsaal. Allerdings gab es hier größere Fenster, welche obendrein mit Butzenscheiben verglast waren. Die Tische, auf denen das Essen aufgetragen wurde, standen in langer Reihe an den Wänden zu beiden Seiten, verbunden an der oberen Schmalseite durch einen einzigen breiten Tisch, an dem für gewöhnlich die Äbtissin Platz nahm.

Ihr stand auch der einzige Stuhl in dem lang gestreckten Refektorium zu, mit einer hohen Rückenlehne, die ihre Bedeutung unterstrich, im Übrigen aber schmucklos und ohne Schnitzereien war. Die gewöhnlichen Nonnen des Klosters teilten sich jeweils zu viert eine hölzerne Sitzbank.

Obwohl schon beinahe Sommer war, wurde nie ein Fenster geöffnet. Deshalb hing noch immer die klamme Winterkälte in dem alten Gemäuer, und als der hölzerne Trog mit der Morgensuppe – ein flüssiger Brei aus Milch, Wasser und Graupen – von zwei Nonnen hereingetragen und auf einem Schemel in der Mitte des Raumes abgestellt wurde, dampfte dieser wie der träge dahinströmende Fluss im Herbstnebel.

Ungeachtet klösterlicher Unterwürfigkeit und Demut, drängten sich die Nonnen um das dampfende Gefäß, aus dem jeden zweiten

Tag eine andere von ihnen die Morgensuppe mit einer hölzernen Schöpfkelle verteilte. Das Essgeschirr, eine Schale aus derbem Ton, hüteten die Nonnen wie ihren Augapfel, denn nur einmal im Jahr, an Lichtmess, wurden die dünnen Schalen erneuert. Wer seinen Teller zerbrach oder beschädigte, musste sich bis dahin mit einer Scherbe begnügen.

Es war strikt untersagt, bei der Essensverteilung viel oder wenig zu fordern. Aber zum Glück hatte der Schöpfer den Augen eine stumme Sprache verliehen, und so senkte Magdalena die Lider und deutete an, dass sie keinen Hunger verspürte. Der Gedanke an das Erlebnis der vergangenen Nacht löste bei ihr auf einmal Ekel aus vor jeder Art von Nahrungsaufnahme.

An diesem Morgen oblag es Hildegunde, die Morgensuppe auszuteilen. Beinahe ein halbes Jahrhundert klösterlicher Entsagung hatte der kleinen, dicklichen Nonne verhärmte Züge ins Gesicht gebrannt und einen boshaften Charakter verliehen. Ungeachtet der Geste Magdalenas, ja, mit einer gewissen Schadenfreude, klatschte sie eine übervolle Kelle Morgensuppe in ihr Essgeschirr, als wollte sie sagen: Hier, friss!

Doch dabei zischte sie: »Die Äbtissin will dich sprechen!«

Magdalena hielt kurz inne, blickte Hildegunde ins vertrocknete Gesicht, doch die zeigte keine Regung und wandte sich der nächsten Nonne zu. Magdalena war aufgefallen, dass die Äbtissin nicht zur Morgensuppe erschienen war. Das kam selten vor, eigentlich nur dann, wenn eine schwere Krankheit sie daran hinderte und sie das Bett hüten musste. Umso rätselhafter war es, wenn die Äbtissin sie in Abwesenheit einbestellte.

Angewidert starrte Magdalena auf die gräuliche Morgensuppe in ihrer Essschale. Und je länger sie ausharrte, desto dicker wurde die glibberige Haut, welche den Brei wie ein feuchtes Spinnennetz überzog. Magdalena ekelte sich immer mehr.

Die Nonne zu ihrer Linken, welcher der Vorgang nicht verborgen geblieben war, puffte sie mit dem Ellenbogen in die Seite, und

Magdalena begann hektisch in dem Brei herumzurühren. Aber so sehr sie auch rührte, ihr Widerwillen wurde nur noch größer, und der Gedanke, sich den Brei einzuverleiben, verursachte ihr Brechreiz.

Dabei war Magdalena, was das Essen anbelangte, keineswegs heikel, wie manch andere Nonne aus feinem Adel. Die übergaben sich zur Fastenzeit reihenweise, wenn gebackene Frösche und gebratene Schnecken auf dem klösterlichen Speiseplan standen. Kaltblüter und Kriechtiere galten nicht als Fleisch und fielen deshalb nicht unter das Fastengebot.

Klösterliches Gebot war es jedoch, jede verteilte Mahlzeit aufzuessen, auch wenn sich der Magen dabei umstülpte. Unter diesem Zwang stand jetzt Magdalena.

Ihr Zögern war inzwischen auch anderen Mitschwestern aufgefallen. Der Gedanke, Magdalena könnte in der Morgensuppe Gift oder etwas Ekelerregendes entdeckt haben – was bisweilen durchaus vorkam –, ließ sie innehalten und fragend in die Runde blicken. Auf einmal saßen alle regungslos vor ihren Essschalen, und lähmende Stille breitete sich aus.

Hildegunde, von bäuerischer Herkunft und rüder Sprache, warf ihre Schöpfkelle in den Suppentrog und musterte ihre Mitschwestern von unten mit zusammengekniffenen Augen. Sie war gefürchtet wegen ihrer Unberechenbarkeit. Man wusste nie, woran man mit ihr war, und bisweilen teilte sie mit knöchernem Handrücken Schläge aus.

Plötzlich gellte ihre brüchige Stimme durch das Refektorium, dass es von den kahlen Wänden hallte:

»Sündhaftes Gesindel! Schmarotzer im Weinberg des Herrn! Ihr verdient es allesamt, ausgestoßen zu werden aus der klösterlichen Gemeinschaft. Dann könnt ihr euch vom Dreck ernähren, den die Ziegen und Schafe hinterlassen!«

Kaum hatte die dicke Nonne geendet, da stürzte Clementia, eine Elevin von vierzehn Jahren, vornüber auf den Refektoriumstisch. Aus ihrem Mund schoss ein Strahl Erbrochenes, grau wie die Morgen-

15

suppe, die sie eben zu sich genommen hatte, und bildete eine nierenförmige Lache.

Eingedenk der mahnenden Worte der Äbtissin, dass nur das Böse unkontrolliert den menschlichen Körper verlasse, stießen die Nonnen gellende Schreie aus. Als sei der Teufel hinter ihnen her, drängten sie zur Türe, rannten, so weit es ihre wallenden Gewänder zuließen, über die enge Steintreppe nach unten – die einen in die Klosterkirche zum Gebet, die anderen zum Kreuzgang ins Freie, um die kalte Morgenluft in sich aufzusaugen.

Auf diese Weise war Magdalena einem ähnlichen Schicksal wie die Elevin entgangen; denn die flüchtenden Nonnen hatten in Panik ihre Essschalen zurückgelassen – für Magdalena die Gelegenheit, unbemerkt ihre ekelige Morgensuppe in zwei der zurückgelassenen Tonschalen zu verteilen.

In Gedanken versunken, warum die Äbtissin sie zu sich zitiert hatte, begab sich Magdalena ins Erdgeschoss, wo die Herrin des Klosters gegenüber der Pforte residierte. Seit ihrer Aufnahme in den Orden hatte sie den Raum, dessen Größe und Düsternis ihr in Erinnerung geblieben war, nicht mehr betreten. Dem finsteren, stechenden Blick der verhärmten Frau war sie stets ausgewichen. In Demut hatte sie den Blick gesenkt, wenn sich ihre Wege kreuzten.

Zaghaft klopfte Magdalena an die schwere Türe aus dunklem Eichenholz und trat ein, ohne eine Antwort abzuwarten. Im diffusen Licht des frühen Tages, das durch die zum Kreuzgang hin gelegenen Fenster drang, war die Äbtissin kaum zu erkennen. Sie saß vornübergebeugt und starr wie eine Statue hinter einem schmalen, überbreiten, schmucklosen Tisch: die Augen zusammengekniffen, mit schmalen Lippen und die Arme mit gefalteten Händen nach vorne gestreckt.

»Ihr habt mich rufen lassen, ehrwürdige Mutter«, sagte Magdalena nach einer Weile peinlichen Schweigens.

Mit einem Kopfnicken löste sich die Äbtissin aus ihrer Starre, und mit einer kurzen Handbewegung wies sie der Nonne einen kantigen Stuhl zu. Magdalena nahm demütig Platz. Sie fühlte Beklommenheit.

Schließlich erhob sich die Äbtissin, indem sie sich auf ihre Unterarme stützte, und dabei erblickte Magdalena ihr blaues Auge. Sie erschrak. Als die Äbtissin in drohender Haltung um ihren Tisch herumging und hinter Magdalena trat, ahnte sie nichts Gutes. Umso mehr versetzte sie das Folgende in Erstaunen: Magdalena spürte zwei Hände, die ihre Brüste zu kneten begannen. In ihrer Hilflosigkeit, wie sie der Situation begegnen sollte, ließ sie es zunächst geschehen. Doch als ihr Verstand einsetzte, und als die Äbtissin wollüstig zu grunzen begann, rief sie leise:

»Es ist nicht recht vor Gott dem Herrn!«

Doch die Alte ließ nicht von ihr ab. Mit gepresster Stimme erwiderte sie:

»Gott der Herr hat auch dich erschaffen. Es kann kein Unrecht sein, das Werk des Herrn zu berühren.«

Mit einem Satz sprang Magdalena auf, dass die Äbtissin ins Taumeln geriet und beinahe zu Boden stürzte. Den kurzen Augenblick nutzte sie zur Flucht. Auf der Treppe, die zur Kleiderkammer oben unter dem Dach führte, versperrten ihr zwei Nonnen den Weg. Die eine, mit einem Hinterteil wie ein Brauereiross und Beinen wie die Säulen in der Klosterkirche, hielt ihr Essgeschirr in der Hand. Die andere, gut einen Kopf größer als Magdalena, riss ihr, noch ehe sie sich versah, die Haube vom Kopf. Mit bloßen Händen begannen die beiden auf sie einzuschlagen.

»Wir werden dich lehren, deine Morgensuppe in unsere Schalen zu kippen!«, fauchte die Riesin und entleerte ihr Essgefäß über Magdalenas kahlem Kopf.

Magdalena schrie und spuckte, und nach verzweifelter Gegenwehr entkam sie in die Kleiderkammer. Erschöpft und verzweifelt ließ sie sich auf einer Kastentruhe nieder. Weinend vergrub sie ihr Gesicht in den Händen, und in hilfloser Wut fasste sie den Entschluss, das Kloster Seligenpforten bei der nächsten Gelegenheit,

17

die sich böte, zu verlassen. Auf jeden Fall noch vor Ablegung ihrer Profess, die in wenigen Tagen bevorstand.

Der Gedanke versetzte sie in Panik. Das Kloster zu verlassen war leichter gedacht als getan. Wohin sollte sie fliehen? Vom Vater und Bruder, die sie vor vier Jahren hier abgeliefert hatten, weil auf dem Lehenshof für sie kein Platz war, hatte sie seit dieser Zeit nichts mehr gehört. Und sowohl ihr Vater als auch der Bruder hatten bei der Verabschiedung unmissverständlich zu erkennen gegeben, dass es ein Abschied für immer sein sollte. Weibliche Nachkommen waren auf einem Lehen unerwünscht.

Magdalena war sich nicht sicher, ob ihr Vater sie womöglich mit der Peitsche vom Hof jagen würde, wenn sie das Kloster verließ. Dennoch wollte sie die Flucht wagen.

Im Kloster hatte sie viel gelernt, sich im Lesen und Schreiben geübt und sich sogar mit Latein beschäftigt. Mit Begeisterung hatte sie sich in der Bibliothek, über die eine gelehrte Zisterzienserin Aufsicht führte, weitergebildet und sich dabei ein respektables Wissen angeeignet.

Als die Aufseherin der Kleiderkammer selig im Herrn verschieden war, hatte die Äbtissin nach einer Nachfolgerin gesucht und Magdalena, ohne Rücksicht auf ihre Eignung und Neigung, für die Aufgabe bestimmt.

Die Kleiderkammer unter dem Dachgebälk des Klosters, in die Magdalena sich geflüchtet hatte, diente der Aufbewahrung der weltlichen Kleidung, welche von den Novizinnen bei ihrem Eintritt ins Kloster abgegeben und gegen die Nonnentracht vertauscht wurde. Letztere lagen zu Dutzenden und in allen Größen in klotzigen Schränken. Die weltlichen Kleider waren in Truhen und Kästen abgelegt. In ihrer Vielzahl hätten sie der Mitgift einer Königstochter zur Ehre gereicht. Schließlich stammten nicht wenige Nonnen im Kloster Seligenpforten aus adeligem Geschlecht.

Auf der Suche nach ihrem bäuerischen Gewand, das sie bei ihrem Eintritt ins Kloster getragen, aber seitdem nicht mehr zu Ge-

sicht bekommen hatte, stieß Magdalena auf kostbare Kleider aus
Samt, verbrämt mit Pelzkrägen und Knöpfen aus Elfenbein, Tücher
aus Seide und fein gewebte Decken, die sie in einen wahren Rausch
versetzten wie der Weihrauch beim Sanctus. Dazu trug vor allem
der scharfe Duft von Lavendelblüten bei, welche, büschelweise ge-
trocknet, Motten und anderes schädliches Getier abhalten sollten.

Als schlüpfte der Teufel aus einem der vornehmen Kleider, kam
Magdalena der sündhafte Gedanke, sich auf ihrer Flucht in eines
der kostbaren Gewänder zu kleiden. Im Notfall trüge sie auf diese
Weise einen Wert am Leibe, den sie zu Geld machen könnte. Denn
Geld für die Flucht hatte sie nicht. Zwar waren unter den Nonnen
Münzen in Umlauf, doch um in den Besitz von Geld zu kommen,
bedurfte es ungestümer Leidenschaft zum eigenen Geschlecht oder
anderer Gefälligkeiten, denen Magdalena ablehnend gegenüberstand.

In einer Reisetruhe mit eisernen Griffen und einem verbliche-
nen Wappen an der Vorderseite entdeckte Magdalena ein Kleid aus
lindgrünem Leinen und von vornehmer Machart, wie es die Tochter eines reichen Tuchmachers oder die Frau eines Stadtherrn getragen haben mochte. Dazu passend, fand sich eine bauschige Haube,
welche ihren kahl geschorenen Schädel vorteilhaft verbarg. Die
Haube und das auserwählte Kleidungsstück wickelte Magdalena zu
einem Bündel und legte es in die Truhe zurück in der Absicht, ihren
Fluchtplan noch ein paar Tage zu überdenken und abzuwarten, bis
der Regen nachließ, der seit Tagen in dunklen Wolken über dem
Maintal hing. Doch traf es sich anders.

Als am nächsten Morgen die alte Hildegunde beim Verteilen
der Morgensuppe sie erneut aufforderte, bei der Äbtissin vorstellig zu werden, und dabei die Augen verdrehte, als nähme sie daran Anstoß, da ahnte Magdalena nichts Gutes. Ihr Verhalten der
Äbtissin gegenüber, dachte sie, würde gewiss irgendwelche Straf-
handlungen nach sich ziehen, wie Kloaken reinigen oder, wenn
es schlimmer kommen sollte, Dunkelhaft im Kellergeschoss ohne
jede Nahrung.

19

Von einem Augenblick auf den anderen war deshalb ihr Entschluss gefasst. Als die Nonnen nach der Morgensuppe vom Refektorium zum Schlafsaal, zwei Stockwerke höher, emporstiegen, begab sich Magdalena in die darüber liegende Kleiderkammer, holte das gerichtete Bündel aus der Truhe und warf es im Treppenhaus aus dem Fenster. Nach Tagen hatte der Regen endlich nachgelassen, und Magdalena empfand dies als einen Wink des Himmels.

Noch bevor die Nonnen ihre Arbeit im Dormitorium verrichtet hatten, begab sie sich nach unten. Die Pforte war so früh am Morgen noch nicht besetzt, und so fiel niemandem auf, wie sie durch die kleine Pforte ins Freie schlüpfte und, sich bedächtig an der Klostermauer entlangdrückend, die Stelle aufsuchte, an der sie das Bündel aus dem Fenster geworfen hatte.

Hurtig entkleidete sie sich und tauschte ihr Nonnenkleid gegen das vornehme Gewand. Die Tracht wickelte sie zu einem Bündel. Um Zeit vor möglichen Verfolgern zu gewinnen, lief sie im Morgengrauen in Richtung des Flusses. Am Mainufer angelangt, schleuderte sie ihre alte Kleidung in das träge dahinfließende Gewässer. In einem Anflug von Melancholie betrachtete sie das flussabwärts treibende Nonnenkleid, als blickte sie auf ihr ganzes bisheriges Leben zurück. Vier Jahre hatte das strenge Gewand sie eingeengt, umklammert und an ein Leben gefesselt, dem sie zunächst keineswegs abgeneigt gewesen war. Im Laufe der Jahre hatte es sich jedoch als Trugbild, ja, als Albtraum entpuppt.

Dass sie ihr Nonnenkleid in den Fluss warf, geschah nicht ohne Hintergedanken. In einer Biegung des Flusses, von denen der Main so viele in die hügelige Landschaft zeichnete wie kein anderes Gewässer, würde die Zisterzienserinnentracht wohl angeschwemmt werden. Dies ließ die Deutung zu, die Nonne sei freiwillig aus dem Leben geschieden – Grund genug, die Suche nach ihr einzustellen.

Eine Weile schwamm das Bündel nahe dem Flussufer, bis es sich aufblähte wie der Bauch einer Wasserleiche und, von einem kühlen Luftstrom erfasst, in die Mitte des Flusses getrieben wurde, wo es nach kurzer Zeit ihren Blicken entschwand.

Aus dem Gedächtnis wusste Magdalena, dass das Lehen ihres Vaters in südöstlicher Richtung lag und dass sie mit dem Pferdewagen zwei Tage gebraucht hatten, um das Kloster zu erreichen. Zu Fuß und mit der Sonne als einziger Orientierung würde sie gewiss doppelt so lang brauchen, vorausgesetzt, sie fand den unbefestigten Fahrweg, der im Wald wenige Meilen am Lehnsgut ihres Vaters vorbeiführte. Wegweiser gab es nicht, nur hin und wieder einen Zinken an einer Buche oder flüchtig auf einen Stein gezeichnet, jene rätselhaften Hinweise der Gaukler und Zigeuner, die sonst niemand verstehen konnte. Übersät von feuchtem Laub, von dem ein modriger Geruch aufstieg, war der weiche Waldboden einem schnellen Vorankommen nicht gerade förderlich. Zudem zog der Saum des langen Kleides die Feuchtigkeit an und wurde schwerer und schwerer.

Auf einem entwurzelten Baum, der quer im Wege lag, ließ sich Magdalena zu einer kurzen Rast nieder. Den Kopf in die Hände gestützt, blickte sie abwesend ins Unterholz, und plötzlich rannen ihr dicke Tränen über die Wangen. Gefragt nach der Ursache ihrer Traurigkeit, hätte sie keine rechte Antwort gewusst. Es war wohl die Angst vor dem Ungewissen, die auf ihr lastete.

Bevor sie ihren Weg fortsetzte, hob Magdalena ihre Röcke und versuchte den handbreiten feuchten Saum ihres Gewandes auszuwringen. Dabei machte sie eine seltsame Entdeckung. Im Stoff verborgen fühlte sie ein kreisrundes, gut zwei Finger breites Etwas – ein Knopf vielleicht oder eine Gemme. Neugierig drückte Magdalena das rätselhafte Gebilde mit beiden Händen bis zu einer Stelle, an der die Saumnaht nachgab, sodass sie es herauszwirbeln konnte: Es war ein blitzender Golddukat, ein kleines Vermögen.

Wann und auf welche Weise das wertvolle Stück in den Saum des fremden Kleides gelangt sein mochte – Magdalena machte sich keine großen Gedanken und steckte es in den Saum zurück. Hoffnungsvoll setzte sie ihren Weg fort.

2. KAPITEL

Nach sieben Tagen, die bei ihr den Eindruck hinterließen, als sei sie mehrmals im Kreis gelaufen, trat Magdalena aus dem triefenden Buchenwald. Vor ihr lag ein weites Tal. Tief dahinjagende, dunkle Wolken hingen über den Wiesen. Und dort, auf halber Strecke, wo das Tal wieder zu einer Höhe anstieg, lag das mächtige Anwesen, in dem sie ihre Kindheit verbracht hatte. Während der vier Jahre im Kloster Seligenpforten war ihr dieser Anblick stets im Gedächtnis geblieben: das stolze Herrenhaus mit den Wirtschaftsgebäuden zu beiden Seiten.

Magdalena raffte ihre vom Regen schwer gewordenen Röcke mit beiden Händen und begann bergab zu laufen, wie sie es als Kind oft getan hatte. Mit einem Sprung setzte sie über den Bach, der das Tal in zwei ungleiche Hälften teilte. Dann hielt sie keuchend inne. Wie würden ihr Vater und Bruder reagieren, wenn sie so unerwartet auftauchte?

In Gedanken versunken, erreichte Magdalena den Hof. Die Eingangstüre war verschlossen. Magdalena klopfte einmal und noch einmal. Schließlich wurde die Türe geöffnet, und ein unbekanntes Gesicht blickte misstrauisch aus dem Türspalt.

»Ich bin Magdalena. Ist mein Vater zu Hause?«

Die Frau im Türspalt gaffte sie wortlos an. Sie war etwa im selben Alter wie Magdalena.

»Deinen Vater haben sie vor zwei Jahren zu Grabe getragen«, antwortete die Unbekannte barsch.

»Tot?« Magdalena schluckte.

»Die beiden wurden von einer umstürzenden Buche erschlagen.«

»Die beiden?«

»Vater und Sohn – Gebhard, mein Mann. Ich bin Gebhards Witwe.«

»Die Frau meines Bruders Gebhard«, murmelte Magdalena tonlos vor sich hin. Zu plötzlich stürzte die Nachricht auf sie ein. Sie fand nicht einmal Gelegenheit zu trauern.

»Ich weiß«, fuhr die fremde Frau fort, und ihre Stimme klang verhärmt, »euer Verhältnis war nicht das beste. Aber schlecht geredet hat Gebhard nie über dich. Ich dachte, du bist eine Nonne geworden und verbringst deine Tage im Kloster?«

»War ich auch bis vor wenigen Tagen. Ich bin fortgelaufen …«

»Ach, und jetzt glaubst du, bei mir Unterschlupf zu finden? Oh nein.«

»Nur für ein paar Tage, bis sich das Wetter bessert und mir klar wird, wo ich eigentlich hin will. Gott soll es dir lohnen!«

»Hör auf mit dem dummen Gerede von Gott! Wo war er denn, als mein Ehemann und mein Schwiegervater ums Leben kamen? Welch unverzeihliche Sünde habe ich begangen, dass mir das widerfahren ist? – Und jetzt verschwinde!« Krachend fiel die Haustüre ins Schloss, und Magdalena vernahm, wie der Riegel vorgeschoben wurde.

Eine Weile stand sie wie gelähmt, unfähig, das Gehörte zu begreifen. Doch dann überkam sie eine ungeheure Traurigkeit, und ihr war, als stürzte sie in einen Abgrund. Schließlich drehte sie sich um und begann zu laufen, nur fort von hier, fort von dem Ort ihrer Kindheit, die sie in so guter Erinnerung hatte.

Magdalena überquerte den Bach und hetzte bergan, als sei eine Hundemeute hinter ihr her. Erschöpft lehnte sie sich oben am Waldrand an den glatten Stamm einer Buche und ließ sich auf die feuchte Erde gleiten. Mit angezogenen Beinen vergrub sie ihr Gesicht in beiden Armen. So ließ sie ihren Tränen freien Lauf.

Sie wusste nicht, wie lange sie in dieser Haltung und in trüben Gedanken verharrt hatte. Das Knacken von Ästen holte sie in die Gegenwart zurück. Als Magdalena aufblickte, stand eine hochgewachsene Erscheinung vor ihr, ein hünenhafter Mann mit einer Holztrage auf dem Rücken, beladen mit dürren Ästen. Magdalena rappelte sich hoch und wich ängstlich zurück. Der Holzsammler schüttelte heftig den Kopf und hob beide Hände, als wollte er sagen: Ich tue dir nichts.

Magdalena zögerte, hielt inne und nahm den Unbekannten näher in Augenschein. Schließlich trat sie auf den Mann zu und fragte zögernd:

»Bist du nicht Melchior, der Knecht?«

Der Hüne nickte stürmisch, und dabei erhellte sich sein finsteres Gesicht zu einem überschwänglichen Lachen. Die Last der hoch aufgetürmten Äste brachte seine Holztrage ins Wanken und den baumlangen Mann aus dem Gleichgewicht. Er stürzte rücklings ins Gras. Und als er so dalag, hilflos wie eine Schildkröte auf dem Rücken und glucksend vor Vergnügen, da musste auch Magdalena lachen. Sie lachte laut und herzlich. Unvermittelt kam ihr der Gedanke, dass es Jahre her war, seit sie zum letzten Mal so ausgelassen gelacht hatte.

Von einem Augenblick auf den anderen hatte sie die Erinnerung an früher eingeholt, als sie mit dem taubstummen Knecht auf den Wiesen herumtollte, mit Stöcken und Netzen bewaffnet Wiesel und Kaninchen jagte und dabei meist erfolglos blieb.

»Melchior, lieber Melchior«, rief Magdalena und half dem Holzknecht auf die Beine.

Als er wieder Boden unter den Füßen hatte, faltete er theatralisch die Hände wie zum Gebet und deutete mit dem rechten Zeigefinger gen Westen.

Magdalena verstand sofort, was er sagen wollte. »Du meinst, warum ich nicht im Kloster Seligenpforten bin?«

Melchior nickte.

»Ich habe es nicht mehr ausgehalten und bin einfach fortgelaufen. Dabei hatte ich gehofft, ein paar Tage bei meinem Vater und meinem Bruder unterzukommen. Jetzt musste ich erfahren, dass beide nicht mehr am Leben sind. Und meines Bruders Witwe hat mich vom Hof gejagt.«

Magdalena unterstrich ihre Worte mit gespreizten Daumen und Zeigefingern. Ein paar wenige Begriffe der Stummensprache waren ihr im Gedächtnis geblieben.

Schließlich zupfte Melchior an Magdalenas durchnässtem Kleid, und mit wenigen Handbewegungen deutete er an, sie könne sich in dem nassen Gewand den Tod holen, sie solle ihm folgen.

»Aber die Witwe hat mich abgewiesen!«, wandte Magdalena ein.

Der Knecht machte eine wegwerfende Handbewegung, als wollte er sagen: Lass mich nur machen! Und mit einem weiteren Zeichen fügte er hinzu: Komm!

Magdalena verdrängte ihre anfänglichen Bedenken und folgte dem stummen Knecht auf die andere Seite des Baches. Es dämmerte bereits, und die Stille über dem weiten Tal veranlasste Magdalena zum Schweigen.

Vorsichtig näherten sich Melchior und Magdalena der rechter Hand vom Haupthaus gelegenen Scheune. Bevor der Knecht das hohe Holztor mit einem kräftigen Fußtritt aufstieß, gab er Magdalena ein Zeichen, sie solle draußen warten und sich ruhig verhalten. Dann verschwand er im Innern des Gebäudes.

Durch den Türspalt drang ein Schwall warmer Luft ins Freie. Er roch süßsauer wie Heu nach einem Gewitterregen. Magdalena spürte das dringende Bedürfnis, wenigstens *eine* Nacht im Trockenen zu verbringen. Sie fröstelte in ihrem durchnässten Gewand. Nach endlosem Warten – jedenfalls schien es ihr so – steckte Melchior den Kopf durch den Türspalt, legte den Zeigefinger auf die Lippen und gab ihr ein Zeichen, ihm zu folgen.

Der Mittelgang der Scheune, gerade so breit wie das zweiflügelige Tor, war, soweit man das in der Dunkelheit erkennen konnte, mit mehreren hochrädrigen Leiterwagen und allerlei hölzernen Gerätschaften wie Eggen und Pflügen zugestellt. Es gab kaum ein Durchkommen. Mächtige Stützbalken zu beiden Seiten trugen das Dachgebälk. Vor einem der Balken machte Melchior halt. Wie die Äste einer wohlgeratenen Tanne ragten links und rechts daumendicke Pflöcke aus dem Balken und bildeten so eine Art Sprossenleiter.

Melchior kletterte voran. Etwa in halber Höhe hielt er inne und blickte nach unten. Dabei gab er einen gurgelnden Laut von sich. Magdalena wusste sofort, was er sagen wollte: Komm! Machs mir nach!

Als Kind war ihr kein Baum zu hoch, kein Bach zu breit und kein Teich zu tief gewesen. Angst kannte sie nicht. Aber das war lange her. Jetzt saßen ihr Schrecken und Müdigkeit von sieben Tagesmärschen in den Knochen. Einen Augenblick zögerte sie, trug sich mit dem Gedanken fortzulaufen. Aber dann kam ihr die klamme Kälte in den Sinn und das feuchte Moos, das sie in der Nacht im Freien erwartete, und sie setzte den Fuß auf die erste Sprosse. Aus Kindertagen wusste sie, dass man beim Äpfelpflücken nie nach unten blicken darf, und so hangelte sie sich, bedächtig dem Holzknecht folgend, bis zum oberen Heuboden hinauf, wo Melchior ihr die Hand entgegenstreckte.

Der Platz unter dem Dachgebälk war mit Heu ausgelegt und vermittelte den Eindruck, als hätte er schon häufiger als Nachtlager gedient. Aus einer hinteren Ecke wehte bestialischer Gestank herüber. Durch die Ritzen zwischen den Dachziegeln fiel spärliches Dämmerlicht. Melchior nickte zufrieden, dann kletterte er flink wie eine Katze nach unten und verschwand wieder.

Vom Hof her hörte man das Jaulen eines Hundes, und aus dem Stallgebäude gegenüber schallte das Muhen hungriger Kühe. Magdalena schloss die Augen. Zum ersten Mal seit ihrer Flucht aus Seligenpforten fühlte sie sich in Sicherheit. Sie musste nicht auf jedes Geräusch achten. Und während sie vor sich hindöste, wurden Erinnerungen an ihre Kindheit wach, als sie mutterseelenallein die umliegenden Wälder durchstreifte und Pilze, Beeren und Kräuter sammelte, giftige wie solche von köstlichem Duft und Geschmack. Melchior war es, der damals Gutes von Schlechtem getrennt und ihr das Wissen um die Ernte vermittelt hatte, die der Wald hergab.

Eines Tages im Spätherbst hatte plötzlich ein bärtiger Mann im heruntergekommenen Ordenskleid vor ihr gestanden, mit einem rauen Sack über der Schulter, und sie freundlich angelächelt. Sie wollte fortlaufen, aber der Blick des Mannes hatte eine lähmende Wirkung. Sie stand wie versteinert, als der Mönch ihr stumm zu verstehen gab, er sei ein Wandermönch und habe sich verlaufen. Da nahm sie ihn mit. Auch ihr Vater hatte sich von der Schweigsamkeit des Fremden einnehmen lassen.

Nach einer Weile kam Melchior zurück. Er trug einen Korb bei sich und eine flackernde Laterne. Korb und Laterne hakte er an seinem Gürtel ein und erklomm so das Versteck unter dem Dach. Die Laterne stellte er auf den Boden, sodass sie lange Schatten auf das Gebälk warf. Aus dem Korb holte er einen Kanten Brot, unter einem Fell versteckt, halb verkohlt, wie er den Knechten vorgesetzt wurde, einen duftenden Fetzen Pökelfleisch, zwei Rettiche und ein bauchiges Tongefäß mit Wasser.

Von einem Augenblick auf den anderen begann Magdalenas Magen sich bemerkbar zu machen. Von der kargen Klosterkost nicht gerade verwöhnt, hatte sie sich seit sieben Tagen von dem ernährt, was der Wald hergab, und dabei kaum Hunger verspürt. Doch nun überkam sie plötzlich ein Heißhunger. Sie riss dem Knecht Brot und Fleisch aus den Händen und verschlang es gierig wie ein wildes Tier. Als sie den größten Hunger gestillt hatte, schämte sie sich. Stumm sah sie Melchior an, als wollte sie ihn um Verzeihung bitten wegen ihrer Unbeherrschtheit. Der verstand ihre Geste und machte eine abwehrende Handbewegung mit der Rechten: Du brauchst dich doch nicht zu entschuldigen!

Als Melchior sah, dass Magdalena fröstelte, zog er in gebückter Haltung einen Ballen Heu nach vorne und breitete ihn vor ihr aus.

Dann bedeutete er ihr, sie möge ihr Kleid ausziehen, er wolle das nasse Gewand zum Trocknen auslegen, sie könne sich mit dem Fell bedecken.

Bedenkenlos kam Magdalena seiner Aufforderung nach und entledigte sich ihrer Kleider. Melchior legte ihr das Fell um die Schultern und häufte Heu um sie auf, zum Schutz vor der Abend-kühle. In ihrer Kindheit hatte sie nicht selten zur Sommerzeit im Heu Schutz gesucht vor den Nachstellungen ihres rabiaten Bru-ders. Nicht selten hatte sie sich dabei in Melchiors Arme geflüch-tet. Melchior war der Einzige gewesen, der sie jemals in ihre Arme schloss. Und daran hatte sich bis heute nichts geändert.

Während Magdalena schweigend ihren Erinnerungen nachhing, wurden ihr die Augen schwer. Schließlich formte sie mit beiden Hän-den einen Ballen Heu zu einem Kissen und legte sich zum Schlafen nieder. Eigentlich wollte sie Melchior mitteilen, dass sie hundemüde war und nur ein wenig ausruhen wollte; aber dazu kam es nicht. Mag-dalena schlief sofort ein.

Sie wusste nicht, wie lange sie schlafend unter dem Fell zu-gebracht hatte, als sie ein unangenehmes Stechen in der Nase verspürte und einen peinigenden Gestank. Magdalena schlug die Augen auf.

Zunächst glaubte sie, die aufgehende Sonne schiene ihr ins Ge-sicht. Es dauerte endlose Sekunden, bis sie begriff, was geschehen war: Das Talglicht in der hölzernen Laterne war niedergebrannt und hatte die Laterne und dann die Dielenbretter entflammt. Jeden Augenblick konnte das Heu Feuer fangen.

Vor ihr lag Melchior wie tot. Nur leichte Zuckungen in seinem Gesicht verrieten, dass er noch am Leben war.

Magdalena warf das Fell beiseite. Nackt, wie sie war, versuchte sie den schlafenden Knecht wachzurütteln. »Melchior!«, rief sie. »Mel-chior, wach auf, es brennt!«

Endlich öffnete der Knecht die Augen. Und als ihm, noch schlaf-trunken, klar wurde, was sich da vor seinen Augen abspielte, stieß er einen furchterregenden Schrei aus. Der Anblick der züngelnden Flammen verzerrte sein Gesicht, und sein wuchtiger Leib begann zu zittern wie ein getroffener Eber, den der Jäger soeben mit dem Speer erlegt hat. Bange Augenblicke verharrte er in dieser Haltung, doch dann sprang er plötzlich auf, packte Magdalenas Kleid, das er zum Trocknen ausgelegt hatte, und warf es nach unten. Ebenso ihre Sandalen und die linnene Haube, mit der sie ihren kahlen Schädel bedeckte.

»Und jetzt komm!«, vernahm sie Melchiors Stimme. »Komm!«

Sie wusste nicht, wie ihr geschah. Magdalena glaubte, der beißende Qualm des Feuers vernebelte ihre Sinne, weil sie Melchior sprechen hörte.

»Komm endlich!«, wiederholte Melchior ungehalten und drängte Magdalena zur Balkenleiter. Der stinkende Rauch und die immer höher züngelnden Flammen ließen Magdalena kaum Gelegenheit, sich ihrer Nacktheit zu schämen. Melchior folgte ihr. Unten angelangt, warf sich Magdalena ihr Kleid über, zog Haube und Schuhe an und sah den Knecht fragend an. Der öffnete das hintere Scheunentor einen Spalt, fasste Magdalena am Unterarm und zog sie nach draußen ins Freie.

»Ich habe Angst«, stotterte Magdalena. »Die Scheune und der ganze Hof werden abbrennen!«

Melchior tat, als hörte er ihre Worte nicht, und zog Magdalena mit sich fort.

»Komm!«, hörte sie ihn stammeln. Dann begannen beide zu laufen, immer den Bach entlang in Richtung Osten, wo ein matter Lichtschein aufkam. Einmal blieben sie kurz stehen, blickten zurück und hielten mit gepressten Lungen ihren Atem zurück. Sie lauschten in Richtung des rötlichen Scheins über den Baumwipfeln. Man hörte entferntes Hundegebell, blökende Kühe und wildes Geschrei. Melchior stieß Magdalena weiter. Von panischer Angst getrieben, man könnte sie als Brandstifter verfolgen, rannten sie, bis Magdalena stolperte und kraftlos zu Boden sank.

»Ich kann nicht mehr«, keuchte sie, »lauf du allein weiter.«

Melchior zeigte keine Reaktion. Wie abwesend blickte er zurück in die Richtung, aus der sie gekommen waren. Schließlich setzte er sich neben Magdalena ins Gras. Ohne einander anzusehen, starrten beide vor sich hin.

»Ich dachte, du hättest die Sprache wiedergefunden«, sagte Magdalena. Sie kämpfte noch immer mit dem Atem und hatte keine Antwort erwartet. Doch dann vernahm sie die hilflosen Worte:

»Das Feuer – Flammen – der schwelende Boden – wie damals ...«

Magdalena sah Melchior zweifelnd und ratlos an. »Mein Gott«, sagte sie leise. Und noch einmal: »Mein Gott!«

Dann fielen beide wieder in endloses Schweigen.

Obwohl ihr tausend Fragen auf der Zunge brannten, wagte Magdalena nicht, auch nur eine davon zu stellen. Und Melchior war von dem Geschehen so überwältigt, dass es ihm den Hals zuschnürte.

Der Tag graute und vertrieb die Morgendämmerung. Schließlich erhob sich Melchior und reichte Magdalena wortlos die Hand, damit sie ihm folgte. Es mochten eine Meile oder zwei gewesen sein, die sie schweigend nebeneinander hergingen, als Melchior mit gesenktem Kopf und stockend zu reden begann. Bisweilen verhaspelte er sich, rang nach den richtigen Worten oder begann einen Satz von Neuem.

Er wolle, ließ Melchior sie wissen, nicht mehr zurück auf das Hofgut der Witwe. Gewiss würde er der Brandstiftung verdächtigt, denn seit dem Tod ihres Vaters und Bruders habe er viele Feinde gehabt. Vor allem die Witwe. Sie habe ihm mehr als einmal gedroht, ihn vom Hof zu jagen. Und wenn sie, Magdalena, wolle, werde er sie auf ihrem Weg in eine neue Zukunft begleiten und beschützen.

Magdalena schüttelte den Kopf: »Melchior, wie stellst du dir das vor? Ich habe selbst keine Ahnung, wie es weitergehen soll. Als ich aus dem Kloster floh, habe ich auf die Hilfe meines Vaters gesetzt.

Aber jetzt, da ich weiß, dass er tot ist, bleibt mir nur noch *eine* Möglichkeit: Ich will zurück nach Seligenpforten und werde wohl mein Leben hinter Klostermauern verbringen müssen.«

Dann wolle er sie eben nach Seligenpforten begleiten, erwiderte Melchior. Er selbst werde später auf einem der Flusskähne anheuern, die mainabwärts bis Mainz und dann auf dem Rhein bis nach Holland führen. Magdalena stimmte schließlich zu.

Zügigen Schrittes folgten sie dem Bachlauf, meist schweigend, durchquerten mit dem Wasserlauf lichte Laubwälder, wie sie heimisch sind in der Gegend des Steigerwaldes, und stapften über großflächige Wiesen, auf denen es weit und breit keinen Weg gab, nicht einmal einen Trampelpfad.

In das ermüdende Trotten hinein fragte Magdalena: »Wohin gehen wir eigentlich? Ich kann nicht mehr.«

»Nach Ochsenfurt«, entgegnete Melchior knapp und ohne auf Magdalenas Erschöpfung Rücksicht zu nehmen.

»Und woher weißt du, dass unser Weg nach Ochsenfurt führt?«

Mit dem Zeigefinger wies Melchior auf das fließende Gewässer: »Der Bach mündet bei Ochsenfurt in den Main. Wir dürfen keine Zeit verlieren. Wenn es dunkel wird, werden die Stadttore geschlossen. Komm!«

»Ich kann wirklich nicht mehr«, jammerte Magdalena. Der Saum ihres langen Kleides hatte sich wieder einmal auf dem feuchten Waldboden vollgesogen und erschwerte jeden Schritt. Stumm wandte Melchior sich um, reichte ihr die Hand und zog sie hinter sich her wie ein störrisches Kalb.

Endlich öffnete sich der Wald, und der Bach, der sich seit Stunden träge dahingewälzt hatte, begann gurgelnd und plätschernd dahinzufließen, als fühlte er sich seinem Ziel nahe. Mit einer Kopfbewegung wies Melchior ins Tal, als wollte er sagen: Geschafft!

Magdalena holte tief Luft. Der Anblick des Städtchens, das sich mit seinen Dächern und Tortürmen hinter einer wuchtigen Mauer versteckte, verlieh ihr neue Kraft, und sie raffte ihr Kleid und begann bergab zu rennen. Nun war *sie* es, die Melchior aufforderte, es ihr gleichzutun und seine Schritte zu beschleunigen.

Flussabwärts, im Westen, war die Sonne bereits hinter dem Horizont verschwunden. Und die Wächter am Stadttor mahnten zur Eile, als sie die Fremden in einiger Entfernung kommen sahen. Dabei schlugen sie mit dem Schaft ihrer Hellebarden gegen das schwere Eisentor, dass der Lärm weithin zu hören war. Mit Mühe und Not schafften es Magdalena und Melchior noch in die Stadt.

Der Marktplatz von Ochsenfurt, auf dem sich in breiter Reihe stolze Fachwerkhäuser drängten, war übersät von hin und her eilenden, drängenden Menschen. Ein besonderes Ereignis versetzte die Bewohner der Stadt an diesem Abend in helle Aufregung: Eine Gauklertruppe hatte hinter dem Rathaus ihre Wagen und Zugtiere abgestellt und verkündet, nebst zahlreichen anderen Attraktionen werde der Große Rudolfo bei Einbruch der Dunkelheit auf einem Hanfseil den Turm des Oberen Tores besteigen, ohne Balancierstange und mit nichts in den Händen als je einer brennenden Fackel.

»Ich fürchte«, begann Melchior ganz unerwartet zu reden, während sie sich an den dicht gedrängt stehenden Menschen vorbeizwängten, »ich fürchte, wir müssen irgendwo im Freien übernachten. Geld haben wir beide nicht, nicht einmal kleinen Besitz, den wir versetzen könnten, um ein Wirtszimmer zu bezahlen.«

Magdalena, die hinter ihm blieb, während Melchior sich mit rudernden Armen vorwärtsdrängte, antwortete nicht, und Melchior glaubte schon, sie habe im Lärm seine Worte nicht verstanden, als sie ihn bei der Schulter fasste. Melchior drehte sich um.

Mit spitzem Finger und einem verschmitzten Lächeln zeigte Magdalena auf ein aus Eisen geschmiedetes Gitterwerk über einem Hauseingang mit einem rot bemalten Ochsen in der Mitte, Zunftzeichen des Wirts zum ›Roten Ochsen‹.

»Ich sagte doch, wir haben beide keinen Kreuzer, um eine Rechnung zu begleichen!« Melchior warf Magdalena einen strafenden Blick zu.

Doch die ließ sich nicht beirren und schob Melchior in Richtung des Eingangs vom ›Roten Ochsen‹.

»Was hast du vor?«, fragte Melchior sichtlich beunruhigt, während sie gemeinsam in die Wirtsstube traten. Der Schankraum war leer bis auf einen einsamen Zecher im hinteren Halbdunkel, der abwesend in den hölzernen Humpen vor ihm auf dem blanken Tisch starrte.

Hinter der Schänke, auf der ein Fass Wein und ein Glasballon mit Branntwein standen, tauchte im Kerzenlicht das versoffene Gesicht des Wirts auf. Der Mann, von gedrungener Gestalt, trug eine bauschige, schwarze Haube auf dem Kopf und ein Wams von gleicher Farbe, das in deutlichem Kontrast zu seiner auffallend hellen Hautfarbe stand.

»He, seid Ihr der Wirt des ›Roten Ochsen‹?«, fragte Magdalena forsch.

Und der Alte gab ebenso forsch zurück: »Das will ich meinen, junge Frau!« Er schien verunsichert, weil die Frau das Wort führte, während der kräftige Mann beinahe schüchtern im Hintergrund blieb.

»Dann habt Ihr doch wohl ein Quartier für uns, sei's für eine Nacht oder zwei?«

»Magdalena!«, mahnte Melchior im Flüsterton. »Du weißt, was ich gesagt habe.«

»Lass gut sein«, entgegnete Magdalena, während der Wirt zuerst sie, dann Melchior von oben bis unten musterte.

»Sechs Pfennige für eine Kammer pro Nacht«, meinte der Alte schließlich, und mit zusammengekniffenen Augen fügte er hinzu: »Ihr könnt doch wohl bezahlen?«

Melchior trat von hinten an Magdalena heran und versuchte sie aus der Wirtsstube zu ziehen. Aber Magdalena riss sich los, trat einen Schritt auf den Alten zu und hob den Saum ihres langen Kleides hoch. Mit schnellen Fingern nestelte sie am Kleidersaum, bis die Naht aufplatzte, und zog eine Goldmünze hervor. Die legte sie auf die Theke. Und etwas schnippisch meinte sie: »Ist Eure Frage damit beantwortet?«

Mit großen Augen beugten sich der Alte und Melchior über die blinkende Münze: ein Florentiner Goldgulden!

»Dafür könnt Ihr bleiben, solange es Euch in meinem Haus gefällt«, entgegnete der Wirt, während Melchior Magdalena fragend ansah. »Wenn es genehm ist, wird Euch mein Weib etwas zum Essen bereiten. Ihr seid sicher hungrig von der weiten Reise. Woher kommt Ihr, wenn ich fragen darf?«

»Aus dem Sächsischen«, kam Melchior Magdalena zuvor. Er hoffte, mit dieser Lüge ihre Spuren zu verwischen. Mit einem Lächeln ließ Magdalena die Goldmünze in einer Tasche ihres Kleides verschwinden.

Wenig später, als sie bei Tisch saßen und Schweinepfoten und Blutwurst, stinkendem Käse und deftigem Brot zusprachen und Frankenwein aus tönernen Bechern tranken, meinte Melchior kleinlaut: »Warum hast du nicht gesagt, dass du ein kleines Vermögen mit dir herumträgst?«

»Was hätte das geändert?« Magdalena hob die Schultern und fuhr fort: »Ich kann noch immer nicht begreifen, wie du deine Sprache wiedergefunden hast.«

Melchior schwieg betroffen. Aber Magdalena entging nicht, dass seine Hände zitterten. Während des Essens würgte es ihn. Und wie er so dasaß, wirkte der große, kräftige Kerl scheu und schüchtern wie ein jugendlicher Scholar.

»Tut mir leid«, versuchte Magdalena die Situation zu entspannen, »ich wollte dich nicht bedrängen. Lass uns zu den Gauklern gehen. Das wird uns beide auf andere Gedanken bringen!«

Als sie aus dem ›Roten Ochsen‹ auf die Straße traten, empfingen sie der Lärm und das bunte Treiben des Pöbels, dem solche Belustigungen höchst willkommen waren. Selbst ehrbare Bürger genossen den Auftritt der Trommler, Trompeter und Marktschreier. Ein Ausrufer versuchte den anderen zu übertönen, als sei seine

Attraktion das größte Spektakel, seit Jesus aus fünf Broten und zwei Fischen ein Mahl für fünftausend Männer gezaubert hatte, damals, vor eineinhalbtausend Jahren.

Frauen kreischten, wenn Schweine, Hunde, Katzen und kleine Jungen im Gedränge durch ihre Beine und unter die Röcke krochen, um nach Essensresten und Abfällen zu suchen. Die lagen zuhauf auf dem Platz herum. Es stank nach Pisse, weil weder Frauen noch Männer etwas dabei fanden, an Ort und Stelle ihrem Bedürfnis nachzukommen. Wein und Branntwein, der von Marketenderinnen aus Umhängefässern für einen Pfennig kredenzt wurde, taten ihr Übriges.

Geachtete Stadtbewohner in besserer Kleidung wurden von Lakaien begleitet, die ihrer Herrschaft mit Holzstangen den Weg bahnten und dabei derbe Flüche ausstießen. Zum Unwillen der einfachen Leute, die dies lautstark mit hämischen Sprüchen auf die Pfeffersäcke beantworteten.

Wenn Gaukler die Stadt bevölkerten, herrschte eine gewisse Gesetzlosigkeit. Gaukler lebten gesetzlos, sie galten als vogelfrei, und ein Verbrechen an ihnen fand keinen Richter. An einem Abend wie diesem war alles erlaubt, ohne den strengen Arm des Gesetzes fürchten zu müssen.

Ein derartiges Spektakel hatte Magdalena noch nie erlebt. Wann auch und wo? In Kindertagen hatte sie den Hof nie verlassen, und in der klösterlichen Abgeschiedenheit war jede Art von Volksbelustigung verpönt. Gaukler machten einen großen Bogen um Klöster und Konvente, weil sie damit rechnen mussten, dass man die Hunde auf sie hetzte.

Mit großen Augen verfolgte Magdalena die Kunststücke eines gelenkigen Jongleurs, der, auf einem alten Weinfass stehend, Reifen in die Luft warf, einen nach dem anderen, und, bevor sie zu Boden fielen, auffing und abermals in die Luft schleuderte. Nicht weit entfernt hatte ein Quacksalber ein Podium aufgebaut. In halber Höhe über den Gaffern pries er in einem fremden, kaum verständlichen

Dialekt Wunderelexiere, seltene Kräuter mit magischen Heilkräften und schlangenförmige verdorrte Wurzeln an. Die, so behauptete er jedenfalls mit krächzender Stimme, selbst einem Hundertjährigen die Manneskraft zurückgäben. Er war ganz in Schwarz gekleidet, und unter seinem knielangen, weiten Mantel ragten dürre Beine hervor, die in einer Strumpfhose steckten. Wenn er auf seinem Podium nach links und rechts stapfte, sah es aus, als stolzierte ein Storch über eine Flussaue. Verstärkt wurde der Eindruck durch einen Rabenschnabel vor der Nase, wie ihn die Pestärzte trugen, um zu verhindern, dass man ihnen zu nahe kam. Zur Belebung seines Geschäfts warf der Quacksalber ab und an kleine Säckchen mit getrockneten Pflanzen unter das Volk: Arnika, »den guten Beistand der Frauen«, Tausend-güldenkraut »gegen Erkältungen«, Eibisch, »der die Gicht aus den Knien zieht«, und Ehrenpreis, »der die Krätze auf der Haut vertreibt wie die Märzsonne den letzten Schnee«.

Da balgten sich die Gaffer um jedes Säckchen, das geflogen kam, und Magdalena zog Melchior mit sich fort zu einer aus Holzkisten und einem Balkengerüst errichteten Bühne. Der geschlossene rote Vorhang an einem quer gespannten Seil verbarg Geheimnisvolles und Sensationelles. Mit weiß gekalktem Gesicht und einer Spitz-mütze auf dem Kopf versprach ein bunt gekleideter Ausrufer gegen Entrichtung von zwei Pfennigen einen Blick auf den Riesen von Ravenna, welcher bei Regen aus der Dachrinne trinke, sowie auf menschliche Monstren mit Riesenköpfen und auf tierische Missge-burten wie eine Kuh mit einem Leib und zwei Köpfen.

Darüber hinaus machte er neugierig auf eine Zwergin – was heißt Zwergin – es sei die Königin des Zwergenvolks, eine von der Natur mit gerade vier Fuß Körpergröße und fünfundzwanzig Pfund Lebendgewicht bedachte Menschenfrau. Jedoch, was die Schöpfung ihr an Größe versagt habe, sei ihr an Lieblichkeit und Ebenmaß zu-teil geworden. Wovon Besucher des Spectaculums sich überzeugen könnten, wenn Ihre Lieblichkeit, die Zwergenkönigin, hinter dem Vorhang ihre Kleider fallen lasse. Dabei rollte der Ausrufer so sehr mit den Augen, dass diese wie reife Pflaumen aus dem weißen Gesicht hervortraten.

Im Nu bildete sich vor dem roten Vorhang eine Menschentraube. Jeder wollte vor dem anderen einen Blick auf die Wunder und Kuriositäten werfen.

Magdalena war todmüde, und Melchior vermittelte auch nicht gerade den Eindruck, als ob er gewillt sei, sich weiter ins Getümmel zu stürzen. Da zeigte Magdalena mit spitzem Finger in Richtung des Oberen Torturms. Von einem schweren Gauklerwagen, dessen Eisenräder auf dem Straßenpflaster verankert waren, führte ein Seil schräg zum obersten Fenster des Turms. An dem Seil hingen in regelmäßigem Abstand flackernde Laternen, die dem ganzen Szenario ein pittoreskes Aussehen verliehen. Im aufkommenden Abendwind tanzten sie hin und her wie Glühwürmchen in einer Juninacht.

»Ich will sehen, wie der Große Rudolfo auf dem Seil tanzt!«, rief Magdalena begeistert. Ihre Müdigkeit schien auf einmal verflogen.

Melchior war weniger begeistert. Aber dann gab er ihrem Drängen nach.

Um den Gauklerwagen, an welchem das Seil verankert war, herrschte große Aufregung. Ein stattlicher Mann in weißer Kleidung war unschwer als der Große Rudolfo zu erkennen. Er trug eine Bluse mit weiten Ärmeln, eine Kniehose aus dünnem Stoff, die seine Männlichkeit aufs Vorteilhafteste betonte. Seidenstrümpfe umspannten seine kräftigen Waden, und seine Füße steckten in weichem, weißem Schuhwerk, das keine feste Sohle zu haben schien.

Der Große Rudolfo zeigte sich ungehalten, weil das Seil, auf dem er zur Turmspitze des Oberen Tors balancieren wollte, im Abendwind schwankte wie ein Baumwipfel im Herbst. Vergeblich mühten sich ein paar Männer, das Seil straffer zu ziehen, um es neu zu verankern. Mit lautem »Hau ruck!« zogen und zerrten sie, um dem Seil mehr Spannung zu verleihen, aber es wollte nicht gelingen.

Magdalena warf Melchior einen Blick zu, als wollte sie sagen: Da fehlt ein kräftiger Mann wie du! Melchior verstand sehr wohl, was sie meinte, und noch bevor Magdalena auszusprechen wagte, was sie dachte, kam er ihr zuvor, stellte sich zu den anderen in eine Reihe und hing sich mit aller Kraft in das Seil, bis es nachgab und von Rudolfo in seiner Verankerung nachgespannt werden konnte.

Die Umstehenden klatschten anerkennend in die Hände, und der Große Rudolfo trat auf Melchior zu und bedankte sich überschwänglich. Sein italienisch klingender Name vermochte nicht seine fränkische Herkunft zu verleugnen.

»Er ist wohl der Stärkste hier in der Stadt«, meinte er lachend und schlug Melchior, der Rudolfo an Körpergröße deutlich überragte, auf die Schulter.

Melchior fühlte sich geschmeichelt. Er rang nach Worten: »Heute vielleicht«, erwiderte er schließlich. »Ich bin auf der Durchreise und nächtige im ›Roten Ochsen‹.«

»Wie dem auch sei, Fremder, du hast mir sehr geholfen. Warte hier. Vielleicht können wir nach der Vorstellung noch einen Humpen leeren.«

Melchior hob die Schultern und wollte antworten. Aber noch ehe er dazu kam, war der Große Rudolfo in seinem Gauklerwagen verschwunden.

Magdalena hatte die Szene ein paar Schritte entfernt beobachtet und die Einladung vernommen. Bei der Vorstellung, aus der Menge herauszutreten und mit dem Großen Rudolfo zu zechen, fühlte sie sich unbehaglich. Deshalb zog sie Melchior am Ärmel und raunte ihm zu: »Lass uns verschwinden. Es wäre besser, wir müssten keine Erklärungen abgeben, woher wir kommen, wohin wir gehen. Gauklern kann man nie trauen!«

»Du hast recht«, antwortete Melchior, und so drängten sie sich durch das Menschengewühl zurück zum ›Roten Ochsen‹. Der Wirt war sein einziger Gast. Er habe schon bessere Tage erlebt, bemerkte er im Hinblick auf die leere Gaststube mit sarkastischem Grinsen. Dann reichte er Melchior eine Laterne und wünschte eine gute Nacht.

Die Treppe zum obersten Stockwerk unter dem Dach ächzte bei jedem Schritt wie ein ausgedienter Leiterwagen, voll beladen mit Heu. Von den Wänden blätterte der Putz, und auch das Zimmer zur Nacht hatte schon bessere Tage erlebt. Zwei Fenster mit Butzenscheiben gingen zum Hof. Darunter stand das Bett, ein quadratischer Holzkasten zu ebener Erde mit einer Felldecke und zwei Strohsäcken, aus denen abgeknickte Strohhalme hervorragten. Neben dem Lager auf beiden Seiten ein Stuhl. Mehr gab es nicht an Einrichtung.

Melchior stellte die Laterne auf den rechten Stuhl und warf Magdalena einen Blick zu, den sie nicht deuten konnte. Was die Einrichtung einer Schlafstätte betraf, waren beide nicht gerade verwöhnt. Die Fenster hatten Scheiben aus Glas, die Strohsäcke waren trocken, und Mäuse oder Ratten schien es nicht zu geben – jedenfalls nicht auf den ersten Blick. Was wollten sie mehr?

Ohne groß darüber nachzudenken, begann Magdalena sich zu entkleiden. Dass Melchior dabei zusah, störte sie nicht. Die Jahre im Kloster hatten sie abgestumpft und ihr jede Sinnlichkeit gegenüber dem anderen Geschlecht genommen. Männer übten auf sie keine Anziehungskraft aus. Ja, in Gedanken fürchtete sie sich vor dem Augenblick, wenn ein Mann ihr jemals in eindeutiger Absicht gegenüberträte. Von Melchior hatte sie, dessen war sie sich gewiss, nichts zu befürchten. Als Kind hatte sie oft zur Sommerzeit nackt mit ihm im Bach gebadet. Für beide war das die natürlichste Sache der Welt. Warum sollte das jetzt anders sein?

Beim Anblick der flackernden Laterne erinnerte sie sich plötzlich wieder an die Vorkommnisse der vergangenen Nacht. Ihre Hände begannen zu zittern. Mit Daumen und Zeigefinger, die sie zuvor mit Speichel benetzt hatte, löschte sie das Licht und legte sich auf die rechte Seite des Bettes. Melchior folgte ihr schweigend, ohne sich seiner Kleider zu entledigen, als wollte er nachts jederzeit gerüstet sein, einen Feind abzuwehren.

Welchen Gedanken mag Melchior wohl nachgehen?, überlegte

Magdalena. Aus der Ferne drang der Straßenlärm in die finstere Kammer. Johlen, Rufen und Beifallsklatschen. Von wohliger Müdigkeit übermannt, war Magdalena gerade am Einschlafen, als sie, schon halb aus der Ferne, Melchiors Stimme vernahm.

»Du hast mich nicht gefragt, warum ich die Sprache wiederfand«, hörte sie Melchior sagen.

Von einem Augenblick auf den anderen war Magdalena hellwach. Was sollte sie antworten? Wie sollte sie reagieren? Schließlich redete sie in die Dunkelheit der Kammer: »Ich dachte, meine Frage würde dich unnötig belasten.«

Darauf machte sich erneut Schweigen breit. Die Stille zwischen beiden schien endlos, bis Magdalena es nicht mehr aushielt und fragte: »Warum, glaubst du, hast du die Sprache wiedergefunden?«

Offenbar hatte Melchior lange auf diese Frage gewartet. »Zuerst musst du wissen, warum ich die Sprache *verloren* habe«, antwortete er, und dabei konnte er seine Erregung kaum verbergen.

»Willst du es mir sagen?«

Als müsste er Anlauf nehmen für eine lange Erklärung, begann Melchior erst langsam, allmählich jedoch immer schneller zu reden. Dabei hörte er sich an, als erzähle er eine Geschichte, als rede er von jemand Fremden, nicht von seiner Mutter.

»Meine Mutter war eine Weißnäherin, eine Frau von großem Talent und blendendem Aussehen. Niemand, auch sie selbst nicht, konnte ahnen, dass gerade diese Eigenschaften Ursache eines tragischen Schicksals sein würden. Fingerfertigkeit und Geschmack, mit denen sie Weißwäsche fertigte, brachten ihr schon in jungen Jahren einen respektablen Kundenkreis. Herren des Adels ließen von meiner Mutter ihre Leibwäsche nähen, und der Bischof von Regensburg bezog von ihr seine mit reichlichem Spitzenbesatz verbrämten Chorhemden. Letzterer war es auch, der nicht nur an der Nähkunst seiner Schneiderin Gefallen fand, sondern auch an ihrem langen roten Haar und den üppigen Brüsten, welche jeder Amme zur Ehre gereicht hätten.

Als sie eines Tages dem Bischof das bestellte Chorgewand brachte, fragte er sie unverblümt, ob sie ihm nicht gefällig sein wolle – geradeso drückte er sich aus –, ihr Schaden solle es keinesfalls sein. Jung und unerfahren wie sie war, fühlte sich meine Mutter geschmeichelt, und die Aussicht auf einen einträglichen Liebeslohn und die Tatsache, dass der Bischof von stattlicher Statur und vornehmem Aussehen war, zerstreuten jegliche Bedenken.

Dir ist gewiss nicht unbekannt geblieben, dass unsere geistlichen Würdenträger sich, entgegen den Gesetzen der Kirche, allesamt Konkubinen halten. Viele pflegen sogar mehrere Verhältnisse und brüsten sich damit hinter vorgehaltener Hand. Demgegenüber zeigte sich der Bischof von Regensburg als Mann von Ehrbarkeit und Anstand. Jedenfalls behauptete meine Mutter, es habe keine Zweite gegeben, die ihr das bischöfliche Bett streitig machte …«

Magdalena unterbrach Melchior aufgeregt: »Ich glaube zu wissen, was jetzt kommt!«

»Ganz recht«, nahm Melchior seine Rede wieder auf. »Das Ergebnis dieser heimlichen Minne bin ich.«

»Du bist der Sohn eines leibhaftigen Bischofs.«

»Ich leugne es nicht.«

»Aber …«

»Kein aber! Dies ist nur die Vorgeschichte dessen, was ich eigentlich erzählen will.«

»So rede doch weiter, Melchior! Der Bischof hat dich übel behandelt!«

»Keineswegs«, entgegnete Melchior. »Bis zu meinem vierzehnten Lebensjahr kümmerte er sich treusorgend, wenn auch in aller Heimlichkeit um seine Konkubine und um mich. Er ließ mir bei den Benediktinern im nahen Kloster Metten eine strenge Erziehung angedeihen. Ich lernte lesen und schreiben und ein bisschen Latein und war wohl dazu ausersehen, ein Mönch nach der Ordo Sancti Benedicti zu werden. Da geschah das Unvorhersehbare.

Johannes Weitprecht, der Privatsekretär Seiner Eminenz, hatte sich seit Langem mit Diebereien in der bischöflichen Residenz hervorgetan. Goldene Kelche und kostbare Bücher, Gemälde und wertvolles Geschirr verschwanden auf rätselhafte Weise. Weitprecht stand schon immer im Verdacht. Aber niemand vermochte ihn seiner Taten zu überführen. Bis eines Tages ein fahrender Gemäldehändler dem Bischof ein Madonnenbildnis von Jan van Eyck zum Kauf anbot, das vor zwei oder drei Jahren aus der Residenz verschwunden war. Der Bilderhändler hatte vergessen, dass er das Gemälde am selben Ort gekauft hatte. Er identifizierte Weitprecht als den Verkäufer, dem er 50 Goldgulden bezahlt habe.

Der Bischof jagte Johannes Weitprecht zum Teufel. Doch statt zum Teufel ging dieser zum Bischof von Würzburg. Der lag in ständiger Fehde mit seinem Amtsbruder in Regensburg. Gegen eine sichere Anstellung versprach er, die Eminenz vom Main mit brisanten Informationen über seinen Widersacher von der Donau zu versorgen. Für einen Judaslohn wurde Weitprecht zum Verräter und gab den Namen der Liebschaft des Regensburgers preis.

Als die Nachricht in Regensburg ankam, verhielt sich der Bischof, den Vater zu nennen ich verabscheue, wie ein menschliches Schwein. Zu seiner Verteidigung verkündete er am Tage der Auferstehung des Herrn von der Kanzel, meine Mutter, die Weißnäherin, habe ihn auf hinterhältige Weise verhext. Sie habe ihn mit Magie zum Beischlaf gezwungen. Freiwillig, so beteuerte der niederträchtige Mann Gottes, hätte er sich nie und nimmer auf solcherart Fleischeslust eingelassen. Die Anwendung jedweder menschlicher Triebhaftigkeit sei nichts anderes als Teufelswerk.

Zufällig fügte es sich – was mich betrifft, glaube ich übrigens nicht an Zufall –, dass zwei Dominikanermönche, Parteigänger der Inquisition, in Regensburg weilten. Von einem Tag auf den anderen wurde meine Mutter dingfest gemacht, der Hexerei angeklagt und zwischen Angelus- und Mittagsläuten zum Tod auf dem Scheiterhaufen verurteilt.«

Magdalena fuhr von ihrem Lager hoch. Wie von Sinnen starrte

sie in die Dunkelheit der Kammer. »Mein Gott!«, stammelte sie ein ums andere Mal. »Mein Gott!« Mehr brachte sie nicht hervor.

Für Melchior schien seine Erzählung wie eine Befreiung. Er war in seinem Redefluss nicht zu bremsen:

»Ein Wanderprediger, der im Kloster um ein Nachtlager bat, brachte die Nachricht von dem furchtbaren Urteil nach Metten. Er kannte den Namen der als Hexe Verurteilten nicht. Aber ich wusste, dass es sich nur um meine Mutter handeln konnte. Ohne eine Nachricht zu hinterlassen, floh ich aus dem Kloster der Benediktiner in Richtung Regensburg. Es fügte sich, dass ich am Flussufer einen Schiffer traf, der seinen Frachtkahn mit zwei kräftigen Ackergäulen donauaufwärts zog. Er kam seiner Aufgabe allein, ohne einen Helfer, nach und hatte alle Mühe, das flachbauchige Schiff vom Ufer fernzuhalten. Ich musste daher nicht einmal betteln, ob er mich mitnähme. Wenn ich im Kahn das Ruder führte, meinte er, habe er in Regensburg sogar ein Trinkgeld für mich übrig. Auf diese Weise erreichte ich Regensburg in weniger als zwei Tagen. Ich wünschte, ich wäre dort nie angekommen.

Vor den Mauern der Stadt drängten sich Hunderte Menschen um einen qualmenden Scheiterhaufen. Im Näherkommen hörte ich Rufe: »Brenne, brenne, Teufelshure!« Aber auch anderes Geschrei: »Schickt die Dominikaner auf den Scheiterhaufen!« Und: »Nieder mit der Inquisition!«

Eine Alte, die mir Gebete murmelnd entgegenkam, fragte ich in meiner Verwirrung, was hier los sei. Die Teufelshure habe den Bischof verhext, krächzte sie, um sofort wieder in den trostlosen Singsang ihrer Gebete zu verfallen. Da war mir klar, dass ich zu spät kam.

Ich weiß selbst nicht, welcher Teufel mich ritt, als ich mich durch den geifernden Pöbel in die vorderste Reihe drängte. Was wollte ich eigentlich sehen? Wie meine Mutter brannte? Inzwischen waren die beiden Parteien aneinandergeraten. Die Befürworter des Urteils der Inquisition prügelten auf die Gegner ein, welche das

Schandurteil und mit ihm die ganze Inquisition verurteilten. Auch ich bekam einige Schläge ab – ich weiß nicht mehr von welcher Partei –, doch der schlimmste Schlag traf mich, als ein Windstoß den Qualm, der bis dahin den Scheiterhaufen und sein Opfer gnädig eingehüllt hatte, beiseitedrückte.

Ein Aufschrei aus Hunderten von Kehlen. Nur ich blieb stumm. Hoch über mir, in der Mitte des glimmenden Holzstoßes, erkannte ich, an einen Pfahl gebunden, meine Mutter. Ihr sackartiges Büßergewand, in das man sie für ihren letzten Weg gesteckt hatte, hing in schwarzen Lappen an ihrem Leib. Der Kopf war nach hinten gefallen, und ihr langes Haar glühte wie ein entzündeter Heuhaufen. Stumm vor Entsetzen, vergaß ich zu atmen. Ich sah ihren weit aufgerissenen Mund, als stieße sie einen Schmerzensschrei aus. Doch sie war schon lange nicht mehr bei Bewusstsein.

Dies alles erblickte ich vor meinen Augen; aber es erreichte nicht meinen Verstand, der mir ständig sagte: Was du da siehst, ist kein böser Traum, was sich hier vor dir abspielt, ist furchtbare Realität. Auch der Pöbel brauchte eine gewisse Zeit, um das Geschaute zu verarbeiten. Für die Zeitspanne eines Luftzuges war es still geworden, dass man das Knacken und Prasseln des Feuers hörte, mehr nicht. Bis schließlich aus den hinteren Reihen erneut der Ruf erschallte: »Brenne, brenne, Teufelshure!« Und sogleich hielt die gegnerische Partei dagegen: »Nieder mit der Inquisition!«

Der Luftzug hatte die Flammen inzwischen noch mehr entfacht. Gelbbrauner Qualm verhüllte das schauderhafte Schauspiel wie ein schwerer Theatervorhang. Ich selbst wollte einstimmen in die Rufe gegen die Dominikaner. Aber ich brachte nur hervor: »Nieder …« Da traf mich ein Schlag, als führe ein Blitz in meinen Kopf. Mir war, als verbrannte ich in meinem Innern. Eine unsagbare Starre bemächtigte sich meines Körpers. Ich dachte noch, wenn dich jetzt jemand anstößt, zerbrichst du in tausend Stücke wie ein tönerner Krug, der auf das Pflaster fällt. An mehr kann ich mich nicht mehr erinnern.

Abseits im Staub liegend, kam ich zu mir, als ein gütiges Frauenzimmer, eine beleibte Matrone, mir ein Scheffel Wasser ins Gesicht schüttete und sich nach meinem Befinden erkundigte. Verunsichert blickte ich um mich. In einiger Entfernung sah ich den niedergebrannten Scheiterhaufen oder das, was die Flammen übrig gelassen hatten. Ein beißender Gestank lag in der Luft und hatte die meisten Gaffer vertrieben. Einige tanzten mit zufriedenem Grinsen um den Haufen verkohlter Holzscheite und schwelender Asche.

Ich wollte die Frage der beleibten Matrone beantworten. Dass es mir gut gehe, dass ich aber noch Zeit brauchte, um mich vollends zu erholen. Im Übrigen wollte ich mich für ihre Hilfe bedanken. Aber dazu kam es nicht: Vergeblich riss ich den Mund auf, versuchte erfolglos auch nur einen Ton hervorzubringen, holte tief Luft und nahm erneut Anlauf. Doch ich blieb stumm wie ein Fisch. Ich glaubte den Verstand zu verlieren, als ich ein ums andere Mal zum Sprechen ansetzte. Vergebens.

In diesem Augenblick befielen mich trübe Gedanken. Etwa, dass meine Mutter doch vom Teufel besessen gewesen war und dass der Leibhaftige sich nun *meiner* bemächtigt habe. Du kannst dir nicht vorstellen, wie das ist, wenn du in Gedanken klare Worte formulierst, aber nicht in der Lage bist, diese Wörter auszusprechen.

Als wäre der Teufel hinter mir her, sprang ich auf, klopfte den Staub von meinem Gewand und rannte davon. Ich hetzte über die steinerne Brücke in Richtung Norden. Wohin ich eigentlich wollte, war mir nicht klar. Nur weg vom Ort des grauenhaften Geschehens.

Erst gegen Abend, als meine Lungen schmerzten und jeder Schritt ein Stechen in der Seite verursachte, ließ ich mich an einem Waldrand ins Moos fallen. Drei Wochen irrte ich durch die Höhen und Täler des Steigerwaldes, bat gestenreich um Arbeit bei den Bauern. Aber die meisten jagten mich davon, weil sie mich nicht verstanden oder fürchteten, ich könnte besessen sein.

Nach drei Wochen, in denen ich mich vom Betteln ernährte und dem, was der Wald zur Sommerzeit hergab, kam ich zum Hof deines Vaters. Er suchte seit Langem einen Knecht ohne Lohn. Den Rest der Geschichte kennst du …«

Magdalena hatte ergriffen Melchiors Worten gelauscht. Mit dem Handballen wischte sie die Tränen aus ihren Augen.

»Jetzt verstehe ich, warum du die Sprache verloren hast«, bemerkte sie leise schluchzend. »Aber was die Besessenheit anbelangt, solltest du dir keine Gedanken machen. Was dir widerfahren ist, hätte auch jeden anderen verstummen lassen.«

»Jedenfalls«, antwortete Melchior, »mied ich seither jedwedes Feuer. Ich fürchtete es wie der Teufel das Weihwasser. Hätte ich geahnt, dass es ausgerechnet des Feuers bedurfte, um mich von meiner Sprachlosigkeit zu erlösen, ich wäre beim nächsten Johannisfeuer mit den Jungen über die Flammen gesprungen. Allerdings ist mir während meiner Stummheit auch bewusst geworden, wie viel Unnötiges und Dummes die Menschen reden, das sie besser für sich behalten würden. Hörst du mir überhaupt noch zu?«

An Magdalenas regelmäßigem Atem merkte Melchior, dass sie eingeschlafen war. Ihm war das gar nicht unlieb. Er selbst war nicht weniger schläfrig, und es bedurfte nur weniger Augenblicke, bis auch Melchior einschlief.

Durch die winzigen Fenster der Kammer fielen bereits die ersten Sonnenstrahlen, als Magdalena und Melchior von rüdem Lärm geweckt wurden. Schwere Schritte suchten den Weg treppauf nach oben. Vor ihrer Türe angelangt, hörte man geheimnisvolles Flüstern, und noch ehe die Herbergsgäste richtig wach waren, wurde die Zimmertüre aufgestoßen, und vier Männer scharten sich in drohender Haltung um das Bett.

Magdalena setzte ihre Haube auf und zog ihre Schaffelldecke bis zum Hals. Unter den vier Männern erkannte sie den Wirt vom ›Roten Ochsen‹. »Was soll diese Ungehörigkeit?«, wies sie den Alten zurecht. Und Melchior knurrte mit belegter Stimme: »Macht, dass ihr rauskommt.«

Da ergriff der zweite das Wort und gab sich als Amtmann zu erkennen, in Begleitung zweier Schergen. An den Wirt vom ›Roten Ochsen‹ gewandt stellte er die Frage: »Ist das jenes Weib, welches den Florentiner Goldgulden aus seinem Gewand hervorzog?«

Der Wirt nickte und schlug die Augen nieder.

Da wandte sich der Amtmann an Magdalena: »Wie ist dein Name, dein Alter und deine Herkunft?«

Magdalena warf Melchior einen hilfesuchenden Blick zu. Aber auch der zeigte sich im Augenblick verunsichert, wie sie der Sachlage begegnen sollten.

In der Hoffnung, dass sie damit die Situation entschärfen könnte, erklärte Magdalena mit fester Stimme: »Ich heiße Magdalena Beelzebub, bin 22 Jahre alt und leibliche Tochter des Lehnsmanns Gebhard Beelzebub, der ein Gehöft zwei Tagereisen von hier bewirtschaftet.«

»Und er?« Der Amtmann zeigte mit geballter Faust und gestrecktem Daumen auf Melchior.

»Ich begleite Magdalena auf dem Weg nach Würzburg«, kam ihr Melchior mit der Antwort zuvor.

»Ach!«, bemerkte der Amtmann spitz. »Und nachts teilst du mit ihr das Lager?«

Melchior erhob sich, trat vor den Amtmann hin, den er um einen ganzen Kopf überragte, und sagte: »Ich wüsste nicht, was Euch das angeht! Und wenn Magdalena einen Goldgulden aus ihrem Gewand hervorzieht, erkenne ich darin keine strafbare Handlung, wenn nicht die, dass der ›ehrenwerte‹ Herbergsvater seine Gäste fälschlich des Diebstahls bezichtigt. Das ist es doch, warum Ihr hier seid?«

»Du hast es erraten, Fremder! Aber wenn du mir erklären kannst, woher das Gold stammt, dann habt ihr beide nichts zu befürchten.«

Magdalena und Melchior sahen sich verstohlen an. Sie waren drauf und dran, sich in ein Netz aus Lügen zu verstricken, aus dem sie möglicherweise nicht mehr herausfänden. Deshalb zogen sie es vor zu schweigen.

Das aber machte den Amtmann zornig: »Nun gut, wenn ihr nicht reden wollt, dann sperre ich euch in den Turm. So lange, bis euch einfällt, woher ihr das Gold habt. Zieh dein Kleid an«, wandte er sich an Magdalena, »und packt eure Sachen!«

»Sie haben nichts zu packen!«, wandte der Wirt ein. »Sie kamen nur mit dem, was sie am Leibe trugen!«

Während Magdalena in ihre Kleider schlüpfte, ließen sie der Amtmann und seine Schergen keinen Moment aus den Augen. Kopfschüttelnd meinte der: »Gold in den Taschen, aber kein Bündel Gepäck. Ich glaube, da haben wir einen guten Fang gemacht. Also los!«

Flankiert von den Schergen, die Magdalena und Melchior am Oberarm festhielten, überquerten sie den großen Platz in Richtung der Stadtmauer. Dort lag das Gefängnis, ein klotziger, zweistöckiger Bau mit vergitterten Fenstern.

Mit Fußtritten und Puffen schubsten die beiden Schergen die Delinquenten die schmale Treppe hoch ins obere Stockwerk und öffneten eine Zellentür. Sie wurden von Lärm und lautem Gejohle empfangen.

In der kleinen düsteren Zelle, die mit Stroh ausgelegt war und keinerlei Mobiliar enthielt, lungerten schon fünf oder sechs Gefangene beiderlei Geschlechts herum. Durch das winzige Fenster knapp unter der Decke fiel kaum Licht. Es stank abscheulich, was daher rührte, dass in der Ecke ein marodes Fass stand, das zur Verrichtung der Notdurft diente.

Mit einem lauten Schlag fiel die Zellentür ins Schloss. Dann verebbte der Lärm, und die Zelleninsassen, vier Männer und zwei Frauen, starrten die Neuankömmlinge misstrauisch an. Ein aufgedunsener Mann mit langem, strähnigem Haar und eingefallenem Mund, dem die Vorderzähne fehlten, trat mit hinterhältigem Grinsen an Magdalena heran. Mit einer ekelhaften Grimasse prüfte er zwischen Daumen und Zeigefinger den Stoff ihres Kleides. Schließlich meinte er an die anderen gewandt: »Wen haben wir denn da?

Ich glaube, man hat uns bessere Leute ins Nest gelegt!« Und dabei machte er eine provozierende Verbeugung.

Noch ehe er sich versah, war Melchior vor den Zahnlosen hingetreten, hatte beide Hände um dessen Hals gelegt und drückte ihn so gegen die Wand, dass der Kerl mit hochrotem Kopf nach Luft rang und jeden Augenblick zu ersticken drohte. Kurz davor ließ Melchior von ihm ab, und der Mann glitt lautlos an der Wand zu Boden.

Nicht zum ersten Mal, aber mit ehrlichem Zweifel, quälte Magdalena der Gedanke, ob es nicht besser gewesen wäre, im Kloster Seligenpforten zu bleiben, ja, ob sie nicht reumütig dorthin zurückkehren sollte. Sie hatte auf dem Stroh einen Platz gefunden und verfolgte angewidert die schwarzen Krabbeltiere, die auf dem rauen Steinboden ein Versteck suchten.

»Ich ahne, was du jetzt denkst«, bemerkte Melchior leise und ließ sich neben Magdalena nieder.

Magdalena nickte stumm.

Melchiors brutale Reaktion hatte den übrigen Zelleninsassen einen gehörigen Schrecken eingejagt. Sie vermieden, dass sich ihre Blicke kreuzten, und unterhielten sich nur noch im Flüsterton.

Gegen Abend – in der Zelle herrschte bereits stockdunkle Nacht, und Magdalena und Melchior saßen Rücken an Rücken auf einer Strohgarbe – näherten sich Schritte. In der Türe erschien der Amtmann mit einer Laterne, begleitet von einem Unbekannten.

Magdalena beschlich ein ungutes Gefühl, und auch Melchior hatte eine unheilvolle Ahnung. Vor allem, als ihm der Amtmann die Laterne vors Gesicht hielt und sich an seinen Begleiter wandte: »Meint Ihr wohl diesen da?«

Vom Licht geblendet, konnte Melchior den zweiten Mann nicht erkennen. Er hörte nur, wie er sagte: »Ja, das ist er!«

»Und das Weib an seiner Seite?«, fragte der Amtmann zurück.

Hilfesuchend klammerte sich Magdalena an Melchior.

»Sie teilten sich in der Herberge *ein* Lager«, ergänzte der Amtmann.

49

Der Unbekannte knurrte irgendetwas Unverständliches. Nach kurzem Überlegen meinte er: »Dann gib mir eben beide frei. Ich bürge für beide. Genügt dir mein Wort?«

Melchior blickte auf: Der Unbekannte war der Große Rudolfo. Noch bevor Melchior reagieren konnte, hob Rudolfo beide Hände, als wollte er sagen: Es ist besser, wenn du schweigst!

Da schwieg Melchior, und Magdalena sah ihn fragend an.

3. KAPITEL

Wie bei allen wundersamen Ereignissen gab es auch für die unerwartete Befreiung aus dem Kerker von Ochsenfurt eine einfache Erklärung. Vor wenigen Wochen hatte die Gauklertruppe auf dem Weg zum Bodensee ihren Wagenmeister verloren, Wigobert mit Namen und verantwortlich für den Transport der Aufbauten und Gerätschaften, vor allem aber für das Spannen des Seils, auf welchem der Große Rudolfo balancierte. Auf abschüssigem Weg vor Meersburg war Wigobert beim Anlegen des Bremsschuhs von seinem eigenen Leiterwagen überrollt worden. Er starb noch am selben Tag.

Als Melchior am Abend zuvor dem Großen Rudolfo beim Spannen des Seils zu Hilfe gekommen war, hatte dieser Kraft und Statur des Fremden bewundert, welche der von Wigobert in nichts nachstand. Seine äußere Erscheinung ließ darauf schließen, dass Melchior nicht gerade vom Glück gesegnet und deshalb nicht abgeneigt war, mit der Gauklertruppe durch die Lande zu ziehen. Allerdings konnte Rudolfo nicht ahnen, dass Melchior in Begleitung einer Frau und unter keinen Umständen bereit sein würde, ihm ohne Magdalena zu folgen.

Nun standen die beiden dem Großen Rudolfo vor einem heruntergekommenen Gauklerwagen gegenüber. Zwar kam das Angebot Melchior durchaus gelegen, aber Magdalena allein ihrem Schicksal zu überlassen, kam für ihn nicht infrage. Melchior trat einen Schritt zurück und machte vor dem Großen Rudolfo die Andeutung einer

Verbeugung. Magdalena tat es ihm gleich. Eigentlich wollte er sich bedanken, dass er sie aus dem Gefängnis geholt hatte; aber noch bevor es dazu kam, packte Rudolfo beide am Ärmel, und alle drei steckten die Köpfe zusammen.

»Du solltest dir die Sache noch einmal überlegen!«, meinte Rudolfo mit schmalen Lippen. Seine Stimme hatte auf einmal etwas Bedrohliches, und sein Blick schien bis in sein tiefstes Innerstes zu dringen. Mit einem etwas verbindlicheren Ton fügte er hinzu: »Ich kann ja verstehen, dass du von dem Weib nicht lassen kannst. Sicher werden wir auch für sie noch eine Aufgabe finden.«

Magdalena war nicht verborgen geblieben, dass der Große Rudolfo sie im Verlauf der Unterredung keines Blickes gewürdigt hatte. Auch jetzt nicht, da sich das Gespräch um sie drehte. Die Jahre im Kloster Seligenpforten hatten sie allerdings gelehrt, dass sich hinter scheinbarer Nichtbeachtung oftmals weniger Stolz und Überheblichkeit als vielmehr Verlegenheit und eine gewisse Menschenscheu verbargen.

»Was denkst du?«, hörte sie, in Gedanken versunken, Melchior fragen.

Magdalena hob die Schultern und schob die Unterlippe nach vorne, als ringe sie noch um eine Entscheidung. In Wahrheit hatte sie längst einen Entschluss gefasst. Die Aussicht, mit Gauklern durch die Lande zu ziehen, heute hier, morgen dort, erschien ihr, nach Jahren des Eingesperrtseins hinter Klostermauern, wie eine Befreiung, ja, eine Erlösung. Hatte sie nicht manches Mal während des endlosen Singsangs beim Rosenkranz-Gebet davon geträumt, wenigstens einen kleinen Teil dieser Welt zu erleben?

»Wir können es doch einmal versuchen!«, entgegnete sie, immer noch bemüht, ihre wahre Begeisterung zu unterdrücken.

»Da hörst du's«, bemerkte Rudolfo und warf Melchior einen vorwurfsvollen Blick zu. »Kommt mit mir, ich will euch die anderen Mitglieder der Truppe vorstellen, bevor wir nach Würzburg aufbrechen. Ach ja –« Rudolfo holte den Florentiner Goldgulden aus der

Tasche, den der Amtmann Magdalena abgenommen hatte, und gab ihn ihr – »mit Gold sollte man vorsichtiger umgehen. Gold öffnet alle Türen, auch die von Neid und Misstrauen. Eure Rechnung im ›Roten Ochsen‹ habe ich im Übrigen beglichen.«

»Das hättest du nicht tun müssen!«, meinte Melchior entrüstet. »Du wusstest doch nicht einmal, ob wir uns einigen würden.«

Der Große Rudolfo lachte, er lachte so laut, dass es von den kahlen Holzwänden des Gauklerkarrens widerhallte: »Das wusste ich sehr wohl. Merkt euch eines: Was der Große Rudolfo sich in den Kopf setzt, setzt er auch durch!«

Auf der Marktstraße des Ortes wurde es allmählich lebendig. Die Gaukler waren mit den Vorbereitungen zur Abreise beschäftigt, und Rudolfo rief seine Leute zusammen. Einige von ihnen, wie den weiß gekalkten Quacksalber, den lautstarken Marktschreier Constantin Forchenborn, den gelenkigen Jongleur, den Riesen von Ravenna und die Königin des Zwergenvolks, hatten sie am Abend zuvor schon gesehen. Bei Tageslicht und ohne ihre phantasievollen Gewänder wirkten jedoch alle ganz anders.

Zur Truppe gehörten auch eine Wahrsagerin, ein rassiges Frauenzimmer von verhaltener Schönheit, ein fahrender Sänger und eine Schlangenfrau, die ihren schlanken Körper verbiegen konnte wie einen grünen Weidenzweig. Vor allem aber eine leibhaftige Indianerin mit schwarzem Haar und roter Haut, welche sie allabendlich zur Vorstellung mit einem Gemisch aus Roten-Rüben-Saft und Ochsenblut einfärbte. Auf diese Weise gelang es ihr, sich in Rudolfos Menagerie als Beutestück des Christoph Kolumbus zu präsentieren, welches dieser von seiner dritten Seereise aus der Neuen Welt mitgebracht habe. Kaum jemand unter den zahlenden Gaffern ahnte, dass sie eigentlich Hiltrud hieß und aus dem Erzgebirge stammte. Nicht zu vergessen vier kräftige Fuhrknechte, raue Burschen ohne Benehmen – aber das verlangte auch niemand.

Sie alle begegneten den Neuen nicht gerade unfreundlich, aber doch mit spürbarer Reserviertheit, was daher rührte, dass wohl alle

Magdalena und Melchior für ein Paar hielten. Am deutlichsten tat Megistos, so der Name des buckeligen Quacksalbers, seinen Unmut gegen die beiden kund, indem er sich vor versammelter Mannschaft bei Rudolfo heuchlerisch erkundigte, ob jene wohl einen eigenen Gauklerwagen beanspruchten. Als Rudolfo beteuerte, Magdalena und Melchior seien keineswegs Mann und Frau, nicht einmal ein Paar, und nur der Zufall habe sie zusammengeführt, herrschte allgemeine Zuversicht – jedenfalls schien es so.

Gegen Mittag waren die Wagen beladen, Pferde und Ochsen angespannt. Ein Zug aus bunt bemalten Gauklerwagen und Ochsenkarren mit ihren Gerätschaften setzte sich in Richtung des Stadttores in Bewegung. Magdalena und Melchior hatten in einem Planwagen, gleich hinter dem vorausfahrenden Gefährt des Großen Rudolfo, Platz gefunden. Dass eine verschlissene Stoffplane das Fahrzeug bogenförmig überspannte, ursprünglich dafür gedacht, vor Sonne und Regen zu schützen, erwies sich als besonderer Vorteil. Denn dieselben Gaffer, die den Gauklern am Vorabend begeistert Beifall gezollt hatten, bewarfen sie jetzt mit Pferdeäpfeln und stinkendem Ziegendreck und verhöhnten sie mit Rufen wie: »Gebt unsere Wäsche zurück, die ihr von den Leinen gestohlen habt!« Oder: »Gebt unseren Töchtern die Unschuld wieder!«

»Das muss dich nicht weiter stören«, bemerkte der Jongleur, der sich als Benjamino vorgestellt und neben Magdalena Platz genommen hatte. »Das ist nun einmal das Los von uns Gauklern: gestern bejubelt, heute verachtet.«

Magdalena lächelte gequält. Der Klang seiner Sprache ließ tatsächlich den Schluss zu, dass Benjamino von italienischer Herkunft war.

»Wie lange machst du das schon?«, fragte sie neugierig, aber auch, um irgendwie ins Gespräch zu kommen.

Der Jongleur faltete die Hände wie zum Gebet und reckte sie theatralisch gen Himmel: »Maledetto«, rief er und verdrehte die Augen, »seit ich laufen kann! Und das ist ziemlich lange her. Bis zu meinem zwölften Lebensjahr musste ich meinen Eltern zur Hand gehen, die als Jongleurspaar über die Jahrmärkte zogen. Dann wurden die Zeiten schlecht, und sie verkauften mich an den Großen Rudolfo. Seither ziehe ich mit ihm durch die Lande. Ich kann mich nicht beklagen.«

Benjamino redete nicht gerade so, als haderte er mit seinem Schicksal.

»Und du?«, fragte er, ohne Magdalena anzusehen, während der Planwagen über einen steinigen Weg holperte. »Jadwiga, die polnische Schlangenfrau, glaubt zu wissen, dass du aus einem Kloster davongelaufen bist.«

»Woher will sie das wissen, die polnische Schlangenfrau?«, entgegnete Magdalena gereizt und rückte mit säuerlicher Miene ihre Haube zurecht.

»Jadwiga meinte, du hättest kaum Haare auf dem Kopf, so wie es bei Nonnen üblich ist; und deshalb trügest du auch immer diese Haube.«

Magdalena warf Melchior zu ihrer Rechten einen verschämten Blick zu. Sie litt unter den kurzen Stoppeln auf ihrem Kopf mehr als unter dem Hunger und Durst, welche sie seit ihrer Flucht aus Seligenpforten begleitet hatten.

»Du kannst ruhig die Wahrheit sagen«, knurrte Melchior, der das Gespräch scheinbar teilnahmslos verfolgt hatte. »Schließlich hast du nichts Unrechtes getan.«

Da fiel ihm Benjamino ins Wort: »Verzeih, ich wollte nicht aufdringlich sein. Selbst wenn Jadwiga recht hätte – was wäre schon dabei? Zu Tausenden verlassen Nonnen und Mönche in diesen Tagen ihre Klöster, weil ihnen bewusst wird, dass das Versprechen ewiger Glückseligkeit eben nur ein Versprechen ist, eine billige Verheißung ohne jedes Unterpfand. Wenn du mich fragst, ich kann mir einfach nicht vorstellen, dass Gott den Menschen und seine Natur geschaffen hat, um sie dann beide strikt voneinander zu trennen, ja, dem Menschen sogar zu verbieten, dass er sich so verhält, wie es seiner Natur entspricht. Verdammt noch mal, warum hat Gott die menschlichen Triebe geschaffen, wenn es verboten ist, ihnen zu folgen? Warum hat er uns Gauklern mit der Fähigkeit ausgestattet, die Leute zum Staunen zu bringen, zum Lachen oder zur Neugierde, wenn du all diese Bedürfnisse nicht befriedigen darfst?«

Solche Worte hätte Magdalena von dem Italiener nie erwartet. Deshalb fiel ihr auch die Antwort leicht, als sie sagte: »Ja, ich bin weggelaufen aus dem Kloster Seligenpforten. Aber ich habe kein Gelübde gebrochen. Ich verschwand wenige Tage vor meiner Profess. Allerdings hatte ich noch andere Gründe als die, welche du genannt hast.«

»Schon gut«, bemerkte Benjamino, »du brauchst dich doch nicht zu rechtfertigen!« Dann verfiel er in ein längeres Schweigen.

Auf dem mühevollen Weg, der durch Laubwälder bergauf und bergab führte und bisweilen so schlecht war, dass sie aussteigen und die Wagen und Karren anschieben mussten, begegneten sie immer wieder furchterregenden Bauernhorden. Die heruntergekommenen Gestalten, meist Häuflein von fünf bis zwanzig Mann, sahen erbärmlich aus: zerlumpte Kleider, blutende Wunden und manche mit verstümmelten Armen und abgeschlagenen Beinen, die sie durch einen Holzstumpf ersetzt hatten. Ihr Kampf gegen die Obrigkeit richtete sich nicht nur gegen den Adel, vor allem kämpften sie gegen den Klerus und die weltliche Kirchenherrschaft. Mit roher Gewalt forderten sie die Aufhebung der Leibeigenschaft und des Zehnten. Doch ihr Aufbegehren war von vornherein zum Scheitern verurteilt.

Auf halbem Weg wurden die Gaukler inmitten eines Buchenwaldes von einer solchen Horde überfallen. Magdalena klammerte sich fest an Melchior, der, wie es den Anschein hatte, nicht die geringste Furcht zeigte. Mit leiser Stimme raunte er Magdalena zu: »Keine Angst! Sie werden uns nichts tun, sie wissen, dass wir auf ihrer Seite sind.«

Und tatsächlich – nachdem einige Männer in das Zaumzeug der Pferde gegriffen und die Gauklerwagen zum Stehen gebracht hatten, pfiff der Anführer zweimal durch die Finger, und die anderen ließen ihre Waffen, Lanzen und Sensen, Sicheln und Äxte sinken.

Als sei es die selbstverständlichste Sache der Welt, sprang Melchior vom Wagen und trat dem Anführer entgegen: »Sage deinen Leuten, dass wir Gaukler sind. Und Gaukler sind immer auf eurer Seite!«

»Ich weiß«, brummelte der Anführer, »ihr seid die Truppe des Großen Rudolfo. Verzeiht die Unbeherrschtheit meiner Leute. Aber in unsicheren Zeiten wie diesen ist jeder, der uns begegnet, zuerst mal ein Feind. Ihr seid doch Rudolfo?«

Als er seinen Namen hörte, steckte Rudolfo seinen Kopf aus dem Planwagen: »*Ich* bin der Große Rudolfo!« Und mit einem großen Satz sprang er aus seinem bunten Gefährt und blickte triumphierend in die Runde.

»Rudolfo, der Große Rudolfo!«, tönte es aus den rauen Kehlen der bewaffneten Bauern.

Für einen Augenblick genoss Rudolfo den unerwarteten Applaus. Dann meinte er mit ernster Stimme: »Sie haben euch übel mitgespielt!« Er trat auf einen jungen Kerl zu, der über und über mit Blut besudelt war. Sein rechter Arm – oder besser das, was im Kampf von seinem rechten Arm übrig geblieben war – steckte in zwei zu einer Röhre zusammengelegten und mit einem Strick verbundenen halbrunden Dachziegeln, aus denen das Blut tropfte.

»Er ist noch keine sechzehn«, bemerkte der Anführer, als er Rudolfos Blick auffing. »Aber was das Schlimmste ist: Alles war umsonst!«

Da brüllte Rudolfo, dass es im Wald hallte: »Wo ist dieser gottverdammte Quacksalber!«

Der trat geduckt, was seinen Buckel noch krummer erscheinen ließ, hinter dem Planwagen hervor und besah sich den Armstumpf des Jungen. Er konnte nur schwer verbergen, wie widerwillig er seiner Aufgabe nachkam.

57

»Ich bin doch kein Wundarzt!«, bemerkte er, ohne aufzublicken.

»Aber der Junge wird in diesem Zustand nicht überleben!«

»Das ist wohl wahr.«

»Ja und?« Rudolfo wurde wütend, wütend wie ihn die Gaukler kaum jemals gesehen hatten: »Was bist du doch für eine jämmerliche Kreatur. Predigst Abend für Abend auf den Marktplätzen, dass gegen jede Krankheit ein Kraut gewachsen ist, dass du in der Lage bist, Hundertjährigen zu neuer Manneskraft zu verhelfen und mit Hilfe von Ehrenpreis die Krätze zu vertreiben, aber einen Todgeweihten willst du bedenkenlos seinem Schicksal überlassen. Was bist du doch für ein Idiot, Quacksalber!«

Inzwischen hatte die gesamte Gauklertruppe einen Kreis um den bedauernswerten Jungen, um den Quacksalber, Rudolfo und den Anführer der aufständischen Bauern gebildet. Als wäre er auf einmal vom Geist christlicher Nächstenliebe erleuchtet worden, klatschte der Quacksalber in die Hände und rief: »Holt mir meine Truhen und Kästen vom Wagen! Wir haben keine Zeit zu verlieren.«

Die Fuhrknechte, denen das Schicksal des Jungen zu Herzen ging, wuchteten die Utensilien des Quacksalbers auf den Waldboden, und der begann die Wunde zu versorgen. Er tauchte eine Wurzel, die das unförmige Aussehen einer dicken Frau hatte, in ein Fläschchen mit einer trüben geheimnisvollen Flüssigkeit. Vorsichtig presste er die Wurzel gegen die offene Wunde, dass der Junge aufschrie und den Armstumpf hilfesuchend gen Himmel reckte. Als er den Arm sinken ließ, hatte der Schmerz nachgelassen, der Blutfluss war gestillt.

Während der Quacksalber, ohne ein Wort zu verlieren, die Wunde mit einer Tinktur versorgte und aus einem Dutzend Phiolen einen Trunk mischte, der dem Jungen neue Lebenskraft verleihen sollte, begann der Anführer, an Rudolfo gewandt, zu erzählen: »Ein Leben lang waren sie einander spinnefeind, die Herren Fürstbischöfe und Bischöfe, die feinen Domherren, Markgrafen und das Adelsgesindel.

Aber als es gegen uns ging, die einfachen Bauern, da verband sie auf einmal große Einigkeit. Wie Tiere haben sie uns vor sich hergetrieben, gestochen und gemetzelt, dass Gott erbarm. ›Stecht sie tot! Stecht sie tot!‹, riefen sie voller Hass. Mir geht der Schlachtruf nicht aus den Ohren. Am Tage vor gestern haben uns die Bündischen geschlagen. Die paar, die überlebt haben wie wir, sind in alle Himmelsrichtungen geflohen. Sie verstecken sich in den Wäldern oder überfallen unsere eigenen Leute, die Bauern, die ihnen nichts zu essen geben wollen, aus Angst vor der Rache der Bündischen.«

Zermürbt und entkräftet lagen die Männer auf dem Waldboden. Als Rudolfo seine Leute aufforderte, ihnen aus den eigenen Vorräten, die sie in einem Truhenwagen mit sich führten, etwas abzugeben, fielen sie über das Brot her wie wilde Tiere, balgten sich um die größeren Stücke und schlugen aufeinander ein, bis der Anführer sie mit einem lauten: »He da!« zur Räson brachte.

»Und was soll nun werden?«, erkundigte Rudolfo sich vorsichtig, aber nicht ohne Grund. Ihm ging durch den Kopf, dass sie als Gaukler wohl am falschen Ort seien und ob es nicht angebracht wäre, einen großen Bogen um Würzburg zu machen.

»Was soll schon werden?«, antwortete der Anführer mit sarkastischem Lachen. »Nach verlorener Schlacht wird es uns jetzt noch schlechter gehen als vorher. Und was die Stadt Würzburg und ihre aufständischen Bürger betrifft, hat der Bischof ihnen bis morgen früh ein Ultimatum gestellt: Sie haben alle Waffen abzuliefern, pro Anwesen eine Entschädigung an Seine Eminenz zu zahlen, dem hohen Herrn zu huldigen, die Anführer des Aufstandes abzuurteilen und die Stadttore den Bündischen zu öffnen.«

»Und, werden sie es tun?«

Der Anführer hob die Schultern. »Was bleibt ihnen anderes übrig? Wenn die Würzburger den Forderungen nicht nachkommen, wollen die Bischöflichen, so war zu hören, alle Felder und Weinberge anzünden und alle Bewohner der Stadt, so sie das zwölfte Lebensjahr vollendet haben, vom Leben zum Tode befördern.«

Mit zitternden Lippen hatte Magdalena den Worten des Anführers gelauscht. Melchior hielt ihre Hand und versuchte sie zu beruhigen: »Gaukler gelten nicht als Parteigänger der Aufständischen. Insofern haben wir auch nichts zu befürchten. Du kannst beruhigt sein.«

Inzwischen hatte der Quacksalber die medizinische Versorgung des verletzten Jungen beendet und begann seine Utensilien in Kästen und Truhen zu verstauen. Da näherte sich aus dem Wald von Westen her Pferdegetrampel. Der modrige Waldboden ließ das rhythmische Donnern der Hufe dumpf und hohl erscheinen wie Paukenschläge. Mit offenem Mund lauschte der Anführer in die Richtung, aus der die Geräusche kamen.

»Die Bündischen!«, zischte er. Im Nu rappelten sich die Aufständischen hoch und ergriffen die Flucht nach Osten. Einer von ihnen humpelte, auf einen krummen Stecken gestützt, hinterher. Ebenso der Junge, den der Quacksalber versorgt hatte.

Kaum waren die beiden im Dickicht verschwunden, sprengte ein stattlicher Reiter auf einem Rappen auf die Lichtung, gefolgt von einem feisten Reitersmann, dessen schwarz-weiße Kleidung unschwer als die Tracht eines Domherrn zu erkennen war. Der stattliche Reiter zügelte sein Pferd, dass es sich mit den Vorderläufen mehrmals hintereinander aufbäumte, bis es endlich vor dem Großen Rudolfo zum Stehen kam. Der Domherr tat es ihm gleich, wenn auch nicht mit derselben Eleganz.

Während ein Dutzend weiterer Reiter eintrafen, sprang der erste von seinem Pferd und trat vor Rudolfo hin: »Wer bist du? Nenne deinen Namen.«

»Ich bin der Große Rudolfo.« In seiner Antwort las eine gewisse Überheblichkeit, sodass Magdalena in Erwartung eines heftigen Donnerwetters den Kopf einzog. Vor allem, als Rudolfo fortfuhr: »Ich bin der König der Gaukler. Und wer seid Ihr?«

»Ich bin der Truchsess Georg von Waldburg, den sie auch den Bauernjörg nennen, der oberste Feldhauptmann Seiner kaiserlichen Majestät, des Fürstbischofs von Würzburg, des Erzbischofs von

Mainz, des Erzbischofs von Trier, des Kurfürsten von der Pfalz und des Herzogs von Baiern.«

»Angenehm«, erwiderte Rudolfo, als wäre das die größte Selbstverständlichkeit. »Ihr habt sicher von mir gehört!«

»Nicht, dass ich wüsste«, bemerkte der Feldhauptmann, nun doch etwas ungehalten ob der Kaltschnäuzigkeit des Gauklers, und fuhr fort: »Aber vielleicht hast du schon einmal vom Bauernjörg gehört?«

Die umstehenden Reiter feixten.

»Da muss ich Euch nun meinerseits enttäuschen, hoher Herr. Ein Truchsess, so nanntet Ihr Euch wohl, läuft einem Gaukler nicht alle Tage über den Weg.«

Da lachten auch die Gaukler, die das Gespräch in der Waldlichtung mit bangen Mienen verfolgt hatten.

Dem Feldherrn Seiner Majestät schien die Unterhaltung aus dem Ruder zu laufen. Jedenfalls war er nicht gewohnt, dass man ihm auf Augenhöhe und noch dazu mit einer guten Portion Mutterwitz begegnete.

Deshalb meinte er in barschem Tonfall: »Kann er mir vielleicht erklären, warum er sich anmaßt, sich den König der Gaukler zu nennen und den *Großen* Rudolfo. Ich meine, *so* groß ist er auch wieder nicht!«

»Nicht an Körpergröße! Da mögt Ihr recht haben, hoher Herr. Aber was mein Können angeht, gelang es noch keinem, mich und meine Kunst zu übertreffen.«

»Und worin besteht deine Kunst, Gaukler?«

»Ich tanze auf einem Seil auf die höchsten Kirchtürme, als wäre es die einfachste Sache der Welt. Das kann nur einer, der Große Rudolfo!« Dabei reckte er den rechten Arm mit einer eleganten Bewegung in die Höhe und hielt inne, als warte er auf tosenden Applaus.

»Und das übrige Gauklervolk?« Georg von Waldburg blickte abfällig in die Runde und musterte jeden Einzelnen. Als sein Blick auf Magdalena fiel, hielt er inne.

61

Magdalena senkte die Augen. Sie war nicht gewöhnt, dem festen Blick eines Feldherrn standzuhalten. Der feiste Domherr, der das Gespräch der beiden eher teilnahmslos verfolgt hatte, trat an den Feldhauptmann heran und raunte ihm etwas ins Ohr.

»So antworte er doch auf meine Frage!«, fuhr er den Großen Rudolfo an.

»Nun ja«, begann Rudolfo umständlich, »wir bringen das Volk mit allerlei Kunststücken zum Staunen, mit Possen zum Lachen, und im Übrigen befriedigen wir die Neugierde der Menschen, die Lust auf Sensationen. Aber all das ist wohl nicht das Richtige in diesen leidvollen Tagen.«

»Was redest du, Gaukler«, erwiderte der Truchsess von Waldburg entrüstet. »Gerade in schlechten Zeiten braucht das Volk Ablenkung. Ihr kommt also gerade recht.«

Doch dieser Ansicht trat Rudolfo mit Nachdruck entgegen: »Hoher Herr, es mag ja sein, dass das Volk der Ablenkung von seinen Sorgen und Nöten bedarf. Aber in solchen Zeiten sitzt die Münze nicht so locker, dass man sie den Gauklern in den Hut würfe. Nein, wir werden nach Westen weiterziehen, nach Brabant, wo die Habsburger regieren und seit Jahren Frieden herrscht.«

»Die Habsburger laufen euch nicht davon«, erregte sich Georg von Waldburg. »Und was die Münzen in eurem Hut betrifft, Gaukler, so soll es euer Schaden nicht sein, die Bewohner Würzburgs mit euren Künsten zu erfreuen. Sagen wir zehn Gulden pro Tag und zwei Groschen Zehrgeld für jeden.«

Der Große Rudolfo verzog das Gesicht, als müsste er über das Angebot nachdenken. Zehn Gulden, das war der Preis für ein Pferd von bester Rasse! Im Übrigen gab es mainabwärts bis Mainz ohnehin kaum Gelegenheit für ein Auftreten der Gaukler.

»Ich will dich natürlich nicht bedrängen«, legte der Truchsess nach. Und noch ehe Rudolfo beteuern konnte, er sei mit der gebotenen Summe einverstanden, meinte der Feldhauptmann: »Sagen wir fünfzig Gulden für drei Tage. Schlagt ein!«

Als er sah, dass der Domherr die Augen verdrehte wie ein entrückter Säulenheiliger, ergriff Rudolfo blitzschnell von Waldburgs Hand und schüttelte sie. »Abgemacht, hoher Herr. Wir werden Euch nicht enttäuschen!«

»Das hoffe ich, Gaukler!«, rief der, während er seinen Gaul bestieg und dem schnellen Pferd die Sporen gab. »Morgen, gegen zehn stehen die Stadttore für euch offen!« Und unter anfeuernden Rufen verschwanden die Reiter zwischen den Bäumen.

»Ein geschickter Verhandlungsführer, dieser Rudolfo«, raunte Melchior Magdalena zu, die immer noch seinen Arm umklammerte.

Magdalena nickte. »Ich hatte große Angst.«

Inzwischen senkte sich der Abend über die Lichtung, und der Große Rudolfo gab Order, an Ort und Stelle ein Nachtlager zu errichten. Im Nu wurden Karren und Planwagen zu einem Karree zusammengestellt, das Pferden und Ochsen Schutz bot. Zwischen den Bäumen spannten die Fuhrknechte ein Zeltdach und legten den Boden mit Stroh aus, das sie in einem eigenen Wagen mit sich führten. Das alles ging Hand in Hand und mit solcher Schnelligkeit vonstatten, dass Magdalena aus dem Staunen nicht herauskam. Sie wollte nicht tatenlos zusehen und fragte den Nächstbesten, wie sie sich nützlich machen könne. Es war der Riese von Ravenna, der angeblich aus der Dachrinne trank.

»Ach Gott, Kind!«, lachte er breit. Magdalena störte es, dass er sie Kind nannte. Gewiss, wenn man ihre und seine Körpergröße zum Vergleich heranzog, erschien sie gegen den Riesen wie ein Kind. Aber seine Anrede erschien ihr doch fehl am Platz. Und deshalb äffte sie ihn nach: »Ach Gott, Riese!«

Der verstand sofort, was Magdalena zum Ausdruck bringen wollte. »War nicht böse gemeint«, meinte er, »aber ich kenne nicht einmal deinen Namen.«

»Magdalena«, sagte Magdalena.

»Leonhard Khuenrath«, antwortete der Riese.

»Und du kommst aus Ravenna?«

»Unsinn. Meine Wiege steht in Straßburg.«

»Muss aber eine große Wiege gewesen sein.«

»Keineswegs. Bis zu meinem siebten Lebensjahr war ich nicht größer als andere Jungen meines Alters. Aber nach einem Sturz vom Esel begann ich plötzlich zu wachsen wie eine Weide am Bach. Meine Mutter schalt mich, ich fräße die Familie arm – wir waren sieben Kinder. Mein Vater, ein Müller, schlug mich, weil ich ihm Mehl stahl und gegen Brot eintauschte. Da sagte ich mir, schlechter kann es woanders nicht sein, und lief davon, geradewegs in die Arme des Großen Rudolfo. Er meinte, so einen wie mich habe er seit Langem gesucht. Er war es auch, der mich den Riesen von Ravenna nannte. Exotisch, meinte er, jedenfalls exotischer als Leonhard Khuenrath. Seither bin ich Riese von Beruf, muss mich nicht schlagen lassen und brauche nicht Hunger zu leiden, bisher jedenfalls nicht.« Und mit einem Augenzwinkern fügte er hinzu: »Du stehst auf große, kräftige Männer, stimmt's?«

»Du meinst wegen Melchior?« Magdalena lachte. »Uns hat der Zufall zusammengeführt. Mehr gibt es dazu nicht zu sagen.«

Inzwischen hatte sich Melchior am Proviantwagen mit Brot und gestampftem Fasskraut eingedeckt.

»Nicht gerade üppig, aber durchaus schmackhaft«, bemerkte er und gab Magdalena die Hälfte ab. Dazu gab es Wasser aus einem riesigen Fass, das die halbe Ladefläche eines vierrädrigen Leiterwagens einnahm. Ein zweites Fass auf demselben Wagen war angeblich mit Wein gefüllt. Das behauptete jedenfalls der Riese von Ravenna. Aber, ließ er wissen, Wein gebe es nur zu besonderen Anlässen, meist, wenn der Große Rudolfo wieder einmal auf dem Seil eine bravouröse Leistung vollbracht habe.

Es waren die Tage um den Beginn des ersten Sommermonats, und obwohl sich die Sonne seit Tagen rar machte, war die Nacht wie alle vorangegangenen lau, was auch daran liegen mochte, dass sich das Klima entlang des Mainflusses milder zeigte als anderswo in deutschen Landen.

Wie die anderen Gaukler häuften Magdalena und Melchior das herumliegende Stroh auf und bereiteten sich so ihr Lager für die Nacht. Und wie die anderen Gaukler wollte Magdalena sich gerade in voller Kleidung zur Nachtruhe legen, als die geifernde Stimme des Quacksalbers die einsetzende Stille in der Waldlichtung zerschnitt: »Magdalena, du sollst zu Rudolfo kommen!«

Rudolfo pflegte stets etwas abseits in seinem Gauklerwagen zu nächtigen, einem blau und rot bemalten Gefährt aus fein gehobeltem Bretterwerk mit einem Kutschbock für den Wagenlenker. Den Wagen umrankte etwas Geheimnisvolles. Nicht ohne Grund, denn Rudolfo gewährte keinem aus seiner Truppe Zutritt außer dem Quacksalber, und der, ohnehin nicht gerade redselig, weigerte sich zu erzählen, wie es darin aussah. Ja, bisweilen fragten sich die Gaukler sogar, ob Rudolfo überhaupt mit ihnen reiste. Ob der Wagen nicht ohne ihn unterwegs war.

Davon wusste Magdalena nichts. Trotzdem empfand sie eine gewisse Beklemmung, als sie in der Dämmerung die fünf Stufen der ausgeklappten Holztreppe nahm und die Türklinke niederdrückte. Die Tür war verschlossen. Schließlich wurde ein Riegel zurückgeschoben, die Tür nach innen geöffnet, und Rudolfo erschien, wie sie ihn kannte: in weißen Hosen aus Seide und einem weißen Hemd mit weiten Ärmeln. Ohne ein Wort, nur mit einer einladenden Handbewegung, deutete Rudolfo an, sie möge eintreten.

Magdalena blieb kaum Zeit, sich in dem beengten Wagen umzusehen. Rechter Hand, gegenüber dem einzigen Fenster an der Längsseite, flackerte eine Funzel. Im Vorübergehen warf sie einen übermenschlichen Schatten an die gegenüberliegende Wand. An beiden Wänden stapelten sich Bücher und Pergamentrollen wie die Steine einer Stadtmauer. Dazwischen allerlei seltsame Gerätschaften ohne erkennbaren Verwendungszweck. Auf dem Boden zwei Truhen und Kästen unterschiedlicher Größe. Kein Tisch, kein Schrank. Von einem Scherenstuhl abgesehen, der vernachlässigt und mit Büchern beladen in der Ecke stand, gab es kein Mobiliar.

Rudolfo forderte Magdalena auf, auf einem der Kästen Platz zu nehmen. Er selbst setzte sich, wohl um größer zu erscheinen, auf eine Truhe gegenüber.

»Du hast dir gewiss schon überlegt, welche Aufgabe du in der Gauklertruppe übernehmen könntest«, begann Rudolfo unvermittelt.

»Ei freilich«, erwiderte Magdalena prompt, obwohl das in keiner Weise den Tatsachen entsprach. Der erste Tag inmitten der Gaukler war viel zu aufregend gewesen, um darüber nachzudenken.

Was sollte sie tun? Auf dem Seil tanzen vielleicht? Dazu fehlten ihr Mut und Begabung. Und eine Frau auf dem Seil? Das hatte es noch nie gegeben. So etwas hätte das christliche Abendland erschüttert!

»Ich habe lesen, schreiben und nähen gelernt«, erwiderte sie, ohne lang nachzudenken. Das stimmte immerhin. Im Kloster Seligenpforten hatte sie mit besonderem Geschick die Nonnentrachten in Schuss gehalten. »Gaukler«, meinte sie, »brauchen ansehnliche Kostüme. Ich könnte mich darum kümmern.«

Von diesem Vorschlag zeigte sich Rudolfo einigermaßen überrascht: »Dein Ansinnen gefällt mir. Nur hast du vielleicht schon bemerkt, dass jeder von uns nicht nur *einer* Aufgabe nachkommt. Der Jongleur ist unser Küchenmeister, der Riese von Ravenna versorgt die Tiere, die Zwergenkönigin die Wäsche und Kostüme, und der Marktschreier unserer Menagerie ist sich nicht zu schade, bei den Pfaffen und Ratsherren um Geld zu betteln oder um Nahrung für Mensch und Tier, wenn Sturm und Regen oder ein strenger Winter uns an der Ausübung unserer Kunst hindern.«

Daran hatte Magdalena überhaupt noch nicht gedacht. Wie alles im Leben hatte offenbar auch das Gauklerleben zwei Seiten.

»Deshalb«, fuhr Rudolfo fort, »habe ich mir für dich eine besondere Aufgabe ausgedacht. Unserer Menagerie fehlen seit geraumer Zeit außergewöhnliche Attraktionen. Das Kalb mit zwei Köpfen lockt kaum noch jemanden hinter dem Ofen hervor. Aus unerfindlichen Gründen erblicken in jüngster Zeit allein im Fränkischen mehrere pro Jahr das Licht der Welt. Auch die Zwergenkönigin ist nicht mehr ohne Konkurrenz. Vom Unterlauf der Donau ist ein ganzer Stamm Zwerge in unsere Breiten eingewandert, ein paar Hundert kleinwüchsige Menschen, die sich gegen klingende Münze zur Schau stellen …«

»Aber du bist doch einmalig, Großer Rudolfo«, unterbrach Magdalena den Seiltänzer, »der Pöbel kommt, um dich zu sehen. Gewiss nicht allein deshalb, um eine drei Fuß kleine Frau zu begaffen!«

Rudolfo schüttelte den Kopf: »Das verstehst du nicht. Wir Gaukler leben von der Vielfalt, davon, dass wir dem Volk eine andere Welt vorgaukeln, eine Welt, die über den eigenen Horizont geht. Einem allein, und sei seine Kunst noch so bedeutsam, kann das nie gelingen. Aber je vielfältiger wir Gaukler auftreten, desto bereitwilliger lässt sich das Volk verführen. Gaukler sind Verführer …«

»So rede schon«, ereiferte sich Magdalena, »was hast du für mich vorgesehen?«

»Du wirst in der Menagerie auftreten. Als die Frau, welche sieben Tage bei lebendigem Leibe begraben war.«

Magdalena blickte verwirrt. »Aber ich war nie lebendig begraben. Das wäre Betrug, Großer Rudolfo!«

Da grinste der Seiltänzer hinterhältig und sagte: »Sind wir Gaukler nicht alle Betrüger? Wir gaukeln den Menschen etwas vor, was nicht den Tatsachen entspricht. Die Zwergenkönigin ist keine Königin, sondern ein bedauernswertes kleinwüchsiges Wesen. Der Riese von Ravenna ist kein Riese von Geburt, sondern durch ein klägliches Unglück groß gewachsen. Und was er an Größe zu viel hat, hat er an Geist zu wenig. Der Jongleur gibt vor, ein Hexenmeister zu sein, der fünf Bälle auf einmal in die Luft wirft und wieder auffängt. Er ist es nicht. Seine Kunst ist keine Hexerei, sondern nur Übung und noch einmal Übung.«

»Und du, Großer Rudolfo? Wenn du auf dem Seil die höchsten Türme besteigst? Ist das etwa auch Betrug?«

67

»Ja. Nichts anderes.«

»Das verstehe ich nicht.«

»Sollst du auch nicht«, entgegnete der Seiltänzer knapp. Und eilends fügte er hinzu: »Ich will dir nur zeigen, dass du keine Skrupel zu haben brauchst. Sicher hast du von der Frau eines Zimmermanns gehört, die im vergangenen Jahr sieben Tage im Sarg unter der Erde lag, weil man sie für tot hielt. Erst am achten Tag wurde der Totengräber auf ihre Klopfzeichen aufmerksam. Als man ihren Sarg herausholte und öffnete, war ihr Gesicht aschfahl, und sie hatte alle Haare verloren. Die lagen in ihrem Sarg verstreut. Sie hatte sich selbst die Haare ausgerauft. Aber sie lebte. Der Fall erregte großes Aufsehen, auch in Frankreich und den Niederlanden. Sogar der Papst in Rom ließ sich davon berichten.«

Magdalena strich sich über den Kopf. Mein Gott, sie hatte vergessen, ihre Haube aufzusetzen, die ihr bisher manche Erklärung erspart hatte. Jetzt schämte sie sich. Am liebsten wäre sie im Erdboden versunken. Zögernd meinte sie: »Jetzt erwartest du sicher eine Erklärung von mir, wo meine Haarpracht geblieben ist.«

»Wo wird sie schon geblieben sein«, entgegnete Rudolfo mit süffisantem Unterton. »In irgendeinem Kloster natürlich.«

»Und du willst nicht wissen, warum und wieso?«

»Ach was! Das ist ganz allein deine Angelegenheit, die keiner Rechtfertigung bedarf.«

Es war nicht einfach, diesem Rudolfo beizukommen, noch schwerer, ihn zu durchschauen. Er schien alles zu können, alles zu wissen und – alles zu wollen. Auch das Unmögliche.

Seine Forderung, sie solle sich als lebendig Begrabene mit kahlem Schädel, womöglich noch im Totenhemd, zur Schau stellen, erschien ihr einfach unannehmbar. Aber Magdalena ahnte, dass es wohl zwecklos sein würde, sich seinem Ansinnen zu widersetzen. Trotzdem meinte sie: »Und wenn ich deinen Wunsch ablehne? Wenn ich mich weigere, in der Menagerie als lebende Leiche aufzutreten?«

Rudolfo hob die Augenbrauen, dass sie einen Halbkreis bildeten, und erwiderte gelassen: »Dann hat unsere Gauklertruppe einen Esser zu viel.«

Magdalena verstand, was er sagen wollte. Natürlich war ihr klar, dass der Große Rudolfo nicht mit sich handeln lassen würde. »Gib mir einen Tag Bedenkzeit«, meinte sie schließlich.

»Wenn du willst auch zwei. Aber dann solltest du eine Entscheidung getroffen haben.« Ohne ein weiteres Wort zu verlieren, öffnete er die Türe seines Gauklerwagens, und mit einer unmissverständlichen Armbewegung komplimentierte er Magdalena hinaus.

In der Dunkelheit, die der Mond zwischen den Wolken kaum aufzuhellen vermochte, fühlte sie die Augen der übrigen Gaukler auf sich gerichtet. Auch wenn sie kein einziges Gesicht erkennen konnte, ahnte sie die neidischen Blicke des Quacksalbers, des Jongleurs, des Marktschreiers, des Riesen und der Wahrsagerin, und sie hörte, wie sie feixten. Fortan war klar, warum der Große Rudolfo, dem im Übrigen der Ruf vorauseilte, ein Schwerenöter und Weiberheld zu sein, Magdalena aufgenommen hatte.

Nachdem sie Melchior im Finstern unter der Zeltplane ausgemacht hatte, legte sich Magdalena in voller Kleidung neben ihn. Im Flüsterton berichtete sie, was sie im Wagen des Seiltänzers erlebt und wofür Rudolfo sie ausersehen hatte. Und sie beteuerte, seinem Ansinnen nie und nimmer nachkommen zu wollen. Auch wenn er sie davonjagte.

Melchior empfand die geplante Gaukelei keineswegs verwerflich und in keiner Weise demütigend – wie er Magdalena versicherte. Vielmehr gab er zu bedenken, ob der Große Rudolfo nicht mehr an ihr als an ihrer Gaukelei interessiert sei, ob der Seiltänzer seine, Melchiors, Dienste nicht nur als Vorwand benützt habe, um an Magdalena heranzukommen.

Das aber bestritt Magdalena vehement. Rudolfo habe sich ihr gegenüber eher von oben herab und in keiner Weise anzüglich verhalten. Auch wenn es ihr in dieser Hinsicht an Erfahrung mangle, so hätte sie davon etwas merken müssen. Im Übrigen würde ihr kahl geschorener Schädel nicht gerade dazu beitragen, das Interesse eines Mannes zu wecken. Nein, sie halte Rudolfo für einen durchtriebenen und ziemlich rücksichtslosen Vaganten, der vor nichts zurückschrecke. Selbst Melchiors Einwand, er sei aber der größte Seiltänzer von Gottes Gnaden, tat Magdalena mit der Bemerkung ab, vermutlich verstecke sich auch dahinter nichts weiter als ein großer Schwindel.

Über diesem Gespräch schliefen sie ein.

4. KAPITEL

Der nächste Morgen zeigte sich von einer besseren Seite. Wärmende Sonnenstrahlen blinkten unruhig in der Lichtung und weckten die schlafenden Gaukler. Magdalena, aufgrund ihrer Vergangenheit an frühes Aufstehen gewöhnt, stülpte sich ihre Haube über und klopfte den Tau von ihrem Kleid, der sich in der Kühle der Nacht gebildet hatte.

Auf dem Weg in den Wald, wo Magdalena einem dringenden Bedürfnis nachkommen wollte, trat plötzlich die Wahrsagerin Xeranthe aus dem Unterholz. Wie immer trug sie einen goldenen Stirnreif und stellte sich ihr, die Fäuste in die Hüften gestemmt, entgegen.

»Elende Mezze«, geiferte sie, »für dich ist der Große Rudolfo eine Nummer zu groß. Also lass die Finger von ihm!«

Der Anwurf traf sie so unerwartet, dass Magdalena kein Wort hervorbrachte. Nur langsam gelang es ihr, sich einen Reim darauf zu machen, was Xeranthe von ihr forderte.

»Keine Angst«, erwiderte sie selbstbewusst, »ich nehme dir nichts weg, was dir gehört. Nur fürchte ich, der Große Rudolfo will nichts von dir – nicht einmal deinen kleinen Finger.« Magdalena wunderte sich über sich selbst, wie sie den Mut aufbrachte, der Wahrsagerin die Meinung zu sagen.

Das aber brachte Xeranthe in Rage. Sie tat einen Schritt nach vorne, verschränkte die Arme über dem breiten Busen, der schon bessere Tage gesehen hatte, und nahm eine drohende Haltung ein. »Ich habe zwar ein paar Jahre mehr auf dem Buckel als du, aber dafür habe ich noch Haare auf dem Kopf!« Dabei versuchte sie, Magdalena die Haube vom Kopf zu reißen.

Die wehrte den Versuch ab und schlug Xeranthe mit dem Handrücken ins Gesicht. So viel Furchtlosigkeit hatte die Wahrsagerin nicht erwartet. Jedenfalls zögerte sie, ob sie sich wehren und zurückschlagen oder ob sie es dabei belassen sollte. Aber als sie sah, wie Magdalena mit gespreizten Fingern näher kam, als sie ihre zusammengepressten Lippen erblickte, da zog sie es vor, zurückzutreten. Aus einiger Entfernung drehte sie sich noch einmal um und rief: »Das wird dir noch leidtun!«

Bei ihrer Rückkehr fand Magdalena die Gauklertruppe im Aufbruch begriffen. Als sie Melchior von ihrer Begegnung mit der Wahrsagerin berichtete, zeigte der sich eher amüsiert und meinte, immerhin habe sie jetzt eine Feindin unter den Gauklern. Und, gab er zu bedenken, er befürchte, dass Xeranthe nicht die einzige bleiben werde.

Während sie ihre Habseligkeiten im Gauklerwagen verstauten, kam die Zwergenkönigin und zupfte Magdalena am Rock: »Der Große Rudolfo«, sagte sie mit ihrer typischen Kinderstimme, »gab mir den Auftrag, dir dieses Gewand zu überreichen. Du wüsstest schon, worum es sich handelt.«

Magdalena bückte sich und nahm das weiße Kleid in Empfang. Dann blickte sie Melchior fragend an.

Melchior hob die Schultern: »Du musst wissen, was du tust. Vor allem aber musst du wissen, was du *nicht* tust!«

»Ich finde Rudolfos Ansinnen entwürdigend«, erwiderte Magdalena.

»Dann lass es! Aber wenn du mich fragst …«

»Ich frage dich, Melchior.«

»Für mich ist es weit mehr entwürdigend, wenn unsere Bischöfe und Ablassprediger den letzten Groschen von den Armen fordern, damit sie *angeblich* die Vergebung ihrer Sünden und die ewige Glückseligkeit erlangen.«

Magdalena nickte nachdenklich. »Was mich betrifft«, fuhr Melchior fort, »werde ich Rudolfos Wunsch nachkommen und als ›Samson aus der Neuen Welt‹ in seiner Menagerie auftreten.«

»Als ›Samson aus der Neuen Welt‹? Was musst du da machen?«

»Einen eisernen Amboss in die Luft heben und die Zuschauer auffordern, es mir gleichzutun. Wer es schafft, erhält zehn Gulden.«

»Das willst du tun? Verstehe mich recht, ich weiß, dass du ein kräftiger Kerl bist. Aber ich kann mir nicht vorstellen, dass ein Mensch einen Schmiedeamboss in die Luft stemmt – selbst du nicht!«

Melchior lachte: »Da hast du recht. Unter normalen Umständen ist das in der Tat unmöglich. Aber wir sind unter Gauklern, und unter Gauklern ist nichts so, wie es scheint. Natürlich verbirgt sich dahinter ein verblüffend einfacher Kunstgriff.«

»Also alles Schwindel!«

»Wenn du es so nennen willst?«

Die Fuhrleute mahnten zur Eile, und Magdalena und Melchior kletterten auf ihren Wagen. Mit dem blau-roten Wagen des Großen Rudolfo an der Spitze setzte sich der Gauklerzug in Bewegung. Ein kurzes Stück des Weges ging es einen sandigen Pfad entlang, der, weil die schmalen Räder tief einsanken, den Zugtieren das Letzte abverlangte. Die Fuhrleute ließen ihre Peitschen knallen. So erreichten sie den Waldrand. Vor ihnen, tief unten im Flusstal, lag Würzburg im Morgendunst. Die Silhouette wirkte filigran, gerade so, als sei die Stadt aus dem Hintergrund eines Gemäldes von Lucas Cranach herausgeschnitten.

Auf dem steil abfallenden Fuhrweg sahen sich die Pferde- und Ochsenknechte genötigt, den Wagen die Bremsschuhe anzulegen. Das waren Eisenplatten, die an einer Kette unter den Fuhrwerken mitgeschleift und bei Bedarf unter die Hinterräder gesteckt wurden, sodass diese blockiert wurden und im Stand talabwärts schleiften.

Am Ufer führte eine Straße zwischen dem Main und der Festung des Bischofs eine knappe Meile flussabwärts bis zur steinernen

Brücke. Es fiel auf, dass kaum Menschen auf den Straßen waren, nur Landsknechte mit schweren Waffen, die die Brücke auf beiden Seiten bewachten. Die Gaukler schienen erwartet zu werden, denn die Wachposten winkten sie durch, ohne sich um ihre Ladung oder sie selbst zu kümmern.

Auf der Domstraße, einen Steinwurf vom Flussufer entfernt, trat ihnen ein Abgesandter des Truchsessen Georg von Waldburg entgegen und erbot sich, die Gaukler zum nahen Marktplatz zu geleiten, wo er der Truppe gegenüber dem Rathaus einen Lagerplatz zuwies. Der Platz war menschenleer. Es hatte den Anschein, als seien die Bewohner geflohen. Und dort, wo sich, selten genug, ein neugieriger Kopf hinter einem Fenster sehen ließ, verschwand er, sobald man ihn erspähte. Dabei waren die Gaukler Jubel, Lärm und Geschrei gewohnt, wenn sie in eine Stadt einzogen. Nicht einmal Kinder, die sich andernorts an die Gauklerwagen hängten wie Kletten an die Kleider, hatten sie zu Gesicht bekommen.

Wie gewöhnlich begannen die Fuhrleute mit dem Errichten der Wagenburg, hinter der sich die Tiere versammelten. Dabei hallten ihre Kommandos über den Platz und verbreiteten eine sonderbare, beinahe unheimliche Stimmung.

Wo waren die Bewohner der Stadt? Warum hielten sie sich in ihren Häusern verborgen? Wo immer die Gaukler bisher aufgetreten waren, hatte der Große Rudolfo die Massen angezogen. Die Menschen verehrten ihn wie einen Heiligen, der Wunder wirkend durch die Lande zog, und manche warfen sich vor ihm auf die Knie, weil sie glaubten, der in weiße Seide gehüllte Seiltänzer sei der Messias.

Massenhysterien waren nicht selten in diesen Tagen und äußerten sich auf verschiedenste Weise: In Erwartung des nahen Weltendes verschleuderten Gläubige allen weltlichen Besitz. Anhänger der Geißler kasteiten sich und peitschten sich und andere auf offenen Plätzen und Straßen, bis ihre Körper wund und blutig waren. Wieder andere zerstießen in Mörsern die vermeintlichen Reliquien irgendwelcher Heiliger und vermengten sie mit geweihtem Wasser, um mit der Einnahme des zubereiteten Breis Gesundheit oder bestenfalls die ewige Glückseligkeit zu erlangen. Und nicht wenige verfielen der Tanzsucht, wobei sie in aller Öffentlichkeit so lange hüpften und ihre Glieder verrenkten, bis sie erschöpft oder tot zu Boden sanken.

Dass Bewohner sich ihrer Stadt verweigerten, indem sie Straßen und Plätze mieden, das machte die Gaukler, die manche Absonderlichkeit gewohnt waren, ratlos.

Mit der Aufgabe betraut, Wasser aus dem Stadtbrunnen zu holen, machte sich Magdalena mit zwei großen Tonkrügen auf den Weg. Schon von Weitem sah sie die beiden Männer, die sich über den Brunnenrand beugten, als wollten sie Wasser trinken. Doch im Näherkommen konnte sie beobachten, dass der eine, der jüngere, dem älteren Gesicht und Hände wusch.

Magdalena stellte ihre Krüge auf den Stufen des Brunnens ab und grüßte freundlich. Aber die beiden Männer würdigten sie keines Blickes. Erst als sie noch näher hinzutrat und die üblen Verletzungen im Gesicht des älteren Mannes erblickte, meinte der jüngere, dem die Begegnung offensichtlich peinlich war: »Du bist wohl nicht von hier, oder?«

»Nein«, erwiderte Magdalena, und als müsste sie sich entschuldigen, fügte sie schüchtern hinzu: »Ich gehöre zu den Gauklern, die der Truchsess von Waldburg in eure Stadt geholt hat.«

Da spuckte der jüngere der beiden in weitem Bogen auf das Pflaster und rief: »Der Bauernjörg! Die größte Sau unter allen Schweinen auf Gottes weiter Erde. Erst metzelt er Städter und Bauern nieder, dann hetzt er uns die Gaukler auf den Hals, damit wir auch noch darüber lachen. Macht, dass ihr fortkommt, bevor wir die letzten Waffen, die uns noch geblieben sind, gegen euch richten.«

»Lass gut sein, mein Sohn«, murmelte der alte Mann, ohne aufzublicken, »die Gaukler sind eher auf unserer Seite als aufseiten der Fürsten und Pfaffen.«

75

Magdalena nickte, denn es erschien ihr in dieser Situation das Beste. Schließlich fragte sie: »Wer hat dich so zugerichtet?«

Der Alte schüttelte den Kopf. Er wolle keine Antwort geben. Doch der Junge erwiderte: »Die Schergen unseres feinen Herrn Bischofs Konrad, des obersten Feldhauptmanns Seiner kaiserlichen Majestät.« Er hob den Kopf und blickte in Richtung der Festung Marienberg, wo der Bischof von Würzburg residierte. Und schließlich fügte er hinzu: »Dabei hat er mehr für den Bischof getan als alle Domherren, Pröpste und Äbte seines Bistums zusammen. Die Menschen kommen von weit her, um seine Kunst zu bewundern.«

»Seine Kunst?«

»Das ist mein Vater Tilman Riemenschneider. Und ich bin sein Sohn Jörg.«

»Der berühmte Tilman Riemenschneider?«

»Berühmt!« Der Alte lachte zynisch. »Was nützt dir aller Ruhm, wenn deinen Auftraggebern dein Gesicht nicht gefällt! Oder noch schlimmer: wenn du die falschen Worte zu den falschen Leuten sagst! Dann ist deine Berühmtheit keinen Kreuzer wert.«

Während Tilman redete und der Zorn in seinen Augen funkelte, hob er bedächtig die Arme empor, an denen seine Hände wie nasse Lappen herunterhingen.

Magdalena warf dem Jungen einen fragenden Blick zu.

Der trat ganz nahe an sie heran, als sei ihm daran gelegen, dass der Vater seine Worte nicht hörte. Leise sagte er: »Die Bischöflichen haben ihn oben auf der Festung gefoltert, sie haben ihm die Hände gebrochen. Und wie du siehst, haben sie ganze Arbeit geleistet. Heute Morgen brachte ein Bote die Nachricht von oben, ich könne ihn abholen.«

Magdalena schlug die rechte Hand vor den Mund und unterdrückte einen Schrei.

»Zum Schmerz, den er erlitten hat«, fuhr Jörg Riemenschneider fort, »kommt das Bewusstsein hinzu, nie mehr seine Kunst ausüben zu können. Ich befürchte, das wird ihm das Herz brechen.«

Langsam und mit schmerzverzerrtem Gesicht ließ der Alte seine Arme sinken und wandte sich wieder dem Brunnen zu. Die Folterknechte schienen auch seine Beine und Füße malträtiert zu haben, denn er humpelte schwerfällig. Man sah, dass ihn jeder Schritt schmerzte. Unter Mühen beugte er sich über den achteckigen Brunnenrand und tauchte die Arme ins kühle Wasser.

»Wie konnte das alles geschehen?«, erkundigte sich Magdalena vorsichtig, ohne den alten Riemenschneider aus den Augen zu lassen.

»Das ist ein jahrhundertealter Kampf der Würzburger gegen die Obrigkeit, vor allem gegen den Bischof, oben auf der Veste Marienberg. Seit der unselige Friedrich Barbarossa den Würzburger Bischöfen die herzogliche Gewalt in Franken festschrieb, führen sie sich auf, als wären sie die Sultane von Konstantinopel – ebenso rücksichtslos und prassend. Die Pfaffen und ihre Diener leben wie die Fürsten, zahlen keine Steuern und genießen Immunität. Für sie gelten keine Gesetze. Wenn sie knapp bei Kasse sind, erheben sie neue Steuern auf Haus und Grund oder den Weinhandel. Dabei gehören dem Bischof ohnehin alle Weinberge im Umkreis der Stadt. In der Vergangenheit kam es alle paar Jahre zu Scharmützeln zwischen den Würzburgern und ihren Bischöfen. Aber als sich die Bauern und Bürger der Städte im ganzen Land zusammenschlossen und wie ein Mann gegen Bischöfe, Dompröpste und den Adel vorgingen, da wurde es brenzlig für die gnädigen Herren von Marienberg. Als mein Vater der Stadt als Bürgermeister vorstand, versuchte er vergeblich zwischen dem Bischof und der Bürgerschaft zu vermitteln. Damit schaffte er sich Feinde auf beiden Seiten.«

»Schweig!«, unterbrach Riemenschneider seinen Sohn. »Das macht die Lage nicht besser.«

»Natürlich nicht«, eiferte sich Jörg, »aber alle sollen wissen, welches Verbrecherpack uns regiert.« Und eifernd fuhr er fort: »Nach verlorener Schlacht gegen die aufständischen Bürger und Bauern erstellten der gnädige Herr von Marienberg und sein feiner Herr

Truchsess wahllos eine Liste mit den Namen der angeblichen Rädelsführer, einhundertfünfundneunzig Männer. Auch mein Vater stand auf der Liste. Er kann noch von Glück reden, dass er mit dem Leben davongekommen ist. Die meisten wurden geköpft. Der gnädige Herr Bischof sah zu, bis ihm übel wurde. Dann ließ er sich forttragen.«

Magdalena schluckte. »Jetzt verstehe ich auch, warum den Würzburgern nicht nach Gauklern zumute ist. Warum man uns keine Beachtung schenkt und uns behandelt, als wären wir Aussätzige.«

»So ist es nicht«, erwiderte der junge Riemenschneider, »die Zurückhaltung der Würzburger hat einen anderen Grund. Du kannst mir glauben, dass wir nach dem furchtbaren Geschehen der letzten Wochen und Tage eine Ablenkung bitter nötig hätten. Aber einigen unserer Männer ist zu Ohren gekommen, dass der Truchsess Georg von Waldburg im Auftrag des Bischofs Gaukler gekauft hat, um von den eigenen Gräueltaten abzulenken. Nehmt es nicht persönlich, wenn wir uns so ablehnend verhalten.«

Das also war der Grund für das ungewöhnliche Gebaren der Würzburger Bürger! Wer konnte es ihnen verdenken?

In der beinahe unheimlichen Stille, die über dem Marktplatz lag, erschallte eine Stimme: »Mag-da-le-na!«

Als erwachte sie aus einem bösen Traum, wandte sich Magdalena dem Brunnen zu, ergriff ihre beiden Krüge und drückte sie unter Wasser, damit sie vollliefen. Mit gequältem Gesicht zog Tilman Riemenschneider die Arme aus dem Wasser.

Magdalena sah, wie er litt, und sagte: »Wartet hier, ich schicke euch unseren Quacksalber. Er ist als Mensch ein stetes Ärgernis, aber seine Heilkunst ist berühmt. Gewiss kann er euch ein Mittel verabreichen, das wenigstens die Schmerzen lindert.«

Noch bevor der alte Riemenschneider das Hilfsangebot zurückweisen konnte, nickte der junge zustimmend und erwiderte: »Ich danke dir, Jungfer, dass du nicht Gleiches mit Gleichem vergelten willst. Wir wollen warten.«

Inzwischen hatten die Gaukler an der Ostseite des Marktplatzes ihr Lager aufgebaut. Als Magdalena berichtete, dass sie am Brunnen dem Bildschnitzer Tilman Riemenschneider begegnet sei und dieser dringender Hilfe bedürfe, fand sie wenig Zustimmung, wenngleich der Name des Künstlers einem jeden geläufig war. Der Marktschreier, welcher im häufigen Umgang mit Pfaffen und dem Adel diesen eine gewisse Verbundenheit entgegenbrachte, meinte gar, der Holzknecht – so pflegte er sich auszudrücken – solle schauen, wo er bleibe, schließlich habe ihn niemand gezwungen, sich dem Bauernaufstand anzuschließen.

Als aber Magdalena in allen Einzelheiten erzählte, wie übel dem alten Mann mitgespielt worden war, da trat Leonhard, der Riese von Ravenna, wortlos auf den Quacksalber zu und streckte den rechten Arm in Richtung des Brunnens aus. Die Zwergenkönigin nahm gar vor dem Quacksalber Aufstellung, warf den Kopf in den Nacken und rief: »Und vergiss deinen Zauberkoffer nicht!«

Wo die Schustergasse in die Domstraße einmündet, hatten Rudolfo und seine Fuhrknechte den schweren Wagen aufgestellt, der für den Transport des dicken Hanfseils diente. Melchior hatte dem Seiltänzer geholfen, das Gefährt mit armdicken Pflöcken aus Eisen zu verankern. Von hier aus spannten sie das Seil auf den linken Domturm, indem sie von den oberen Rundbogenfenstern ein dünnes Seil herabließen, an welchem das schwere Hochseil befestigt und hochgezogen wurde.

Ein Querbalken an der Innenseite der Fensteröffnungen diente zur Befestigung. Unter Rudolfos kritischen Blicken wickelten es die Fuhrknechte wie eine Schlange gut ein Dutzend Mal um den Balken. Das Ende verknotete der Meister selbst, indem er mit dem Seil fünf Schlingen hintereinanderlegte und das Ende hindurchschob. Dabei flüsterte er unverständliche Worte. Und obwohl die Fuhrknechte dem Vorgang schon Hunderte Male beigewohnt hatten, vermochte keiner, dem Seiltänzer diese Arbeit abzunehmen. Das galt im Übrigen auch für das Lösen des Knotens, das Rudolfo mit einem einzigen Handgriff gelang.

Entgegen sonstiger Gewohnheit und auf ausdrücklichen Wunsch des Truchsessen Georg von Waldburg, hatte sich der Große Rudolfo dazu entschieden, den Domturm nicht in der Dämmerung und mit zwei brennenden Laternen in den Händen zu besteigen, sondern am helllichten Tage – für Rudolfo eine vergleichsweise leichte Aufgabe; doch dahinter steckte der Gedanke, die Würzburger mit Kind und Kegel aus ihren Häusern zu locken.

Nachdem alle Vorbereitungen getroffen waren, begab sich Rudolfo zum Wagenlager auf dem Marktplatz und schloss sich in seinem Wagen ein. Für die Gaukler galt das als Zeichen, den Seiltänzer bis zu seinem Auftritt in Ruhe zu lassen.

Längst hatten sie es aufgegeben, Überlegungen anzustellen, was wohl während der ein bis zwei Stunden vor jedem Auftritt in dem blauroten Gefährt geschah. Früher waren wilde Spekulationen ins Kraut geschossen, von denen inbrünstige Gebete für gutes Gelingen oder eine Mütze tiefen Schlafes zu den harmlosen Erklärungen gehörten; im Laufe der Zeit hatte man sich an die Zeremonie gewöhnt und ließ den Meister gewähren. Niemand wagte es, Fragen zu stellen. Und so erntete Magdalena auch völliges Unverständnis und böse Blicke, als sie ungestüm an Rudolfos Wagentüre klopfte, um ihn in Kenntnis zu setzen, dass die Würzburger Bürger die Gaukler aus naheliegenden Gründen nicht sehen wollten. Benjamino, der italienische Jongleur, kam eilends herbei und drängte Magdalena, ihr Vorhaben aufzugeben. Der Große Rudolfo bedürfe vor jedem Auftritt absoluter Ruhe. Das Publikum würde schon herbeiströmen, wenn er aufs Seil steige.

Sichtlich erregt, trat der Quacksalber hinzu, in der einen Hand einen irdenen Topf, in der anderen ein Leinensäckchen unbekannten Inhalts, eine Ledertasche um den Bauch geschnallt. »In einer Stunde geht's los«, meinte er vorwurfsvoll, »und dir fehlt noch jegliche Maskerade. Komm mit!«

Magdalena folgte dem ›Buckel‹, wie sie den Quacksalber ob seines krummen Rückens nannten, nur widerwillig. Des jungen Riemenschneiders Bericht über die Zustände im Lande hatte Magdalenas Bedenken zerstreut, sich den Gauklern anzuschließen. Sie hatte keine andere Wahl. Sie musste über den eigenen Schatten springen und in der Menagerie die Rolle der lebendig Begrabenen übernehmen. Also ließ sie den Quacksalber gewähren, obwohl ihr der Mensch zutiefst zuwider war.

In seinem Wagen forderte er Magdalena auf, ihre Haube abzunehmen und vor einer zwei Handspannen breiten und drei Handspannen hohen Glasscherbe, deren Rückseite mit schwarzer Farbe verdunkelt war, damit sie das Bild des Hineinblickenden zurückwarf, Platz zu nehmen und die Augen zu schließen. Während er erzählte, wie er Riemenschneiders Hände mit einer schmerzlindernden Salbe versorgt und auf einer Holzleiste bandagiert hatte, damit die gebrochenen Knochen vielleicht wieder gerade zusammenwüchsen, begann er Magdalenas kahlen Schädel, Stirn und Wangen, Hals und Schultern mit einer milchigen, klebrigen Masse einzureiben. Behutsam entnahm er dem Leinensäckchen eine Handvoll weißes, nicht übel riechendes Pulver und verrieb es mit beiden Händen über ihrem Kopf, sodass es staubte wie eine Dorfstraße nach acht Wochen Sommerhitze und auf der klebrigen Unterlage haften blieb. Sie solle unbesorgt sein, meinte der ›Buckel‹, noch bevor Magdalena die Augen öffnete, mit gewöhnlichem Wasser lasse sich die Maskerade leicht wieder abwaschen.

Starr vor Schreck blickte sie in die Spiegelscherben auf ein Monstrum, ein widernatürliches Wesen, nicht anders als gerade aus dem Grabe auferstanden. Ein kurzer Aufschrei – dann verstummte sie und hatte nur noch Augen für ihr entstelltes Ebenbild. Als wollte sie sich vergewissern, dass sie nicht tot war, schloss Magdalena langsam die Augenlider und öffnete sie mit der gleichen Behutsamkeit. Ihre Pupillen drehte sie, ohne den Kopf zu bewegen, ebenso langsam von links nach rechts und wieder zurück.

»Das weiße Gewand!«, holte der Quacksalber Magdalena ins Hier und Jetzt zurück. »Du musst noch das weiße Gewand anziehen.«

Die gespenstische Ruhe, die seit der Ankunft der Gaukler über der Stadt lag, wurde plötzlich von fernem Paukenschlag und Trompetenschall unterbrochen. Der Lärm kam von der Mainbrücke her, wo vier Lakaien, geleitet von einer Vielzahl Hellebardenträger und Würdenträger der hohen Geistlichkeit, den ganz in Purpur gekleideten Gnädigen Herrn Bischof Konrad auf einem Tragestuhl herbeischleppten. Der wohlbeleibte Gnädige Herr winkte abwechselnd huldvoll nach links und rechts den wenigen verstreuten Menschen zu, die die Neugierde auf die Straße getrieben hatte, und segnete dieselben mit behandschuhten Händen, die ein protziger Rubinring schmückte.

Am Ende der Domstraße gesellte sich ein ebenso großer und farbenprächtiger Zug der Dompröpste hinzu, welche, die Hände in den Ärmeln verborgen, zum roten Talar weiße Chorröcke trugen, als wollten sie damit ihre Sittenstrenge und Heiligkeit noch unterstreichen. Zusammengenommen mochten es wohl fünf Dutzend Würdenträger gewesen sein, die sich um den auf der Straße verankerten Gauklerwagen scharten, von dem sich das Hochseil zur Spitze des vorderen Domturmes spannte. Darüber hinaus war keine Menschenseele zu erblicken, weder vor dem Dom noch auf der Domstraße, wo die Bühne der Menagerie, die Podeste für den Quacksalber und den Jongleur und die Bude der Wahrsagerin Xeranthe aufgebaut waren. Auch die letzten Neugierigen waren verschwunden. Mangels Publikums entschlossen sich deshalb die Gaukler, den Großen Rudolfo zu seinem Auftritt zu begleiten und mit Applaus nicht zu sparen.

Als der Seiltänzer weiß gekleidet aus seinem Gauklerwagen trat, wirkte er ernst und gefasst, jedenfalls nicht so, als sei dies einer von Hunderten Balanceakten, die er in seinem Gauklerleben schon absolviert hatte. Während sein Blick Magdalena streifte, wirkte er abwesend. Sie wusste nicht einmal, ob er sie überhaupt wahrgenommen hatte. Kein Wunder, dachte sie, bei meiner Maskerade.

Weder Magdalena noch Melchior hatten Rudolfo je auf dem Seil gesehen. Deshalb kam ihnen die ungewöhnliche Situation gerade recht. Mit den anderen Gauklern nahmen sie hinter den Dompröpsten Aufstellung. Diese, vor allem aber der beleibte Bischof Konrad, zeigten sich beunruhigt und wandten die Köpfe nach allen Seiten, weil ihr Plan nicht aufzugehen schien und die Würzburger in ihren Häusern blieben wie in Zeiten der Pest.

Wie gebannt verfolgte Magdalena jede Bewegung des Großen Rudolfo. Katzenhaft und ohne den wenigen Zuschauern Beachtung zu schenken, sprang er auf ein Weinfass rechts neben dem Seil, folgte mit den Augen dem Lauf der Leine bis zum Turmfenster und wieder zurück, atmete mehrmals tief ein, dass sich sein Brustkorb blähte wie der Hals eines Truthahns, und setzte behutsam erst den linken, dann den rechten Fuß auf das Hochseil.

Ohne festen Boden unter den Füßen wirkten seine Bewegungen fahrig und heftig. Rudolfo hatte noch keinen Schritt getan, aber es schien, als vollführe er mit angewinkelten Armen einen Kampf gegen die Schwerkraft. Wie wild gestikulierend und an der Hüfte einknickend, tanzte er einen Veitstanz wie die Tanzwütigen, welche entseelt durch die Straßen der Städte zogen.

»Warum geht er nicht?«, raunte Magdalena Melchior zu. »Was hat er nur?«

Melchior legte stumm eine Hand auf ihren Unterarm, als wollte er sagen: Geduld, der Große Rudolfo weiß schon, was er tut!

Es dauerte keine Minute, doch Magdalena kam es vor wie eine Ewigkeit, da hielt Rudolfo kurz inne, blickte noch einmal, mit den Armen wedelnd, nach oben auf sein luftiges Ziel und begann zu laufen. Ja, er lief, als sei der Teufel hinter ihm her, auf dem Seil bergan, nunmehr ohne die abgehackten Armbewegungen, eher, als gebrauchte er seine Arme wie Flügel.

Der wohlbeleibte Bischof und seine Dompröpste verfolgten das Spektakel misstrauisch, im Übrigen ohne Regung. Man konnte meinen, Neid hätte aus ihrer Haltung gesprochen, weil der Herr Jesus bei allen Kunststücken, die das Neue Testament aufführt, zwar über das Wasser, aber nie auf einem Seil gegangen war.

Nur so ist zu erklären, warum sich keine Hand rührte, als Rudolfo, oben angekommen, sich mit der Linken am steinernen Fensterkreuz festhielt und mit der Rechten Beifall heischend grüßte. Einzig der Riese von Ravenna ließ sich zaghaft zu einem Händeklatschen hinreißen, das er jedoch sofort abbrach, als der Bischof ihm einen unwilligen Blick zuwarf. Am Abstieg des Seiltänzers, dem weitaus schwierigeren Teil der Darbietung, weil der Akteur sein Ziel nicht vor Augen hatte, waren der Mann in Purpur und seine Gefolgsleute nicht mehr interessiert. Bischof Konrad gab seinen Lakaien das Zeichen zum Aufbruch.

Da trat ihm der Marktschreier, in der Truppe verantwortlich für die Finanzen, entgegen: »Gnädiger Herr, mit Eurem Truchsess Georg von Waldburg wurde ein Honorar von fünfzig Gulden vereinbart und zwei Groschen Zehrgeld für jeden über drei Tage. Ich möchte Euch nicht bedrängen, aber doch fragen, wann und wo wir über die Summe verfügen können.«

Die Lakaien setzten den Tragestuhl, den sie schon aufgenommen hatten, wieder ab, und der Bischof blickte unverschämt lachend auf die herumstehenden Dompröpste. Beflissen erwiderten diese das dummdreiste Gelächter, als würden sie die Antwort Seiner Exzellenz bereits kennen:

»So, so«, erwiderte der Bischof und rieb sich die behandschuhten Hände, »der Truchsess Georg von Waldburg hat euch fünfzig Gulden versprochen. Scheint ein großzügiger Mann zu sein. Soll *er* doch begleichen, was er versprochen hat. Nur leider ist der Truchsess längst über alle Berge!«

»Aber er sprach in Eurem Namen, gnädiger Herr Bischof!«

Der Mann in Purpur schüttelte den Kopf und tat entrüstet: »Was sich dieses Landsknechtvolk doch alles erlaubt! Gott der Herr möge den Truchsess strafen.«

Während einige Pröpste die Köpfe einzogen und verschämt ein

Kreuzzeichen schlugen, pufften sich die anderen in die Seite und feixten.

»Aber ich will«, fuhr der feiste Bischof fort, »euch mit Großmut und christlicher Nächstenliebe begegnen, wie es meinem hohen Amt zukommt. Findet euch zur Abendsuppe im ›Grünen Baum‹ ein. Man soll den Gauklern etwas Warmes vorsetzen und einen Schoppen. Und morgen seid ihr alle verschwunden. Wir verstehen uns!«

In Begleitung der Landsknechte verschwand Bischof Konrad in Richtung der Mainbrücke, noch ehe der Große Rudolfo wieder festen Boden unter den Füßen hatte. Als der Marktschreier ihm von der Haltung des Bischofs berichtete, begann er, vielleicht auch, weil er noch immer unter dem Eindruck seines Seilaktes stand, zu toben und mit fahrigen Bewegungen gegen einen unsichtbaren Gegner zu kämpfen, und es dauerte eine ganze Weile, bis er sich beruhigt hatte.

»Wir reisen ab, noch heute!«, rief er außer sich. »Und das Warme, zu dem er uns geladen hat, soll er sich in den Hintern stecken, der feiste Herr Bischof. Unsere Vorräte reichen noch mindestens zehn Tage. Mainabwärts gibt es genügend Orte, in denen man unser Erscheinen mit klingender Münze honorieren wird: Wertheim, Miltenberg und Amorbach, Aschaffenburg und Hanau nicht zu vergessen. Ganz zu schweigen von Frankfurt. Also packt eure sieben Sachen!«

An Magdalena waren die Ereignisse des Tages vorübergezogen wie Bilder eines Märchenerzählers. Erst als sie am Brunnen ihre Maskerade abwusch, die sie zu einer Scheintoten gemacht hatte, welche niemand sehen wollte, erst da kehrte ihr volles Bewusstsein zurück, und sie erkannte im welligen Wasserspiegel die, die sie war, Magdalena, eine entlaufene Novizin. Längst hatte sie eingesehen, dass die Freiheit, die sie gegen das strenge Klosterleben eingetauscht hatte, ein täglicher Kampf ums Überleben und mit tausend Gefahren verbunden war.

Obwohl sie noch immer einen Gauklerwagen teilten, hatten Magdalena und Melchior sich voneinander entfernt, ohne dass eine böse

85

Absicht dahinterstand. Vermutlich war das Aufleben ihrer kindlichen Zuneigung nur jener Zweckgemeinschaft zuzuschreiben, die sie zusammengeführt hatte. Auch war Magdalena nicht entgangen, dass Melchior mehr und mehr die Nähe der Wahrsagerin Xeranthe suchte. Sie war keine große Schönheit; aber Männer gucken sich, wenn's denn sein muss, sogar eine Hexe schön.

Ihr neues Leben stellte sich als eine ständig wechselnde Abfolge von Wanderschaft und Mummenschanz, Anstrengung und Langeweile dar, und genau genommen war es ebenso nutzlos wie das Leben hinter Klostermauern – sieht man einmal davon ab, dass Letzteres eher geeignet ist, das schlechte Gewissen, mit dem man schon auf die Welt kommt, zu beruhigen.

Derlei Gedanken gingen Magdalena durch den Kopf, als die Gauklertruppe über die Mainbrücke aus der Stadt zog. Plötzlich zupfte sie eine Hand am Ärmel. Ein kleiner Junge, nicht älter als zehn, zwölf Jahre, blickte zu ihr auf: »Ich soll den Gauklern ausrichten, dass während ihrer Abwesenheit zwei Männer in den Wagen des Großen Rudolfos eindrangen. Es waren Männer, die mit dem Bischof auf Du und Du stehen. Mein Vater weiß nicht, ob die Beobachtung von Bedeutung ist. Er meinte nur, die Gaukler sollten es wissen.«

»Und wer ist dein Vater?«, erkundigte sich Magdalena.

»Mein Vater ist Jörg, der Sohn des Großen Riemenschneider, dem die Bischöflichen die Hände zerschlagen haben. Großvater sagt, er werde nie mehr eine Madonna schnitzen können. Aber auch, wenn er es könnte, würde er es nie mehr tun.«

So sprach der Junge, und im nächsten Augenblick verschwand er, so geschwind, wie er aufgetaucht war.

Auf einer Flussaue auf halbem Weg nach Wertheim machte die Gauklertruppe halt, um die Nacht zu verbringen. Magdalena suchte Rudolfo in seinem Wagen auf, um ihm von dem mysteriösen Einbruch zu berichten. Doch den schien die Nachricht nicht allzu sehr zu beunruhigen. Im Gegenteil, Rudolfo schmunzelte wissend, als habe er damit gerechnet. Und als er das Eisenschloss an der Wagentüre geprüft und für unbeschädigt befunden hatte, gab er sich zufrieden und meinte, Halunken gebe es überall, aber sie hätten sich geirrt, wenn sie bei ihm große Reichtümer erwartet hätten. Jedenfalls fehle keine von seinen Habseligkeiten.

Während er so redete, sah Rudolfo Magdalena durchdringend an, wie er es bei allen Begegnungen zuvor schon getan hatte. Sein stechender Blick wirkte auf sie in keiner Weise anmaßend oder gar anzüglich, vielmehr erzeugte er in ihr eine seltsame Wärme und ein Gefühl, als ob er ihr Bewunderung entgegenbrächte. Das verunsicherte sie umso mehr, als sie Zweifel hegte, ob sie sich das alles nicht nur einbildete.

Augenblicklich wollte sich Magdalena zurückziehen, bevor die Situation für beide peinlich zu werden drohte. Da sprach Rudolfo, scheinbar belanglos und ohne Hintergedanken, ein paar Worte, die ihr Leben verändern sollten. Er sagte: »Kommst du morgen wieder?«

»Warum?«, erwiderte Magdalena, nicht weniger darauf bedacht, beiläufig zu klingen.

Da fasste Rudolfo Magdalena an den Oberarmen und drückte sie auf die hölzerne Truhe, die rechter Hand an der Wand mit den vielen Büchern stand. Er selbst nahm ihr gegenüber auf der anderen Truhe Platz. Im Gauklerwagen herrschte große Enge, sodass ihre Knie sich fast berührten. Magdalena war sehr darauf bedacht, seinen Berührungen auszuweichen.

Nicht nur ihr eigener Eindruck, auch Bemerkungen der Gaukler hatten sie überzeugt, dass der Große Rudolfo ein sonderlicher Kauz war – vor allem was Frauen betraf. Es wäre allerdings falsch zu behaupten, diese Erfahrung hätte bei Magdalena eine gewisse Reserviertheit oder gar Ablehnung dem Sonderling gegenüber bewirkt. Im Gegenteil, ihre eigene Unbedarftheit, die durch die Jahre im Kloster noch gewachsen war, weckte ihre Neugierde, welche Bedeutung sich hinter Wörtern wie Tändelei, Minne oder Verzückung verbarg, Wörter, die sie nur aus Büchern kannte. Sie hatte gelernt, nur Jesus zu lieben und dieser Liebe in Gesängen und Gebeten Ausdruck zu verleihen.

»Du bist schön«, erwiderte Rudolfo in Beantwortung ihrer Frage. »Ich kann dich nicht lange genug betrachten.«

Unbewusst rückte Magdalena ihre Haube zurecht. Das hatte sie noch von keinem Mann gehört. Von wem auch? Sie glaubte zu erröten und zog es vor zu schweigen.

»Du bist schön«, wiederholte Rudolfo beinahe hilflos. »Ich habe dir die Rolle der Scheintoten nur gegeben, damit andere sich nicht an dir ergötzen. Ich will, dass du deine Schönheit hinter einer abstoßenden Maskerade verbirgst. Kannst du mich verstehen?«

Nein, wollte Magdalena sagen, doch sie schwieg beharrlich.

»Die meisten Männer«, fuhr Rudolfo fort, und dabei leuchteten seine Augen, »streben nach Reichtum oder Macht, ich strebe nach Vollkommenheit und, was Frauen betrifft, nach makelloser Schönheit. Du musst wissen, ich habe nicht Melchior engagiert, diesen Bauern, sondern dich und deine Schönheit.«

Magdalena wusste nicht, was sie von den Worten des Seiltänzers halten sollte. Konnte es sein, dass Rudolfo, der Große Rudolfo, sich über sie lustig machte und sich an ihrer Hilflosigkeit und Unsicherheit ergötzte?

Plötzlich fiel er ihr wie ein Bettler zu Füßen, schob den Saum ihres Gewandes hoch und umfasste ihre Knie mit beiden Armen. Dies geschah mit solcher Heftigkeit, dass es schmerzte. Aber es war ein wohliger Schmerz, aus dem sie sich jederzeit mit einem Wort befreien konnte.

Das machte ihr Mut, und sie sagte, was ihr von Anfang an auf den Nägeln brannte, das auszusprechen sie jedoch große Überwindung kostete: »Ich habe Angst. Ich habe mich noch nie einem Mann ...«

»Sprich nicht weiter!« Rudolfo blickte zu ihr auf. »Gerade das ist es, was dich so schön macht. Heutzutage werden Frauen mit vierzehn Jahren mannbar, und Männer lassen sich nicht zweimal bitten. Mit 25 hat eine Frau fünf Kinder, das Aussehen eines welken Krautkopfs, und der Mann sucht sich eine Jüngere als seine Buhle.«

»Wie du das sagst«, murmelte Magdalena tonlos vor sich hin; aber ein gewisser Vorwurf war nicht zu überhören.

»Ich rede ganz freimütig«, erwiderte Rudolfo, »meine Offenheit stört dich hoffentlich nicht. Vergiss nicht, ich habe einiges erlebt, das deiner Jugend noch bevorsteht. Dennoch fühle ich mich dir nahe wie keiner anderen Frau. Nichts wünschte ich sehnlicher, als mein Geschick mit dem deinen zu verbinden.«

Je länger Rudolfo vor ihr kniend auf sie einredete, desto mehr trat Magdalenas Unbeholfenheit gegenüber der heiklen Situation zutage. Und so versuchte sie seiner Umklammerung zu entgehen, indem sie aufsprang und einen Schritt zur Seite trat, wobei der auf dem Boden kniende Seiltänzer ein klägliches Erscheinungsbild abgab. In seiner Haltung, mit den Händen auf die Truhe gestützt, tat er ihr leid, und sie stammelte ein paar hilflose Worte der Entschuldigung. Da erhob sich Rudolfo.

Hätte Rudolfo sie ob ihrer Geziertheit und Anmaßung gescholten und aus dem Gauklerwagen gewiesen, Magdalena hätte ihm kaum böse sein können. Aber es kam ganz anders. Mit einer rührenden Geste ergriff der Seiltänzer ihre Rechte, führte sie mit innigem Blick zum Mund und küsste sie. Noch nie in ihrem Leben hatte ein Mann ihre Hand geküsst. Derlei Gebärden standen einer Frau von niederer Herkunft nicht zu. Schon gar nicht einer kahlen Novizin, die ihre Nonnentracht abgelegt hatte. Magdalena spürte, wie das Blut in ihren Schläfen pochte.

Und wie aus der Ferne vernahm sie schließlich Rudolfos Stimme: »Du hast meine Frage noch immer nicht beantwortet!«

»Welche Frage?«, wollte Magdalena abwesend wissen.

»Ob du morgen wiederkommst. Ich glaube, wir haben uns viel zu erzählen.«

»Ja. Wenn du es willst und wenn die Umstände es erlauben, werde ich da sein.«

89

Magdalena verließ Rudolfos Gauklerwagen verwirrt. Ein lauschiger Abend senkte sich über die Flussaue und zauberte feuchtkühlen Tau auf die Wiesen. Ein Dutzend Frösche oder mehr wetteiferten laut quakend miteinander. Es roch nach Sumpf und feuchter Erde. Sie war müde vom vielen Gehen. Aber sie brachte es nicht fertig, in ihren Wagen zu klettern und sich neben Melchior zu legen, als wäre nichts geschehen.

Wie im Traum begab sie sich zum Fluss und ließ sich im Ufergras nieder. Unerwartet wie ein Blitzschlag hatte sie die Begegnung mit Rudolfo getroffen. Sie war unfähig, einen klaren Gedanken zu fassen, und starrte in das träge Gewässer, das bisweilen murmelnd und gurgelnd, dann wieder lautlos an ihr vorüberzog.

Magdalenas Schicksal hatte eine unerwartete Wendung genommen, und sie wusste nicht, wie sie ihr begegnen sollte.

5. KAPITEL

Die folgenden Tage und Wochen, in denen die Gaukler weiter mainabwärts zogen, waren nicht einfach. Bis Miltenberg, einem verträumten Mainstädtchen mit herausgeputzten Fachwerkhäusern, stießen sie allerorten auf Spuren, welche die Bauernaufstände hinterlassen hatten: brennende Getreidefelder, schwelende Scheunen und Bauernhöfe in Schutt und Asche. Zwar begegneten ihnen die Stadtbewohner nicht mit dem gleichen Misstrauen wie die Bewohner Würzburgs, aber wo immer sie auftauchten, war die Begeisterung verhalten, jedenfalls stand sie in keinem Vergleich zur verzückten Aufgeregtheit, die das Erscheinen des Große Rudolfo in früheren Tagen ausgelöst hatte. Man hatte andere Sorgen.

Was Magdalena betraf, befand sie sich in einem Zustand, der sie an ihre Kindheit erinnerte, als sie einmal giftige Pilze gegessen hatte. Es bereitete ihr Schwierigkeiten, sich im Hier und Jetzt zurechtzufinden. An manchen Tagen glaubte sie zu schweben, dann wurde sie von einem Taumel mitgerissen, ähnlich dem mancher Nonnen im Kloster Seligenpforten, wenn sie während der Liturgie der Karwoche in brunftige Rufe ausbrachen: »Hier bin ich, Herr Jesus! Nimm mich!« Magdalena hatte solche Vorkommnisse stets als Theater abgetan. Jetzt sah sie das anders.

Die Schmeicheleien des Großen Rudolfo, der sich ihr näherte, ohne sie zu bedrängen, steigerten ihre Achtung gegenüber dem großen Seiltänzer, ja, sogar ihre Zuneigung zu dem feinfühligen Mann mit jedem Tag. In Augenblicken, in denen sie zu schweben glaubte –

immer dann, wenn sie *ihm* nahe war –, empfand sie ein Gefühl, das sie bisher nicht gekannt hatte und von dem sie geglaubt hatte, nur vom Schicksal auserwählte Menschen würden seiner teilhaftig: Sie fühlte sich glücklich.

Dachte sie an ihre entbehrungsreiche Kindheit und die asketischen Jahre im Kloster der Zisterzienserinnen, dann war dies kaum verwunderlich; denn in jungen wie in späteren Jahren wurde sie gelehrt, der Mensch sei keinesfalls auf der Welt, um glücklich zu sein. Die Erde sei im Gegenteil ein Jammertal, und erst im Jenseits warte das wahre Glück. Für den diesseitigen Menschen sei das Glück jedenfalls nicht geschaffen und eher etwas Unanständiges.

Doch dieses unerwartete Glück erzeugte auch einen Zwiespalt der Gefühle. Denn so berauschend Rudolfos zaghafte Berührungen sein mochten – mehr war da nicht –, bei Magdalena riefen sie den innigen Wunsch nach mehr hervor. Sie sehnte sich danach, sich dem Großen Rudolfo hinzugeben. Gleichzeitig hatte sie eine höllische Angst davor.

Natürlich schuf Rudolfos Affäre mit Magdalena in der Gauklertruppe böses Blut. Dafür sorgten schon der buckelige Quacksalber und die Wahrsagerin Xeranthe. Vor allem in der rothaarigen Xeranthe, die von sich behauptete, aus dem Funkeln eines faustgroßen Halbedelsteins die Zukunft vorhersehen zu können, hatte Magdalena eine Todfeindin gefunden. Aber das beruhte auf Gegenseitigkeit, seit die Wahrsagerin in blinder Eifersucht auf Magdalena losgegangen war.

Abgekühlt war auch das Verhältnis zu Melchior, der sich durch den häufigen Umgang Magdalenas mit Rudolfo zurückgesetzt fühlte. Seine zunehmende Abneigung wuchs allmählich zu offener Feindseligkeit, die in abfälligen und kränkenden Bemerkungen zum Vorschein kam. Nicht dass Melchior sich irgendwelche Hoffnungen auf Magdalena gemacht hätte. Er sah in ihr noch immer das kleine Mädchen, das mit ihm über die Wiesen des väterlichen Lehens tollte. Nein, Melchior missfiel, dass Magdalena sich nach ihrer Flucht aus dem Kloster an den erstbesten Mann heranmachte – nur weil er auf dem Hochseil tanzen konnte. Zweifellos eine hohe Kunst, aber wer wollte wissen, unter welchen Umständen er sie erlernt hatte?

Rudolfos Vergangenheit war ein Geheimnis, das – eben weil es ein Geheimnis war – eine natürliche Neugierde erzeugte. Es schien, als sei der Seiltänzer über Nacht aus dem Boden gewachsen wie ein Pilz nach einem warmen Sommerregen. Fragen nach seinen Anfängen und dem Lehrer, der seine Kunst förderte, pflegte Rudolfo mit dem Hinweis zu beantworten, ein begnadeter Seiltänzer könne man nicht werden, man *sei* es. Im Übrigen wünsche er nicht an seine bescheidenen Ursprünge erinnert zu werden. So blieben alle Fragen und zwangsläufig alle Antworten verschleiert, und seit geraumer Zeit wagte keiner der Gaukler den Versuch, diesen Schleier zu lüften.

Dass Rudolfo etwas Geheimnisvolles, ja, Magisches an sich hatte, war auch Magdalena nicht verborgen geblieben. Ihre zurückhaltende Art und seine herausragende Könnerschaft hatten sie bisher jedoch davon abgehalten, Fragen zu stellen. Manchmal schien es ihr, als lebte der Seiltänzer in einer anderen Welt. Und gewiss trug auch dieses Anderssein, anders als alle Menschen, denen sie je in ihrem Leben begegnet war, dazu bei, dass sie sich mehr und mehr in die Welt des Seiltänzers verstrickte, ihm sogar hörig wurde.

An einem der warmen Sommerabende um Fronleichnam herum – Magdalena hatte sich, wie beinahe jeden Abend, in Rudolfos Gauklerwagen begeben – passierte etwas Merkwürdiges, etwas, das Magdalena zum ersten Mal veranlasste, Fragen zu stellen. Es war längst Schlafenszeit, und die beiden saßen im Kerzenschein in züchtiger Berührung wie Kinder, die Angst haben vor der eigenen Courage. Da klopfte es an die Tür des Gauklerwagens.

Rudolfo schien nicht geneigt, auf das Pochen zu reagieren, auch nicht, als die Klopfzeichen heftiger wurden. Er war nicht gewohnt, Gäste in seinem Wagen zu empfangen, es sei denn auf seine Einladung hin. Doch dann hörte man draußen eine tiefe Stimme, die langsam und wie in einen Tonkrug sprach: »Satan adama tabat amada natas.«

Fragend sah Magdalena Rudolfo an, ob er wüsste, was das zu bedeuten habe. Doch der war, während er den seltsamen Worten lauschte, blass geworden und starrte tatenlos auf die Bücherwand gegenüber, als hätte eine fremde Macht von ihm Besitz ergriffen. Wenngleich Magdalena dem Wirrwarr der Worte nicht hatte folgen können, hingen die Laute im Raum, beschwörend und bohrend wie eine Zauberformel.

Mit gezwungenem Lächeln versuchte Rudolfo, Magdalena die Angst zu nehmen, doch blieb es bei dem Versuch, als Magdalena mit Nachdruck die Frage stellte:

»Rudolfo, was hat das zu bedeuten?«

Derart in die Enge getrieben und weil das Klopfen erneut einsetzte, sprang Rudolfo auf, nahm Magdalena an der Hand und drängte sie zur Türe. »Ich will dir alles erklären«, flüsterte er mit gepresster Stimme. »Später. Bitte geh jetzt!«

Magdalena sah keinen Grund, Rudolfos Aufforderung abzulehnen, wenngleich ihr die Umstände eigenartig und rätselhaft erschienen. Auf der Treppe des Gauklerwagens stand ein hochgewachsener Mann in einem weiten Reiseumhang. Als ein schmaler Lichtstrahl aus dem Wageninnern auf sein Gesicht fiel, drehte sich der Mann verschämt zur Seite. Dann machte er zwei weit ausholende Schritte, wobei er zwei Stufen auf einmal nahm, und verschwand im Wagen des Seiltänzers.

Im Kloster Seligenpforten, wo zu gewissen Zeiten jede Rede verboten war, empfanden es die Nonnen als willkommene Abwechslung, fremde Gespräche heimlich zu belauschen. Manchen war dies sogar eine Lust wie das sündige Treiben in der lasterhaften Stadt Sodom am Toten Meer. Magdalena war da keine Ausnahme. Und so kehrte sie auf halbem Weg zu ihrem Nachtlager um und trat, von Neugierde geplagt, neben das einzige Fenster von Rudolfos Gauklerwagen.

Dabei wurde sie Zeuge eines heftigen Gesprächs, welches ihr jedoch eher zur Last als zur Lust wurde. Die Worte, die an ihr Ohr drangen, schienen von Geheimnissen umwittert und klangen angsteinflößend wie die Geheime Offenbarung des Johannes. Die Visionen des Lieblingsjüngers des Herrn, der überall Feuer speiende Fabeltiere und vergeistigte Engel erkannte, deren Rede selbst studierte Exegeten nicht erklären konnten, diese Visionen hatte Magdalena stets als Ausgeburt eines Wahnsinnigen betrachtet, und auch ihr anerzogener Glaube hatte nicht vermocht, sie davon abzubringen.

Die seltsamen Worte, mit denen der Fremde sich Zutritt zu Rudolfos Gauklerwagen verschafft hatte, ähnelten auf verblüffende Weise den Rätseln, welche der Apostel in seiner Offenbarung aufgab.

»Wer seid Ihr?«, hörte sie Rudolfo fragen. »Nennt Euren Namen! Ich habe ein Recht, ihn zu erfahren. Denn offensichtlich seid Ihr einer der Neun. Jedenfalls gebrauchtet Ihr die geheime Formel der Unsichtbaren.«

Mit seiner dunklen Stimme erwiderte der Fremde: »Dann nennt mich eben Decimus. So wie Euch der Name Quartus gegeben ist, der Vierte, so will ich der Zehnte sein.«

»Ihr wollt mich foppen!«

»Keineswegs.«

»Es gibt nur neun Unsichtbare, die unter den Lebenden weilen.«

»Ich weiß. Ich wollte auch nur deutlich machen, dass ich eingeweiht bin in die äußeren Umstände, die Euren Geheimbund umgeben, wenngleich ich von dem Wissen, das Ihr hütet, keine Ahnung habe.«

»Und worauf begründet Ihr Euer – na, sagen wir einmal – Halbwissen?«

»Das steht hier ebenso wenig zur Debatte wie mein wahrer Name. Also lassen wir es dabei: Nennt mich Decimus, wenn's recht ist.«

»Sei's drum. Was also führt Euch zu mir zu so später Stunde? Ihr macht mich wirklich neugierig.«

95

Als sammelte sich der Fremde, als brauchte er Zeit, um seine Gedanken zu ordnen, entstand eine lange Pause, bis er schließlich antwortete: »Ich möchte Euch ein Geschäft anbieten. Es geht – um das richtige Wort in den Mund zu nehmen – um Geld, viel Geld. Nein, lehnt mein Angebot nicht von vornherein ab. Hört erst an, was ich zu sagen habe.«

»So redet endlich!«

»Wir gehen schlimmen Zeiten entgegen. In Stadt und Land gibt es wenig zu essen, seit der Adel und die Pfaffen die aufständischen Bauern niedergerungen haben. Kein Mensch will in diesen Zeiten Gaukler sehen. Auch wenn es nur ein paar Kreuzer sind, die Ihr für Euren Mummenschanz verlangt. Herbst und Winter lassen nicht lange auf sich warten. Deshalb denke ich, Hunger und Kälte werden Euch und Eurer Truppe lange Zeit die einzigen Zuschauer sein. Dabei verfügt Ihr über einen Schatz, der Euch alle gleichsam über Nacht von der Notwendigkeit befreit, als fahrendes Volk ohne Achtung und Ehre über Land zu ziehen, verspottet und mancher Lächerlichkeit preisgegeben.«

»Ich glaube zu ahnen, was Euch zu mir führt und – ich sage Nein, noch bevor Ihr Euer Begehren ausgesprochen habt.«

»Augenblick!«

Magdalenas Herz schlug bis zum Hals. Sie begriff nicht im Entferntesten, worum es in der Unterredung ging. Dann vernahm sie ein eindeutiges Klirren, so als habe der Fremde einen Säckel Geld auf den Tisch geworfen.

»Tausend Golddukaten, wenn Ihr mir den Ort und die Stelle verratet, an der die neun Bücher aufbewahrt werden. Und – wenn Ihr mir gleichzeitig Euer Vermächtnis übertragt.«

»Das heißt, Ihr wollt einer der Neun Unsichtbaren werden.«

»Gewiss.«

»Aber ich lebe noch! Zwar kennt Ihr aus unerfindlichen Gründen das Bündnis, als wärt Ihr einer der Neun Unsichtbaren, dennoch scheint Euch entgangen zu sein, dass einer den Platz des anderen nur nach dessen Ableben einnehmen kann. Und auch wenn ich beinahe täglich Kopf und Kragen riskiere, habe ich nicht vor, mein Leben in nächster Zeit zu beschließen.«

»Wo denkt Ihr hin, Großer Rudolfo! Nichts liegt mir ferner, als Euch den Tod zu wünschen. Ihr sollt mich nur zum Mitwisser machen, zum Zehnten in Eurer Runde, zum Decimus – wie wir Lateiner sagen.«

Da wurde Rudolfo aufbrausend. Es hörte sich an, als fahre er dem Unbekannten an die Gurgel, und Magdalena bekam es mit der Angst zu tun. Sie fürchtete, Zeuge eines Mordes zu werden. Zitternd faltete sie die Hände und presste sie gegen die Stirne.

»Verschwinde«, rief Rudolfo in höchster Erregung, »verschwinde und lass dich hier nie wieder blicken! Sonst …«

»Sonst?«

Dann war es wieder still, unheimlich still. Magdalena kam es vor wie eine Ewigkeit. Plötzlich wurde die Türe aufgestoßen, und der schwarz gekleidete Fremde stolperte aus dem Gauklerwagen. Rufend wandte er sich noch einmal um: »Für den Fall, dass Ihr doch noch Eure Meinung ändert: Ihr findet mich morgen um dieselbe Zeit an der Weggabelung in Richtung Miltenberg, gerade mal eine Meile von hier. Dort ist ein Hochsitz für die Jagd, von dem man bei Vollmond die Mainauen überblicken kann. Lasst Euch die Angelegenheit noch einmal durch den Kopf gehen und denkt daran: tausend Golddukaten!«

Seine letzten Worte waren kaum zu verstehen, denn der rätselhafte Fremde begann zu laufen, dass sein Umhang flatterte wie ein Segel im Wind. Und ehe sich Magdalena versah, hatte ihn das fahle Mondlicht verschluckt wie eine überirdische Erscheinung, die sich in Luft auflöst.

Magdalena war viel zu aufgeregt, um sich in ihre Schlafstätte zu begeben. Gedankenfetzen schossen ihr wie Blitze eines Gewitters durch den Kopf: Neun Unsichtbare – und ein geheimnisvoller Schatz – und neun Bücher, für die der Fremde tausend Golddukaten zu zahlen bereit war. Vor allem aber hatte sich die Zauberformel – wenn auch bruchstückhaft – in ihrem Kopf festgesetzt: Satan … Adama … Amada … Mit dieser Formel hatte sich der Fremde zu erkennen gegeben oder jedenfalls Zugang zu Rudolfo gefunden. Der Code eines Geheimbundes oder eine Teufelsbeschwörung?

Als sie in Würzburg zum ersten Mal gesehen hatte, wie Rudolfo über das Seil ging, da hatte Magdalena den Eindruck gehabt, als sei er ein anderer. Sein starrer Blick, der mechanische Ablauf seiner Bewegungen und die provozierende Sicherheit seines Auftretens hatten in ihr den Verdacht geschürt, Rudolfo sei vom Teufel besessen. Mit jenem Rudolfo, den sie in den letzten Tagen nächtens kennengelernt hatte, hatte der Seiltänzer Rudolfo nichts gemein. Satan … Adama … Amada …

Ihre bescheidenen Lateinkenntnisse, die jedoch jene der meisten Pfaffen in den Schatten stellten, die nicht viel mehr kannten als das Dominus vobiscum, genügten für die Feststellung, dass diese Formel kein Latein war, viel eher die Teufelsbeschwörung einer geheimnisvollen Bruderschaft. Unter einem Ahornbaum ließ sich Magdalena nieder und dachte nach.

Die Nacht war warm, und von den Bäumen, die den schlängelnden Flusslauf säumten, hörte man den einsilbigen Ruf eines Käuzchens. Vergeblich versuchte sie ihre trüben Gedanken an Teufel und Hölle zu verdrängen und erhebenden, sogar sündhaften Gedanken an das andere Geschlecht Raum zu geben. Weit kam sie dabei nicht. Immer wieder trat Rudolfo vor sie hin, mit stechenden Augen, denen sie kaum standhalten konnte.

Am östlichen Himmel graute der Morgen, als Magdalena gedankenversunken zum Lager der Gaukler zurückkehrte. Schlafen wollte sie nicht mehr, obwohl es in ihrer Situation vielleicht das Beste gewesen wäre. Verschämt ging sie Melchior aus dem Weg, mit dem sie noch immer das Nachtlager teilte.

Für ihr weiteres Vorgehen hatte sich Magdalena folgenden Plan zurechtgelegt: Sie war sicher, Rudolfo würde sich trotz seiner ablehnenden Haltung in der folgenden Nacht mit dem rätselhaften Fremden treffen. Um mehr von Rudolfos geheimen Verbindungen in Erfahrung zu bringen, wollte sie ihn an der Weggabelung erwarten und das Gespräch heimlich belauschen.

Lange vor Mitternacht machte sich Magdalena tags darauf auf den Weg. Der Hochsitz, den der Fremde genannt hatte, war von Jungholz umgeben, das im Mondschein zaghafte Schatten warf und Magdalena ein sicheres Versteck bot.

Es musste wohl kurz vor der Mitternachtsstunde sein, da näherte sich von Norden eine Laterne, zappelnd wie ein Glühwürmchen. Im Näherkommen wurde die Funzel heller und stärker, bis sie, am vereinbarten Treffpunkt angekommen, jenen Mann im schwarzen Umhang zu erkennen gab, dem sie in der Nacht zuvor begegnet war. Der Unbekannte erklomm die Leiter zum Hochsitz, und Magdalena musste sich ducken, damit sie nicht in sein Blickfeld geriet.

Es war nicht einfach, reglos zu verharren, doch nötig, denn jedes Rascheln im Gebüsch, jedes Knacken eines Astes am Boden hätte sie in der tiefen Stille verraten. Magdalena vernahm den schweren Atem des Unbekannten. Sie selbst atmete nur kurz und durch den geöffneten Mund. Wie lange, dachte sie, wirst du das aushalten?

Die Zeit dehnte sich ins Unendliche. Wo blieb Rudolfo? Längst war Mitternacht vorbei, und Magdalena wünschte nichts sehnlicher, als einmal tief durchzuatmen, ihre Lungen mit der Waldluft voll zu saugen; aber sie hatte Angst sich zu verraten. Den Fremden fest im Blick, harrte sie regungslos aus. Was Rudolfos Absichten betraf, hatte sie sich offenbar getäuscht. Wie lange würde der fremde Mann auf seinem Hochsitz warten?

Von einem Augenblick auf den anderen fasste Magdalena einen gewagten Entschluss: Sie erhob sich, machte ein paar Schritte nach vorne und rief leise, als sei sie eben erst angekommen: »Ist da jemand?«

Der Mann auf dem Hochsitz schien verblüfft. Vielleicht hatte er halb schlafend vor sich hin gedöst, jedenfalls griff er in Panik nach seiner Laterne und leuchtete nach unten.

Verwirrt vom Anblick einer Frau, kletterte er umständlich abwärts, indem er jeweils nur eine Stufe nahm und das andere Bein nachzog. Unten angelangt, hielt er Magdalena seine Funzel vors Gesicht.

»Euch hätte ich hier zuallerletzt erwartet«, knurrte er mit seiner tiefen Stimme. »Ihr seid doch …«

»Ganz recht«, erwiderte Magdalena, ohne zu zögern. »Wir sind uns in der vergangenen Nacht auf der Treppe von Rudolfos Gauklerwagen begegnet.«

Magdalenas forsches Auftreten, erstaunte den Unbekannten. Aber das war durchaus beabsichtigt. Dass es so einfach war, einen Mann, vor dem sie selbst Angst hatte, so stark zu verunsichern, überraschte sie und sollte für ihr weiteres Leben nicht ohne Bedeutung sein.

»Dann seid Ihr also die Buhle des Großen Rudolfo?«

»Ach, nennt mich, wie Ihr wollt!«

»Verzeiht, es ist doch keine Schande, wenn der Große Rudolfo einem Weib den Hof macht. Aber warum kommt Rudolfo nicht selbst?«

Der Fremde hängte die Laterne an der Leiter des Hochsitzes auf, und mit einer einladenden Handbewegung deutete er an, Magdalena solle sich auf dem Boden niederlassen. Er selbst nahm ebenfalls Platz, und zum ersten Mal hatte Magdalena Gelegenheit, den rätselhaften Mann näher in Augenschein zu nehmen.

Als stellte er sich auf eine längere Unterredung ein, öffnete er die Schließe seines Umhangs und warf diesen mit einer eleganten Bewegung ins Gras. Die Kleidung, welche darunter zum Vorschein kam, ließ selbst im spärlichen Laternenlicht eine gewisse Vornehmheit erkennen. Das minderte Magdalenas Beklemmung erheblich, die seine Erscheinung bei ihrer ersten Begegnung ausgelöst hatte.

»Rudolfo weiß nicht, dass ich hier bin«, beantwortete sie seine Frage.

Der Mann sah sie erstaunt an, als misstraute er ihren Worten. Aber dann meinte er: »Umso besser. Dann können wir beide uns ganz unvoreingenommen unterhalten. Vielleicht gelingt es Euch, den Großen Rudolfo von meinen lauteren Absichten zu überzeugen. Gewiss hat Euch der Seiltänzer davon erzählt?«

Auf diese Frage war Magdalena überhaupt nicht gefasst, und die Andeutungen, wie das Gespräch verlaufen würde, versetzten sie in Unruhe. Schließlich hob sie die Schultern und blickte verlegen zur Seite. »Ich kenne ja nicht einmal Euren Namen«, bemerkte sie verschnupft.

»Das hat Zeit. Wichtiger ist, was ich Euch zu sagen habe. Hört zu. Ich zählte von Anfang an zu den Bewunderern des Großen Rudolfo. Aber von Anfang an war mir auch klar, dass es bei seiner Kunst, auf dem Seil die höchsten Türme zu besteigen, nicht mit rechten Dingen zugeht.«

»Was wollt Ihr damit sagen?«, unterbrach Magdalena aufgeregt seine Rede. »Jeder kann sehen, wie leicht und behände Rudolfo auf dem Seil tanzt, und da wollt Ihr von Betrug sprechen?«

»Um Gottes willen, nichts liegt mir ferner. Von Betrug war keine Rede! Ich glaube nur, dass sich der Große Rudolfo gewisser Fähigkeiten bedient, die zwar jedem Menschen innewohnen, deren Erweckung jedoch gewisser Erkenntnisse bedarf. Begreift Ihr, was ich meine?«

»Nein!«, erwiderte Magdalena frei heraus.

Der Mann im Halbdunkel machte ein ungläubiges Gesicht. »Ihr teilt mit ihm das Bett und wollt mir weismachen, dass Euch der Große Rudolfo noch nicht in dieses sein Geheimnis eingeweiht hat?«

Magdalena schüttelte den Kopf und tat, als würde sie die Aussage wenig berühren. In Wahrheit fieberte sie danach, mehr über Rudolfos Geheimnis zu erfahren. Denn dass sich hinter Rudolfos Kunst ein Mysterium verbarg, davon war auch sie inzwischen überzeugt.

Der Unbekannte beugte sich zu Magdalena herüber, dass sie sein Gesicht zum ersten Mal aus der Nähe sehen konnte, die feinen, beinahe edlen Züge eines etwa vierzigjährigen Mannes, und sagte mit erhobenem Zeigefinger wie ein Schulmeister: »Seit tausend Jahren vertritt der Mensch die Ansicht, er sei mit fünf Sinnen ausgestattet. Er kann sehen, hören, riechen, schmecken und fühlen. Dabei bringen bestimmte Reize der Außenwelt das Innere des Menschen in Erregung und bewirken bestimmte Reaktionen. Das wussten schon die alten Griechen. In Wahrheit hat der Mensch jedoch noch einen sechsten Sinn, einen siebenten oder achten, vielleicht sogar einen neunten. Es bedarf allerdings bestimmter Voraussetzungen, um sich dieser Sinne zu bedienen.«

»Ach«, bemerkte Magdalena spitz, »und was wäre ein solcher unbekannter Sinn?«

»Der Gleichgewichtssinn zum Beispiel! Ein Stock, den man ohne Stütze auf die Erde stellt, fällt um. Ein Mensch bleibt stehen, ohne zu straucheln. Warum? – Weil er von einem bestimmten Alter an in der Lage ist zu sagen: Ich bleibe stehen – und er bleibt stehen. Der Große Rudolfo kennt Mittel und Wege, seinem Gehirn den Befehl zu erteilen, ein dünnes Hanfseil als bequemen Pfad zu betrachten, der auf die Spitze eines Kirchturms führt. Ein Rätsel, das einer Lösung bedarf. Es sei denn ...«

»Es sei denn?«

»Nun ja, es sei denn, das Mysterium ist bereits gelöst, aber seine Lösung nur einer kleinen Schar von Auserwählten zugänglich. Zum Beispiel den Neun Unsichtbaren.«

Magdalena erschrak. Bei der Unterredung zwischen Rudolfo und dem Namenlosen war von den Neun Unsichtbaren die Rede und davon, dass der Mann tausend Golddukaten bot, wenn Rudolfo ein bestimmtes Versteck geheimnisvoller Bücher preisgäbe.

»Und Ihr glaubt, der Große Rudolfo sei einer von diesen Neun Unsichtbaren«, bemerkte sie entrüstet.

Auf der Stirne des Unbekannten bildete sich eine Zornesfalte.

»Ich glaube es nicht, denn glauben heißt nicht wissen. Ich weiß es!«

»Und woher wollt Ihr das wissen, wenn die Mitgliedschaft und alle Umstände dieser Bruderschaft so geheim sind?«

»Ihr erwartet doch nicht, dass ich auf diese ungebührliche Frage antworte.«

»Verzeiht, ich wollte Euch nicht zu nahe treten. Aber Eure Aussage kam für mich zu überraschend. Ich bin völlig durcheinander. Rudolfo einer der Neun Unsichtbaren? Ein Magier? Ein Schwarzkünstler? Vielleicht sogar ein Nigromant und mit dem Teufel im Bunde?«

Magdalena knetete ihre Hände, als wollte sie die Wahrheit aus ihnen herauswringen, erst die linke mit der rechten, dann die rechte Hand mit der linken.

»Und wenn ich Euch recht verstehe, wollt Ihr Rudolfos Mitgliedschaft in diesem Geheimbund beerben. Was in aller Welt veranlasst Euch, dafür eine so hohe Summe zu bieten?«

Der Unbekannte machte eine abwehrende Handbewegung: »Ich will nicht unbedingt einer der Neun Unsichtbaren werden. Ich will nur in den Besitz der neun geheimen Bücher gelangen!«

»Und warum wendet Ihr Euch ausgerechnet an den Großen Rudolfo? Offensichtlich gibt es doch noch acht weitere Mitglieder dieser Bruderschaft!«

»Keiner kennt sie.«

»Also sind sie sich selbst ein Geheimnis?«

»So ist es. Niemand kann mit Gewissheit behaupten, den Namen eines der Neun Unsichtbaren zu kennen. Doch der Große Rudolfo hat sich selbst verraten. Fragt mich nicht wodurch, ich werde es Euch nicht sagen.«

»Dann seid Ihr wohl selbst so ein Schwarzkünstler?«

Der geheimnisvolle Mann schmunzelte vor sich hin. Doch plötzlich verfinsterten sich seine Züge: »Es gibt Menschen, die bereit sind zu töten, um in den Besitz eines dieser Bücher zu kommen.«

Und Ihr seid einer von ihnen, lag es Magdalena auf der Zunge. Aber sie zog es vor zu schweigen. Es schien ratsam, den Unbekannten nicht vor den Kopf zu stoßen. »Ihr meint, Rudolfo lebt gefährlich?«, fragte sie.

»Nicht nur der Große Rudolfo! Auch Ihr solltet besorgt sein, wenn bekannt wird, dass Ihr die Frau des Seiltänzers seid!«

»Aber das bin ich nicht!«

»Ach was. Immerhin teilt Ihr mit ihm das Lager! Bedarf es da noch des Segens der Pfaffen? Jedenfalls wird Euch niemand abnehmen, der Große Rudolfo habe Euch nicht in sein Geheimnis eingeweiht. Folglich lebt Ihr nicht weniger gefährlich als der Seiltänzer. Aber ich will Euch nicht ängstigen.«

Magdalena fühlte sich äußerst unwohl. Um das Gespräch zu beenden, meinte sie: »Ich soll also Rudolfo überreden, Euch sein Geheimnis anzuvertrauen.«

»Das könnte Euch zweifellos von Nutzen sein. Was führt Ihr für ein elendes Dasein? Müsst von Almosen leben, welche die Leute aus den Fenstern werfen. Mit tausend Golddukaten könntet Ihr von heute auf morgen ein bürgerliches Leben führen. Überlegt es Euch. Ich melde mich wieder. So leicht lässt sich einer wie ich nicht abschütteln!« Plötzlich sprang er auf, ergriff seinen Mantel und die Laterne und verschwand wie ein Spuk im Schutze der Dunkelheit.

In der Zwischenzeit war der Mond hinter den Baumwipfeln verschwunden, und Magdalena hatte Mühe, den Rückweg zum Lager der Gaukler zu finden, obwohl die Morgendämmerung bereits fortgeschritten war. Magdalena war müde von dem weiten Weg in der Dunkelheit, und sie erschrak heftig, als sich plötzlich vor ihr eine Gestalt aus der Dunkelheit schälte und entgegenkam: Rudolfo.

Magdalena fühlte sich ertappt und stammelte ein paar unpassende Worte, dass sie die frische Morgenluft genieße und ob er auch keinen Schlaf fände.

Ohne ihre Frage zu erwidern, trat Rudolfo vor sie hin, fasste sie an den Oberarmen und sagte mit gedämpfter Stimme: »Du bist eine schlechte Schauspielerin, jedenfalls hast du kein Talent zum Lügen.«

»Ich habe mich an der Weggabelung mit dem Unbekannten getroffen, der dich gestern aufgesucht hat«, kam Magdalena der Frage des Seiltänzers zuvor. Sie spürte die Kraft, mit der Rudolfos Hände ihre Arme fester und fester umklammerten, und ein wohliger Schauer fuhr durch ihren Leib.

»Du spionierst mir also hinterher«, bemerkte Rudolfo, und in seiner Stimme lag ein Anflug von Enttäuschung. »Hast du so wenig Vertrauen zu mir?«

»Ich wollte … doch … nur –«, Magdalena geriet ins Stottern, »ich wollte doch nur etwas mehr in Erfahrung bringen über dich und deine Vergangenheit!«

»Und ist es dir gelungen?«

Magdalena hob die Schultern und blickte verlegen zur Seite. »Immerhin weiß ich jetzt – jedenfalls behauptete das der Fremde –, dass du einer der Neun Unsichtbaren bist. Auch wenn mir weiterhin nicht klar ist, was sich dahinter verbirgt.« Magdalena löste sich aus seiner Umklammerung, fiel Rudolfo um den Hals und rief leise: »Ich bitte dich, sage mir die Wahrheit. Stehst du mit dem Teufel im Bunde?«

Entrüstet hob der Seiltänzer die Augenbrauen.

Unsicher, ob sie ihn mit ihrer Frage verletzt oder schlichtweg ertappt hatte, suchte Magdalena seine Rechte und presste sie gegen ihren Busen, als hätte sie Angst, Rudolfo zu verlieren. Der ließ sie, ohne zu antworten, einen Augenblick gewähren, dann legte er seinen Arm um ihre Taille und führte sie stumm zu seinem Gauklerwagen.

Die ersten Strahlen der aufgehenden Sonne – aus der Ferne hörte man einen Hahn krähen – hatten die Aue wohlig erwärmt, sodass das Innere des Wagens kühl wie ein Kellergewölbe wirkte. Rudolfo legte Magdalena, die auf der Sitzbank linker Hand unter den Büchern Platz nahm, seinen weißen Umhang um die Schultern. Dann setzte er sich ihr gegenüber.

»Um deine Frage zu beantworten«, begann er umständlich, als fiele es ihm nicht leicht, darüber zu reden, »es ist *nicht* der Teufel, mit dem ich im Bunde stehe. Dennoch beherrsche ich meine Kunst nicht aufgrund außerordentlicher Begabung oder weil ich von Kindesbeinen an auf dem Seil geübt hätte, nein, meine Kunst beherrsche ich aufgrund des achten Buches der neun Bücher, in welchen die Schätze der Weisheit verzeichnet sind.«

Magdalena sah Rudolfo eine Weile schweigend an. Ihr Blick verriet, dass sie nichts, aber auch gar nichts von dem begriff, was der Seiltänzer ihr zu erklären bereit war. Schließlich meinte sie vorsichtig fragend: »Hat das etwas mit deiner Mitgliedschaft im Bündnis der Neun Unsichtbaren zu tun? Der Unbekannte machte mir gegenüber so eine Andeutung.«

»Eine Andeutung?«

»Eine Andeutung, nicht mehr. Ich weiß nicht, ob ich diesem Menschen Glauben schenken soll oder ob er nur einer von diesen Großsprechern ist, welche zuhauf herumlaufen. Also bist du nun einer der Neun Unsichtbaren, und was hat es mit diesen Neun für eine Bewandtnis?«

Rudolfo schüttelte den Kopf: »Ich habe einen heiligen Eid geschworen und mache mich selbst zum Freiwild, wenn ich diesen Eid breche. Ich *darf* mich dir nicht offenbaren. Es sei denn …«

Magdalena musterte ihn mit eindringlichem Blick. Jetzt war *sie* es, die fragen wollte, ob er ihr so wenig vertraute; doch sie tat es nicht. Sie sah Rudolfo nur mit großen, fragenden Augen an.

»Was heißt das, du machst dich zum Freiwild?«, meinte sie schließlich. »Ich will es wissen. Wenn dir an mir gelegen ist, beantworte mir meine Frage. Wenn nicht, dann lass es bleiben. Kannst du nicht begreifen, dass ich mir Sorgen um dich mache?«

Rudolfo schloss die Augen. Er hielt sie lange geschlossen, als habe er einen Vorhang vor sich gezogen, doch seine Augenlider zuckten und verrieten, wie sehr es in ihm arbeitete. Als er die Augen wieder öffnete, schien er wie befreit. Er sprang auf, als hätte er einen schweren Entschluss gefasst und empfinde nun unendliche Erleichterung darüber. Magdalena glaubte sogar, auf seinen Lippen ein zaghaftes Lächeln zu erkennen. Sie hoffte gar, er würde sie in die Arme nehmen, ihr einen Kuss auf die Stirne drücken und etwas ins Ohr flüstern, aber es kam anders. Der Seiltänzer griff zu einem Rötel und begann einzelne Buchstaben auf die Truhe zu kritzeln, auf der er saß.

Nach fünf Buchstaben hielt er inne.

Magdalena kniete sich neben Rudolfo nieder und las: SATAN. Sie zuckte zusammen, wie von einem Peitschenhieb getroffen.

Rudolfo schien sich nicht daran zu stören. Mit ruhiger Hand schrieb er ein zweites Wort unter das erste: ADAMA. Darunter ein drittes: TABAT. Darunter ein viertes: AMADA. Und schließlich: NATAS, sodass schließlich fünf Wörter mit je fünf Buchstaben untereinanderstanden:

SATAN

ADAMA

TABAT

AMADA

NATAS

Da waren sie wieder: die fünf Wörter, die ihr nicht aus dem Kopf gingen, seit der Unbekannte nachts an Rudolfos Türe geklopft hatte. »Gebrauchte der Fremde nicht dieselben Wörter?«, fragte sie vorsichtig.

»Es ist die Formel, mit der sich die Neun Unsichtbaren untereinander zu erkennen geben.«

»Also zählt der Fremde doch zu den Neun Unsichtbaren!«

»Sicher nicht. Sonst hätte er mir nicht so viel Geld für das Versteck der geheimen Bücher geboten. Dabei ist es ihm längst bekannt. Er ahnt es nur nicht. So, wie auch die Schätze der Weisheit über die ganze Erde verteilt sind – aber die Menschen ahnen es nicht.«

»Und in den Büchern sind all die Geheimnisse verzeichnet?«

»Seit vielen Jahrhunderten.«

»Und dies« – Magdalena deutete auf die Buchstaben auf der Bank – »dies ist keine Teufelsbeschwörung?«

»Das ist pure Magie, die nur Eingeweihte verstehen. Mit dem Teufel hat das so wenig zu tun wie der Heilige Geist mit der Vaterschaft des Herrn Jesus.«

Als er sah, wie Magdalena auf das magische Quadrat starrte, sichtlich bemüht, den 25 Buchstaben einen Sinn zu geben, räusperte sich Rudolfo gekünstelt und meinte schließlich: »Lies die einzelnen Buchstaben von oben nach unten.«

Magdalena staunte: »Das ergibt dieselben Wörter wie von links nach rechts.«

»Und jetzt lies die Buchstaben von rechts unten nach oben!«

»Wieder dasselbe Ergebnis.«

»Und jetzt rechts unten beginnend nach links wie die Juden.«

»Mein Gott, auch dann kommt man zu keinem anderen Ergebnis: Satan Adama Tabat Amada Natas.«

»Du siehst: Hinter scheinbar harmlosen Worten verbirgt sich ein geheimnisvolles System. Der Uneingeweihte bemerkt es nicht, der Eingeweihte jedoch weiß viel damit anzufangen.«

Rudolfo spuckte auf die Rötelschrift, wischte mit der flachen Hand über die Buchstaben, und sie verschwanden wie das Menetekel beim Gastmahl des babylonischen Königs Belsazar. Dann nahm er Magdalenas Hände zwischen die seinen und sprach leise, besorgt, ein ungewollter Lauscher könne sie belauschen: »Was ich dir gesagt habe, musst du umgehend vergessen, du musst es für alle Zeit aus deinem Gedächtnis streichen. Denn ich habe dir schon zu viel erzählt. Sollte es jemals bekannt werden, dass du von den Neun Unsichtbaren erfahren hast, so wäre das dein sicheres Ende. Denn niemand außer den Neun darf sich die Schätze der Weisheit zu eigen machen. Verstehst du mich?«

»Ich verstehe dich sehr wohl, Rudolfo. Aber wie sollte ich das alles vergessen. Nichts drückt den Menschen mehr als ein Geheimnis. Nein, vergessen kann ich deine Worte nicht, aber schweigen kann ich wie ein Grab. Das habe ich im Kloster Seligenpforten gelernt. Doch was mich noch interessieren würde: Welchen Grund hat die Geheimnistuerei um die bedeutsamsten Erkenntnisse der Menschheit? Hat die Menschheit nicht vielmehr ein Recht darauf zu erfahren, was ihre Ahnen vor Jahrhunderten erforscht und erfunden haben?«

Rudolfo verstieg sich zu einem zuckersüßen Lächeln und erwiderte: »Du bist ein schlaues Kind, Magdalena, und auf den ersten Blick hast du vollkommen recht. Aber wenn du den Inhalt der Schätze der Weisheit kennen würdest, wärst du gewiss anderer Ansicht. Nicht jede Erkenntnis, nicht jede Entdeckung, nicht jede Erfindung gedeiht zum Wohle der Menschheit. Denk nur an die Erfindung des Domherrn Berthold Schwarz, welcher Schwefel, Salpeter und Holzkohle zu dem nach ihm benannten Pulver zusammenmischte. Bis vor zweihundert Jahren kämpften Feinde mit Lanze und Schwert, mit Pfeil und Bogen, Mann gegen Mann. Und heute? Mit Hilfe des Schwarzpulvers feuern Landsknechte aus dem Hinterhalt in feindliche Heere und töten ihre Gegner reihenweise. Kanonenkugeln tragen Leid und Tod wie rasende Vögel über Stadtmauern hinweg. Früher zählte man die Opfer nach Hunderten, später nach Tausenden, heute sogar nach Zehntausenden. Bald werden es Hunderttausende sein, die das Schwarzpulver zur Strecke bringt.«

Magdalena nickte betroffen. »Da wäre es in der Tat besser gewesen, die Erfindung des Berthold Schwarz zu verheimlichen. – Erlaubt mir die Frage: Warum ist das eigentlich nicht geschehen?«

»Das will ich dir sagen. Am östlichen Ende unseres Planeten, wo der Stille Ozean die Landmasse begrenzt, haben Chinesen, ein Volk von gelber Haut und mit Füßen, so unförmig wie ein Pferdehuf, schon vor Berthold Schwarz das Schießpulver erfunden. Es hätte nur weniger Jahrzehnte bedurft, und die Kunde vom Schießpulver wäre eh bis in unsere Breiten vorgestoßen.«

»Da magst du recht haben.« Magdalena, die immer noch neben Rudolfo kniete, dachte lange nach. Schließlich sagte sie: »Und du hast alle Schätze der Weisheit, die in den neun Büchern verzeichnet sind, im Kopf?«

»Alle?«, rief Rudolfo entrüstet. »Wo denkst du hin! Es sind Hunderte, ja sogar Tausende, die in allen Einzelheiten beschrieben werden – vor allem aus den verschiedensten Wissensgebieten. Da sind die Geheimnisse des Lichts aufgeführt: wie Licht in Flüssigkeit und Flüssigkeit in Licht verwandelt werden kann. Und wo das brennende Wasser des Hephaistos, welches Fuhrwerke ohne Pferde zum Laufen bringt, aus der Erde tritt, ist ebenso beschrieben wie die sprechenden Teller, welche deine Stimme zu konservieren in der Lage sind, sodass sie meilenweit übers Land getragen und andernorts zu Gehör gebracht werden kann. Verzeichnet ist die Lage des Grabes samt dem Leichnam des Herrn Jesus, von dem der Papst und die römischen Pfaffen behaupten, er sei mit Leib und Seele gen Himmel gefahren. Aber auch die Wiedergeburt der fliegenden Drachen ist darin niedergeschrieben. Oder die Transmutation des Menschen in Wesen mit Flügeln, die es ermöglichen, wie ein Vogel über die Alpen zu fliegen. Oder die Berechnung deines Todestages mit Hilfe des Kalenders der Sterne. Ebenso die Herstellung von weißem Gold, das der Menschheit noch größeren Luxus bescheren könnte als das Gold der Indios. Oder die Nachricht, welche uns Extraterrestrische hinterlassen haben; denn wir sind nicht die Einzigen unter dem Firmament – wie sie uns wissen lassen –, nur die Unbedeutendsten. Und nicht zu vergessen: die Rezepturen der unzähligen Elixiere. Eines zur Verhinderung der menschlichen Fortpflanzung, eines zur Erlangung der Polyglossie, des Redens in verschiedenen Sprachen; eines gegen Pest, Cholera und Fallsucht und – nicht zu vergessen – eines zur Aufhebung der Schwerkraft im Bewusstsein jedes einzelnen Menschen. Nur wenn sich der Mensch der Schwerkraft bewusst ist, fällt er vom Seil!«

Bei den letzten Worten glänzten seine Augen wie glitzernde Kiesel im Bach. Auf einmal hielt er inne, als fände er aus einem endlosen

Traum zurück in die Wirklichkeit. »Ich glaube, ich habe dir mehr gesagt, als ich eigentlich darf«, stammelte er kaum hörbar. »Das hätte ich nicht tun sollen. Aber kannst du dir vorstellen, die Schätze der Weisheit wären allesamt oder auch nur teilweise den Mächtigen dieser Welt bekannt? Das hätte den Untergang des Menschengeschlechts zur Folge. Einer versuchte den anderen zu übertrumpfen, einer versuchte dem anderen sein Geheimnis zu entreißen, einer versuchte reicher zu werden als der andere, einer würde dem anderen seinen Willen aufzwingen, seine Götter und seine Religion. Das wäre das Ende.«

Für Magdalena war das alles zu viel. Obwohl sie während der Zeit als Novizin reges Interesse an den Wissenschaften gezeigt und die Schriften des Albertus Magnus und seines gelehrigen Schülers Thomas von Aquino verschlungen hatte, begriff sie wenig von Rudolfos Vokabularium. Das meiste klang so phantastisch und unerklärlich, dass in ihr – nicht zum ersten Mal – der Gedanke aufkam, nur der Teufel könne eine solche Rede im Munde führen.

Das Gehörte lastete wie ein Felsblock auf ihr. Sie rang nach Luft, glaubte in der Enge des Gauklerwagens zu ersticken. Ihre Gefühle, eben noch geprägt von zärtlicher Hingabe, schlugen um in Verzweiflung. Von düsteren Gedanken gequält, blickte sie zur Türe. Ohne ein weiteres Wort zu verlieren, erhob sie sich und schickte sich an, den Gauklerwagen zu verlassen.

»Jetzt bist du eine von den Unsichtbaren«, rief ihr Rudolfo mahnend hinterher, »gleichsam die Zehnte – also eine zu viel.«

6. KAPITEL

Unerwartet machte der Sommer seinem Namen doch noch alle Ehre. Zu viel der Ehre gar, denn seit Tagen brannte die Sonne unbarmherzig vom wolkenlosen Himmel. Die Flussauen färbten sich erst gelb, dann braun, so schnell, dass man zusehen konnte. Seit Tagen saßen die Gaukler fest und wussten nicht, wie es weitergehen sollte.

Gegen Mittag kam der Marktschreier aus Miltenberg zurück, wo er beim Rat der Stadt die Ankunft der Gaukler ankündigen und Proviant für Mensch und Tiere kaufen sollte. Schon von Weitem konnte man erkennen, dass seine Mission erfolglos geblieben war, denn der Marktschreier, als forscher Reiter bekannt, trottete lustlos auf seinem Gaul einher. Missmutig stieg er, im Lager angelangt, vom Pferd und schüttelte, als Rudolfo auf ihn zutrat, den Kopf.

»Wir sind bei den Miltenbergern wohl nicht gerne gesehen?«, meinte Rudolfo fragend.

»Schlimmer noch«, erwiderte der Marktschreier, der sonst nicht ungeschickt in den Verhandlungen mit den Stadtoberen oder Pfaffen war. »Sie haben gedroht, die Hunde auf uns zu hetzen, wenn wir es wagten, auch nur einen Fuß in ihre Stadt zu setzen. Ich kann froh sein, dass sie mir mein Pferd und das Geld gelassen haben, welches ich bei mir trug. Der Bürgermeister, ein Fettwanst, dem seine Leibesfülle problemlos ein mehrwöchiges Überleben ohne jede Nahrungsaufnahme sicherte, meinte, sie hätten selbst nichts zu beißen.«

»Hast du den Miltenbergern nicht gesagt, dass der Große Rudolfo vor ihren Toren steht, dem das Volk überall zujubelt, selbst in großen Städten wie Köln und Nürnberg, wo an Gauklern kein Mangel herrscht?«

Der Marktschreier machte eine abfällige Handbewegung. »Ich habe geredet wie ein Ablassprediger von der Kanzel.«

»Aber offensichtlich sind die Ablassprediger erfolgreicher als du!«

Da schoss dem Marktschreier die Zornesröte ins Gesicht, und wütend rief er: »Dann schicke das nächste Mal deine Nonne zu den Stadtoberen. Sicher hat sie mehr Erfolg als ich! Immerhin ist es ihr gelungen, dich um den Finger zu wickeln.«

Die Worte des Marktschreiers trafen den Seiltänzer an einer empfindlichen Stelle. Seit Tagen wurde unter den Gauklern getuschelt, dass Rudolfo und Magdalena etwas miteinander hätten, was umso größeres Erstaunen hervorrief, als der Seiltänzer seit geraumer Zeit und im Gegensatz zu früher alle Annäherungsversuche des weiblichen Geschlechts erfolgreich abwehrte.

Inzwischen hatte die Auseinandersetzung Rudolfos mit dem Marktschreier auch die übrigen Gaukler angelockt, die einen Kreis um die beiden bildeten, in Erwartung eines fesselnden Schauspiels.

Rudolfo neigte eher dazu, die Anwürfe des Marktschreiers zu vergessen, so zu tun, als habe er seine abfälligen Bemerkungen gar nicht gehört. Doch dann sah er aller Augen auf sich gerichtet, fragend, wie er wohl reagieren würde, er, der Große Rudolfo, und so trat er vor den Marktschreier hin und rammte ihm die Faust ins Gesicht, dass er strauchelte und zu Boden fiel.

Aus der Nase des Marktschreiers floss ein schmales Rinnsal Blut, als dieser sich hochrappelte und dem Seiltänzer einen verächtlichen Blick zuwarf. Er wusste, dass er seinem Gegner körperlich überlegen war. Allerdings war er sich auch im Klaren, dass Rudolfo ihn auf die Straße setzen würde, falls er es wagte, die Hand gegen ihn zu erheben. Also zog er es vor, sich mit dem Ärmel das Blut aus dem Gesicht zu wischen und ohne ein weiteres Wort zu verschwinden.

Vom Flussufer wehte pestilenter Gestank herüber, der den Gauklern in der Schwüle des Tages den Atem raubte. Darüber hinaus machten ihnen Fliegenschwärme und allerlei Ungeziefer das Leben schwer.

Der buckelige Quacksalber, der wie alle anderen den Streit der beiden Männer mit Bangen verfolgt hatte, meinte zögernd, um das peinliche Schweigen zu beenden, an Rudolfo gewandt: »Wie lange wollen wir hier noch kampieren? Mit Verlaub, die Umstände sind nicht gerade angenehm. Das Wasser, welches die Fuhrknechte vom Fluss heranschleppen, ist mit Blut gefärbt und taugt gerade mal für die Tiere zum Saufen. Seit Tagen führt der Main Niedrigwasser und schwemmt an seinen Biegungen Leichen an. Ein gefundenes Fressen für Ratten. Wir müssen uns auf die Suche nach einer Quelle machen, sollen nicht Pest und Cholera unsere ständigen Begleiter werden.«

Unter den Gauklern machte sich Unruhe breit. Jadwiga, die polnische Schlangenfrau, die mit nacktem Oberkörper und nur mit einem Hüfttuch bekleidet der Hitze am ehesten trotzte, drehte sich zur Seite und übergab sich. Und Benjamino, der italienische Jongleur und Küchenmeister, lamentierte: »Bei der Madonna und den vierzehn Nothelfern, nicht nur das Wasser ist knapp, auch unsere Vorräte gehen zur Neige.«

Trost kam nur von einem der derben Fuhrleute, der sich durch Schenkel wie Baumstämme und ein besonders loses Mundwerk auszeichnete. Allerdings schien er den Ernst der Lage nicht zu begreifen, denn er rief – und dabei klatschte er in die Hände: »Macht nichts, dann saufen wir eben die zwei Weinfässer auf dem Vorratswagen leer!«

Plötzlich drängte sich Melchior, dessen Abwesenheit niemandem aufgefallen war, durch die Reihen: »Wo ist Magdalena?« Dabei musterte er Rudolfo mit festem Blick.

»Das wollte ich dich fragen«, erwiderte der Seiltänzer.

Der tat entrüstet: »Mich? Bin ich der Hüter Magdalenas?«

»Das dachte ich eigentlich! Warst nicht du es, der in Begleitung Magdalenas zu uns kam?«

Melchior grinste zynisch und bemerkte: »Aber seither ist viel geschehen. Ich dachte, Magdalena habe die Nacht bei dir verbracht. Ich habe sie seit vorgestern nicht mehr gesehen.«

Rudolfo schien die Nachricht sichtlich zu beunruhigen, mehr als die übrigen Gaukler. »Hat sie denn niemandem anvertraut, was sie vorhat?« Der Seiltänzer blickte hilfesuchend in die Runde.

»Ihr Lager ist seit zwei Tagen unbenutzt«, antwortete Melchior ohne jede Regung und fügte hinzu: »Aber Magdalena ist ja kein Kind mehr. Vielleicht ist sie des Gauklerlebens überdrüssig geworden.«

Der Riese von Ravenna, gut einen Kopf größer als alle anderen, puffte Melchior in die Seite. Ihm gefiel die Kaltschnäuzigkeit, mit der Melchior dem Seiltänzer gegenübertrat.

Rudolfo ließ sich nichts anmerken, obwohl ihm das Feixen nicht entgangen war. An die Wahrsagerin gewandt, meinte er: »Beeil dich, Xeranthe, befrage die Karten nach Magdalenas Verbleib!«

Xeranthes Tagesablauf wurde von den Karten bestimmt, und deshalb trug sie stets ein Kartenspiel bei sich. Zunächst brummelte sie etwas vor sich hin, um ihren Unmut kundzutun; doch dann fingerte sie ihre Karten aus einer Rocktasche, mischte sie mit geschickter Schnelligkeit und trat hinter einen Strohballen. Darauf legte sie jeweils fünf Karten in einer Reihe, fünf Reihen untereinander. Die Gaukler senkten die Köpfe, nur die Zwergenkönigin reckte sich, um einen Blick auf die Karten zu erhaschen.

»So rede schon, was siehst du?«, erkundigte sich Benjamino aufgeregt.

Xeranthe verzog das Gesicht, rückte ihren Stirnreif zurecht und zischte etwas wie: »Schlecht gemischt.« Hastig schob sie die Karten zusammen. Nach einem längeren Mischvorgang legte sie die Blätter erneut und in derselben Reihenfolge wie zuvor. »Ich sehe den Todesengel. Er will nicht weichen.«

»Du meinst …?« Rudolfo trat aufgeregt neben die Kartenlegerin hin und blickte abwechselnd auf die Karten und in ihr Gesicht. Im Nu stand sein Entschluss fest: »Wir müssen Magdalena suchen!«

Xeranthe hob beide Hände: »Das würde ich nicht tun. Die Karten sagen mir, dass dann die letzte Hoffnung erlischt.«

»Wir werden trotzdem nach ihr suchen. Jeweils zu viert erkunden wir eine Himmelsrichtung. Der Riese Leonhard begibt sich mit drei Fuhrknechten nach Norden in Richtung Freudenberg. Du, Quacksalber, nimmst zwei Fuhrknechte und die Zwergenkönigin zu Hilfe und suchst den Süden ab, wo sich ein kleines Flüsschen, Mud genannt, zum Main hin schlängelt. Der Marktschreier und Benjamino sollen mit Jadwiga und einem Fuhrknecht nach Westen ziehen. Ich selbst werde mit Melchior, einem Fuhrknecht und Xeranthe in östlicher Richtung zum Eichengrund gehen. Vor Sonnenuntergang treffen wir uns wieder, hier an dieser Stelle.«

Der Quacksalber murrte über die schweißtreibende Hitze. Der Riese Leonhard gab zu bedenken, er müsse die Tiere versorgen. Am heftigsten erregte sich Xeranthe, die lieber mit dem Quacksalber den Süden erkundet hätte. Aber Rudolfo zischte mit gepresster Stimme: »Ich dulde keinen Widerspruch.« Da wussten die Gaukler, dass er es ernst meinte.

Eine Weile gingen Rudolfo und Xeranthe schweigend nebeneinander her, gefolgt von Melchior und dem Fuhrknecht, die auch nicht sehr gesprächig waren. Sie hatten schon eine Meile hinter sich gebracht und den Waldsaum des Eichengrundes erreicht, als Rudolfo bei Xeranthe eine zunehmende Unruhe bemerkte. Wie von einer geheimnisvollen Kraft getrieben, versuchte sie ein ums andere Mal eine andere Richtung einzuschlagen als die, welche Rudolfo vorgab.

Während sein Blick durch den lichten Laubwald schweifte, begann der Seiltänzer plötzlich zu reden: »Xeranthe, meinst du wirklich, ich hätte deiner Prophezeiung Glauben geschenkt?«

Wie entgeistert blieb Xeranthe stehen. »Die Karten lügen nicht!«, rief sie so heftig erregt, dass es durch den Wald hallte.

»Aber du lügst«, erwiderte Rudolfo mit gespielter Ruhe.

»Warum sollte ich lügen?«

»Weil Magdalena dir ein Dorn im Auge ist.«

Schnippisch erwiderte Xeranthe: »Ach was, das glatzköpfige Frauenzimmer ist mir völlig egal.«

»Dein Verhalten spricht aber eine andere Sprache.«

»Ach, was du dir einbildest! Lass mich aus dem Spiel. Mit dem Verschwinden Magdalenas habe ich nichts zu tun!« Dabei wandte sie sich um und begann in die Richtung zu laufen, aus der sie gekommen waren.

Mit ein paar Schritten holte Rudolfo sie ein. Aufgebracht packte er sie an den Schultern, als wollte er die Wahrheit aus ihr herausschütteln. Dabei rief er: »Du wirst uns jetzt sagen, was du mit Magdalena gemacht hast!«

Als Xeranthe nicht antwortete, schleuderte er sie zu Boden. Gott weiß, ob er nicht wütend auf sie eingeschlagen hätte, wären nicht Melchior und der Fuhrknecht dazwischengegangen.

Mit wirren Haaren und am ganzen Leibe zitternd, erhob sich Xeranthe und brach in Tränen aus. Schweigend zeigte sie in östlicher Richtung, wo der Eichenwald dichter und das einfallende Licht schwächer wurden.

Rudolfo und Melchior beschleunigten ihre Schritte, gefolgt von dem Fuhrknecht, der Xeranthe vor sich herschubste, sobald sie versuchte stehen zu bleiben.

»Hier muss es sein«, sagte Xeranthe gleichmütig, als ginge sie das alles nichts an, und zeigte auf ein dichtes Buschwerk, das nicht weit vor ihnen den Weg versperrte.

Im selben Augenblick hallte ein Ruf durch den Wald: »Magdalena!«

Rudolfo war ein Stück vorausgeeilt und hatte Magdalenas leblosen Körper auf dem Laub des Waldbodens entdeckt. Sie lag mit geschlossenen Augen da, als wäre sie tot. Er hielt ihre Hand und drückte sie gegen seine Wange. Dabei rannen Tränen über sein Gesicht. Schließlich legte er seinen Kopf auf Magdalenas Brust. Auf einmal hielt er inne. Den Umstehenden gab er ein Zeichen, sich ruhig zu verhalten.

»Ich glaube, ihr Herz schlägt«, sagte Rudolfo verunsichert.

Melchior kam hinzu und presste seine Hand gegen Magdalenas Hals.

»Sie lebt, Magdalena lebt!«, rief er erleichtert.

Übermannt von Hoffnung und Bangen, atmete Rudolfo zitternd ein. Er schien wie von Sinnen, als Melchior ihm die Hand auf die Schulter legte und bedachtsam auf ihn einredete: »Wir sollten eilends eine Tragbahre flechten und Magdalena zum Lagerplatz schaffen!«

Aus trockenen Ästen und dünnen Zweigen, mit denen sie das Astwerk verknüpften, fertigten Rudolfo und Melchior in kurzer Zeit eine Trage. Darauf legten sie Magdalena. So machten sie sich auf den Weg.

Obwohl sich der Tag dem Ende neigte, lag noch immer quälende Schwüle über dem Land. Melchior, mit den Eigenheiten des Waldbodens eher vertraut als der Seiltänzer, ging, die Bahre fest im Griff, voraus. Rudolfo hielt das hintere Ende. Stumm trotteten Xeranthe und der Fuhrknecht nebenher.

Nach einer halben Meile wechselten Rudolfo und der Fuhrknecht die Position. »Was hast du mit ihr gemacht?«, fauchte der Seiltänzer die Wahrsagerin an.

Statt zu antworten, schüttelte Xeranthe nur den Kopf, als verstünde sie selbst nicht, wie es dazu hatte kommen können. Aber Rudolfo ließ sie nicht aus den Augen, und endlich begann die Wahrsagerin zu reden, stockend zuerst, doch dann brach es aus ihr heraus: »Ich habe Magdalena unter einem Vorwand in den Eichengrund gelockt. Ich sagte, wir könnten Pilze suchen, und ich wüsste eine Stelle, wo Steinpilze gedeihen, groß wie ein Kinderkopf. Noch bevor wir auch nur einen Steinpilz fanden, reichte ich Magdalena eine

Schwarze Hagebutte gegen den Durst, schließlich eine zweite und eine dritte …«

»Hagebutten sind rot und nicht schwarz«, unterbrach Rudolfo Xeranthes Redefluss.

»Ich weiß«, erwiderte die Wahrsagerin. »Schwarze Hagebutte ist ein teuflisches Gift.«

Der Seiltänzer blieb sprachlos stehen.

»Man öffnet die Hagebutte mit einem kleinen Schnitt, entnimmt das pelzige Mark und drückt stattdessen eine schwarze Tollkirsche in die rote Frucht …«

Mit bloßen Händen wischte sich der Seiltänzer den Schweiß aus dem Gesicht. Kopfschüttelnd setzte er seinen Weg fort, dicht hinter ihm Xeranthe. »Dann hast du die Tat eiskalt geplant.«

Xeranthe antwortete nicht.

»Ich kann dir nur wünschen, dass Magdalena überlebt«, fuhr der Seiltänzer fort. »Mord wird in diesem Land mit Tod durch das Schwert geahndet, und sei versichert, ich werde nicht zögern, dich dem nächstbesten Dorfrichter und seinen Schergen auszuliefern.«

Als sie Magdalena auf die Trage gelegt hatten, hatte Rudolfo ein Zucken ihrer Augenlider bemerkt, doch seit einer knappen Stunde – so lange waren sie unterwegs – zeigte sie keine Regung mehr.

Xeranthe begann zu schluchzen. »Ich habe es nur wegen dir getan«, hörte er sie sagen, und dabei überschlug sich ihre Stimme. »Ich gab ihr das Gift, weil ich fürchtete, dich zu verlieren.«

Im Gehen wandte Rudolfo sich um und zischte: »Lächerlich! Man kann nur verlieren, was einem gehört. Ich habe dir nie Anlass gegeben, zu glauben, ich gehörte dir!«

»*Noch* nicht, Rudolfo! Die Karten sagten etwas anderes. Aus den Karten konnte ich lesen, wir würden noch in diesem Jahr vereint.«

»Dass ich nicht lache!«

»Die Karten lügen nicht!«

»Schweig!«

Bis zur Ankunft im Gauklerlager redete keiner mehr ein Wort.

Die anderen waren längst zurückgekehrt. Als der Quacksalber und der Riese Leonhard sahen, wie Melchior und der Fuhrknecht mit einer Trage aus dem Eichenwald kamen, hasteten sie ihnen entgegen und nahmen ihnen die Last ab.

»Sie lebt«, sagte der Seiltänzer an die Adresse des Quacksalbers, jedoch ohne den Blick von Magdalena zu lassen, »jedenfalls hat sie noch Lebenszeichen von sich gegeben, als wir sie im Wald fanden. Xeranthe hat ihr drei Schwarze Hagebutten zu essen gegeben. Du weißt, was Schwarze Hagebutten sind?«

»Natürlich«, antwortete der Quacksalber. »Die Dosis reicht, um ein Kalb vom Leben zum Tod zu befördern.«

Rudolfo kämpfte erneut mit den Tränen. Bei der Ankunft im Lager wollte er sich keine Blöße geben. Keiner von den Gauklern hatte den Seiltänzer je weinen gesehen.

Eilends schoben die Fuhrknechte eine Reihe Strohballen zusammen und legten Magdalena darauf.

»Wasser«, rief der Quacksalber, »ich brauche frisches Wasser, aber schnell.« Dann verschwand er für kurze Zeit in seinem Gauklerwagen und kehrte mit einem Trichter, Flaschen und allerlei seltsamen Instrumenten und Gerätschaften zurück.

Aus dem letzten Fass schöpfte Jadwiga, die Schlangenfrau, zwei Tonkrüge mit Wasser. Während die übrigen Gaukler um den Quacksalber herumstanden und gafften, öffnete dieser Magdalenas Mund mit einer Art Zange, schob ein Holzklötzchen zwischen Ober- und Unterkiefer und steckte den Trichter in ihren Schlund, als wäre es der Spund eines Fasses. Dann leerte er den blaugrünen Inhalt eines Fläschchens in einen der Krüge und begann das Wasser vorsichtig in den Trichter zu gießen.

Zunächst geschah nichts. Das Wasser verschwand gurgelnd in Magdalenas Leib, doch auf einmal begann sie unter dem Jubel der umstehenden Gaukler zu husten. Es schien, als wollte sie ihre Seele aus dem Leib würgen, und dabei schoss das Wasser, welches der

Quacksalber eben in ihren Schlund geschüttet hatte, in hohem Strahl wieder heraus. Der Trichter flog davon wie eine Kappe im Wind, und Magdalena öffnete die Augen.

Mit ängstlichem Blick musterte sie die Umstehenden, die auf der Stelle verstummten. Als ihr Blick auf Xeranthe fiel, hielt sie kurz inne, machte den zaghaften Versuch, sich mit den Ellenbogen aufzurichten, doch dann sank sie mit geschlossenen Augen zurück auf die Strohballen.

»Ist sie tot?«, erkundigte sich die Schlangenfrau weinerlich.

Der Quacksalber nahm Magdalenas Arm und fühlte den Puls. Nach einem bangen Augenblick huschte ein Lächeln über sein Gesicht. Die Gaukler klatschten in die Hände.

Da bäumte Magdalena sich plötzlich auf, als litte sie unter Höllenqualen. Mit heftigen Bewegungen wälzte sie sich von einer Seite auf die andere und stieß seltsame Laute aus, die erst allmählich verständlich wurden. Die Zwergenkönigin, die wie die anderen Gaukler keineswegs fromm war, schlug hysterisch die Hände über dem Kopf zusammen und rief ein ums andere Mal: »Sie ist vom Teufel besessen. Man muss einen Pfaffen holen.«

Magdalenas dämonisches Gestammel ähnelte in der Tat einem Wortschwall, wie Besessene ihn im Angesicht des Exorzisten von sich gaben. »Satan«, fauchte sie, »Satan Adama. – Reicht mir das Elixier, das Elixier wider die Fortpflanzung. – Hört Ihr den Teller, wie er redet, meilenweit? – Hephaistos, Hephaistos, zünde dein Wasser an! – Fließen soll das Licht, fließen! – Wo ist sie, die Schwerkraft, wo? – Seht nur, ich fliege!«

Niemand außer Rudolfo ahnte, welchen Ursprungs Magdalenas scheinbar sinnloses Gestammel war. Er hatte Angst, sie könnte ihn in ihren Fieberträumen verraten. Angst, die Gaukler könnten unangenehme Fragen stellen. Für Augenblicke kämpfte er mit sich, ob er das Gestammel einfach übergehen sollte – erklären durfte er es jedenfalls nicht.

Dann aber sagte der Quacksalber, den Blick auf Rudolfo gerichtet: »Wir dürfen ihre Phantastereien nicht zu ernst nehmen. Eine einzige Tollkirsche ist geeignet, das Gedächtnis eines Menschen bis zum Wahnsinn zu verwirren. Magdalena wurden *drei* der schwarzen Perlen verabreicht. Wir können von Glück reden, wenn Magdalena den Anschlag überlebt.«

»Den Anschlag?« Ein Raunen ging durch die Gaukler.

»Es war ein Anschlag«, erwiderte der Große Rudolfo. »Eine aus unseren Reihen hat Magdalena aus niederen Beweggründen nach dem Leben getrachtet.«

Da wurde es still. Magdalena wurde ruhiger. Man konnte sehen, wie sich ihr Brustkorb regelmäßig hob und senkte. Von den Gauklern sah einer den anderen an, bis schließlich die Blicke aller auf Xeranthe haften blieben.

Die Kartenlegerin fühlte sich ertappt. Aus einem Dutzend Augen schlugen ihr Wut und Feindschaft entgegen. Lange vermochte Xeranthe den Blicken nicht standzuhalten. Sie drehte sich um, raffte ihr Kleid, wobei die Karten, mit denen sie in die Zukunft zu blicken pflegte, auf den lehmigen Boden klatschten, hetzte, als wäre der Teufel hinter ihr her, zu ihrem Gauklerwagen und verrammelte die Türe von innen.

Der Riese Leonhard folgte ihr mit weit ausholenden Schritten und rüttelte an der schmalen Eingangstüre, dass der Wagen ins Wanken geriet und umzustürzen drohte, hätte nicht Rudolfo eingegriffen und den tobenden Riesen mit eindringlichen Worten von seinem Vorhaben abgebracht. Gaukler, meinte Rudolfo, lebten zwar recht- und gesetzlos, dennoch sei es nicht Leonhards Aufgabe, über Xeranthe zu richten.

Im Verlauf der heftigen Diskussion, die darüber entstand, was mit der Wahrsagerin geschehen solle – Einigkeit bestand nur darüber, dass Xeranthe die Truppe verlassen musste –, hatte niemand mehr auf Magdalena geachtet. Sie hatte unerwartet schnell das Bewusstsein wiedererlangt und war aus ihren Albträumen erwacht. Nun wunderte sie sich über das wilde Geschrei.

Als Rudolfo bemerkte, dass Magdalena sich aufrichtete, rannen Tränen der Rührung über sein Gesicht. Rasch eilte er zu ihr, schloss sie in die Arme und küsste sie auf die blasse Stirn.

»Ich habe mir solche Sorgen gemacht«, sagte er. Und leise fügte er hinzu: »Ich liebe dich, Magdalena. Hörst du, ich liebe dich.«

Magdalena hatte Mühe, ihre Gedanken zu ordnen. Erfolglos versuchte sie den Zeitablauf eines ganzen Tages zu rekapitulieren. Während die Erinnerung an längst Vergangenes ganz allmählich zurückkehrte, endeten die Bilder, wie sie mit Xeranthe zum Pilzesuchen in den Eichengrund ging, vor einem schwarzen Vorhang.

Die Nacht verbrachte Magdalena in Rudolfos Gauklerwagen. Das fensterlose Schlafabteil, welches eine hölzerne Querwand vom Raum mit den Büchern trennte, hatte nur einen schmalen Durchlass, der stets verschlossen war. Dahinter verbarg sich ein kleiner, quadratischer Raum mit einer Liegestatt, keinem rohen, hölzernen Bettkasten, wie er in bürgerlichen Häusern üblich war, sondern einem mit Rosshaar ausgepolsterten und mit Dachsfell bezogenen Lager, das einem Schlossherrn zur Ehre gereicht hätte.

Als er sah, dass Magdalena nicht wusste, wie sie sich verhalten sollte, zog ihr Rudolfo Kleid und Unterkleid über den Kopf, dass sie hüllenlos wie Eva im Paradies vor ihm stand, gerade so, wie der große Lucas Cranach sie für die Wohnstuben der Reichen malte. Einen kostbaren Augenblick weidete er sich an ihrer Erscheinung, an ihren weißen Brüsten, die nie das Sonnenlicht gesehen hatten, und den runden Hüften; dann drängte er sie behutsam durch den engen Durchlass, bettete sie auf das Lager und bedeckte sie mit einem weichen Fell.

In wohliger Verwirrung konnte Magdalena kaum unterscheiden, ob sie wach war oder träumte, als der Seiltänzer zu ihr unter das Fell schlüpfte und sie liebkoste. Zu ihrer Unsicherheit trug der Umstand bei, dass keine Funzel das fensterlose Schlafgemach erhellte. Und ihre Glieder waren schwer wie Blei.

Für Magdalena hätte dieses Traumgefühl an der Seite Rudolfos ewig dauern können, und sie konnte nicht sagen, wie lange sie so zwischen Traum und Wirklichkeit schwebte, als plötzlich lautes Geschrei ausbrach.

»Rudolfo, wach auf!«, rief Magdalena leise. Sie musste den Mann neben sich wach rütteln. Endlich – der Lärm wurde immer heftiger – erwachte der Seiltänzer. Hastig schlüpfte er in seine Kleider und stürzte zur Türe.

Lodernder Feuerschein und beißender Qualm schlugen Rudolfo entgegen. Der Marktschreier kam gelaufen: »Xeranthes Wagen brennt! Wir haben kein Wasser zum Löschen. Was sollen wir tun, damit Heu und Stroh und die anderen Gauklerwagen nicht Feuer fangen?«

Rudolfo überlegte kurz, dann rief er mit fester Stimme: »Zieht den brennenden Wagen aus dem Lager!«

Der Marktschreier machte eine hämische Bemerkung, die im Lärm und Getümmel unterging; doch es war nicht schwer zu erraten, was er meinte.

Mit bangen Augen verfolgte Magdalena vom Fenster des Gauklerwagens das geisterhafte Schauspiel. Rudolfo richtete die Deichsel – der einzige Teil des Wagens, der noch nicht in Flammen stand – geradeaus. Der Riese Leonhard peitschte einen Ochsen mit Zaumzeug herbei, um ihn vor den brennenden Karren zu spannen. Doch im Anblick des Feuers senkte das Tier den bulligen Nacken und nahm schnaubend Reißaus.

»Lass alle Tiere frei!«, rief Rudolfo dem Riesen zu. »Alle Männer zu mir! Wir müssen den Wagen von Hand aus dem Lager ziehen.«

Die Fuhrleute, der Marktschreier, der italienische Jongleur, der Riese Leonhard, sogar der Quacksalber, der das Geschehen bisher aus sicherer Entfernung beobachtet hatte, gingen Rudolfo zur Hand und legten sich an der Deichsel ins Zeug. Nach tagelangem Stillstand waren die Wagenräder jedoch so tief in den lehmigen Boden gesunken, dass es schier unmöglich war, sie aus ihren Kuhlen herauszubringen.

»Wo ist Melchior?«, rief Rudolfo gegen die immer heftiger prasselnden Flammen an. Er schien der Einzige zu sein, dem Melchiors Abwesenheit aufgefallen war.

Alle Rufe blieben erfolglos, und die Männer unternahmen einen letzten, verzweifelten Versuch, das brennende Gefährt aus dem Lager zu ziehen. Zu beiden Seiten der Deichsel rissen und zerrten die Gaukler wie gepeitschte Gäule. Endlich kam der Karren in Bewegung. Doch die Flammen schlugen immer höher. Schon züngelten sie am hinteren Ende der Deichsel. Das Fahrwerk brannte bereits.

Zwischen dem Karren des Quacksalbers und der fahrbaren Bühne der Menagerie klaffte eine Lücke, gerade so breit, dass der brennende Wagen Xeranthes hindurchpasste. Doch kurz vor dem Durchlass brach das brennende linke Vorderrad entzwei. Das Fahrzeug geriet heftig ins Wanken und drohte umzustürzen. Nun hieß es, nur nicht stehen bleiben.

Mit letzter Kraft gelang es den Männern, den brennenden Karren durch die Lücke im Pferch auf freies Feld zu zerren. Dort neigte er sich langsam zur Seite und stürzte krachend um wie ein weidwund geschossener Eber.

Xeranthes Gauklerwagen loderte bis zum frühen Morgen. Heruntergebrannt bot er einen schaurichen Anblick wie ein schwarzes Gerippe.

Als der Quacksalber bei Tagesanbruch das immer noch qualmende, stinkende Wrack in Augenschein nahm, machte er eine furchtbare Entdeckung: Zwischen halb verbrannten Bohlen und Brettern lag eine bis zur Unkenntlichkeit verbrannte Leiche. Der verkohlte Schädel, ein schwarzer Klumpen, trug, verformt und zur Hälfte geschmolzen, einen Stirnreif. Es war Xeranthe.

Nahe dem Flussufer hoben die Fuhrknechte ein Grab aus, kaum fünf Fuß in der Länge. So sehr war Xeranthes Leiche zusammengeschrumpft. Es war nur eines von vielen Gräbern, die den Main bis zur Mündung in den Rhein säumten, und fiel nicht weiter auf.

Auch vergossen die Gaukler keine Träne. Schließlich hatte Xeranthe auf hinterhältige Weise versucht, eine aus ihren Reihen zu vergiften.

Die Suche nach Melchior endete erfolglos. Der Kraftprotz schien wie vom Erdboden verschluckt, und sein Verschwinden schürte unter den Gauklern den Verdacht, dass die Wahrsagerin vielleicht nicht aus freien Stücken aus dem Leben geschieden war. Hatte sie in Melchior einen gnadenlosen Rächer gefunden?

7. KAPITEL

Noch am selben Tag brachen die Gaukler ihr Lager ab und machten sich auf den Weg Richtung Aschaffenburg, wo sie auf mehr Entgegenkommen der Stadtoberen hofften. Der Weg von Miltenberg mainabwärts wurde immer beschwerlicher. Die Wälder, die ihnen bisher Schutz vor der Sommersonne und etwas Kühle verschafft hatten, machten nunmehr einer schattenlosen Flussaue Platz.

Zum Glück waren sie unterwegs auf einen Bachlauf gestoßen, aus dem sie ihre Wasservorräte auffüllen konnten – ohne Furcht vor Seuchengefahr. Die allgemeine Stimmung sank auf den Tiefpunkt, als der Jongleur und Küchenmeister Benjamino, sonst eher eine Frohnatur, am selben Abend sauertöpfisch verkündete, ihre Vorräte seien so gut wie aufgebraucht, aber wenn sie sich einschränkten und mit der Hälfte zufrieden seien, könne er noch einen weiteren Tag bescheidenes Essen herausschinden. Im Vorbeifahren habe er in der Flussaue zwei Körbe Champignons geerntet.

Auf halbem Weg, in Obernburg, einem kurmainzischen Städtchen mit ein paar Hundert Seelen, wurde der Truppe als solche zwar der Zutritt verwehrt, aber jeder Einzelne hatte die Möglichkeit, mit dem letzten Geld etwas einzukaufen. Rudolfo verbot strikt jede Bettelei. Bettelei, pflegte er zu sagen, sei Sache des Pöbels und eines rechtschaffenen Gauklers unwürdig. Außerdem gab er Order, sich nur in bester Kleidung stadtwärts zu begeben, die Obernburger sollten keinesfalls auf den Gedanken kommen, sie seien hergelaufenes Gesindel.

Magdalena kam das gelegen. Nicht dass sie während der beschwerlichen Wanderschaft Hunger verspürt hätte, aber ihr grünes Kleid, das sie seit ihrer Flucht aus Seligenpforten tagtäglich trug, zeigte deutliche Verschleißerscheinungen. Und wenn sie ehrlich war – es verströmte auch einen üblen Geruch. Zwar erregte das in Zeiten wie diesen, in denen ein strenger Geruch durchaus als Zeichen von Charakter gedeutet wurde, nicht unbedingt Befremden, aber Magdalena hatte sich schon als Novizin an dieser Charaktereigenschaft ihrer Mitschwestern gestört. Und was den Zustand ihres einzigen Gewandes betraf, schämte sie sich ein bisschen.

Noch immer befand sich der Golddukaten in ihrem Besitz, und Obernburg war bekannt für seine Kleiderhändler und Näher. Sogar die Fürstbischöfe von Bamberg und Mainz ließen in dem Städtchen ihre Chorröcke schneidern. Also nahm Magdalena ihre Goldmünze in die Hand und machte sich auf den Weg, ohne Rudolfo davon in Kenntnis zu setzen.

Zwar war ihr Kleid alles andere als ansehnlich, aber Magdalena trug es mit einem gewissen Stolz, und Kleiderhändler Burkhard Rosenroth, den sie in einer Seitenstraße zum Marktplatz aufsuchte, verneigte sich mehrmals tief, als sie den Laden betrat.

Die Nähstube, drei Fuß tiefer als der Eingang gelegen, sah kaum Sonnenlicht, weshalb an den Wänden auch bei helllichtem Tag ein halbes Dutzend Funzeln flackerte und den Raum in warmes Licht tauchte. Drei Schneidergesellen im jugendlichen Alter – es mochten die Söhne des Hausherrn sein – saßen, aufgereiht wie Morisken, mit gekreuzten Beinen auf einem langen, schmalen Tisch. Als die feine Frau das Geschäft betrat, stellten sie sofort ihre Näharbeit ein und steckten ihre Nadeln auf ein handtellergroßes Kissen, welches jeder am linken Unterarm trug.

Rechter Hand hing ein Schild an der Wand. Es zeigte ein nacktes Paar, trefflich gemalt. Darunter ein Vierzeiler, wie ihn nur der große Hans Sachs, Dichter und Schuhmacher aus Nürnberg, gereimt haben konnte:

Hier stehen Zwey ganz nagt und bloß
Ihr fehlt ein Hemmt, und ihm die Hos
Da hülft nur ein Gebett zu Gohd
Oder der Kleiderhändler Rosenroth

»Womit kann ich dienen, allergnädigste Frau?«, erkundigte sich
Burkhard Rosenroth mit übergroßer Höflichkeit, während die Gesellen gafften wie dereinst die Jünger des Herrn nach dessen Auferstehung.

Allergnädigste Frau! Magdalena war geneigt, sich umzublicken,
ob er wirklich sie meinte. Dann aber holte sie tief Luft, so tief, dass
ihr Brustkorb die seitlichen Nähte ihres Kleides zu sprengen drohte,
und mit gespielter Gelassenheit antwortete sie: »Gewiss habt Ihr
ein neues Gewand für mich, nicht eines von der billigen Sorte!«

Der Meister, klein und dicklich und mit einem Haarkranz auf
dem rötlichen Schädel, nahm Maß, indem er die Kundin mit kri-
tischem Blick von oben bis unten musterte. Magdalena fasste die
Musterung falsch auf und glaubte, der Kleiderverkäufer wolle ab-
schätzen, ob sie sich eines seiner Kleider leisten könne. Deshalb
öffnete sie ihre Faust, in der sie den Golddukaten verborgen hielt,
und versetzte die Münze auf dem Tisch zwischen den Schneidergesellen in eine Drehbewegung.

Mit Neugierde verfolgten der Meister und seine Söhne den Tanz
des Geldstücks, und als es endlich klimpernd zum Liegen kam, machten sie große Augen, und der dickliche Meister rief aufgeregt: »Allergnädigste Frau, dafür nähe ich Euch zehn Kleider von der teuers-
ten Sorte!«

»Meister, versteht mich recht«, entgegnete Magdalena, »ich habe
nicht die Zeit zu warten, bis Ihr ein neues Kleid für mich genäht
habt. Ich bin auf der Durchreise und benötige dringend ein neues
Gewand.«

Da verschwand der Alte wortlos in einem der hinteren Räume.
Magdalena hatte kein gutes Gefühl, weil die Gesellen sie immer

noch anstarrten wie eine überirdische Erscheinung. Nach bangen Minuten kehrte der Meister mit zwei Kleidern zurück und hängte sie an einem hölzernen Ständer auf.

»Könntet Ihr an einem von beiden Gefallen finden?« Der Meister grinste verschmitzt. »Ihr solltet sie probieren, ich glaube, sie entsprechen genau Eurer Erscheinung. Das Eheweib des Bierbrauers Henlein gab sie in Auftrag. Doch die Ehe zerbrach, noch bevor ich meine Arbeit vollendet hatte, weil der Braumeister Henlein eine Magd schwängerte. Das traf Henleins Eheweib umso schwerer, weil Gott der Herr ihr jedweden Kindersegen verweigert hatte, und in ihrer seelischen Pein zog sie sich in ein Kloster zurück.«

»Eine traurige Geschichte«, bemerkte Magdalena.

»Ja«, erwiderte der Kleiderhändler, »ich hoffe nur, Ihr glaubt nicht, die Gewänder seien mit Unglück behaftet. Ich versichere Euch, Henleins Eheweib hat die Kleider kein einziges Mal getragen!«

Mit einer Messschnur, die jeweils im Abstand einer Handspanne geknotet war, nahm der Meister Maß und kam zu dem Ergebnis: »Passt wie für Euch gemacht.«

»Nennt mir Euren Preis!«, versuchte Magdalena das Verkaufsgespräch abzukürzen.

»Eineinhalb Gulden für das eine Gewand«, erwiderte der Meister, »für das andere einen weiteren. Oder zwei Gulden für beide.«

»Nicht gerade billig«, bemerkte Magdalena kurz angebunden. Sie hatte noch nie in ihrem Leben ein Kleid gekauft.

Da entrüstete sich der Alte: »Allergnädigste Frau, bedenkt, die Gewänder sind aus erlesensten Stoffen gefertigt, die Röcke aus feinstem Leinen, das Oberteil des roten Kleides aus Seide, das blaue aus Taft, wie es einer Frau von Stande zukommt.«

»Lasst's gut sein, ich nehme beide«, antwortete Magdalena und hielt dem Meister den Golddukaten hin.

Der schlug die Hände über dem Kopf zusammen und lamentierte, er sei ein bescheidener Kleiderhändler, habe ein Weib und drei halbwüchsige Söhne zu ernähren und sei weit davon entfernt, über so viel Geld zu verfügen, um auf einen Golddukaten herausgeben zu können. Sie möge doch den Geldwechsler in der Judengasse, zwei Straßen weiter, aufsuchen, sein Name sei Isaac Grünbaum. Und mit einem missbilligenden Blick auf ihre arg mitgenommene Haube, die sie aus gutem Grund nicht abnahm, meinte er: »Ich werde Euch noch eine neue Haube dreingeben, wenn Ihr zurück seid.«

Der Geldwechsler Grünbaum, ein kauziger Kerl mit einem schwarzen Bart und zwei langen, gedrehten Locken an den Schläfen, nahm den Golddukaten in Empfang und biss mit den Vorderzähnen darauf, dass Magdalena befürchtete, er wolle die wertvolle Münze verspeisen. Aber dann legte er sie auf die Waagschale einer Balkenwaage und beschwerte die andere Schale mit kleinen Gewichten. Als der Wiegebalken sich waagerecht einpendelte, knurrte der Jude zufrieden: »Ich gebe Euch 22 Rheinische Gulden.« Und als ihn Magdalena, ohne sich etwas dabei zu denken, von der Seite ansah, fügte der Geldwechsler hinzu: »Gut, sagen wir 23!«

Magdalena bezahlte die beiden Kleider und erhielt obendrein eine neue Haube. Stolz und glücklich kehrte sie zu den Gauklern zurück, die vor der Stadt kampierten.

Der Zwergenkönigin fielen sofort die neuen Gewänder ins Auge. Auf ihre vorsichtige Frage, wie sie in den Besitz so kostbarer Sachen gelangt sei und welchen Preis sie dafür bezahlt habe, erwiderte Magdalena wahrheitsgemäß: »Gekauft habe ich sie beim Obernburger Kleiderhändler, und bezahlt habe ich sie mit einem Golddukaten, und hier ist das Wechselgeld!«

Mit einem Griff in ihre Rocktasche zog sie 21 Rheinische Gulden hervor und warf sie auf den Strohballen, der den Gauklern als Tisch diente.

Dem Riesen Leonhard blieb der Mund offen stehen. Verständnislos schüttelte der Quacksalber den Kopf, und Jadwiga, die polnische Schlangenfrau, warf Magdalena einen funkenschlagenden Blick zu. Benjamino, der Jongleur und Küchenmeister, fand als Erster die Sprache wieder und sagte: »Habe ich das richtig verstanden, du hast, seit du bei uns bist, immer einen Golddukaten mit dir herumgetragen?«

Schließlich mischte sich der Marktschreier Constantin Forchenborn ein: »Und dabei hast du schweigend zugesehen, wie wir uns Sorgen machen, ob wir morgen noch genug zu Essen haben?«

Die Fuhrknechte, die das Wortgefecht aus der Ferne verfolgt hatten, kamen näher und bezichtigten Magdalena, sie sei selbstsüchtig und habgierig, und der Marktschreier meinte, seit sie zur Truppe gestoßen sei, habe sich alles zum Schlechten gewendet.

Da trat Rudolfo, angelockt durch das aufgeregte Geschrei, hinzu. Seine Autorität hatte seit Magdalenas Erscheinen gelitten, doch reichte sie noch immer, um die Gaukler augenblicklich verstummen zu lassen. Gefragt nach der Ursache des Zwiespalts, zeigte der Marktschreier auf die 21 Gulden und warf Magdalena einen verächtlichen Blick zu wie einer Diebin.

Als Rudolfo die neuen Kleider sah, die Magdalena wie eine Trophäe in den Armen hielt, wurde ihm die Ursache des Konflikts sofort klar.

»Sie trug ein Vermögen mit sich herum«, bemerkte der Quacksalber und zeigte mit dem Daumen auf Magdalena. »Dabei ließ sie uns alle in dem Glauben, wir hätten keinen Pfennig mehr, während sie selbst sich neue Gewänder kaufte, und nicht gerade die billigsten!«

»Hast du bei uns jemals Hunger gelitten?«, fragte Rudolfo und fixierte den Quacksalber mit zornigen Augen.

»Nein, Großer Rudolfo«, erwiderte der Quacksalber.

»Warum beklagst du dich dann über Dinge, die sich hätten ereignen können, vielleicht aber auch nicht.«

Verlegen hob der Quacksalber die Schultern.

»Und wie viele Gewänder nennst du dein Eigen?«, fuhr der Seiltänzer fragend fort.

»Nun ja«, der Quacksalber geriet ins Stocken, »es sind deren drei. Und wenn ich meinen Arbeitskittel dazuzähle, vier.«

»Also vier. Und du, Magdalena? Über wie viele Gewänder verfügst du bis zum heutigen Tag?«

»Nur über dieses, das ich am Leibe trage. Bis heute.«

Rudolfo ließ den Blick über die herumstehenden Gaukler schweifen, ob auch der letzte begriff, worauf er hinauswollte. »Und wie viel«, fuhr er fort und sah den Quacksalber an, »hast du den Gauklern gespendet, als du zu uns gestoßen bist?«

»Nichts«, antwortete der Gescholtene kleinlaut.

»Siehst du, Magdalena hilft uns mit 21 Rheinischen Gulden aus. Genug Geld, um dich, mich und alle anderen gut zwei Monate über Wasser zu halten. Und da willst du ihr zum Vorwurf machen, dass sie sich von ihrer Mitgift zwei Kleider gekauft hat?«

Die Worte des Seiltänzers fanden allgemeine Zustimmung. Gleich darauf spannten die Fuhrknechte an, und Benjamino fuhr mit dem großen Vorratskarren nach Obernburg, um Brot und Mehl, trockene Bohnen und Graupen, Gemüse, gedörrte Mainfische und ein Fässchen Wein einzukaufen, gerade so viel, dass es bis Aschaffenburg reichte – vielleicht auch noch ein paar Meilen weiter flussabwärts.

Während der Sonnenball blutrot hinter den Baumwipfeln verschwand, entfachten die Fuhrknechte inmitten des Gauklerlagers ein Feuer, und Benjamino bereitete eine dickliche Abendsuppe aus dem, was er im Städtchen eingekauft hatte. Gaukler und Fuhrleute löffelten schweigsam die Suppe, und Rudolfo und Magdalena zogen sich, ohne ein weiteres Wort zu verlieren, in den Wagen des Seiltänzers zurück.

Magdalena konnte nicht umhin, ihre neuen Kleider zu probieren. Der Kleiderhändler hatte recht, die Gewänder passten, als wären sie für sie gemacht worden.

Rudolfo verschlang Magdalena mit großen Augen.

»Die Gelegenheit war wohl nicht gerade günstig«, bemerkte diese im blauen Kleid mit dem Taftoberteil, das ihre Brüste besonders betonte. »Vielleicht hätte ich besser gewartet, bis wir über neue Einnahmen verfügen.«

Rudolfo hob beide Hände: »Du brauchst dich bei Gott nicht zu rechtfertigen. Du trägst seit Wochen nur ein einziges Kleid. Selbst die Fuhrknechte sind nicht auf ein einziges Gewand angewiesen. Auch ist es dein Geld und nicht das der Gauklertruppe. Im Übrigen muss ich dir sagen, du siehst unwiderstehlich aus.«

Die schönen Worte des Seiltänzers ließen Magdalena erröten. Nie in ihrem Leben hatte sie solche Schmeicheleien empfangen. Sie taten ihr gut, so gut, dass sie nicht genug davon bekommen konnte und seine Blicke herausfordernd erwiderte. »Darf ich dir eine Frage stellen?«, erkundigte sie sich vorsichtig.

»Aber natürlich«, antwortete Rudolfo lachend.

Magdalena war nicht verborgen geblieben, dass Rudolfo, den sie als einen ernsten Menschen kennengelernt hatte, in jüngster Zeit zunehmend fröhlicher wurde, lachte, bisweilen sogar scherzte. »Was meintest du dieser Tage, als du sagtest, du liebtest mich? Warum lässt du es mich nicht spüren? Du verhältst dich wie ein Minnesänger, der nur von Liebe redet, es aber nie zeigt.«

Da wurde Rudolfo ernst, als habe Magdalena trübe Gedanken in ihm entfacht. Er atmete schwer. Schließlich erwiderte er: »Zwar verbietet der Codex der Neun Unsichtbaren nicht ausdrücklich, sich dem anderen Geschlecht zuzuwenden, aber …«

Magdalena stutzte. Von einem Augenblick auf den anderen brach eine Welt für sie zusammen, und sie stammelte: »Dann darfst du also nur Männer lieben? Sag, dass es nicht wahr ist!«

Erst jetzt konnte der Seiltänzer Magdalena folgen. »Um Himmels willen«, entgegnete er, »die gleichgeschlechtliche Liebe ist für die Neun Unsichtbaren das größte Tabu! Denn sie macht sie erpressbar. Und das ist auch der Grund, warum der Codex im Umgang mit Frauen Zurückhaltung fordert. Frauen gelten nun einmal als geschwätzig. Sie könnten verraten, was ihnen in einer schwachen Stunde des Mannes zu Ohren kam.«

»Ach so ist das!« Magdalenas Augen funkelten zornig. »Ich dachte, die Neun Unsichtbaren wären kluge Männer. Dabei machen sie sich die Lehre der heiligen Mutter Kirche zu eigen, welche die von Gott geschaffene Frau als Ausgeburt der Hölle und Ursache allen Übels betrachtet – ausgenommen die Mutter des Erlösers. Ich kenne die Schriften der Kirchenväter zur Genüge. Dort kannst du nachlesen, dass das Weib, anders als der Mann, keineswegs Ebenbild Gottes sei und dass das Weib es war, das die Erbsünde zu verantworten hat und damit allen Schmerz, dem die Menschen ausgesetzt sind!«

Nur mit Mühe gelang es Rudolfo, Magdalena zu bremsen. »Du vergisst, dass die Neun Unsichtbaren nichts mit Kirche und Papsttum zu tun haben. Im Gegenteil. In einem der neun Bücher ist aufgelistet, wie es zur Frauenfeindlichkeit der Kirche kam und welche Männer – es waren ausschließlich Männer – dafür verantwortlich sind. Auch dieses Buch gehört zu den Schätzen der Weisheit. Und du kannst dir vielleicht vorstellen, dass die Veröffentlichung allein dieses Buches ausreichen würde, um an den Fundamenten der Kirche zu rütteln.«

»Du hast das Buch gelesen?«

»Nicht nur dieses.«

»Und du weißt, wo die neun Bücher versteckt sind?«

»Selbstverständlich. Es ist meine Aufgabe als Bewahrer der geheimen Bücher, den Ort geheim zu halten, bis mein seliges Ende naht. Nicht einmal die übrigen acht kennen die Stätte.«

»Und wie kamst ausgerechnet du, ein Seiltänzer, zu dieser Auszeichnung?«

»Das ist eine lange und schier unglaubliche Geschichte.« Rudolfo sah Magdalena schweigend an. Nach einer längeren Pause sagte er: »Magdalena, dir ist doch klar, dass ich dir bereits viel mehr erzählt habe, als mir der Codex der Neun Unsichtbaren gestattet. Versprich mir zu schweigen.«

Magdalena nickte. »Sorge dich nicht. Kein Wort soll je über meine Lippen kommen, was die Schätze der Menschheit betrifft. Neugierig wäre ich allerdings schon, zu erfahren, wo die neun geheimnisvollen Bücher aufbewahrt werden. Doch nicht etwa hier, in deinem Gauklerwagen?«

Da musste der Große Rudolfo herzlich lachen, weil Magdalena neugierig wie ein kleines Mädchen auf ihn einredete. »Ich habe dir das alles nur deshalb verraten, weil ich sicher bin, dass du mich nicht ausforschen willst, um an die Bücher heranzukommen. Weder für dich noch für irgendeinen verborgenen Auftraggeber im Hintergrund. Aber glaube mir, nichts ist schwerer zu ertragen als ein Geheimnis. Der Mensch neigt nun einmal mehr zum Reden als zum Schweigen.«

Als wollte sie die Worte des Seiltänzers Lügen strafen, blieb Magdalena eine ganze Weile stumm. Nicht dass es ihr an Bemerkungen mangelte, vielmehr hoffte sie, er würde ihr endlich sein Geheimnis preisgeben. Denn was Rudolfo ihr bisher erzählt hatte, machte sie nur noch neugieriger.

In ihrer Ratlosigkeit trat sie auf ihn zu und legte ihre Arme um seinen Hals. »Ich kann mir denken, von wem du glaubtest, ausgeforscht zu werden.« Und als Rudolfo weiter schwieg, sagte Magdalena: »Xeranthe. Habe ich recht?«

»Sie wollte mehr wissen«, brach es aus ihm heraus. »Xeranthe versuchte immer wieder, mich auszuforschen. Aus diesem Grund heuchelte sie heftige, bisweilen lästige Zuneigung.«

»Hast du ihr nicht klar gemacht, dass du nicht beabsichtigtest, ihre gespielten Gefühle zu erwidern?«

»Mehr als einmal, das kannst du mir glauben. Ich vermute, sie hatte Hintermänner, die sie auf mich angesetzt haben.«

»Wer sollte das sein?«

Rudolfo hob die Schultern.

»Jetzt ist mir auch klar, warum Xeranthe mich von Anfang an als Feindin betrachtete«, sagte Magdalena nachdenklich. »Hast du denn ihr gegenüber jemals die ›Bücher der Weisheit‹ oder das Geheimnis der Neun Unsichtbaren erwähnt?«

»Nein, nie! Das ist es ja, was mich verunsichert. Entweder sie selbst oder ein dubioser Hintermann schienen von dem Geheimnis zu wissen, ohne Einzelheiten zu kennen.«

»Du musst dich durch irgendetwas verraten haben. Versuche dich zu erinnern!« Sie hatte noch immer die Arme um Rudolfos Hals geschlungen.

Der Seiltänzer lachte gequält: »Oft habe ich mir deshalb mein Gehirn zermartert, vergeblich.«

»Und hast du jemals Xeranthe zur Rechenschaft gezogen?«

»Das schien mir nicht ratsam. Schließlich war ich mir nicht sicher, ob ich mir das alles nur einbildete. In diesem Fall hätte ich mich wirklich verraten.«

Von draußen hörte man übermütige Gesänge. Mit vollem Magen um das Feuer geschart, sangen die Fuhrknechte. Das war ihre Art, sich zu vergnügen.

»Pst!« Magdalena legte den Finger auf die Lippen.

Rudolfo, an die rauen Kehlen der Fuhrleute gewöhnt, sah Magdalena an: »Hörst du, was sie singen?«

… Ein Nönnchen aus dem Frankenlande
Knüpft mit Rudolfo zarte Bande
Heideldeidel dumderadei
Heideldeidel dumderadei
Xeranthe kehrt nicht wieder
Nun singt das Nönnchen ihre Lieder
Heideldeidel dumderadei
Heideldeidel dumderadei

Nur mit Mühe und mit eindringlichen Worten gelang es dem Seiltänzer, Magdalena zu beschwichtigen. Sie bedachte die Fuhrknechte mit schändlichen Namen wie ungehobelte Tölpel und ekelhafte Rabauken, und erst als Rudolfo die ironische Frage stellte, ob man solcherlei Beschimpfungen im Kloster lerne, fand Magdalena ein Ende.

»Sie meinen es nicht böse«, fügte Rudolfo hinzu, »es ist eher ein harmloser Zeitvertreib und soll gewiss keine Zwietracht schüren. Am allerwenigsten würden sie es wagen, mich, den Großen Rudolfo, in dessen Diensten sie stehen, zu verunglimpfen. Deshalb wäre es auch verkehrt, sie zurechtzuweisen.«

In der Tat folgten noch zwei weitere Gesänge, die den Kampf der Bauern gegen die Bündischen und das Leid, das sie über das Volk gebracht hatten, beinhalteten und allesamt mit einem zweifachen »Heideldeidel dumderadei« endeten; dann wurde es still.

Als sei es die selbstverständlichste Sache der Welt, begann Magdalena sich zu entkleiden. Es war merkwürdig. Im Kloster Seligenpforten war es üblich, sich nur bei völliger Dunkelheit auszuziehen und nur bis auf das lange weiße Unterkleid, das auch bei Nacht getragen wurde. Keine Nonne durfte, wenn zur Sommerzeit matter Dämmerschein oder der Vollmond durch die kleinen Fenster lugten, den Blick auf eine andere Nonne richten. Das galt als sündhaft, wobei allein das Verbot den Reiz erhöhte und zum Ursprung mancher Begierde unter den Klosterschwestern wurde.

Wie befangen, scheu und gehemmt hätte Magdalena in diesem Augenblick sein müssen, da sie sich dem Seiltänzer darbot wie ein wohlfeiles Schauobjekt in der Menagerie. Doch nichts von alledem stellte sich ein, weder Scham noch Schüchternheit, schon gar keine Furcht vor dem Unbekannten.

Während sie an der Halskordel ihres Unterkleides nestelte, musterte sie Rudolfo wohlgefällig, nicht anders als eine lüsterne Metze im Badehaus. »Hat sie dich verführt?«, meinte Magdalena fragend und ohne Zusammenhang.

»Du meinst Xeranthe?«

»Ja. Wen sonst?«

»Sagen wir so: Sie hat es mehr als einmal versucht.«

»Und? So rede schon!«

Der Seiltänzer schüttelte den Kopf, und Magdalena überkamen Zweifel, ob seine Andeutung der Wahrheit entsprach.

»Würdest du mich verachten, wenn es anders wäre?«, erkundigte sich Rudolfo beinahe schüchtern.

»Keineswegs!«, erwiderte Magdalena frei heraus. »Ich wollte es nur wissen.«

»Dann weißt du es jetzt«, sagte Rudolfo irgendwie ungehalten. »Nein, ich habe nicht mit ihr geschlafen.«

»Und tut es dir nicht leid? Ich meine, Xeranthe war ein aufregendes Frauenzimmer.«

»Nein, es tut mir nicht leid.«

Als wollte sie Rudolfos Standhaftigkeit auf die Probe stellen, ließ Magdalena ihr Unterkleid fallen und bot sich dem Seiltänzer in ihrer Nacktheit dar.

Er berührte sie vorsichtig wie eine zerbrechliche Statue, wobei Magdalena den Kopf in den Nacken warf. Als er schwer atmend begann, seine Rechte zwischen ihre Beine zu schieben und mit der Linken ihre feste Brust zu kneten, stieß sie ihn abweisend zurück: »Denke daran, du bist einer der Neun Unsichtbaren! Eben hast du noch von der Abhängigkeit gesprochen, welche die Fleischeslust mit sich bringt.«

Magdalena spürte plötzlich, wie ein seltsames Gefühl von Macht in ihr aufkam. Das Bewusstsein, über einen Mann wie Rudolfo Macht auszuüben, der ihr in allem überlegen war, machte sie hochmütig, eine Eigenschaft, die sie bis dahin nicht gekannt hatte.

Obwohl ihr eigener Körper nach ihm verlangte, obwohl ihre Sinne seit Tagen verrückt spielten, wenn sie daran dachte, sich ihm hinzugeben, gab sie sich den Anschein, als wollte sie den allerletzten Liebesbeweis hinauszögern, als sei dieser für sie nur von geringer Bedeutung.

»Mit wie vielen Frauen teiltest du schon das Bett in deinem Leben?«, fragte Magdalena herausfordernd.

Rudolfo schluckte. Der Große Rudolfo wurde scheinbar kleiner und kleiner. Beinahe demutsvoll antwortete er: »Auch wenn du mir nicht glauben wirst, ich habe mich bisher an den Codex der Neun Unsichtbaren gehalten und noch mit keiner einzigen Frau geschlafen.«

Magdalena sah den Seiltänzer zweifelnd an. Der größte Seiltänzer der Welt, den die Frauen umschwärmten, wo immer er auftrat, sollte noch nie…

»Du kannst mir glauben!«, unterbrach Rudolfo ihre Gedanken, »wir sind also beide noch im Zustand unberührter Jungfräulichkeit. Vorausgesetzt…«

»Ein Nonnenkloster ohne jedes männliche Wesen«, fiel ihm Magdalena ins Wort, »ist wenig geeignet, die Unschuld zu verlieren.«

Die seltsame Stimmung aus Belustigung und körperlicher Begierde drohte ins Belanglose umzuschlagen. Deshalb sagte Magdalena: »Soll ich dich nun anflehen, mich zu nehmen?«

Die Worte wirkten wie ein aufpeitschender Liebestrank. Wie von Sinnen riss sich Rudolfo die Kleider vom Leib, drängte Magdalena durch den schmalen Durchlass in das Schlafgemach und zog sie auf das weiche Fell seiner Lagerstatt. Ihr Herz hämmerte heftig. Der gespielte Hochmut verflog augenblicklich und verwandelte sich in Furcht, Furcht vor dem, was sie erwartete.

In Wahrheit war alles anders, als sie es sich vorgestellt hatte: Die Zärtlichkeit seines Mundes und seiner Hände, mit denen er ihren Leib eroberte, brachte Magdalena zum Schweben. Sie tauchte ein in eine fremde Welt, in der Träume und Wirklichkeit verschmelzen. Als Rudolfo sanft in sie eindrang, als sie fühlte, was sie noch nie empfunden hatte, da hatte Magdalena das Bedürfnis, laut zu schreien, nicht vor Schmerz, sondern vor Lust. Doch Magdalena blieb stumm, beinahe andächtig wie beim Graduale im Kloster Seligenpforten.

Nach dem Ende ihrer Zweisamkeit – keiner von beiden vermochte zu sagen, wie lange sie sich der Fleischeslust hingegeben hatten – setzte sich Magdalena auf. Sie war es auch, die zuerst die Sprache wieder fand und an Rudolfo die Frage richtete: »Bist du glücklich?«

Der Seiltänzer fuhr sanft über ihre Wange und gab eine eigentümliche Antwort: »Ich weiß es nicht. Was ist schon Glück? Eine angenehme Empfindung? Ein Augenblick? Wie schnell ist ein Augenblick vorbei! Dann hat sich das, was du eben noch als Glückseligkeit empfunden hast, verflüchtigt, und du machst dich auf die Suche nach neuem Glück.«

Magdalena dachte nach. »Hat deine Antwort mit dem Codex der Neun Unsichtbaren zu tun?«

Als der Seiltänzer keine Antwort gab, zog Magdalena es vor, ihn nicht weiter zu bedrängen.

Die schwüle Nacht, welche Rudolfo und Magdalena ineinander verschlungen auf dem weichen Fell verbrachten, verging wie im Flug und ohne weiteres Reden. Um die Matutine – Magdalena lebte noch immer nach den Zeitangaben im Kloster –, also noch zu nachtschlafender Zeit, brachen die Gaukler auf und folgten dem Flusslauf weiter in nördlicher Richtung. Wenn die Hitze des Tages es zuließ, hofften sie gegen Mittag ihr Ziel, das kurmainzische Aschaffenburg, zu erreichen, eine weltoffene Stadt, die den Mainzer Kurfürsten als zweite Residenz diente.

Die Hälfte des Weges legten Magdalena und Rudolfo in dessen Gauklerwagen zurück. Dabei machte sich zwischen den beiden eine gewisse Verlegenheit breit, als genierten sie sich voreinander. Zwar warfen sie sich bisweilen verliebte Blicke zu, aber zu einer Unterhaltung, die nach den Ereignissen der vergangenen Nacht angebracht gewesen wäre, kam es nicht.

Vor einer Steigung ließ der Kutscher auf seinem Bock die Peitsche knallen, worauf die Pferde den Hügel hinangaloppierten, dass der Gauklerwagen durchgeschüttelt wurde, als hätte der Teufel die Hand im Spiel. Auch als Rudolfo mit der Faust gegen die Stirnwand schlug, um dem Kutscher ein Zeichen zu geben, die Fahrt zu verlangsamen, behielt dieser die Geschwindigkeit bei.

Ein durchdringender Schlag, ein Krachen und Bersten. Der Wagen sackte nach hinten ab, dass Magdalena gegen die Rückwand geschleudert wurde. Mit lautem »Brrrr« brachte der Fuhrknecht das havarierte Gefährt zum Stehen.

Benommen kletterten der Seiltänzer und Magdalena aus dem Gauklerwagen.

»Die Achse«, knurrte der Kutscher, »die Hinterachse ist gebrochen!«

Rudolfo, eher ein Ausbund an Selbstbeherrschung, wollte auf den Fuhrknecht losgehen. Aber Magdalena hielt ihn zurück: »Es war doch nicht seine Absicht! Früher oder später wäre es auch so passiert.«

Nachdem Rudolfo das Missgeschick begutachtet hatte, traf er die Entscheidung, Magdalena solle mit den übrigen Gauklern und den Fuhrknechten nach Aschaffenburg fahren und einen Stellmacher ausfindig machen, der den Schaden zumindest provisorisch beheben und das defekte Gefährt zur Reparatur in seine Werkstatt bringen könne. Er selbst wolle mit den Pferden am Wagenwrack zurückbleiben.

Magdalenas Einwand, er könne sein havariertes Fahrzeug zurücklassen, weil der Achsbruch es ohnehin vor Dieben bewahrte, tat Rudolfo mit einer unwilligen Handbewegung und dem Hinweis ab, es gehe ihm nicht um den Gauklerwagen an sich, sondern um sein Inventar. Das schien einleuchtend und gerechtfertigt, und Magdalena setzte umgehend den Weg mit den Gauklern fort.

In glühender Mittagshitze erreichten sie die Mauern der kurmainzischen Stadt. Schon von Weitem hatten sie dunkle Rauchwolken erblickt und geschlagene Bauernhorden, die außerhalb des Weichbildes kampierten. Die zerlumpten, heruntergekommenen Gestalten schenkten den Gauklern wenig Beachtung. Nur ein paar wenige machten sich im Vorbeifahren durch Rufen oder deutliche Handbewegungen bemerkbar, denen man entnehmen konnte, dass sie verletzt waren oder Durst und Hunger litten.

Als Magdalena ihrem Fuhrknecht ein Zeichen gab anzuhalten, preschte der Marktschreier herbei und forderte sie auf, unverzüglich den Weg fortzusetzen, denn wenn die Landsknechte erst einmal Wind davon bekämen, dass sie noch über – wenn auch nur geringe – Vorräte verfügten, dann würden sie über die Gaukler herfallen. Das leuchtete ihr ein.

Auf einem freien Flecken in Sichtweite der Mainbrücke machten sie schließlich halt. Die Fuhrknechte deichselten die Wagen und Karren zu einem quadratischen Pferch, der nach außen einen gewissen Schutz bot.

Vom Marktschreier forderte Magdalena ein paar Gulden zurück, und umgehend machte sie sich auf die Suche nach einem Stellmacher.

In ihrem vornehmen blauen Kleid und der neuen weißen Haube erweckte Magdalena den Eindruck einer wohlhabenden Bürgersfrau. Die bewaffneten Soldaten am Brückentor salutierten und neigten höflich die Köpfe, als sie sich ebenso höflich erkundigte, wo ein Stellmacher zu finden sei, der einen Achsbruch reparieren könne, nur ein paar Meilen von hier, doch sei es dringend.

Da traf es sich gut, dass Kajetan Mirfeld, gerade mal einen Steinwurf entfernt, an der Stadtmauer die größte Wagnerei von Aschaffenburg betrieb, mit einem Dutzend Gesellen und noch einmal so vielen Knechten.

Mirfeld, ein drahtiger Fünfziger, dessen kantigen Schädel eine dichte, dunkle, bis auf die Schultern reichende Haarpracht zierte, zeigte zunächst wenig Interesse, den havarierten Gauklerwagen wieder flott zu machen. Auch Magdalenas Hinweis, es handle sich um den Wagen des Großen Rudolfo, der auf einem Seil die höchsten Türme der Welt besteige, vermochte ihn nicht umzustimmen.

»So, so, ein Gauklerwagen«, bemerkte er ein wenig spöttisch und grinste Magdalena ins Gesicht. Doch als sie einen blinkenden Rheinischen Gulden hervorzog und auf die Werkbank legte, veränderte sich seine Miene.

»Als Anzahlung«, bemerkte Magdalena trocken. Das blieb nicht ohne Wirkung.

Meister Kajetan rief dem nächstbesten Gesellen zu, er möge einen Karren anspannen und Werkzeug und Material aufladen, das zur Behebung eines Achsbruchs notwendig sei.

Zu dritt bestiegen sie wenig später den Kutschbock eines zweirädrigen Karrens: der Stellmacher, sein Geselle und Magdalena. Die Räder des Karrens waren so groß, dass sie Magdalena an Körpergröße überragten, und der quadratische Kasten hinter dem Kutschbock nahm allerlei Gerätschaften auf: Holz und Eisenbänder und Bohrer, wie sie für eine Reparatur notwendig waren. Außerdem hatte der Wagnerkarren zwei Deichseln, zwischen denen ein gutmütiger Gaul dahintrottete.

Als sie den äußeren Brückenturm passiert hatten, gab der Geselle, der die Zügel führte, dem Pferd die Peitsche, und dazu schnalzte er mit der Zunge, worauf der Gaul zu traben begann, flussaufwärts in die Richtung, die Magdalena beschrieben hatte.

Nach der stickigen Mittagshitze, die innerhalb der Stadtmauern lag, wirkte der Fahrtwind auf dem Weg entlang des Flusses beinahe erfrischend, jedenfalls angenehm, und Magdalena musste ihre Haube festhalten, damit sie nicht davonflog. Zwar sprießte auf ihrem Schädel bereits ein zarter Haarflaum, doch wäre es ihr peinlich gewesen, wenn die fehlende Kopfbedeckung ihre Vergangenheit enthüllt hätte.

Aus einer Zinnflasche mit Schraubverschluss nahm Meister Kajetan, dessen unbedeckte Haarpracht wie die einer Meduse im Wind flatterte, einen tiefen Schluck und reichte das Wasser weiter an Magdalena, die das Angebot dankend annahm. Für gewöhnlich kein Freund großer Worte, ließ sich Kajetan Mirfeld sogar zu einem Gespräch hinreißen, das in der Frage gipfelte: »Was treibt eine Gauklertruppe in diesen Tagen gerade nach Aschaffenburg?«

Da lachte Magdalena, mit der einen Hand ihre Haube umklammernd, die andere vor den Mund haltend, damit sie keine der unzähligen Mücken im Fahrtwind verschluckte, und sie antwortete: »Was spricht dagegen, Meister Kajetan? Wir sind auf dem Weg nach Mainz. Euer Städtchen liegt also direkt auf dem Weg. Ich hoffe, Euch sind Gaukler, die etwas Abwechslung ins Leben bringen, willkommen.«

»Schon, schon«, bemerkte der Meister, den Blick nach vorne gerichtet, »Ihr habt nur einen denkbar ungünstigen Zeitpunkt gewählt. Vor wenigen Tagen hat Seine Exzellenz, der hochwürdigste Herr Fürsterzbischof von Mainz, unsere Stadt aller Privilegien beraubt – wegen unserer Beteiligung an den Bauernkriegen. Wisst Ihr, was das bedeutet?«

»Keine Ahnung!« Magdalena sah Mirfeld von der Seite an.

»Das bedeutet: Keine Steuern für den Stadtsäckel, der Verlust aller Latifundien und Weinberge, sogar der Brückenzoll geht an den hohen Herrn nach Mainz. Ich kann mir nur schwer vorstellen, dass den Bürgern von Aschaffenburg in dieser Situation nach Mummenschanz zumute ist.«

Die Nachricht traf Magdalena wie ein Keulenschlag. Es schien, als habe sich der Teufel gegen die Gaukler verschworen. Betroffen, ratlos und den Tränen nahe, schaute sie nach vorne, wo der Anstieg in Sicht kam, der Rudolfos Wagen zum Verhängnis geworden war. Von Weitem schon erkannte sie das havarierte Gefährt, da tauchten plötzlich, wie aus dem Boden geschossen, zwei vermummte Reiter auf, die an ihnen vorbeipreschten, ohne sie auch nur eines Blickes zu würdigen. Ihre Furcht vor einem Überfall wich rasch einer düsteren Ahnung, die stärker wurde, je näher sie Rudolfos Gauklerwagen kamen. In einiger Entfernung grasten die ausgeschirrten Pferde. Um den Gauklerwagen herum lagen Kleidungsstücke verstreut, Rudolfos Kleider. Vom Seiltänzer keine Spur.

Während Meister Kajetan und sein Geselle begannen, ihren Karren zu entladen, schlich Magdalena ängstlich um Rudolfos liegen gebliebenen Gauklerwagen. Plötzlich, auf der Rückseite, hielt sie inne und presste die Hand vor den Mund. Zu ihren Füßen lag – zur Seite gekrümmt, beinahe wäre sie über ihn gestolpert – Rudolfo, nackt, wie tot.

Magdalena stürzte auf die Knie, drehte Rudolfo auf den Rücken und legte ihr Ohr auf seine Brust. Sie glaubte, seinen Herzschlag zu vernehmen. Sicher war sie nicht. Nur die Lider seiner geschlossenen Augen gaben ein Lebenszeichen von sich. Sie zuckten in unregelmäßigen Abständen, als würde er mit einer Nadel gequält.

»Rudolfo!«, rief Magdalena, seinen Kopf in beide Hände nehmend und küssend, »Rudolfo, was ist geschehen?«

Als der Seiltänzer nicht reagierte, erhob sie sich, rannte zu Kajetans Karren und riss dem verblüfften Meister die Trinkflasche aus den Händen, an der er sich gerade gütlich tat. Den restlichen Inhalt goss sie über Rudolfos Gesicht. Da schlug der Seiltänzer die Augen auf.

Bange Augenblicke vergingen, bis Rudolfo Magdalena erkannte. Dann huschte ein Lächeln über sein Gesicht, und er fuhr sich mit der Rechten über die Stirn.

»Mein Kopf!«, jammerte er ein ums andere Mal.

»Was ist geschehen?«, wiederholte Magdalena ihre Frage.

»Ich dachte schon, ich würde sterben«, stammelte Rudolfo in einem Anflug von Galgenhumor. »Der eine hat versucht, mir mit einer Keule den Schädel einzuschlagen. Einmal, zweimal krachte die Keule auf meinen Kopf, dann verließen mich die Sinne.« Verwundert blickte Rudolfo an sich herab. Erst jetzt bemerkte er, dass er nackt war. »Wo sind meine Kleider?«, fragte er mit Entsetzen.

»Die liegen um den Wagen herum verstreut! Hast du dafür eine Erklärung?«

Als Rudolfo nicht antwortete, erhob sie sich und begann die Beinkleider, Hemden, Strümpfe und das Wams des Seiltänzers einzusammeln. »Merkwürdig«, meinte sie bei ihrer Rückkehr, »erst ziehen dir die Gauner deine Kleider aus, und dann lassen sie sie liegen.«

Der Seiltänzer war tief in Gedanken versunken, und Magdalena wollte ihn nicht weiter bedrängen. Besorgt nahm sie seinen Körper von Kopf bis Fuß in Augenschein. Zum Glück war er ohne sichtbare Verletzungen davongekommen.

Da blieb ihr Blick an seiner Leistenbeuge haften. An der Stelle, wo der rechte Oberschenkel in den Rumpf übergeht, nahe seiner Männlichkeit, war eine dunkle Tätowierung zu erkennen, neun Buchstaben in Dreierreihe: HIC IAC COD. Darunter wand sich eine dreischwänzige Schlange.

Spontan wollte Magdalena nach der Bedeutung der seltsamen Tätowierung fragen, aber dann schluckte sie ihre Frage hinunter, in der Absicht, eine günstigere Gelegenheit abzuwarten. Stattdessen half sie Rudolfo auf die Beine, der daraufhin noch etwas benommen begann, sich anzukleiden.

Der Stellmacher und sein Geselle bekamen von Rudolfos Schicksal kaum etwas mit, so eifrig waren sie mit der Achsreparatur beschäftigt. Mit Hilfe eines Hebebalkens bockten sie das Wagenheck auf und tauschten die gebrochene Hinterachse, ein Eisengestänge, das von einem robusten, mit Eisenbändern beschlagenen Querbalken gehalten wurde, gegen eine neue Konstruktion aus. Ihre schweißtreibende Arbeit verrichteten sie so gewandt, dass sie noch vor Einbruch der Dämmerung fertig wurden und nach Entrichtung eines weiteren Rheinischen Guldens ohne Aufsehen verschwanden.

Magdalena war überzeugt, dass Wegelagerer, die zuhauf durch das Land strichen, hinter dem Überfall steckten. Besorgt ging sie daran, das Durcheinander im Gauklerwagen zu ordnen. Überall auf dem Boden verstreut lagen Bücher und kostbare Kleidungsstücke herum, von denen der Seiltänzer nicht wenige besaß. Nach kurzer Überprüfung stellte Rudolfo fest, dass nichts, nicht das Geringste fehlte.

Gemeinsam spannten sie die Pferde ein, als der Marktschreier Constantin und zwei Fuhrknechte eintrafen, um nach dem Rechten zu sehen. Constantin Forchenborn zeigte sich bestürzt, als er erfuhr, was dem Seiltänzer widerfahren war. Zudem brachte er schlechte Nachricht. Seine Verhandlungen über eine Auftrittserlaubnis waren von den Aschaffenburger Stadtoberen abschlägig beschieden worden.

Rudolfos Verhältnis zu Forchenborn war ohnehin nicht das Beste, weil der Seiltänzer seit geraumer Zeit meinte, der Marktschreier vertrete ihre Sache nicht mit dem nötigen Nachdruck. Hinzu kam ein gewisses Misstrauen, was Constantins Abrechnungen betraf. Die neuerliche Hiobsbotschaft nahm Rudolfo mit langem Schweigen zur Kenntnis; doch jeder in der Truppe wusste, dass sich hinter dem scheinbaren Gleichmut des Seiltänzers genau das Gegenteil verbarg.

Auch der Marktschreier war mit dieser Haltung vertraut. Eifrig schlug er vor, er wolle sich schon morgen in aller Frühe auf den Weg machen und mit einem Frachtkahn, der an der Flusslände in Aschaffenburg zum Ablegen bereitliege, mainabwärts nach Mainz fahren, wo man dem Auftreten der Gaukler gewiss wohlwollend begegnen werde.

Die Gauklertruppe brauchte dringend neue Einnahmen, und so erklärte sich der Seiltänzer einverstanden. Allerdings stellte er zur Bedingung, Magdalena solle ihn begleiten und beim allergnädigsten Herrn Kurfürst und Kardinal Albrecht von Brandenburg vorstellig werden, der in Mainz das Sagen habe und ein Freund der Künste und der schönen Frauen sei.

Magdalena zeigte sich überrascht von Rudolfos Vorschlag. Er hatte noch nie darüber geredet, dass sie eine solche Aufgabe übernehmen solle. Trotzdem hatte sie nichts dagegen einzuwenden, wenngleich ihr der Marktschreier Constantin Forchenborn als Begleiter nicht gerade nahestand.

Nach einer beinahe gänzlich schlaflosen Nacht mit Rudolfo – für einen geruhsamen Schlaf hatte sich einfach zu viel ereignet – bestiegen Magdalena und der Marktschreier um *Laudes* herum, also noch vor dem Morgengrauen, eine Lauertanne, einen jener alten Frachtkähne, die Rhein und Main flussabwärts fuhren. Unter seiner schweren Last von gebrochenem Sandstein knarrte und ächzte das Schiff wie ein sterbender Drache.

8. KAPITEL

Während der Schiffsreise flussabwärts, die Magdalena und der Marktschreier mit zwei anderen Passagieren und einer vierköpfigen Schiffsmannschaft teilten, blieb genügend Zeit, über das Geschehen der letzten Tage nachzudenken. Dabei verstärkten sich ihre Zweifel, ob sie recht daran getan hatte, sich mit Rudolfo einzulassen, ob es nicht besser wäre, sang- und klanglos aus seinem Leben zu verschwinden, damit er *sein* Leben weiterführen konnte. Zwar hatte sie schon viel von ihm erfahren, sicher mehr, als sie wissen durfte, aber je länger sie darüber nachdachte, desto größer wurde die Furcht, der Seiltänzer könnte ihrem Wissensdrang nachgeben und sie in Dinge einweihen, die für sie zu einer noch größeren Belastung führten.

Liebte sie diesen seltsamen Seiltänzer wirklich? Liebte sie ihn, weil er der Große Rudolfo war oder wegen seinem einnehmenden Äußeren? Liebte sie ihn, weil er ihr zu erkennen gab, dass er *sie* liebte, dass sie ihm viel bedeutete, sogar mehr, als ihm erlaubt war?

Auch wenn das Leben als Novizin ihr keine Möglichkeit geboten hatte, Vergleiche zu ziehen, so war Magdalena überzeugt, dass der Seiltänzer anders war als andere Männer. Dachte sie an den Marktschreier Constantin, an Megistos, den Quacksalber, oder Benjamino, den Jongleur, von dem Riesen Leonhard Khuenrath ganz zu schweigen, so war ihr die Vorstellung, mit einem von ihnen das Bett zu teilen, ein Gräuel. Deren Gespräche über Liebe und Frauen beschränkten sich auf zwei Dutzend abfällige Redewendungen, die obendrein schmutziger waren als der Schmutz der Straße und nichts als ihre unersättliche Manneskraft zum Inhalt hatten, samt der Zahlenangabe, wie viele Frauen sie »flachgelegt« hätten – so pflegten sie sich auszudrücken.

Ein Schiff, das durch's Wasser pflügt – nichts lässt einen trefflicher in Gedanken versinken, und so erschrak Magdalena, über den Bug des Frachtkahns gebeugt, als sie plötzlich Forchenborns Stimme vernahm.

»Es war nicht so gemeint«, bemerkte der Marktschreier, »aber in schlechten Zeiten, wenn das Geld knapp ist, wird der Blick für die Realität getrübt.«

»Ich weiß nicht, wovon du redest«, erwiderte Magdalena, obwohl sie durchaus ahnte, worauf er hinauswollte.

»Mein Vorwurf neulich, weil du dir neue Kleider gekauft hast! Es stand mir nicht zu, dich deshalb zu tadeln.« Mit diesen Worten streckte er Magdalena die Hand entgegen.

Nie und nimmer hätte sie von Constantin eine Entschuldigung erwartet. Schließlich waren sie seit dem ersten Tag ihrer Begegnung wie Hund und Katz miteinander umgegangen. Magdalena war sich auch nicht sicher, ob der Sinneswandel des Marktschreiers nicht nur gespielt war. Trotzdem ergriff sie seine Hand und sagte: »Schon vergessen!« Dabei quälte sie sich ein Lächeln ab.

Eine Weile schwiegen sie, nebeneinanderstehend, ihre Blicke auf das vorbeiziehende Ufer gerichtet, als der Marktschreier unvermittelt begann: »Seit du zu uns gestoßen bist, ist Rudolfo ein anderer.«

»Wie soll ich das verstehen?«

»Nun ja«, Constantin wirkte unbeholfen, »Rudolfo ist nicht gerade ein einfacher Mensch, er ist ein Eigenbrötler, stur, bisweilen rücksichtslos und wenig umgänglich.«

»Ein Genie sollte man nicht mit gewöhnlichen Maßstäben messen.«

»Jedenfalls ist es dein Verdienst, Rudolfo das Lächeln gelehrt zu haben. Bisher konnte man meinen, der Seiltänzer lebte in einer anderen Welt, einer Welt, die das Lachen verbietet. Dabei sind Gaukler dazu da, die Leute zum Lachen zu bringen.«

»Mag schon sein«, erwiderte Magdalena, »aber der Seiltänzer ist kein gewöhnlicher Gaukler. Seine Kunst fordert auch mehr zum Staunen als zum Lachen heraus. Ich weiß nicht, wie *du* dich verhalten würdest, wenn du auf einem Seil über den Dächern der Stadt dein Leben riskiertest. Im Übrigen hat unser Herr Jesus während der dreißig Jahre, in denen er auf Erden wandelte, auch kein einziges Mal gelacht. Jedenfalls steht nichts davon im Neuen Testament. Würdest du ihn deshalb als ›wenig umgänglich‹ bezeichnen – so sagtest du doch?«

»Um Himmels willen, nein!« Der Marktschreier hob beide Hände wie ein Wanderprediger, der seine Worte mit theatralischen Gesten unterstreicht. »Ich wollte dir nur Bewunderung zollen für deine Fähigkeit, aus einem ernsten einen arkadischen Menschen zu machen.«

Constantins Worte machten sie nachdenklich. Er hatte recht. In ihrer Erinnerung hatte sich die erste Begegnung mit Rudolfo eingebrannt, die Art, wie er über sie hinweg-, ja, durch sie hindurchgesehen hatte.

Da trat unerwartet der kleine, untersetzte Mann auf sie zu, der in Aschaffenburg bereits an Bord gewesen war, sich bisher aber in der Kajüte im Heck des Schiffes aufgehalten hatte. Ein gekräuselter, dunkler Haarkranz umgab den ansonsten kahlen Schädel wie ein buschiger Lorbeerkranz und ließ ihn zweifellos älter erscheinen, als die Zahl seiner Jahre sein mochte.

»Verzeiht, wenn ich mich einmische«, bemerkte der Fremde, »aber mir kam Eure Rede über das Lachen zu Ohren, ein Thema, mit dem ich mich seit geraumer Zeit auseinandersetze. Erlaubt mir, dass ich mich vorstelle: Mein Name ist Baumbast, Theo Baumbast, auf dem Wege nach Mainz. Ich bin Naturforscher, Schriftsteller, Doktor der Medizin und in der Theologie nicht unerfahren, alles zusammen also ein Mensch, der viel studiert, aber von nichts *wirklich* eine Ahnung hat.«

Magdalena und der Marktschreier starrten den kleinen, dicklichen Mann einen Augenblick entgeistert an, zweifelnd, ob er sie auf den Arm nehmen wollte oder ob sie es mit einer gottbegnadeten Geistesgröße zu tun hatten. Da brach Baumbast, dem solche Begegnungen eine höllische Freude zu bereiten schienen, in schallendes Gelächter aus, dass Magdalena fürchtete, er würde an seinem gurgelnden Lachen ersticken. Und dieses Lachen wirkte ansteckend wie eine Seuche, gegen die jede Gegenwehr zwecklos ist. Magdalena und Forchenborn lachten sich mit dem Fremden die Lunge aus dem Leib, bis zur Erschöpfung.

»Ihr seht«, sagte Baumbast, nachdem sich alle beruhigt hatten, »Lachen trägt zur Aufhebung von Hemmungen bei. Aber das ist nur *eine* von vielen angeborenen Ursachen von Intelligenz. Tiere lachen nicht, und darin unterscheiden sie sich vom Menschen am meisten. Im Übrigen ist das Lachen jene menschliche Regung mit den meisten Variationen.«

»Aha«, bemerkte Magdalena spöttisch, »mit Verlaub, Doktor Baumbast, das müsst Ihr einem einfachen Frauenzimmer wie mir näher erklären!«

Angelockt von den lauten Worten Baumbasts, trat auch der zweite Schiffspassagier hinzu, ein Bettelmönch, wie sie zu Hunderten über das Land zogen, in brauner Kutte, die wohl seiner Phantasie entsprungen war. Magdalena hatte eine derartige Ordenstracht noch nie gesehen. Quer über die Schultern gehängt, trug er einen Bettelsack, in welchem sein gesamtes Besitztum verstaut war. »*Licet interesse?*«, fragte er in holprigem Latein, um seinen fragwürdigen geistlichen Stand zu unterstreichen: Ist's gestattet?

Baumbast nickte gnädig und fuhr fort: »Nehmt eine andere sichtbare Regung des Menschen: Weinen. Es gibt nur zwei unterschiedliche Arten von Tränen, Tränen der Freude und Tränen des Leids.«

»Stimmt!« Magdalena sah den Doktor neugierig an. »Und wie viele Arten zu lachen gibt es?«

»Da fallen mir viele Arten ein. Beginnen wir beim befreienden Lachen, wie wir es soeben erlebt haben. Es gibt aber auch ein gegenteiliges Lachen, das skeptische Lachen. Außerdem das ironische, zynische, obszöne, überhebliche, blasierte, aggressive Grinsen oder Gelächter. Oft ist es nicht einfach zu unterscheiden, welche Absicht hinter einem Lachen steckt.«

»Das ist wohl wahr«, bemerkte der Marktschreier, und der Bettelmönch fügte beflissen hinzu: »*Recte, recte*« – ganz recht.

»Und was erforscht Ihr am Lachen?«, mischte sich Magdalena ein. »Ich meine, welches Ziel verfolgt Ihr mit Euren Forschungen?«

Baumbast wurde plötzlich ernst: »Wie ich schon in meiner Schrift ›Über die Medizin‹ zum Ausdruck brachte, hat das Lachen eine vorbeugende und heilende Wirkung auf Krankheiten. Gewiss könnt Ihr Euch vorstellen, dass ich mir damit unter den Anhängern der herkömmlichen Medizin nicht gerade Freunde geschaffen habe. Aber die hochgelehrten Doctores glauben auch nicht, dass es seelische Krankheiten gibt. Denkt nur an die Redewendung vom gebrochenen Herzen – keine seltene Todesursache, die keinen Schmerz kennt und bei der kein Blut fließt. Doch damit genug von Theorie und Wissenschaft. Wohin führt Euch die Reise? Lasst mich raten: nach Frankfurt zur Messe. Vermutlich seid Ihr ein Kaufmannspaar und handelt mit kostbaren italienischen Stoffen.« Dabei musterte Baumbast Magdalena abschätzend von der Seite.

Die hob die Augenbrauen, um ihre Entrüstung anzudeuten, und erwiderte: »Doktor Baumbast, Ihr mögt ein guter Naturforscher, Schriftsteller und Doktor der Medizin und Theologie sein, ein Menschenkenner seid Ihr nicht! Der Mann neben mir ist weder mein Gemahl noch sind wir Kaufleute auf der Reise nach Frankfurt. Unser Weg führt uns nach Mainz, wo wir die Ankunft unseres Herrn vorbereiten sollen.«

Dem kleinen, dicklichen Mann, dem es an Selbstbewusstsein gewiss nicht mangelte, war sein Fehlgriff sichtlich peinlich; doch dann antwortete er listig grinsend: »Ich sagte ja, lasst mich raten. Vielleicht ist Raten nicht meine Stärke.«

Im selben Augenblick wurde das Schiff von einem gewaltigen Scharren und Krachen erschüttert, welches den Flusskahn nach ein paar Ellen zum Stehen brachte. Der bärtige Schiffsmeister stürzte zum Ruderbalken, drängte den Steuermann beiseite und versuchte den schweren Kahn mit heftigen Bewegungen des Ruders wieder flott zu machen. Es half alles nichts, der Frachtkahn saß auf dem Grund des Flusses fest.

Seit Wochen hatte es nicht geregnet, und der Main führte so wenig Wasser wie seit Menschengedenken nicht mehr. Der Schiffsmeister und sein Steuermann, ein bärbeißiger Alter, dem die anwesenden Passagiere ein Dorn im Auge waren, fuhren mindestens ein Dutzend Mal im Jahr den Fluss hinauf und hinunter, sie kannten jede Untiefe und wussten genau, wo gerade mal eine Handbreit Wasser unter dem flachen Rumpf war. Aber gegen dieses Niedrigwasser waren auch sie machtlos.

Aufgeregt rannte der Schiffsmeister vom Heck zum Bug und vom Bug zum Heck und gab schließlich seinen Schiffsknechten den Befehl, einen Teil der Ladung über Bord zu werfen. Zwar begann der Frachtkahn, nachdem sich die Knechte eines guten Dutzends Sandsteinquader entledigt hatten, zu ächzen und zu scharren wie ein störrisches Maultier, er machte sogar einen Satz, als wollte er wieder Fahrt aufnehmen, doch dann grub er sich erneut in den sandigen Flussboden und rührte sich nicht mehr von der Stelle.

Von einem Lehenshof, auf Sichtweite und in halber Höhe über dem Maintal gelegen, ließ der Schiffsmeister ein Vierergespann kräftiger Ackergäule kommen. Die spannte er vor das festgefahrene Schiff und gab ihnen die Peitsche. Das Manöver gelang. Doch hatte der Steuermann Bedenken, den einmal in Fahrt gekommenen Frachtkahn ans Ufer zu lenken, damit der Schiffsmeister wieder zusteigen konnte, sodass dieser drei Rheinische Meilen am Ufer neben seinem Schiff herlaufen musste, bevor er an einer Flussbiegung, wo der Main mehr Wasser führte, zusteigen und wieder selbst das Kommando übernehmen konnte.

Darüber war es Abend geworden, und weil die Schifffahrt auf dem Main bei Nacht gefährlich und obendrein verboten war, ankerte der Schiffsmeister seinen Frachtkahn nahe dem Marktflecken Großkrotzenburg, einem uralten Besitz des Mainzer St.-Peters-Stifts. Wenn alles gut ginge, meinte der bärtige Flussschiffer, könnten sie Mainz übermorgen erreichen.

Die Havarie hatte sie einen halben Tag gekostet, und Magdalena hatte schon Ausschau nach Rudolfo und der Gauklertruppe gehalten, ob sie von ihnen nicht auf dem Landweg überholt würden; aber anscheinend war die Reise auf dem Fluss doch noch weitaus schneller.

Für die Nacht stellte der Flussschiffer seinen Passagieren die Kajüte im Heck des Frachtkahns zur Verfügung. Er selbst und die vierköpfige Mannschaft zogen es vor, auf einer Wiese an Land zu nächtigen.

Myriaden von Fliegen und lästigen Insekten, dazu das hundertfache Quaken der Flussfrösche waren einem erholsamen Schlaf nicht gerade förderlich. Hinzu kamen die harten Planken der Kajüte, denn die Passagiere mussten, nebeneinander aufgereiht wie die Fische auf dem Markt, auf dem blanken Boden schlafen. Nicht einmal Strohsäcke gab es – von Decken als Unterlage ganz zu schweigen.

Den Marktschreier, Doktor Baumbast und den Bettelmönch schien das weniger zu stören, denn sie fielen, kaum dass sie sich auf dem Boden ausgestreckt hatten, in tiefen Schlaf. Als hätten sie sich verabredet, stimmten sie gemeinsam eine schauerliche Kakophonie aus Schnarchen, Rülpsen, Furzen und Prusten an. Das Knarren und Ächzen des Flusskahns trug überdies dazu bei, dass Magdalena kein Auge zutat.

Auf einen Arm gestützt, döste sie vor sich hin, öffnete hin und wieder die Augen und blinzelte durch die ihr gegenüberliegende

Luke in die sternenklare Nacht. Die Kerle neben ihr wälzten sich in Abständen von einer Seite auf die andere, Grunzlaute des Missbehagens ausstoßend ob der stickigen Luft in ihrer Schlafbehausung.

Als Magdalena zum wiederholten Male die Augen öffnete, stand der Mond so tief, dass sein milchiger Lichtschein durch die offene Luke auf die Köpfe der Männer fiel. Der Bettelmönch hatte sein Gesicht zur Seite gedreht, doch beim Doktor und dem Marktschreier bot sich die Gelegenheit, ihre Züge näher zu betrachten.

Was Constantin Forchenborn betraf, entsprach seine Physiognomie seinem Charakter, jedenfalls dem, den er ihr gegenüber an den Tag legte: Eine harte, beinahe kantige Augenpartie mit einer scharf geschnittenen, schmalen Nase führte zu einem Mund voller Sinnlichkeit – ein Äußeres, das manches Rätsel aufgab. Es war nicht verkehrt, den Marktschreier als rücksichtslos, hochfahrend, listig und ichbezogen zu bezeichnen. Fraglos war ihm auch eine gewisse Warmherzigkeit und Sinnenfreude zu eigen, ein Zusammenspiel höchst unterschiedlicher Eigenschaften und dazu angetan, Magdalenas Misstrauen ihm gegenüber zu schüren.

Ganz anders Doktor Baumbast. Sogar im Schlaf trug der untersetzte, dickliche Mann die Last seiner vielfältigen Berufe zur Schau. Sein verhärmtes Gesicht, das vor allem von einer hohen gefurchten Stirn geprägt wurde, die tief liegenden Augen und seine nach unten gezogenen Mundwinkel verrieten Zweifel und Verzweiflung am Weltgeschehen und dass er mit der Buchstabenwissenschaft auf Kriegsfuß stand. Wenn Baumbast nicht gerade schnarchte oder die Luft pfeifend durch die Nase entweichen ließ, formte er mit den wulstigen Lippen unverständliche Worte, wobei sein Atem stockte, als stürbe er einen kleinen Tod.

Einmal glaubte Magdalena eines seiner Worte zu verstehen. Halblaut gemurmelt, klang es wie Satan oder so ähnlich. Doch auch wenn er im Traum mit dem Teufel redete, schien ihr dies nicht verwunderlich bei einem so seltsamen Kauz. Wer weiß, vielleicht hatte er verschwiegen, dass er noch einen weiteren Beruf ausübte: den des

Alchimisten, der mit dem Teufel im Bunde stand wie die meisten seiner Zunft.

Wenngleich Religion und Anstand verboten, den im Schlaf gesprochenen Worten eines anderen zu lauschen, war die Sünde in ihr stärker als der fromme Glaube, die Neugierde größer als die Zurückhaltung. Vor allem, als er immer öfter und deutlicher stammelte, konnte Magdalena nicht umhin, dem schlafenden Naturforscher ihre ganze Aufmerksamkeit zu widmen.

Wie eine gerechte Strafe Gottes schien es da, als Baumbast augenblicklich verstummte und kein einziges Wort mehr von sich gab. Todmüde war Magdalena nahe daran einzuschlafen, da vernahm sie murmelnd, aber klar und deutlich wieder Baumbasts Stimme: Satan – Adama – Tabat – Amada – Natas …

Magdalena erschrak zutiefst. Sie erschrak so sehr, dass kaltes Grauen ihr Innerstes erfüllte und kalter Schweiß auf ihre Stirne trat. Sie richtete sich auf, warf Baumbast einen flüchtigen Blick zu, fand ihn schlafend, schnarchend, als wäre nichts geschehen. Zweifel kamen auf, ob sie nicht selbst geträumt hatte, ob ihr Hirn, das in den vergangenen Tagen mehr als je zuvor zu verarbeiten hatte, ihr einen Streich gespielt hatte. Hatte sie die Formel etwa selber ausgesprochen? Vergeblich versuchte sie Baumbasts Worte zu wiederholen: Satan – Adama … Weiter kam sie nicht. Wie hätte sie die Formel im Halbschlaf sprechen können, wenn sie ihr nicht einmal im Wachzustand einfiel. Im Übrigen war es Baumbasts Stimme gewesen. Dessen war sie sich sicher.

Immer wieder betrachtete sie den rätselhaften Forscher. Für einen Augenblick glaubte sie, eine Ähnlichkeit mit dem Unbekannten zu erkennen, dem sie nachts in den Mainauen begegnet war. Zwar hatte sie dessen Gesicht nur im Schein einer flackernden Laterne gesehen, aber je länger sie den Schlafenden betrachtete, desto unwahrscheinlicher erschien ihr der Gedanke. Nicht nur Baumbasts Stimme, auch seine Erscheinung und sein Auftreten unterschieden sich deutlich von dem mysteriösen Fremden.

Magdalena zitterte am ganzen Leib. Vergeblich versuchte sie die Tränen zurückzuhalten, die plötzlich über ihre Wangen liefen, keine Tränen des Schmerzes, eher Tränen unsagbarer Ratlosigkeit. Was sollte sie tun? Die Ereignisse waren ihr längst über den Kopf gewachsen. Sie dachte an Flucht, an Ausbruch aus einem Teufelskreis, in den sie sich verstrickt hatte.

Aber dann, in ihrer Verwirrung, vernahm sie Rudolfos Stimme: Du willst gegen dein Schicksal aufbegehren? Jetzt, da ich dich eingeweiht habe in die größten Geheimnisse der Menschheit? Ich habe deine Neugierde auf deinen eigenen Wunsch hin befriedigt. Und jetzt willst du gegen alle Vernunft die Flucht ergreifen? Magdalena …

Benommen von Rudolfos Stimme und dem Inhalt seiner Worte, kauerte Magdalena mit angezogenen Beinen in der hintersten Ecke der Kajüte. Sie wusste nicht, wie sie dorthin gelangt war. Vermutlich hatte sie sich auf allen vieren vorwärtsgeschleppt. Sie vergrub den Kopf in den Knien und sehnte den Morgen herbei.

9. KAPITEL

Mit dem Glockenschlag morgens um neun betrat Joachim Kirchner das düstere Arbeitszimmer des Mainzer Erzbischofs: »Gott der Herr schenke Euer kurfürstlichen Gnaden einen gesegneten Morgen!«

Albrecht von Brandenburg, Erzbischof und Kurfürst von Mainz, Sohn des Kurfürsten Johann Cicero von Brandenburg, ehemaliger Erzbischof von Magdeburg und Administrator des Bistums Halberstadt und nun mächtigster Kirchenmann nördlich der Alpen, gähnte hinter einem wuchtigen Eichentisch. Er trug einen Chorrock, eine purpurfarbene Mozzetta und ein schwarzes Barett und machte eine abfällige Handbewegung: »Schon gut, Kirchner. Was liegt heute an?«

Kirchner, lang wie eine Bohnenstange, mit gekräuseltem rötlichem Haar und von auffallend blasser Haut, war Secretarius und Vertrauter Seiner Eminenz und am Hofe gefürchtet als listiger Intrigant. Ein eng anliegender schwarzer Talar brachte seine hagere Gestalt nicht gerade vorteilhaft zur Geltung. Mit einer angedeuteten Verbeugung, die sich darauf beschränkte, den Oberkörper in der Hüfte abzuknicken wie eine hölzerne Puppe, antwortete der Sekretär: »Die Audienz, Euer kurfürstliche Gnaden!«

»Wie viele?«

»Drei bis vier Dutzend. Meist Bittsteller und Gesindel.«

»Schick sie fort, mir ist heut nicht nach Gesindel zumute.«

Kirchner neigte den Kopf zur Seite, schlug scheinheilig die Augen nieder und grinste devot: »Schon geschehen, Euer kurfürstliche Gnaden. Nur drei sind übrig geblieben.«

Von draußen drang Lärm durch die breite Türe in den düsteren Raum. Albrecht sah seinen Sekretär fragend an. Im selben Augenblick wurde die Türe aufgestoßen, und mit wildem Geschrei stürzte eine zerlumpte männliche Gestalt in den Raum, verfolgt von zwei livrierten Lakaien, die an seiner heruntergekommenen Kleidung zerrten.

Vor Albrecht warf sich die armselige Kreatur zu Boden, streckte die Arme aus, faltete die Hände wie zum Gebet und rief ein ums andere Mal: »Erbarmen, hoher Herr, Erbarmen!«

Albrecht erhob sich hinter seinem Schreibtisch. Der purpurrote Talar ließ seine Leibesfülle noch massiger erscheinen. Und ehe die Lakaien den Unglücklichen an Händen und Füßen packen und aus dem Audienzraum schleifen konnten, gab der Erzbischof seinen Leuten ein Zeichen, von dem Mann abzulassen.

Einen Augenblick herrschte peinliche Stille. Dann erhob Albrecht seine Stimme: »Was willst du, du Lump? Steh auf!«

Der Gescholtene stand mühsam auf. Mit gesenktem Kopf und hängenden Schultern versuchte er seine zerlumpte Kleidung in Ordnung zu bringen. Schließlich blickte er hoch und rang nach Luft: »Verzeiht, allergnädigster Herr, kurfürstliche Gnaden, ich bin drei Tage und zwei Nächte durch die Wälder gelaufen, um Euch um ein Gnadenbrot zu bitten. Es ist nicht für mich, allergnädigster Fürst, ich habe mich die vergangenen Tage trefflich von Pilzen und Beeren ernährt, die der Wald hergab. Es ist für mein Weib und die zehn Kinder, die seit Wochen ohne Nahrung sind.« Als er weiterredete, überschlug sich seine Stimme: »Die Ketzer, Gefolgsleute des sächsischen Mönchs, haben uns das bescheidene Haus über dem Kopf angezündet. Seither schlafen wir unter Bäumen. Eber, Wölfe und Füchse leisten uns Gesellschaft. Nun weiß ich nicht mehr ein noch aus. Allergnädigster Herr ...«

»Schweig!«, herrschte Albrecht den Bauern an. Die Worte des Mannes gingen ihm irgendwie nahe. Doch schon im nächsten Augenblick hatte er sich wieder in der Gewalt und meinte abfällig: »Warum hält Er sein Gemächt nicht im Zaum und setzt so viele Kinder in die Welt, wenn er sie nicht ernähren kann?«

»Herr, es ist der Wille Gottes. Und obendrein ein bisschen Liebe – wenn Ihr mir die Bemerkung erlaubt.«

Kirchner sah den Fürstbischof erschrocken an. Er erwartete ein Donnerwetter, einen der gefürchteten Wutausbrüche seines Herrn. Doch es kam anders. Albrecht von Brandenburg trat ganz nahe an den Bittsteller heran, dass sich ihre Nasenspitzen beinahe berührten, und mit gepresster Stimme, als sollte keiner der Umstehenden seine Worte hören, zischte er: »Das hat Er gut gesagt.« Und an seinen Sekretär gewandt: »Füllt dem armen Hund einen Sack mit Nahrung aus der Vorratskammer, so viel er tragen kann!«

Der stinkende Bauer stand wie versteinert. Es dauerte eine Weile, bis er die unerwartete Wendung begriffen hatte. Schließlich warf er sich vor dem Erzbischof zu Boden, fasste nach dem Saum seines Talars und küsste ihn.

Mürrisch zerrte Albrecht sein Gewand aus den Händen des Bittstellers. Den Lakaien gab er einen Wink, sie mögen ihn vom traurigen Anblick des Bauern erlösen.

»Halte mir in Zukunft solches Gesindel vom Leibe«, knurrte er, an Kirchner gewandt, während die Lakaien den Bittsteller aus dem Audienzsaal drängten.

Der Sekretär dienerte beflissen: »Es wird Euer kurfürstliche Gnaden erfreuen, den ersten Besucher heute Morgen zu empfangen.«

»Name?«

»Linus Coronelli.«

»Kenne ich nicht.«

»Ein Reliquienhändler aus Verona. Ihr habt ihm vor ein paar Jahren einen Nagel vom Kreuz unseres Herrn Jesus abgekauft.«

Da erhellte sich die Miene des Erzbischofs von einem Augenblick auf den anderen, denn Albrecht von Brandenburg war ein

161

begeisterter Reliquiensammler. Kein heiliger Knochen von Bedeutung war vor ihm sicher.

Obwohl Coronelli längst aus seinem Gedächtnis verschwunden war, empfing Albrecht den Kaufmann aus Verona mit ausgestreckten Armen wie einen alten Freund. Der, ein kleiner Mann in vornehmer Kleidung und mit einem samtenen Barett auf dem Kopf, hatte zwei Diener in seiner Begleitung und eine Reisetruhe im Gepäck, fünf Ellen breit und zwei Ellen hoch.

Nach der förmlichen Begrüßung und dem Austausch artiger Höflichkeiten gab Coronelli seinen Dienern ein Zeichen, die Truhe zu öffnen.

Wie ein Lüstling auf die Dirnen im Badehaus, starrte der Kurfürst auf den Inhalt: In roten Taft gebettet, lagen da ein menschlicher Schädel, ein wuchtiger Oberschenkelknochen, eine Knochenhand, an der Daumen und Zeigefinger fehlten, und, in einem gesonderten Korb, undefinierbare Knochenreste, darunter einer in Größe und Farbe nicht unähnlich einer Flussmuschel.

Der Reliquienhändler reichte dem Fürstbischof ein Paar Handschuhe aus weißem Ziegenleder und meinte: »Euer kurfürstliche Gnaden, bedient Euch!« Und dabei machte er eine einladende Handbewegung zur Truhe hin.

Mit spitzen Fingern, die jedoch weniger Ekel als Ehrfurcht verrieten, griff Albrecht nach der Knochenhand, hielt sie gegen das Sonnenlicht, das spärlich durch die Spitzbogenfenster fiel, und richtete die kurze Frage an den Händler: »Von wem?«

»Es ist die Linke des heiligen Vitus, ein Sizilianer, der sein Martyrium mit seinem Erzieher und seiner Amme teilte!«

»Vitus von den vierzehn Nothelfern?«

»Eben dieser, hoher Herr, der Patron gegen das Bettnässen der Kinder!«

»Nicht gerade erste Wahl unter den Heiligen«, bemerkte der Fürstbischof und verzog das Gesicht, als habe er gerade an einem bepinkelten Bettlaken geschnuppert.

»Euer kurfürstliche Gnaden«, erregte sich Coronelli, »der Bischof von Prag wird Euch um diese Reliquie beneiden. Im dortigen Dom werden die fehlenden zwei Finger aufbewahrt. Ihr hättet aber immerhin drei!«

Ohne auf das Angebot einzugehen, legte Albrecht die knöcherne Hand zurück in die Truhe. Er deutete auf den Schädel: »Und wer ist das?«

»Die heilige Perpetua.« Der Reliquienhändler hob die Schultern, als wolle er sich dafür entschuldigen, dass er keine bessere Ware im Angebot hatte.

»Perpetua?« Das Gesicht des Erzbischofs verfärbte sich purpurfarben wie sein Talar. »Willst du mich verarschen, Veroneser? Papst Clemens nennt die Skelette der Apostel Petrus und Paulus sein Eigen, er hat einen verkohlten Ast von Mosis brennendem Dornbusch, die Schere, mit der Kaiser Domitian dem heiligen Johannes das Haar abschnitt. Sogar eine Münze aus dem Sündengeld, das Judas für den Verrat unseres Herrn Jesus erhielt, gehört ihm, ganz zu schweigen vom Schweißtuch der heiligen Veronika. Und da kommst du mit dem Schädel einer gewissen Perpetua, oder wie immer das Frauenzimmer geheißen haben mag, das keiner kennt!«

»Sie ist eine Heilige aus dem fernen Afrika«, wandte der Reliquienhändler ein, »und der Bischof von Antiochia bestätigt eigenhändig die Echtheit ihres Schädels.« Zum Beweis hielt er dem Fürstbischof ein abgegriffenes Pergament vor die Nase.

Albrecht von Brandenburg schob das Blatt beiseite. »Wertloses Gebein, ohne Bedeutung. Besorge mir eine Mantelhälfte des heiligen Martin oder den Schädel des Apostels Thomas. *Die* ließen sich zu Geld machen! In Halle werden Reliquien gezeigt, die Papst Leo mit einem Ablass von 4000 Jahren Fegefeuer ausgestattet hat! Weißt du, was das bedeutet, Veroneser? Du kannst die Zehn Gebote rauf und runter sündigen bis zum Überdruss. Dann kaufst du einen Ablasszettel, wirfst einen kurzen Blick auf das knöcherne Schambein der heiligen Veronika, und schon winkt einer der vier Cherubim am Himmel mit der Fahne der ewigen Glückseligkeit. Aber nicht, wenn du irgendeinen afrikanischen Weiberschädel ausstellst.«

Die beiden Diener des Reliquienhändlers warfen ihrem Herrn verzweifelte Blicke zu und verstauten die Knochen verlegen in der Reisetasche. Coronelli verbeugte sich mehrmals hintereinander, und mit aufgesetzter Zerknirschtheit sagte er: »Euer kurfürstliche Gnaden, verzeiht, wenn meine Ware Euren kurfürstlichen Ansprüchen nicht genügt. Beim nächsten Mal werde ich Euch hochwertigeres Gebein anbieten.«

Mit einer abwehrenden Handbewegung gab Albrecht von Brandenburg dem Veroneser und seinen Dienern ein Zeichen, sich zu entfernen.

»Der Nächste!«, sagte er ungehalten an seinen Sekretär Kirchner gewandt und quetschte seine Körperfülle wieder in den Stuhl hinter dem Schreibtisch.

Kaum waren die Reliquienhändler verschwunden, betrat eine Frau in stolzer Haltung den düsteren Raum. Sie trug ein langes blaues Kleid aus feinstem Leinen, dessen Ärmel aus Taft sich an den Ellenbogen weiteten und Streifen eines gelben Unterfutters sehen ließen. Der auffallende gelbe Stoff ragte auch aus dem rundgeschnittenen Dekolleté hervor, verbrämt mit einer Einfassung aus dem blauen Leinen des übrigen Gewandes. Auf dem Kopf trug die Fremde eine bauschige weiße Haube, die ein Netz aus angedeuteten Stoffblüten umspannte.

»Und wer bis du?« Der Erzbischof erhob sich und musterte die Frau von Kopf bis Fuß.

Frauen erschienen höchst selten bei seinen Audienzen. Wenn, dann waren es Frauen, die sich in tiefer Verzweiflung an ihn wandten. Er hasste solcherart Gespräche. Diese Frau jedoch machte einen ungewöhnlich selbstbewussten Eindruck.

»Ich bin Magdalena, die Frau des Seiltänzers Rudolfo. Gewiss habt Ihr schon von ihm gehört.«

»Also eine Gauklerin?«, fragte Albrecht verwundert.

»Wenn Ihr mich so nennen wollt.«

Der Sekretär mischte sich ein: »Euer kurfürstliche Gnaden, der Große Rudolfo ist der bekannteste Seiltänzer der Welt! Er überquert reißende Ströme auf dünnem Seil, und kein Kirchturm der Welt ist ihm zu hoch, um ihn nicht auf schwankendem Seil zu besteigen.« Und an Magdalena gewandt: »So ist es doch?«

Magdalena nickte mit einem Lächeln.

»Und was führt dich zu mir?«, erkundigte sich der Fürstbischof. Er verschränkte die Arme vor der Brust und plusterte sich auf wie ein Pfau.

»Der Große Rudolfo schickt mich zu Euch mit der Bitte, ihm die Erlaubnis zu erteilen, den Westturm Eures Domes auf einem Hochseil besteigen zu dürfen. Es solle, sagt der Große Rudolfo, Euer Schaden nicht sein. Rudolfo bietet Euch den zehnten Teil seiner Einnahmen. Wenn ich mir die Bemerkung erlauben darf: Bei einem ähnlichen Kunststück auf dem Dom zu Speyer fanden sich vor zwei Jahren mehr Zuschauer ein, als die Stadt Einwohner hat.«

Diesen Hinweis hätte Magdalena besser verschwiegen; denn mit dem Bischof von Speyer stand Albrecht von Brandenburg auf Kriegsfuß. Deshalb platzte es aus Albrecht heraus: »Dann besteige der Große Rudolfo noch einmal den Dom zu Speyer! Auf den Mainzer Dom wird dieser Tausendsassa jedenfalls keinen Fuß setzen.« Und mit hämischem Grinsen fügte er hinzu: »Das sagt der große Albrecht von Brandenburg.«

Es schien, als habe Magdalena die Ablehnung des Erzbischofs erwartet. Ohne Anzeichen von Enttäuschung raffte sie ihr Kleid mit beiden Händen, deutete eine Art Kratzfuß an und dankte selbstbewusst, dass der erlauchteste Fürstbischof sie empfangen habe.

Als Kirchner Magdalena die Türe öffnete, trat ihr ein junger Mann mit kurzem Haarschnitt und kaltschnäuzigem Kaufmannsgesicht entgegen, aus dem nüchterne Entschlossenheit sprach. Er war mit einer roten Kniebundhose und einem dunkelblauen Umhang nach neuester Mode bekleidet. Als er Magdalena erblickte,

trat er höflich zur Seite und deutete mit einem ungelenken Kopfnicken eine Verbeugung an.

»Wer ist das?«, erkundigte sich der Fürstbischof bei seinem Sekretär, während der Unbekannte auf ihn zukam.

»Matthäus Schwarz«, nahm dieser dem Secretarius die Antwort
ab, »Buchhalter und Gesandter des Reichsgrafen Jakob Fugger. Er
entbietet Euch seinen Gruß.«

Einen Augenblick stand Albrecht von Brandenburg wie versteinert und brachte kein Wort hervor. Er ahnte, was der Abgesandte
Jakob Fuggers von ihm wollte. Aber wie alle Schuldeneintreiber kam
er im falschen Augenblick.

Mit einer beinahe hilflos wirkenden Geste streckte Albrecht dem
Fremden die Hand zum Kuss entgegen. Matthäus Schwarz ergriff
sie, doch anstatt sie zu küssen, schüttelte er sie mit beiden Händen,
kräftig, wie einen Würfelbecher, dass der Fürstbischof das Gesicht
verzog ob der dabei erlittenen Pein.

»Wer war das schöne Weibsbild?«, fragte Schwarz mit einer Kopfbewegung zur Tür hin.

»Die Frau des Großen Rudolfo, eines Seiltänzers«, kam Kirchner
seinem Herrn zuvor und zog sich damit den Unwillen des Fürstbischofs zu.

»Lasst mich raten«, entgegnete der Fugger-Gesandte, »er will
einen Turm Eures Domes besteigen.«

»Ich habe sein Ansinnen natürlich abgelehnt«, bemerkte der
Fürstbischof barsch.

Matthäus Schwarz schüttelte den Kopf: »Ich weiß nicht, ob das
klug war, Euer Hochwohlgeboren.«

Albrecht von Brandenburg verstand sehr wohl die Niedertracht,
die sich hinter dieser Anrede verbarg. Er war es gewohnt, als »Euer
kurfürstliche Gnaden«, als »erlauchtester Fürst« oder »Vater in
Christo« angesprochen zu werden. Doch schien es nicht angebracht,
es sich mit dem Schuldeneintreiber Jakob Fuggers zu verderben.

»Aber kommen wir zur Sache.« Ohne Aufforderung nahm Matthäus Schwarz auf dem einzigen Stuhl vor dem Schreibtisch des Fürstbischofs Platz, öffnete seinen weiten Mantel und zog eine Rolle Papier hervor. Mit einer eleganten Handbewegung, die erkennen ließ, dass ihm der Umgang mit derlei Schriftstücken nicht fremd war, warf er das Bündel auf den Tisch: »Das alles dürfte Euch nicht unbekannt sein, Euer Wohlgeboren«, meinte er süffisant.

Albrecht von Brandenburg nahm Platz und sah seinen Sekretär hilfesuchend an. Der entgegnete devot: »Die Schuldscheine von Euer kurfürstlichen Gnaden!«

»Das weiß ich!«, kläffte der Fürstbischof zurück. An den Gesandten Jakob Fuggers gewandt, meinte er mit gespielter Überheblichkeit: »Wenn ich nun das Bündel nähme und ins Feuer würfe, wäre ich mit einem Mal schuldenfrei.«

Da lachte Matthäus Schwarz gekünstelt und heftig, dass er sich beinahe verschluckte: »Euer Hochwohlgeboren belieben zu scherzen! Glaubt Ihr wirklich, ich würde Euch die Schuldscheine im Original auf den Tisch werfen? O nein, gnädigster Herr, das sind nur die Abschriften. Die Originale lagern in einem der Fuggerschen Tresore in Augsburg neben Schuldscheinen des Papstes, des Kaisers und anderer Hungerleider.«

Zum wiederholten Male an diesem Morgen färbte sich der pralle Schädel des Fürstbischofs purpurfarben. Kirchner machte sich ernsthaft Sorgen um die Gesundheit seines Herrn. Fürstbischof Albrecht brachte kein Wort hervor.

Da erhob sich der Gesandte, beugte sich über den Tisch und näherte sich dem Gesicht des Kurfürsten auf unangenehme Weise. »Euer Hochwohlgeboren schulden meinem Herrn, dem Reichsgrafen Jakob Fugger von Augsburg, 110 000 Rheinische Goldgulden nebst Zins aus dem vergangenen Jahr.«

Der Sekretär nickte heftig.

Und Schwarz wiederholte eindringlich: »Nebst Zins aus dem vergangenen Jahr, Euer Hochwohlgeboren!«

»Ich weiß«, erwiderte Albrecht kleinlaut. »Aber die Zeiten sind schlecht. Die Bauern lehnen sich gegen die Obrigkeit auf und verweigern den Zehent. Ablassprediger ziehen mit leerem Säckel durchs Land, weil niemand ihre Predigten hören will. Dabei hat das Volk mehr Anlass, sich von seinen Sünden freizukaufen, als je zuvor. Aber die Kirchen bleiben leer.«

»Deshalb müsst Ihr mit ungewöhnlichen Mitteln versuchen, Eure Ablasszettel unters Volk zu bringen.«

»Ungewöhnliche Mittel!«, wiederholte Albrecht spöttisch. »Nennt mir eines Eurer ungewöhnlichen Mittel! Als Schuldner Jakob Fuggers ist mir beinahe jedes Mittel recht.«

Matthäus Schwarz machte ein finsteres Gesicht. »Euer Hochwohlgeboren, es ist nicht meine Aufgabe, Euch den Weg zu weisen, wie Ihr zu Geld kommt. Ich bin hier, um den Zins in Höhe von 11000 Goldgulden einzutreiben, und ich werde Eure Stadt nicht eher verlassen, bis diese Summe in meinem Beutel klingelt.«

Da brach es aus Albrecht hervor: »Ja soll ich mir die 11000 Goldgulden aus den Rippen schneiden? Ich habe nicht einen Gulden in der Tasche. Ich bin pleite!«

»Dann habt Ihr über Eure Verhältnisse gelebt, hochwürdigster Herr Fürstbischof. Mein Herr, der Fugger, sagt: Vergnügt sein ohne Geld, das ist der Stein der Weisen.«

»Der Fugger hat leicht reden. Er hat so viel davon, dass er sich darin wälzen kann!«

Der Abgesandte lachte: »Das ist wohl wahr. Aber die Fugger von Augsburg haben den Umgang mit Geld eben gelernt, der Sohn vom Vater und dessen Enkel von *seinem* Vater. Ihr hingegen habt, wenn ich mich recht erinnere, Eure Titel und Pfründe allesamt erkauft. Ihr habt die bedeutendsten Künstler um Euch geschart, diesen Cranach und diesen Dürer aus Nürnberg, die Euch so vorteilhaft abgebildet haben. Außerdem strotzt Euer Dom von Kostbarkeiten.«

Am liebsten wäre Albrecht dem Geldeintreiber an die Gurgel gefahren. Er sprang auf und rief: »Ihr meint, ich soll den Mainzer Dom verkaufen?«

Matthäus Schwarz hob die Augenbrauen, als wollte er sagen: Keine schlechte Idee. Doch dann erwiderte er: »Habt Ihr nicht gerade das Vorhaben des Großen Rudolfo, den Westturm des Domes auf dem Seil zu erklimmen, abschlägig beschieden? Erlaubt mir die Bemerkung: Das war ziemlich dumm.«

»Er meint, wegen dem zehnten Teil der Einnahmen«, mischte sich der Sekretär ein. »Man könnte auch mehr von den Gauklern fordern.«

»Nicht nur das«, entgegnete der Abgesandte. »Ein Schauspiel wie dieses zieht Tausende von Menschen an, viel mehr, als Euer Dom fassen kann. Bei dieser Gelegenheit böte sich die Möglichkeit, Eure Ablassbriefe unter das Volk zu bringen. In Bamberg sollen, als Rudolfo vor Jahren einen der Domtürme bestieg, 7000 Ablassbriefe verkauft worden sein.«

Albrecht von Brandenburg und sein Sekretär sahen sich an, als sei soeben der Heilige Geist über sie gekommen. Um seinen Herrn zu ermutigen, nickte Kirchner würdevoll mit dem Kopf. Man konnte sehen, wie der Fürstbischof mit sich und der Entscheidung kämpfte: Ablass mit Mummenschanz!

Schließlich geiferte er: »Kirchner, worauf wartest du noch? Hol die Frau des Seiltänzers zurück!«

Der Sekretär fand Magdalena auf dem Weg zum Gasthaus ›Zwölf Apostel‹, einer beliebten Absteige für Reisende. Dort wollte sie zusammen mit dem Marktschreier auf Rudolfo und die Gaukler warten.

»Verzeiht das Missverständnis Seiner kurfürstlichen Gnaden«, begann Kirchner umständlich. »Albrecht von Brandenburg schickt mich, Euch mitzuteilen, er sei wohl heute mit dem falschen Fuße aufgestanden …«

»Und um mir das zu sagen, seid Ihr mir nachgelaufen?«, fiel ihm Magdalena ins Wort. Sie ahnte sofort, dass der eingebildete Fürstbischof seine Meinung geändert hatte.

»Jedenfalls«, fuhr Kirchner fort, »bittet Seine kurfürstliche Gnaden um Verzeihung wegen seines abschlägigen Verhaltens. Natürlich sei es ihm und der Stadt Mainz eine Ehre, wenn der Große Rudolfo und seine berühmte Truppe sie mit ihrem Auftritt erfreuten. Er bittet Euch noch einmal zu einem persönlichen Gespräch.«

Die Worte des kurfürstlichen Sekretärs klangen nicht übel, doch war Magdalena weit davon entfernt, ihr Entzücken zu zeigen, vielmehr blieb sie wortkarg, während sie mit Kirchner den Weg zurückging.

Die Mainzer tuschelten beim Anblick des ungleichen Paares. Sie waren es gewohnt, dass der liebestolle Kardinal seinen Sekretär Joachim Kirchner als Vermittler bei seinen Weibergeschichten einsetzte. Auf diese Weise hatte Albrecht von Brandenburg auch Elisabeth Schütz kennengelernt, eine dunkelhaarige Schönheit, die er Leys nannte. Mit ihr lebte er wie Mann und Frau – allerdings ohne den Segen der Kirche –, und er machte auch keinen Hehl daraus, dass er der leibliche Vater des reizenden Töchterchens war, welches Leys eines Tages zur Welt brachte.

Wer aber war die unbekannte schöne Frau an Kirchners Seite? Und warum zeigte der Sekretär des Fürstbischofs sie, entgegen sonstiger Gewohnheit, in aller Öffentlichkeit? Bereits nach kurzer Zeit wurden Kirchner und Magdalena von einer aufgeregt gestikulierenden, sich die Mäuler zerreißenden Menge verfolgt.

Magdalena tat, als bemerkte sie den Menschenauflauf nicht, und der Sekretär versuchte, die Peinlichkeit zu überspielen, indem er über die reiche Geschichte der Stadt schwadronierte. Mit Stolz erinnerte er an die Zeit der Römer, die vor mehr als eineinhalb Jahrtausenden gegenüber der Mainmündung ein Lager für zwei Legionen errichteten. Von hier habe einst Drusus seinen Feldzug gegen Germanien begonnen, und wenig später sei eine steinerne Brücke über den Rhein und eine Wasserleitung nach Moguntiacum, wie Mainz damals hieß, gebaut worden. Doch die Blüte der Stadt habe nicht lange gewährt, und Mainz fiel in eine Art Dornröschenschlaf, aus dem es erst Mitte des achten Jahrhunderts durch den legendären Erzbischof Bonifatius erweckt wurde. Mit erhobener Stimme verkündete Kirchner, die nachfolgenden Erzbischöfe hätten als Primas der deutschen Kirchenprovinz über ein Gebiet geherrscht von Konstanz bis Brandenburg und von Worms bis nach Prag.

Diesen Ausführungen folgte Magdalena nur mit halbem Ohr. Ihr ging noch immer die vorletzte Nacht und das rätselhafte Gestammel des Doktor Baumbast durch den Kopf. Sie war an einem Punkt angelangt, an dem sie nicht mehr wusste, woran sie glauben sollte: ob ein Werk des Teufels dahintersteckte in der Absicht, sie in die Knie zu zwingen, oder ob eine geheime Macht von ihrer Mitwisserschaft um die Neun Unsichtbaren wusste und alles daransetzte, sich ihres Wissens zu bemächtigen.

In Mainz hatte Baumbast das Schiff ungewöhnlich schnell und ohne jeden Gruß verlassen, nachdem er während der beschwerlichen Reise stets freiheraus ihre Nähe gesucht hatte. Hatte er die Zufälligkeit ihrer Begegnung nur gespielt? Dann war der Doktor ein verdammt guter Schauspieler!

Natürlich hatte sie dem Marktschreier von ihrem nächtlichen Erlebnis nichts erzählt. Dabei brauchte sie dringend einen Menschen, dem sie sich anvertrauen konnte. Morgen, so war verabredet, würde Rudolfo mit den Gauklern eintreffen.

»Ich hoffe, ich habe Euch nicht gelangweilt«, beendete der fürstbischöfliche Sekretär seine Stadtbeschreibung.

»Nein, nein«, beeilte sich Magdalena zu antworten, »sehr interessant, wirklich!«

Zum Glück hatten sie die Residenz erreicht und die neugierigen Gaffer hinter sich gelassen. Durch einen schmalen Nebeneingang betraten sie das klotzige, aus rohem Sandstein gemauerte Gebäude. Eine überdachte Außentreppe führte direkt zum Empfangsraum des Fürstbischofs.

Ohne zu klopfen, öffnete Kirchner vorsichtig die Türe. Höflich gewährte er Magdalena den Vortritt. Ihre Augen mussten sich an die Düsternis gewöhnen. Zuerst glaubte sie, sich verschaut zu haben, denn der Anblick, der sich ihr bot, war zu kurios. Beinahe musste sie lachen: In der Mitte des Raumes kniete der stolze Albrecht von Brandenburg auf dem steinernen Boden und flehte mit gefalteten Händen einen vor ihm stehenden Mann an. Sie erkannte ihn sofort an seiner stolzen Kleidung. Es war der Mann, dem sie kurz zuvor in der Türe begegnet war.

Als der kniende Kurfürst Magdalena bemerkte, raffte er hastig seinen Talar mit beiden Händen und erhob sich. Der gut gekleidete Mann verschwand ohne ein Wort, und Albrecht von Brandenburg wandte sich, nachdem er ihr einen Platz angeboten hatte, Magdalena zu. Dabei wechselte sein Gesichtsausdruck augenblicklich vom frommen Bittsteller zum aufgeblasenen, selbstherrlichen Machthaber.

»Wie war doch der Name des Seiltänzers?«

»Rudolfo!« Magdalena legte die Stirn in Falten. Der Ton des Fürstbischofs gefiel ihr ganz und gar nicht.

»Richtig. Rudolfo. Ich habe mir sagen lassen, dieser Rudolfo, von dem ich im Übrigen noch nie gehört habe, sei ein Meister seines Fachs. Wir sollten ihm Gelegenheit geben, uns und den Bürgern von Mainz seine Kunst zu beweisen. Und sollte die Vorführung unseren Ansprüchen genügen und der Große Rudolfo sich keiner unlauteren Mittel wie der schwarzen Magie oder gar der Nekromantie bedienen, wären wir durchaus bereit, seine Kunst mit fünf Gulden pro Tag zu honorieren.«

Da hielt es Magdalena nicht länger auf ihrem Stuhl. Erregt sprang sie auf, dass das Möbelstück umkippte, und rang nach Worten.

»Herr Kurfürst«, stammelte sie, während der Sekretär hinzutrat und den Stuhl wieder auf die Beine stellte, »Herr Kurfürst, der Große Rudolfo ist der Größte unter den Seiltänzern, er hat es nicht nötig, sich mit Almosen abspeisen zu lassen! Er kennt seinen Wert sehr genau, und wenn dieser Eure Verhältnisse übersteigt, wird er nach seiner Ankunft umgehend weiterziehen, nach Worms, Speyer oder Köln. Dort kennt man seinen Wert, und wir brauchen nicht um unseren Lohn zu feilschen. Ich darf mich also empfehlen, hochwürdiger Herr!«

Nicht nur der Fürstbischof bewunderte die Kaltschnäuzigkeit der Frau des Seiltänzers. Selbst Magdalena wunderte sich über den Mut, mit dem sie Albrecht von Brandenburg gegenüberzutreten wagte. Sie neigte den Kopf, raffte ihr langes Kleid, deutete eine zierliche Verbeugung an und machte Anstalten, sich zu entfernen.

»Gemach, gemach!« Mit einem Satz sprang der Fürstbischof auf Magdalena zu und hielt sie am Ärmel zurück. »Wir können doch über alles reden«, bemerkte er, plötzlich kleinlaut, »nennt Eure Forderungen.«

»Neun Zehntel aller Einnahmen oder pauschal fünfzig Gulden im Voraus!«

Da wurde es still in dem großen Empfangsraum. Albrecht von Brandenburg stand mit der Rechenkunst auf Kriegsfuß; aber dafür hatte er seinen Sekretär Joachim Kirchner. Hilfesuchend warf er ihm einen Blick zu. Dann steckten sie ihre Köpfe zusammen und redeten im Flüsterton.

Scheinbar desinteressiert am Fortgang der Dinge, betrachtete Magdalena die kostbaren Gemälde an den Wänden, Werke von Cranach und Dürer, in deren Mittelpunkt stets Albrecht von Brandenburg stand. Eines zeigte ihn als heiligen Hieronymus in seiner Studierstube. Auf einem anderen sah man ihn nackend als Adam, dem Eva, ebenfalls nackend, den sündigen Apfel reicht. Ein weiteres Gemälde gab Magdalena Rätsel auf: Es zeigte die Ehebrecherin aus dem Johannesevangelium, umgeben von Männern, die sie nach mosaischem Gesetz steinigen wollten. Mitten unter den Männern: unverkennbar Albrecht von Brandenburg, der jedoch als einziger keinen Stein in Händen hielt.

»So sei's denn!«, seufzte der Fürstbischof und trat auf Magdalena zu, »der Seiltänzer und seine Truppe sollen uns drei Tage zur

Verfügung sein – für fünfzig Gulden im Voraus. Mainz wird Euch einen würdigen Empfang bereiten. Und ich selbst werde jeden Schritt des Großen Rudolfo verfolgen, wenn er den höchsten Turm der Stadt besteigt.«

Albrecht von Brandenburg näherte sich Magdalena so sehr, dass es ihr Unbehagen erregte, und mit leiser, gepresster Stimme sagte er: »Ich habe doch Euer Wort, dass der Große Rudolfo nicht mit dem Teufel im Bunde steht?«

Da lachte Magdalena: »Wie kommt Ihr denn darauf?«

»Man sagt, der Satan habe eine besondere Vorliebe für Gaukler, und mancher Mummenschanz gelinge nur um den Preis ihrer Seele.«

»Hochwürdigster Herr Kurfürst! Dann müsste sich der Teufel längst auch meiner bemächtigt haben.«

Der Kardinal hob die Schultern, er betrachtete Magdalena mit sichtbarem Wohlgefallen, und als er sich endlich sattgesehen hatte, antwortete er: »Der Teufel schlüpft in die ansehnlichsten Verkleidungen. Vor allem schöne Weibsbilder haben es ihm angetan.«

»So wie dieses Weibsbild auf all Euren Gemälden?«

Mit einer weit ausholenden Armbewegung schlug Albrecht von Brandenburg ein Kreuzzeichen über seiner massigen Brust.

»Wo denkt Ihr hin«, entgegnete er aufgebracht, »das ist Leys, meine Bettfrau, ein Ausbund an Tugendhaftigkeit. Vor ein paar Jahren reiste sie eigens nach Leipzig, um von Johannes Tetzel, dem Ablassprediger – Gott habe ihn selig – einen siebentausenddreihundertjährigen vollkommenen Ablass zu erhalten. Das ist eine Sieben, eine Drei und zwei Nullen!«

Er sah Kirchner an, ob er sich nicht verrechnet hatte, und als der zustimmend nickte, meinte er: »So lange lebt nicht einmal ein Elefantum, von dem man sagt, es werde zehnmal älter als ein Mensch. Meine Bettfrau könnte gar nicht so viel sündigen, um dem Teufel die Möglichkeit zu bieten, sich an ihr schadlos zu halten.«

Magdalena nickte scheinbar verständnisvoll. Im Kloster Seligenpforten hatte man sie gelehrt, ein Ablass auf Vorrat habe keine Gültigkeit, weil ihm die Reue fehle. Und eine Sünde, die man noch gar nicht kenne, könne man nicht bereuen. Dabei kam ihr eine Tafel aus Holz ins Gedächtnis, die über dem Türstock zum Refektorium hing und die sie tausendmal heruntergeleiert hatte, wenn es zum Essen ging:

Des Teufels Liebst allezeit
Ist Hoffahrt, Buhlerei und Neid.
Demut jedoch, Geduld und Treue
Sind des Teufels größte Reue.

Eigentlich wollte sie über den Teufel nicht nachdenken, dazu hatte er sich, auch wenn es vielleicht nur Einbildung war, zu weit in ihr Leben gedrängt.

»Ihr glaubt mir nicht?«, vernahm Magdalena die Stimme des Fürstbischofs.

»Warum sollte ich Euch nicht glauben«, erwiderte sie hastig. »Euch obliegt es doch, die Lossprechung von allen Sünden zu verkaufen.« Sie hatte den Satz kaum vollendet, da erschrak sie über sich selbst, dass sie sich so weit vorgewagt hatte. »Was den Auftritt des Großen Rudolfo betrifft, ist also alles klar«, fügte sie eilends hinzu.

Albrecht von Brandenburg nickte gnädig mit verschränkten Armen: »Kirchner soll Euch die genannte Summe auszahlen. Er wird sich auch um alles kümmern, was Euch vonnöten ist.«

Grußlos verschwand der Fürstbischof durch eine schmale Seitentür.

Über eine enge steinerne Treppe, die wie ein Schneckenhaus in ein höheres Stockwerk führte, begab sich Magdalena mit dem Sekretär in einen fensterlosen Raum, der vom Boden bis zur hohen Decke mit Regalen und Schubladen ausgestattet war. Die einzige Möblierung der zehn mal zehn Fuß großen Kammer bestand aus einem blanken Tisch, davor und dahinter ein Stuhl und an der Seite eine eisenbeschlagene Truhe, aus der ein Schlüssel ragte, so groß wie ein Klosterkochlöffel.

Kirchner entnahm der Truhe fünfzig Rheinische Gulden und zählte sie vor Magdalena auf den Tisch. Dann reichte er ihr ein Papier und eine Feder zur Unterschrift. Damit hatte der Vertrag seine Gültigkeit. Das Geld verstaute Magdalena in einer Geldkatze, einem Säckchen aus weichem Leder, das sie wie jede Frau von Stand am Gürtel ihres Kleides trug.

Als sie die Fürstenresidenz durch das große Tor verließ, trat ihr ein Mann entgegen: »Mein Name ist Matthäus Schwarz, Buchhalter und Gesandter des Reichsgrafen Jakob Fugger. Wir sind uns bereits begegnet. Würdet Ihr mir kurz Eure Aufmerksamkeit schenken?«

10. KAPITEL

In der Wirtsstube des Gasthauses ›Zwölf Apostel‹ ging es hoch her. An den langen, schmalen Tischen war kaum noch ein Platz zu finden, nachdem der Krämer Kelberer und der Bader Hinkfuß mit der Nachricht hereingeplatzt waren, Seine kurfürstliche Gnaden habe eine »Neue«. Hinkfuß, dessen wahren Namen niemand kannte und der nur wegen eines augenfälligen körperlichen Gebrechens so genannt wurde, wollte sogar wissen, dass Albrecht von Brandenburg seine Bettfrau, mit der er seit einer Reihe von Jahren das Lager teilte, in ein Kloster verbannt habe, wohin, wisse er nicht.

Als für gewöhnlich gut unterrichtet geltend, weil halb Mainz sich bei ihm schröpfen ließ, bezweifelte niemand die Worte des Baders, zumal er zu vermelden wusste, die Neue sei eine Gauklerin von hervorstechendem Wuchs und tadellosen Umgangsformen. Er habe sie selbst in Begleitung von Joachim Kirchner gesehen, wenngleich aus der Ferne, und es würde ihn nicht wundern, wenn Seine kurfürstliche Gnaden die Neue zu ihm zum Aderlass schickte, so wie er es auch mit seiner Bettfrau Leys gehalten habe.

Eine Gauklerin? Die Nachricht löste unter den Mainzer Bürgern Verwunderung und ungläubiges Staunen aus. Sich mit einer solchen einzulassen galt schlichtweg als unmöglich. Jeder Flickschuster hätte sich geweigert, sich mit einer vom fahrenden Volk abzugeben, die nur Krankheiten und fremde Gebräuche einschleppten. War sie denn wenigstens katholisch?

Hinkfuß konnte die Frage nicht beantworten, weil er sie ja nur aus der Ferne gesehen habe, beteuerte jedoch, sie habe eigentlich nicht so ausgesehen, als würde sie den Lutheranern anhängen, und gestunken habe sie auch nicht – soweit man das aus der Ferne feststellen konnte.

Je näher der Abend kam, desto mehr sprachen die Zecher dem süffigen, klebrigen, dunklen Bier zu, das sie aus schmalen Holzscheffeln tranken und das sich trefflich eignete, ihre Sinne zu vernebeln. Eine weitere, wenn auch längst nicht so prickelnde Nachricht wusste der Krämer Kelberer zu vermelden: Der Fugger-Gesandte Matthäus Schwarz, von dem er Pfeffer, Salz und andere Gewürze beziehe, halte sich in der Stadt auf. Doch sein unangemeldeter Besuch gelte weniger ihm als Seiner kurfürstlichen Gnaden, die ihm, beziehungsweise seinem Herrn, dem Reichsgrafen Jakob Fugger, 11 000 Gulden Zins schulde, allein für das letzte Jahr – von der Schuldsumme in Höhe von über 110 000 Gulden ganz zu schweigen. Wie es aussähe, meinte Kelberer hinter vorgehaltener Hand, könne der Kardinal aber nicht einmal den Schuldzins begleichen, ohne sich am Domschatz zu vergreifen.

Da grölten die Trinker aus vollen Kehlen, sie hoben die Scheffel und schmetterten Schmährufe auf den Vater in Christo, und einer versuchte den anderen an Hohn und Häme zu übertreffen, indem sie Spottnamen riefen, von denen »Witwentröster« und »Weibergimpel« noch die harmloseren waren. Weinselig sprang der Bader Hinkfuß auf und rief: »Friss Dreck, scheiß Gold, so werden dir die Maidlein hold!« Nein, beliebt war Albrecht von Brandenburg nicht in seiner Residenzstadt!

Mitten in der überschäumenden Bierseligkeit ging die Türe der Wirtsstube auf, und das Grölen und Feixen verstummte auf einen Schlag.

Tief über den Tisch gebeugt, als wollte er sich verstecken, raunte der Krämer: »Die Neue des Kardinals und der Fugger-Gesandte Matthäus Schwarz!«

Als hätten sie es mit einer Heiligenerscheinung zu tun, gafften die Zecher Magdalena und den auffällig gekleideten Gesandten an. Einige kannten ihn von früheren Begegnungen, von denen ihnen vor allem die ungewöhnliche, geckenhafte Kleidung des Weitgereisten im Gedächtnis geblieben war. Die stolze Frau an seiner Seite war den meisten unbekannt. Stumm, beinahe andächtig, verfolgten sie, wie der Gesandte und die schöne Frau den Weg zu einem der Tische in der hintersten Ecke der Wirtsstube suchten und Platz nahmen.

Kelberer, der Matthäus Schwarz besser kannte als alle anderen, fasste sich ein Herz und rief über zwei Tische hinweg: »Welch eine Ehre, dass Ihr uns Gesellschaft leisten wollt, ehrenwerter Herr Gesandter!« Die anderen nickten und kamen wieder ins Reden.

»Und dass uns die Bettfrau Seiner kurfürstlichen Gnaden die Ehre erweist, ehrt uns noch mehr!«, rief der Bader Hinkfuß hinterher.

Da sprang Magdalena auf, nicht, weil sie sich von dem Wort Bettfrau brüskiert fühlte, sondern weil der vorlaute Mann es wagte, solch dreiste Unwahrheiten in die Welt zu setzen.

»Wie heißt du?«, herrschte sie den Bader an.

Der wäre am liebsten im Boden versunken ob des selbstsicheren Auftretens der fremden Frau und erwiderte kleinlaut: »In Mainz nennt man mich den Bader Hinkfuß.«

»Und wie kommt der Bader Hinkfuß zu der Behauptung, ich sei die Bettfrau des Kardinals?«

»Die Leute erzählen's, außerdem habe ich Euch in Begleitung des Sekretärs Seiner kurfürstlichen Gnaden gesehen!«

»Und was besagt das?«

Hinkfuß wurde noch kleinlauter, als er ohnehin schon war: »Eigentlich nichts. Nein, eigentlich besagt das gar nichts.«

»Und warum verbreitest du dann derlei Unsinn?«

Hinkfuß warf dem Krämer einen hilfesuchenden Blick zu. Hatten sie nicht kurz zuvor noch ins selbe Horn gestoßen?

Schließlich erbarmte sich Kelberer des Baders und antwortete für ihn: »Der Hinkfuß erfährt viel, wenn der Tag lang ist, weil viele bei ihm ein und aus gehen. Die Leute reden halt gern. Und nicht alles entspricht der Wahrheit. Ihr seid also nicht die neue Bettfrau des Kardinals?«

Magdalena lachte befreit: »Gott bewahre! Albrecht von Brandenburg mag vielleicht ein bewundernswerter Kurfürst sein, aber die Vorstellung, mit ihm das Bett zu teilen – mit Verlaub –, das käme etwa dem Schlucken einer Kröte gleich. Ich hoffe, damit ist alles gesagt!«

In der Wirtsstube brach Jubel aus, ein Feixen und Jauchzen, übermütiger und lauter als zuvor, und Magdalena fand kaum Gelegenheit, noch etwas zu sagen.

»Nun wollt Ihr wissen, wer ich wirklich bin und was mich hierhergeführt hat. Ich bin Magdalena, die Frau des Seiltänzers.«

»Des Seiltänzers?«

»Ja, des Großen Rudolfo. Rudolfo, der größte Seiltänzer der Welt, ist auf dem Weg nach Mainz und wird mit seiner Gauklertruppe noch heute oder am morgigen Tag hier eintreffen. Ich habe mit Seiner kurfürstlichen Gnaden ausgehandelt, dass wir morgen und die folgenden zwei Tage in Eurer Stadt unsere Künste zeigen. Der Große Rudolfo wird, was noch keiner vor ihm zustande gebracht hat, auf einem Hanfseil den höchsten Turm des Doms besteigen!«

Die Zecher und Nichtstuer, die Tagelöhner ohne Arbeit und die Wichtigtuer der Stadt, welche die Wirtsstube bevölkerten, klatschten in die Hände und ließen die fremde Frau, der sie mit so viel Misstrauen und Unrecht begegnet waren, hochleben, und einige stürzten, ohne ihre Zeche zu begleichen, zur Türe hinaus, um den neuesten Stadtklatsch gegen bare Münze zu verbreiten. Die Mainzer Bürger gierten nach Neuigkeiten und, unersättlich, waren sie durchaus bereit, diese mit klingender Münze zu honorieren.

»Meinen Glückwunsch, das habt Ihr gut gemacht«, bemerkte der Gesandte des Fuggers anerkennend, während der Wirt, eine kleinwüchsige, schmuddelige Erscheinung mit einem aufgedunsenen Gesicht wie ein Vollmond, zwei Humpen Bier vor sie hinstellte. »Und Ihr seid wirklich die Frau des Seiltänzers?«

»Nicht wirklich«, erwiderte Magdalena ein wenig verlegen, was ihr jedoch eine besondere Liebenswürdigkeit verlieh. »Rudolfo und ich leben seit kurzer Zeit wie Mann und Frau. Ich bin also seine Bettfrau, und ich liebe ihn – vorausgesetzt, Ihr wisst, was Liebe ist.«

Matthäus Schwarz, trotz seiner hohen Stellung noch jung an Jahren und in Liebesdingen eher unerfahren, wurde nachdenklich, ja verunsichert.

»Wisst Ihr«, nahm Magdalena den Gedanken wieder auf, »bisher habe ich nur unseren Herrn Jesus geliebt, so wie es mich gelehrt wurde von Thomas von Aquino, Augustinus, Basilius und Johannes Chrysostomos und wie sie alle heißen, täglich vierundzwanzig Stunden, von der Matutin bis zur Komplet.«

»Ihr wart im Kloster?«

»Seligenpforten! Bis kurz vor der Profess.« Magdalena lüftete kurz die Haube, unter der ihre immer noch kurzen Haare zum Vorschein kamen. Dann zupfte sie sie schnell wieder zurecht. Dummes Luder, dachte sie in einer schweigsamen Pause, die sich unerwartet in die Länge zog, warum tust du das?

»Dann ist der Große Rudolfo Euer …«, begann der Gesandte stockend.

»… erster Mann, ganz recht. Zuvor ›erkannte‹ ich noch keinen Mann, wie es so schön bei Lukas 1,34 heißt. Aber warum erzähle ich Euch das?« Magdalena wurde verlegen. Auf eine unergründliche Weise hatte sie Vertrauen zu dem Unbekannten gefasst.

Betroffen von Magdalenas Ehrlichkeit, entgegnete Matthäus Schwarz: »Verzeiht meine Neugierde, aber ich fragte nicht ohne Grund. Gewiss kennt Ihr den Namen Jakob Fugger. Sein Ruf macht auch nicht vor Klostermauern halt. Der Fugger, in dessen Diensten ich stehe, ist der reichste Kaufmann und Bankier in Europa. Er ist reicher als reich. Ich muss es wissen, denn seit ein paar Jahren führe ich seine Bücher.« Schwarz fügte schmunzelnd hinzu: »Über meine Erfahrungen habe ich sogar ein viel gefragtes Buch geschrieben: ›Was das Buchhalten sei‹ – von Matthäus Schwarz.«

»Meine Hochachtung, Herr Buchhalter! Ich dachte schon, nur fromme Gedanken und die Bibel dürften zwischen zwei Buchdeckel gepresst werden. Dann steht Ihr also nicht nur mit den Zahlen, sondern auch mit den Buchstaben auf Du und Du? Wirklich bewundernswert.«

Verunsichert, ob ihn die stolze Frau bewunderte oder ob sie sich nur lustig machte – ihr Verhalten gab ohnehin manches Rätsel auf –, sagte der Abgesandte des Fuggers: »Nennt mich nicht Herr Buchhalter. Das klingt ebenso anzüglich, als würde ich zu Euch Frau Gauklerin sagen. Ich heiße Matthäus, aber so darf mich durchaus nicht jeder nennen. Dir gestatte ich es.«

»Magdalena«, sagte Magdalena und hob ihren hölzernen Humpen. Zwar schmeckte das Bier, das der Wirt serviert hatte, abscheulich, aber sie ließ sich das nicht anmerken. Stattdessen stellte sie die Frage: »Wie wird man reicher als reich?«

Matthäus wiegte den Kopf hin und her, als wüsste er nicht recht, was er antworten sollte. In Wahrheit lag der Grund für sein Zögern jedoch darin, dass es keine eindeutige Antwort gab. Schließlich erwiderte er: »Der Reichtum hat viele Verwandte. Aber Handel ist zweifellos die Mutter des Reichtums. Was die Fugger betrifft, so stammen sie aus bescheidenen schwäbischen Verhältnissen. Sie waren Weber, die bei Gott nicht mit Reichtum gesegnet waren. Im Laufe von gerade mal hundert Jahren arbeiteten sie sich hoch und erwarben das Monopol auf dem Kupfermarkt mit eigenen Bergwerken, Transportwegen und Handelshäusern. Mit dem verdienten Geld gründeten sie ein Bankhaus, welches inzwischen Kaiser und Könige und den gesamten Hochadel zu seinen Kunden zählt. Zu seinen besten Kunden gehört die Kirche. Du weißt, die Kirche darf keine Zinsen nehmen, die Fugger schon. Was also tun der Papst, die Herren Fürstbischöfe, Dompröpste und andere Pfaffen? Sie übereignen ihr Geld für gewisse Zeit dem Bankhaus Fugger und holen es später wieder ab, mit Zins und Zinseszins. Aus 100 000 Gulden, die der Fürstbischof von Brixen bei den Fuggern anlegte, wurden auf diese Weise mit dem Segen des Allerhöchsten 300 000. Natürlich verdienten dabei die Fugger ihren Anteil.«

»Und das findest du recht? Dass die Armen am Hungertuch nagen und die Reichen im Schlaf immer reicher werden?«

Matthäus hob die Schultern: »Zumindest ist es kein Unrecht.«

»Luther, der Mönch aus Wittenberg, sagte: ›Man müsste dem Fugger und dergleichen einen Zaum ins Maul legen!‹«

»Ich kenne seinen Ausspruch, aber sei versichert, nicht alles, was Luther sagte, ist weise. Dabei will ich keineswegs seinen Gegnern, Albrecht von Brandenburg und Konsorten, das Wort reden. Aber Geld ist nun mal eine verderbliche Ware wie Milch und Butter und zum alsbaldigen Verbrauch bestimmt.«

»Du redest, als könnte man mit Geld *alles* kaufen!«

»*Fast* alles«, korrigierte sie der Gesandte. »Immerhin hat Jakob Fugger sich einen Kaiser gekauft.«

Magdalena warf Matthäus einen ungläubigen Blick zu.

Da fuhr der Gesandte fort: »Bei der Kaiserwahl vor sechs Jahren gab es zwei Widersacher, den neunzehnjährigen Karl von Burgund und den fünfundzwanzigjährigen König Franz von Frankreich.«

»Die Kurfürsten wählten den jüngeren Karl.«

»Und warum?«

»Wahrscheinlich war er der bessere Kandidat!«

Matthäus lachte: »Willst du die Wahrheit hören?«

»Natürlich!«

»Franz bot den Kurfürsten 300 000 Gulden dafür, dass sie ihn wählten.«

»Warum haben sie ihn dann nicht gewählt?«

»Weil Jakob Fugger, dem der Franzose nicht genehm war, den Kurfürsten sage und schreibe 852 000 Gulden bot! So wurde Karl mit neunzehn Jahren römisch-deutscher Kaiser. Ich selbst habe die Zahlscheine unterschrieben.«

Magdalena blies die Luft geräuschvoll durch die Lippen und nahm einen tiefen Schluck aus dem Humpen. Sie ließ es sich nicht anmerken, doch tief in ihrem Innersten empfand sie große Bewunderung für den Gesandten, der über Geldsummen redete, die für sie unvorstellbar waren, und heimlich tastete sie unter der Tischplatte nach ihrer Geldkatze, ob die 50 Gulden des Fürstbischofs noch da waren.

Der Gedanke, dass Geld sich von selbst vermehrte wie ein Saatkorn, das eine ganze Ähre von neuen Körnern hervorbringt, versetzte sie in rasende Neugier. Davon hatte sie noch nie gehört. Unwillkürlich musste sie an ihren Vater denken, der oft gesagt hatte: »Für Geld kann man den Teufel tanzen lassen.« Seine Worte hatten sie, damals noch ein Kind, stets erschreckt, ja, verängstigt, weil sie sich immer vorstellte, dass der Teufel, sobald sie eine Münze in der Hand hielt, aus dem dunklen Wald hervorträte und einen wilden Tanz aufführte, seinen Kuhschwanz schwinge und mit den Bocksfüßen den Boden stampfe.

Während sie ihren Gedanken nachhing, erhob sich an einem der Tische ein Lautenspieler, dem bisher niemand Beachtung geschenkt hatte. Begleitet von traurigem Zupfdideldei, trug er ein vielstrophiges Lied vor, das von der Herrin eines edlen Ritters handelte, der sich auf einen langen Kreuzzug begab. Allein und verlassen suchte die Edelfrau Trost beim Koch des Schlosses, was nicht ohne Folgen blieb: Die Edelfrau brachte eine Tochter zur Welt. Bei der Rückkehr des Ritters beichtete die Herrin ihren Fehltritt, worauf der Edelmann seine Frau, den Koch und das Kind im Vorratskeller einmauern ließ, wo sie elend zugrunde gingen.

Den Zechern ging das Lied weniger zu Herzen als Magdalena. Sie grölten und machten schmutzige Bemerkungen, und als der Lautenspieler einen abgetragenen Hut herumreichte, fand sich keiner, der ein Scherflein für ihn übrig hatte. Ohne zu überlegen, griff

Magdalena in ihre Geldkatze, zog eine Münze hervor und warf sie dem Sänger zu.

Die Münze klatschte auf den Boden, aber jeder konnte sehen, dass es ein ganzer Gulden war. Erst jetzt wurde Magdalena bewusst, dass sie den Lautenspieler mit einem kleinen Vermögen entlohnt hatte.

Die Zecher, gerade noch spottend und foppend, verstummten, als der Musikant die Münze aufhob, küsste und Magdalena einen dankbaren Blick zuwarf. Dann verschwand er aus der Wirtsstube.

Magdalena spürte den vorwurfsvollen Blick des Gesandten. Umso mehr setzte er sie in Erstaunen, als er mit keinem Wort auf den Vorfall einging und seine vorangegangene Rede wieder aufnahm: »Ich habe dir von Jakob Fugger nur deshalb erzählt, weil ich dir ein Angebot machen will.«

»Ein Angebot? Ich verstehe nicht, was du meinst!«

»Es ist so – wir leben in einer Zeit, in der sich neue Handelswege auftun. Geschäfte mit Indien, China und der Neuen Welt jenseits des Ozeans bieten ungeahnte Möglichkeiten. Wie ich schon sagte, handeln wir mit Gewürzen, auch mit Gold und Silber, mit Perlen und Edelsteinen, aber nicht mit Stoffen. Das ist Sache der florentinischen Medici. Die sind dem Fugger schon lange ein Dorn im Auge, weil sie für ihre kostbaren Stoffe verlangen, was sie wollen. Kurz gesagt, der Fugger will den Stoffhandel mit Indien und China aufnehmen. Die Transportmöglichkeiten sind vorhanden, was fehlt, ist der Mann, der alles organisiert.«

»Und worin«, fragte Magdalena, »besteht dein Angebot?«

Matthäus Schwarz schmunzelte vielsagend und meinte schließlich: »Der Mann könnte durchaus auch eine Frau sein.« Der Gesandte ergriff ihre Hände und zog sie zu sich über den Tisch, dass Magdalena vor Aufregung errötete. Er blickte ihr tief in die Augen und fuhr fort: »Jakob Fugger hält viel von Frauen im Geschäft. Sein Eheweib Sibylle ist in Geldangelegenheiten sein bester Berater.«

»Und du meinst …?« Magdalena schüttelte den Kopf. Sie wurde das Gefühl nicht los, dass der geschäftstüchtige Gesandte weniger eine Organisatorin für den Stoffhandel suchte als eine willige Bettfrau.

Behutsam entzog sie sich seinem Griff und sagte: »Dein Vorschlag ehrt mich, aber ich glaube, ich könnte deine Erwartungen nicht erfüllen. Außer Latein und den frommen Gebeten, die einer Nonne abverlangt werden, habe ich nichts gelernt. Von Zahlen habe ich keine Ahnung. Wie du gesehen hast, entlohne ich einen Lautenspieler mit einem Wochenlohn. Ich würde den Fugger in den Bankrott treiben!«

Matthäus Schwarz zeigte sich unnachgiebig. Mit blumigen Worten, der Mensch wachse mit seinen Aufgaben, versuchte er gerade Magdalena doch noch von seinem Angebot zu überzeugen, als Constantin Forchenborn eintraf. Er hatte beim Rat der Stadt die Auftrittsgenehmigung für den Mummenschanz eingeholt und die Erlaubnis erhalten, dass die Gaukler im hinteren Teil des Marktplatzes kampieren durften.

Stolz zeigte Magdalena dem Marktschreier ihren Beutel mit dem Geld, das sie vom Fürstbischof als festes Honorar erhalten hatte. Eine Weile verfolgte der Fugger-Gesandte das Gespräch der beiden, dann erhob er sich, grüßte höflich, meinte an Magdalena gewandt: »Du solltest über meinen Vorschlag ernsthaft nachdenken!«, und verschwand.

Forchenborn fragte Magdalena: »Wer war der Kerl?«

»Ein Abgesandter des Fuggers«, erwiderte Magdalena knapp und in der Hoffnung, dass die Sache damit erledigt sei.

»Des Jakob Fugger aus dem Schwäbischen, den man den Reichen nennt?«

»Ja, dieser.«

»Und was meinte er damit, du solltest über seinen Vorschlag nachdenken?«

Es half alles nichts, Magdalena musste heraus mit der Sprache, wollte sie sich nicht lästigem Gerede und unangenehmen Mutmaßungen aussetzen. Also erzählte sie, wie sie dem Gesandten beim Fürstbischof begegnet war und dass Matthäus Schwarz, so sein Name, ihr das Angebot unterbreitet habe, in Fuggersche Dienste zu treten.

Der Marktschreier verzog das Gesicht. »Du hast hoffentlich abgelehnt!«

»Natürlich«, antwortete Magdalena. Obwohl der Vorschlag des Gesandten ihr noch immer im Kopf herumspukte und sie sich nicht sicher war, was sich in Wahrheit dahinter verbarg.

Dem Marktschreier kam die Sache unglaubwürdig vor, wie er überhaupt Magdalena misstraute. Er habe, ließ er sie wissen, beim Wirt im hinteren Teil des Gebäudes zwei Schlafplätze reserviert, eigene Schlafkammern gebe es nicht, aber Strohsäcke zur Genüge.

Gelangweilt hörte Magdalena dem Marktschreier zu, den Blick zur Türe gewandt, während Forchenborn ankündigte, er werde vom Wirt einen einspännigen Eselskarren mieten und in aller Herrgottsfrühe dem Gauklertross entgegenfahren und ihm den rechten Weg weisen.

Zwei Tage ohne Rudolfo waren Magdalena hart vorgekommen. Nie hätte sie es für möglich gehalten, dass die Nähe eines Mannes sie so beflügelte. Andererseits ließ seine Abwesenheit ein schmerzendes Verlangen in ihr wachsen. Rudolfos Gauklerwagen war für sie zu einem kleinen Paradies geworden, aus rohem Holz gezimmert, wie es schöner nicht sein konnte. Ihr wurde immer klarer, dass Rudolfo es war, der ihr, der einst schüchternen Novizin, ein Gefühl der Stärke verliehen hatte.

Inzwischen war es Abend geworden, und der Wirt entzündete die Funzeln an den Wänden, als die Türe aufging und eine Frau eintrat.

Xeranthe?

Magdalena stieß einen spitzen Schrei aus und kniff die Augen zusammen. Die Ähnlichkeit mit der Wahrsagerin war verblüffend. Wie zwei Geschosse prallten ihrer beider Blicke aufeinander. Magdalena wurde blass, und die fremde Frau erstarrte. Unbeweglich hielten beide für Sekunden inne, wie die Figuren in der Menagerie.

Der Marktschreier, der mit dem Rücken zur Türe saß, fragte verwundert: »Was hast du?«

Ohne Forchenborn anzusehen, den Blick voll Entsetzen geradeaus gerichtet, stammelte sie: »Das ist …« Sie hielt inne, denn die Frau in der Türe drehte sich um und verschwand. »… Xeranthe. Ich habe sie genau erkannt!«

Forchenborn drehte sich um und blickte zur Türe, die noch immer offen stand; dann beugte er sich über den Tisch und streichelte Magdalenas Hand.

»Xeranthe ist tot«, sagte er mit einem mitleidigen Lächeln. »Ich war Zeuge, als sie ihre Leiche eingegraben haben.«

»Aber …!«

»Kein Aber! Die letzten Tage waren wohl etwas zu viel für dich. Der Anschlag der Wahrsagerin und ihr Tod haben dich über Gebühr belastet. Und vermutlich hat dir das Bier die Sinne vernebelt. Glaube mir, Xeranthe ist tot.«

Magdalena schüttelte den Kopf. Sie sprang auf, rannte zur Tür und auf die Straße hinaus. Laut rief sie Xeranthes Namen, doch die Gasse war leer. Weit und breit keine Menschenseele.

11. KAPITEL

Nach scharfem Ritt erreichte Rudolfo das Kloster Eberbach. Er hatte sich, kaum waren die Gaukler in Mainz angekommen, im Morgengrauen auf den Weg gemacht. Niemandem, nicht einmal dem Marktschreier, der bei seiner Abwesenheit das Kommando führte, hatte der Seiltänzer sein Vorhaben verraten – und das nicht ohne Grund.

Ein Mönch in grauer Arbeitskutte versorgte das Pferd und wies Rudolfo den Weg. Das uralte Zisterzienserkloster, vor 400 Jahren als erste rechtsrheinische Niederlassung des Ordens gegründet, war eine kleine Stadt für sich, abgeschirmt von der Außenwelt. Es wirkte in seinem dumpfen Baustil eher wie ein Gefängnis als wie ein Hort heilsversprechender Glückseligkeit.

Als Erasmus Desiderius beim Abt von Eberbach angefragt hatte, ob er ihm und seinen Mitbrüdern, allesamt Größen des Geistes, ein Refektorium für einen Tag zur Verfügung stellen könne, um ungestört und ohne Ohrenzeugen über Luthers Thesen zu diskutieren, da hatte dieser bedenkenlos zugesagt. Immerhin ging dem großen Gelehrten der Ruf voraus, dass selbst Kaiser und Könige seine Nähe suchten. Dass Erasmus in seinen Schriften die Entartungen von Theologie und Kirche geißelte, war auch den Zisterziensern nicht unbekannt, fiel hier jedoch auf fruchtbareren Boden als bei den Bischöfen, Dompröpsten und Wanderpfaffen, die zum Geld ein ganz besonderes Verhältnis hatten.

Der Weg zum Refektorium – im Kloster gab es insgesamt drei –

189

glich in der Waagerechten dem Gang durch ein Labyrinth und in der Senkrechten einem Auf- und Abstieg im Gebirge, weil die einzelnen Gebäudeteile im Laufe der Jahrhunderte nach Gutdünken ineinander verschachtelt, aufeinandergesetzt, abgerissen und neu gebaut worden waren. Ohne Führer hätte Rudolfo sein Ziel nie erreicht, denn aufgrund des ständigen Richtungswechsels im Dunkel der fensterlosen Korridore hatte der Seiltänzer längst die Orientierung verloren – der steinige Weg ins Jenseits konnte nicht aufreibender sein. Beinahe hatte Rudolfo den Glauben verloren, sie würden ihr Ziel überhaupt noch erreichen, da hielt der Mönch inne, machte stumm eine einladende Handbewegung zu einer spitzbogigen Türe im Hintergrund und verschwand lautlos.

Die eisige Stille, die in dem kalten Gemäuer herrschte, und das diffuse Licht hatten etwas Bedrohliches, und der Seiltänzer trat ein, ohne zu wissen, was ihn erwarten würde. Nach den ungeschriebenen Gesetzen der Neun Unsichtbaren trafen sich die Geheimnisträger alle neun Jahre, zuletzt im Jahre 1516 nach der Menschwerdung des Herrn in Konstanz. Seither war viel geschehen, und man musste damit rechnen, dass die Neunzahl nicht mehr vollzählig oder einer durch einen anderen ersetzt sein würde.

Als Rudolfo die schwere Eichentüre öffnete, verstummten die Gespräche der bereits Anwesenden wie das Murmeln eines Bächleins, dem das Wasser abgegraben wurde. Rudolfo nickte stumm und ohne ein Lächeln, denn der Anlass war ernst. Reden durfte nur der, der vom Primus das Wort erteilt bekam. Auch die Sitzordnung an dem langen Refektoriumstisch in der Mitte des schmalen, lang gestreckten Raumes unterlag strenger Vorschrift: An der Stirnseite vor zwei Fenstern, die von zwei schmucklosen Säulen geteilt wurden, hatte Erasmus Desiderius Platz genommen. Er galt als klügster Kopf seiner Zeit und war besser bekannt unter dem Namen Erasmus von Rotterdam, seinem Geburtsort in den Niederlanden.

Die übrigen Unsichtbaren saßen sich am Tisch gegenüber: Secundus dem Tertius, Quartus dem Quintus, Sextus dem Septimus und Octavus dem Nonus, sodass Rudolfo als Quartus sofort seinen freien Platz erkannte.

»Erlauchte Geister«, begann Erasmus, der Primus, hinter seinem tragbaren Schreib- und Lesepult, das er auf Reisen stets mit sich führte, und blickte mit kleinen listigen Augen in die Runde. Seine große, spitze Nase und die schmalen Lippen, dazu an Zeige- und Ringfinger seiner Linken zwei protzige, goldene Ringe, wiesen ihn eher als gewieften Advokaten oder Geschäftemacher aus denn als vergeistigten Gelehrten, Theologen und Schriftsteller.

»Erlauchte Geister«, begann er in einer Mischung aus deutscher und lateinischer Sprache, »nachdem wir nun vollzählig versammelt sind, soll jeder Einzelne seine Anwesenheit mit Namen und Zahl kundtun und mit zum Eid erhobener Hand beschwören, dass er in den vergangenen neun Jahren gemäß der Satzung unserer Bruderschaft gelebt und unsere Aufgabe keinem Unbefugten zur Kenntnis gebracht hat. Dazu soll er die Formel sprechen: *Tacent libri suo loco.*[1] Secundus, bitte!«

Secundus, ein dunkelhaariger bärtiger Mann von gerade mal dreiunddreißig Jahren, dessen Vollbart ihm jedoch das Aussehen eines Fünfzigjährigen verlieh, erhob sich und sprach: »Mein Name ist Pietro de Tortosa Aretino, gebürtig aus Arezzo. Dichter von Beruf, gefürchtet wegen seiner Schmähschriften, gelobt wegen seiner satirischen Komödien und bis vor vier Jahren am Hofe des Papstes Leo, im vorigen Jahr jedoch aus Rom verbannt wegen angeblicher Schamlosigkeit seiner Kurtisanen-Sonette. *Tacent libri suo loco.*« Dabei hob er die Hand zum Schwur.

Darauf fand sein Gegenüber, Tertius, ein durchaus würdiger älterer Herr mit wallendem Haupthaar und schmalem Gesicht, die folgenden Worte: »Geboren wurde ich als Nikolaus Kopernik in einer eiskalten Februarnacht in Thorn im Ermland. Achtzehnjährig betrieb ich in Krakau astronomische, humanistische

---

[1] lat.: Die Bücher schweigen an ihrem Ort

und mathematische Studien, in Bologna lernte ich weltliches und geistliches Recht, in Padua und Ferrara wurde ich zum Doktor des Kirchenrechts und Doktor der Medizin. Seit zwei Jahren bin ich Bistumsverweser von Ermland und Deputierter des Domkapitels auf den …«

»Das soll uns genügen!«, unterbrach Primus den Redefluss von Tertius.

Sichtlich verstimmt fügte Kopernik hinzu: »*Tacent libri suo loco.* Das schwöre ich.«

»Quartus hat das Wort«, bemerkte Primus kühl.

Rudolfo erhob sich. Es war sein erster Auftritt vor dem erlauchten Gremium. Man konnte ihm ansehen, dass er nach Tertius' Vorstellung verlegen war, als er sagte: »Ich bin Quartus, geboren vor einunddreißig Jahren zu Bamberg als Rudolf Rettenbeck, Sohn eines Flickschusters und einer Hebamme. Die bescheidenen Verhältnisse, in denen ich aufwuchs, ließen mir keine größeren Möglichkeiten als den Beruf eines Mainfischers zu erlernen. Aus eigenem Antrieb lernte ich bei einem Domstiftskanoniker lesen und schreiben und leidlich Latein, wofür ich ihn mit Mainfischen entlohnte, die ich von meinem eigenen Verbrauch abzweigte. Kaum den Kinderschuhen entwachsen, welche bei mir nicht aus Leder, sondern aus Rupfen und geflochtenem Stroh gefertigt waren, starben Vater und Mutter im Abstand von sechs Wochen an einer Seuche. Ohne Dach über dem Kopf schloss ich mich einer Gauklertruppe an, die zufällig des Weges kam. Als wir zwei Jahre später in Würzburg unsere Künste zeigten, ließ mich der Abt des Klosters Sankt Jakobus kommen, der schon mit einem Fuß im Jenseits stand, und trug mir ein Geheimnis an, von dem, wie er sagte, nur neun Auserwählte auf der Erde Kenntnis haben. Ich schwöre bei allen Heiligen und der Jungfrau Maria, dass ich bis heute nicht weiß, warum Abt Johannes Trithemius ausgerechnet mich zum Geheimnisträger erwählt und mir als Einzigem das Versteck der neun ›Bücher der Weisheit‹ anvertraut hat. Ich schwöre: *Tacent libri suo loco.*«

Erasmus schüttelte verständnislos den Kopf, und unter den übrigen Unsichtbaren entstand Unruhe.

Mit geballter Faust klopfte Erasmus von Rotterdam auf die Tischplatte und mahnte zur Ruhe. Dann wandte er sich Quintus zu.

Dem standen die Züge eines verbitterten Menschen ins Gesicht geschrieben. Es schien beinahe unvorstellbar, dass je ein Lächeln sein Gesicht eroberte. Und so begann er mit gesenktem Blick und schneidender Stimme:

»Mein Name ist Niccolo Machiavelli, geboren in Florenz, wo mein Vater aufgrund widriger Umstände das Dasein eines verarmten Beamten fristete. Als Sekretär der Republik Florenz war ich auch in diplomatischer Mission tätig und ging an den Höfen von Papst Julius, König Ludwig von Frankreich und Kaiser Maximilian ein und aus. Mit einer Verschwörung in Verbindung gebracht, wurde ich gefoltert und aller Ämter enthoben. Schließlich zog ich mich auf mein Landgut zurück. Wie alle, die nichts Anständiges gelernt haben, versuche ich mich seither als Schriftsteller, mehr schlecht als recht. Viele hassen mich als Pessimisten und weil ich die Erkenntnis verbreite, dass Macht das wesentliche Element der Politik sei. Dennoch: *Tacent libri suo loco.*«

Der Mann, der sich nun umständlich von seinem harten Sitz erhob, stand in krassem Gegensatz zu Quintus. Er war elegant gekleidet, und sein Gesichtsausdruck verriet eindeutig, dass er den Freuden des Lebens nicht abgeneigt war. »Ich bin Sextus«, begann er, als Einziger mit einem Lächeln auf den Lippen – was eigentlich verboten war –, »geboren zu Köln am Rhein als Heinrich Cornelius Agrippa von Nettesheim, nach abenteuerlichem Leben in Spanien, Italien, Frankreich und England besser bekannt als Agrippa von Nettesheim. Der Berufe habe ich viele: Advokat, Sekretär, Offizier, Arzt, Theologe, Historiker und – nicht zu vergessen – Astrologe, denn die Astrologie brachte mir den größten Ruhm ein. Daneben schrieb ich Bücher, nicht weil ich nichts Besseres gelernt hätte, sondern um Bleibendes zu schaffen, zum Beispiel über die Eitelkeit und Unsicherheit der Wissenschaften, das ich manchem der hier Versammelten zur Lektüre empfehle. *Tacent libri suo loco.*«

Mit seiner witzigen Rede erntete Sextus feindselige Blicke, bis der glatzköpfige Septimus sich erhob und zu reden begann: »Mein Name ist Philipp Theophrast Baumbast von Hohenheim, doch ganz Europa kennt mich nur unter dem Namen Paracelsus. Den Namen gab ich mir selber in Anlehnung an mein großes Vorbild Cornelius Celsus, den römischen Mediziner aus der Zeit, als Jesus auf Erden wandelte. Para Celsus bedeutet, dass ich mit Celsus einiggehe. Ob ich nun mehr Doktor der Medizin bin, ein Titel den ich mir an der Universität Ferrara erworben habe, oder ein einfacher Naturforscher, das mag die Nachwelt entscheiden. Manche nennen mich gar einen Magier, weil ich Krankheiten auf ungewöhnliche Weise heile. Dabei sind es schlichte Erkenntnisse, die mich dazu befähigen, wie die Tatsache, dass Gott in jedem Land gerade jene Kräuter wachsen lässt, welche gegen die dort auftretenden Krankheiten wirksam sind, oder dass Krankheiten oft eine seelische Ursache haben und keine organische. All das habe ich in 200 Schriften niedergelegt, in der Hoffnung, es der Nachwelt zu erhalten.«

»Der Treueid!«, knurrte Erasmus von Rotterdam ungehalten.

Paracelsus blickte irritiert, dann fügte er seiner Rede eilends hinzu: »Verzeiht, es war keine Absicht! *Tacent libri suo loco.*«

In einer Mischung aus altertümlichem Französisch und schlechtem Latein begann Octavus seine Vorstellung, in einen schwarzen Gelehrtenmantel gekleidet, bärtig und mit einem zu einem Dreieck gefalteten Hut auf dem Kopf: »Östlich des Rheins nennt man mich nur Nostradamus, weil mein richtiger Name Michel de Nostre-Dame den meisten unaussprechlich erscheint. Die meisten in diesem Land halten mich für einen Schwarzkünstler oder einen einfältigen Phantasten, dabei bin ich aufgrund meiner visionären Begabung ein wahrhafter Prophet. Schließlich bedienen sich Katharina von Medici und König Karl nicht nur meiner Kenntnisse als Doktor der Medizin, die ich in Montpellier erwarb, sondern auch meiner weisen Voraussagen, die ich irgendwann niederzuschreiben gedenke. *Tacent libri suo loco.*«

Als Letzter machte sich Nonus bekannt, ein Mann von asketischem Aussehen in ärmlicher Kleidung, der auch zum ersten Mal an einer solchen Zusammenkunft teilnahm.

»Glaubt mir, erlauchte Geister«, begann er zögerlich, »es fällt mir nicht leicht, vor Euch zu sprechen, kann ich doch weder an Bildung noch auf andere Weise mit Euch in Wettstreit treten. Geboren wurde ich in Halle an der Saale als Mathias Gothard, besser bekannt als Grünewald, der Bildermacher. Mit neununddreißig Jahren wurde ich Hofmaler beim Erzbischof Ulrich in Aschaffenburg, sieben Jahre später nahm ich Arbeit und Brot bei Albrecht von Brandenburg und pinselte, was man von mir verlangte. Erst dieser Tage setzte mich der hochwürdigste Herr auf die Straße, weil sein Sekretär, der bigotte Joachim Kirchner, in meiner Werkstatt Schriften von Martin Luther entdeckte, welche ich mir aus purer Neugierde zu Gemüte geführt hatte. Ich floh nach Frankfurt, wo ich inzwischen Unterschlupf gefunden habe, und bitte Euch inständig, mich nicht zu verraten. Nun werdet Ihr fragen, wie einer wie ich zu einem der Neun Unsichtbaren wurde. Glaubt mir, das war nie mein Wunsch. Der große Hieronymus Bosch aus den Niederlanden wurde auf mich aufmerksam, weil wir beide, wenn auch auf unterschiedliche Weise, biblische Themen darstellten. Eines Tages trat er mir unerwartet gegenüber und meinte, ich sei der Rechte, sein Erbe als einer der Neun Unsichtbaren anzutreten. Er weihte mich ein in alle Geheimnisse, und, was soll ich sagen, drei Wochen später erreichte mich die Nachricht von seinem Ableben. *Tacent libri suo loco.*«

Schweigsam und scheinbar ohne Regung hatten die Unsichtbaren die Reden der anderen verfolgt, nur Erasmus von Rotterdam kam nicht umhin, seine Zuneigung oder Bewunderung, bisweilen aber auch seine Besorgnis und seinen Unmut zu zeigen. Vor allem Rudolfo, der Seiltänzer, Paracelsus, der Wunderdoktor, und der Hellseher Nostradamus hatten ihn, für jeden sichtbar, verstimmt. Deshalb begann er, über sein Lesepult gebeugt, mit zusammengekniffenen Augen, als würde er von der Sonne geblendet, leise, beinahe unverständlich zu sprechen: »Erlauchte Geister, zwar ist es dem Unsichtbaren, der ihren Aufenthaltsort kennt, erlaubt, die ›Bücher der Weisheit‹ zu lesen; sich ihres Inhaltes zu bedienen ist jedoch bei Strafe untersagt.« Immer lauter werdend, fuhr der Primus fort: »Ihr alle wisst, was das bedeutet, und solltet Ihr es vergessen haben, so will ich Euch in Erinnerung bringen, was mit Johannes von Heidenberg geschah, der sich Trithemius nannte, ein Okkultist geistlichen Standes.«

Rudolfo rutschte unruhig auf seinem Stuhl hin und her, und Erasmus sah ihn listig an. Der Seiltänzer fühlte sich genötigt, Primus' Rede weiterzuführen: »Trithemius bediente sich der magischen Künste aus den ›Büchern der Weisheit‹, die ihm als Quartus anvertraut waren. Als Kaiser Maximilian aus Gram über den Tod seiner Gemahlin Maria von Burgund am Leben verzweifelte, versprach er dem Okkultisten ein Vermögen, falls er bewerkstelligen könne, Maria noch einmal zu sehen. Mit Hilfe seines Wissens um physikalische Dinge aus dem achten Buch der Weisheit, ließ er dem Kaiser tatsächlich ein Weib erscheinen, welches Maximilian als das seine erkannte. Dazu bediente er sich einer Würzburger Bürgersfrau, die Maria vom Äußeren nicht unähnlich war, setzte sie in eine Camera obscura, groß wie ein Kleiderkasten, und warf ihr bewegtes Bild durch ein Loch, nicht größer als das menschliche Auge, an eine weiße Wand. Von dem Geld, mit dem Trithemius vom Kaiser entlohnt wurde, hatte er nicht viel, denn ihn befiel eine seltsame Seuche, gefahrvoll wie ein schleichendes Gift. Trithemius lebte damals in der Abtei Sankt Jakobus in Würzburg und war schon vom Tode gezeichnet, als ich mit meiner Gauklertruppe dort ankam. Aus Gründen, die mir noch heute ein Rätsel sind, rief der Okkultist, sterbend, nach einem Gaukler. Ich suchte ihn in der Benediktinerabtei auf, und Trithemius, dem ich noch nie begegnet war, weihte mich ein in das Geheimnis der Neun Unsichtbaren. Noch bevor wir weiterzogen, starb der Mönch an der seltsamen Krankheit. Seither habt Ihr einen Seiltänzer in Euren Reihen. Soweit ich unterrichtet bin, kenne nur ich den Aufenthaltsort der geheimen Bücher.«

Seit Jahrhunderten war es üblich, die ›Bücher der Weisheit‹ von ihrem jeweiligen Hüter, der als Einziger das Versteck kannte, an einen würdigen Erben weiterzugeben. Der konnte den Aufbewahrungsort nach eigenem Gutdünken bestimmen. Zwar stand es ihm frei, die übrigen Acht von der Lage des Verstecks in Kenntnis zu setzen. Verpflichtet war er dazu nicht. Und Trithemius war nicht der Erste, der dieses Geheimnis bis kurz vor seinem Tod für sich behalten hatte. So war ausgerechnet Rudolfo, der Seiltänzer, der Einzige, der wusste, wo die ›Bücher der Weisheit‹ verborgen lagen.

Neben Hohn und Spott hatte Rudolf Rettenbeck, der Sohn eines Flickschusters aus Bamberg, unter den Unsichtbaren, vor allem unter den erlauchten Geistern, großes Misstrauen geerntet. Schon die Mitgliedschaft des Wahrsagers Nostradamus und des Malers Grünewald hatte manchem abfällige Bemerkungen entlockt. Von ihnen hielt allerdings niemand den Trumpf in der Hand, den Aufbewahrungsort der ›Bücher der Weisheit‹ zu kennen. Und den hatte nun ausgerechnet ein Seiltänzer?

»Wart Ihr schon damals, als Trithemius Euch in das Geheimnis der ›Bücher der Weisheit‹ einweihte, ein Seiltänzer?«, fragte Erasmus nach langem, nachdenklichem Schweigen. »Sprecht die Wahrheit!«

Rudolfo schüttelte den Kopf. »Als Magier führte ich in der Menagerie der Gaukler Kunststücke vor wie das der schwebenden Jungfrau oder das Wandern einer Münze von einer Flasche in eine andere. Nichts Besonderes, aber es ernährte seinen Mann.«

»Und wie wurde aus dem – verzeiht mir meine Wortwahl – billigen Zauberer Rudolf Rettenbeck der Große Rudolfo?«

Die Frage des Primus stand wie zu Eis gefroren im Raum. Alle Augen waren auf Rudolfo gerichtet, nicht ohne Grund eine Erklärung fordernd, und jeder der übrigen acht Unsichtbaren wusste genau, warum Primus diese Frage gestellt hatte.

»Unter den Gauklern befand sich ein italienischer Jongleur«, antwortete Rudolfo. »In Kopfhöhe spannte er ein Seil, nicht länger als ein Gauklerwagen, und während er über das Seil ging, jonglierte er mit hölzernen Kugeln. Eines Tages versuchte ich mich auch auf dem Seil, aber ich fiel herab. Zwei Tage später versuchte ich es ein zweites Mal, und siehe da, es gelang, ich lief zehn Schritte über das Seil. So wurde ich zum Seiltänzer, zum Großen Rudolfo.«

»Papperlapapp!«, fuhr Erasmus dazwischen. »Es ist doch wohl ein Unterschied, zehn Schritte auf einem Seil ein paar Ellen über dem Boden zu laufen oder einen 300 Ellen hohen Turm zu besteigen, was im Übrigen, wie man hört, von anderen Seiltänzern als Ding der Unmöglichkeit erachtet wird. Es sei denn, der Seiltänzer bediene sich übernatürlicher Kräfte und habe seine Seele dem Teufel verschrieben. Oder …«

»Oder …?«, schallte es vielstimmig durch das lang gestreckte Refektorium.

»Oder der Seiltänzer gehörte zu den Neun Unsichtbaren und hat in den ›Büchern der Weisheit‹ den Hinweis auf ein Wundermittel gefunden.«

»Betrug ist das!«

»Quartus muss das Versteck preisgeben und das Bündnis verlassen!«

»Pfui Teufel, ein Seiltänzer!«

Die übrigen Unsichtbaren riefen erregt durcheinander.

Da wurde Rudolfo wütend, und in die Enge getrieben, rief er in seiner Not: »Eure Verdächtigungen, erlauchte Geister, gleichen einer Posse! Ohne jeden Beweis bezichtigt Ihr mich des Betrugs und der Verletzung unserer Gesetze, für deren Einhaltung jeder von uns den gleichen heiligen Eid geschworen hat. Beweist Eure Anschuldigungen, und ich will freiwillig den Weg zum Scheiterhaufen gehen!«

Von einem Augenblick auf den anderen wurde es still. »Quartus hat recht«, bemerkte Primus einlenkend, und an Rudolfo gewandt sagte er: »Ihr könnt uns alle Lügen strafen, wenn Ihr uns noch heute Eure Kunst vorführt.« Und mit erhobener Stimme fügte er hinzu: »Ohne ein Hilfsmittel zu gebrauchen!«

Daraufhin erwiderte der Seiltänzer, ohne an die Folgen zu denken: »Das trifft sich gut. Gewiss haben meine Gaukler schon das Seil gespannt, auf dem ich den Dom zu Mainz erklimmen will. Keine leichte Aufgabe im Übrigen, weil es eines Seiles von erheblicher Länge bedarf, um den Anstieg nicht zu steil werden zu lassen.«

»So sei es denn«, stimmte Erasmus dem Vorhaben zu. »Allerdings«, meinte er mit erhobenem Zeigefinger, »werden wir Euch von jetzt an nicht mehr aus den Augen lassen, damit Euch nicht noch einfällt, Euch geheimer Ingredienzien zu bedienen. Noch steht es Euch frei, das Vorhaben abzulehnen. Allerdings würden wir daraus unsere Schlüsse ziehen. Erreicht Ihr jedoch Euer Ziel, ist es für jeden von uns geboten, Abbitte zu leisten.«

Die Unsichtbaren nickten zustimmend, und Rudolfo machte eine ausholende Handbewegung zum Zeichen seines Einverständnisses. In Wahrheit lief es ihm heiß und kalt über den Rücken, weil ihm bewusst wurde, dass er sein eigenes Todesurteil unterschrieben hatte.

Ein flüchtiger Gedanke galt Magdalena, die er, seit sich in Aschaffenburg ihre Wege getrennt hatten, nicht mehr gesehen hatte. Wie würde sie reagieren, wenn er sie von seinem Vorhaben in Kenntnis setzte? Aber dann, während sie dem Ausgang zustrebten, überwog wieder die Angst, und er verfluchte den Tag, an dem er sich zu Trithemius ins Kloster begeben und seine geheime Botschaft empfangen hatte.

Entgegen den strengen Gesetzen der Bruderschaft hatte Rudolfo von seinem Wissen aus den ›Büchern der Weisheit‹ gut gelebt. Fünf Tropfen des Elixiers, dessen Zusammensetzung verblüffend einfach war und von jedem Apotheker zusammengemischt werden konnte, hatten genügt, um ihn für kurze Zeit zu einem anderen Menschen zu machen, einem Menschen, der sich frei wie ein Vogel fühlte und sicher sein konnte, nicht vom hohen Seil zu stürzen.

Ungeachtet der Mittagshitze machten sich die Neun Unsichtbaren von Eberbach auf den Weg nach Mainz, Rudolfo und Erasmus zu Pferd, die übrigen in zwei Reisewagen. Auf halbem Weg befiel den Seiltänzer der Gedanke, seinem Gaul die Sporen zu geben und die Flucht zu ergreifen, unterzutauchen in den Wäldern des Taunus. Aber noch während er auf die passende Gelegenheit wartete, preschte Erasmus in scharfem Galopp an seine Seite und rief ihm zu, als könne er Gedanken lesen: »Solltet Ihr vorhaben zu fliehen, so würden wir das als Schuldeingeständnis betrachten. Und seid versichert, früher oder später würden wir Euch finden.«

Da verwarf er den Einfall und trabte widerstandslos und schicksalsergeben seinem sicheren Tod entgegen.

Ein Gewitter zog auf, als sie den Marktplatz erreichten, auf dem die Gaukler ihr Lager errichtet hatten. Das Seil zum Domturm war bereits gespannt. Steif und kühl verlief Rudolfos Wiedersehen mit Magdalena. Sie wagte nicht zu fragen, wo er sich aufgehalten hatte und wer die Männer waren, die jede seiner Bewegungen mit Misstrauen verfolgten. Wortlos gab sie dem Seiltänzer zu verstehen, dass sie glaubte, das seltsame Spiel zu durchschauen. Sogar als Rudolfo in seinem Gauklerwagen die Kleider wechselte und in das weiße Gewand schlüpfte, das er bei jedem Seiltanz trug, stand er unter Beobachtung zweier Zeugen.

Magdalenas Hoffnung, ein heftiger Gewitterregen würde den Gang über das Seil verhindern und die wartenden Zuschauer zurück in ihre Häuser treiben, erfüllte sich nicht. Der ersehnte Regen blieb aus, und das dumpfe Donnergrollen verzog sich ostwärts, wo es bald völlig verschwand. Im Gegenteil, immer mehr Menschen strömten herbei, aufgeregt lärmend ob des bevorstehenden Auftritts.

Mit reißerischen Worten kündigte der Marktschreier, auf einem Fass stehend und einen Blechtrichter vor den Mund haltend, die sensationellste Vorstellung an, welche das kurfürstliche Mainz und seine Bewohner je erlebt hätten.

Magdalena hatte dunkle Vorahnungen. Warum ließen die Männer Rudolfo nicht aus den Augen? Bizarre Bilder schossen ihr durch den Kopf. Sie sah den Seiltänzer auf halbem Weg am Seil hängen, vor Angst erstarrt, nicht vorwärts und nicht rückwärts kommend. Und fliegen sah sie ihn von der Spitze des Turmes, mit ausgebreitetem Umhang wie ein Adler, bis er hinter den Hausdächern verschwand. Magdalena wollte schon zu ihm eilen, aber sie hatte ihn in der Menge aus den Augen verloren. Wie angewurzelt stand sie da, wie ein Baum, unfähig sich zu bewegen, als sie hinter sich seine Stimme vernahm: »Magdalena!« Sie wandte sich um.

Rudolfo drängte sich durch die Gaffer, und als er sie endlich erreicht hatte, schloss er sie für einen kurzen Augenblick in die Arme. Dabei raunte er ihr ins Ohr: »Was auch immer geschehen mag, du sollst wissen, dass ich dich liebe.« Dann tauchte er wieder in der Menge unter.

Das Publikum wurde ungeduldig, erste Pfiffe und rhythmisches Klatschen hallten über den Platz. Ein ums andere Mal glitt Magdalenas Blick über das gespannte Seil nach oben und wieder zurück, als wollte sie selbst das Unmögliche in Angriff nehmen. Da löste sich der Seiltänzer in seinem weißen Gewand aus der Menge, und mit einem Satz schwang er sich auf das Seil.

Weiber jeden Alters begannen zu kreischen und drängten sich noch näher heran. Benjamino, der Jongleur, warf Rudolfo, der im Stand mit rudernden Armen versuchte das Gleichgewicht zu halten, zwei brennende Fackeln zu. Er wusste, nach sechs Minuten würden die Fackeln niedergebrannt sein und ihren Dienst als Balancierhilfe versagen. Besorgt blinzelte Magdalena in die tief dahinjagenden, grauschwarzen Wolken und schickte – vielleicht, weil sie es noch immer aus dem Kloster gewohnt war – ein Stoßgebet zum Himmel, dass alles gut gehen möge. Da begann der Seiltänzer sein gewagtes Abenteuer.

Selbst aus der Entfernung konnte Magdalena die Anstrengung in seinem Gesicht erkennen, und sie glaubte ein Schnauben zu vernehmen, das er in kurzen Abständen ausstieß wie ein unwilliger Gaul unter der Peitsche des Fuhrknechts. Bedächtig zuerst, aber nach zehn, zwölf Schritten immer schneller werdend, setzte er einen Fuß vor den anderen, nicht gerade ausgerichtet, wie er es gewohnt war, sondern schräg, sodass das Seil über die Mitte der Fußsohle zwischen Ferse und Zehenballen verlief.

Warum tut er das?, fragte sich Magdalena, die dem Schauspiel mit gefalteten Händen folgte.

Je weiter sich der Seiltänzer von seinem Ausgangspunkt entfernte, desto wilder wurden seine Bewegungen, weil das Seil zu schwanken begann wie ein Baumwipfel im Herbstwind. Die Fackeln an seinen ausgestreckten Armen flackerten bedrohlich, und mehr als einmal liefen die weiten Ärmel seines Umhangs Gefahr, Feuer zu fangen.

Der Lärm und das aufgeregte Geschrei, das eben noch über den Marktplatz gehallt hatte, wurde schwächer. Beinahe andächtig verfolgten die Gaffer jeden Schritt des Seiltänzers, der sich in seinem flatternden weißen Gewand wie eine Geistererscheinung vom düsteren Himmel abhob.

»Ich glaube«, raunte Erasmus von Rotterdam, der das Schauspiel mit verschränkten Armen verfolgte, Agrippa von Nettesheim zu, »ich glaube, da lagen wir wohl falsch mit unseren Anschuldigungen.«

»Das sagt gar nichts«, zischte der durch die Zähne, den Blick starr nach oben gerichtet, wo der Seiltänzer mit dem Gleichgewicht kämpfte. Und mit erhobenem Zeigefinger fügte er hinzu: »Noch ist er nicht am Ziel!«

»Ihr könnt den Quartus nicht besonders leiden, das sehe ich doch recht?«

»Und Ihr?«, fragte Agrippa zurück, um sich eine eindeutige Antwort zu ersparen.

Auch Erasmus ließ die Antwort offen, indem er sagte: »Immerhin wurde ihm sein geheimer Auftrag rechtmäßig übertragen.«

»Aber von einem, der sich unrechtmäßig der ›Bücher der Weisheit‹ bediente und damit auch noch öffentlich prahlte.«

»Dafür erhielt Trithemius seine gerechte Strafe! Dem Seiltänzer könnt Ihr jedenfalls nicht zum Vorwurf machen, dass er seine Kunst so bewundernswert beherrscht.«

»Ich mag ihn nicht!«, platzte es aus Agrippa heraus, »und ich will Euch auch sagen, warum: Dieser Seiltänzer passt einfach nicht zu uns. Er ist von bescheidener Bildung, und was kann er denn schon?«

»Seiltanzen«, erwiderte Erasmus knapp. »Das könnt Ihr nicht und ich nicht. Ihr könnt auch nicht malen wie Matthias Grünewald und so schamlos schöne Sonette schreiben wie Pietro Aretino. Und dass die Erde eine Kugel und keine Scheibe ist, habt weder Ihr noch ich zu behaupten gewagt. Kopernikus hat es getan!«

»Aber der Seiltänzer ist berühmter als wir alle. Wo immer er auftaucht, jubeln ihm die Menschen zu. Habt Ihr die leuchtenden Augen der Mainzer Bürger gesehen, als er aufs Seil stieg? Man könnte meinen, der Messias sei ihnen erschienen. Quartus sog ihren Beifall in sich auf wie die kühle Morgenluft. Er kennt nur sich. Rudolfo ist ein verabscheuungswürdiger Egoist!«

»Und Ihr und ich und wir alle von den Neun Unsichtbaren, sind wir keine Egoisten? Männer werden schon als Egoisten geboren. Und Männer, die etwas beherrschen, was andere nicht können, handeln die nicht aus Egoismus? Oder habt Ihr Euer berühmtes Werk ›Occulta Philosophia‹ für Euch selbst geschrieben? Nein, Ihr habt es geschrieben, um der Gegenwart und Nachwelt zu zeigen, was für ein toller Hund Ihr seid. Und ich? Ich selbst bin um keinen Deut besser. Ich habe mir das Gehirn aus dem Schädel geschrieben, *ein* Buch nach dem anderen, bis selbst meine Kritiker verstummten und den Hut vor mir zogen und mich den größten Gelehrten unserer Zeit nannten. Hätte mich mein Egoismus nicht dazu angetrieben, wäre ich noch heute der kleine Pfaffe im Dienste des Bischofs von Cambrai.«

Agrippa wedelte mit beiden Händen, Erasmus solle endlich aufhören. Einmal im Redefluss war gegen ihn nicht anzukommen.

Wind kam auf, und das Seil schwankte immer bedrohlicher. Eine heftige Böe löschte die Fackel in Rudolfos Rechten. Für einen Augenblick verlor er die Kontrolle über sein Gleichgewicht. Er drohte zu straucheln. Vom Marktplatz schallte ein kurzer, heftiger Aufschrei aus tausend Kehlen zu ihm herauf. Aber wie durch ein Wunder fand der Seiltänzer die Balance wieder.

Keiner von den Gaffern ahnte, was in Rudolfo vorging. Er hatte längst mit dem Leben abgeschlossen. Für ihn grenzte es an ein Wunder, wie er ohne das Elixier und trotz widriger Bedingungen so weit kommen konnte. Dabei stand der schwierigste Teil der Vorführung noch bevor, der Abstieg.

Vom Turmfenster trennten den Seiltänzer noch zwanzig Schritte, im täglichen Leben eine Entfernung, die man kaum wahrnimmt, auf einem schaukelnden Hanfseil aber, fast 300 Ellen über der Erde, ein endloser Pfad mit spitzen Steinen, die wie Messerklingen in die Fußsohlen schneiden. Inzwischen war auch die zweite Fackel erloschen, was Rudolfo jedoch eine gewisse Sicherheit verlieh.

Das Turmfenster fest im Blick, quälte sich der Seiltänzer Schritt für Schritt himmelwärts, als in der linken Fensterhälfte ein Lichtschein erglomm, der ihn irritierte. Dann kam eine Fackel zum Vorschein, von einer schmalen Hand gehalten, und schließlich ein von der Flamme beleuchtetes Gesicht.

Nach Luft ringend, stieß Rudolfo einen Schrei aus: »Magdalena!«

Magdalena streckte dem Seiltänzer ihre linke Hand entgegen: »Komm!«, rief sie leise, dass Rudolfo sie kaum hören konnte, »komm!«

»Ich muss auf dem Seil zurück!«, stammelte Rudolfo.

»Geh nicht zurück!«, erwiderte Magdalena eindringlich. »Du hast bewiesen, was du beweisen wolltest. Niemand erwartet, dass du den Weg auf dem Seil zurückgehst. Niemand, hörst du!«

Ein kurzes Zögern, noch drei, vier Schritte, dann ließ er die erloschenen Fackeln fallen und ergriff Magdalenas Hand.

Von tief unten brandete der Applaus herauf. Rudolfo, der sein Ziel mit letzter Kraft erreicht hatte, ließ sich auf dem Fenstersims nieder und winkte hinab in die Menge. Ein vielstimmiger Chor brach los: »Rudolfo, Rudolfo, du wundersamer Mann! Rudolfo, Rudolfo, wir beten dich an.«

Während der Seiltänzer huldvoll in die jubelnde Menge winkte – Papst Clemens VII. konnte kaum huldvoller grüßen –, schlang Magdalena von hinten die Arme um seinen Hals und raunte ihm ins Ohr: »Du warst großartig. Ich bin so stolz auf dich, auch wenn ich auf dem letzten Stück des Weges tausend Tode gestorben bin.«

Gott weiß, wie lange der Seiltänzer in der Pose des Siegers hoch über der Menschenmenge hätte verweilen müssen, hätten sich die dunklen Wolken nicht plötzlich entladen und den lange ersehnten Regen gebracht. Dicke Tropfen, groß wie Taubeneier, klatschten aufs Pflaster. Die Gesänge verstummten. Und die Mainzer drängten sich durch die stinkenden engen Gassen nach Hause. In Windeseile wuchs der Gewitterregen zu einem gewaltigen Unwetter. Den Fuhrknechten blieb nicht einmal Zeit, das Seil einzuholen.

Durch die offenen Fensterluken des Domturms heulte der Sturm. Jeden Augenblick konnte Magdalenas Fackel erlöschen. Mit sanfter Gewalt drängte Rudolfo Magdalena durch den schmalen Türbogen, von dem eine steile Holztreppe nach unten zu einem Zwischengeschoss führte. Er war noch immer erschöpft von der Anstrengung und zu benommen, um zu berichten, was eigentlich vorgefallen war.

Vielleicht, dachte er, wäre es sogar besser, der Geliebten zu verschweigen, dass er den Turm ohne Zuhilfenahme des wundertätigen Elixiers erklommen und eigentlich erwartet hatte, auf halbem Weg in den Tod zu stürzen. Warum dies nicht geschehen war und warum er unter den ungünstigsten Bedingungen, die einen Seiltänzer treffen können, sein Ziel erreicht hatte, dafür fand Rudolfo nur die vage Erklärung, dass er im Laufe der Jahre an Übung und Erfahrung gewonnen hatte. Doch gerade das verwirrte ihn. Ihm war etwas Bedeutsames gelungen, von dem er glaubte, es könne nur

205

mit Mitteln der Alchimie oder mit dem Teufel im Bunde erreicht werden.

Während sie, ohne zu reden, auf den steilen Treppen abwärts kletterten, überfielen den Seiltänzer Angst- und Schwindelgefühle, von denen er nicht einmal in höchster Gefahr auf dem Seil etwas bemerkt hatte. Magdalena zeigte Verständnis, sie stellte auch keine Fragen, als Rudolfo sich auf der Treppe niederließ und den Kopf auf die verschränkten Arme senkte. Sie strich ihm nur zärtlich über das Haar.

Draußen tobte ein apokalyptisches Unwetter. Bisweilen glaubte Magdalena eine schauerliche Melodie zu vernehmen. Gedankenversunken wie sie war, erschrak sie zu Tode, als plötzlich, wie aus dem Mauerwerk gewachsen, ein schwarz gekleideter Mann vor ihr stand. Seine durchnässte, vornehme Kleidung hing wie Lumpen an ihm herab. Unter dem aufgeweichten Barett war sein Gesicht kaum zu erkennen.

Mit dem Ellenbogen stieß Magdalena Rudolfo an, der noch immer den Kopf gesenkt hielt. Da erhob der Unbekannte die Stimme. Er musste gegen den Sturm ankämpfen, um sich verständlich zu machen: »Ich bin Primus, habt keine Furcht!«

Der Seiltänzer schreckte hoch, und Magdalena hielt dem Fremden die Fackel vor das regennasse Gesicht.

»Ich leiste Abbitte«, begann der mit fester Stimme, »für meine Person, aber auch für die übrigen Unsichtbaren, die Euch unlauterer Machenschaften beschuldigt haben. *Tacent libri suo loco.*«

Magdalena sah Rudolfo fragend an. Zwar verstand sie so viel Latein, dass sie die Worte des Fremden übersetzen konnte, doch was er damit sagen wollte, blieb ihr rätselhaft. Der Seiltänzer wich ihrem Blick aus. Als sie sich wieder dem absonderlichen Mann zuwenden wollte, war dieser verschwunden.

12. KAPITEL

Am Morgen hing das Seil schlaff vom Domturm, und die Fuhrknechte gingen daran, ein neues, trockenes Seil zu spannen. Wie ein Lauffeuer hatte sich über Nacht die Nachricht von der waghalsigen Vorführung des Seiltänzers verbreitet und dass er sein Gaukelspiel an den folgenden zwei Tagen wiederholen wolle.

Nichtstuer, Taugenichtse und eine Schar Hübschlerinnen, von denen es in Mainz wie in jeder Stadt genügend gab, balgten sich schon kurz nach Sonnenaufgang lautstark um die besten Plätze vor dem Dom. So schnell, wie das Unwetter über die Stadt hereingebrochen war, hatte es sich in die weiten Hügel des Hunsrücks zurückgezogen, die ersehnte Abkühlung zurücklassend.

Rudolfo und Magdalena hatten die Nacht im Gauklerwagen des Seiltänzers verbracht, eng aneinandergeschmiegt, und doch lag eine merkwürdige Distanz zwischen ihnen. Hatte ihr der Doktor auf dem Frachtkahn schon genug Rätsel aufgegeben, so hatten die Worte des Mannes im Domturm Magdalena die ganze schlaflose Nacht beschäftigt. Auch wenn oder gerade weil er seinen wahren Namen verschwiegen hatte, war sie sich sicher, dass er einer der Neun Unsichtbaren war. Warum er allerdings Rudolfo Abbitte leistete, das blieb Magdalena wie manch anderes verschlossen.

Während der Seiltänzer noch schlief, öffnete Magdalena die Fensterluke des Gauklerwagens und blinzelte in die aufgehende Sonne. Vom Dom her wehte ein angenehm kühler Luftzug. Kurfürstliche Helfer begannen, über den Platz verteilt, kanzelartige

Podeste aufzustellen und Kreuze zu errichten, deren Zweck Magdalena zunächst verborgen blieb. Erst als sich der kurfürstliche Schreiber und Sekretär Joachim Kirchner in Begleitung von vier rot gewandeten Lakaien näherte, die Stapel von Papier herbeischleppten, wurde ihr klar, dass Seine kurfürstliche Gnaden den Seiltänzer und seine Truppe für seine Zwecke missbrauchte.

Höchst unsanft rüttelte Magdalena Rudolfo wach und forderte ihn auf, einen Blick aus dem Fenster zu werfen. Der kam missmutig ihrer Aufforderung nach, konnte aber, noch schlaftrunken, die Ursache für Magdalenas Aufregung nicht erkennen und sah sie fragend an.

»Albrecht von Brandenburg missbraucht uns, um das Volk aus den Häusern zu locken!«, fauchte Magdalena.

Der Seiltänzer wischte sich den Schlaf aus den Augen: »Und was ist schändlich daran?«

»Siehst du nicht, was die Lakaien herbeischleppen? Das sind Ablassbriefe, Unmengen von Ablassbriefen, mit denen der Fürstbischof seine Kassen füllen will. Und damit die Mainzer bereitwillig ihre Säckel öffnen, werden ihnen Ablassprediger mit der ewigen Verdammnis und grauenvollen Höllenqualen drohen.«

Rudolfo schüttelte den Kopf, während er aus dem Fenster blickte: »Keiner zwingt sie dazu, auch Seine kurfürstliche Gnaden Albrecht von Brandenburg nicht. Übrigens – was zahlt uns der feine Herr?«

»Fünfzig Gulden, im Voraus!«

Der Seiltänzer schob die Unterlippe nach vorne: »Fünfzig Gulden im Voraus? Dafür mag er uns gerne missbrauchen.«

»Aber es ist ein Unrecht und der heiligen Mutter Kirche unwürdig!«

»Das ist keine Frage«, erwiderte Rudolfo. »Beinahe alles, was in diesen Tagen im Namen der heiligen Mutter Kirche geschieht, ist ihrer unwürdig. Auch die Päpste und Kardinäle sind es, deren Lebenswandel eher dem verbrecherischer Dunkelmänner gleicht als jenem ehrbarer Arbeiter im Weinberg des Herrn. So heißt es doch in der Bibel?«

Magdalena nickte zustimmend, in Wahrheit war sie furchtbar enttäuscht, weil es ihr nicht gelingen wollte, das Gespräch auf Wichtigeres zu lenken. Da klopfte es an der Tür.

Hurtig warf sich Magdalena ein Kleid über, und Rudolfo verschwand im Schlafabteil des Gauklerwagens. Auf der Treppe zur Eingangstüre stand der Sekretär Seiner kurfürstlichen Gnaden und versuchte sich auf seine Art freundlich zu geben, indem er den Kopf leicht schräg hielt und den Mund zu einem aufgesetzten Grinsen verzog – eine Marktfrau konnte kein schlechterer Schauspieler sein.

»Mein hoher Herr, der erlauchte Kurfürst Albrecht von Brandenburg«, begann er grußlos, »wünscht, dass am heutigen Tage jedwede Art von Mummenschanz und Gaukelei unterbleibt, damit die Ablassprediger ihr Werk in würdigem Rahmen verrichten. Seine kurfürstliche Gnaden lässt ausrichten, dass Eure Einkünfte davon nicht betroffen sind.«

»So, so – nicht betroffen sind«, äffte Magdalena Kirchner nach, »das wäre ja noch schöner! Aber hat der hochwürdigste Herr Kurfürst, der durchlauchtigste Albrecht von Brandenburg, auch daran gedacht, dass das Volk, das bereits jetzt in aller Herrgottsfrühe herbeiströmt, wegen der Gaukler kommt, vor allem, um den Großen Rudolfo zu sehen? Eine Absage würde die Mainzer aufs Äußerste verärgern. Sie würden Eure Ablassprediger mit faulen Eiern bewerfen, und ich bin sicher, in Euren Kästen würde kein einziger Gulden klingen!«

Magdalenas Worte schienen den kurfürstlichen Sekretär zu beeindrucken. Er dachte nach, und schließlich erwiderte er: »Ihr habt in der Tat nicht ganz unrecht. Wenn es nach mir ginge, würde ich Gaukler und Ablassprediger gemeinsam auftreten lassen. Das könnte für beide von Vorteil sein. Aber Seine kurfürstliche Gnaden hat eben anders entschieden.«

Noch während sie redeten, hörte man nicht weit entfernt die schneidende Stimme eines Bußpredigers. Kirchner hob die Schultern, als wollte er sagen, tut mir leid, ich kann nichts dafür, und verschwand.

In der Abgeschiedenheit des Klosters Seligenpforten hatte Magdalena noch nie einen Bußprediger, vorwiegend Dominikaner, gehört, welche zu Hunderten über das Land zogen und gegen klingende Münze mit kraftvollen Worten Tod und Teufel und ewige Höllenpein an die Wand malten. Von Neugierde geplagt, begab sie sich deshalb zum Liebfrauenplatz, von wo sie die laute Stimme vernommen hatte.

Der Dominikaner, klein und nicht gerade unterernährt, hatte einen fingergroßen, nach vorne gekämmten Haarschopf auf dem sonst kahl geschorenen Schädel und redete, schrie und brüllte mit einer eher schwächlichen Stimme auf eine Handvoll verängstigter Zuhörer ein. Und wenn ihm die Stimme bisweilen versagte, nahm er Hände und Arme zu Hilfe, um sich mit heftigen, zuckenden Bewegungen mitzuteilen. Die Wörter »Teufel« und »Hölle« unterstrich er, indem er seinen Zuhörern die gespreizten zehn Finger an ausgestreckten Armen entgegenhielt, sodass Kinder ihre Gesichter in den Röcken ihrer Mütter vergruben und gestandene Männer die Augen mit den Armbeugen bedeckten.

Er hatte sich gerade warmgeredet, als Magdalena hinzutrat: »O ihr Sünder vor dem Antlitz des Herrn, wie wird euch von Herzen sein, wenn ihr, die ihr die Wollust gepflegt habt, dem höllischen Feuer und seinen Teufeln anheimfallt. Aus der Ferne werdet ihr die Stimme Gottes vernehmen: Gehet hin, ihr Vermaledeiten, in das ewige Feuer, denn ihr seid nicht würdig seines Angesichts. Nur höllischen Gespenstern und entsetzlichen Larvengesichtern sollt ihr begegnen und bösen Geistern, denen ihr gedient habt. Bedenkt, wie euch zumute sein wird, wenn ihr die eiserne Höllenpforte zum ersten Mal sehen werdet, die aus Eisen geschmiedeten Riegel, die sich in Ewigkeit nicht mehr öffnen werden, wenn ihr tagaus, tagein die verzweifelten Schreie der Verdammten hören werdet, das Heulen und Zähneklappern der höllischen Wölfe und Drachen. Wenn euch die heiß brennenden Höllenflammen quälen, gegen die das irdische Feuer ein kühler Tau ist, werdet ihr rufen: Ach, was haben wir verloren! Mit den heiligen Engeln hätten wir gen Himmel fahren können, in die ewige Glückseligkeit. Aber ich sage euch, es ist nicht zu spät. Kauft euch frei mit dem vollkommenen Ablass, den euch der hochwürdigste Herr Fürstbischof Albrecht vom Papst in Rom erbeten hat zum Wohl seiner Schäflein. Ein Rheinischer Gulden das Blatt. Das ist viel Geld und doch wenig, wenn ihr bedenkt, was euch dieser eine Gulden erspart.«

Die drastischen Worte, die der Bußprediger mit schneidender Stimme vortrug, lockten immer mehr Zuhörer an, die sich nun schweigend um das Podest scharten und den Dominikaner furchtsam anstarrten.

In der andächtigen Stille ertönte plötzlich die Stimme eines stadtbekannten Trunkenbolds, dem es in beinahe zehn Jahren nicht gelungen war, sein ererbtes Vermögen dreier Stadthäuser zu versaufen: »He, Mönchlein, wie steht es eigentlich mit unserem hochwürdigsten Fürstbischof Albrecht, welcher der Wollust und Völlerei mehr anhängt als jeder andere Mainzer Bürger. Hat er nicht den vollkommenen Ablass notwendiger als wir alle? Zahlt er auch einen Gulden für das wertlose Papier? Oder sind die Sünden Seiner kurfürstlichen Gnaden schon vergeben, noch ehe sie begangen sind?«

Da begannen die eben noch bußfertigen Zuhörer zu feixen, und sie pufften sich grinsend in die Seiten. Der wortgewaltige Bußprediger bekam einen Kopf so rot wie eine Mohnblume im Kornfeld, und er rang, um eine Antwort verlegen, nach Luft wie ein Fisch auf dem Trockenen.

Die Frau des Totengräbers Gabriel, die, während ihr Mann die armen Seelen verscharrte, dem wollüstigen Gewerbe nachging, begann lauthals zu kreischen: »Wir wollen keinen Ablass, wir wollen den Großen Rudolfo seiltanzen sehen!«

In ihr rhythmisches Rufen stimmten zuerst ein paar Weiber ein, dann die Männer, und schließlich schallte es aus Hunderten Kehlen über den Platz: »Wir wollen keinen Ablass, wir wollen den großen Rudolfo seiltanzen sehen!«

Die übrigen Ablassverkäufer verstummten auf ihren Podesten ob des nicht enden wollenden Geschrei nach dem Seiltänzer. Nicht ein einziger Gulden fand den Weg in ihre Kassen.

Aus Furcht, von den Mainzern erkannt zu werden, zog sich Magdalena in das Gauklerlager hinter dem Dom zurück. Sie brannte darauf, zu erfahren, was am gestrigen Tag vorgefallen war. Und da Rudolfo sich zu keiner Erklärung bereitfand, stellte sie ihm unverhohlen die Frage, wer der Unbekannte im Turm gewesen und wie sein seltsames Verhalten zu erklären sei.

»Du hast sicher von Erasmus Desiderius gehört, besser bekannt unter dem Namen Erasmus von Rotterdam«, begann der Seiltänzer weit ausholend.

»Dachte ich mir's doch«, fiel ihm Magdalena ins Wort. »Der Mann mit der spitzen Nase und dem markanten Gesicht kam mir irgendwie bekannt vor. Jetzt weiß ich, woher ich seinen Kopf kenne. In der Bibliothek des Klosters Seligenpforten standen viele seiner Werke. Eines davon enthielt einen Kupferstich nach einem Porträt des Malers Holbein, Erasmus an einem Schreibpult. Es waren vor allem seine Hände, die mich beeindruckt haben: An der Linken trug er zwei protzige Ringe, einen am Ringfinger und den zweiten am Zeigefinger. Nicht uneitel für einen Theologen, der aus dem Kloster kommt und die Auswüchse des Klerikalismus anprangert. Aber warum in aller Welt bat dich der große Erasmus von Rotterdam um Verzeihung?«

Rudolfo schwieg lange, bevor er eine Antwort gab. »Erasmus«, erwiderte er schließlich, »ist einer der Neun Unsichtbaren. Um genau zu sein, er ist der Primus unter ihnen, und bei unserer Zusammenkunft im Kloster Eberbach tauchte der Verdacht auf, ich könnte mich bei meiner Kunst auf dem Seil unlauterer Machenschaften bedienen, wie sie in den ›Büchern der Weisheit‹ verzeichnet sind. Du weißt, dass das bei Todesandrohung verboten ist.«

»Mein Gott«, stammelte Magdalena und presste eine Hand vor den Mund. Und nach längerem Nachdenken fuhr sie fort:

»Das also war der Grund, warum die geheimnisvollen Männer vor deinem Auftritt nicht von deiner Seite wichen. Sie wollten verhindern, dass du das Elixier einnimmst. Aber wie hast du es dennoch geschafft …«

»Du meinst, wie ich an das Elixier herankam? Das kam ich nicht!«

»Was soll das heißen?«

»Ich stieg ohne einen Tropfen der wundertätigen Flüssigkeit auf das Seil.«

Verwirrt sah Magdalena Rudolfo ins Gesicht.

»Ja, es ist wahr. Ich hatte mit dem Leben abgeschlossen und starb tausend Tode, bis ich nach ein paar Schritten auf dem Seil bemerkte, dass ich kaum ins Straucheln geriet. Aber frage mich nicht, warum das so ist. Ich weiß es nicht.«

»Dann hat dir Erasmus mit Recht Abbitte geleistet!«

»Für dieses eine Mal – ja. Aber sei versichert, ich steige nie mehr ohne Einnahme des Elixiers auf das Seil. Nie mehr!«

Vom großen Platz drang das immer lauter werdende Geschrei der Mainzer Bürger in den Gauklerwagen: »Wir wollen keinen Ablass, wir wollen den Großen Rudolfo seiltanzen sehen!«

Während Rudolfo und Magdalena noch ihren Gedanken nachhingen, kehrte Joachim Kirchner zu ihnen zurück und überbrachte mit gefalteten Händen die Nachricht, Seine Kurfürstliche Gnaden bitte inständig, der Große Rudolfo möge umgehend mit dem Seiltanz beginnen, andernfalls fürchte er einen Volksaufstand.

Kaum war Kirchner verschwunden, trat Rudolfo an die Bücherwand in seinem Gauklerwagen und entnahm ihm ein unscheinbares Buch mit braunem Ledereinband, nicht größer als eine Männerhand. Mit großen Augen beobachtete Magdalena, wie Rudolfo das Buch aufschlug, aber nicht, um darin zu lesen oder nach einer geheimen Formel zu forschen, nein, der Seiltänzer entnahm dem Buch eine gläserne Phiole vom Ausmaß eines Zeigefingers. Bei näherer Betrachtung entpuppte sich das Buch nämlich als eine Schatulle, in der das winzige Gefäß eingearbeitet war.

Abschätzend hielt Rudolfo die Phiole gegen das Licht, den bläulich schimmernden Inhalt prüfend. Dann träufelte er sich fünf Tropfen auf die Zunge, legte die Phiole in die Buchschatulle zurück und verstaute diese an ihrem angestammten Platz.

Augenblicke später schien es, als wechselte Rudolfo in eine andere Welt, als wäre er plötzlich ein anderer. Sein Blick wurde glasig und unstet. Magdalena kam es vor, als sähe er durch sie hindurch. Mit steifen Bewegungen schlüpfte er wie eine Marionette in sein weißes Seiltänzerkostüm und verschwand aus dem Wagen, ohne ein Wort zu verlieren.

Magdalena stand der Situation zunächst ratlos gegenüber, dann aber rückte der gestrige Tag in ihr Bewusstsein, und sie entschloss sich, wieder auf den Turm zu steigen, um Rudolfo in luftiger Höhe zu erwarten.

Auf dem kurzen Weg vom Gauklerlager zu der Stelle, wo das Seil um den Stadtbrunnen geschlungen und im Boden verankert war, drängten sich Menschentrauben um den Seiltänzer. Wie bei einem Heiligen zupften und zerrten sie an seiner Kleidung und riefen, nicht enden wollend: »Wir wollen keinen Ablass, wir wollen den Großen Rudolfo seiltanzen sehen!«

Unter Einsatz ihrer Ellenbogen drängte sich Magdalena zur schmalen Pforte des Glockenturms; doch die eisenbeschlagene Türe war verschlossen. Mit bloßen Fäusten hämmerte sie gegen das geschwärzte Eisen – vergeblich. Auch das Bischofsportal und das Liebfrauenportal zu beiden Seiten des Ostchores waren versperrt. Da entschied sich Magdalena, das Schauspiel in der Menge auf dem Marktplatz zu beobachten.

Als Rudolfo am großen Brunnen auf das Seil kletterte, verebbte das wilde Geschrei von einem Augenblick auf den anderen. Hunderte, Tausende Augen verfolgten jede Bewegung des Seiltänzers. Die äußeren Bedingungen, jetzt, um die Mittagszeit, konnten besser nicht sein. Die Hitze der vergangenen Wochen war verflogen, und kein Lüftchen wehte, welches das Seil in Schwingung versetzen konnte.

Anders als am Vortag entschied sich Rudolfo, nicht mit brennenden Fackeln zu balancieren, sondern das Gleichgewicht allein mit gestreckten Armen zu halten. Im Gegensatz zu all den Zuschauern um sie herum wusste Magdalena, dass diese Art der Balancierkunst die schwierigste war und höchstes Können erforderte.

Wie stets nahm der Seiltänzer die ersten Schritte mit hoher Geschwindigkeit, beinahe hektisch, bevor er, unter dem Beifall des Publikums, kurz innehielt und den Blick auf sein Ziel, das obere Fenster des Glockenturms, richtete, bevor er mit traumhafter Sicherheit weiter hinaufging. Auch Magdalena folgte dem weiten Weg mit den Augen und glaubte plötzlich im Schatten hinter der Fensterluke, durch die das Seil geschlungen war, eine Gestalt zu erkennen. Abgelenkt von den heftigen Bewegungen im Kampf um das Gleichgewicht, die der Seiltänzer scheinbar grundlos vollführte, ließ Magdalena die Erscheinung eine Zeit lang außer Acht; doch als sie wieder nach oben blickte, befiel sie die Angst, dass irgendetwas nicht stimmte.

Sie hielt die Hand zum Schutz vor dem grellen Sonnenlicht über die Augen und starrte angestrengt zur Turmspitze. Und plötzlich glaubte sie zu träumen. War es ein Trugbild, oder erschien in der Luke tatsächlich eine Faust im roten Handschuh mit einer brennenden Fackel? Langsam näherte sich die lodernde Flamme der Stelle, an der das Seil über die Fensterbrüstung nach unten lief. Magdalena wollte schreien. Aber irgendetwas schnürte ihr die Kehle zu. Sie wollte mit gestrecktem Arm zur Turmspitze deuten, doch sie schien wie gelähmt, starr und unbeweglich.

Von den zuckenden Bewegungen des Seiltänzers fasziniert, schien niemand zu bemerken, was auf dem Turm vor sich ging. Auch als von dem angekohlten Seil eine schwarze Rauchwolke aufstieg, fand kaum jemand unter den Zuschauern etwas daran. Man glaubte wohl, das gehöre zur Vorstellung, und der Große Rudolfo habe sich zur Aufgabe gestellt, die Turmspitze zu erreichen, noch bevor das Hanfseil zerriss.

Mein Gott, warum geht er nicht weiter? Magdalena fieberte dem drohenden Unheil entgegen. Rudolfo blickte abwechselnd nach oben zur Turmspitze und zum großen Brunnen zurück, wo das Seil seinen Ausgangspunkt nahm. Längst hatte er bemerkt, dass das Feuer das Seil zerreißen und er abstürzen würde.

Es blieb wenig Zeit zu entscheiden, ob er zurück oder weiter nach oben gehen sollte. Rudolfo entschied sich für letztere Möglichkeit – er befand sich etwa in der Mitte des Seils, und hinauf konnte er schneller gehen als hinunter.

Auf dem Platz begannen die Zuschauer rhythmisch zu klatschen, um den Seiltänzer anzufeuern. Zur rettenden Turmspitze fehlten keine dreißig Schritte, als ein Ruck durch das Seil ging, der es heftig zum Schwingen brachte. Der Seiltänzer hielt inne. Kurz darauf ein zweiter Ruck. Den Gaffern stockte der Atem. Die Fackel war in der Fensterluke verschwunden.

Und dann riss das Seil, krümmte sich wie eine gepeitschte Schlange. Der Seiltänzer stürzte erdwärts, riss die Arme auseinander, als wollte er fliegen, überschlug sich in der Luft. Mehrere Male. Man konnte meinen, er habe auch dieses Kunststück eingeübt. Die Gaffer stoben auseinander, dass sich ein kleiner Kreis in der Menge bildete. Mit einem dumpfen, klatschenden Geräusch schlug der Große Rudolfo auf dem Boden auf.

Man hörte Schreie des Entsetzens, aber auch Beifall und Gelächter von jenen Gaffern, die glaubten, der Seiltänzer habe gerade das waghalsigste seiner Kunststücke vorgeführt und werde sich jeden Augenblick in der Menge erheben und Applaus heischend die Arme ausbreiten.

Leise wimmernd und wild um sich schlagend, bahnte Magdalena sich einen Weg zu der Absturzstelle und warf sich über den leblosen Körper. Aus Rudolfos Mund und Ohren flossen dunkle Rinnsale. Dessen ungeachtet, bedeckte Magdalena sein Gesicht mit Küssen, nahm den Kopf in beide Hände und wiegte ihn hin und her, als wollte sie den Seiltänzer aus einem Schlaf wecken.

Sie glaubte, ein feines Lächeln auf seinen Lippen zu erkennen, und unerwartet öffnete Rudolfo die Augen, blinzelnd und vom Sonnenlicht geblendet. Sein Blick ging an Magdalena vorbei, als würde er sie nicht erkennen, und seine mühseligen Sprechversuche erstickten in einem grauenvollen Gurgeln.

Plötzlich schoss ein Blutschwall aus seinem Mund hervor, der sein weißes Kostüm und Magdalenas Kleid von oben bis unten befleckte. Kaum war dieser versiegt, war die Stimme des Seiltänzers noch einmal deutlich zu vernehmen. »Clemens … tacent … libri … suo … loco …« Dann sackte sein Kopf leblos zur Seite.

Von Weinkrämpfen geschüttelt, drückte Magdalena Rudolfos Linke an ihre Brust. Im Anblick des Todes überkam sie eine plötzliche Frömmigkeit, die sie schon verloren geglaubt hatte. Gott straft dich für deine Überheblichkeit, ging es ihr durch den Kopf. Hatte sie den Seiltänzer wirklich geliebt? Oder war sie nur neugierig gewesen auf das, was man Liebe nennt?

Als sie, noch immer vor Rudolfo kniend, den Kopf hob und nach oben zur Turmspitze blickte, verschwammen die Konturen des Bauwerks zu Schlangenlinien. Da tauchte vor ihr die hagere Gestalt Joachim Kirchners auf. Der Sekretär des Fürstbischofs fasste sie an den Armen und half ihr auf die Beine. Magdalena wandte den Blick ab, sie konnte Kirchner nicht in die Augen sehen.

»Wer hat das getan?«, stammelte sie leise vor sich hin. Sie erwartete keine Antwort, und doch wiederholte sie ihre Frage immer wieder: »Wer hat das getan?«

Beinahe verzweifelt versuchte der Sekretär Magdalena zum Schweigen zu bringen, indem er seine Hand vorsichtig auf ihren Mund legte. »Wir werden den Mörder finden«, erwiderte Kirchner in seiner Hilflosigkeit, »seid versichert.«

Vom Schmerz übermannt, riss sich Magdalena aus Kirchners Umklammerung, und in ihrer Verzweiflung rief sie, dass alle Umstehenden es hören konnten: »Dann beginnt am besten im Haus Seiner kurfürstlichen Gnaden!«

Kurfürst Albrecht von Brandenburg war wenig beliebt bei seinem Volk. Und seit dem Ende der Bauernkriege, seit er die Aufständischen, meist Bauern und kleine Leute, unter drakonischen Strafen zur Rechenschaft zog, hassten sie ihn wie den Teufel, und manche behaupteten ernsthaft, der Leibhaftige halte sich unter dem Prachtgewand Seiner kurfürstlichen Gnaden versteckt.

Einer der Gaffer, der Seiler Koloman, dem Magdalena bereits im Gasthaus begegnet war, rief plötzlich: »Hinauf zum Glockenturm!«

Im Nu fand sich eine Horde von zwei Dutzend Männern, die sich durch die Menschenmenge zum Turm drängten, mit Pflastersteinen und Prügeln bewaffnet.

Die schmale Turmtüre, vor Kurzem noch verschlossen, stand sperrangelweit offen. Schreiend wie Soldaten, zum Angriff bereit, stürmten und drängten sie die schmale Treppe empor bis zum oberen Geschoss, wo das Hanfseil befestigt war. Der Täter hatte den Ort längst verlassen. Nur eine abgebrannte Fackel und ein purpurner Handschuh, wie ihn der Fürstbischof bei profanen Anlässen zu tragen pflegte, lagen, in Eile zurückgelassen, auf dem steinernen Boden.

Inzwischen versammelte sich die Gauklertruppe um den toten Rudolfo. Khuenrath, der Riese von Ravenna, schluchzte wie ein kleines Kind, und Jadwiga, die polnische Schlangenfrau, ließ ihren Tränen freien Lauf. Megistos, der Quacksalber, stand da, starr wie eine knorrige Eiche, und blickte nachdenklich vor sich hin, den Blick gen Himmel gerichtet, als überlegte er, wie er dem toten Seiltänzer helfen könnte. Um ihn herum tänzelte die Zwergenkönigin, Haare raufend und immer nur rufend: »Mein Gott, wie soll das weitergehen!« Benjamino, der Jongleur, sonst ein Ausbund an Fröhlichkeit, verzog selbst im Augenblick tiefer Trauer sein Gesicht zu einem unergründlichen Grinsen. Der Einzige, an dem die Situation scheinbar ohne Regung vorüberging, war Forchenborn, der Marktschreier. Beherrscht, beinahe kaltschnäuzig und mit fester Stimme drohte er den Gaffern Prügel an, wenn sie nicht augenblicklich verschwänden.

Seine Worte blieben nicht ohne Wirkung. Allmählich zerstreute sich die Menge, und die Ablassprediger predigten auf einem beinahe menschenleeren Platz.

Megistos nahm sich Magdalenas an und brachte sie in Rudolfos Gauklerwagen. Dort verabreichte er ihr zwei Löffel einer geheimnisvollen Essenz, die sie ihren Schmerz für kurze Zeit vergessen ließ und in einen tiefen Schlaf versetzte.

Als sie erwachte, war es Nacht. Tiefe Wolken jagten über den Himmel und gaben bisweilen den Blick auf den rötlich schimmernden Mond frei.

Magdalena hielt es nicht in Rudolfos Gauklerwagen. Leise und ohne Aufsehen zu erregen, schlich sie zu der Stelle auf dem großen Platz, wo der Seiltänzer seine Seele ausgehaucht hatte. Die Blutlache, in der Rudolfo gelegen hatte, hatte sich fest in ihr Gedächtnis eingebrannt, dennoch fand sie keine Spur, die an das furchtbare Geschehen erinnert hätte.

Ratlos, an ihrem Verstand zweifelnd, kehrte sie zum Gauklerwagen Rudolfos zurück. Durch einen schmalen Spalt in der Fensterluke fiel ein schwacher Lichtschein. Sie konnte sich nicht erinnern, dass sie im Wagen ein Licht entzündet hatte. Um kein Geräusch zu verursachen, hatte Magdalena die Wagentüre nicht verschlossen. Sie zögerte, ob sie den Riesen Khuenrath wecken sollte, aber dann kamen ihr Bedenken, sie könnte in ihrer Zerstreutheit vielleicht doch vergessen haben, das Licht zu löschen. Mutig öffnete sie die Türe.

Der Anblick machte Magdalena sprachlos. Auf Rudolfos Stuhl saß Xeranthe, zynisch grinsend. Sie schien den Schock zu genießen, den ihr Anblick auslöste.

»Mich hast du wohl nicht erwartet?«, spottete die Wahrsagerin.

»Nein«, erwiderte Magdalena mit dünner Stimme und schüttelte den Kopf, zaghaft zuerst, dann immer heftiger, als wolle sie ein Hirngespinst vertreiben.

»Du – du bist gar nicht tot?«, stammelte sie wirr vor sich hin.

Xeranthe brach in lautes Gelächter aus, dass Magdalena ängstlich die Türe hinter sich schloss, aus Furcht, der Lärm könne die Gaukler anlocken und man würde sie beschuldigen, mit der Wahrsagerin gemeinsame Sache gemacht zu haben.

»Und die verkohlte Leiche mit dem Stirnreif, die wir am Mainufer beerdigt haben?«, erkundigte sich Magdalena kleinlaut.

Xeranthe weidete sich an Magdalenas Verwirrung, indem sie die Antwort lange hinauszögerte und sie durchdringend ansah.

»Melchior?« Der Gedanke traf sie wie ein Blitzschlag.

Mit großen Augen verfolgte sie, wie Xeranthe einen langen, funkelnden Dolch, schmal wie ein Schilfrohr, aus dem Mieder ihres Gewandes zog und sich vor die Augen hielt.

»Er wollte mich töten«, zischte sie hasserfüllt.

Magdalena wich zurück. »Melchior wollte dich töten? Warum hätte er das tun sollen? Ich dachte, er hätte eher ein Auge auf dich geworfen.«

»Ach was! Er benützte mich nur als Vorwand, um dich eifersüchtig zu machen, was aber − wie wir beide wissen − kläglich misslang. Melchior war dir verfallen. Doch du hattest nichts Besseres zu tun, als dich Rudolfo an den Hals zu werfen. Da fasste ich den Plan, dich zu vergiften. Ich dachte mir, wenn *ich* Rudolfo nicht haben kann, sollst auch du ihn nicht haben. Als mein Plan scheiterte, muss Melchiors Hass auf mich grenzenlos gewesen sein. Eines Nachts weckten mich verdächtige Geräusche. Beißender Qualm strömte in meinen Gauklerwagen. Ich zweifelte keinen Augenblick, dass Melchior mein Gefährt in Brand gesetzt hatte und mich umbringen wollte. Auch war mir klar, dass er die Eingangstüre verbarrikadiert hatte. Allerdings konnte er nicht wissen, dass mein Karren über eine Besonderheit verfügte, eine Bodenklappe, zwei Ellen im Quadrat, durch die man das Nachtgeschirr entleeren konnte. Durch diese Klappe zwängte ich mich ins Freie. Ich sah Melchior in einiger Entfernung. Vorsichtig schlich ich mich an ihn heran. Diesen Dolch stieß ich Melchior von hinten zwischen die Schulterblätter, mitten ins Herz.« Wie von

Sinnen fuchtelte Xeranthe mit der Waffe vor Magdalenas Gesicht herum.

Magdalena hatte Angst, Todesangst.

»Lautlos«, fuhr Xeranthe fort, »sank Melchior zu Boden. Da kam mir die Idee, seine Leiche in den Wagen zu zerren. Ich musste mich beeilen, denn die Flammen züngelten immer höher, und das Feuer konnte jeden Augenblick entdeckt werden. Noch während ich den toten Melchior in den Wagen wuchtete, hatte ich den Einfall, ihm meinen Stirnreif aufs Haupt zu drücken. Ihr alle solltet glauben, *ich* sei in meinem Gauklerwagen verbrannt. Und wie es scheint, ging mein Plan auf.«

Die Gefühllosigkeit und Kälte, mit der Xeranthe den Mord an Melchior schilderte, versetzte Magdalena in Angst und Bangen. Vergeblich versuchte sie, ihre zitternden Hände vor der Wahrsagerin zu verbergen, doch die setzte ihr das Messer an den Hals, und Magdalena erstarrte, unfähig sich zu wehren.

Gedankenfetzen jagten durch ihr Hirn: Wie könnte sie dieser Wahnsinnigen entkommen? Welches Ziel verfolgte sie? Warum gestand sie ihr das Verbrechen an Melchior? Hatte sie etwa auch Rudolfo auf dem Gewissen? Wie sagte sie doch? – Wenn *ich* Rudolfo nicht haben kann, sollst du ihn auch nicht haben!

Obwohl ihr die Frage auf der Seele brannte, wagte Magdalena nicht, sie zu stellen. Xeranthe drückte ihr das spitze Messer immer kräftiger gegen den Hals. Magdalena spürte, wie es die Haut aufschlitzte und ein Rinnsal warmes Blut hervortrat. In Todesangst setzten all ihre Gedanken aus.

Wie aus weiter Ferne vernahm sie eine bekannte Stimme: »Magdalena!« Dazu ein heftiges Klopfen an der Türe des Gauklerwagens.

Xeranthe, die den Dolch keinen Fingerbreit von ihrem Hals wegbewegte, gab Magdalena ein Zeichen zu antworten.

»Ja«, erwiderte sie zögerlich.

»Ich bin Kirchner, der Sekretär Seiner kurfürstlichen Gnaden, ich muss dringend mit Euch reden!«

Magdalena sah Xeranthe fragend an: Wie sollte sie sich verhalten?

Xeranthe nickte, was Magdalena als Zustimmung verstand, dem Wunsch des Sekretärs zu folgen.

Die Wahrsagerin zog den Dolch zurück, und Magdalena fühlte sich wie befreit, als sei ihr das Leben neu geschenkt.

»Was wollt Ihr zu so früher Stunde?«, rief sie durch die geschlossene Türe. »Es ist Nacht, und ich schlafe noch!«

»Ich weiß«, antwortete Kirchner. »Kleidet Euch an. Ich warte!«

Im gleichen Augenblick wurde Magdalena klar: Xeranthe saß in der Falle. Das gab ihr neuen Mut. Hurtig zog sie sich ein anderes Kleid an und machte Anstalten, den Gauklerwagen zu verlassen, als Xeranthe ihr in den Weg trat und sie an beiden Armen festhielt.

»Wage nicht, mich zu verraten!«, zischte sie im Flüsterton. »Früher oder später würdest du es bereuen!«

Magdalena nickte stumm und drehte den Schlüssel im Schloss um. Dann schlüpfte sie durch die Türe ins Freie und sperrte hinter sich ab.

Kirchner wartete, nicht weit entfernt auf einem Stapel Holzplanken sitzend, aus welchen die Fuhrknechte für gewöhnlich die Bühne der Menagerie zimmerten. Neben sich eine Laterne, die ein unruhiges Licht verbreitete.

Noch bevor der fürstbischöfliche Sekretär beginnen konnte, fuhr ihn Magdalena an. »Was ist so wichtig, dass Ihr mich zu nachtschlafender Zeit aus dem Bett holt? Sagt mir zuallererst, wo die Leiche Rudolfos verblieben ist.«

»Man hat sie ins Leichhaus außerhalb der Stadtmauer gebracht«, erwiderte Kirchner, »so, wie es Sitte ist bei Fremden, die in unserer Stadt den Tod finden.«

Magdalena stutzte. »Verstehe ich Euch recht, Ihr wollt, dass der Große Rudolfo, dem die Menschen zu Lebzeiten zugejubelt haben wie unserem Herrn Jesus bei der Palmprozession, in einem Grab außerhalb der Stadt verscharrt wird neben Gehenkten und Enthaupteten, anstatt ihm ein Denkmal zu errichten wie Euren

Fürstbischöfen? Wer hat das veranlasst? Etwa Euer Vater in Christo, Seine kurfürstliche Gnaden, der hochwürdigste Herr Albrecht von Brandenburg?«

»Nein. Den Auftrag gab Dompropst Johann von Schöneberg, in dessen Zuständigkeitsbereich sich das Unglück ereignet hat. Seine kurfürstliche Gnaden weiß noch gar nicht, dass der Seiltänzer seine Seele ausgehaucht hat. Er ist mit Matthäus Schwarz, dem Abgesandten des reichen Fuggers, zur Jagd in den Rheinauen um Lorch, wo beide auch die Nacht verbringen. Aber der Grund meines frühen Besuchs ...«

»So redet schon!«, herrschte Magdalena Joachim Kirchner an.

»... der Grund meines frühen Besuchs ist folgender: Dompropst Johann von Schöneberg hat den Wunsch geäußert – genau genommen hat er den Befehl erteilt –, die Gaukler mögen in aller Herrgottsfrühe ihre Zelte auf dem Liebfrauenplatz abbrechen und noch vor Tagesanbruch aus Mainz verschwinden. So etwa pflegte sich Hochwürden auszudrücken.«

»So, so. Hochwürden pflegte sich so auszudrücken«, wiederholte Magdalena. Dabei presste sie ihre rechte Hand auf die Stelle an ihrem Hals, an der ihr Xeranthe die Verletzung zugefügt hatte.

»Hochwürden meinte«, fuhr Kirchner fort, »die Gaukler hätten schon genug Unruhe in die Stadt gebracht, und der Tod des Seiltänzers sei die gerechte Strafe Gottes, weil er sich hoffärtig über die göttlichen Gesetze hinweggesetzt und einen der Domtürme auf einem Hanfseil bestiegen habe, was kein gläubiger Christenmensch vermöge, es sei denn, er sei ein Nekromant und stehe mit dem Teufel im Bunde.«

Sogar im spärlichen Licht der flackernden Laterne war zu erkennen, dass Magdalenas Augen vor Zorn funkelten. »Und Ihr stimmt dem Dompropst zu?«

Kirchner hob die Schultern und schwieg.

»Der Einzige, mit dem die Gaukler im Bunde stehen«, bemerkte Magdalena hämisch, »ist Seine kurfürstliche Gnaden Albrecht von

Brandenburg, den Ihr ja wohl nicht als Teufel bezeichnen würdet. Ihr selbst habt das Abkommen zwischen ihm und den Gauklern vermittelt und mir fünfzig Gulden für unseren Auftritt ausgehändigt. Das habt Ihr doch hoffentlich nicht vergessen?«

»Gewiss nicht«, versuchte Kirchner die aufgebrachte Frau des Seiltänzers zu beschwichtigen. »Es ist nur – der Große Rudolfo ist doch tot und kann die trägen Mainzer Bürger nicht mehr auf den großen Platz vor dem Dom locken!«

In ihrer Wut und weil Menschen, in die Enge getrieben, zu seltsamen Entschlüssen fähig sind, erwiderte Magdalena gereizt: »Ach, ich verstehe. Dann werde eben *ich* auf das Seil steigen und den Turm erklimmen. Das wird nicht weniger Gaffer anlocken!«

Der Sekretär des Fürstbischofs warf Magdalena einen ungläubigen Blick zu, ob er sich nicht verhört habe und ob Magdalena, aufgebracht, ihn nicht hochnehmen, eine Posse spielen wollte. Aber dann bemerkte er ihren entschlossenen Gesichtsausdruck und entgegnete: »Das solltet Ihr besser bleiben lassen, wenn Euch Euer Leben lieb ist. Ihr würdet nicht weit kommen. Der Große Rudolfo verfügte über eine Fähigkeit, die nur wenigen gegeben ist.«

»Das lasst ruhig *meine* Sorge sein«, unterbrach Magdalena Kirchner, und in der Tat, sie meinte es ernst. Magdalena hatte das geheimnisvolle Elixier vor Augen, dessen Wirkung sich der Große Rudolfo bedient hatte. Auch er war, bevor er dieses Elixier benutzt hatte, nie über ein hohes Seil gegangen. Jetzt wollte sie es selbst versuchen. Sie wusste nicht, woher sie, einer plötzlichen Eingebung folgend, den Mut für dieses riskante Unternehmen nahm. Sie wusste nur, dass sie es tun würde.

»Und jetzt geht und sagt Eurem Dompropst, dass die Frau des Seiltänzers heute um die Mittagszeit denselben Weg auf dem Seil nehmen wird wie tags zuvor der Große Rudolfo.« Und als Kirchner ihrer Aufforderung nicht sofort nachkam, herrschte sie ihn an: »Verschwindet endlich!«

Kopfschüttelnd verließ der Sekretär des Fürstbischofs den Pferch der Gaukler und verschwand in der Morgendämmerung des neuen Tages.

Magdalena hielt einen Augenblick inne, um ihre Gedanken zu ordnen. Dann holte sie tief Luft und begab sich zum Wagen des Marktschreiers. Mit bloßen Fäusten trommelte sie gegen die Türe. Es dauerte eine halbe Ewigkeit, bis Forchenborn öffnete und den Kopf durch den Türspalt steckte: »Bist du verrückt geworden, einen alten Mann zu nachtschlafender Zeit aus dem Bett zu trommeln?«

»Xeranthe lebt! Ich habe sie in Rudolfos Gauklerwagen eingesperrt«, sagte sie ohne Umschweife.

Sie hatte erwartet, dass der Marktschreier nicht anders reagieren würde: Er sah Magdalena lange prüfend an und blieb ebenso lange stumm. Nach einer Weile trat er, den Gürtel um seinen schwarzen Schlafrock schlingend, aus der Türe und nahm sie in die Arme. »Uns allen geht Rudolfos Tod sehr nahe, und keiner von uns weiß, wie es weitergehen soll. Dass dich die Umstände seines Todes erschüttert haben, kann ich gut nachvollziehen. Auch dass es dir nicht leichtfällt, dich mit der Realität abzufinden. Niemand kann dir verdenken, wenn deine Sinne verrücktspielen und du Dinge siehst, die es gar nicht gibt. Aber was Xeranthe betrifft: Xeranthe ist tot, bis zur Unkenntlichkeit verbrannt. Wir alle haben sie anhand ihres Stirnreifs identifiziert. Und jetzt gehe und lege dich wieder schlafen.«

Da packte Magdalena den Marktschreier am Ärmel und zog ihn mit sich zu Rudolfos Gauklerwagen. Schon im Näherkommen bemerkte sie, dass die Türe offen stand, und am Ziel angelangt, erkannte sie, dass der Wagen aufgebrochen war. Im Innern brannte noch Licht.

Forchenborn bedeutete Magdalena, sie solle warten, er wolle allein nach dem Rechten sehen. Langsam, einen Fuß vor den anderen setzend, sorgsam bedacht, kein Geräusch zu verursachen, näherte sich der Marktschreier der Holztreppe, stieg lautlos die fünf Stufen hoch und verschwand im Innern.

Mit geöffnetem Mund lauschte Magdalena, ob sie irgendein Geräusch vernähme. Nichts. Endlich erschien der Marktschreier in der Türe und hielt ihr einen roten Handschuh entgegen.

»Niemand da?«, fragte Magdalena zaghaft.

Wortlos schüttelte Forchenborn den Kopf.

Mit einem Mal begriff Magdalena, welche Bedeutung der purpurrote Handschuh hatte.

13. KAPITEL

Magdalena hatte es unterlassen, den Marktschreier und die übrigen Gaukler von ihrem Vorhaben zu unterrichten. Deshalb wunderten sie sich, als sich der Liebfrauenplatz vor dem Dom schon am Vormittag mit Menschen füllte und die Ablassprediger mit ihren Schimpftiraden begannen.

Gott weiß, wie es Kirchner so schnell gelungen war, die bevorstehende Sensation unter das Volk zu bringen, doch zeigte sich, dass nichts schneller wächst als ein Gerücht. Die meisten wollten einfach nicht glauben, was man hinter vorgehaltener Hand tuschelte: dass die Frau des zu Tode gekommenen Seiltänzers nun selbst auf das Seil klettern und den rechten Domturm am Ostchor besteigen wolle. Ein Skandal, niederträchtiger als alle Liebschaften Seiner kurfürstlichen Gnaden! Schließlich hatte es noch nie eine Frau gewagt, öffentlich auf einem Seil zu balancieren, wobei man ihr bei jedem Schritt lüstern unter die Röcke schauen und sich an ihrem Anblick sündhaft ergötzen konnte.

Kurz vor dem Angelusläuten gab Magdalena den Fuhrknechten den Auftrag, ein neues Seil zum Turm zu spannen, so, wie sie es am Vortag getan hatten. Nur mit Murren kamen die Knechte der Anweisung nach, da sie nach dem Ableben des Seiltänzers keinen Sinn darin sahen und nicht die geringste Vorstellung hatten, was Magdalena damit bezweckte.

In Rudolfos Gauklerwagen hielt Magdalena zur selben Zeit das in Leder gebundene Buch mit der eingearbeiteten Phiole in Hän-

227

den. Sie kannte die Wirkung des Elixiers, doch wusste sie nicht, wie sie zustande kam und welche Nebenwirkungen das Gebräu haben mochte. Rudolfo hatte sich manchmal höchst merkwürdig verhalten.

Doch dann gab sie sich einen Ruck, öffnete das Glasröhrchen und träufelte sich die fünf letzten Tropfen auf die Zunge, so wie sie es bei Rudolfo beobachtet hatte. Damit war die Phiole leer – der Trank aufgebraucht. Schließlich legte sie sich aufs Bett und starrte, in Erwartung wundersamer Gefühle, zur Decke.

Eine Weile geschah gar nichts, nur Magdalenas Herz begann zu rasen, weil sie fürchtete, das Elixier könne ohne Wirkung bleiben, Rudolfo habe sie mit seinem okkulten Wissen an der Nase herumgeführt. Oft schon hatte sie an diesem Wissen gezweifelt und sich die Frage gestellt, warum ausgerechnet *er*, Rudolf Rettenbeck, Sohn eines Flickschusters und einer Bamberger Hebamme, dazu ausersehen sein sollte, Einblick in die geheimsten Dinge des Lebens zu erhalten.

Und doch – da war etwas, das sie dem Seiltänzer mit den magischen Fähigkeiten in die Arme getrieben hatte.

Während ihre Gedanken endlos um diese Fragen kreisten, merkte sie nicht, wie sie, schwerelos schwebend, in eine andere Welt wechselte, wie sich der Druck, der zeitlebens auf jedem Menschen lastet, allmählich verflüchtigte. Sie spürte unbändige Kräfte, die allein von ihren Gedanken ausgelöst wurden, Kräfte, die sie noch nie zuvor bemerkt hatte. Diese unerwartete Wendung und das damit verbundene Glücksgefühl, das ihren ganzen Körper durchströmte, verliehen Magdalena ungeahnte Kräfte und die Überzeugung, sie sei zu allem fähig, sie müsse es nur wollen.

So erschrak sie auch nicht, als sie Forchenborns geifernde Stimme vor dem Gauklerwagen vernahm und dieser die Türe aufriss und ihr wutschnaubend entgegenschleuderte: »Bist du verrückt geworden? Die Fuhrknechte haben ein neues Seil zum Turm gespannt. Sie vermuten, du willst auf den Turm balancieren, wie es der Große Rudolfo getan hat!«

»Ganz recht!«, erwiderte Magdalena gelassen, als sei das die selbstverständlichste Sache der Welt.

Der Marktschreier hielt die Hände vors Gesicht: »Mein Gott, sie hat den Verstand verloren!«

»Vielleicht hast du sogar recht«, antwortete Magdalena, »aber jetzt verschwinde, ich muss mich noch für meinen Auftritt umkleiden.« Dann schlug sie dem Marktschreier die Türe vor der Nase zu.

Während Magdalena ihr Kleid auszog und in eines der weißen Kostüme schlüpfte, von denen der Große Rudolfo ein halbes Dutzend in Besitz hatte, füllte sich der Liebfrauenplatz vor dem Ostchor des Doms mit mehr Menschen als am Tag zuvor. Sogar die Ablassprediger fanden ihre Zuhörer und brachten manchen Gulden in die fürstbischöfliche Kasse.

Von irgendwoher erschallte plötzlich der Ruf: »Wir wollen die Frau des Seiltänzers seiltanzen sehen!«, und im Nu grölten viele hundert Kehlen: »Wir wollen die Frau des Seiltänzers seiltanzen sehen!«

Ohne Zweifel an ihrem Vorhaben aufkommen zu lassen, trat Magdalena aus dem Gauklerwagen und blinzelte in die Sonne. Die Umstände um Rudolfos Tod, die Einwände des Marktschreiers und ihre eigenen Bedenken, das alles war im Augenblick weit weg. Sie verspürte nicht die geringste Angst. Und als ihr die Zwergenkönigin weinend in den Weg trat und sich an ihrem Seiltänzerkostüm festhielt wie ein Kläffer, der sich in seinen Widersacher verbissen hat, und als sie flehte, sie solle, bei der Heiligen Jungfrau, nicht auf das Seil steigen, da stieß sie die kleine Frau lächelnd von sich und schritt zielstrebig und mit erhobenem Haupt auf den Stadtbrunnen zu, an dem das Seil befestigt war.

Aus der Entfernung konnte man Magdalena mit ihrem kurzem Haar und den weißen Beinkleidern für einen fürstbischöflichen Knappen oder einen jugendlichen Pagen halten, doch aus der Nähe ließen ihr anmutiges Gesicht und ihre geschmeidige Gestalt kaum Zweifel an ihrer Weiblichkeit aufkommen.

Mit aufgesetztem Lächeln und starrem Blick drängte sich Magdalena zum Brunnen, die aufmunternden Zurufe, aber auch hämischen Bemerkungen missachtend. Angekommen, kletterte sie auf die marmorne Einfassung, richtete sich auf, und mit erhobenen Armen nahm sie den Beifall des Publikums entgegen.

Huldvoll, wie sie es bei Rudolfo abgeschaut hatte, verneigte sich Magdalena nach allen Seiten. Dabei blieb ihr Blick auf einer kleinen, untersetzten Gestalt haften, vielleicht nur deshalb, weil deren kahler, nur von einem Haarkranz eingerahmter Schädel in der Sonne glänzte. Von seiner Statur, aber auch was seine heruntergekommene Kleidung betraf, passte er nicht so recht zu den sieben vornehm gekleideten Männern, die einen Kreis um ihn bildeten, als wollten sie ihn vor den Gaffern beschützen.

Die Erscheinung des Mannes hatte sie gut im Gedächtnis behalten, doch Magdalenas Gedanken waren so sehr auf ihr Ziel ausgerichtet, dass es ihr schwerfiel, sich auf andere Dinge zu konzentrieren. Was die Männer untereinander beredeten, bekam sie im Lärm der Menge ohnehin nicht mit.

»Keine Angst«, meinte Primus, an den kleineren Septimus gewandt, »in dieser Menschenansammlung wird Euch niemand erkennen. Im Übrigen bin ich sicher, dass Ihr nicht der Einzige auf diesem Platz seid, nach dem wegen Unterstützung der Aufständischen gesucht wird.«

»Euer Wort in Gottes Ohr!«, erwiderte dieser und drückte dem anderen die Hand.

Dann wandten sich die acht Männer wieder der Frau des Seiltänzers zu, die gerade Anstalten machte, einen Fuß auf das Seil zu setzen. Auf dem Liebfrauenplatz verebbte der Lärm.

»Man sagt, das Weib habe noch nie auf einem Seil balanciert«, raunte Primus den anderen zu, und an seinen Nachbarn gewandt, stellte er die Frage: »Was meint Ihr, Sextus, haltet Ihr es für möglich, dass ein Weib mit eisernem Willen eine solche Leistung vollbringt und der Anziehungskraft unserer Mutter Erde trotzt? Ihr seid ein weit gereister Mann und habt mehr erlebt als wir alle. Habt Ihr so etwas schon einmal gesehen?«

Sextus spitzte den Mund und hob die Augenbrauen: »In Arabien habe ich Elefanten, die in unseren Breiten unbekannten Rüsseltiere, mit vier Beinen über zwei Seile laufen sehen und auf meine Frage, wie das mit den Gesetzen der Naturwissenschaft vereinbar sei, die Antwort erhalten: üben, üben, üben. Wie ich in meinem Buch ›De incertitudine et vanitate scientiarum‹[2] erwähnt habe, sind die Naturgesetze eigentlich nur dazu da, um gebrochen zu werden. Die ›Bücher der Weisheit‹ wissen darüber sicher mehr zu berichten.«

»Tacent libri suo loco!«, fuhr Octavus dazwischen.

»Ihr seid doch Wahrsager von Beruf«, scherzte Quintus. »Ihr müsstet doch eigentlich den Ausgang dieses Abenteuers kennen.« Mit einer Kopfbewegung deutete er auf Magdalena, die bereits ein kurzes Stück hinter sich gebracht hatte.

»Aber natürlich«, entgegnete der Wahrsager und schmunzelte wissend. »Sie wird ihr Ziel ohne Fehltritt erreichen. So wahr ich Michel de Nostre-Dame bin.«

»Euer Name ist uns allen hinreichend bekannt«, bemerkte Secundus, der bärtige Dichter unter den acht, »ich hoffe nur, Ihr behaltet recht mit Eurer Vorhersage. Sonst …«

»Was sonst?«

»Sonst hättet Ihr, denke ich, Euren Beruf verfehlt! Denn ein Sterndeuter und Wahrsager, der falsche Prophezeiungen verbreitet, sollte sich besser nach etwas anderem umschauen, anstatt bei den Menschen falsche Hoffnungen zu wecken und Ängste zu schüren.«

Lautstark ereiferte sich Octavus: »Das sagt ausgerechnet Ihr, der sein Brot mit peinlichen Schmähschriften und unappetitlichen Komödien über das Leben der römischen Kurtisanen verdient!«

»Pssst!« Nonus galt als der große Schweiger unter den Unsichtbaren, weil er einer sprachlosen Kunst nachging, die nur das Auge

---

[2] »Über die Unsicherheit und Eitelkeit der Wissenschaften«

erfreut. Er mahnte zur Zurückhaltung, weil die umstehenden Zuschauer bereits auf die Auseinandersetzung aufmerksam geworden waren. »Erinnert Euch, wer und wo Ihr seid!«, zischte er hinter vorgehaltener Hand.

Nach Rudolfos Vorbild ruderte Magdalena mit den Armen, als wollte sie sich an der Luft festhalten. Das verlieh ihren steifen Bewegungen eine gewisse Anmut und entlockte manch männlichem Zuschauer ein bewunderndes »Ah« und »Oh«, den Weibern allerdings nur verächtliche Blicke. Doch je weiter sich Magdalena von ihrem Ausgangspunkt entfernte, desto stiller wurde es auf dem Liebfrauenplatz.

»Ihr seid so still, Tertius«, flüsterte Primus dem hageren Mann an seiner Seite zu. Seine weibische, gelockte Haarfrisur und die feingliedrigen Finger seiner Hände, die er, angstvoll nach oben blickend, vor den Mund gepresst hielt, ließen ihn eher wie einen empfindsamen Schöngeist erscheinen denn als das, was er war: Mathematiker, Mediziner und Astronom.

»Mir ist bange um die Frau auf dem Seil«, flüsterte er, ohne den Blick von ihr abzuwenden. »Je weiter sie sich von der Erde entfernt, desto heftiger wirkt die Schwerkraft auf ihren Leib, und mit jedem Schritt, den sie tut, wächst die Gefahr. Ich weiß, wovon ich rede.«

»Ihr müsst es wissen, Kopernikus«, raunte Primus seinem Nachbarn zu. »Oh, verzeiht, Euer Name ist mir so herausgerutscht. Ihr kennt die geheimen Kräfte der Erde besser als jeder andere auf diesem Platz. Mutig, mutig, wie Ihr es sogar mit dem Papst aufnehmt, der nach wie vor behauptet, dass sich die Sonne um die Erde dreht und unser Planet das Zentrum des Weltalls ist. Übrigens: Ihr dürft das Seiner Heiligkeit nicht verübeln. Er hat einfach Schwierigkeiten, seinen Gläubigen zu erklären, ob sich die Erlösung durch unseren Herrn Jesus auch auf andere Planeten bezieht, die in der Bibel gar nicht erwähnt werden.«

»Im Ernst«, unterbrach Tertius den Redefluss von Primus, »ich halte es für möglich, dass die Frau die außerordentliche Begabung besitzt, den Kräften der Natur zu trotzen. Seht nur, wie leichtfüßig sie voranschreitet, sie scheint geradezu zu fliegen, ohne körperliche Schwere!«

»Ihr glaubt also, dass das Schauspiel vor unseren Augen nicht mit rechten Dingen zugeht!«

»Glauben heißt: nicht wissen.«

Vor dem letzten Stück, das steil zum Turm anstieg, legte Magdalena eine Pause ein und winkte ins Publikum. Und mit einem Mal brach Jubel und Beifall aus, dass der Lärm bis zum Rathaus am Rheinufer zu vernehmen war.

Nachdem sie lange genug den Beifall ausgekostet hatte, nahm Magdalena das letzte, steiler werdende Stück in Angriff. Tief unter ihren Füßen war es wieder still geworden, beinahe andächtig still. Zum ersten Mal auf ihrem Weg zur Turmspitze spürte sie, dass sie der Tanz auf dem Seil eine Menge Kraft kostete. Verzweifelt versuchte sie sich zu erinnern, ob Rudolfo das steilste Stück langsam und bedächtig oder mit Anlauf und Schwung angegangen war. Aber wie alles war auch diese Erinnerung seit der Einnahme des Elixiers in ihr verblasst. Deshalb stieg sie langsam und bedächtig, wie sie begonnen hatte, weiter aufwärts.

Hätte sich ihr Gedächtnis nicht so eingetrübt und die Erinnerung an die behandschuhte Hand mit der Fackel, die Rudolfo den Tod gebracht hatte, verdrängt – Magdalena wäre gewiss ins Straucheln geraten; so aber setzte sie, das Ende des Weges fest im Blick, den Aufstieg ungerührt fort.

Keine zehn Ellen vor dem Ziel hielt sie noch einmal inne. Den Zuschauern auf dem Liebfrauenplatz stockte der Atem. Selbst die acht Männer, die sich noch vor Kurzem großsprecherisch hervorgetan hatten, verstummten abrupt.

Mit einem Anflug von Stolz und dem Bewusstsein, dass ihr Vorhaben kaum noch scheitern konnte, richtete sich Magdalena auf, breitete die Arme waagerecht aus wie ein Adler im Flug und legte so die letzten Schritte zurück. Oben angekommen, umarmte sie die schlanke Säule zwischen den beiden Rundbogenfenstern, um die das Seil geschlungen war.

»Mag-da-le-na!«, schallte es von unten herauf. Der Beifall und die Hoch-Rufe wollten nicht enden.

Doch bei Magdalena kam seltsamerweise kein Triumpfgefühl auf, nicht einmal Stolz, etwas vollbracht zu haben, was vor ihr noch keiner Frau gelungen war. In ihrem Innersten fühlte sie nichts als eine große Leere.

Magdalena kamen Zweifel, ob sie überhaupt noch sie selbst war. Zwar fühlte sie die magische Kraft, eine Energie, die sie zu schier Unmenschlichem befähigte, aber sich selbst spürte sie nicht. Keine Gemütsregung, Ergriffenheit oder Rührung, von Leidenschaft oder Erregtheit ganz zu schweigen. Nur Müdigkeit verspürte sie, die sich von einem Augenblick auf den anderen einstellte. Die steile Treppe, zehn Stockwerke turmabwärts, forderte ihre letzten Kräfte.

Unten angelangt, wurde sie von den Gauklern umringt und bejubelt. Der Marktschreier Forchenborn küsste ihr die Hände. Im Überschwang seiner Gefühle zerrte Benjamino, der Jongleur, an ihrem Gewand und rief immer wieder: »Complimenti, complimenti!« Und der buckelige Quacksalber stammelte, immer nur den Kopf schüttelnd: »Tadellos, tadellos!« Schließlich packte sie der Riese Khuenrath an den Hüften und setzte sie auf seine rechte Schulter. So traten sie aus dem Turm des Ostchores auf den Liebfrauenplatz.

Magdalena winkte mechanisch wie eine Marionette und mit künstlichem Lächeln in die drängende Menge. Nur wenigen, darunter dem Marktschreier, fiel ihr merkwürdiges Verhalten auf; aber auch Forchenborn schrieb dies der übermenschlichen Anstrengung zu, die der Tanz auf dem Seil gefordert hatte.

Nach der Ankunft im Gauklerlager wurde Magdalena bestürmt, wo und wie sie ihre Kunst erlernt und warum sie ihr Können bislang verschwiegen habe. Nur der Marktschreier hielt sich auffallend zurück. Er hatte schon bei Rudolfo den Verdacht gehegt, dass es in Ausübung seiner Kunst nicht mit rechten Dingen zugegangen sein könnte; doch hatte er nie gewagt, den Seiltänzer zur Rede zu stellen. Der Marktschreier war sich bewusst, dass die Truppe ohne die Kunst des Großen Rudolfo nicht halb so viel wert war.

Magdalenas unerwarteter Auftritt bestätigte nur seine Vermutung. Als Novizin im Kloster konnte sie kaum die Gauklerkunst des Seiltanzes erlernt haben. Und Zweifel waren angebracht, ob Rudolfo in der Lage gewesen war, sein außergewöhnliches Können in der kurzen Zeit zu vermitteln. Als Forchenborn sah, wie erschöpft Magdalena war, drängte er die übrigen Gaukler beiseite und geleitete sie zu Rudolfos Wagen, wo sie sich von den Anstrengungen ihres Auftritts erholen sollte. Dort angekommen, verriegelte Magdalena die Türe hinter sich, legte sich nieder und fiel sofort in tiefen Schlaf.

Sie konnte nicht ahnen, was sich alles ereignete, während sie schlief. Auf dem Liebfrauenplatz hatte ihr die Menge zugejubelt. Niemandem waren dabei die Domherren aufgefallen, die sich neugierig unter das Volk gemischt und augenlüstern gegafft hatten, wie die Frau des Seiltänzers mit Leichtigkeit ihre Kunst vollführte. Nach dem Ende der Vorführung, als sie sich sattgesehen hatten, waren sie in der Dompropstei zusammengekommen, um sich gegenseitig zu bestätigen, was ihnen schon vor der Darbietung klar gewesen war: dass ein Frauenzimmer, welches sich derart vor dem Volk produzierte, gegen die Gesetze der Moral verstieß und, schlimmer noch, mit dem Teufel im Bunde stand. Kein gottesfürchtiges Weib war fähig, auf einem Seil den Dom zu besteigen, es sei denn, es hatte seine Seele dem Teufel verschrieben. Im Falle der Gauklersfrau handelte es sich ohne Zweifel um Hexerei.

Da traf es sich gut, dass im nahen Frankfurt, wo der Teufel schon immer ein zweites Zuhause hatte, drei Dominikaner der Heiligen Inquisition umgingen. Eilends sandten die Domherren nach ihnen, der Fall bedürfe raschen Handelns, bevor noch mehr Mainzer Bürger der teuflischen Seiltänzerin verfielen.

Gegen Abend kehrte Albrecht von Brandenburg von der Jagd in den Rheinauen zurück, wo seine Treiber sieben Wildsauen und ein halbes Hundert Hasen erlegt hatten. Seine kurfürstliche Gnaden selbst pflegte nicht zu jagen. Der Fürstbischof zeigte sich wenig erschüttert von der Nachricht, der Große Rudolfo sei in Ausübung seiner Kunst zu Tode gekommen. Sein Sekretär Joachim Kirchner vermied es, auf die näheren Umstände einzugehen, und Albrecht schien auch nicht weiter daran interessiert. Vielmehr erkundigte er sich nach den Einnahmen der Ablassverkäufer, die Kirchner am liebsten in Demut verschwiegen hätte, weil der Aufwand den Ertrag kaum rechtfertigte. Kirchner zog sich sogar den Zorn seines geistlichen Herrn zu, der ihn einen Nichtsnutz schalt und noch andere wenig schmeichelhafte Namen für ihn fand.

»Hast du wenigstens die Gaukler samt ihrem toten Seiltänzer davongejagt?«, erkundigte sich Albrecht von Brandenburg, nachdem er seinem Unmut Luft gemacht hatte.

»Nein«, erwiderte Kirchner, »darüber wollte ich erst mit Euch reden. Es hat sich nämlich Wundersames zugetragen.«

»Wundersames?«

Es gab kaum einen Begriff, der den Fürstbischof so in Aufregung versetzte wie »Wundersames«. Das wusste der Sekretär Seiner kurfürstlichen Gnaden sehr wohl, und er gebrauchte ihn bisweilen, um das eigene Fell zu retten. So auch dieses Mal.

»Zwar stürzte der Große Rudolfo zu Tode«, erklärte Kirchner mit erhobener Stimme, »aber am nächsten Tag stieg die Frau des Seiltänzers auf den Turm des Ostchores, der Rudolfo zum Verhängnis geworden war. Die Mainzer waren außer sich!«

Der Fürstbischof warf seinem Sekretär einen ungläubigen Blick zu. »Und das hast du mit eigenen Augen gesehen? Ich meine, du kannst bezeugen, dass diese Frau auf einem Seil den Turm bestieg? Und sie weilt noch immer unter den Lebenden?«

»Ich schwöre es bei allen Heiligen! Und Hunderte, wenn nicht Tausende wurden ebenfalls Zeugen. Das Volk tobte vor Bewunderung, als Magdalena mit traumwandlerischer Sicherheit auf dem Hanfseil himmelwärts schritt wie dereinst die Jungfrau Maria bei ihrer Aufnahme in den Himmel.«

Albrecht von Brandenburg schüttelte den Kopf. »Das Weib ist nicht nur schön und klug, es verfügt auch über Fähigkeiten, die den Verdacht aufkommen lassen …«

»Euer kurfürstliche Gnaden«, fiel Kirchner seinem Herrn ins Wort, »ich bitte Euch, sprecht nicht aus, was Ihr denkt! Die Domherren haben bereits nach der Inquisition gerufen.«

Mit einer abfälligen Handbewegung wischte Albrecht Kirchners Einwand beiseite. »Wie anders wäre das alles zu erklären, wenn nicht damit: Das Weib steht mit dem Teufel im Bunde. Dieses Frauenzimmer ist eine Hexe!«

Kirchner schlug ein flüchtiges Kreuzzeichen, das kaum als solches zu erkennen war, und faltete die Hände. Er schwieg. Er schwieg, weil es aussichtslos war, dem Fürstbischof zu widersprechen. Jeder Widerspruch veranlasste Albrecht von Brandenburg nur dazu, noch fester auf seiner Meinung zu beharren.

»Ihr wollt sie wirklich der Heiligen Inquisition überlassen?«, erkundigte sich Kirchner kleinlaut.

Der Fürstbischof hob die Schultern. »Glaubst du, die Frau des toten Seiltänzers könnte uns anderweitig von Nutzen sein?« Er stieß einen tiefen Seufzer aus: »Kirchner, wir brauchen Geld. Und ich weiß nicht, woher ich es nehmen soll. Obwohl ich Matthäus Schwarz, den Abgesandten dieses vor Geld stinkenden Fuggers, zur Jagd eingeladen und ihm Honig ums Maul geschmiert habe, beharrt er auf seiner Forderung: 11000 Rheinische Gulden Zins und Zinseszins für das Darlehen und noch einmal so viel an Tilgung! Ich frage dich, Kirchner, woher nehmen und nicht stehlen? Wäre der Fugger ein christgläubiger Mensch und kein gottloser Heide, der nur den Mammon anbetet, er würde uns für einen vollkommenen Ablass alle Schulden erlassen.«

»Euer kurfürstliche Gnaden«, erwiderte der Sekretär zornentbrannt, »wenn ich mir die Bemerkung erlauben darf, Jakob Fugger lebt vom Geldverleih, und Ihr verdankt dem Augsburger Amt und Würden. Ohne sein Geld wäret Ihr heute noch Bischof von Magdeburg und Administrator von Halberstadt. Geld regiert nun einmal die Welt. Aber wem sage ich das!«

»Kirchner!« Erzürnt unterbrach der Kardinal den Redefluss seines Sekretärs. »Ich verbiete dir, so mit mir zu reden. Solche Worte aus deinem Mund treffen meine reine Seele. Oder hat dich das Weib des Seiltänzers auch schon verhext?«

»Verhext? – Mit dem Weib, erlauchter Fürst, hat das wenig zu tun, genau genommen nicht das Geringste. Mit Verlaub, die bittere Wahrheit ist, Ihr lebt seit geraumer Zeit über Eure Verhältnisse, mit anderen Worten: auf Pump, also mit dem Geld anderer Leute. Kein Wunder, wenn sie es irgendwann einmal wiederhaben wollen. Aber wir schweifen ab. Wollt Ihr die Frau des Seiltänzers wirklich der Inquisition überlassen?«

»Was spricht dagegen?« Albrecht grinste hinterhältig.

»Euer kurfürstliche Gnaden, Ihr wisst doch, was das bedeutet!«

Der Kardinal nickte ohne jede Regung.

Am nächsten Morgen.

Noch vor Tagesanbruch war Rudolfos Leiche vom Leichhaus außerhalb der Stadtmauer ins Armenhospital gebracht worden. Nur wenige neben Albrecht von Brandenburg und seinem Sekretär Kirchner durften davon wissen, weil der Plan, den der Fürstbischof hegte, nach dem Dogma der Kirche verwerflich und nach den Gesetzen des Reiches strengstens verboten war.

Albrecht und sein Sekretär Kirchner hatten die ganze Nacht diskutiert, bevor sie ihren Plan fassten. Kirchner stand dem Vorhaben zunächst ablehnend gegenüber, bis ihn Seine kurfürstliche Gnaden eines Besseren belehrte. Denn, so meinte Albrecht, ein Mann mit solchen Fähigkeiten wie Rudolfo müsse in seinem Inneren ein Organ besitzen, welches der übrigen Menschheit fehle oder dessen sich die übrige Menschheit nicht bewusst sei.

Und so gab er dem Medicus des Armenspitals – einem verknöcherten alten Mann mit Spinnenfingern, bei deren Anblick, so erzählte man sich in Mainz, schon manch beklagenswerter Patient seine leidende Seele ausgehaucht hatte – den Auftrag, den toten Seiltänzer zu obduzieren, also seine sterbliche Hülle an Stellen zu öffnen, an denen ein solches Organ verborgen sein könnte.

Der Grund für Albrechts unrechtmäßige Neugierde lag weniger in seinen eigenen Forscherdrang als im Glauben – nein, nicht an den Schöpfer, sondern an das einträgliche Geschäft, das mit dem Verkauf dieser Entdeckung verbunden sein würde. Und wenn Seine kurfürstliche Gnaden etwas brauchte, dann war es Geld, viel Geld.

Im Schutz der Dämmerung, noch vor der Frühmesse im Dom, begaben sich Albrecht und Kirchner zu Fuß zum Armenspital hinter der turmlosen Karmeliterkirche, wo sie Doktor Ridinger, der Medicus, erwartete.

Durch das heruntergekommene Gebäude wehte ein bestialischer Gestank, der in seiner Heftigkeit sogar den Morgengestank in den Gassen übertraf, wenn die Mainzer ihr Nachtgeschirr durch die Fenster zur Straße hin entleerten. Um die fauligen Ausdünstungen zu überdecken, reichte Doktor Ridinger dem Kardinal und seinem Sekretär einen mit einer beißenden Flüssigkeit getränkten Lappen, den beide vor Mund und Nase pressten.

Er selbst, im Laufe der Jahre immun geworden gegen jede Art von Gerüchen, verzichtete auf derlei Hilfsmittel. Er vertrat die Ansicht, *ein* Gestank sei keineswegs in der Lage, einen anderen zu neutralisieren, nein, er könne ihn nur übertreffen und somit die Nase täuschen, wie auch das menschliche Ohr keine Geräusche töten könne, sondern nur von noch stärkerem Lärm getäuscht werde, was letztlich zur Taubheit führe. Genau das sei ihm mit dem Geruchssinn widerfahren.

Am Ende eines langen Ganges zu ebener Erde befand sich ein kahler Raum mit einem derben, hölzernen Tisch in der Mitte und einem weiteren an der Stirnwand, auf dem Sägen, Messer und allerlei Haken und Zangen herumlagen, auf die das flackernde Licht einer Wandfunzel fiel.

Für gewöhnlich öffnete der Medicus hier eiternde Geschwüre oder sägte vom Schwarzbrand gezeichnete Gliedmaßen ab. Hierher hatte ein Flussfischer in aller Heimlichkeit Rudolfos Leiche gebracht, auf einem zweirädrigen Handkarren unter Kisten von Mainfischen verborgen, deren Gestank den des toten Seiltänzers überdeckte.

Unter einem durch häufigen Gebrauch grau und knittrig gewordenen Tuch konnte man deutlich die Umrisse eines Menschen erkennen. Doktor Ridinger war vom Sekretär des Fürstbischofs über dessen Anliegen in Kenntnis gesetzt worden und hatte zunächst mit Ablehnung reagiert. Nach hohen Versprechungen und rüden Drohungen hatte er jedoch zugestimmt, doch sollte niemand von dem Frevel erfahren.

In der Geheimschrift eines rheinischen Nekromanten hatte Albrecht von Brandenburg gelesen, dass das Innere eines vom Teufel besessenen oder mit dem Teufel im Bunde stehenden Menschen schwarz sein solle wie die Pforten der Hölle, während unschuldige Kinder, von der Mutterbrust noch nicht entwöhnt, angeblich weiß wie Schnee waren.

Kirchner stieß einen Schrei des Entsetzens aus, als der Medicus das Tuch von der Leiche zog, denn der zu Tode gekommene Seiltänzer wies am ganzen Körper große schwarze Flecken auf, und sein eingetrocknetes Blut verhüllte sein zur Unkenntlichkeit deformiertes Gesicht wie eine schwarze Maske.

Seiner Sache keineswegs sicher, setzte Doktor Ridinger sein Messer über dem linken Brustkorb an und zog erst einen senkrechten, dann einen waagerechten Schnitt, sodass ein Kreuz entstand. Als er begann, die so entstandenen dreieckigen Lappen mit einem Haken zur Seite zu ziehen, rebellierten die Innereien Seiner kurfürstlichen Gnaden, und er erbrach das Mahl des Vorabends mit einem heftigen Strahl, der auch den Purpur seiner Soutane in Mitleidenschaft zog.

Ungeachtet dessen setzte der Medicus sein grauenvolles Werk fort und knackte mit einer Zange zwei Rippen. Auf diese Weise stieß er bis zum Herzen vor, welches weder von schwarzer Farbe war noch, soweit Ridinger das feststellen konnte, irgendwelche Besonderheiten aufwies. Dann wandte sich der Medicus dem Unterleib zu und ging ebenso zu Werke wie bei dem Brustkorb.

Längst hatte der Fürstbischof seine Neugierde bereut und sich, um weiteres Ungemach zu vermeiden, abgewandt, da rief Kirchner nach seinem Herrn, er möge einen Blick auf die Leistenbeuge des toten Seiltänzers werfen.

Überzeugt, im Unterleib des Großen Rudolfo sei pechschwarzes Gekröse zum Vorschein gekommen, überwand der Kardinal seinen Brechreiz und trat hinzu, den Blick auf den geöffneten Bauch gerichtet. Angewidert wollte Albrecht seine Enttäuschung zum Ausdruck bringen, weil Magen und Gedärm keineswegs so aussahen wie ein verkohlter Höllenschlund, da deutete Kirchner mit gestrecktem Zeigefinger auf die seltsame Tätowierung am unteren Rumpf des Seiltänzers, eine Schlange, deren Schwanz sich zu drei Enden spaltete, nicht unähnlich dem Geäst bläulicher Adern unter der Haut. Bei näherem Hinsehen waren sogar neun Buchstaben zu erkennen: HIC IAC COD.

Auf die Frage des Kardinals, welche Bedeutung den durchscheinenden Adern und den rätselhaften Buchstaben zukomme, hob der Medicus die Schultern und erwiderte, es handle sich hierbei nicht um Adern, die durch die Haut scheinen, sondern um eine Tätowierung, wie sie bei den Naturvölkern gebräuchlich sei und seit der Entdeckung der Neuen Welt auch in den hiesigen Breiten immer mehr Anhänger finde.

Auch Kirchner, dem Albrecht einen fragenden Blick zuwarf, fand keine rechte Antwort, es sei denn jene, dass die Schlange neben dem Adler und dem Löwen das symbolträchtigste Tier sei und daher alles oder nichts bedeuten könne.

All das schien den Medicus weniger zu interessieren. Unbeeindruckt setzte er seine unappetitliche Arbeit fort, wühlte im Gedärm des Seiltänzers, zog Leber und Galle hervor und suchte vergeblich nach einem weiteren Organ, dem man die Fähigkeit hätte zuschreiben können, einen Menschen in die Lage zu versetzen, das Gleichgewicht auf einem Seil zu halten wie ein Vogel. Fündig wurde er nicht, und schließlich stopfte Doktor Ridinger die Innereien zurück in die Bauchhöhle, aus der er sie rüde hervorgezogen hatte.

Zweifellos hatte sich auch der Medicus mehr erwartet, und so nahm er Hammer und Meißel und setzte das Werkzeug an der Nasenwurzel der Leiche an, um mit einem kräftigen Schlag die Hirnschale zu spalten.

Im letzten Augenblick konnte Albrecht ihn davon abhalten, indem er seinen ausholenden Arm samt Hammer festhielt und eindringlich, beinahe flehentlich forderte, er solle seine Arbeit sofort einstellen. Seinem Sekretär Joachim Kirchner gab er den Auftrag, dafür zu sorgen, dass die Leiche des Großen Rudolfo in einen Zinksarg verlötet und auf dem Leichhof von Mainz einen Ehrenplatz finden solle.

Bevor Kirchner dem Auftrag nachkam, notierte er den Buchstaben-Code, den der Seiltänzer auf der Haut trug, in seinem Tagebuch, das er heimlich in seiner Kammer aufbewahrte.

14. KAPITEL

Erschrocken fuhr Magdalena aus dem Schlaf hoch. Der Schein einer Laterne beleuchtete dicht vor ihren Augen das derbe Gesicht eines Mannes. Sie wollte schreien. Aber der Fremde presste ihr die Hand auf den Mund.

»Keine Angst, Euch soll nichts geschehen«, stieß er mit rauer Stimme hervor.

Magdalena dachte an Flucht, aber als sie zur Türe blickte, bemerkte sie einen zweiten Mann im Gauklerwagen. Er war gerade damit beschäftigt, Kleider und alles, was er für wichtig hielt, in einem Bündel zu verstauen. Dabei machte er allerdings nicht den Eindruck eines gemeinen Räubers.

»Was soll das?«, erkundigte sich Magdalena, nachdem sie sich vom ersten Schreck erholt hatte.

Der Mann vor ihrem Lager antwortete ruhig: »Wir wollen nur Euer Bestes und bringen Euch an einem geheimen Ort in Sicherheit. Folgt unseren Anweisungen, dann soll Euch kein Haar gekrümmt werden.«

Aufgebracht fiel ihm Magdalena ins Wort: »Dummes Gerede! Wenn Ihr es gut mit mir meint, warum überfallt Ihr mich zu nachtschlafender Zeit?«

Der Mann überging ihre Frage und sagte mit gespielter Gelassenheit: »Kleidet Euch an und kommt!«

Unwillig kam sie der Aufforderung nach, und die beiden Männer drängten Magdalena ins Freie. Untergehakt, damit sie nicht fliehen konnte, und ohne weitere Erklärung hasteten sie so ein Stück des Weges durch die schlafende Stadt bis zum sandigen Uferweg. Dort wartete ein Planwagen, mit zwei Pferden bespannt. Magdalena ahnte nichts Gutes.

Der eine der beiden Männer warf das Bündel, das er im Gauklerwagen geschnürt hatte, hinten auf den Wagen, während der andere sie aufforderte, vorne aufzusteigen.

»Und wenn ich mich weigere?« Ein letztes Mal versuchte Magdalena Stärke zu zeigen. In Wahrheit saß ihr die Angst im Nacken.

Da trat der Unbekannte vor sie hin und verschränkte die Arme, als wolle er sagen: Das würde ich dir nicht raten! Schließlich schwang sie sich auf den Kutschbock und kletterte von dort in das Innere des Planwagens.

»Ich hoffe, die Kerle sind nicht allzu rüde mit dir umgegangen«, vernahm sie eine Stimme, die ihr bekannt vorkam.

»Bist du –?«

»Matthäus Schwarz!«

»Der mich in seine Dienste nehmen will«, bemerkte Magdalena mit bitterem Unterton. »Ehrlich gesagt habe ich mir das etwas anders vorgestellt.«

»Das glaube ich dir gerne. Doch musst du wissen, das alles hat nichts mit meinem Angebot zu tun. Du verkennst die Lage: Die Inquisition ist hinter dir her. Drei Dominikaner sind auf dem Weg von Frankfurt nach Mainz. Sie werden noch heute hier eintreffen. Ich hoffe, du weißt, was das bedeutet!«

Magdalena schluckte, sie brachte kein Wort hervor.

»Deine Vorführung auf dem Seil«, fuhr Schwarz fort, »hat große Aufregung verursacht, vor allem unter den Domherren. Sie wollen nicht glauben, dass ein gottgefälliges Weib zu so etwas fähig ist. Sie halten dich für eine Hexe.«

»Und nun? Was hast du mit mir vor?«, fragte Magdalena zögerlich. »Oder machst du gar mit den Domherren gemeinsame Sache?«

244

Matthäus Schwarz schüttelte den Kopf und schwieg. Nach einer Weile meinte er, ohne Magdalena anzusehen: »Warum bist du so misstrauisch mir gegenüber? Habe ich dir je Anlass dazu gegeben?«

»Nein, gewiss nicht. Verzeih, wenn ich dich beleidigt habe. Aber willst du mir nicht sagen, was du vorhast?«

Der Abgesandte des Fuggers beugte sich nach vorne, wo die beiden Knechte auf dem Kutschbock Platz genommen hatten, und sagte: »Fahrt los! Ihr kennt ja den Weg.« Und an Magdalena gewandt: »Ich bringe dich nach Kloster Eberbach. Dort, bei den Zisterziensern, bist du sicher vor den Dominikanern der Inquisition. Abt Nikolaus von Eberbach schuldet mir mehr als nur einen Gefallen.«

»Warum tust du das?«, erkundigte sich Magdalena mit gesenktem Blick, während die Knechte das Pferdegespann auf Trab brachten.

»Warum wohl?«, erwiderte Matthäus Schwarz. »Weil du mich eingenommen hast mit deinem bezaubernden Wesen. Oder anders gesagt ...«

»Sprich ruhig aus, was dir auf der Zunge liegt. Du meinst, ich habe dich verhext.«

»In gewissem Sinn hast du sogar recht. Ja, vielleicht auch verhext, aber nicht im Sinne der römischen Kirche oder der Inquisition ...«

»Sondern?«

»Nun ja – wie soll ich sagen? – Seit unserer ersten Begegnung gehst du mir nicht mehr aus dem Sinn. Du nimmst all meine Gedanken in Beschlag, dass für andere kaum noch Platz ist. Herrgott, ist das so schwer zu begreifen?«

Das hilflose Gestammel des Gesandten, das einem Mann seines Standes in keiner Weise angemessen war, verfehlte seine Wirkung nicht.

»Ach so ist das«, antwortete Magdalena, als hätte sie nicht längst

245

begriffen, was er sagen wollte. Dann fielen beide in längeres Schweigen.

Auch Magdalena war verunsichert, wusste nicht so recht, wie sie der Situation begegnen sollte. Ohne Frage schmeichelten ihr Schwarzens Worte; aber die Ereignisse der vergangenen Tage verdrängten jeden Gedanken an einen anderen Mann. Schließlich brach es aus ihr heraus: »Der Große Rudolfo, mit dem ich, wenn auch für kurze Zeit, das Bett teilte, ist noch nicht unter der Erde, da gestehst du mir deine Leidenschaft. Ich finde, das ist nicht gerade der ideale Zeitpunkt für ein solches Geständnis.«

Schwarz hob beschwichtigend beide Hände: »Da magst du recht haben. Aber du hast nach den Motiven meines Handelns gefragt. Wie anders sollte ich antworten? Es ist die Wahrheit!«

Am Brückentor kreuzten die Wächter ihre Hellebarden und verwehrten dem Wagen die Fahrt über den Fluss. Einer der Anführer, ein Bulle von einem Mann, mit zotteligen langen Haaren, beschied den Kutschern, vor Tagesanbruch gebe es keine Erlaubnis, die Brücke zu überqueren, es sei denn, sie könnten einen Passierschein vorweisen.

Da schob Matthäus Schwarz die Plane des Wagens zur Seite und streckte dem Anführer die geballte Faust entgegen. Mit süffisantem Grinsen nahm der zwei Münzen in Empfang und gab seinen Leuten Befehl, ihre Waffen zu senken.

»Du glaubst, mit deinem Geld erreichst du jedes Ziel!«, bemerkte Magdalena mit bitterem Unterton in der Stimme.

»Nicht jedes«, erwiderte Schwarz, »aber die allermeisten. Glaube mir, Geld ist weder gut noch böse. Es kommt nur darauf an, wozu man es einsetzt.«

Das klang einleuchtend, und Magdalena ärgerte sich über sich selbst, dass sie den Fuggerschen Abgesandten so von oben herab behandelte, obwohl er es vermutlich gut mit ihr meinte. Seit sie sich zum ersten Mal begegnet waren, hatte sich Matthäus Schwarz stets zuvorkommend verhalten, nie anzüglich oder herausfordernd. Und dass er, der für gewöhnlich scharfsinnig und weltgewandt plauderte, ins Stottern geriet, als er ihr seine Zuneigung gestand, machte ihn eher sympathisch.

Aber Matthäus musste begreifen, dass sie viel Zeit brauchte, bis sie Rudolfos Tod überwunden haben würde. Rudolfo war ihr erster Mann gewesen, und im Augenblick konnte sie sich ein Leben ohne ihn schwer vorstellen. Rudolfo hatte ihr Leben verändert, er hatte ihr ein Selbstvertrauen verliehen, das sie bis dahin nicht kannte. Dafür hatte sie ihn geliebt. Auch wenn sie unsicher war, ob das Gefühl, das sie ihm entgegenbrachte, Liebe war oder eine verwerfliche Form von Dankbarkeit.

»Ich wollte dir mit meinen Gefühlen nicht zu nahe treten«, bemerkte Matthäus, den Blick über die Schultern der Kutscher nach vorne gerichtet.

»Schon gut«, erwiderte Magdalena, »mach dir deshalb keine Gedanken.« Aber noch während sie redete, tat es ihr leid, erneut den falschen Ton getroffen zu haben. Magdalena war völlig durcheinander.

Der Tag graute, die Sonne trat hervor, und der dampfende Morgentau kündigte einen leuchtenden Sommertag an. Aus den Schornsteinen der Dörfer entlang des Rheins stieg der Küchenrauch senkrecht gen Himmel. Hier und da wurde das Vieh auf die Weiden getrieben, und in den Weinbergen auf den sonnwärts gelegenen Hügeln erwachte das Leben. Winzer schnitten ihre Reben, und auf den Getreidefeldern banden Frauen Garben und richteten sie zu zeltartigen Gebilden auf.

Wo der Weg vom Flussufer des Rheins nordwärts abzweigte, lenkten die Kutscher den Wagen eine Stunde bergan auf das Rheingaugebirge zu, wo ihr Ziel versteckt in einem Hochtal lag. Der Kisselbach, ein munter sprudelndes Gewässer, hatte sie linker Hand auf der letzten Meile begleitet, als der steinige Weg, der die Insassen des Wagens gehörig durcheinanderschüttelte, vor einem großen hölzernen Tor endete. Ein Pförtnerhaus und hohe, mit Zinnen bewehrte Mauern versperrten den Zugang.

Beherzt sprang Matthäus Schwarz vom Wagen und schlug mit der Faust gegen das Tor, worauf sich in dem Bollwerk ein Guckloch öffnete, kaum größer als zwei Handbreit im Quadrat, und ein von Falten zerfurchtes Gesicht zum Vorschein kam.

»Laudetur Jesus Christus«, krächzte es aus dem Guckloch.

»Laudetur«, erwiderte Matthäus. »Sagt Eurem Abt Nikolaus, Matthäus Schwarz, der Abgesandte des Fuggers, stehe vor dem Tor und wünsche, ihn umgehend zu sprechen. Umgehend, hat er verstanden?«

Als habe er soeben dem Gottseibeiuns ins Antlitz geblickt, ließ der Pförtner das Türchen offen stehen und verschwand.

Schwarz gab Magdalena ein Zeichen abzusitzen und einen Blick durch das Guckloch zu werfen. Die kam seiner Aufforderung nach, aber da sie zu klein und das Fenster zu hoch in das Tor eingelassen war, musste Matthäus sie hochheben.

Hinter dem Tor tat sich eine wundersame Welt auf, eine kleine Stadt, von jenem Bach durchzogen, der sie bereits ein Stück des Weges begleitet hatte. Das alles war gewaltiger in den Ausmaßen und ganz anders als das Kloster Seligenpforten, in dem sie vier Jahre zugebracht hatte. Über einen großzügig angelegten Garten hinweg fiel der Blick auf eine turmlose Basilika, hinter der sich lang gestreckte Bauten, Wirtschaftsgebäude, Scheunen und Stallungen versteckten.

Irritiert registrierte Magdalena das wohlige Gefühl, das ihren Körper durchströmte, als Matthäus sie an sich presste. Aber irgendetwas in ihr wehrte sich gegen das aufkommende Gefühl, und mit einer heftigen Bewegung wand sie sich schließlich aus seiner Umklammerung.

Ganz nah standen sich beide einen Augenblick gegenüber, so nah, dass jeder den Atem des anderen spürte, und ihre Blicke begegneten sich, verunsichert, beinahe schüchtern – da öffnete sich das Tor, knarrend und quietschend, und holte sie in das Hier und Jetzt zurück.

Aus dem Klosterhof trat ihnen Abt Nikolaus entgegen, unschwer zu erkennen an seinem vornehmen geistlichen Habit und dem würdevollen Auftreten, das sich jedoch schnell änderte, als ihn der Gesandte des Fuggers nach kurzer förmlicher Begrüßung beiseitenahm und heftig auf ihn einredete.

Alles Weitere ging so schnell vonstatten, dass Magdalena erst sehr viel später begriff, was geschah. Matthäus Schwarz verabschiedete sich hastig, indem er seine Wange an der ihren rieb. Binnen weniger Tage, so versprach er ihr, wolle er wiederkommen und nach dem Rechten sehen. Dann preschte er in seinem vornehmen Planwagen davon.

Der Abt geleitete sie ohne ein Wort zu verlieren zum Konversenbau des Klosters, einem lang gestreckten, zweistöckigen Gebäude, dessen Treppen und Gewölbe jedem Fremden Furcht einflößten, und wies ihr im oberen Stockwerk eine Zelle zu. Mit einer angedeuteten Verbeugung verschwand er.

Ein Tisch, ein Stuhl und ein Bettkasten waren die einzige Möblierung der Zelle, dazu an der Längswand ein hölzerner Kleiderrechen. Durch das Fenster ging der Blick über einen breiten Graben, in dem ein Bach plätscherte, auf ein Wirtschaftsgebäude, vor dem Weinfässer gelagert waren, und auf eine Mühle – die Aussicht konnte nicht schöner sein.

Dennoch hatte Magdalena nur den einen Gedanken: Weg von hier, sobald wie möglich! Gewiss, der Fuggersche Gesandte hatte ihr einen gehörigen Schrecken eingejagt, als er ihr eröffnete, die Inquisition habe ein Auge auf sie geworfen. Und wenn sie an Melchior dachte und an das traurige Schicksal seiner Mutter in den Fängen der Inquisition, dann konnte sie froh sein, ein halbwegs sicheres Versteck gefunden zu haben. Aber das mürrische Verhalten des Abtes verunsicherte sie.

Auch wenn er dem Fugger und seinem Gesandten aus mancherlei Gründen verpflichtet war, wer wollte wissen, welches Spiel der Ordensmann spielte? Im Übrigen war Magdalena nicht aus dem

249

Zisterzienserinnenkloster Seligenpforten geflohen, um bei den Zisterziensermönchen von Eberbach ein heimliches Dasein zu fristen, mutlos und bangend, man könnte sie verraten.

»Hallo, Ihr da! Wohl neu in diesen Mauern?«

Von jenseits des Baches vernahm sie eine kräftige Stimme, und Magdalena trat einen Schritt zurück, um sich vor dem Rufer zu verstecken; doch konnte sie gerade noch sehen, wie der einen Satz über den Bach tat, sein Ziel, das andere Ufer, jedoch verfehlte und im knietiefen Gewässer landete.

Beim Anblick des Mannes, der hochbeinig wie ein Storch durch das Wasser stakte und mit einer hilflosen Geste nach oben blickte, musste Magdalena lachen, und sie rief dem Unglückswurm zu: »Hallo, Ihr da! Wohl nicht der beste Springer in diesen Mauern?«

»Beileibe nicht, nein!«, erwiderte der Kerl. »Und damit Ihr gleich noch mal etwas zu lachen habt: Ich heiße Wendelin Schweinehirt.«

»Magdalena«, antwortete Magdalena und lehnte sich aus dem Fenster.

»Ihr lacht ja gar nicht?«, bemerkte Wendelin.

»Wegen Eures Namens? Warum sollte ich? Seinen Namen kann man sich nun einmal nicht aussuchen. Es ist töricht, jemanden wegen seines Namens zu verspotten.«

Da machte der durchnässte Mann eine tiefe Verbeugung und blickte dankend nach oben: »Was führt Euch zu den Zisterziensern von Eberbach? Wollt Ihr länger bleiben?«

»Das sind zwei Fragen auf einmal«, antwortete Magdalena vorwurfsvoll. »Was würdet Ihr antworten, wenn ich Euch dieselbe Frage stellte?«

Schweinehirt verzog anerkennend das Gesicht, indem er den Mund spitzte und die Augenbrauen hob. »Ihr seid bei Gott nicht auf den Mund gefallen, Jungfer. Ich jedenfalls würde Eure Fragen ohne zu zögern beantworten – vorausgesetzt, Ihr kämt herunter.«

»Das würde ich gerne tun. Doch ich fürchte, ich würde mich verlaufen in dem weiträumigen Gemäuer mit seinen endlosen Korridoren und den Treppen, die sich um die eigene Achse drehen wie das Gehäuse einer Schnecke.«

»Ach was! Verlasst Eure Kammer und geht linker Hand neunzig Schritte. Dann führt rechter Hand ein spitzbogiger Durchgang zu einer rechtsdrehenden Treppe, an deren Ende ein Durchgang geradewegs ins Freie führt. Dort erwarte ich Euch.« Sprachs und verschwand aus ihrem Blickfeld.

Auf dem Weg, den ihr Schweinehirt exakt beschrieben hatte, gelangte Magdalena ins Freie. Wendelin wartete in trockener Kleidung auf sie – in bunter Kleidung, nicht gerade so, wie man es in einem Kloster erwarten würde.

»Ich gehe wohl recht in der Annahme, dass Ihr nicht geistlichen Standes seid«, bemerkte Magdalena schmunzelnd.

»Wie Ihr seht«, erwiderte Wendelin, »trage ich keine Kutte, und was mein Denken anbelangt, so ist mir jede Art von Frömmigkeit schon in jungen Jahren abhandengekommen.«

»Ungewöhnlich, dass ein solcher Freigeist sich ausgerechnet bei den Zisterziensern aufhält.«

»Das lässt sich nicht leugnen, Jungfer; doch müsst Ihr wissen, dass die hundertfünfzig Mönche in diesem Kloster nur etwa ein Drittel der gesamten Bewohnerschaft ausmachen. Zwei Drittel verdingen sich als Gesinde, als Pferdeknechte und Mägde, Handwerker und Dienstboten, Winzer und Bauern, Krankenpfleger und Quacksalber und was sonst noch an einem Ort dieser Größe gebraucht wird.«

»Und Ihr?«, warf Magdalena ein, während sie den Bach entlangschlenderten. »Lasst mich raten: Ihr seid ein Schneider, der den Mönchen stramme Kutten schneidert!«

»Falsch geraten, Jungfer!«

»Was dann? Ihr macht mich neugierig.«

»Erlernt habe ich den Beruf des Briefmalers«, begann Schweinehirt weit ausholend. »Ich malte Urkunden und schrieb Briefe in kunstvoller Handschrift, ohne dass auch nur *ein* Tintenklecks das

Pergament verunstaltete. Grafen und Herzöge, sogar Seine kurfürstliche Gnaden Albrecht von Brandenburg, zählten zu meinen Auftraggebern, und ich hatte ein gutes Auskommen. Doch dann setzte sich mehr und mehr diese gottverdammte Erfindung jenes Johannes Gensfleisch durch, dem sein Name missfiel und der sich schließlich Gutenberg nannte, und plötzlich mussten jede Urkunde, jeder Brief, sogar die Ablasszettel mit Fett und Ruß gedruckt sein – pfui Deibel. Also ging ich, auf der Suche nach einem neuen Gewerbe, auf Wanderschaft. Ich kam nicht weit. Hier in Eberbach, gerade mal einen Tagesmarsch von meiner Heimatstadt Mainz entfernt, machte mir Abt Nikolaus das Angebot, die Klosterbibliothek zu archivieren, alle Bücher in einem Folianten zu erfassen, nach dem lateinischen Alphabet geordnet. Der Abt versprach mir zwölf Kreuzer die Woche, aber bis heute habe ich nicht eine Münze gesehen – ich arbeite, wie man so schön sagt, für Gottes Lohn.«

Nach einer Weile, während sie schweigend nebeneinander hergingen, fragte Wendelin: »Und Ihr? Ich meine, Ihr macht nicht gerade den Eindruck, als läge es in Eurer Absicht, den Schleier zu nehmen und den Rest Eures Lebens in einem Kloster zu verbringen, schon gar nicht bei den Mönchen von Eberbach.«

Magdalena lächelte vielsagend vor sich hin, aber sie schwieg. Es schien wenig ratsam, sich einem wildfremden Mann anzuvertrauen, auch wenn manches in seinem Verhalten für seine Ehrlichkeit sprach.

»Verzeiht meine Neugierde«, entschuldigte sich Schweinehirt, »aber das ist nun mal meine Art. Als Briefmaler sind mir die unglaublichsten Geschichten zu Ohren gekommen. Seither bin ich süchtig nach Geschichten, die das Leben schrieb. Und das Leben hat mich gelehrt, dass jeder von uns sein Geheimnis mit sich herumträgt. Sicher macht Ihr da keine Ausnahme.«

Irritiert hielt Magdalena inne und sah Schweinehirt prüfend an. Man konnte meinen, dieser lebensoffene Briefmaler und Bibliothekar wusste mehr über sie, als ihr lieb sein konnte.

»Und was die Geheimnisse im Kloster Eberbach betrifft«, fuhr Wendelin fort, »so kenne ich nicht alle, aber doch die allermeisten. Und seid versichert, das sind nicht wenige.«

Obwohl sich niemand in ihrer Nähe befand, der ihr Gespräch hätte belauschen können, hielt Schweinehirt die Hand vor den Mund und sagte:»Ihr dürft Euch nicht wundern, wenn Ihr allerlei merkwürdigen Gestalten begegnet, denn das Kloster ist auch ein Zufluchtsort für Verfolgte – was im Übrigen ein einträgliches Geschäft ist. Denn das Eingangstor der Abtei verwehrt nicht nur den Schergen von Kurfürst und Kaiser den Zugang, sogar die Dominikaner der Inquisition, die sonst überall Zutritt haben, dürfen ihre schmutzigen Füße nur mit besonderer Erlaubnis auf den geheiligten Boden von Eberbach setzen.«

Die Worte des Briefmalers machten Magdalena immer unruhiger. »Woher kennt Ihr meine Vergangenheit?«, platzte es aus ihr heraus.

»Ihr irrt Euch«, erwiderte Wendelin beschwichtigend. »Ich kenne weder Euch noch Eure Vergangenheit, und wenn es Euch beruhigt, könnt Ihr sie gerne für Euch behalten. Ich habe mir nur so meine Gedanken gemacht. Wenn eine Frau von Eurer Schönheit, Euren Umgangsformen und dem Selbstbewusstsein, das Ihr zur Schau tragt, das Kloster Eberbach aufsucht, dann gibt es nur drei Möglichkeiten: Entweder ist sie auf der Flucht vor den Nachstellungen eines Mannes, oder sie ist einem Nonnenkloster entsprungen, oder die Inquisition verfolgt sie, um ihr den Prozess zu machen.«

Magdalena nickte zustimmend. »Ihr seid ein schlauer Fuchs, Schweinehirt. Ich will Euch die Wahrheit sagen: In gewisser Weise treffen alle drei Möglichkeiten auf mich zu. Und irgendwie hängen sie alle drei auf perfide Weise zusammen.«

Da blies der Briefmaler die Luft durch die Lippen, als wolle er sagen: Kein leichtes Schicksal. Doch dann gewann seine angeborene Neugierde die Oberhand, und er sagte:»Ihr könnt mir vertrauen. Wenn es Euch guttut, erzählt mir Euer Leben!«

Dort wo sich dem Kisselbach ein Wiesenhang entgegenstemmt, sodass das muntere Gewässer beinahe ängstlich eine jähe Biegung einschlägt, ließen sich Magdalena und Wendelin Schweinehirt nieder, und sie begann zu erzählen. Leidenschaftlich und mit der Ausführlichkeit, in der ein Theologe über die Bergpredigt spricht, legte Magdalena vor dem Briefmaler ihr Leben bloß: das trostlose Dasein im Kloster Seligenpforten, ihre abenteuerliche Flucht und wie sie den Gauklern in die Arme lief. Dabei sparte sie ihr Verhältnis mit dem Großen Rudolfo, seinen unerwarteten Tod und seine rätselhafte Verbindung zu einem Geheimbund, dessen jahrtausendealtes Wissen ihm erst zu seiner Kunst verholfen hatte, nicht aus. Sie achtete jedoch sorgsam darauf, dass sie den Namen des Bundes der Neun Unsichtbaren nicht erwähnte, ebenso wenig, dass sie sich selbst deren Wissens bereits einmal bedient und einen der Mainzer Domtürme auf dem Seil bestiegen hatte. Sie fürchtete, Schweinehirt könne sie bedrängen, um nähere Einzelheiten zu erfahren.

Der Briefmaler Wendelin lauschte ihren Erzählungen, ohne ihren Redefluss auch nur ein einziges Mal zu unterbrechen. Ja, als Magdalena geendet hatte, blickte er sie erwartungsvoll an, ob ihr Bericht nicht weiterginge, ob ihr Leben nicht einen neuen, noch aufregenderen Verlauf genommen habe.

Inzwischen warf die Hochsommersonne lange Schatten und sank schließlich hinter die Hügel, welche die Talmulde von Eberbach einrahmten. Und mit einem Mal erwachte in den Mauern des Klosters das Leben. Überall, sogar in den verschwiegensten Winkeln, öffneten sich Türen. Konversen – so wurden die Laien genannt, die im Kloster ihre Arbeit verrichteten – strömten zu dem langen Bau, links von der Klostergasse gelegen. Dort, zu ebener Erde, befand sich das Refektorium für die Laien und Angestellten des Klosters. Die Mönche verfügten jenseits des quadratischen Kreuzgangs über ein eigenes Refektorium. Gegenüber den Laien in deutlicher Unterzahl, hielten sie sich seltsam im Verborgenen, jedenfalls hatte Magdalena – von Abt

Nikolaus einmal abgesehen – noch keinen Zisterzienser zu Gesicht bekommen.

»Das darf Euch nicht wundern«, bemerkte Wendelin Schweinehirt auf Magdalenas Frage. »Obwohl der Orden angeblich zu den demütigsten zählt, betrachten es die geistlichen Herren unter ihrer Würde, mit unsereinem ins Gespräch zu kommen. Vielleicht fürchten sie, Beelzebub könne sich in Gestalt eines Briefmalers oder einer ehemaligen Novizin bei ihnen eingeschlichen haben.«

Staunend betrat Magdalena das Laienrefektorium. Es lag zu ebener Erde, genau unter der Zelle, die ihr zugewiesen worden war. Mit seinen wuchtigen Gewölben hätte es jeder Kirche zur Ehre gereicht. Sechs klotzige Säulen, wie Riesen in der Mitte des Raumes hintereinander aufgereiht, teilten das Refektorium in zwei Hälften wie zwei Kirchenschiffe. Die endlose Tischreihe zur Linken blieb den Hungrigen weiblichen Geschlechts vorbehalten, rechts nahmen die Männer Platz.

In der Menge fiel Magdalenas Anwesenheit nicht weiter auf. Erst als sie neben einer wohlbeleibten Matrone mit rotem Gesicht und kräftigen Armen Platz nahm, erkundigte sich diese.

»Du bist wohl neu hier, he?«

Magdalena sah die Matrone prüfend an. Ihr fiel auf, dass sie ihr strohiges graues Haar unter einem derben Leinentuch verbarg, und irgendwie fühlte sie sich an ihr eigenes Schicksal erinnert.

»Bist wohl stumm, he?«, legte die dicke Frau nach, als sie Magdalenas Zögern bemerkte. »Oder hast du was zu verbergen? Das muss dich nicht kümmern. Hier hat jeder etwas zu verbergen! Sonst wäre er nicht hier.« Und als sie noch immer keine Antwort auf ihre Frage erhielt, fügte sie hinzu: »Beim Gesinde habe ich dich jedenfalls noch nie gesehen!«

Mit dem Finger deutete Magdalena nach oben: »Man hat mir eine Zelle außerhalb des Dormitoriums zugewiesen. Vom Fenster aus kann ich den Kisselbach sehen.«

Die Matrone rückte eine Elle von Magdalena weg und erwiderte abfällig: »Ah, eine von den Besseren, abgehalfterte Bischofshure oder Bastard aus dem Landadel!«

Ohne zu überlegen, holte Magdalena aus und klatschte der Frau ihre Rechte ins Gesicht.

Einen Augenblick sah es aus, als wollte sich die Matrone mit ihrer ganzen Leibesfülle auf Magdalena werfen, aber dann wandte sie sich unerwartet um und verschwand, ohne einen Bissen zu sich genommen zu haben.

Die Szene erregte nicht geringes Aufsehen, denn die dicke Alte nahm in der Hierarchie der weiblichen Laien den obersten Rang ein. Mit der Lust des zur Schweigsamkeit angehaltenen Ordensmannes hatte der Abt stets begierig ein offenes Ohr für alle Vorkommnisse unter den Konversen weiblichen Geschlechts. Doch nur die Matrone fand Zugang zu ihm.

Immerhin wurde Magdalena durch ihr beherztes Auftreten gegenüber der Frau bereits am ersten Tag bekannt. Allerdings hatte sie fortan einen Feind. Das dachte sie zumindest. Umso verwunderter war Magdalena, als die Matrone, die allseits nur »die Oberin« genannt wurde, am folgenden Tag auf sie zutrat und mit honigsüßer Stimme meinte: »Es war nicht so gemeint. Wir wollen uns doch vertragen!« Dabei streckte sie ihr die schwammige Hand entgegen.

»Schon gut!«, antwortete Magdalena schnippisch und ohne die Hand der Oberin zu ergreifen. »Wir haben alle mal einen schlechten Tag.« Sie misstraute der Frau.

Ohne irgendeine Aufgabe verging die Zeit für Magdalena nur schleppend. Sie befand sich in einer erbärmlichen Verfassung. Den Plan, Kloster Eberbach bei nächster Gelegenheit zu verlassen, hatte sie, Schweinehirts Bedenken folgend, erst einmal aufgegeben, zumindest hintangestellt. In den einsamen Stunden, die sie mit Nachdenken verbrachte, schien ihr die Zeit mit Rudolfo und den Gauklern bisweilen wie ein ferner Traum. Der Gedanke, Gott habe Rudolfo von ihr genommen, um sie zu bestrafen, ließ sie nicht los. Planlos lebte Magdalena in den Tag hinein, da kam es zu einer unerwarteten Begegnung.

Auf der Suche nach einer nutzbringenden Beschäftigung erbot sich Magdalena, Wendelin Schweinehirt bei der Archivierung der Klosterbibliothek behilflich zu sein. Nicht ganz ohne Hintergedanken, denn sie hoffte, auf diese Weise an Wissen über die Geheimnisträger heranzukommen, mit denen Rudolfo einst in Verbindung gestanden hatte.

Als sie nach der Morgensuppe die Bibliothek betrat, die sich durch ein unüberschaubares Chaos auszeichnete wie das Weltall vor dem ersten Schöpfungstag, entdeckte sie im hinteren Teil eine kleine, untersetzte Gestalt an einem Lesepult. Der Mann trug Mantel und Barett und schien in einen vor ihm liegenden Folianten vertieft.

Noch bevor sie sich bei Schweinehirt nach dem ungewöhnlich vornehmen Herrn der Wissenschaften erkundigen konnte – zweifellos handelte es sich um einen solchen –, legte Wendelin seinen Zeigefinger auf die Lippen, zum Zeichen, sie solle ihn um Himmels willen nicht stören. Im Flüsterton erklärte er, es handele sich um den berühmten Magister, Zauberer, Schwarzkünstler, Naturforscher, Quacksalber und Gott weiß was noch alles Doktor Johannes Faust.

Magdalena erschrak. Sie warf dem Magister einen verstohlenen Blick zu. Kein Zweifel, es war jener Mann, dem sie nachts im Wald bei Miltenberg begegnet war. Der Mann, der nachts an Rudolfos Gauklerwagen geklopft und die geheime Formel der Neun Unsichtbaren aufgesagt hatte: Satan – Adama – Tabat …

»Was tut er hier?«, flüsterte Magdalena.

Schweinehirt hob die Schultern. »Er betreibt, wie es einem Magister und Schwarzkünstler zukommt, wissenschaftliche Studien. Weiß der Teufel, worum es sich dabei handelt. Ich beobachte ihn schon seit geraumer Zeit.«

»Vielleicht sucht er in den Folianten des Klosters nach einer Möglichkeit, wie er Steine zum Reden bringen kann.«

Damit ihm kein Lacher auskam, hielt Schweinehirt die Hand vor den Mund. Wenn er sich Magdalenas Situation vor Augen führte, dann legte das Frauenzimmer bewundernswerten Humor an den Tag. »Dieser Doktor Faust«, raunte er Magdalena zu, »ist ein ziemlich undurchsichtiger Zeitgenosse, ein Schwarzkünstler eben, und die behaupten ja, von allem und jedem eine Ahnung zu haben.«

»Das klingt, als wäret Ihr mit Doktor Faust über ein wissenschaftliches Thema in Streit geraten!«

»Ach was«, erregte sich Schweinehirt, um augenblicklich wieder in den Flüsterton zu verfallen. »Im Grunde genommen interessieren mich die Studien des Doktor Faust überhaupt nicht. Er ist nicht gerade gesprächig, kommt früh am Morgen ohne jeden Gruß, kein »Laudetur«, kein »Leck mich am Arsch« und legt einen Fetzen mehrfach beschriebenen Papiers vor mich hin, auf dem drei oder vier Buchtitel verzeichnet sind. Mit den meisten Titeln kann ich dienen. Dann vergräbt er sich bis zum Abendläuten in seine Bücher, macht sich Notizen und verschwindet stumm, wie er gekommen ist. So geht das seit Tagen. Auf meine Frage, ob ich ihm bei der Suche nach etwas Bestimmtem behilflich sein könne, hebt er beide Hände, als hätte ich einen seiner hochtrabenden Gedankengänge gestört. Seither findet keine Konversation zwischen uns statt. Glaubt mir, irgendetwas ist faul an diesem Schwarzkünstler!«

»Er ist eben ein großer Schweiger!«

»Das ist es nicht, was mich skeptisch stimmt.«

»Ihr macht mich neugierig, Wendelin Schweinehirt!«

Der Bibliothekar warf einen prüfenden Blick nach hinten, wo Faust mit gesenktem Kopf und starr wie eine Steinstatue hinter dem Lesepult saß. Dann erwiderte er leise: »Es ist die ungewöhnliche Auswahl an Büchern, die der wissbegierige Doktor trifft, und deren Themen scheinbar in keinem Zusammenhang stehen.« Dabei hielt er Magdalena einen Papierfetzen mit eng beschriebenen Zeilen vors Gesicht. »Das sind die Bücher, mit denen er sich heute beschäftigt! Ich lasse mir eingehen, dass ein Forscher die ›Sphaera Mundi‹ des

Johannes de Sacrobosco studiert, ein astronomisches Werk, welches das ptolemäische Weltbild und seine arabischen Kommentatoren zum Inhalt hat. Einem Alchimisten wie Faust mag auch noch durchgehen, wenn er Johannes Angelus' ›Astrolabium planum‹ studiert, ein Buch, in dem jeder einzelne Grad der Tierkreiszeichen gedeutet wird. Aber warum in aller Welt verschlingt Faust Bücher über Steganographie und Spagyrik wie der Löwe eine Gazelle?«

»Stegano …?«

»Steganographie nennt man die Geheimschreibekunst. Du schreibst zum Beispiel auf Pergament, und ehe du zu Ende bist, ist deine Schrift verschwunden. Aber mit Hilfe gewisser Taschenspielertricks kann sie wieder sichtbar gemacht werden. Oder: Ein Autor legt sein Wissen in verschlüsselten Wörtern oder Buchstaben nieder. So gilt zum Beispiel aus dem ersten Wort eines scheinbar sinnlosen Textes nur der erste Buchstabe, aus dem zweiten Wort der zweite Buchstabe, aus dem dritten Wort der dritte, bis sich daraus ein Wort bilden lässt. Dann beginnt es für das nächste Wort wieder von vorne. Ein mühsames Unterfangen, aber aufgrund seiner Variationsmöglichkeiten praktisch nicht zu entschlüsseln.«

»Und wie lautete die andere Geheimwissenschaft?«

»Spagyrik oder auch Spagyrische Kunst, aus zwei griechischen Wörtern gebildet: trennen und verbinden.«

»Und was wird dabei getrennt oder verbunden?«

Schweinehirt schmunzelte wissend und nicht ohne Stolz. Bei seiner Arbeit in der Bibliothek hatte er sich in kurzer Zeit ein beachtliches Wissen angeeignet, indem er die Bücher, die verlangt wurden, nach ihrer Rückgabe selbst studierte. In den Regalen standen genügend Bücher, die kein Interesse fanden, aber, dachte er, Bücher, die sich einer gewissen Nachfrage erfreuten, seien in jedem Fall lesenswert – auch wenn sie Steganographie oder Spagyrik zum Inhalt hatten.

»Spagyrik«, begann er, »ist eine alchimistische Lehre zum Mischen und Trennen gewisser Elemente, um geheimnisvolle Elixiere herzustellen, die in einem bestimmten Mischungsverhältnis Wundersames bewirken. Eingeweihte nennen ein solches wunderwirkendes Elixier Arcanum, was so viel bedeutet wie etwas Geheimes. Wenige Tropfen eines solchen Elixiers genügen angeblich …«

»Und Ihr glaubt daran?«, unterbrach Magdalena den Bibliothekar. Dabei tat sie, als machte sie sich über seine Aussage lustig. In Wahrheit versetzte sie Schweinehirt in höchste Aufregung. In ihrem Kopf fügte sich plötzlich eines zum anderen: die Formel der Neun Unsichtbaren, die Doktor Faust geläufig war, und die geheimnisvolle Wirkung des Elixiers. Was suchte der Schwarzkünstler in der Bibliothek der Zisterzienser von Eberbach? Magdalena fand nur *eine* Erklärung: Er suchte nach den neun ›Büchern der Weisheit‹, den Büchern, die ihm, wenn sie sich recht erinnerte, tausend Golddukaten wert waren.

»Um Eure Frage zu beantworten«, bemerkte Wendelin Schweinehirt, »es wäre töricht, nicht an die Wirkung geheimer Elixiere zu glauben. Tagtäglich geschehen Wunder auf dieser Erde, die im Gegensatz zu den bekannten Gesetzen der Natur stehen. Selbst unser Herr Jesus muss sich ihrer bedient haben, als er über das Wasser ging oder in den Himmel auffuhr – wenn es denn stimmt, was die Bibel verkündet.«

Magdalena hörte Schweinehirt nur mit halbem Ohr zu. Weit weg mit ihren Gedanken, stellte sie unvermittelt die Frage: »Sagt, Schweinehirt, kennt Ihr jedes der Bücher, die hier in der Klosterbibliothek aufbewahrt werden?«

Schweinehirt lachte und schüttelte den Kopf: »Obwohl die Bibliothek nicht gerade zu den großen und bedeutsamen im Lande zählt, würde ein Menschenleben nicht reichen, alle zu lesen.«

»Das meine ich nicht«, entgegnete Magdalena und dämpfte ihre vor Aufregung laut gewordene Stimme schnell wieder. »Ich frage, wisst Ihr, ob dieses oder jenes Buch in Euren Regalen eingestellt ist.«

»Selbst das könnt Ihr von einem hergelaufenen Briefmaler nicht verlangen! Vorsichtig geschätzt, haben wir es hier mit zehnmal tausend Codices oder Folianten zu tun. Mein Gehirn ist zu klein, um so viele Titel im Kopf zu behalten. Aber das ist ja der Grund, warum Abt Nikolaus mich mit der Archivierung der Bibliothek beauftragt hat. Und wie Ihr seht, bin ich bereits bis zum Buchstaben D des Alphabets vorgedrungen. Von E bis Z bin ich bei der Suche nach einem Buch noch auf meine Nase angewiesen. Im Laufe der Jahre haben sich thematische Nester gebildet – wenn Ihr versteht, was ich meine –, also Bücher zum selben Thema auf einem Haufen oder in einem Fach.«

Magdalena war noch immer erregt, flüsterte jedoch: »Dann habt Ihr die Alchimie bereits archiviert!«

»Natürlich. Über Alchimie sind neben der Theologie die meisten Bücher vorhanden. – Ihr seid an Alchimie interessiert?«

»Seit mir im Kloster Seligenpforten ein neunbändiges Werk mit dem Titel ›Die Bücher der Weisheit‹, von edler Hand auf Pergament geschrieben, in die Hände fiel«, log Magdalena und sah Schweinehirt erwartungsvoll an.

Der Bibliothekar kniff die Augen zusammen, als hätte Magdalena etwas Unschickliches von sich gegeben, etwas, das gegen seine Ehre ging. Dann meinte er kurz angebunden: »Nein, davon habe ich nie gehört.«

»Und Doktor Faust hat auch noch nicht danach gefragt?«

»Nein, ich glaube nicht. Aber Ihr könnt die Papierfetzen kontrollieren, mit denen Faust seine Bücher bestellt hat. Ich habe alle aufbewahrt. Jetzt muss ich an meine Arbeit gehen – wenn Ihr mich entschuldigen wollt!«

Auf den Zetteln des Schwarzkünstlers waren in der Hauptsache Bücher alchimistischen Inhalts vermerkt. Für den heutigen Tag hatte Faust jedoch ein Buch bestellt, welches in kein Schema passte: ›Der Flusslauf des Mayns‹.

Aus sicherer Entfernung beobachtete Magdalena den rätselhaften Magister. Mit leidendem Gesichtsausdruck beugte er sich über sein Stehpult und wischte sich mit dem Ärmel den Schweiß von der Stirn. Seine Haltung verriet, dass er keinen Text las. Starr hatten sich seine Augen in eine bestimmte Stelle des Buches gebohrt. Er dachte nach.

Bisher war es Magdalena gelungen, dem lesehungrigen Magister auszuweichen, ihm nicht von Angesicht zu Angesicht zu begegnen. Nicht auszudenken, wenn er sie erkannte. Allzu gut erinnerte sie sich an seine Worte: Es gibt Menschen, die sind bereit zu töten, um in den Besitz eines der ›Bücher der Weisheit‹ zu gelangen.

Der geheimnisvolle Schwarzkünstler kannte Magdalena nur mit einer Haube auf dem Kopf. Im Übrigen war es stockfinstere Nacht gewesen, als sie sich an der Weggabelung bei Miltenberg begegnet waren. Jetzt trug sie ihr kurzes Haar offen ohne Haube. Die Gefahr, dass er sie auf den ersten Blick wiedererkannte, war gering. Und schon gar nicht konnte Doktor Faust damit rechnen, ihr, der Buhle des Großen Rudolfo, in der Klosterbibliothek von Eberbach zu begegnen. Andererseits: Wer wusste schon, wie oft er sie vielleicht heimlich des Tages bei den Gauklern beobachtet hatte? Sie hatte Angst vor dem Magier, der einerseits so viel wusste, sogar die Geheimformel der Neun Unsichtbaren, andererseits aber Unsummen Geldes bot für die geheimen Bücher.

All diese Umstände trieben Magdalena an, diesen Doktor Faust im Auge zu behalten. Sie musste mehr über den mysteriösen Schwarzkünstler und seine Motive in Erfahrung bringen.

Weil Wendelin Schweinehirt ihr seit ihrem Gespräch zurückhaltend, um nicht zu sagen mit einem gewissen Misstrauen begegnete, schlich sich Magdalena in der folgenden Nacht alleine und heimlich in die Bibliothek. Es war um die Zeit der Matutine, denn aus der Klosterkirche wehte der Singsang der Mönche herüber. Anhand der Bücherzettel und dem Inhalt der Bücher, mit denen sich der Schwarzkünstler beschäftigte, hoffte Magdalena Licht ins Dunkel der Motive zu bringen, die Doktor Faust dazu antrieben, Tage und Wochen in den Gewölben der Bibliothek zu verbringen. Dazu blieb ihr nur die Zeit zwischen Matutine und den Laudes. Im Schutz der

Dunkelheit, ohne eine Laterne, musste sie vom Laientrakt hinüber zur Bibliothek schleichen und dort das erste Morgenlicht abwarten, das ihr das Lesen erlaubte. Bis zur Prima, dem Morgengebet, mit dem das Klosterleben erwachte, blieb gerade einmal eine Stunde, um sich in die Codices und Folianten zu vertiefen.

Mehrere Nächte verbrachte Magdalena auf diese Weise in der Bibliothek auf der Suche nach einem Anhaltspunkt für Fausts Nachforschungen. Vieles von dem, was sie im Zwielicht mit den Augen verschlang, verflüchtigte sich noch am selben Tag. Anderes blieb in ihrem Gedächtnis haften oder verwirrte sie, nachdem sie es gelesen hatte, nachhaltig. In ihrem Kopf schwirrten Begriffe umher wie Chronokratorien und Transmutationen, Ponderation und Digestion, Chemiatrie und Nigromantie, Krötenstein und Hexensalbe, Hylech und Asoth, Losbücher und Notarika – Begriffe, von denen sie noch nie gehört hatte oder deren Bedeutung ihr fremd war wie das ferne Indien. Dazu Namen, immer wieder Namen, aus Eitelkeit latinisiert oder als Pseudonym, um sich dahinter zu verstecken.

Nach einer Woche schlafloser Nächte fasste Magdalena den Entschluss, ihre Nachforschungen einzustellen und sich nur noch der Archivierung der Bibliothek zu widmen. In der Gewissheit, die meisten Bücher in Händen gehalten zu haben, deren Doktor Faust sich bediente – an eine Auseinandersetzung mit dem Inhalt war nicht zu denken –, begab sich Magdalena ein letztes Mal zu nachtschlafender Zeit in die Bibliothek, um die letzten zwei Bücherzettel abzuarbeiten. Wie schon die Nächte zuvor, gebrauchte sie kein Licht, das sie allzu leicht verraten hätte.

Als sie vorsichtig die Türe öffnete, erschrak Magdalena: Im hinteren Teil der Bibliothek, dort, wo der Schwarzkünstler für gewöhnlich seiner Arbeit nachging, flackerte eine Kerze. Faust hatte wohl vergessen, das Licht zu löschen. Nicht auszudenken, was hätte geschehen können, wäre die Kerze niedergebrannt.

Im Näherkommen hielt Magdalena inne. Ihr stockte der Atem. Am Lesepult saß, vornübergebeugt, Doktor Faust. Sein Kopf lag, zur Seite gewandt, auf der Tischplatte. Die Arme hingen schlaff herab. Er ist tot, schoss es Magdalena durch den Kopf.

Sie wollte schreien, weglaufen. Aber der unerwartete Anblick schnürte ihr die Kehle zu und lähmte ihre Glieder. Ungläubig starrte sie auf das zaghafte Flämmchen, das sich im regelmäßigen Rhythmus wie ein Uhrwerk bewegte. Faust war nicht tot. Er musste über dem Lesen eingeschlafen sein, und sein regelmäßiger Atem verursachte das Flackern der Kerze.

Der Schwarzkünstler schlief so fest, dass Magdalena keine Bedenken hatte, näher zu treten. Das aufgeschlagene, querformatige Buch ›Der Flusslauf des Mayns‹ diente ihm als Kissen. Eine kunstvoll gezeichnete Landkarte zeigte den Flusslauf von seinem Ursprung in den Bergen bis zu seiner Mündung in den Rhein, den Zusammenfluss mit Baunach und Regnitz bei Bamberg, das charakteristische Maindreieck mit der Stadt Würzburg und das nicht weniger markante Mainviereck. Was in aller Welt verleitete den Magier Doktor Faust zum nächtelangen Studium dieser Karte, dass er darüber einschlief?

Je länger Magdalena das Kartenwerk betrachtete, die eingezeichneten Ortschaften, Schlösser und Klöster – auch Seligenpforten hatte mit einem roten Punkt Eingang darin gefunden –, desto mehr kam sie zu der Einsicht, dass sie sich in etwas verrannt hatte. Nicht jedes Buch, in das sich Doktor Faust vertiefte, hatte zwangsläufig etwas mit der Suche nach den ›Büchern der Weisheit‹ zu tun. Vermutlich forschte der Schwarzkünstler nur nach dem kürzesten Weg in eine andere Stadt.

Magdalena war gerade dabei, die Spitzen von Daumen und Zeigefinger mit Spucke zu benetzen, um die Kerze zu löschen und Faust schlafend seinem Schicksal zu überlassen, da machte sie eine unglaubliche Entdeckung: Der Verlauf des Flusses entsprach genau der Linienführung der dreischwänzigen Schlange, die auf Rudolfos Rumpf tätowiert war. Das Viereck, das Dreieck und die drei Schwanzenden der Schlange – Magdalena hatte sie genau im Kopf.

Ohne einen Gedanken daran, dass der Magier aufwachen könnte, versuchte Magdalena, das aufgeschlagene Buch unter seinem Kopf wegzuziehen, da schnappte Fausts Rechte nach ihrem Handgelenk und umschloss es wie der Fangarm eines Krakens.

15. KAPITEL

Im Schlafgemach Albrechts von Brandenburg kniete Leys, die Buhle Seiner kurfürstlichen Gnaden, nein, nicht vor dem schmucken Hausaltar, sondern über dem Gemächt des Kardinals, was diesem wohlige Schauer und schon am frühen Morgen unflätige Worte entlockte: »Du meine geile Madonna!« – »Oh, meine reife Traube aus dem Weinberg des Herrn!« – »Meine Maria Magdalena, ich vögle dich um den Verstand.«

Das Verhältnis des Fürstbischofs mit seiner Buhle Elisabeth Schütz, die er – Gott weiß warum – Leys nannte, währte schon eine halbe Ewigkeit, was zweifellos an deren Liebeskünsten lag und der unübersehbaren Tatsache, dass das Alter an der Vierzigjährigen nahezu spurlos vorübergegangen war.

Für jeden fürstbischöflichen Beischlaf pflegte Albrecht seine Buhle mit einer kostbaren Perle zu entlohnen, welche er dem Skelett einer Katakombenheiligen entnahm, das er vor Jahren als das der heiligen Genovefa erworben hatte. Doch dann musste Seine kurfürstliche Gnaden erfahren, dass von der perlengeschmückten Märtyrerin mindestens ein halbes Dutzend Skelette in Umlauf waren, und er hatte die Lust an der vermeintlichen Genovefa verloren.

Auch an diesem Morgen reichte Albrecht von Brandenburg Leys eine Perle als Liebeslohn, die von ihr dankbar in ein Kästchen gelegt wurde, zu einem Dutzend anderer gleicher Herkunft. (Für eine Halskette bedurfte es hundert Perlen – für ein Perlenarmband waren deren fünfundzwanzig vonnöten).

Während Leys vor einem Silberspiegel ihr Haar kämmte, wurde sie wohlgefällig von Albrecht beobachtet.

»Du wirkst irgendwie bedrückt«, bemerkte der Kardinal, in einem weißen, mit purpurfarbenen Borten versehenen Schlafrock auf dem bischöflichen Bett liegend.

»Ach, Euer kurfürstliche Gnaden«, erwiderte Leys – Albrecht bestand auf dieser Anrede, sogar in Augenblicken intimen Beisammenseins – »es ist wegen Katharina, die nicht nur meine, sondern auch Eure Tochter ist.«

»Habe ich das jemals geleugnet?«, eiferte sich der Fürstbischof. »Habe ich ihr nicht eine hervorragende Ausbildung und ein sorgloses Leben in Aussicht gestellt?«

»Ja, Euer kurfürstliche Gnaden, aber gerade das ist es ja. Die Jungfer heult sich die Augen aus, seit sie von Euren Plänen erfahren hat, sie bei den Zisterzienserinnen in der Lausitz unterzubringen. Und mich überkommt ebenso tiefe Traurigkeit, wenn ich das Kind weinen sehe.«

»Ach was«, fuhr Albrecht von Brandenburg dazwischen, »ein Leben bei den Zisterzienserinnen ist ein sicherer Hafen für eine Jungfer. Nach ein paar Jahren wird aus der Novizin eine Oberin. Seid unbesorgt, dafür werde ich sorgen!«

»Wenn sie aber nicht will? Nicht Novizin werden und nicht Oberin. Wollt Ihr, dass Euer eigen Fleisch und Blut ein Leben lang unglücklich ist?«

Als er sah, wie Leys mit den Tränen kämpfte, erhob sich der Fürstbischof und wollte die Konkubine in die Arme nehmen. Aber Leys widersetzte sich seinen Annäherungsversuchen und stürzte zur Türe. Als sie diese öffnete, trat ihr der bischöfliche Sekretär Joachim Kirchner aufgeregt gestikulierend entgegen.

»Euer kurfürstliche Gnaden«, rief er über Leys' Schulter hinweg, »Kurienkardinal Giustiniani, der Abgesandte Seiner Heiligkeit Papst Clemens des Siebenten, steht samt Gefolge vor den Toren der Stadt und erwartet einen gebührenden Empfang!«

»Auch das noch!«, murmelte Albrecht leise vor sich hin. Dann starrte er seinen Sekretär und Schreiber lange nachdenklich an.

Leys versuchte besorgt, den Grund für die peinliche Stille im Schlafgemach zu ergründen.

Da begann der Fürstbischof, an Kirchner gewandt: »Du dienst mir seit einer Reihe von Jahren, meist sogar zu meiner Zufriedenheit …«

Kirchner verneigte sich ob des ungewohnten Lobes: »Ich danke Euch, Euer kurfürstliche Gnaden. Aber wenn ich mir die Bemerkung erlauben darf: Vor den Toren der Stadt begehrt der Gesandte des Papstes Einlass. Ihr kennt den Anlass seines Besuchs …«

»Schweig!«, unterbrach ihn Albrecht von Brandenburg. »Wie alt bist du, Kirchner?«

»Ich stehe im fünfunddreißigsten Lebensjahr, Euer kurfürstliche Gnaden. Aber das ist nicht so wichtig.«

»Schweig! – Und du hast noch immer kein Weib gefreit?«

Kirchner errötete. So sehr, dass seine Röte sogar in der Düsternis des fürstbischöflichen Schlafgemachs zu erkennen war. Verlegen blickte er zu Boden. Dann antwortete er: »Wie Ihr wisst, erhielt ich, bevor Ihr mich gütigst bei Euch aufnahmt, die niederen Weihen, welche, wie Euch ebenfalls nicht unbekannt sein dürfte, mit dem Zölibat einhergehen, dem Gelöbnis, mit keiner Frau Umgang zu pflegen.«

»In der Tat, das alles ist mir nicht neu. Aber was du hier vorbringst, sind die Gesetze der Kirche, nicht die Gesetze Gottes. Und ich brauche dich nicht darauf aufmerksam zu machen, dass die Gesetze der Kirche in stetem Wandel begriffen sind. Sogar die Päpste leben im Konkubinat und erfreuen sich reichen Kindersegens. Und aus Wittenberg kommt die Nachricht, der rebellische Mönch, dessen Namen auszusprechen ich mich scheue, habe dieser Tage eine leibhaftige Nonne geheiratet, mehr noch, sie sei bereits schwanger. Deine Bedenken sind also unangebracht.«

Kirchner wusste nicht, wie ihm an diesem Morgen geschah, doch dann sah er Leys, die der Aussprache mit gesenktem Blick beiwohnte, und er versuchte sich vorzustellen, worauf der Kardinal hinauswollte. Leys Schütz war ein prächtiges Weib, erfahren in Liebes- und anderen Dingen, welche das Alte Testament schamlos beschreibt. Wie es den Anschein hatte, war der Kardinal ihrer überdrüssig. Heimliche Treffen des erlauchten Fürsten mit der Frankfurter Wittfrau Agnes Pless, geborene Strauß, waren Kirchner nicht entgangen. Auch nicht die Tatsache, dass deren Äußeres zwar weniger reizvoll war als das von Leys, dafür verfügte Agnes, erbeshalber, über ein beträchtliches Vermögen. Und das verleiht, wie man weiß, jeder Frau eine gewisse Schönheit.

Mitten in Kirchners Gedanken platzte Albrecht mit den Worten: »Du solltest Leys Tochter Katharina, die auch *meine* Tochter ist, ehelichen! Über die Mitgift reden wir, wenn ich besser bei Kasse bin.«

Joachim Kirchner warf Leys einen unsicheren Blick zu. Doch die schien nicht weniger überrascht als er selbst. Allerdings kam ihr die Kehrtwendung Seiner kurfürstlichen Gnaden nicht ungelegen. Ein Mann mit halbwegs sicherem Einkommen war besser als ein Leben hinter Klostermauern.

»Ich meine es ernst«, legte Albrecht von Brandenburg nach, als er beider zweifelnde Gesichter sah. »Die Jungfer ist fünfzehn und gerade recht für einen kurfürstlichen Secretarius. Wir verstehen uns?«

»Ja, ja, Euer kurfürstliche Gnaden!« Kirchner geriet ins Stottern. »Aber der Legat des Papstes wartet noch immer vor dem Stadttor auf einen würdevollen Einlass. Seine Heiligkeit Papst Clemens scheint über dunkle Kanäle vom Begräbnistermin des Großen Rudolfo erfahren zu haben. Im Übrigen ist Mainz voll von Menschen, die dem wundersamen Seiltänzer die letzte Ehre erweisen wollen.«

»Gesindel!« Albrecht lachte abfällig. »Nichts als sensationsgieriges Gesindel, das nur darauf wartet, ob der wundersame Rudolfo sich plötzlich aus dem Grab erhebt und gen Himmel fährt wie unser Herr Jesus oder ob er wie Lucifer die andere Richtung nimmt.«

Beschwichtigend hob Kirchner beide Hände: »Euer Gnaden, ein Blick aus dem Fenster wird Euch eines Besseren belehren. Männer von Stand und Namen haben den Weg nach Mainz gefunden, zum letzten Geleit für den Seiltänzer. Bereits am frühen Morgen begegnete ich zwei ruhmreichen Männern, die auf dem Marktplatz in ein Gespräch vertieft waren. Ich bin sicher, es waren Agrippa von Nettesheim und Erasmus von Rotterdam. Agrippa traf ich einmal in jungen Jahren in Köln. Damals trug er noch den Namen Heinrich Cornelius und studierte wie ich Theologie. Und Erasmus, der andere – dessen Bild hängt längst in jeder Bibliothek und jeder Universität. Es ist sicher kein Zufall, sie am selben Tag am selben Ort zu treffen.«

»Ihr meint, die beiden …«

Kirchner nickte mit einer gewissen Überheblichkeit, die ihm für gewöhnlich so fremd war wie der zügellose Lebenswandel Seiner kurfürstlichen Gnaden.

Der Kardinal sagte im Befehlston an seine Bettfrau gewandt: »Und du lässt uns jetzt am besten allein!«

Darauf zog sich Leys wortlos zurück.

»Wir hätten wohl besser daran getan, auf die Öffnung der Leiche des Großen Rudolfo zu verzichten. Die Nachricht von seinem Tod ging ohnehin bis nach Rom. Wäre der Seiltänzer am folgenden Tage beerdigt worden, wäre uns viel erspart geblieben.«

»Ihr meint die vielen Menschen, die von überall herbeiströmen?«

»Die meine ich!«

Joachim Kirchner wirkte nachdenklich. Schließlich meinte er: »Es steht mir nicht zu, den Gedanken von Euer Gnaden zuvorzukommen …«

»Schon gut, Kirchner«, bedeutete der Fürstbischof generös.

»… Ihr habt einmal den Verdacht geäußert, der Große Rudolfo könne einer der Neun Unsichtbaren sein, welche über das geheime Wissen der Menschheit verfügen. Und so kamt Ihr zu der Erkenntnis, der Seiltänzer habe sich bei seinen waghalsigen Auftritten dieses Wissens bedient.«

»Ja, das sagte ich, und es wäre eine einleuchtende Erklärung für seine Kunst und seine übermenschlichen Fähigkeiten.«

»Sollte sich Eure Vermutung bewahrheiten, dann, Euer Gnaden, wäre es doch nur recht und billig, wenn die übrigen acht der Neun Unsichtbaren ihrem auserwählten Mitwisser die letzte Ehre erwiesen. Allein die Anwesenheit des großen Erasmus von Rotterdam und des ebenso hochgebildeten Agrippa von Nettesheim könnte ein Hinweis darauf sein. Wenn Euch an ihrem Wissen gelegen ist, dann sollten wir sie im Auge behalten.«

»Und ob mir daran gelegen ist!«, erwiderte Albrecht von Brandenburg aufbrausend. »Du kennst doch meine Lage: Der Kardinal und Kurfürst von Mainz ist pleite, zahlungsunfähig. Ich, du, wir alle leben von der Gnade und Großzügigkeit des reichen Fuggers. Wenn Matthäus Schwarz darauf besteht, muss ich den Mainzer Dom verpfänden. Mein Gott, welche Blamage! Der Bischof von Speyer, das Ekel, würde das Tedeum anstimmen und seinen Sieg in einem Triduum feiern. Ich darf gar nicht daran denken. Gelänge es aber, einen der Neun Unsichtbaren ausfindig zu machen und ihm sein Wissen abzukaufen, dann, Kirchner, wären wir alle Sorgen los!«

»Aber woher wollt Ihr das Geld nehmen?«, gab der Sekretär zu bedenken. »Ich könnte mir vorstellen, dass die Unsichtbaren, so überhaupt einer von ihnen bereit ist, sich zu offenbaren, eine immense Summe fordern würden. Was also wollt Ihr tun, Euer kurfürstliche Gnaden?«

»Das lass meine Sorge sein!«, beschied Albrecht den Sekretär mit listigem Grinsen.

Kirchner bezweifelte, dass der Fürstbischof noch irgendeine Geldquelle auftun könnte. Matthäus Schwarz würde ihm keinen Groschen mehr borgen, solange er nicht einmal die Zinsen für die bestehenden Schulden beglichen hatte. Und was die reichen Juden betraf, die zwischen Flachsmarkt und Betzelgasse ein ganzes Viertel in Beschlag genommen hatten, waren diese viel zu schlau, um sich auf ein finanzielles Abenteuer einzulassen, dessen Ausgang ungewiss war wie das Horoskop eines Sterndeuters.

Zögerlich wiederholte Kirchner: »Euer kurfürstliche Gnaden, vor den Toren der Stadt wartet der Abgesandte des Papstes, Kurienkardinal Giustiniani, noch immer auf einen würdigen Empfang.«

Da rief Albrecht von Brandenburg aufbrausend: »Was habe ich mit Giustiniani zu schaffen? Ich habe ihn nicht eingeladen, und er hat sich nicht angemeldet. Schickt die Domherren vor die Tore. Aber sie sollen frische Wäsche anziehen, damit sie nicht so stinken!«

Der Leichenzug für den Großen Rudolfo geriet unversehens zu einer Art Volksfest. Leonhard Khuenrath, der Riese von Ravenna, zog in seiner Schaustellertracht – einem Bärenfell, das seinen muskulösen Körper nur dürftig verhüllte – den zweirädrigen Karren mit dem Sarg des Seiltänzers. Und wo immer er auftauchte, brandete der Beifall der Massen auf. Die Menschen, die den letzten Weg des Gauklers säumten, warfen Sommerblumen auf den Karren. Es schien, als wäre in Vergessenheit geraten, dass der Große Rudolfo keines natürlichen Todes gestorben, sondern einem Anschlag zum Opfer gefallen war. Aber ein Gaukler galt als vogelfrei, und sein Ableben lag außerhalb geltender Gesetze.

Hinter dem Leichenkarren schritt würdevoll und schwarz gekleidet wie ein Pfaffe Constantin Forchenborn, der Marktschreier. In seinem dunklen Mantel hob er sich deutlich von den übrigen Gauklern ab, welche den toten Seiltänzer auf seinem letzten Weg in bunter Gauklerkleidung begleiteten: der Jongleur Benjamino in grünen Pluderhosen und mit Goldbändern um den nackten Oberkörper geschlungen; Jadwiga, die polnische Schlangenfrau, in einem dünnen Seidengewand, das eng ihren Körper umschmeichelte; der bucklige Quacksalber in einem feuerroten Umhang und ebensolcher Haube; und die vier Fuß kleine Zwergenkönigin in jenem hauchdünnen, durchsichtigen Gewand, in dem sie sich in der Menagerie zur Schau stellte.

Ihnen folgte, von zwei Pferden gezogen, der blau und rot bemalte Gauklerwagen mit der Aufschrift DER GROSSE RUDOLFO auf beiden Seiten und dahinter der Pulk der Fuhrknechte, die mit rauen Kehlen das alte Gauklerlied anstimmten: »So ziehen wir, so ziehen wir, von einem Ort zum a-an-dern …«

Als der Beifall der Mainzer für einen Augenblick zu verstummen drohte, rief einer aus der Menge: »Wir wollen den Großen Rudolfo seiltanzen sehen.« Da brach erneut der Jubel aus, noch lauter als zuvor, und die Domherren, die hinter Rudolfos Gauklerwagen würdig einherschritten, blickten unruhig nach allen Seiten, aus Angst, das Volk könne den Leichenzug stürmen und sich mit dem eingesargten Rudolfo davonmachen.

Die meisten Mainzer Bürger kannten den griesgrämig dreinschauenden, in einen goldbestickten Rauchmantel gehüllten Alten nicht, der von acht Lakaien in Livree in einer Sänfte getragen wurde. Es war Kurienkardinal Giustiniani, der ab und an seine behandschuhte Rechte aus dem Umhang hervorstreckte und ein segnendes Kreuzzeichen schlug, von dem jedoch kaum jemand Notiz nahm.

Aus gutem Grund hatten sich Albrecht von Brandenburg und sein Privatsekretär Joachim Kirchner auf die Galerie des Ostchores begeben, der das Langhaus des Domes abschloss. Dort, in dem säulenbewehrten Umgang in luftiger Höhe, bot sich der beste Ausblick auf den Liebfrauenplatz und die Stelle, an der Rudolfo zu Tode gekommen war.

Als Khuenrath mit dem Leichenkarren die Stelle passierte, hielt er kurz inne und senkte den Blick zur Erde. Schließlich blickte er nach oben zum rechten der beiden Rundtürme am Ostchor und reckte die geballte Faust gen Himmel. Dann setzte er seinen Weg fort.

»Was hat das zu bedeuten?«, erkundigte sich der Fürstbischof bei seinem Sekretär, ohne sich von dem Leichenzug abzuwenden. Denn hinter dem Abgesandten des Papstes und seinen Begleitern, die den Kardinal wie Soldaten einrahmten, schritten vornehme Gäste und

Würdenträger einher, die man eher beim Begräbnis eines Königs als dem eines Seiltänzers erwartet hätte.

»Die geballte Faust in Richtung des Domturms?«, erwiderte Kirchner. »Ich würde sagen, eine Drohung. Vielleicht kennt er Rudolfos Mörder!«

Verstört blickte Albrecht von Brandenburg Kirchner von der Seite an: »Was soll das heißen? So rede schon!«

»Nichts, Euer kurfürstliche Gnaden! Aber die Tatsache, dass ein Gaukler außerhalb von Recht und Gesetz lebt, bedeutet nicht, dass man nicht den Mörder eines Gauklers ausforschen darf. Oder sehe ich das falsch?«

Der Fürstbischof dachte nach.

»Der Abgesandte des reichen Fuggers!«, rief er plötzlich und deutete aufgeregt nach unten. In der Tat, Matthäus Schwarz hatte sich hinter dem Mainzer Bürgermeister und seinen Räten in den Trauerzug eingereiht, wie immer in geckenhafter Kleidung und mit einem hellblauen, samtenen Umhang.

»Das ist eine Verschwörung!«, erregte sich Albrecht von Brandenburg. »Eine Verschwörung ist das! Ich bin sicher, wenn ich dereinst meinen letzten Weg gehe, werden mir nicht halb so viele Trauernde die letzte Ehre erweisen.«

»Sagt so etwas nicht, Euer kurfürstliche Gnaden«, versuchte Kirchner den Kardinal zu beschwichtigen. »Eure Zeit ist noch lange nicht gekommen, und wenn es dem Herrn gefallen sollte, werden Euch noch weit mehr das letzte Geleit geben.« Plötzlich hielt Kirchner inne.

Er blickte den Fürstbischof von der Seite an, ob dieser die würdigen Männer erkannte, die in zwei Reihen, zu viert nebeneinander, nun unter ihnen vorüberschritten.

»Das ist doch −«, stammelte Albrecht von Brandenburg, »das ist doch …«

»Erasmus von Rotterdam.«

»Und der Bärtige neben ihm?«

»Tut mir leid, den kenne ich nicht. Aber der neben ihm scheint mir nicht unbekannt.«

»Nikolaus Kopernikus, der Astronom, der auf den preußischen Landtagen als Deputierter von Ermland auftritt. Ich kenne ihn«, bemerkte der Kurfürst in einer Mischung aus Stolz und Verachtung. »Und wenn ich nicht irre, ist der Mann mit dem schütteren Haar und dem päpstlichen Gehabe neben ihm ein Günstling der Medici mit Namen Niccolo Machiavelli. Kirchner, kneif mich in die Seite ...«

»Die Männer in der zweiten Reihe sind Agrippa von Nettesheim, der Wunderdoktor Paracelsus, der Zukunftsdeuter Nostradamus, und den anderen kennt Ihr wohl besser als ich!«

»Grünewald, der Maler Matthias Grünewald, der Hungerleider, den ich zehn Jahre an meiner Brust nährte, den ich drei Altarblätter für den Mainzer Dom malen ließ und der sich bei mir einschmeichelte, indem er mich überlebensgroß in der Gestalt des heiligen Erasmus malte, dem Nothelfer gegen Bauchschmerzen. Ich habe ihn doch aus der Stadt gewiesen, und jetzt ist er schon wieder da! Grünewald soll noch heute aus Mainz verschwinden. Sage ihm das. Ich will ihn nie mehr sehen!«

Der Privatsekretär musterte den Kardinal mit prüfendem Blick: »Aber wenn der Maler Grünewald einer von den Neun Unsichtbaren wäre?«

»Der, ausgerechnet der?«

»Denkt an den Seiltänzer, Euer kurfürstliche Gnaden! Einem Gaukler würde man noch weniger zutrauen, einer der Neun zu sein.«

»Gemach, Kirchner, gemach! Noch fehlt jeder Beweis für deine Behauptung. Vielleicht haben wir uns da in etwas verrannt, und die erlauchten Männer dort unten treffen sich zu einem wissenschaftlichen Symposium und diskutieren über den Lauf der Gestirne oder ob die Erde weder eine Scheibe noch eine Kugel, sondern eine Schüssel ist.«

275

Der Sekretär verzog das Gesicht und antwortete: »Und da haben die erlauchten Männer nichts Besseres zu tun, als am Leichenzug eines Seiltänzers teilzunehmen?«

»Da hast du allerdings recht«, erwiderte Albrecht. »Die Einzige, die uns darüber Auskunft geben könnte, ist die Frau des Seiltänzers, und die hat sich über Nacht scheinbar in Luft aufgelöst.«

»Das könnte man beinahe glauben. Ich habe alle Torwächter befragt, ob ein einzelnes Weib bei Nacht die Stadt verlassen habe, aber ich erntete überall nur Kopfschütteln und Schulterzucken.«

»Aber die Gaukler, sie müssen doch wissen, wohin sich diese Magdalena abgesetzt hat!« Hinter einer Säule des Umgangs verborgen, spähte der Fürstbischof in die Tiefe. Von unten schallten plötzlich Pfiffe, Buhrufe und Schimpfwörter übelster Art herauf. In der Annahme, die Menge habe ihn in luftiger Höhe entdeckt, wich Albrecht zurück. Verunsichert starrte er Kirchner an.

Der deutete nach unten, wo sich die Dominikaner der Inquisition dem Leichenzug angeschlossen hatten. Sie trugen zu ihrem schwarz-weißen Habit violette Handschuhe als Zeichen ihrer Strafgewalt. Auch wenn sie den Massen des Volkes bisweilen beliebte Schauspiele darboten, indem sie Männer und Frauen auf dem Scheiterhaufen verbrannten, waren sie äußerst unbeliebt.

»Man soll die Gaukler unter Androhung der Inquisition nach dem Verbleib der Frau des Seiltänzers befragen«, zischte der Fürstbischof, »dann werden sie schon mit der Wahrheit herausrücken. Ich sage dir, Kirchner, dieses Weib hält uns alle zum Narren. Magdalena redet mit der Gewandtheit eines Dompredigers. Offenbar ist sie sogar der lateinischen Sprache mächtig, und sie trägt ein Selbstbewusstsein zur Schau, das in der Lage ist, sogar einen gestandenen Mann wie mich einzuschüchtern. Hätte sie nicht eine glockenhelle Stimme wie die Engel im Himmel, eine Haut wie Seide und Brüste wie die Hure Imperia, die das Konzil von Konstanz in Unruhe versetzte, man könnte glauben, sie sei ein Mann des Teufels in Weiberkleidern.«

Aus Kirchners Gesichtsausdruck sprach das blanke Entsetzen, aber er nickte devot, wie es seine Art war. »Wenn ich mir die Frage erlauben darf«, begann er umständlich, »woher wisst Ihr überhaupt von den Neun Unsichtbaren? Ich meine, wie der Name schon sagt, sind sie doch unsichtbar, man sieht sie nicht, also weiß man nicht einmal, ob es sie überhaupt gibt …«

Der Fürstbischof tat entrüstet: »Kirchner, was bist du doch für ein Kleingeist! Vieles existiert, aber man sieht es nicht. Die Luft, die du atmest, siehst du nicht, trotzdem wirst du wohl nicht daran zweifeln, dass es sie gibt.«

»Das hat durchaus eine gewisse Logik. Aber hat man einem Unsichtbaren je seine Zugehörigkeit zu dem erlauchten Kreis nachgewiesen? Hat sich ein Unsichtbarer je als solcher bekannt?«

Albrecht von Brandenburg schüttelte den Kopf: »Nicht dass ich wüsste. Doch manche hinterließen Hinweise, sodass kaum ein Zweifel an ihrem geheimen Wissen besteht. Graf Albert von Bollstädt, der größte Gelehrte unseres Jahrtausends, verfügte über so viel Wissen, dass er ehrfurchtsvoll Albertus Magnus genannt wurde. Kein Mensch auf dieser Erde kann sich in *einem* Leben so viel Wissen aneignen wie Albert – auch wenn ihm achtzig Lebensjahre beschieden waren. Woher nahm dieser schwäbische Provinzgraf seine Kenntnisse über ägyptische, arabische und jüdische Wissenschaften, Wissenschaften, die an keiner europäischen Universität oder Ordensschule gelehrt wurden? Dafür gibt es nur *eine* Erklärung: Der Große Albertus hatte Zugang zu geheimen Wissensquellen.«

Gedankenverloren blickte Joachim Kirchner in die Tiefe, wo sich inzwischen das gemeine Volk dem Leichenzug anschloss. Nach langem Nachdenken meinte er: »Zu großem Reichtum hat Albertus Magnus sein Wissen wohl nicht verholfen.«

»Kirchner!« Als wollte der Fürstbischof seinen Sekretär zur Ordnung rufen, erwiderte er: »Der Provinzgraf war Dominikaner wie die drei armseligen tonsurgeschädigten Gestalten, die gerade in ihren billigen Sandalen an uns vorbeigeschlurft sind. Immerhin brachte es Albertus bis zum Bischof von Regensburg. Aber lange hielt er das nicht aus. Er war eben ein Mann der Wissenschaften.«

»Und die müssen immer arm sein?«, unterbrach ihn Kirchner.

Albrecht von Brandenburg hob die Schultern. »Das könnte man meinen, in der Tat. Dabei ist mit den Wissenschaften mehr Geld zu machen als mit den Ablässen der Kirche. Man muss sie nur für seine Zwecke einsetzen. Vor allem aber muss man die Geheimnisse der Wissenschaften kennen! Zum Beispiel jene, die von den Neun Unsichtbaren unter Verschluss gehalten werden. Es ist eine Todsünde, wenn neun Menschen auf dieser Erde sich über den Rest der Menschheit erheben, sich Gottgleichheit anmaßen, indem sie Geheimnisse für sich behalten, die geeignet wären, Armut und Elend der Christenheit zu beseitigen.«

Vor allem Armut und Elend des Fürstbischofs von Mainz, lag es Kirchner auf der Zunge, aber er schwieg.

»Es müsste doch mit dem Teufel zugehen«, eiferte sich Albrecht von Brandenburg, »wenn unter den Neun Unsichtbaren nicht einer wäre, der sich sein Geheimnis abkaufen ließe. Glaube mir, Kirchner, ich würde den Mainzer Dom verpfänden!«

»Euer kurfürstliche Gnaden!« Kirchner, ein Mensch von schlichter Frömmigkeit, tat entrüstet. Wie ehrlich er es meinte, wusste man bei ihm nie.

»Von Papst Alexander«, fuhr der Kardinal fort, »erzählt man sich in vatikanischen Kreisen, er habe alle seine Ämter, den Kardinalstitel und sogar seine Papstwahl durch Simonie erworben, also durch Bestechung. So reich war das Adelsgeschlecht der Borgia auch wieder nicht, dass er sich das alles aus eigenen Mitteln erkaufen konnte. Aber woher kam sein plötzlicher Reichtum? – Bisher fehlt der letzte Beweis; aber die Behauptung ist nicht aus der Luft gegriffen, dass der listige, skrupellose und der Unzucht verfallene Alexander VI. einem der Neun Unsichtbaren sein Geheimnis unter Folter entlockte.«

»Der arme, beklagenswerte Savonarola!«, rief Kirchner und blickte zum Himmel.

»Ja, Savonarola, der Dominikaner aus Ferrara! Aber woher wusstest du …«

»Nun ja, Euer kurfürstliche Gnaden, auch ich habe Ohren, um zu hören. Und das Gerücht, Savonarola sei von Papst Alexander unter Folter erpresst worden, um an sein geheimes Wissen zu gelangen, ist nicht neu. Auch wenn er alle Aussagen widerrief, Savonarola endete auf dem Scheiterhaufen …«

»… und die Akten über die Befragungen«, fiel Albrecht seinem Sekretär ins Wort, »wurden allesamt gefälscht. Kirchner, ich frage dich, warum wohl?«

»Vielleicht verriet der Bußprediger, während sie ihm glühende Eisen in den Leib bohrten, das geheime Rezept zur Herstellung von Gold! Das würde den plötzlichen Reichtum des Borgia-Papstes erklären.«

Albrecht von Brandenburg verschränkte die Arme vor der Brust und nickte mit einem wissenden Lächeln.

Inzwischen war es auf dem Liebfrauenplatz tief unter ihnen deutlich leerer geworden.

»Und Ihr wollt Euch wirklich nicht dem Trauerzug des Großen Rudolfo anschließen?«, erkundigte sich Kirchner verunsichert.

»Das klingt beinahe vorwurfsvoll«, erwiderte der Kardinal in mahnendem Tonfall. »Was habe ich mit dem Gaukler zu schaffen? Auch wenn er einer der Neun Unsichtbaren gewesen sein sollte, er wird mir sein Geheimnis nicht mehr verraten.«

16. KAPITEL

Je mehr Zeit seit dem Tod des Großen Rudolfo verstrich, desto argwöhnischer stand Magdalena ihrer Liebschaft mit dem Seiltänzer gegenüber. Es fiel ihr schwer zu glauben, dass sie für Rudolfo mehr als nur ein Abenteuer gewesen war. Eine Novizin, aus einem Kloster entlaufen und im Umgang mit Männern gänzlich unerfahren, ist allzu leichtgläubig, wenn ihr ein Mann zum ersten Mal die erregenden Worte zuflüstert: Ich liebe dich.

Hatte Rudolfo sie wirklich so bedingungslos geliebt, wie er behauptet hatte? Oder war sie nur eine Gauklerliebe gewesen, eine von vielen, die man dem Seiltänzer nachsagte? Natürlich hatte sie die Tage mit Rudolfo genossen, so wie sie nur eine Jungfer genießen kann, die sich zum ersten Male einem Mann hingibt. Aber war diese Hingabe das, was man als Liebe bezeichnet?

Im Laufe der Zeit begann Magdalena ihr Äußeres zu vernachlässigen. Sie ließ sogar ihre kostbaren Kleider am Rechen hängen und griff auf ihr altes, zerschlissenes Gewand zurück, das sie bei ihrer Flucht aus Seligenpforten getragen hatte.

Dabei machte sie eines Tages eine überraschende Entdeckung. Sie schien ihr zunächst ohne Bedeutung; aber je mehr sie über ihre Gefühle für Rudolfo nachdachte, desto mehr Gewicht bekam sie. Zwischen den Nähten ihres bodenlangen Kleides ertastete sie ein kaum fingerlanges Etwas, gerade an jener Stelle, an der sie die eingenähte Goldmünze entdeckt hatte, die ihr und den Gauklern in schlechten Tagen so hilfreich gewesen war.

Magdalena hätte schwören können, dass dieses Etwas nicht von Anfang an in ihren Röcken versteckt war: eine unförmige Wurzel in Menschengestalt, ein bräunlicher Homunculus, zweifelsfrei weiblichen Geschlechts, über der Brust mit einem Faden und an Armen und Beinen mit langen, rötlichen Haaren umwickelt. Je länger sie die winzige Figur, die einen süßlichen Duft verströmte, betrachtete, desto mehr erkannte sich Magdalena in ihr wieder.

Des Nachts, nach kurzem Schlaf, wachte sie auf und konnte nicht mehr einschlafen vor lauter abwegigen Gedanken. Deshalb beschloss sie am Morgen, sich Wendelin Schweinehirt anzuvertrauen, ob er eine Erklärung für das abstruse Amulett fände.

Schweinehirt kam ihr mit der Frage zuvor, ob sie Doktor Faust gesehen habe, der seit dem gestrigen Tage verschwunden sei, ohne eine Nachricht zu hinterlassen.

Magdalena verneinte. Im Übrigen schien es ihr nicht angebracht, den Bibliothekar von dem nächtlichen Ereignis mit dem anscheinend schlafenden Alchimisten zu unterrichten – ebenso wenig von ihrer Entdeckung, dass die Landkarte mit dem Flusslauf des Mains auf verblüffende Weise Rudolfos Tätowierung ähnelte.

Was die unförmige Wurzel in Menschengestalt betraf, die sie Schweinehirt vor die Nase hielt, so wusste dieser Rat, indem er einen Folianten mit dem Titel ›De Occulta Philosophia‹ hervorzog. Der Autor, betonte er ausdrücklich, sei ein gewisser Agrippa von Nettesheim, ein weit gereister Abenteurer und Advokat und in der Schwarzkunst erfahren, was ihm den Ruf eines Teufelsbündlers eingebracht habe.

Aus dem Buch musste Magdalena erfahren, dass sie möglicherweise einem Liebeszauber erlegen war, der von der seltsam präparierten Wurzel ausging. Agrippa wusste tiefschürfend zu berichten, wie die Wurzel mit Namen *Radix mandragorae*, die andernorts auch *Circaea, Diamonon, Mala Canina* oder *Xeranthe* genannt werde, von Hunden aus der Erde gewühlt werde, weil Menschen nach dergleichen Arbeit erfahrungsgemäß vom Tod ereilt würden. Das Gewächs sprieße vorwiegend unter dem Galgen einer Richtstätte und aus dem letzten Sperma eines Gehenkten. Je nach den Beigaben, mit denen die Mandragora-Wurzel umwickelt werde, erzeuge sie unterschiedliche Wirkung: Liebe und Glück, aber auch Verderben und Tod.

Xeranthe? Der Name peitschte Magdalenas Herzschlag in die Höhe. Eben noch hatte sie an Rudolfos lauteren Absichten gezweifelt; doch der Name der wundertätigen Wurzel stellte wieder alles in Frage. Magdalena wusste nicht mehr, was sie denken sollte.

Angewidert betrachtete sie die Mandragora-Wurzel. Wer hatte den Homunculus in ihre Kleider gesteckt? War es Rudolfo gewesen, der sie mit Hilfe der schwarzen Magie in seine Arme treiben wollte? Oder war es Xeranthe, die ihr – nicht zum ersten Mal – nach dem Leben trachtete?

Verstört verfolgte Schweinehirt, wie die Frau des Seiltänzers, einer plötzlichen Eingebung folgend, zum Fenster stürzte, um sich der rätselhaften Zauberwurzel zu entledigen. Da wurde die Türe zur Bibliothek aufgestoßen, und ein Dominikaner trat ihr, von vier Schergen begleitet, in den Weg.

Aus seiner schwarz-weißen Kutte ein Kruzifix ziehend, das er Magdalena wie eine Waffe entgegenstreckte, rief er mit frostiger Stimme: »Habe ich dich, du Teufelsbuhlschaft! Knie nieder!«

Magdalena wusste nicht, wie ihr geschah. Angesichts der in derbes Leder gekleideten und mit Ketten bewaffneten Schergen kam sie der Aufforderung ohne Widerstand nach.

An seine Männer gewandt, legte der Dominikaner nach: »Entreißt ihr das Teufelswerk und legt dem Weib die Ketten an!«

Das völlig unerwartete Auftauchen der Häscher versetzte Magdalena in eine Art Starre und verhinderte jede Gegenwehr. Auf dem Steinboden der Bibliothek kniend, sah sie teilnahmslos zu, wie die Schergen ihr die Mandragora-Wurzel aus den Händen rissen und eiserne Fesseln um ihre Handgelenke legten. Dann trieben sie die Frau des Seiltänzers den engen Treppenturm hinab, den westlichen Kreuzgang entlang über den Hof zum Laienrefektorium bis zum anschließenden Cellarium, dessen fünffaches Gewölbe, durch Zwischenmauern unterteilt, jeden Lärm abschirmte.

In einem der spärlich durch eine hohe Luke belichteten Verliese stand an der Schmalseite ein Tisch mit einem Holzkreuz in der Mitte und zwei brennenden Kerzen. Zu beiden Seiten waren langarmige Zangen, Nagelkissen, Daumenschrauben und ein ausgefranstes, aufgerolltes Seil aufgereiht. Hinter dem Tisch saßen, symmetrisch zu beiden Seiten des Kreuzes, je ein Dominikaner und zwei Domherren. Der Platz in der Mitte, hinter dem Kreuz, war leer.

Beinahe wäre Magdalena gestolpert, als die Schergen sie in den abgedunkelten Raum stießen und auf den dreibeinigen Hocker drückten, der vor dem Tisch stand.

Ungerührt und unbeweglich verfolgten die Männer die Ankunft der gefesselten Jungfer. Erst als ein dritter Dominikaner, der die Schergen kommandiert hatte, das Gewölbe betrat, erwachten sie aus ihrer Lethargie, steckten die Köpfe zusammen und unterhielten sich flüsternd, die Blicke auf Magdalena gerichtet, und bisweilen schüttelten sie dabei die Köpfe vor Entrüstung.

Erst jetzt, nachdem der Dominikaner in der Tischmitte Platz genommen hatte, fand Magdalena Gelegenheit, ihr Gegenüber in Augenschein zu nehmen. Für einen Mann war er ungewöhnlich klein. Seine auftragende Ordenstracht und das breite, rotfleischige, speckig glänzende Gesicht verliehen ihm ein groteskes Aussehen. Eine frisch geschorene Tonsur verstärkte noch den Eindruck.

»*Dominicus sum, frater et praefectus Sancti Inquisitionis* und auserwählt, die Heilige Mutter Kirche vor den Nachstellungen des Teufels zu bewahren, *in aeternum*«, begann der widerwärtige Mönch seine Rede, die durchsetzt war mit Sprachfetzen aus schlechtem Kirchenlatein. »Du weißt«, fuhr er schließlich mit weibisch hoher Fistelstimme fort, »warum wir dich *in nomine Domini* hierhergebracht haben?«

»*Nescio*, hochwürdigster Herr Inquisitor!«, erwiderte Magdalena. »Ich habe keine Ahnung.« Im festen Bewusstsein, weder die Gesetze der Kirche noch die des Landes verletzt zu haben, gab Magdalena sich selbstbewusst, obwohl ihr Herz bis zum Hals schlug.

»Ihr seid der lateinischen Sprache mächtig, Jungfer?«, erkundigte sich Frater Dominicus verunsichert.

»Von mächtig kann keine Rede sein, hochwürdigster Herr Inquisitor. *Sed satis pro domo*, für den Hausgebrauch genügt es.«

Die lateinkundige Jungfer versetzte die Männer zu beiden Seiten des Inquisitors in Unruhe, und der Domherr zur Linken, der sein Amt erkauft, aber nie im Leben Latein gelernt hatte und froh war, das *Pater noster* auswendig aufsagen zu können, meinte geflissentlich: »Dann möge die Heilige Inquisition in diesem Prozess auf die lateinische Sprache verzichten, damit sie Gelegenheit hat, sich zu verteidigen.« Und als er alle Blicke auf sich gerichtet sah, fügte er kleinlaut hinzu: »Falls es etwas zu verteidigen gibt.«

»*Ab initio!*«, fuhr der Inquisitor dazwischen. »Von Anfang an!« Dabei ballte er die schmale Rechte zu einer Faust, pochte damit auf den Tisch und blickte wutentbrannt umher – Gott, der Herr, konnte nach dem Sündenfall von Adam und Eva nicht zorniger dreingeschaut haben.

Mit finsterem Gesichtsausdruck erhob sich Frater Dominicus, seine Begleiter taten es ihm gleich, und der Inquisitor sprach, den Blick fest auf die Jungfer gerichtet: »*Erubescat homo esse superbus, propter quem humilis factus est deus.*« Was so viel bedeutet wie: Es schäme sich der Mensch, hoffärtig zu sein, nachdem Gott sich für ihn so gedemütigt hat. Darauf bekreuzigte er sich mit seiner Rechten und nahm wieder Platz.

»Name?«, schleuderte er Magdalena entgegen.

»Magdalena, hochwürdigster Herr Inquisitor!«

»Und wie noch?«

Die Jungfer zögerte. Sie war drauf und dran, Rudolfos Namen Rettenbeck zu nennen, aber sie hatte den Seiltänzer ja nicht geehelicht, folglich trug sie auch nicht seinen Namen, obschon sie gewohnt war, dass man sie die Frau des Seiltänzers nannte. Schon bei ihrem Eintritt ins Kloster Seligenpforten hatte sie den Namen ihres Vaters tunlichst verschwiegen, auch wenn sie dadurch vermutlich keine Nachteile gehabt hätte. Aber nun, vor dem Inquisitor? Magdalena schluckte. Schließlich spuckte sie den Namen aus:

»Beelzebub! Mein Vater, der von einer umstürzenden Buche erschlagen wurde, hieß – Gebhard Beelzebub.«

Magdalenas Antwort löste Unruhe unter den Beisitzern aus, und der Dominikaner zur Rechten des Inquisitors bemerkte hinter vorgehaltener Hand: »Wenn das kein Zeichen des Teufels ist!«

»Magdalena Beelzebub«, fuhr der Inquisitor fort, »gibst du zu, eine Buhlschaft des Teufels zu sein, *uxorem diaboli?*«

»Nein, hochwürdigster Herr Inquisitor.«

»Magdalena Beelzebub, gibst du zu, dich *criminis magiae* schuldig gemacht zu haben, des Verbrechens der Hexerei?«

»Nein, hochwürdigster Herr Inquisitor.«

»Magdalena Beelzebub«, die Stimme des Inquisitors wurde noch höher, »ich mache dich darauf aufmerksam, dass du, solltest du weiterhin die Verbrechen gegen die Heilige Mutter Kirche leugnen, einer peinlichen Befragung unterzogen wirst.« Dabei wies der Dominikaner mit ausgestrecktem Arm auf die Folterwerkzeuge vor sich auf dem Tisch.

»Ich sage die Wahrheit und kann nur das gestehen, was der Wahrheit entspricht«, antwortete Magdalena, ohne einen Blick auf die Foltergeräte zu werfen.

»Aber es gibt hundert, wenn nicht tausend Zeugen, die beschwören können, dass du, Magdalena Beelzebub, auf einem schwankenden Seil einen der Mainzer Domtürme bestiegen hast, so wie dein Buhle, der sich der Große Rudolfo nannte und den *deus omnipotens*, der allmächtige Gott, für seine Hoffart strafte.«

»Es war keine Hoffart«, entgegnete Magdalena, »sondern Kunst, die Rudolfo dazu befähigte. Und was Ihr als Strafe des allmächtigen Gottes bezeichnet, hochwürdigster Herr Inquisitor, war Mord, ein abscheuliches Verbrechen, das – wenn es sich nicht um einen Gaukler handelte – von der Heiligen Mutter Kirche ebenso wie von den weltlichen Gerichten geahndet würde.«

»Und du, Magdalena Beelzebub, du beherrschtest die – Kunst – des Seiltanzes ebenso wie der Große Rudolfo? Obwohl du den Seiltänzer erst wenige Wochen kanntest? Du scheinst sehr gelehrig zu sein!«

Die Beisitzer grinsten süffisant und warfen sich vielsagende Blicke zu.

Wie auf heißen Kohlen rutschte Magdalena auf ihrem Hocker hin und her. Woher wusste Frater Dominicus von ihrer Vergangenheit? Wusste er mehr? Wusste er vielleicht sogar alles?

Die folgende Frage des Inquisitors legte die Vermutung nahe: »Magdalena Beelzebub« – der Dominikaner weidete sich mit sichtbarer Lust an ihrem Namen – »Magdalena Beelzebub, dann erlerntest du wohl schon in jungen Jahren die – Kunst – des Seiltanzens?«

»Nein, hochwürdigster Herr Inquisitor«, antwortete sie, »das wäre im Kloster Seligenpforten auch gar nicht möglich gewesen!«

»Du bist also eine entlaufene Nonne?«

»Ich war Novizin und stand kurz vor der Profess, als ich das Kloster verließ. Damit habe ich gegen kein Gesetz der Kirche, auch gegen kein Gesetz des Ordens der Zisterzienser verstoßen.«

»Dann musst du uns erst recht erklären, wie du so schnell die Kunst des Seiltanzes erlernt hast!«

»Es ist einfach eine Begabung, die Fähigkeit, über ein Seil zu laufen, als wäre es ein schmaler Weg am Wiesenrain.«

»Ohne mit dem Teufel im Bunde zu stehen?«

Magdalena hob die Schultern.

Frater Dominicus deutete ihre Reaktion so, als wolle sie nicht mit der Wahrheit herausrücken. Seine Stimme überschlug sich, als er Magdalena entgegenschleuderte: »So gestehe endlich, dass du Satan deine Seele für Geld verkauft hast!«

»Da gibt es nichts zu gestehen, hochwürdigster Herr Inquisitor, denn es entspricht nicht der Wahrheit!« Magdalena fühlte sich in die Enge getrieben.

Der Inquisitor gab dem Dominikaner zu seiner Linken ein Zeichen, worauf dieser zur Türe eilte und verschwand. In dem düsteren Raum machte sich eine unheimliche Stille breit. Die Beisitzer starrten unbewegt zur Decke, als mieden sie Magdalenas Blick.

Schließlich kehrte der Dominikaner zurück, in seiner Begleitung ein schwarz gekleideter Mann, den Magdalena erst auf den zweiten Blick erkannte: Es war der Marktschreier Constantin Forchenborn.

Forchenborn trat neben die Angeklagte hin, ohne sie eines Blickes zu würdigen.

»Euer Name?«, fragte Frater Dominicus in forschem Tonfall.

»Constantin Forchenborn.«

»Kennst du die Jungfer neben dir?«

»Gewiss, hochwürdigster Herr Inquisitor. Sie heißt Magdalena und war das Weib des Großen Rudolfo, des Seiltänzers. Aber um der Wahrheit die Ehre zu geben, Magdalena war keineswegs sein Eheweib, jedenfalls nicht mit dem Segen der Kirche. Rudolfo nannte sie nur so: meine Frau. Weil sie mit ihm Umgang pflegte – Ihr wisst schon.«

»Und du, Forchenborn, bist ein Gaukler wie dieser Große Rudolfo?«

»Ich bin der Marktschreier der Truppe und der Prinzipal der Menagerie, die allerlei Sensationen und Absurditäten zur Schau stellt, wie einen Jongleur, der fünf Bälle in die Luft wirft und sie einzeln wieder auffängt, oder die Schlangenfrau aus Polen, die ihre Glieder verrenkt, als hätte sie unter der Haut keine Knochen, und die schon vor den Königen von Polen, Böhmen und Ungarn aufgetreten ist, oder …«

»Schon gut, schon gut«, unterbrach Frater Dominicus den Marktschreier. »Hast du der Frau des Seiltänzers größere Aufmerksamkeit geschenkt?«

»Ja, zwangsläufig. Denn ursprünglich wollte Rudolfo, dass Magdalena in der Menagerie auftritt. Als lebende Leiche!«

»Als was?«

»Als lebende Leiche. Es gab da einen Fall, der in allen deutschen Landen bekannt wurde. Eine vermeintlich verstorbene Frau wurde lebendig begraben und konnte sich erst nach einer Woche unter der Erde durch Klopfen und Rufen bemerkbar machen. Wir schminkten Magdalena aschfahl und verkauften sie als ›lebende Leiche‹.«

»Also ein ausgemachter Schwindel!«

Forchenborn hielt seine flache Hand senkrecht vor den Mund: »Alles, was Gaukler auf Jahrmärkten vorführen, ist Schwindel, hochwürdigster Herr Inquisitor. Aber was Magdalena betraf, hängte sie ihre Rolle nach ihrem ersten Auftritt an den Nagel. Rudolfo, der Leiter der Truppe, wollte nicht, dass die Frau, mit der er das Bett teilte, sich so zur Schau stellte.«

»Dann wandte sie sich dem Seiltanz zu …«

Der Marktschreier schüttelte heftig den Kopf: »Keineswegs. Bei der Heiligen Jungfrau, ich schwöre, dass Magdalena bis zu jenem Tag, an dem sie den Dom zu Mainz bestieg, nie auf ein Seil geklettert ist!«

»Und was habt Ihr dabei gedacht?«

»Dass das nicht mit rechten Dingen zugeht! Ich finde keine andere Erklärung.«

Der rechte Beisitzer kritzelte eifrig Notizen auf ein Blatt, und der Inquisitor machte eine Pause, um dem Frater die Möglichkeit zu geben, alle Fragen und Antworten niederzuschreiben.

Auch Magdalena blieb stumm. Die Fesseln schmerzten an ihren Handgelenken.

»Was meintest du damit, es sei nicht mit rechten Dingen zugegangen«, fuhr der Inquisitor fort. »Glaubst du, es war Hexerei?«

Magdalena zuckte zusammen. Das Wort hatte eine verheerende Bedeutung, vor allem aus dem Munde eines Inquisitors. Sie spürte, wie das Blut in ihren Adern in seltsamem Rhythmus pochte: Hexe, Hexe, Hexe …

Jedermann wusste, wie schnell die Dominikaner zu einem Urteil kamen, wenn das Wort Hexe fiel. Und jedermann wusste, was dieses Urteil bedeutete: den Feuertod auf dem Scheiterhaufen. Magdalena rang nach Luft, sie atmete heftig, den Blick zu Boden gerichtet.

»Ich bin keine Hexe«, murmelte sie in ihrer Hilflosigkeit leise vor sich hin, »und mit dem Teufel und seinen finsteren Gebräuchen habe ich nichts zu schaffen.«

»Und warum hast du das Kloster verlassen, das dir einen Platz im Himmel gesichert hätte?«, tönte die schneidende Stimme des Inquisitors.

»Gerade deshalb, weil ich den Eindruck hatte, dass der Teufel in Seligenpforten sein Unwesen trieb! Von Frömmigkeit oder Heiligkeit und Demut war hinter den Klostermauern wenig die Rede. Im Gegenteil, es herrschten Irrglaube und Gottlosigkeit, und die Gesetze des Glaubens wurden mit Füßen getreten, sodass man meinen konnte, Luzifer persönlich führe das Regiment.«

»Du gibst also zu, im Kloster dem Teufel begegnet zu sein!«

»Nicht von Angesicht zu Angesicht, hochwürdigster Herr Inquisitor, falls Ihr das meint. Ich bin keinem Mann mit Bocksfüßen begegnet, mit einem Ochsenschwanz am Hinterteil und Hörnern auf dem Kopf. Ich hatte nur den Eindruck, dass das klösterliche Leben eher vom Teufel als von den Engeln getragen wurde.«

»Dann erkläre uns doch, wie du Luzifer so genau beschreiben kannst, wenn du ihm, wie du behauptest, nie begegnet bist!«

»Frater Dominicus!«, rief Magdalena entrüstet. »Jedes Kind wird Euch den Teufel so beschreiben, lehrt doch die Heilige Mutter Kirche, dass er gerade so aussieht.«

Listig grinsend schob der Inquisitor die Mandragora-Wurzel mit menschlichem Aussehen über den Tisch, und ebenso listig stellte er die Frage: »Und wie, Jungfer, bist du in den Besitz dieses teuflischen Amuletts gelangt. Irgendwer muss es dir wohl zugesteckt haben.«

»Ich entdeckte es erst gestern in meinem Kleidersaum und vermag nicht zu sagen, wie es dorthin gelangte.«

289

»Vermutlich auf die gleiche Art und Weise wie das Gold, das du eines Tages aus dem Saum deines Gewandes zogst!«

Der Inquisitor schien gut informiert. Woher wusste er das alles?

»Den Gauklern hat sie weisgemacht«, mischte sich der Marktschreier ein, »das Kleid, in dem das Gold eingenäht war, stammte nicht von ihr. Sie habe es aus der Kleiderkammer des Klosters mitgenommen und den wertvollen Schatz darin erst später entdeckt. Aber das hat ihr niemand geglaubt.«

Magdalena sah den Marktschreier lange von der Seite an. Doch der wich ihrem Blick aus. »Warum tust du mir das an, Forchenborn?«, sagte sie leise.

»Ich sage nur die Wahrheit«, erklärte der Marktschreier, den Blick geradeaus gerichtet. »Kein Mensch, so er nicht seine Seele dem Teufel verkauft hat, vermag mir nichts dir nichts auf einem dünnen Seil zu balancieren, noch dazu, wenn das Seil auf einen der Mainzer Domtürme gespannt ist.«

»Aber Rudolfo tat es doch auch«, versuchte sich Magdalena zu rechtfertigen.

Forchenborn wurde laut: »Damit ist noch lange nicht bewiesen, dass bei ihm alles mit rechten Dingen zugegangen ist.«

Scheinbar verständnislos schüttelte Magdalena den Kopf. In Wahrheit kämpfte sie mit dem Gedanken, sich dem Inquisitor zu offenbaren, einzugestehen, dass sie, aber auch der Große Rudolfo, nur mit Hilfe eines geheimnisvollen Elixiers in der Lage gewesen war, den Naturgesetzen zu trotzen. Aber wer würde ihren Worten glauben, dass einer der Neun Unsichtbaren irgendwo auf der Welt neun Bücher mit dem jahrtausendealten Wissen der Menschheit versteckt hielt. Unter anderem mit einem Rezept für ein Elixier, das jedem Menschen übermenschliche Fähigkeiten verleiht.

Wachen Auges hatte der Inquisitor das Gezänk zwischen Magdalena und dem Marktschreier Forchenborn verfolgt. Schließlich fasste er den folgenden Entschluss: »*In nomine domini*: Die der Hexerei angeklagte Jungfer Magdalena Beelzebub, deren Verhalten

Anlass gibt zu der Vermutung, sich dem Teufel verschrieben und sich der schwarzen Magie bedient zu haben, indem sie auf dünnem Seil Türme bestieg, obwohl sie in dieser Kunst von niemandem unterrichtet wurde, soll sich, in Anwesenheit der Heiligen Inquisition sowie weiterer Zeugen, einem Gottesurteil unterziehen, nachdem *evidentia facti*, ein Geständnis oder mehrere beweisträchtige Zeugenaussagen nicht vorhanden sind. *Sit nomen Domini benedictum.*«

Magdalena scheiterte bei dem Versuch, sich von dem niedrigen Hocker zu erheben, zu schwer hingen die Eisenketten an ihren Handgelenken. Also schleuderte sie dem Inquisitor sitzend ins Gesicht: »Hochwürdigster Herr Inquisitor, Ihr solltet besser wissen als ich, dass jede Art von Gottesurteil seit dem Laterankonzil verboten ist, und das ist gut dreihundert Jahre her!«

»Eben«, erwiderte Frater Dominicus, »das ist lange her, und die Zeiten haben sich geändert. In Hexenprozessen der Heiligen Inquisition ist das Gottesurteil längst wieder gang und gäbe. Nur weltliche Gerichte unterliegen noch dem Verbot.« Und hämisch grinsend fügte er hinzu: »Oder siehst du hier einen weltlichen Rechtsverdreher mit Barett und Talar?«

Ein sogenanntes Gottesurteil, das wusste Magdalena nur zu gut, entschied keineswegs durch ein göttliches Zeichen über Leben und Tod, sondern durch puren Zufall. Etwa der Probebissen, bei dem der Delinquent einen vergifteten Brocken Brot schlucken musste. Würgte er ihn wieder hoch, galt er als unschuldig. Oder die Wasserprobe, bei der ein Beschuldigter gefesselt ins Wasser geworfen wurde. Schwamm er an der Wasseroberfläche, ohne unterzugehen, galt er als schuldig, denn – so das gottgewollte Urteil – das reine Wasser wolle ihn nicht aufnehmen. Oder der Kesselfang, bei dem der Angeklagte mit bloßen Händen einen Gegenstand aus siedendem Wasser holen musste. Überstand der Delinquent die Prozedur unverletzt, wurde er freigesprochen. Dabei blieb es allerdings dem Gericht überlassen, wie tief der Kessel und wie klein der Gegenstand war. Gott blieben, bei seinem vermeintlichen Urteil, noch andere grausame Möglichkeiten.

Angst schnürte Magdalenas Kehle zu. Sie bekam kaum noch Luft. Die Ketten an ihren Handgelenken schmerzten. Wie aus weiter Ferne vernahm sie die Fistelstimme des Inquisitors, der die Schergen beauftragte, das Seil, über dessen Verwendung Magdalena schon während des Verhörs gerätselt hatte, vom Treppenturm der Bibliothek zum Turm über dem Geviert der Klosterkirche zu spannen. Nur bruchstückhaft drangen die Worte des Dominikaners auf sie ein: Magdalena Beelzebub – über das Seil – von einem Turm zum anderen – so es Gottes Wille …

Während die Schergen verschwanden, um ihrem Auftrag nachzukommen, trat ein Bote in den Raum, näherte sich dem Inquisitor und flüsterte ihm etwas ins Ohr. Frater Dominicus erhob sich und folgte ihm nach draußen, ohne eine Erklärung abzugeben.

Tränen rannen über Magdalenas Wangen, Tränen der Hilflosigkeit. Es gab keinen Ausweg. Selbst ein Geständnis, die wahren Hintergründe, die sie zu dem viel bewunderten Kunststück befähigt hatten, hätten sie nicht vor dem Urteil des Inquisitors bewahrt. Du hast, ging es Magdalena durch den Kopf, deinem Schicksal zu viel des Glücks abgetrotzt.

Nach wenigen Augenblicken kehrte der Inquisitor zurück.

Umständlich und ohne erkennbaren Grund, als versuchte er Zeit zu gewinnen, rückte er die Folterwerkzeuge vor sich auf dem Tisch zurecht. Dann blickte er auf, und ohne Magdalena anzusehen, verkündete er mit verbissener Miene: »Entgegen aller Zweifel wird die der Hexerei beschuldigte Jungfer Magdalena Beelzebub von dem genannten Vorwurf freigesprochen. *Sit nomen Domini benedictum*!«

Die letzten Worte sprach der Dominikaner so schnell, dass Magdalena ihnen kaum zu folgen vermochte, und ebenso schnell trat ein Scherge nach einem Wink des Inquisitors auf sie zu und löste ihre Fesseln. Die anderen sammelten hastig die Folterwerkzeuge ein, und ehe sie sich's versah, waren alle – die Dominikaner, die Domherren und Schergen – verschwunden. Magdalena wusste nicht, was sie davon halten sollte.

Es dauerte bange Minuten, Minuten unheimlicher Stille, bis Magdalena endlich begriff, was sich ereignet hatte. Zwar machte das alles keinen Sinn, sie wusste nur eines: Die Inquisition hatte sie freigesprochen. Sie war frei! Welche Umstände den plötzlichen Meinungsumschwung des Inquisitors auch bewirkt haben mochten, sie blieben ihr ein Rätsel.

Magdalena erhob sich und taumelte zur halb geöffneten Türe. Durch den Türspalt spähte sie in den langen Gang des Cellariums. An dessen Ende, dort, wo linker Hand der Treppenturm zum Laiendormitorium führte, erkannte sie eine dunkle Gestalt.

Im spärlichen Licht, das durch die hohen Luken in das Innere fiel, war nicht auszumachen, wer auf sie wartete. Eine Fluchtmöglichkeit gab es nicht. Also nahm sie ihren ganzen Mut zusammen und schritt den langen Gang auf den Wartenden zu, den Blick mutig geradeaus gerichtet.

»Ihr seid gewiss Magdalena, die Frau des Seiltänzers«, begrüßte sie der Unbekannte, und ohne ihre Antwort abzuwarten, fuhr er fort: »Ich bin Johannes Patrici, Palastprälat und apostolischer Sekretär Seiner Eminenz Kardinal Giustiniani und – in aller Bescheidenheit – Titularbischof von Monte Peloso.« Dabei hielt er den Kopf leicht zur Seite geneigt, als sei ihm die Aufzählung seiner Ämter und Würden eher peinlich.

Seine vornehme Kleidung, ein karmesinrotes Wams aus Samt und ein halblanger, grüner Umhang, gesäumt von hellem Goldbrokat, verlieh ihm weniger das Aussehen eines geistlichen Würdenträgers als das eines Mannes von einträglichem Adel.

»Ihr müsst in den letzten Stunden Furchtbares durchgemacht haben«, nahm er seine Rede wieder auf. »Bedauerlicherweise hat Kardinal Giustiniani viel zu spät vom Vorhaben der Dominikaner erfahren, Euch vor ein Inquisitionsgericht zu stellen, sonst wäre es gar nicht erst dazu gekommen – ein bedauerlicher Irrtum.«

»Ein Irrtum?« Die Worte des Palastprälaten gaben Magdalena, gepaart mit Wut, etwas von ihrem Stolz und Selbstbewusstsein zurück: »Die Anklage war sorgfältig und von langer Hand vorbereitet. Die Dominikaner konnten unmöglich an einem einzigen Tag die Anklage gegen mich erheben und den Marktschreier Forchenborn, dieses hinterlistige Scheusal, als Zeugen gegen mich aufbieten! Wer hat die Dominikaner überhaupt gerufen?«

Der Sekretär des Legaten verschränkte demutsvoll die Hände vor der Brust und antwortete: »Ohne ein falsches Zeugnis abzugeben wider meinen Nächsten – aber da kommt nur einer in Frage.«

»Ihr macht mich neugierig, Herr Palastprälat!«

»Nun ja, ich kann es nicht beweisen, aber dem hochwürdigsten Herrn Albrecht von Brandenburg käme es sicher nicht ungelegen, wenn die Heilige Inquisition Euch zum Tod auf dem Scheiterhaufen verurteilt hätte.«

»Ihr meint, Seine kurfürstliche Gnaden gehört zu jener Sorte Mensch, die sich am Flammentod anderer Menschen weiden?«

»Das vielleicht auch, Jungfer Magdalena. Dem lasterhaften Fürstbischof sagt man die ungewöhnlichsten *obsessiones* nach, und sein Ruf ist sogar schon bis Rom vorgedrungen. Allerdings könnte ich mir vorstellen, dass Albrecht sich der Dominikaner nur bedient hat, um Euch zu erpressen.«

»Das müsst Ihr mir näher erklären, Herr Palastprälat!« Magdalenas Anrede entbehrte nicht einer gewissen Ironie, und das war durchaus gewollt, schließlich wusste sie genau, dass ›Palastprälat‹ zwar ein begehrter Titel, aber keinesfalls eine besondere Form der Anrede war, so, wie es unmöglich gewesen wäre, den Pontifex maximus als ›Herr Papst‹ anzusprechen.

Patrici überging den Fehltritt und antwortete: »Es wäre nicht das erste Mal, dass ein Hexenprozess dazu missbraucht wird, um jemanden unter Folter oder im Angesicht des lodernden Scheiterhaufens zu einer Aussage zu bewegen, die er oder sie sonst nie gemacht hätte.«

»Also, dass ich mit dem Teufel das Bett geteilt hätte. Da kann ich Euch beruhigen, die Vorstellung, es mit einem Herrn mit Bocksfüßen und Ochsenschwanz zu treiben, jagt mir kalte Schauder über den Rücken.«

»Das will ich glauben, Jungfer, und Albrecht von Brandenburg sicher auch. Ihn interessieren wohl eher gewisse Geheimnisse, die seit geraumer Zeit auch die Neugier Seiner Heiligkeit Papst Clemens des Siebenten erregen. Aber verzeiht, eigentlich habe ich schon mehr verraten, als mir zusteht. Der Legat des Papstes, Kurienkardinal Giustiniani, schickt mich. Er bittet um eine Unterredung.«

Kurienkardinal Giustiniani bittet mich, Magdalena Beelzebub, eben erst dem Gottesurteil der Inquisition entkommen, zu einer Unterredung? Magdalena verstand die Welt nicht mehr.

»Wenn Ihr mir folgen wollt!« Patrici machte eine ausholende Armbewegung.

»Wohin?«, fragte Magdalena verstört.

»Seine Exzellenz erwartet Euch im Parlatorium jenseits des Kreuzgangs.«

»Wie? Er ist hier?«

Der Sekretär nickte: »Kommt! Es wird Euer Schaden nicht sein.«

Magdalena folgte dem Sekretär in gebührendem Abstand durch den Kreuzgang, am Brunnenhaus vorbei bis zu den steinernen Stufen, die geradewegs ins Parlatorium führten. In dem lang gestreckten, schmalen Raum pflegte der Abt von Eberbach unliebsame oder ungeladene Gäste zu empfangen. Das einzige Möbelstück des Raumes, ein ausgemusterter Refektoriumstisch, maß gerade mal drei Ellen in der Breite, aber dreißig in der Länge und diente, wenn der Abt und sein Besucher an der unteren und oberen Schmalseite Platz nahmen, vor allem dazu, sichtbare Distanz zu schaffen.

Davon konnte keine Rede sein, als Kardinal Giustiniani, mit ausgestreckten Armen über den Tisch gebeugt, Magdalena scheinheilig grinsend willkommen hieß und mit heiserer Stimme, als schnürte ein furchtbares Leiden seine Kehle zu, das Wort ergriff: »*Primo dicendum*, Seine Heiligkeit von Gottes Gnaden Clemens der Siebente, sendet Euch seinen päpstlichen Segen.«

»Mir?« Magdalena, die eben erst dreißig Ellen vom päpstlichen Legaten entfernt, Platz genommen hatte, sprang auf: »Warum ausgerechnet mir? Seine Heiligkeit kennt mich doch gar nicht!«

Patrici, er stand mit vor dem Bauch gefalteten Händen hinter dem Kardinal, gab Magdalena ein Handzeichen, sich zu beruhigen.

»Nicht von Angesicht, Jungfer«, erwiderte Giustiniani, »aber Euer Ruf ist bereits bis in die Mauern des Vatikans vorgedrungen.« Dabei zog er eine Schriftrolle aus dem Talar hervor und legte sie neben sich auf den Tisch.

»Welcher Ruf, Exzellenz? Ich bin ein einfaches Weib mit bescheidener Bildung, die ich mir aus eigenem Antrieb während meiner Zeit als Novizin bei den Zisterzienserinnen von Seligenpforten angedeihen ließ. Auch fehlt es mir an der Prophetie und Heilkunst der Benediktinerin Hildegard von Bingen. Oder am Liebreiz und der Fruchtbarkeit der Nonne Katharina von Bora, die Martin Luther bei der ersten Begegnung den Kopf verdrehte. Ganz zu schweigen vom Wagemut der Johanna von Orléans, die gegen die Engländer zu Felde zog. Nein, hoher Herr, da muss eine Verwechslung vorliegen. Ich wüsste nicht, was mir übermäßigen Ruhm eingebracht haben könnte.«

»Eure Bescheidenheit ehrt Euch, Jungfer, doch ist sie unangebracht angesichts Eures Könnens. Schließlich seid Ihr das einzige Frauenzimmer auf Erden, das, über ein Seil gehend, Türme besteigt.«

»Das ist wohl wahr«, erwiderte Magdalena, »bedarf aber keiner besonderen Erwähnung. Es ist nur Mummenschanz, wie er von Gauklern auf den Jahrmärkten vorgeführt wird.«

Der Legat des Papstes schüttelte unwillig den Kopf: »Ihr solltet Euer Licht nicht unter den Scheffel stellen, Jungfer. Und schon gar nicht solltet Ihr mich an der Nase herumführen. *Ihr* wisst, und *wir* wissen, dass Ihr über außerordentliche, ja, sogar übernatürliche Fähigkeiten verfügt, wie sie, seit unser Herr Jesus auf Erden wandelte, nicht mehr vorkamen.«

»Und woher wollt Ihr das wissen, hochwürdigster Herr Kardinal?« Magdalena stellte sich dumm, als wüsste sie nicht, worauf Giustiniani hinauswollte.

Der verdrehte die Augen, wandte sich um und warf seinem Sekretär einen hilfesuchenden Blick zu, worauf Patrici zu reden begann: »Mitte des vorigen Jahrhunderts begann Papst Nikolaus, der Fünfte seines Namens, im Vatikan eine Bibliothek einzurichten, mit dem Ziel, von jedem geschriebenen oder gedruckten Buch ein Exemplar einzustellen. Ein schier ausweglos es Ziel, welches er dadurch zu erreichen versuchte, dass er von allen Klosterbibliotheken Europas den zehnten Teil ihres Bestandes forderte. So entstand in Rom die größte Bibliothek auf Gottes weiter Erde.«

»Eine vornehme Art, in den Besitz von Büchern zu gelangen«, bemerkte Magdalena schnippisch.

Patrici ließ sich nicht beirren und fuhr fort: »Unter den zahllosen Büchern, die auf diese Weise, zumeist in Fässern verpackt, nach Rom gelangten, befanden sich auch Handschriften, mit denen man in den Bibliotheken nichts anzufangen wusste, weil sie okkultistischen, unzüchtigen oder ketzerischen Inhalts oder in verschlüsselten Geheimschriften abgefasst waren. Unter diesen Handschriften und Büchern befand sich eine unüberschaubare Anzahl rätselhafter Exemplare aus der Abtei Sankt Jakobus in Würzburg. Sie stammten allesamt aus der Feder eines gewissen Johannes Trithemius, hinter dem die vatikanischen Bibliothekare zunächst ein Pseudonym vermuteten. Doch ein Hinweis auf seinen Geburtsort Trittenheim bei Trier führte schließlich zu der Erkenntnis, dass es wirklich einen Johannes Trithemius gab, einen Okkultisten geistlichen Standes, der es bis zum Abt des Würzburger Benediktinerklosters Sankt Jakobus brachte.«

Magdalena dämmerte es, worauf der Palastprälat hinauswollte. Trithemius war einer der Neun Unsichtbaren gewesen. Aber was wussten der Kardinal und sein Sekretär von diesem Geheimbund? Wussten sie, dass Rudolfo den Benediktiner unter merkwürdigen Umständen beerbt hatte?

Obwohl sie Patricis Bericht in große Unruhe versetzte, gab sie sich nach außen hin gelassen und fragte ruhig: »Das klingt alles sehr aufregend, aber warum erzählt Ihr mir das?« Dabei entgingen Magdalena die ungehaltenen Blicke nicht, welche die beiden Männer austauschten.

»Einzelne Notizen dieses Trithemius«, fuhr Patrici fort, »waren mit schneller Hand aufgezeichnet, andere höchst kompliziert verschlüsselt und mit Querverweisen versehen, sodass sich die Bibliothekare der päpstlichen Bibliothek herausgefordert sahen. Mehr als ein Dutzend erfahrener Bücherwürmer mit Kenntnissen in Alchimie, Nigromantie, schwarzer Magie, Zauberei, Okkultismus und der Kabbala, der Geheimlehre des Judentums, versuchten sich über ein Jahr an den geheimnisvollen Schriften des Johannes Trithemius.«

»Und war ihnen Erfolg beschieden?« Magdalena konnte sich kaum zurückhalten.

Der Palastprälat und apostolische Sekretär wiegte den Kopf hin und her, ohne zu antworten. Erst als Kardinal Giustiniani ihm kopfnickend ein Zeichen gab, rang sich Patrici zu einer Antwort durch: »Wenn Ihr mich so fragt«, begann er zögernd, »kann ich nur sagen: ja und nein. Trithemius berichtete, er habe Kenntnis von einer alchimistischen Substanz mit der Bezeichnung Alkahest, mit deren Hilfe lebende Materie, also auch der Mensch, durchsichtig oder unsichtbar gemacht werden könne, ohne den Leib zu zerstören. Auch gab er an, den Standort von Pilzen zu kennen, welche bei Dunkelheit leuchten wie helle Laternen. Im Übrigen, sagte er, könne er das Jüngste Gericht, also das Weltenende, auf den Tag und die Stunde voraussagen. Jedoch nicht aus eigener Prophetie, sondern aus der Handschrift eines Jüngers Jesu, dem unser Herr das Datum anvertraut hat. Wo alle diese Kryptogramme niedergelegt sind, darüber hat sich Trithemius nicht weiter ausgelassen. Er schreibt nur, die

Aufzeichnungen seien in neun ›Büchern der Weisheit‹ festgehalten; aber wo diese neun Bücher gelagert sind, das schreibt er nicht, jedenfalls nicht in den Textstellen, die bisher von den Steganographen des Vatikans entschlüsselt wurden.«

Magdalena holte tief Luft. Ihr war klar geworden, dass sie mit dem Wenigen, das Rudolfo ihr über die Neun Unsichtbaren berichtet hatte, in ein geheimes Netzwerk verstrickt war, welches in höchsten Kreisen Interesse fand. Zunächst spielte sie jedoch die Ahnungslose.

»Ihr habt mir noch immer nicht die Frage beantwortet, was ich mit alldem zu schaffen habe«, wandte sich Magdalena dem Legaten des Papstes zu.

Giustiniani reagierte ungehalten: »Ihr wart es doch, die mit dem König der Seiltänzer das Bett teilte!«

»Das leugne ich nicht, hochwürdigster Herr Kardinal. Auch wenn unsere Verbindung nicht unter dem Segen der Kirche stand. Sogar Pfaffen, Nonnen und Mönche – Seine kurfürstliche Gnaden, Kardinal Albrecht von Brandenburg, brauche ich wohl nicht zu erwähnen –, sogar diese hohen Herren geistlichen Standes leben heutzutage in wilder Ehe, wie man es nennt.«

»Darum geht es nicht!«, entgegnete der Kurienkardinal, »obwohl – schon bei den Römern galt: *quod licet Jovi, non licet bovi.*[3] Nein, eines der Kryptogramme des Trithemius trug den Hinweis auf ein Elixier, das einem Menschen Flügel verleihen soll wie einem Vogel. Mit Hilfe dieses Elixiers soll er auf einem Ast stehen oder über ein gespanntes Seil gehen können, ohne Rücksicht auf die Gesetze der Natur. Bisher waren dazu nur zwei Menschen fähig, die Gott geschaffen hat: der Große Rudolfo, wie er sich nannte, und Ihr, Jungfer Magdalena Beelzebub!«

Magdalena schwieg. In die Enge getrieben, starrte sie auf den blanken Refektoriumstisch, ratlos, wie sie auf die Vorhaltungen des päpstlichen Gesandten reagieren sollte.

---

[3] lat.: Was Jupiter darf, ist einem Rindvieh noch lange nicht erlaubt

»Ihr schweigt, Jungfer?«, fragte Giustiniani, mit zusammenge-kniffenen Augen. »Dann darf ich dem wohl entnehmen, dass meine Behauptungen richtig sind?«

Schweigen. Endlose Sekunden, die für Magdalena zur Qual wur-den. »Und wenn es so wäre, wie Ihr sagt«, stammelte sie schließlich, nur um Zeit zu gewinnen.

»Ich meine, Ihr seid uns noch etwas schuldig«, wandte Giusti-niani ein, »schließlich haben wir Euch vor Folter, möglicherweise sogar vor dem Scheiterhaufen gerettet!«

»Dafür danke ich Euch auch, Exzellenz. Aber ich weiß nicht, wie ich mich dafür erkenntlich zeigen könnte.«

»Verratet mir, wo Rudolfo die ›Bücher der Weisheit‹ versteckt hielt!«

Magdalena schüttelte den Kopf: »Ich weiß es nicht, hochwür-digster Herr Kardinal. Glaubt mir! Rudolfo hielt sich, was die Neun Unsichtbaren betraf, sehr bedeckt. Ihr habt recht, Rudolfo wurde von Trithemius zu seinem Nachfolger bestimmt. Das hat Rudolfo mir gestanden. Aber über die Folgen dieses seltsamen Erbes hat er nie gesprochen. Auch darüber nicht, wo die neun Bücher mit den geheimsten wissenschaftlichen Erkenntnissen der Menschheit aufbewahrt werden.«

»Und das sollen wir Euch glauben, Jungfer Magdalena?« Der Kardinal blickte seinen Sekretär zweifelnd an.

»Ihr *müsst* mir glauben, Exzellenz«, erwiderte Magdalena. »Zu-gegeben, der Große Rudolfo wollte mich in die Geheimnisse der Neun Unsichtbaren einweihen. Als hätte er seinen frühen Tod ge-ahnt, wollte er mich vielleicht sogar zu seiner Nachfolgerin bestim-men. Aber wie Ihr wisst, wurde Rudolfo das Opfer eines Mordan-schlags, und es kam nicht mehr dazu.«

Für ein paar Augenblicke hatte Magdalena sich wieder in der Gewalt und richtete an den päpstlichen Legaten die Frage: »Was bezweckt Ihr eigentlich mit Euren Nachforschungen über die ›Bü-cher der Weisheit‹?« Und als Giustiniani, um eine Antwort verlegen,

300

schwieg, fuhr sie fort: »Ich meine, das Elixier, von dem Ihr wissen wollt, kann es doch wohl nicht sein. Jedenfalls kann ich mir nicht vorstellen, dass Ihr oder Seine Heiligkeit Papst Clemens als Seiltänzer …« Sie hielt erschrocken inne.

Clemens! Das letzte Wort aus dem Munde des sterbenden Rudolfo! Magdalena dachte lange nach. So lange, bis sie die heisere Stimme Giustinianis in die Gegenwart zurückholte: »Wir wollen Euch die Wahrheit sagen, Jungfer. Die Steganographen der vatikanischen Bibliothek haben in den Kryptogrammen des Trithemius die Wörter ›der Tempelschatz des Königs Salomo‹ entschlüsselt. Die Geheimschriftgelehrten arbeiten noch immer daran – bisher leider erfolglos …« Der Kardinal geriet ins Stottern.

»Wie Ihr wisst«, ergriff Johannes Patrici für seinen Herrn das Wort, »hat Papst Julius mit seiner Bausucht die Kassen des Vatikans geleert. Mehr noch, er und seine Nachfolger Leo und Hadrian haben einen Schuldenberg angehäuft, der das Papsttum in Abhängigkeit seiner Gläubiger, der Borgias, der Fugger und anderer Geldverleiher gebracht hat. Die Auffindung des Tempelschatzes von König Salomo wäre deshalb für Seine Heiligkeit die Rettung aus höchster Not.«

Tausend Dinge schossen Magdalena durch den Kopf, Dinge, bei denen sich eines zum anderen fügte, und Dinge, die keinen Sinn ergaben. »Eines verstehe ich nicht«, murmelte sie halblaut vor sich hin – womit sie bei dem päpstlichen Legaten jedoch besondere Aufmerksamkeit erregte, »warum versucht Ihr ausgerechnet über mich an die ›Bücher der Weisheit‹ heranzukommen? Es gibt noch weitere acht Unsichtbare!«

»Jungfer Magdalena!«, rief Giustiniani entrüstet, »nennt mir einen von diesen acht. Gewiss, es gibt Vermutungen, aber jeder, den wir darauf ansprächen, würde seine Zugehörigkeit zu den Unsichtbaren empört leugnen. Trithemius indes hat sich in seinen Kryptogrammen selbst dazu bekannt. Warum, wissen wir nicht. Er und sein Nachfolger Rudolfo sind die einzigen Unsichtbaren, die sich –

301

ohne es zu wollen – durch unglückliche Umstände verraten haben. Ich möchte Euch einen Vorschlag unterbreiten, Jungfer …«

Magdalena sah erst den Kardinal, dann den Palastprälaten fragend an.

Der Kardinal, der die Unterredung auf seine Ellenbogen gestützt und über den Tisch gebeugt geführt hatte, nahm auf seinem Lehnstuhl senkrechte Haltung ein und legte die Hände flach auf den Tisch, als wolle er eine Sache von höchster Wichtigkeit verkünden. »Wenn Ihr uns den Ort verratet, an dem Rudolfos ›Bücher der Weisheit‹ verborgen sind, soll es Euer Schaden nicht sein. Seine Heiligkeit Papst Clemens VII., in dessen Auftrag wir hier sind, ist an der Wissenschaft, an leuchtenden Pilzen, dem Unsichtbarmachen von Menschen und dem Elixier, welches die Anziehungskraft außer Kraft setzt, nicht im Geringsten interessiert. Auch das Gerede über das Weltenende, das der Menschheit schon ein Dutzend Male prophezeit wurde – zum letzten Mal übrigens für das laufende Jahr –, findet bei ihm kaum noch Gehör. Seine Heiligkeit ist ausschließlich am Tempelschatz des Königs Salomo interessiert. Seine Heiligkeit braucht Geld, mehr Geld, als alle Ablässe der Welt einzubringen in der Lage sind. Das heißt, Papst Clemens würde Euch alle wissenschaftlichen Erkenntnisse aus den ›Büchern der Weisheit‹ überlassen.«

Ratlos schlug Magdalena die Hände vors Gesicht. Selbst wenn sie bereit gewesen wäre, den Verrat zu begehen, sie konnte es nicht, denn das Versteck war ihr selbst nicht bekannt.

Vom Gegenteil überzeugt, deutete Giustiniani ihre zögernde Haltung, als bräuchte sie Zeit, den folgenschweren Entschluss zu fassen. »Wir geben Euch eine Nacht und einen Tag, um eine Entscheidung zu treffen«, bemerkte er ziemlich ungehalten. »Morgen zur selben Stunde, hier im Parlatorium!«

Hinter vorgehaltenen Händen schluchzte Magdalena: »Ich kann nicht – selbst wenn ich wollte – ich kann nicht…«

Da sprang Kardinal Giustiniani auf, dass sein Stuhl polternd umfiel.

»Komm!«, zischte er halblaut an seinen Palastprälaten gewandt. Der riss wütend die Türe auf. Im Gehen wandte sich der Kardinal noch einmal um und rief laut und bedrohlich: »Eine Nacht und einen Tag! Und überlegt Euch gut, ob Ihr weiter schweigen wollt. Die Dominikaner der Inquisition sind noch immer im Kloster!«

Knarrend fiel die Türe ins Schloss.

17. KAPITEL

Der Verzweiflung nahe, suchte Magdalena ihre Kammer auf. Mit der ständigen Angst im Nacken, die Dominikaner könnten sie erneut anklagen, ließ sie sich in Kleidern auf ihr Bett fallen.

Magdalena dachte nach.

Wem konnte sie noch trauen?

Dem undurchsichtigen Kardinal Giustiniani? Matthäus Schwarz, dem Weltgewandten, der ausgerechnet ihr, der Gauklerin, den Hof machte? Oder Schweinehirt, dem Bibliothekar? Ihm traute sie noch am ehesten.

Zu den Gauklern zurückzukehren schien wenig ratsam. Offenbar hatte Forchenborn die Führerschaft der Truppe übernommen, und seine Aussage vor den Dominikanern sollte dazu dienen, sich Magdalenas auf hinterhältige Weise zu entledigen. Von Anfang an hatte sie den Marktschreier für einen gefährlichen Intriganten gehalten.

Noch immer ging ihr die unerwartete Begegnung mit der tot geglaubten Xeranthe durch den Kopf, und in solchen Augenblicken ertappte sie sich bei dem Gedanken, sie könnte das alles nur geträumt haben. Der Hass zwischen ihnen war grenzenlos. Zweimal hatte Xeranthe ihr bereits nach dem Leben getrachtet – sie würde es auch ein drittes Mal versuchen.

Da wurden Erinnerungen wach an das behütete Leben im Kloster Seligenpforten, wo sie zu keiner Zeit um ihr Leben fürchten musste, und Magdalena war geneigt, die beschaulichen Tage zurückzuwünschen. Aber, wie das so ist im Leben, die Zeit behält nur das Angenehme im Gedächtnis und drängt das Leidige aus der Erinnerung.

Die Hölle, in der sie sich damals in Seligenpforten wähnte, wurde auf diese Weise zum arglosen Fegefeuer. Ein Zurück gab es ohnehin nicht, denn nach einem ungeschriebenen Gesetz durfte eine Novizin, die ihr Kloster einmal verlassen hatte, nie mehr dorthin zurückkehren.

In ihrer Ratlosigkeit ging Magdalena so weit, Rudolfo zu verfluchen, der ihr diesen ganzen Schlamassel eingebrockt hatte. Rückblickend wurde ihr immer klarer, dass sie den Seiltänzer nicht wirklich geliebt hatte, dass nur die Neugierde einer unerfahrenen Jungfer sie dazu verleitet hatte, sich mit ihm einzulassen.

Der Einzige, der ihr aus dieser schier ausweglosen Situation helfen konnte, war der Gesandte des Reichsgrafen Fugger, Matthäus Schwarz. Nie zuvor war Magdalena einem Mann von so einnehmendem Äußeren begegnet, einem Bild von einem Mann, dessen kühles Kaufmannsgesicht über die Empfindsamkeit und Offenheit eines Jünglings hinwegtäuschte. Sie wollte einfach nicht glauben, dass sich hinter seinem Verhalten ihr gegenüber ein unnachsichtiger, gnadenloser Geldeintreiber verbarg, den sogar Papst und Kaiser fürchteten.

Und ausgerechnet dieser Mann bot ihr, der kleinen Novizin aus Seligenpforten, eine Stellung im Großunternehmen des Jakob Fugger an, verfolgte sie mit Schmeicheleien und versprach ihr eine rosige Zukunft? Eine innere Stimme sagte Magdalena: Lass die Finger von diesem Mann. Das Glück kommt oft in schönen Gewändern und trägt darunter Lumpenkleider.

Während Magdalena so auf dem Bett lag, die Hände hinter dem Kopf gefaltet, und zur Decke starrte, war es Abend geworden. Der dünne Klang der Vesperglocke rief zum Abendbrot. Aber Magdalena war der Hunger vergangen. Da ging die Türe auf.

Ohne anzuklopfen, wie es im Kloster üblich war, trat Wendelin Schweinehirt ein, mit einem Ränzel bepackt. Magdalena setzte sich auf: »Was wollt Ihr?«, flüsterte sie ungehalten. »Ich habe Euch nicht gerufen.«

»Mich nach Eurem Befinden erkundigen! Wie ich sehe, haben Euch die Dominikaner der Inquisition laufen lassen. Ich befürchtete schon das Schlimmste.«

»Noch ist die Angelegenheit nicht ausgestanden«, entgegnete Magdalena. »Aber macht Euch um mich keine Sorgen!«

»Verzeiht, Jungfer«, antwortete der Bibliothekar kleinlaut, »ich wollte Euch nicht erschrecken. Mir ist nur daran gelegen, Euch Lebewohl zu sagen. Morgen in aller Herrgottsfrühe werde ich Kloster Eberbach verlassen. Die Begegnung mit Euch war mir ein Vergnügen.« Und besorgt fügte er hinzu: »Darf ich mein Ränzel bei Euch lassen. In meiner Kammer würden meine gepackten Habseligkeiten allzu großes Aufsehen erregen.«

Mit diesen Worten wandte er sich um und war schon im Begriff, sich zu entfernen, da rief Magdalena ihm hinterher: »He, Schweinehirt, wollt Ihr Euch nicht näher erklären? Ihr könnt doch nicht so einfach verschwinden. Wie kommt es zu Eurem schnellen Entschluss?«

Schweinehirt wandte sich um und trat missmutig auf Magdalena zu: »Es war kein schneller Entschluss, Jungfer Magdalena, ich trug mich schon lange mit dem Gedanken, Eberbach zu verlassen. Zum einen, weil ich ein Mensch bin, den es nicht lange am selben Ort hält, zum anderen aber auch, weil ich seit eineinhalb Jahren für Gottes Lohn arbeite, und der ist bekanntlich der niedrigste auf Erden. Abt Nikolaus sagte mir zwölf Kreuzer die Woche zu, also zwei Gulden im Monat oder sechsunddreißig in eineinhalb Jahren; aber als ich ihn jüngst um meinen Lohn bat, warf er mir fünf Gulden vor die Füße und meinte, mehr sei meine Arbeit nicht wert gewesen. Schließlich hätte ich ein Dach über dem Kopf, und von der Magerkrankheit sei ich auch nicht gerade gezeichnet.«

»Daher Eure schlechte Laune«, sagte Magdalena leise. »Ich dachte schon, sie richtete sich gegen mich!«

»Wo denkt Ihr hin!« Wendelin schüttelte den Kopf. »Es fällt nur schwer, fröhlich zu sein, wenn ehrliche Arbeit so missachtet wird.«

»Warum habt Ihr dem hohen geistlichen Herrn nicht die Meinung gesagt?«

»Das hätte meine Lage nur verschlimmert. Nein, die Antwort wird der fromme Mann morgen erhalten, wenn ich nicht mehr da bin. Dann können sich die Herren Patres und Fatres ihre Bücher selbst hervorkramen, was ihnen jedoch nicht oder nur unter erheblichem Zeitaufwand gelingen wird …«

Und auf Magdalenas unverständlichen Blick hin fuhr er flüsternd fort: »Ich habe nämlich die gesamte von mir erarbeitete Katalogisierung und Konkordanz durcheinandergebracht. Sie befindet sich jetzt wieder in dem Zustand, in welchem ich sie übernommen habe.«

Magdalena musste herzlich lachen, und dieses Lachen wirkte ansteckend, weil Schadenfreude bekanntlich die reinste Freude ist.

Als beide wieder zum Ernst der Lage zurückgefunden hatten, stellte Magdalena die Frage: »Und wohin soll Euch Euer Weg führen?«

Wendelin Schweinehirt zögerte die Antwort hinaus, als überlegte er, ob er der Frau des Seiltänzers trauen konnte.

»Entschuldigt«, kam ihm Magdalena zuvor, »es geht mich wirklich nichts an. Ich wollte Euch nicht in Verlegenheit bringen. Jedenfalls begleiten Euch meine ehrlichen Wünsche!«

»Nein, nein«, erwiderte der Bibliothekar, »Ihr sollt ruhig wissen, wohin ich reise. Vielleicht begegnen wir uns einmal wieder. Die halbe Welt ist in diesen Zeiten auf Wanderschaft. Hört zu: Im Hofgut vor den Mauern des Klosters wartet ein mit vier Weinfässern beladener Wagen für Bischof Konrad von Würzburg. Seine Gnaden machte ja mit den Bündischen gemeinsame Sache, als sich die Bauern gegen die Obrigkeit erhoben. Um sich an den Winzern zu rächen, hat er alle Weinberge in und um Würzburg abgefackelt. Die meisten Weinberge gehörten zwar ihm selbst, aber in seinem Wahn scheint er das vergessen zu haben. Jedenfalls werden seine Winzer weder in diesem noch in den kommenden Jahren Wein ernten, und es ist absehbar, wann die bischöflichen Vorräte zur Neige gehen. Allein die Vorstellung bereitet dem alten Suffkopf große Pein, und er kauft Wein auf Vorrat, wo immer er ihn bekommen kann. Der Weinkutscher – im Übrigen genauso versoffen wie sein geistlicher Herr – hat sich erboten, mich für einen Gulden Fahrgeld mit nach Würzburg zu nehmen. Dort will ich versuchen, ein neues Leben anzufangen.«

»Ein neues Leben …«, wiederholte Magdalena nachdenklich.

»Ja, ich habe schon so viele Dinge in meinem Leben gemacht, ich werde sicher auch in Würzburg eine Aufgabe finden, die ihren Mann ernährt. Vielleicht kann Bischof Konrad lesen und schreiben, was in seinen Kreisen keineswegs selbstverständlich ist, und verfügt über eine Ansammlung kostbarer Bücher, die einer Katalogisierung bedürfen. Wenn es sein muss, wäre ich aber auch bereit, in den bischöflichen Weinbergen neue Rebstöcke zu setzen oder seine illegitimen Kinder zu erziehen. Um meine Zukunft mache ich mir keine Sorgen.«

»Wie ich Euch beneide«, bemerkte Magdalena mit bitterem Unterton. »Ich wünschte, ich könnte wie Ihr von einem Tag auf den anderen alles hinter mir lassen und ein neues Leben beginnen.«

»Und warum tut Ihr es nicht? Oder steht Ihr bei jemandem in der Pflicht?«

»Das nicht«, antwortete Magdalena. Zwar hatte sie Schweinehirt von ihrer Verbindung mit Rudolfo erzählt und auch über dessen Zugehörigkeit zu einem Geheimbund, der ihn zu seiner außerordentlichen Kunst befähigte; aber dass sie selbst sich dieses Wissens bedient hatte, davon wusste er nichts.

»Was hindert Euch also daran, mit mir zu kommen?«, wandte Schweinehirt ein. »Der Weinkutscher hat sicher nichts dagegen, sich einen weiteren Gulden zu verdienen! Ich werde ihm noch heute Bescheid geben.«

»Ihr wisst nicht, was heute alles geschehen ist.«

Schweinehirts Gesichtszüge verfinsterten sich.

Stockend begann Magdalena zu berichten, wie die Dominikaner sie zum Verhör abgeholt, der Hexerei bezichtigt und einem Gottesurteil überantwortet hatten. Mit zitternder Stimme erzählte sie, wie Kurienkardinal Giustiniani und sein Sekretär Patrici aus heiterem Himmel aufgetaucht waren, um sie aus den Klauen der *Canes domini* zu befreien. Allerdings unter der Bedingung, sie müsse dem Legaten des Papstes den Aufbewahrungsort der ›Bücher der Weisheit‹ verraten.

»Die ›Bücher der Weisheit‹?« Der Bibliothekar blickte irritiert.

»Sie sind ein großes Geheimnis«, erklärte Magdalena. »Ohne zu übertreiben, möchte ich sogar sagen, sie beinhalten die größten Geheimnisse der Menschheit. Und ihre Hüter sind die Neun Unsichtbaren, neun ausgewählte Männer oder Frauen.«

Schweinehirt war sprachlos, jedenfalls dauerte es eine ganze Weile, bis er die Sprache wiederfand und die Frage stellte: »Und was habt Ihr mit Kurienkardinal Giustiniani, dem päpstlichen Legaten, zu schaffen?«

»Ihr könnt mir glauben oder nicht: Das wüsste ich auch gerne. Tatsache ist: Giustiniani glaubt, Rudolfo, der Seiltänzer, habe mich vor seinem Tod in die wissenschaftlichen Erkenntnisse der Neun Unsichtbaren eingeweiht.«

»Und?« Magdalenas Zurückhaltung versetzte den Bibliothekar in Unruhe: »Seid Ihr nun eine der Neun Unsichtbaren?«

»Weit gefehlt. Zwar weiß ich manches über die Neun Unsichtbaren, aber weder kenne ich ihre Namen noch den Verbleib der Bücher.«

»Und Ihr seid sicher, dass Ihr keinem Schwindel aufgesessen seid?«, meinte Schweinehirt voll Misstrauen.

»Schwindel?« Magdalena wurde laut. »Warum, glaubt Ihr, hat mich der Herr Kurienkardinal aus den Klauen der Dominikaner befreit? Warum wohl? Giustiniani erwartet als Gegenleistung einen

Hinweis auf die ›Bücher der Weisheit‹, einen Hinweis, der Papst Clemens VII. von seinen Geldsorgen befreien soll.«

»Ich dachte, die Bücher enthalten wissenschaftliche Erkenntnisse und keine Geldquellen!«

»Angeblich aber auch Entdeckungen, welche geheim bleiben sollen. Zum Beispiel Hinweise auf den Tempelschatz des Königs Salomo. Er soll mehr Gold und Edelsteine enthalten als jeder andere Schatz auf der Welt. Allerdings ist er seit zweieinhalbtausend Jahren unauffindbar.«

»Und in den ›Büchern der Weisheit‹ steht geschrieben, wo er zu finden ist?«

Magdalena hob die Schultern und schwieg.

»Das alles«, meinte Schweinehirt, »ist Grund genug, Eberbach den Rücken zu kehren. Hierzubleiben erscheint mir in Eurer Lage viel zu gefährlich. Packt Eure Sachen, morgen, noch vor Sonnenaufgang, haben wir das Kloster hinter uns gelassen.«

War das die Rettung aus ihrer ausweglosen Situation? Allein, ohne die Hilfe eines Mannes, würde sie nicht weit kommen. Dessen war sich Magdalena bewusst. Und vom Gesandten des Reichsgrafen Fugger hatte sie seit Tagen nichts mehr gehört. Vermutlich war es doch nur ein Strohfeuer, das ihn veranlasst hatte, ihr Versprechunen zu machen.

So fasste sie von einem Augenblick auf den anderen den Entschluss, noch vor Tagesanbruch zusammen mit Wendelin Schweinehirt zu fliehen.

»Aber das Tor ist um diese Zeit noch geschlossen«, wandte Magdalena ein. »Im Übrigen bin ich sicher, dass die Dominikaner den Wächtern Befehl gegeben haben, mich unter keinen Umständen passieren zu lassen.«

Wendelin grinste hinterhältig: »Jedes Kloster hat eine so genannte Sünderpforte. Aber wem sage ich das?«

»Eine Sünderpforte?«

»Wie, Ihr kennt den Begriff Sünderpforte nicht?«

»Nein, das höre ich zum ersten Mal!«

»Mag sein, dass diese Einrichtung nur in Mönchsklöstern gebräuchlich ist. Dabei handelt es sich um einen winzigen Durchlass in der Klostermauer, gerade mal schulterbreit und so niedrig, dass sich ein Mönch tief gebeugt und in demütiger Haltung hindurchzwängen muss, wenn er nächtens außerhalb des Klosters gesündigt hat.«

»Und eine solche Sünderpforte gibt es auch in Eberbach?«

Mit einem Augenzwinkern antwortete Wendelin: »Bis gestern Nacht erfreute sie sich jedenfalls regen Zuspruchs. Allerdings«, fügte er hinzu, »mit Eurem Gepäck müsst Ihr Euch bescheiden, soll es durch den Mauerdurchlass passen.«

»Keine Sorge«, erwiderte Magdalena, »mein Bündel mit ein paar Habseligkeiten wird kaum größer sein als Euer Ränzel.«

»Also dann«, Schweinehirt machte eine linkische Verbeugung, »ich werde noch vor Tagesanbruch an Eure Türe klopfen, dreimal kurz, dreimal lang. Erwidert mein Klopfen, wenn Ihr wach seid.«

»So sei es denn«, rief ihm Magdalena leise hinterher, als Wendelin verschwand.

An Schlaf war in dieser Nacht nicht zu denken. Vielmehr versuchte Magdalena ihre Gedanken zu ordnen. Was Schweinehirt betraf, schwankten ihre Gefühle zwischen Dankbarkeit und dem Argwohn, er könnte aus nicht ganz uneigennützigen Motiven handeln. Dennoch schien ihr die gemeinsame Flucht die einzige Möglichkeit, der Inquisition und dem Legaten zu entkommen.

Als der Bibliothekar frühmorgens an ihre Türe klopfte, war Magdalena bereits angekleidet, und das Bündel mit ihren Habseligkeiten lag neben Wendelins Ränzel bereit. Um gemeinsam so wenig Aufsehen wie möglich zu erregen, beschrieb ihr Schweinehirt den Weg am Inspektorenhaus vorbei zur Gärtnerei bis zu jener Stelle, wo der Kisselbach unter der Klostermauer hindurch das eingefriedete Areal verließ. Dort sollte sie auf ihn warten.

Im Schutz der Dunkelheit gelangte Magdalena unbemerkt zu der verabredeten Stelle, und wenig später traf Wendelin ein. Dort, wo der Bach unter der Mauer verschwand, befand sich die beschriebene Sünderpforte, verschlossen mit einem Holzgatter und nur zu erreichen, wenn man ein paar Schritte durchs Wasser watete.

Wendelin ging voraus, öffnete das Gatter, das nur angelehnt war, und schwang sich auf die Brüstung der Maueröffnung. Dann rief er Magdalena leise zu, sie solle ihm folgen. Mit der Linken ihre Röcke raffend, in der Rechten ihr Bündel, watete sie durch das Wasser und schwang sich, so wie Schweinehirt es vorgemacht hatte, auf die Mauer. Sie waren in Freiheit.

Hinter dem Hofgut, einen Steinwurf entfernt, wartete bereits der Weinkutscher Richwin auf seinem Wagen. Mit schwerer Zunge, die entweder vom vergangenen Tag stammte oder daher rührte, dass er sich schon in aller Herrgottsfrühe an seiner Ladung schadlos gehalten hatte, erkundigte er sich, indem er mit dem Finger auf Magdalena zeigte: »Und wer ist die da?«

»Das ist Magdalena, von der ich dir schon erzählt habe«, erwiderte Wendelin. »Du hast doch noch einen Platz auf einem deiner Weinfässer frei?«

Richwin brummelte irgendetwas von Weiberpack, dann streckte er die offene linke Hand aus. Magdalena verstand und legte einen Gulden in seine schwielige Pranke, worauf sich sein finsteres Gesicht deutlich erhellte, soweit man es im Schein der Wagenlaterne erkennen konnte.

»Würzburg?«, fragte er, nicht aus Unkenntnis des Reiseziels, sondern weil er etwas Freundliches sagen wollte.

»Mir wäre es recht!«, antwortete Magdalena und blickte in sein zerfurchtes Antlitz, in dem das rechte Augenlid herabhing wie ein nasser Lappen.

Mit unerwarteter Zuvorkommenheit half er Magdalena auf den Wagen, wo sie unmittelbar hinter dem Kutschbock auf dem ersten Fass Platz nahm. Schweinehirt verstaute das Gepäck und setzte sich neben Richwin. Der schlug mit der Peitsche auf die Gäule ein, und der Wagen nahm in südlicher Richtung Fahrt auf.

Die ersten Meilen wurde nicht gesprochen, wohl vor allem deshalb, weil Magdalena und Wendelin die Angst im Nacken saß, der Weinkutscher könnte bei diesem Tempo sein schweres Gefährt umwerfen oder in den nächsten Graben lenken.

In der Rheinebene angelangt, wo der Weg eben und schnurgerade dahinführte, zügelte Richwin seine Pferde zu einem langsameren Trab. Von Osten her dämmerte der Morgen, und der rötlichgelbe Horizont versprach einen schönen Sommertag.

Der Wagen ächzte und knarrte unter seiner schweren Last, und in das Gluckern der Weinfässer, die nicht bis zum Rand gefüllt waren, versuchte Magdalena sich vorzustellen, wie es weitergehen solle, wenn sie in ein paar Tagen Würzburg erreichten. In Gedanken versunken, wurde sie immer schwermütiger. Dunkle Vorahnungen quälten sie, sie könnte als Hübschlerin in einem Badehaus enden und müsste widerwärtigen Männern für kleine Münze zur Hand gehen.

Aus diesem peinigenden Dämmerzustand riss sie Wendelins Frage, lautstark gegen den Fahrtwind gerufen: »Jungfer Magdalena, denkt Ihr auch daran, wie es wäre, wenn wir uns gemeinsam auf die Suche nach den weisen Büchern machten?«

Magdalena erschrak zu Tode, sie puffte Schweinehirt in die Seite und verdrehte die Augen in Richtung Richwin. Der tat so, als sei er an der Unterhaltung nicht im Geringsten interessiert, schnalzte mit der Zunge, worauf die Gäule ihren Trab beschleunigten, und gab in unregelmäßigen Abständen einen Lacher von sich, als hätte ihm jemand eine schlüpfrige Geschichte ins Ohr geflüstert.

»Der ist voll bis in die Haarspitzen«, klärte Schweinehirt Magdalena auf. »Bis wir in Würzburg angekommen sind, hat er die halbe Ladung ausgesoffen. Aber was haltet Ihr von meinem Vorschlag?«

»Ich glaube, das solltet Ihr so schnell wie möglich vergessen! An den ›Büchern der Weisheit‹ sind einfach zu viele aus unterschiedlichen Gründen interessiert. Und wir hätten mit einem Schlag Schwarzkünstler und Nigromanten, Gaukler und Seine kurfürstliche Gnaden, sogar den päpstlichen Legaten und Seine Heiligkeit zum Gegner. Was können wir gegen diese Leute schon ausrichten?«

»Jungfer Magdalena, Ihr habt einen gewaltigen Vorsprung gegenüber all Euren Widersachern. Ihr wisst mehr als sie. Sonst würden sie nicht so hinter Euch her sein.«

Um Frankfurt machte der Weinkutscher einen weiten Bogen und ließ die Stadt rechter Hand liegen. Lange Zeit saßen Magdalena und Wendelin schweigend auf dem Wagen. Jeder hing seinen Gedanken nach, und der betrunkene Fuhrknecht schien so mit sich selbst beschäftigt, dass er seinen Mitreisenden nicht die geringste Beachtung schenkte.

In einem namenlosen Dorf an dem Flüsschen Kinzig, das weiter südlich in den Main mündet, machte der Weinkutscher gegen Abend halt, spannte die Pferde aus und füllte einen Tonkrug mit Wein aus dem hinteren Fass seiner Ladung. Mit einem zweiten Krug schöpfte er Wasser aus dem Fluss, um die entnommene Menge Wein zu ergänzen. Magdalena und Wendelin verfolgten die wundersame Weinvermehrung mit Schmunzeln.

Als der Kutscher, nachdem er seinen Krug in einem Zug geleert hatte, sich mit dem Ärmel über den Mund fuhr, bemerkte er Magdalenas staunenden Blick und lachte laut schallend und unverschämt, als machte er sich über sich selber lustig. Ohne sich näher zu erklären, verschwand Richwin flussabwärts zwischen den Weidensträuchern, die das Flüsschen säumten.

»Ich bin schon höflicheren Fuhrknechten begegnet«, bemerkte Magdalena und ließ sich im Gras nieder, »aber«, beeilte sie sich hinzuzufügen, »ich bin froh, Eberbach hinter mir gelassen zu haben.«

»Wie kam es eigentlich zur Anklage durch die Inquisition?«, begann Schweinehirt von Neuem. »Ich meine, so mir nichts dir nichts

314

wird ein Weib doch nicht der Hexerei beschuldigt. Oder wollt Ihr nicht darüber reden?«

Magdalena hielt den Blick geradeaus in die untergehende Sonne gerichtet. Sie schwieg. Plötzlich sprang sie auf und lief zum Flussufer. Mit hohler Hand schöpfte sie Wasser und führte es zum Mund.

Der Bibliothekar verfolgte jede ihrer Bewegungen. Schließlich ging er ihr nach und tauchte den Kopf in das klare Gewässer.

»Ich habe Euch längst nicht alles gesagt«, hörte er Magdalena reden, als er prustend den Kopf aus dem Wasser hob. »Hinter dem Anschlag auf Rudolfos Leben steckte eine Frau aus unserer Gauklertruppe, Xeranthe mit Namen.«

Fassungslos, die wirren Haare aus dem Gesicht streifend, sah Schweinehirt Magdalena an.

Die fuhr fort: »Das Weib hatte zuvor versucht, *mich* zu töten. Als das misslang, nahm sie sich den Seiltänzer vor. Später gestand sie mir, wenn *sie* Rudolfo nicht haben könne, solle ihn niemand haben. Sie steckte das Seil in Brand, auf dem der Große Rudolfo zum Domturm balancierte.«

»Ihr trauert noch immer um den Seiltänzer, stimmt's?«

Magdalena wiegte den Kopf hin und her und antwortete: »Ehrlich gesagt – am Anfang war die Trauer größer. Ich war so verwirrt, dass ich den Entschluss fasste, am Tag nach Rudolfos Tod selbst auf das Seil zu steigen, obwohl ich bis zu diesem Tag nicht einen Schritt auf einem aufgespannten Hanfseil getan hatte.«

»Aber Ihr seid noch am Leben, Jungfer«, ereiferte sich Schweinehirt.

Magdalena lachte. »Ich bediente mich der letzten Tropfen eines Elixiers, das der Große Rudolfo in Gebrauch hatte, einer geheimnisvollen Flüssigkeit, welche die Gesetze der Natur aufhebt und von der fünf Tropfen genügen, sich wie ein Vogel auf schwankendem Ast zu fühlen.«

»Und Ihr habt wirklich den Turm bestiegen, ohne vom Seil zu fallen?«

»Habt Ihr schon einen Vogel gesehen, der vom Ast fällt, es sei denn, er wurde vom Pfeil oder der Kugel eines Jägers getroffen? Ist Eure Frage damit beantwortet?«

Schweinehirt nickte ungläubig. »Und worum handelte es sich bei dem Elixier? Ich meine, kennt Ihr seine Zusammensetzung?«

»Leider nein«, erwiderte Magdalena und sah den Wellen nach, die in der einsetzenden Dämmerung matt blinkend an ihr vorüberzogen. »Aber ich darf wohl annehmen, dass die Rezeptur in einem der neun ›Bücher der Weisheit‹ verzeichnet ist.«

»Aber Ihr wisst es nicht mit letzter Sicherheit!«

Aufbrausend rief Magdalena: »Was weiß der Mensch schon mit letzter Sicherheit, außer dass er irgendwann sterben muss? Tatsache ist, Rudolfo hat mir gestanden, er bediene sich des Elixiers. Und gesprächsweise eröffnete er mir, dieses und andere Wundermittel seien in den ›Büchern der Weisheit‹ aufgeschrieben. Dabei handle es sich keineswegs um Wundermittel, sondern um Erkenntnisse der Wissenschaft, deren Anwendung geeignet sei, das Weltgefüge durcheinanderzubringen.«

»Diese Vorstellung ist wirklich faszinierend«, sagte Wendelin leise vor sich hin. Er tauchte die Hand ins Wasser und wischte sich über die Augen. »Wenn sich die Träume unserer Märchenwelt erfüllten, wenn wir uns unsichtbar machen könnten, wenn wir hundert oder gar tausend Jahre schliefen und in einer anderen Zeit aufwachten, wenn unser Wagen nicht von Pferden, sondern von einem Kobold gezogen würde, welcher statt Hafer und Heu ein einfaches Elixier zur Nahrung benötigt, wenn wir wie Moses im Alten Testament das Meer teilen oder wie der Herr Jesus im Neuen Testament gen Himmel fliegen könnten, wenn es möglich wäre, unsere Worte in Flaschen zu füllen wie köstlichen Wein, wenn wir die Choräle von Heinrich Isaac auf einen Teller legen könnten und wann immer wir wollten, sie wieder zum Klingen brächten, dann …«

»Was dann?«, unterbrach ihn Magdalena, »was wäre dann?«

Wendelin hob die Schultern. »Dann bräuchten weder Ihr noch ich uns um unsere Zukunft Sorgen zu machen.«

»Ihr denkt wohl auch nur ans Geld!«

»Nicht nur ans Geld, Jungfer Magdalena, wenngleich es bei meinen Überlegungen keine geringe Rolle spielt. Aber habt Ihr Euch schon einmal überlegt, dass Eure Flucht vor der Inquisition von den Dominikanern als Schuldeingeständnis gewertet wird. Das bedeutet, für den Rest Eurer Tage müsst Ihr ein Leben im Untergrund führen, niemand darf erfahren, dass Ihr jene Jungfer Magdalena seid, die von der Heiligen Inquisition zu einem Gottesurteil gezwungen wurde und sich dem Schuldspruch durch Flucht entzogen hat.«

Im Gras kauernd, legte Magdalena Arme und Kopf auf die angezogenen Knie. In der Hektik der letzten Stunden hatte sie sich darüber überhaupt keine Gedanken gemacht. Zweifellos hatte Wendelin recht. Die Flucht aus dem Kloster Eberbach bewahrte sie zwar fürs Erste vor dem Schlimmsten, aber die Dominikaner würden Himmel und Hölle in Bewegung setzen, um sie aufzuspüren.

»Es steht mir nicht zu, Euch Ratschläge zu erteilen«, unterbrach Schweinehirt das lange Schweigen, »aber es gibt nur *eine* Möglichkeit, Euch aus der verfahrenen Situation zu befreien.«

Magdalena blickte auf: »Und die wäre?«

»Ihr sagtet doch, Ihr wäret nach Einnahme der letzten Tropfen des Elixiers selbst auf das Seil geklettert und hättet ohne Probleme den Domturm bestiegen.«

»Das sagte ich, ja, und es ist die Wahrheit!«

»Also könntet Ihr das Kunststück doch wiederholen und dem Gottesurteil der Dominikaner vor großem Publikum nachkommen. Auf diese Weise wäre ein für alle Mal Eure Unschuld bewiesen.«

»Ihr vergesst nur eines«, Magdalena lächelte gequält, »die letzten Tropfen des Elixiers sind aufgebraucht, und ohne das wundertätige Mittel würde ich nach wenigen Schritten wie ein Stein zu Boden fallen.«

»Dann gibt es nur eine Lösung! Wir müssen die ›Bücher der Weisheit‹ finden, in denen die Rezeptur aufgezeichnet ist!«

Verzweifelt schüttelte Magdalena den Kopf. Tränen der Hilflosigkeit rannen ihr über die Wangen. »Die Suche nach der Nadel im Heuhaufen«, schluchzte sie, »ist leichter als dieses Vorhaben. Außerdem hätten wir übermächtige Gegner, die das Gleiche wollen wie wir. Denkt nur an den Gesandten des geldgierigen Papstes oder an den rätselhaften Doktor Faust, der in der Bibliothek von Kloster Eberbach nach den ›Büchern der Weisheit‹ gesucht hat.«

»Wie kommt Ihr zu Eurer Vermutung, Jungfer Magdalena?«

»Hört auf, mich Jungfer Magdalena zu nennen«, fuhr Magdalena dazwischen. »Ich bin keine Frau von Stand, schon gar nicht von Adel, nur ein gewöhnliches Frauenzimmer, eine Gauklerin obendrein. Nennt mich einfach Magdalena, wie sich's gehört. Und ich darf Euch wohl Wendelin nennen, wie's Brauch ist unter Freunden!«

Schweinehirt, neben ihr im Gras sitzend, nickte zufrieden, ergriff ihre linke Hand, führte sie zum Mund und küsste sie. Für Magdalena entbehrte das nicht einer gewissen Peinlichkeit, aber sie ließ ihn gewähren.

»Es ist keineswegs nur eine Vermutung«, beantwortete Magdalena Wendelins Frage, »mir erschien der beflissene Mann in der Bibliothek von Anfang an verdächtig. Ich bin ihm nämlich schon einmal begegnet. Ich habe mit eigenen Ohren gehört, wie er die Erkennungsformel der Neun Unsichtbaren murmelte: Satan – Adama … mehr weiß ich nicht mehr.«

»Und du bist sicher, dies ist das Erkennungszeichen der Neun Unsichtbaren?«

»Ganz sicher. Schließlich gebrauchte der Schwarzkünstler die verschlüsselten Worte, um Zugang zu Rudolfos Wagen zu finden.«

»Dann ist Doktor Faust selbst einer der Neun Unsichtbaren!«

»Eben nicht!«

»Woher willst du das wissen?«

»Weil er tausend Golddukaten bot, wenn Rudolfo ihm sein Vermächtnis übertragen würde. Faust hätte ein Vermögen für das Geheimnis gezahlt.«

»Aber woher kannte er die Erkennungsformel?«

Magdalena reckte die gefalteten Hände gen Himmel: »Weiß Gott! Doktor Faust ist ein großer Gelehrter und akribischer Forscher. Das zeigte schon seine Arbeit in deiner Bibliothek. Mir scheint, er hat zwar nur einen Kopf, aber neun Gehirne. Er wusste sogar, dass Rudolfo unter den Neun Unsichtbaren Quartus war, der Vierte.«

Wendelin Schweinehirt fiel es nicht leicht, das alles zu glauben. Aber je länger er darüber nachdachte, desto glaubhafter erschienen ihm Magdalenas Erklärungen. Auch er war diesem Doktor Faust von Anfang an mit Misstrauen begegnet. Von anderen Forschern, die sich in der Klosterbibliothek von Eberbach bedienten, hatte er sich vor allem durch seine Schweigsamkeit unterschieden. Forscher sind für gewöhnlich mitteilsam. Dass der Schwarzkünstler hinter etwas Geheimnisvollem her war, das hatte Wendelin nicht gestört; aber dass es sich dabei um die bedeutsamsten Geheimnisse der Menschheit handelte, das lag doch ein wenig außerhalb seines Vorstellungsvermögens.

»Du sagtest doch, du seist dem Doktor Faust schon einmal begegnet«, meinte er schließlich. »Aber in der Bibliothek hast du kein Wort mit ihm gewechselt!«

»Stimmt. Soweit ich mich erinnere, hast auch du all die Tage nicht mit ihm geredet!«

Wendelin nickte zustimmend.

»Siehst du. Ich wollte nicht, dass er mich erkennt. Du musst wissen, damals trug ich stets eine breite Kappe, um meinen kahl rasierten Schädel zu verbergen. Außerdem war ich ihm nur zur Nachtzeit begegnet.«

»Warum«, bemerkte der Bibliothekar mit Kopfschütteln, »warum hast du mir nichts von dem Verwirrspiel erzählt, das in der Bibliothek vor meinen Augen ablief?«

»Ich wusste nicht, ob ich dir trauen kann. Und ich hatte Zweifel, ob du mir glauben würdest. Glaubst du mir überhaupt?«

Wendelin ergriff Magdalenas Hand. Er blickte sie an, wie er sie noch nie angesehen hatte. Sein Blick hatte etwas Flehentliches, als müsse er um ihr Vertrauen betteln. Dabei hatte sie erwartet, er würde aufbrausen und voller Entrüstung ausrufen: »Wenn du mir nicht vertraust, dann geh allein deinen Weg! Du bist mir ohnehin nur ein Klotz am Bein.« Aber nichts dergleichen geschah. Wendelin schwieg beharrlich, und nach einer Weile ließ er enttäuscht den Kopf sinken.

Magdalena zog ihre Hand zurück und beendete das unsichere Schweigen: »In der Nacht, bevor Doktor Faust aus dem Kloster verschwand, kam es zu einer unerwarteten Begegnung. Ich suchte die Bibliothek auf, um in Erfahrung zu bringen, mit welchen Büchern sich der Schwarzkünstler am vergangenen Tag beschäftigt hatte. Aus meiner Beobachtung wusste ich, dass Faust die gebrauchten Bücher auf einem Stapel liegen ließ, bevor du sie am nächsten Morgen wieder an den rechten Ort zurückgestellt hast.«

»Das stimmt«, bemerkte Schweinehirt, »so wird es in allen Bibliotheken gehandhabt.«

»Als ich jedoch die Bibliothek betrat«, fuhr Magdalena fort, »fand ich den Doktor, Kopf und Oberkörper auf dem Lesepult liegend, als wäre er tot. Vor ihm flackerte eine Kerze. Unter seinem Kopf lag ein aufgeschlagener Atlas ›Der Flusslauf des Mayns‹ mit einer Karte. Faust war beim Kartenstudium eingeschlafen. Wie es schien, hatte er den Flusslauf endlos lange studiert. Das machte mich natürlich neugierig, und ich versuchte, den Atlas unter seinem Kopf wegzuziehen.«

»Erzähl weiter«, rief Wendelin aufgeregt.

Magdalena genoss die Neugierde, die sie bei ihrem Gegenüber auslöste, und fuhr flüsternd und betont langsam fort: »Da ich nicht wusste, ob mir das gelingen würde, ohne den schlafenden Schwarzkünstler aufzuwecken, betrachtete ich lange die Karte, mit der Faust

sich offenkundig beschäftigt hatte. Dabei machte ich eine Entdeckung, die mir den Atem raubte und mich ratlos zurückließ. Mir
hätte klar sein müssen, dass Doktor Faust bei meinem Versuch, den
Atlas unter seinem Kopf wegzuziehen, erwachen würde. Keinesfalls
konnte ich ahnen, wie dies geschah: Der vermeintlich schlafende
Schwarzkünstler ergriff blitzschnell mein Handgelenk und umklammerte es mit der Kraft einer Löwenpranke. Ich wollte schreien, aber
vor Angst versagte mir die Stimme. Ohne mir ins Gesicht zu blicken, stieß er meinen Arm von sich wie ein giftiges Reptil und floh
aus der Bibliothek.«

»Und du glaubst, Doktor Faust hat dich dabei nicht erkannt?«

»Er sah mich überhaupt nicht an! Ich hatte den Eindruck, der
Schwarzkünstler hatte mehr Angst, *ich* könnte *ihn* erkennen. Er wird
seine Gründe gehabt haben.«

Inzwischen war es dunkel geworden, und von Norden her näherte
sich das tanzende Licht einer Laterne. Der Weinkutscher kehrte zurück, die Wagenlaterne in der Hand schwenkend. Wie schon den
ganzen Tag über gab er sich wortfaul. Von seinen Fahrgästen nahm
er kaum Notiz und schenkte ihnen nur ein beseeltes Lächeln. Mit
einem Satz sprang er auf seinen Kutschbock, wickelte die Zügel um
die dafür vorgesehenen Haken, zog sein Wams aus und rollte es zu
einer Art Kissen zusammen. Dann legte er sich auf dem Kutschbock
schlafen. Es dauerte nicht lange, und sein schnarrendes Schnarchen
tönte im Wettstreit mit dem Quaken der Flusskröten.

»Du sagtest, du hättest auf der Landkarte, über der Doktor Faust
eingeschlafen war, etwas Aufregendes entdeckt«, begann Wendelin
von Neuem, »etwas, wofür du bis heute keine Erklärung gefunden
hast.«

Als wollte sie die Erinnerung aus ihrem Gedächtnis wischen,
fuhr sich Magdalena mit beiden Händen übers Gesicht. Dann antwortete sie: »Ich sah zum ersten Mal eine Karte vom Main-Fluss,
der wie kein anderes fließendes Gewässer erst ein Dreieck, dann
ein Viereck beschreibt, bevor er in den Rhein-Fluss mündet. Zu-

dem wird der Main-Fluss an seinem Oberlauf im Umkreis weniger Meilen von einer Reihe von Zuflüssen gespeist, von denen Regnitz und Baunach auf der Karte wie eine mehrschwänzige Schlange erscheinen.«

»Nun gut«, bemerkte Wendelin, »das ist gewiss einzigartig unter den Flussläufen; doch ich sehe darin keinen Grund zur Beunruhigung.«

Magdalena überging die Bemerkung. »Würdest du nicht auch im Flusslauf des Mains – ohne die Städte an seinen Ufern, ohne die Straßen entlang seiner Auen und ohne die Hügel und Wälder zu beiden Seiten – eine mehrschwänzige Schlange erkennen?«

Wendelin war verblüfft. Doch noch immer konnte er sich keinen Reim darauf machen, was Magdalena in solche Aufregung versetzte.

»Und wenn ich dir nun sage«, fuhr sie fort, »dass der Große Rudolfo eben diese mehrschwänzige Schlange, ein Dreieck und ein Viereck beschreibend, auf seinen Rumpf tätowiert hatte, würde das meine Aufregung rechtfertigen?«

»Ein tätowierte Schlange?«, wiederholte Wendelin verblüfft.

»Oder der Flusslauf des Mains.«

»Und was schließt du daraus?«

»Nun ja, ein Unwissender sah in der Tätowierung eine Schlange. Ein Eingeweihter erkannte darin jedoch den Flusslauf des Mains. Rudolfo erwähnte einmal, der wahre Geheimnisträger der Neun Unsichtbaren trüge den Standort der ›Bücher der Weisheit‹ in seinem Gedächtnis. Aber für den Fall, dass ihn sein Gedächtnis verließe, trüge er sein Geheimnis auf der Haut.«

Es dauerte geraume Zeit, bis Wendelin Schweinehirt die volle Tragweite von Magdalenas Erklärung begriff. Kopfschüttelnd murmelte er: »Von seinen Quellen bis zur Mündung ist der Main-Fluss mehr als 300 Meilen lang. Nicht gerade eine präzise Angabe für das Versteck der Bücher.«

Magdalena entgegnete beleidigt: »Glaubst du wirklich, die Neun

Unsichtbaren würden sich den Standort der Bücher, welche die größten Geheimnisse der Menschheit bewahren, so einfach auf die Haut schreiben?«

»Natürlich nicht«, gab Schweinehirt klein bei.

»Im Übrigen«, bemerkte Magdalena, »war unter der Schlange noch ein rätselhaftes Wort in Rudolfos Haut gestochen: HIC IAC COD. Sagt dir das etwas?«

Wendelin schüttelte den Kopf. »HIC IAC COD – klingt wie ein Begriff aus der Kabbala, der jüdischen Geheimlehre. Keine andere Sprache kennt so viele Endungen mit -od oder -ot wie die Sprache der Juden. Im Übrigen bezeichnen sich die Kabbalisten, also die Anhänger dieser mystisch-theosophischen Lehre, als ›Kenner der geheimen Weisheit‹ oder als ›Meister des Geheimnisses‹. Hat der Seiltänzer jemals eine Bemerkung gemacht, dass er dem mosaischen Glauben anhing?«

»Nein, nie! Der Große Rudolfo glaubte an nichts, nur an sich selbst. Und, ehrlich gesagt, finde ich das mittlerweile ganz vernünftig.«

Längst war Mitternacht vorüber, als Magdalena und Wendelin zum Wagen zurückkehrten und sich zwischen den Rädern zum Schlafen ins Gras legten.

In der Morgendämmerung wurde Magdalena von Richwins wohligem Grunzen geweckt. Der Weinkutscher stand nackt und bis zum Bauchnabel im Fluss und tauchte in kurzen Abständen unter, um wenig später schnaubend und prustend wie ein Walross wieder aufzutauchen.

Richwin kam der Morgenwäsche mit solcher Hingabe nach, dass Magdalena Lust verspürte, es ihm gleichzutun. An Schlaf war ohnehin nicht mehr zu denken, und so legte sie ihr Kleid ab und wollte es über den Kutschbock hängen, da fiel ihr Blick auf Schweinehirts mit derbem Leder überzogene Reisetruhe, deren Deckel offen stand. Wie vom Teufel geritten, begann sie in Wendelins Habseligkeiten herumzuwühlen, zuerst eher zaghaft, dann immer hektischer, als folgte sie einer dunklen Ahnung. Und plötzlich stieß sie auf ein rotes Etwas, einen scheinbar harmlosen Gegenstand, der für Magdalena jedoch von unerhörter Bedeutung war: ein einzelner purpurroter Handschuh.

»Das ist nicht wahr!«, stammelte Magdalena leise.

18. KAPITEL

Nach Rudolfos Beisetzung ging das Leben in Mainz seinen gewohnten Lauf. Die Gaukler zerstreuten sich in alle Winde. Ohne den Großen Rudolfo sahen sie keine gemeinsame Zukunft, und so teilten sie das Erbe untereinander auf. Ein jeder erhielt einen Wagen samt Pferdegespann und den nötigen Hausrat zum Überleben. Der Rest wurde gegen klingende Münze veräußert. Nur Constantin Forchenborn, der Marktschreier, nie um eine Idee verlegen, scharte zwei Mitglieder der alten Truppe um sich, Megistos, den Quacksalber, und Jadwiga, die polnische Schlangenfrau, denn er trug sich mit dem Gedanken, eine neue Gauklertruppe zu gründen.

Beschleunigt wurde der Aufbruch durch ein großes Fischsterben im Main. Scheffelweise wurden die stattlichsten Fische am Ufer angeschwemmt, und die Ärmsten der Armen, von denen es in Mainz nicht wenige gab, balgten sich um die Beute. Als jedoch Quirin, der Flickschuster, gesegnet mit neun unmündigen Kindern, nach dem Genuss eines verendeten Flussaals von heute auf morgen aus dem Leben schied, machte das Gerücht die Runde, die Gaukler hätten das Mainwasser vergiftet. Das entbehrte zwar jeder Grundlage, aber nichts ist so glaubhaft wie ein Gerücht.

Über Nacht hatte auch Matthäus Schwarz, der Schuldeneintreiber des Reichsgrafen Jakob Fugger, die Domstadt verlassen, ohne Zins und Zinseszins vom erlauchten Albrecht von Brandenburg erhalten zu haben, was diesem die Schmach ersparte, den Domschatz verpfänden oder die besten Stücke herausgeben zu müssen. Schwarz, bekannt und gefürchtet wegen seiner Härte, mit der er Schulden einzutreiben verstand, hatte keineswegs aus Mitleid gehandelt, als er sich unverrichteter Dinge zurückzog. Auch leere Versprechungen vonseiten Seiner kurfürstlichen Gnaden hätten ihn nicht umgestimmt. Der Grund für seine überstürzte Abreise lag vielmehr in der Nachricht, die ein Reiterpulk aus dem fernen Augsburg überbrachte, der reiche Fugger habe, sechsundsechzigjährig, das Zeitliche gesegnet.

Der Tod des Fuggers verlangte Schwarzens Anwesenheit, denn der Reichsgraf hatte keinen direkten Erben, nur zwei Neffen, sechsunddreißig und zweiunddreißig Jahre alt, und die hatten schon zu Lebzeiten spekuliert, welches Stück von dem Kuchen wem zufallen sollte. Auf Matthäus Schwarz, von seinem Herrn mit bedeutsamen Vollmachten ausgestattet, kamen aufregende Zeiten zu.

Dem Mainzer Kurfürsten Albrecht von Brandenburg mochte das alles egal sein. Er dankte Gott dem Herrn für die unerwartete Errettung aus drohender Schmach und wies den Dompropst Johann von Schöneberg an, mit seinen Domherren zwölf Dankesmessen am Stück und daran anschließend eine achtundvierzigstündige Vigil zu halten. Er selbst werde es sich nicht nehmen lassen, während des zwei Tage und Nächte währenden Endlosgebets eine von ihm gestiftete vierzehn Pfund schwere Kerze aus rheinischem Bienenwachs zu entzünden und abschließend mit eigener Stimme das Te deum zu intonieren.

Zwischen Albrecht von Brandenburg und seinem Sekretär Joachim Kirchner war es zu Spannungen gekommen, nachdem Seine kurfürstliche Gnaden Kirchner seine uneheliche Tochter Katharina zur Frau angedient hatte. Das Mägdelein war erst fünfzehn und – hätte man meinen können – für einen Mann im vierten Lebensjahrzehnt eine begehrenswerte Partie, zumal ein kurfürstlicher Schwiegervater in der Verwandtschaft in Zeiten wie diesen durchaus erstrebenswert schien. Allerdings entpuppte sich der fünfzehnjährige Bastard als rechtes Früchtchen, und dass die Jungfer mit einnehmendem Äußeren gesegnet gewesen wäre, konnte man auch nicht gerade behaupten. Sie hatte struppige rote Haare und ein vorstehendes Kinn, war lang und schmal wie ein Opferstock, und die Mainzer tuschelten, bei ihrer Zeugung müsse der Teufel seinen Schwanz im Spiel gehabt haben.

Leys, Katharinas Mutter, ja, die hätte Kirchner mit Handkuss genommen. Trotz ihres Alters war Elisabeth Schütz ein äußerst stattliches Weib; aber Leys, die Bettfrau des Kardinals, galt als unantastbar. Und das, obwohl Seine kurfürstliche Gnaden längst mit der Wittfrau Agnes Pless herummachte und es nur eine Frage der Zeit war, wann er Leys in ein Kloster stecken würde.

Bei seiner ablehnenden Haltung gegenüber der herben Kardinalstochter spielte, wie so oft im Leben, das liebe Geld die wichtigste Rolle. Entgegen seinem früheren Versprechen, Katharina eine respektable Mitgift zukommen zu lassen, wollte der zahlungsunfähige Fürstbischof nun nichts mehr davon wissen. Im Gegenteil, er forderte von Kirchner eine nicht unerhebliche Ablöse, die, falls er sie nicht sofort begleichen könne, dergestalt abzurechnen sei, dass der Sekretär fünf, bestenfalls vier Jahre auf seinen Lohn verzichte.

Kirchner blieb dabei. Ausgestattet mit den niederen Weihen, könne er sich keinesfalls an eine Frau binden. Und dabei ließ er auch Albrechts Einwand nicht gelten, es seien andere Zeiten und sogar Bischöfe und Kardinäle huldigten dem weiblichen Geschlecht.

Vor hohen kirchlichen Feiertagen pflegte Albrecht von Brandenburg ein Bad zu nehmen, so auch an diesem Morgen. Mariä Himmelfahrt stand bevor, und die fürstbischöflichen Mägde hatten schon seit Mitternacht einen Kessel auf dem Feuer, um das Badewasser auf angenehme Temperatur zu bringen. Ein Holzzuber, ausgeschlagen mit weißem Leinen und so groß, dass darin auch zwei Badewillige Platz fanden, stand in den Kellergewölben für das Ereignis bereit.

Verzweifelt versuchten die Bademägde den üblen Geruch aus dem Gewölbe zu vertreiben, der sich dort, wie stets, wenn das Wetter umschlug, eingenistet hatte. Seine kurfürstliche Gnaden reagierte

327

nämlich äußerst empfindlich auf das, was der Büttel gemeinhin als Gestank bezeichnete. Nicht dass Albrecht besonders empfindlich gewesen wäre, aber üble Gerüche galten bei der hohen Geistlichkeit als Ausdünstungen des Teufels und hatten im fürstbischöflichen Palast nichts zu suchen. Auch nicht im Kellergewölbe.

Seit dem Morgenläuten waren die Badefrauen deshalb bemüht, den Atem des Teufels mit Hilfe von Weihrauch und glimmenden Fichtenzweigen aus dem Gewölbe zu vertreiben, zumal sich hoher Besuch angekündigt hatte: der Legat Seiner Heiligkeit Papst Clemens VII., Kurienkardinal Giustiniani.

Kurfürst Albrecht von Brandenburg zog es vor, den Abgesandten des Papstes im Bade zu empfangen, was keineswegs als Beleidigung anzusehen war, im Gegenteil. In höheren Kreisen wurde die Begegnung während der Reinigungsprozedur als Geste besonderer Vertrautheit betrachtet. So saß Albrecht, nackt bis auf eine dreifaltige Kappe, die sein schütteres Haupthaar verbarg, bereits in dem dampfenden, ovalen Zuber. Mit gerafften Röcken trugen kräftige Badefrauen – ein halbes Dutzend mochte es wohl sein – Holzscheffel mit heißem Wasser zum Aufguss herbei. Da trat Giustiniani in purpurnem Talar und Mozzetta, auf dem Kopf einen roten Kardinalshut mit breiter Krempe und Glöckchen zur Zierde, begleitet von seinem apostolischen Sekretär Johannes Patrici in das Gewölbe.

Der Austausch üblicher Höflichkeiten erfolgte von beiden Seiten mit Honig im Mund und Galle im Herzen.

»Es würde mir zur Ehre gereichen«, meinte Albrecht schließlich sogar, »mit unserem Bruder in Christo das Wasser zu teilen.«

Überrascht von der unerwarteten Einladung, stutzte Giustiniani, warf Patrici einen fragenden Blick zu und traf, weil dieser ihn nur nichtssagend und mit weit geöffneten Augen anstarrte, eine folgenschwere Entscheidung, indem er antwortete: »Warum nicht, wenn Euch daran gelegen ist. Selbst unser Herr Jesus ließ sich, wie Matthäus im vierten Kapitel schreibt, mit dem Bösen ein, doch am Ende traten die Engel hinzu und dienten ihm.«

Natürlich war dem nackt im Wasser planschenden Kurfürsten klar, dass der Gesandte aus Rom ihn provozieren wollte. Andererseits erwartete Giustiniani von seinem Gegenüber das Gleiche. Keinesfalls durfte er jetzt den Eindruck erwecken, ein bigotter provinzieller Spießer zu sein und händeringend aus dem Gewölbe flüchten. Auch war ihm kein Gesetz der Kirche geläufig, das einem Kardinal verbot, mit einem anderen Kardinal im selben Wasser zu baden – es sei denn in begehrlicher Absicht. Doch davon waren beide Kirchenfürsten meilenweit entfernt.

Und so entledigte sich Giustiniani eilig seiner Mozzetta und des Talars. Darunter kamen ein frisches Hemd und eng anliegende Beinkleider zum Vorschein, die seine Spinnenbeine nicht gerade vorteilhaft zur Geltung brachten.

Der ungewohnte Anblick eines Kurienkardinals in Unterhosen trieb den züchtigen Badefrauen den Schweiß auf die Stirn, und als Giustiniani selbst dieses delikate Kleidungsstück noch fallen ließ, schlugen sie die Hände vors Gesicht und flüchteten zusammen mit Patrici. Nur den Kardinalshut mit breiter Krempe und Glöckchen behielt der Legat des Papstes auf dem Kopf, als wäre es ein Schamtuch. So kletterte er über die Badeleiter zu Albrecht von Brandenburg in den ovalen Badezuber.

Obwohl der hagere Kurienkardinal, was sein Körpervolumen betraf, eigentlich kaum Anlass dazu bot, schwappte das Badewasser über, und der Kurfürst rief nach den Badefrauen. Noch immer verwirrt von dem peinlichen Anblick, sammelten sie den Überschuss des Wassers mit Tüchern vom Boden auf. Dann legten sie ein Brett quer über den Badezuber – weniger, um das Einflussgebiet des einen Kardinals von dem des anderen abzugrenzen, als vielmehr dazu, eine Tischplatte zu schaffen für ein opulentes Frühstück aus Brotfladen, Eiern, Speck und kaltem aufgeschnittenen Braten sowie Birnenmost aus neuer Ernte.

»Bruder in Christo«, begann Albrecht von Brandenburg kauend und schmatzend, »ich kann mir nicht vorstellen, dass die Beisetzung des Seiltänzers der Grund gewesen ist, von Rom ins ferne Mainz zu reisen – ganz abgesehen davon, dass die Nachricht nach Rom und Eure Reise von dort hierher mehr Zeit in Anspruch genommen haben dürfte, als zwischen dem beklagenswerten Tod des Großen Rudolfo und seiner Beisetzung vergangen ist.«

»Dass Ihr Euch da mal nicht täuscht«, entgegnete Giustiniani hinterhältig grinsend, während er wohlig die dürren Beine in Albrechts Zuberhälfte ausstreckte. »Die Pferde der vatikanischen Stallungen zählen, versehen mit dem Segen Seiner Heiligkeit, zu den schnellsten der Welt. Nur nützt das wenig, wenn Ihr Euren Bruder in Christo, am Ziel angelangt, einen halben Tag vor den Mainzischen Mauern warten lasst, bevor ihm ein halbwegs würdiger Empfang bereitet wird!« Die demütigende Behandlung bei seiner Ankunft wurmte den päpstlichen Gesandten noch immer.

»Ihr hättet eine Vorhut schicken sollen, die Euren unerwarteten Besuch ankündigt«, bemerkte der Fürstbischof, und das klang keineswegs wie eine Entschuldigung. »Ihr habt ja keine Ahnung, welche Aufgaben auf einen kirchlichen *und* weltlichen Herrscher tagtäglich zukommen. Ein Kurienkardinal lebt da in deutlich besseren Verhältnissen.«

»Schluss jetzt mit den gegenseitigen Vorwürfen!« Giustiniani klatschte mit der flachen Hand ins Badewasser, dass es über das Frühstück spritzte. »Ihr könnt Euch sicher vorstellen, warum ich Euch heute Morgen Gesellschaft leiste.«

Natürlich hatte Albrecht von Brandenburg eine Ahnung, doch die behielt er für sich und spielte lieber den Unwissenden: »Lasst mich raten, Bruder in Christo, Ihr habt eine kostbare Reliquie im Reisegepäck. Was ist es, und was wollt Ihr dafür haben?«

Die älteste der Badefrauen leerte einen Scheffel Seifenschaum in den Zuber, zum einen zur Reinigung der Kardinalsleiber, zum anderen, damit das aufschäumende Badewasser die gesegneten Geschlechtsteile der geistlichen Herren vor den Augen der jüngeren Bademägde verberge.

330

»Hört mir auf mit Reliquien!«, antwortete der päpstliche Gesandte verärgert. »In Rom interessiert sich kein Schwein mehr für Reliquien, seit bekannt wurde, dass allein ein Dutzend Präputien des lieben Jesuleins und drei Grabtücher unseres Herrn in Umlauf sind, von den zahllosen Lanzenspitzen, mit denen die Seite Jesu nach der Kreuzigung geöffnet wurde, ganz zu schweigen. Nein, damit ist heute kein Geld mehr zu machen.«

»Und Ablässe? Ich meine richtige, vollkommene Ablässe? Wie steht es damit?«, erkundigte sich der Fürstbischof interessiert.

»Genauso«, erwiderte der Legat. »Die Zeiten sind vorbei, in denen man mit handgeschriebenen Pergamenten und fünf Ave Maria ein Vermögen machen konnte. Und daran seid ihr Mainzer nicht unschuldig. Es war doch einer von euch, der die Druckkunst erfunden hat. Oder nicht?«

»Ich hoffe nur, dass Seine Heiligkeit Papst Clemens nicht uns für den Niedergang der Kurie verantwortlich macht.«

Da brauste Giustiniani auf und rief, dass das Gewölbe von seiner heiseren Stimme widerhallte und die Badefrauen hinter den Säulen des Gewölbes Schutz suchten: »Ich untersage Euch, über die finanziellen Verhältnisse im Vatikan solche Reden zu führen. Zugegeben, seit Julius der Zweite von dem Glauben beseelt war, er könne den Kirchenstaat mit dem Schwert wiederherstellen, und gegen Gott und die Welt zu Felde zog, seither sind die Kassen Seiner Heiligkeit leer, und es ist kein Geheimnis, dass seine Nachfolger dem Baumeister Michelangelo und den Erben Raffaels und Bramantes immer noch Geld schuldig sind. Und das ist auch der Grund, warum ich hier bin.«

Da brach Albrecht in lautes Gelächter aus, als wolle er damit sagen: »Und da kommt Ihr ausgerechnet zu mir?« Unmittelbar darauf tauchte der Fürstbischof, noch einmal nach Luft schnappend, im Badewasser unter; nur seine Kappe schwamm noch auf dem Wasser.

Giustiniani wusste nicht, was er von dem Schauspiel halten sollte, falls es sich überhaupt um ein solches handelte, und er begann mit den Händen unter Wasser nach Albrecht zu suchen – der Seifenschaum trübte die Sicht. Der päpstliche Gesandte bekam auch etwas zu fassen, wodurch sich der Fürstbischof schnaubend zum Auftauchen gezwungen sah. »Ich muss doch sehr bitten, Bruder in Christo!«, rief er entrüstet.

Giustiniani überging die peinliche Situation, indem er seinem Gegenüber unvermittelt die Frage stellte: »Könnte es sein, dass wir beide auf der Suche nach neuen Einnahmequellen hinter der selben Sache her sind?«

Albrecht erschrak. Er wusste sofort, worauf Giustiniani hinauswollte, doch fürs Erste gab er sich ahnungslos: »Ich verstehe nicht, was Ihr meint, Bruder in Christo.«

»Dann muss ich deutlicher werden«, entgegnete der Legat. »Die Vermutung liegt nahe, dass es bei dem Seiltänzer, den Ihr dieser Tage zu Grabe getragen habt, nicht mit rechten Dingen zuging …«

»Ihr meint, dass der Große Rudolfo mit dem Teufel im Bunde stand?«

»Das könnte man in der Tat annehmen, gäbe nicht die Anwesenheit bedeutsamer Geistesgrößen bei seiner Beerdigung Anlass zu der Vermutung, der Große Rudolfo habe Zugang zu den ›Büchern der Weisheit‹ gehabt, welche fundamentale Lehren der Kirche in Frage stellen.«

Der Fürstbischof ruderte aufgebracht in seinem Badewasser. Um den Anschein zu erwecken, das alles gehe ihn nichts an, stellte er scherzhaft die Frage: »Ich hoffe sehr, Seine Heiligkeit Papst Clemens trägt sich nicht mit dem Gedanken, das Evangelium von einem Hochseil zu verkünden!«

»Es stünde Euch gut an«, erwiderte Giustiniani verärgert, »die Sache mit mehr Ernst zu betrachten. Denn dem, der in den Besitz der Weisheitsbücher gelangt, winken nicht nur bedeutsame Erfindungen und Erkenntnisse, sondern auch Schätze von höchstem Wert. Aber wem sage ich das!«

»Bruder in Christo«, ereiferte sich Albrecht von Brandenburg,

»sagtet Ihr: Schätze? Woher wollt Ihr das wissen? Davon hatten wir keine Ahnung!«

»Aber warum wart Ihr dann so fieberhaft damit beschäftigt, einen der Neun Unsichtbaren zu enttarnen?« Giustiniani grinste hinterhältig aus seinem Badewasser.

»Zum Teufel«, ereiferte sich der Fürstbischof, »Ihr wisst mehr, als ich befürchtet habe.«

Der Kardinal legte den Kopf zur Seite und hob die Schultern. »Das ist wohl nicht das erste Mal, dass Ihr Eure Fähigkeiten überschätzt habt, Bruder in Christo. Vergesst nicht, Seine Heiligkeit, der Papst hat ganz andere Möglichkeiten als ein Fürstbischof in der römisch-katholischen Provinz. Allein die vatikanische Bibliothek, die noch im Aufbau begriffen ist, verfügt über mehr Bücher als jede andere Bibliothek auf christlichem Boden. Leider blieben ihr bisher die ›Bücher der Weisheit‹ verwehrt. Aber die Steganographen, von denen mehr als ein Dutzend im Vatikan ihren Dienst tun, haben Hinweise gefunden, wo diese Bücher möglicherweise zu finden sind.«

»Ihr wollt mich zum Narren halten!«

»Keineswegs.«

»Wenn Ihr so viel wisst, warum versucht Ihr dann mich auszuhorchen?«

Giustiniani überlegte seine Antwort sehr genau. Schließlich erwiderte er: »Euer Wissen und unser Wissen zusammengelegt, könnte uns vielleicht einen großen Schritt weiterbringen.«

Mit beiden Händen schaufelte sich Albrecht Wasser ins Gesicht, gerade so, als wollte er einen klaren Kopf bekommen. »Nehmen wir einmal an«, begann er nachdenklich, »wir fänden die ›Bücher der Weisheit‹. Wer hätte dann wohl den größten Nutzen? Doch wohl Seine Heiligkeit der Papst! Oder?«

Giustiniani hob abwehrend die Hände aus dem Wasser. »Ich bin befugt, Euch folgendes Angebot zu unterbreiten: Im Falle des Auffindens der ›Bücher der Weisheit‹ soll *Euch* der Nutzen der wissenschaftlichen Erkenntnisse, die dort aufgeschrieben sind, zuteil sein. Seine Heiligkeit Papst Clemens besteht nur auf den Schätzen, die dort verzeichnet sind, allen voran dem Tempelschatz des Königs Salomo.«

»... dem Tempelschatz des Königs Salomo«, wiederholte Albrecht gedankenverloren. Dann tauchte er im Badewasser unter, dass gerade noch die Nase zum Atmen frei blieb. In dieser Haltung dachte der Fürstbischof lange nach. Dabei sah er, einem Nilpferd gleich, den päpstlichen Legaten von unten prüfend an.

Plötzlich, als folgte er einer göttlichen Eingebung, schoss er mit der ganzen Wucht seines feisten Oberkörpers aus dem Wasser und rief: »Und Ihr glaubt, ich würde nicht merken, dass Ihr mich übers Ohr hauen wollt? Ihr und Euer neunmalgescheiter Papst seid doch nur auf die Schätze aus, die Euch aller finanziellen Sorgen entbinden. Wer weiß, was mir bliebe? Vielleicht die Möglichkeit, auf einem Seil einen Domturm zu besteigen. Nein, Bruder in Christo, da müsst Ihr Euch schon einen Dümmeren suchen. Und jetzt ersuche ich Euch: ›Verlasst sofort das Badewasser!‹«

Das ließ sich der Gesandte des Papstes nicht zweimal sagen. Er erhob sich und kletterte nörgelnd aus dem Zuber. Während er hastig in seine geistlichen Kleider schlüpfte, knurrte er, ohne Albrecht anzusehen: »Wir können nur hoffen, dass Euch Eure abweisende Haltung nicht eines Tages leidtun wird!« Dann rief er nach seinem Palastprälaten, der die Auseinandersetzung der beiden Kardinäle im Nebenraum verfolgt hatte.

Während der Legat des Papstes seinen Widersacher keines Blickes würdigte und grußlos verschwand, wandte sich Patrici noch einmal um, verneigte sich andeutungsweise und hauchte ein kaum hörbares »Laudetur!«

Kaum waren die beiden verschwunden, tauchte Joachim Kirchner im Gewölbe auf. Er wirkte noch blasser als sonst und überraschte Albrecht von Brandenburg mit der Nachricht: »Die Frau des Seiltänzers ist aus dem Kloster Eberbach geflohen!«

Der Fürstbischof beendete seine Morgentoilette, die ihm nichts als Ärger eingebracht hatte, und ließ sich von den Badefrauen einkleiden. Während sie ihm einen frischen kardinalsroten Talar über den Kopf stülpten, erkundigte sich Albrecht bei seinem Sekretär: »Wie konnte das geschehen? Da steckt doch dieser Gesandte des Fuggers dahinter! Dabei wäre die Frau des Seiltänzers die Einzige, die uns weiterhelfen könnte. Kirchner, rekrutiere ein, zwei bewaffnete Suchtrupps. Sie sollen Himmel und Hölle in Bewegung setzen, diese Frau zu finden. Außerdem soll umgehend der brabantische Alchimist und Geheimschriftgelehrte Athanasius Helmont vorstellig werden, der seit geraumer Zeit im Nasengässchen Wohnung bezogen hat. Kein Mensch weiß, wovon er überhaupt lebt – wenn nicht vom Betteln und Stehlen.«

»Mit Verlaub«, begann Kirchner, »das ist ein bisschen viel auf einmal. Aber was den Gesandten des Fuggers betrifft, so hatte er, wie Ihr wisst, einen triftigen Grund für seine Abreise. Der Wirt vom Gasthaus ›Zwölf Apostel‹, bei dem er logierte, schwört Stein und Bein, dass er ganz allein nach Augsburg aufgebrochen ist – ohne die Frau des Seiltänzers.«

»Die einzige gute Nachricht an diesem schrecklichen Morgen«, brummelte der Fürstbischof. »Schwarz sind wir fürs Erste los.«

Kirchner wiegte den Kopf hin und her, als wollte er sagen: »Warten wir's ab. Früher oder später wird er mit seinen Zinsforderungen wieder auftauchen.« Aber das dachte er nur, auszusprechen wagte er es nicht, denn er wollte seinen Herrn an diesem Morgen nicht noch mehr verärgern. Stattdessen meinte er: »Wussten Seine kurfürstliche Gnaden eigentlich, dass die Frau des Seiltänzers von den Dominikanern der Inquisition der Hexerei bezichtigt wurde und sich einem Gottesurteil unterziehen sollte? Sie sollte vor den Augen des Inquisitors über ein hochgespanntes Seil gehen. Dieses Mal im Kloster Eberbach.«

»Und dem hat sie sich durch die Flucht entzogen! Das würde aber bedeuten, dass sie doch nicht über das Wissen der Neun Unsichtbaren verfügt.«

335

»So ist es nicht, Euer kurfürstliche Gnaden! Denn noch bevor sie die Flucht hätte antreten können, rettete sie ein hoher geistlicher Würdenträger aus den Klauen des Inquisitors!«

»Kurienkardinal Giustiniani!«

»So ist es. Offenbar versuchte sich der Legat des Papstes bei der Jungfer einzuschmeicheln, um mehr über die ›Bücher der Weisheit‹ zu erfahren.«

»Kirchner, woher weißt du das alles!«, rief der Kardinal anerkennend.

»Abt Nikolaus von Eberbach sandte einen Boten«, antwortete der Sekretär. »Er meinte, Seine kurfürstliche Gnaden sollte davon Kenntnis haben. Ihr versteht, warum ich den Boten während Giustinianis Anwesenheit nicht zu Euch vorlassen wollte.«

Der Fürstbischof nickte: »Gut gemacht, Kirchner. Was hältst du übrigens von dem brabantischen Geheimschriftgelehrten?«

»Man hört wundersame Dinge«, antwortete der Sekretär. »Manche behaupten, der Teufel sei ihm bei seiner Arbeit behilflich, andere wollen wissen, dass er an einer ›*Magia naturalis universalis*‹ arbeite und sich alter Handschriften bediente, die niemand lesen kann. Und wieder andere wollen gesehen haben, dass nächtens Frauen bei ihm ein und aus gehen, deren Ruf nicht der beste ist.«

»Du meinst Hübschlerinnen?«

»Das auch; aber meist sind es rothaarige Frauen, denen nachgesagt wird, sie verstünden das Nestelknüpfen, welches – verzeiht die derbe Wortwahl – beim Coitus die Empfängnis verhindert. Angeblich beherrschen sie den Wetterzauber, der die Blitze auf die Häuser unliebsamer Zeitgenossen lenkt. Oder sie neigen zu Visionen und haben sich der Kunst des Wahrsagens verschrieben. Mit anderen Worten: Sie beherrschen angeblich lauter zweifelhafte Dinge!«

»Soll uns recht sein, wenn der brabantische Steganograph uns nur von Nutzen ist. Denn wie du weißt, haben wir einen Hinweis auf die Neun Unsichtbaren, das Kryptogramm HICIACCOD, welches, außer der Frau des Seiltänzers, vermutlich niemandem bekannt ist.«

»Und die Schlange, nicht zu vergessen!«, bemerkte Kirchner beflissen.

»Ja, die Schlange …«, wiederholte der Fürstbischof und gab zu bedenken, ob es nicht besser sei, den Steganographen Athanasius Helmont noch heute aufzusuchen. Ein Geheimschriftgelehrter im fürstbischöflichen Palais sei allzu sehr geeignet, schlafende Hunde zu wecken.

»Da muss ich Euch recht geben«, stimmte Kirchner dem Fürstbischof zu. »Mit Eurer Erlaubnis werde ich Euren Besuch bei dem brabantischen Gelehrten ankündigen.«

Nach Einbruch der Dämmerung brachen Fürstbischof Albrecht und sein Sekretär Kirchner zum Nasengässchen auf. Wie gewöhnlich waren die Straßen in Mainz wie leergefegt. Das Nasengässchen war so schmal, dass eine Kutsche oder ein Reisewagen normalen Ausmaßes darin stecken geblieben wäre. Und das war auch der Grund, warum in den schmalbrüstigen Häuschen, die sich beinahe ängstlich aneinanderschmiegten, nur einfache Leute hausten, vorwiegend Bedienstete, welche bei den Domherren in Brot und Arbeit standen und die nicht gewohnt waren, sich in einer Kutsche fortzubewegen.

Anders als sonst, wenn der Fürstbischof sich zu Fuß in die Niederungen des Volkes begab, trug Albrecht diesmal keine auffälligen purpurnen Gewänder, auch keine Kopfbedeckung, die ihn sofort verraten hätte. Der Kardinal ging barhäuptig und in schwarzem Talar, der ihn nicht im Geringsten von einem gewöhnlichen Kleriker unterschied, die zuhauf die Domstadt bevölkerten wie Fliegen das Fallobst.

Das dreistöckige Häuschen, in dem der Steganograph und Alchimist seit Kurzem Wohnung bezogen hatte, unterschied sich von den anderen Behausungen des Gässchens kaum, wären nicht die Fenster und die Eingangstüre zur Straße hin noch kleiner und enger gewesen als die der übrigen Häuser.

Auf ein Klopfzeichen, welches der brabantische Gelehrte mit Kirchner vereinbart hatte, öffnete jener die Türe, die jedem Eintretenden eine tiefe Verneigung abverlangte wie beim Introitus in der Frühmesse.

Athanasius Helmont, von zarter Statur und ungewöhnlich heller, beinahe durchsichtiger Hautfarbe, zeigte sich wortkarg und zurückhaltend und führte die Besucher in das erste Stockwerk, wo es nur einen einzigen Raum mit zwei winzigen Fenstern zum Nasengässchen hin gab. Abgesehen von einem Tisch in der Mitte des Zimmers gab es kein Mobiliar, nur hölzerne Kisten, Reisetruhen und Bücher, stapelweise aufeinandergeschichtet. Mancher Stapel reichte fast bis zur Decke. Als einzige Lichtquelle diente eine grünlich leuchtende Glaskugel in der Mitte des quadratischen Tisches, für deren Funktion Fürstbischof Albrecht keine Erklärung fand, außer es handelte sich dabei um die jüngste Erfindung eines Alchimisten.

»Ich nehme an«, begann Albrecht von Brandenburg, nachdem er am Tisch auf einer Reisetruhe Platz genommen hatte, die als Sitzgelegenheit diente, »ich nehme an, mein Secretarius Joachim Kirchner hat Ihn in Kenntnis gesetzt und Er weiß, worum es geht.«

»Nur in Andeutungen!«, hauchte Helmont, sich mit beiden Händen an die Tischplatte klammernd, als sei er einer Ohnmacht nahe. Schließlich schob er dem Kardinal ein steifes Papier samt Feder und Tinte über den Tisch: »Wenn Euer kurfürstliche Gnaden das rätselhafte Wort, um das es geht, niederschreiben würden!«

Albrecht warf Kirchner einen hilfesuchenden Blick zu. Nicht dass Seine kurfürstliche Gnaden nicht schreiben konnte, aber Mühe bereitete es ihm schon. Vor allem war er es nicht gewohnt, selbst zur Feder zu greifen.

Also nahm Kirchner die Feder und kritzelte das geheimnisvolle Wort, das wie ein Menetekel in seinem Gedächtnis geblieben war, auf das Papier:

HICIACCOD

Dann schob er das Papier dem Fürstbischof zu. Der begutachtete das geheimnisvolle Wort, nickte und gab es an den Steganographen weiter, der ihm gegenüber auf einer Bücherkiste Platz genommen hatte.

Zunächst schien es, als machte sich Athanasius Helmont über das geheime Wort lustig, denn er verzog den Mund, als müsse er lachen. Doch dann wurde deutlich, dass der Steganograph die einzelnen Buchstaben nur stumm vor sich hin sagte.

Ohne aufzublicken, meinte der Geheimschriftgelehrte: »Keine einfache Aufgabe, die Ihr mir hier stellt. Mit Verlaub, über mein Honorar im Erfolgsfall haben wir noch kein Wort verloren!«

Indigniert hob Kirchner die Augenbrauen, und der Kardinal holte lautstark Luft, wie er es gerne tat, um seinen Unmut kundzutun.

Helmont, noch immer ganz in sich gekehrt und gefangen von dem rätselhaften Wort, bemerkte trocken: »Nichts auf Gottes weiter Erde ist umsonst, außer der Tod. Und der kostet das Leben.« Darauf brach der Steganograph, der sich bisher in vergeistigter Zurückhaltung geübt hatte, in gurgelndes Gelächter aus und schnappte nach Luft wie ein Hund nach erfolgloser Hasenhatz. Dabei traten seine Augen aus ihren Höhlen hervor wie reife Pflaumen. »Sagen wir den zehnten Teil der Einkünfte, die durch die Entschlüsselung dieser Geheimschrift zustande kommen.« Und mit erhobener Stimme, die bei diesem Menschen besonders bedrohlich wirkte, fügte er hinzu: »Und versucht nicht zu handeln, Euer kurfürstliche Gnaden!«

Da sprang der Fürstbischof auf. Kirchner befürchtete schon das Schlimmste. Hastig zog der Sekretär seinen Herrn beiseite. In einer Ecke des Raumes redete er beschwichtigend auf Albrecht ein. Der giftete unwillig zurück, schließlich einigten sich beide und nahmen wieder am Tisch Platz.

»Woher will Er überhaupt wissen, dass dieses Wort der Schlüssel zu Geld und Reichtum ist?«, fragte Albrecht provozierend. »Wir stießen ganz unverhofft in einem alten Folianten auf die Zauberformel, und weil sie gar so seltsam klang und nichts mit der lateinischen und deutschen Sprache zu tun zu haben scheint, weckte sie unsere Neugierde.«

»Ach so ist das«, erwiderte der Steganograph. Er schien enttäuscht. »Dann ist es wohl auch nicht so dringlich, dass ich mich näher damit beschäftige. Schickt mir Euren Secretarius in – sagen wir – vier oder fünf Wochen. Vielleicht habe ich bis dahin eine Lösung gefunden.«

»Nein, das sieht Er falsch«, fiel ihm der Fürstbischof ins Wort. »Wir wollten nur andeuten, dass sich hinter dem rätselhaften Wort HICIACCOD auch eine ganz harmlose Erklärung verbergen könnte ...«

»... aber auch der Hinweis auf einen Schatz wie den der Tempelritter oder den des Königs Salomo, der selbst einen Fürstbischof von allen Geldsorgen befreien könnte!«

Albrecht von Brandenburg wurde blass wie ein frisches Altartuch, und Kirchner blickte betont desinteressiert zur Seite.

»Was will Er damit sagen?«, stammelte der Kardinal verunsichert.

Athanasius Helmont hob die Schultern: »Nichts, wenn nicht dieses: Als der Papst Anno Domini 1312 den Orden der *Pauperes commilitones Christi templique Salomonis*, besser bekannt als Orden der Tempelritter, wegen Ketzerei und Nutzlosigkeit auflöste, da war der reichste Orden der Welt plötzlich bettelarm. Bis dahin verfügten die *Pauperes commilitones*, die armen Kameraden, über unsagbare Schätze, deren Ansammlung bis auf den legendären Tempelschatz König Salomos zurückging. Bis heute sind all diese Schätze, von denen gesagt wird, man könne sich damit das ganze Universum kaufen, spurlos verschwunden. Nur einige wenige, so sagt man, wüssten, wo diese Schätze verborgen sind. Sie seien jedoch angehalten, ihr Wissen bei Todesandrohung für sich zu behalten und es nur einem würdigen Erben weiterzugeben.«

Mit Staunen rekapitulierte Kirchner: »… das ganze Universum kaufen! Eine märchenhafte Vorstellung. Findet Ihr nicht auch, Euer kurfürstliche Gnaden?«

Albrecht von Brandenburg schwieg nachdenklich und mit gespitztem Mund. In Gedanken lief ihm das Wasser im Mund zusammen angesichts der möglichen Versprechungen, die die Entschlüsselung des Zauberwortes machte.

»Wenn Ihr die Bücher des Alten Testaments als märchenhaft bezeichnen wollt«, meinte Helmont an Kirchner gewandt. »Oder sind Euch die beiden Bücher der Chronik im Alten Testament unbekannt? Dort steht geschrieben: ›König Salomo übertraf alle Erdenkönige an Reichtum. Er baute einen Tempel, dessen Wände und Türen aus purem Gold waren, ja, sogar dessen Schwellen. Und in seinen Schatzkammern stapelten sich Kunstschätze, aber auch Schüsseln, Töpfe und Pfannen aus Gold. Das trieb sogar der Königin von Saba, die selbst mit Reichtum gesegnet war, Tränen in die Augen – vor Neid.‹ Dann, so heißt es in der Schrift, entschlief König Salomo. Seither ist sein Gold verschollen. Kein Mensch – nicht einmal ein ganzes Volk – könne zu Lebzeiten so viel Gold durchbringen.«

»Und warum erzählt Er uns das alles?«, ließ sich der Fürstbischof nach einer langen Pause vernehmen. »Was den Reichtum König Salomos betrifft, eröffnet Er uns keine Neuigkeiten. Und gestatte Er uns die Frage: ›Was hat das alles mit dem Geheimwort HICIAC-COD zu tun?‹ Oder weiß Er mehr?« Albrecht musterte Helmont mit festem Blick in der Hoffnung, sein Gegenüber würde sich durch eine unbedachte Regung verraten.

»Ich weiß weniger als Ihr, Euer kurfürstliche Gnaden. Mir ist ja nicht einmal der Titel des Folianten bekannt, ganz zu schweigen vom Autor und den Einzelheiten und Zusammenhängen seines Werks. Da müsst Ihr mir, mit Verlaub, schon mehr entgegenkommen. Ich hoffe nur, Ihr seid keinem Rhabdomanten auf den Leim gegangen, welche sich seit Erfindung der Druckkunst in Büchern darüber auslassen, dass gespaltene Ruten von metallischen Ausdämpfungen bewegt werden, und zwar auf ebenso geheimnisvolle Weise, wie sich die Kompassnadel gen Norden dreht. Während Letzteres jedoch von der Naturwissenschaft plausibel erklärt wird, entspringen Ruten, mit deren Hilfe die Echtheit von Reliquien bewiesen, Diebe überführt oder sündiges Treiben nachgewiesen werden sollen, menschlichem Wunschdenken. Und das gilt auch für die Schatzsuche, auch wenn es der Auffassung des großen Paracelsus widerspricht, der ein glühender Anhänger der Rhabdomantie ist.«

Helmonts Auskunftsfreude machte den Fürstbischof und seinen Sekretär eher misstrauisch. Sie ließ den Verdacht aufkommen, der Geheimschriftgelehrte wolle eine falsche Fährte legen und sie in die Irre führen. Vor allem Kirchner, der sich seit der Vermutung, der Große Rudolfo könnte Zugang zu den ›Büchern der Weisheit‹ gehabt haben, eingehend mit dem Thema beschäftigt hatte, verfolgte Helmonts Worte mit Argwohn.

»Aber Ihr wollt uns hoffentlich nicht weismachen«, bemerkte er spitzzüngig, »dass der Schatz des Salomo ausgerechnet in Deutschland vergraben ist!«

Der Steganograph kniff die Augen zusammen. Dabei musterte er Kirchner abfällig und sagte: »Herr Secretarius!« Allein der Tonfall seiner Anrede war beleidigend. »Ich hätte einem Mann Eures Standes mehr Wissen zugetraut. Nehmen wir einmal an, die Templer hätten die Salomonischen Pretiosen während der Kreuzzüge an sich gebracht. Das ist keineswegs unwahrscheinlich. Irgendwoher muss der sagenhafte Reichtum der Tempelritter ja gekommen sein! Nach Auflösung des Ordens fiel der Besitz der Templer in Frankreich an die Krone, in Portugal an einen eher unbedeutenden Ritterorden und in Deutschland an die Johanniter. Deren Großprior sitzt seit hundert Jahren in Heitersheim, zwei Tagesritte von hier entfernt. Im Übrigen, werter Herr Secretarius, habe ich nie behauptet, Salomos Schätze hätten den Weg nach Deutschland gefunden.«

342

Kirchner schäumte vor Wut. Ihn vor seinem Herrn so bloßzustellen war eine Unverschämtheit. Es lag ihm schon auf der Zunge, Helmont einen hinterhältigen Schriftenverdreher zu nennen, da kam ihm Albrecht von Brandenburg mit den Worten zuvor: »Wenn Er so viel weiß über den Schatz des Salomo, warum hat Er sich selbst noch nicht auf die Suche nach dem Gold des alttestamentarischen Königs gemacht?«

»Weil ich …«, Helmont grinste verlegen und fuhr stockend fort, »weil mir nähere Angaben wie Euer Geheimwort fehlten … wie lautet es doch gleich?«

»HICIACCOD!«, kam ihm Kirchner zu Hilfe.

»HICIACCOD«, wiederholte Athanasius Helmont, jede Silbe einzeln betonend. Und noch einmal: »HI-CI-AC-COD.«

Der Geheimschriftgelehrte verbarg sein Gesicht in den offenen Händen, zum Zeichen, wie angestrengt er nachdachte. Schließlich blickte er auf und sprach: »Zweifellos handelt es sich dabei nicht um ein einzelnes Wort, zum Beispiel eine Ortsbeschreibung, sondern um ein Notarikon, dessen Silben oder Einzelbuchstaben einen ganzen Satz und damit einen deutlichen Hinweis beinhalten!«

»Er möge uns das näher erklären!«, herrschte der Fürstbischof den Steganographen an.

Der sprang auf, dass seine Bücherkiste polternd über den Holzboden schrammte, kniete an der Wand, Albrecht gegenüber, nieder und begann, den Kopf auf die linke Schulter gelegt, die Rückenschilder der Bücher zu studieren, die dort gestapelt lagen. Nach kurzer Zeit wurde er fündig und zog eine gebundene Handschrift hervor. Die legte er auf den Tisch und tat geheimnisvoll: »Von diesem Werk gibt es nur wenige Abschriften. Es ist siebzig Jahre alt und trägt den holprigen Titel ›Buch aller verspotteten Kunst, Unglaubens und der Zauberey‹ und stammt aus der Feder Johann Hartliebs, des Leibarztes Herzog Albrechts von Baiern.«

Liebevoll, als habe er selbst daran mitgewirkt, ließ er die Seiten durch die Finger gleiten und sprach: »Hartlieb hat sich zehn gehei-

343

mer Schriften und Zauberbücher bedient, die er in privaten Bibliotheken aufstöberte, und sich ausführlich über Kristallomantie und Chiromantie, aber auch über Steganographie ausgelassen.«

Er schlug eine Seite gegen Ende der Handschrift auf: »Nehmt das alchimistische Symbolwort VITRIOL für die Transmutation von Quecksilber oder Blei zu Gold – ein uralter Menschheitstraum. Die sieben Buchstaben, aus denen sich das Wort VITRIOL zusammensetzt, bedeuten nichts anderes als *Visita Inferiora Terrae Recteficando Invenies Occultum Lapidem* – auf deutsch: Suche das Untere der Erde auf, vervollkommne es und du wirst den verborgenen Stein[4] finden.

Oder die angebliche Inschrift am Kreuz unseres Herrn Jesus: *INRI*. Ein Notarikon, primitiv gedeutet als *Jesus Nazarenus Rex Judaeorum*, also Jesus, der Nazarener, König der Juden. Von den Alchimisten wird die Inschrift jedoch so gedeutet: *Igne Natura Renovatur Integra*, also: Im Feuer wird die unberührte Natur erneuert. Und weise Männer behaupten, sie laute folgendermaßen: *Insignia Naturae Ratio Illustrat* – die Vernunft erleuchtet die Zeichen der Natur.«

Albrecht von Brandenburg schüttelte den Kopf: »Aber welche Aussage verbirgt sich hinter dem Notarikon HICIACCOD? Vielleicht führt Sein schlaues Buch auch dafür eine Erklärung auf!«

»Ich fürchte, da muss ich Euch enttäuschen, Euer kurfürstliche Gnaden. Aber glaubt mir, früher oder später habe ich noch jedes Notarikon entschlüsselt! Es ist nur eine Frage der Zeit!«

»Eine Frage der Zeit?«, erwiderte der Fürstbischof aufgebracht. »Wenn Er der Sache nicht gewachsen ist, dann soll Er es sagen! Es gibt noch andere Steganographen im christlichen Abendland.«

»Und andere, die an einer Lösung des Geheimnisses interessiert sind!«, ergänzte Kirchner.

Hektisch blätterte der Geheimschriftgelehrte in seinem Folianten, als suche er eine bestimmte Textstelle. Ohne aufzublicken, mur-

---

[4] Gemeint ist der Stein der Weisen

melte er vor sich hin: »Drohungen nützen in diesem Fall wenig. Die Kunst der Steganographie erfordert Geduld und noch einmal Geduld. Oder Glück. Erst jüngst beschäftigte ich mich mit dem geheimnisvollen »A« des Doctor Paracelsus, der es versteht, Krankheiten zu heilen, vor denen andere Ärzte und Quacksalber kapitulieren.«

Albrecht von Brandenburg und sein Sekretär warfen sich vielsagende Blicke zu, und der Fürstbischof erkundigte sich mit betonter Gelassenheit: »Und, ist Er fündig geworden?«

»Natürlich. Sogar schneller als ich dachte. In einem Werk des englischen Naturforschers Roger Bacon stieß ich schon am ersten Tag auf den Begriff Azot, abgekürzt A. Auf Flugblättern, gleich Euren Ablasszetteln, lässt sich Doctor Paracelsus allzu gerne mit einem Schwert darstellen, auf dessen Knauf ein A eingraviert ist, A wie Azot.«

»Und das bedeutet?« Kirchner machte große Augen.

»Bacon beschreibt Azot als ein Universalheilmittel mit wundertätiger Wirkung, was ihm zu Lebzeiten vor 250 Jahren den Ruf einbrachte, einem Geheimbund anzugehören, der über göttliche Fähigkeiten verfügte: Doctor Paracelsus bedient sich heute dieser Universalarznei des Roger Bacon und lässt sich als Wundertäter feiern. Insgeheim macht er sich darüber lustig, indem er – verschlüsselt – auf den englischen Doctor Mirabilis hinweist. Ich erwähne das nur, um zu zeigen, wie schwierig, aber auch zufällig die Forschungsergebnisse eines Steganographen sind.«

»Schon gut«, meinte der Fürstbischof, »Wir wollten nur darauf hinweisen, dass Eile geboten ist, wollen wir nicht ins Hintertreffen geraten gegenüber anderen Interessenten am Schatz des Salomo. An Seinem Wissen und Können haben wir nie gezweifelt. Und was Sein Honorar betrifft, im Erfolgsfall soll Ihm der zehnte Teil zustehen. Gott sei mein Zeuge!«

Athanasius Helmont blickte in dem spärlich erleuchteten Raum um sich, als suchte er nach dem genannten Zeugen, dann klappte er den Folianten zu und erhob sich.

345

Mitternacht war längst vorüber, als Albrecht von Brandenburg und Joachim Kirchner das schmale Haus im Nasengässchen verließen.

»Was hältst du von dem Kerl?«, fragte der Kardinal, während sie forschen Schrittes den Weg zum fürstbischöflichen Palast einschlugen.

Kirchner, die Hände auf dem Rücken verschränkt und mit gesenktem Kopf vor sich hin schreitend, antwortete zögernd: »Schwer zu sagen, Euer kurfürstliche Gnaden, Helmont ist von hoher Bildung, und ich hatte den Eindruck, er weiß viel mehr, als er zugibt.«

»Du meinst, dieser hergelaufene Steganograph will uns hinters Licht führen?«

»Zumindest solltet Ihr ihm mit Misstrauen begegnen. Mit Eurer Erlaubnis werde ich versuchen, Licht in seine dunkle Vergangenheit zu bringen.«

Albrecht von Brandenburg nickte zustimmend.

Der Geheimschriftgelehrte Athanasius Helmont saß noch immer am Tisch und starrte, den Kopf in die Hände gestützt, in das flackernde Talglicht. Vom oberen Stockwerk näherten sich Schritte, und eine weibliche Stimme fragte in die Düsternis: »Sind sie endlich verschwunden?«

»Gott sei Dank!«, knurrte Helmont und wandte sich um. Vor ihm stand eine Frau mit aufgelösten roten Haaren. Sie trug einen langen Schlafrock aus weißer Atlasseide, der ihre Körperformen deutlich zeigte.

»Xeranthe«, sagte der Geheimschriftgelehrte, »wir sind nicht die Einzigen, die hinter den ›Büchern der Weisheit‹ her sind. Kurfürst Albrecht von Brandenburg kennt sogar das Zauberwort HICIAC-COD. Ich frage mich: Woher weiß er das?«

Xeranthe blickte sauertöpfisch drein. »Unwahrscheinlich, dass der Kardinal wie ich mit Rudolfo geschlafen und die Tätowierung neben seinem Gemächt entdeckt hat. Albrecht von Brandenburg macht sich, wie man hört, absolut nichts aus Männern. Mit seinen Weibergeschichten ist der Kurfürst vollkommen ausgelastet.«

Die Wahrsagerin ließ sich neben Helmont auf die Truhe nieder und legte den Kopf in seinen Schoß. Dann zischte sie: »Es gibt nur *eine* Erklärung: Der Fürstbischof macht mit Magdalena gemeinsame Sache. Und dass Magdalena von der Tätowierung des Seiltänzers Kenntnis hat, davon dürfen wir wohl ausgehen.«

»Aber warum nimmt er dann meine Hilfe in Anspruch?«

Xeranthe dachte nach: »Die Tatsache, dass Magdalena das Geheimwort kennt, besagt noch lange nicht, dass sie über seine Bedeutung Bescheid weiß. Der Große Rudolfo war vorsichtig und hat nicht viel verraten. Und der Seiltänzer kam völlig unerwartet ums Leben. Ihm blieb vermutlich gar keine Zeit, sein Geheimnis Magdalena anzuvertrauen.«

»Es war deine Idee, Rudolfos Seil abzufackeln. Ich hätte, wenn ich ehrlich bin, nicht den Mut gehabt, es zu tun.«

»Aber du hast mich in meinem Vorhaben bestärkt!«

»Das leugne ich nicht, Xeranthe.«

Die Wahrsagerin richtete sich auf und kam Helmont ganz nahe. »Mit Magdalena habe ich noch eine Rechnung offen,« sagte sie, und ihre Augen glänzten dabei hasserfüllt. »Ich will sie brennen sehen, diese Hexe.«

347

19. KAPITEL

Nie und nimmer hätte Magdalena es für möglich gehalten, dass Wendelin Schweinehirt mit Xeranthe gemeinsame Sache machte. Anders war der purpurrote Handschuh in Wendelins Reisegepäck nicht zu erklären. Nun rätselte Magdalena, welches Ziel der rothaarige Teufel diesmal verfolgte. Wollte Xeranthe sie quälen, sie in Angst versetzen, drohen, zeigen, dass sie noch immer Herr der Lage war? Zweimal bereits hatte sie versucht, Magdalena zu töten. Sie würde es wieder tun.

Nach der Entdeckung des roten Handschuhs war Magdalenas erster Gedanke: Du musst fliehen, fort von hier, fort von Schweinehirt, der ein bösartiges Spiel mit dir treibt. Enttäuscht und niedergeschlagen musste sie einsehen, dass sie sich in Schweinehirt getäuscht hatte. Nun kam sie zu der Einsicht, dass sich der Bibliothekar ihr gegenüber zu anständig, zu hilfsbereit, zu selbstlos benommen hatte. Nie hätte sie sich diesem Menschen anvertrauen dürfen. Wie konnte sie so arglos, einfältig, so unbedarft sein! Nicht zum ersten Mal haderte Magdalena mit sich und ihrem Schicksal.

Im Laufe des Tages verwarf Magdalena ihre Fluchtpläne jedoch wieder, zweifelnd, ob sie Schweinehirt, Xeranthe oder ihren Hintermännern so einfach das Feld überlassen sollte. *Sie* wusste von Wendelins Doppelspiel, aber er wusste nicht, dass *sie* es wusste. Und so entschloss sich Magdalena, weiter die Ahnungslose zu spielen und Schweinehirt in die Irre zu führen.

Würzburg, das Ziel des Weinkutschers, lag noch zwei Tagesreisen entfernt. Richwin soff sich, die Peitsche schwingend, durch den Spessart, der sich jetzt, im Spätsommer, von seiner schönsten Seite zeigte. Nichts ahnend, fand Wendelin bewundernde Worte für die Schönheit der Landschaft; doch seine Rede blieb unbeantwortet. Magdalena, auf dem Weinfass hinter ihm sitzend, starrte immer nur auf seinen Rücken. Und wenn er sich prüfenden Blickes umwandte, ob sie seine Worte, gegen den Wind gesprochen, überhaupt verstanden habe, lächelte sie gekünstelt und blickte zur Seite. Wie es schien, hegte Schweinehirt nicht den geringsten Verdacht.

Endlich, am dritten Tag nach ihrer Abreise aus Eberbach, erreichten sie Würzburg. Richwin sang ein Lied, ein ziemlich unanständiges von käuflichen Mädchen. Und nachdem sie das westliche Stadttor passiert hatten, gab er seinen Gäulen noch einmal die Peitsche, dass Magdalena und Schweinehirt froh waren, als der Kutscher seinen Wagen in einer heruntergekommenen Gasse zum Stehen brachte, in der es wie auf einem Tierfriedhof stank.

Wortlos sprang Richwin vom Kutschbock und verschwand in einem Fachwerkhaus, das schon bessere Tage gesehen hatte. Die Fenster waren vergittert. Darin unterschied es sich von allen anderen Häusern in der Gasse. Magdalena und Wendelin warteten schweigend auf Richwins Rückkehr. Die ließ nicht allzu lange auf sich warten.

Schnaubend und fluchend vor Wut, wobei er sich lautstark über das »elende Weiberpack« ausließ, erklomm er den Kutschbock. Bevor er seinen Wagen in Bewegung setzte, erkundigte er sich bei Magdalena ungewöhnlich höflich, wo er sie absetzen dürfe. Von ihrem Aufenthalt mit den Gauklern war Magdalena das Gasthaus ›Zum Schwanen‹ in Erinnerung geblieben. Das nannte sie als Ziel und erntete damit bei Richwin heftigste Zustimmung, denn in keiner Herberge der Stadt sei der Wein so süffig und obendrein so billig.

Der Abschied von Wendelin Schweinehirt vor dem Gasthaus ›Zum Schwanen‹ fiel äußerst kühl aus. Natürlich war dem Bibliothekar Magdalenas Stimmungsumschwung nicht entgangen. Vor allem jetzt nicht, als er ihr die Hand reichte und Magdalena seinem Blick auswich, als sprühte Feuer aus seinen Augen. Dennoch versprach Wendelin, in den nächsten Tagen bei ihr nach dem Rechten zu sehen.

Im ›Schwanen‹, dessen Wirt von kleinem Wuchs und wohlbeleibt wie ein Weinfass war, fand sie zuvorkommende Aufnahme – keine Selbstverständlichkeit für ein allein reisendes Frauenzimmer. Es ging auf den Abend zu, und Magdalena hatte seit drei Tagen kaum etwas gegessen. Daher sprach sie dem Eintopf aus Rüben, getrocknetem Brot und Resten von Hühnerfleisch, den ihr der Wirt auftischte, zu, als sei es ein Feiertagsmahl nach überstandener Fastenzeit.

Bevor sie ihren Strohsack in der Kammer unter dem Dach aufsuchte, gönnte sie sich ein Krüglein Wein. Zum einen, um die Enttäuschung hinunterzuspülen, die Wendelin ihr bereitet hatte, zum anderen in der Hoffnung, der Wein würde ihre Gedanken beflügeln und ihr einen Weg weisen, wie es weitergehen sollte.

Plötzlich und unerwartet stand Richwin, der Weinkutscher, in der Türe, ein breites Lachen im Gesicht. Er trat auf Magdalena zu, die in einer Ecke der Gaststube Platz genommen hatte, und fragte höflich, als wolle er seine gute Kinderstube zur Schau stellen: »Ist es gestattet, der Jungfer Gesellschaft zu leisten?«

Magdalena nickte freundlich: »Ich hoffe, du hast deine Weinfässer beim Bischof abgeliefert. Bis Bamberg hätte die Reise nicht mehr gehen dürfen, dann wäre nur noch Wasser drin gewesen.«

Richwin grinste verschmitzt, während der beleibte Wirt dem Kutscher einen Krug auf den Tisch stellte. »Ihr müsst schon entschuldigen«, meinte Richwin, als Magdalena vergebens nach einem Becher Ausschau hielt. »Den Wein erst noch in einen Becher zu schütten rentiert sich nicht.« Sprachs und setzte den Krug an die Lippen.

Nachdem er seinen größten Durst gelöscht hatte, wischte er sich den Mund am Ärmel seiner Kutscherjacke ab und ergänzte: »Wisst

Ihr, Jungfer, das kann man natürlich nicht bei jedem machen. Aber Bischof Konrad versteht nichts vom Wein. Für ihn ist das, was auf dem Fass eingebrannt ist, wichtiger als das, was drin ist. Der Mann kann einem leidtun; versteht Ihr, Jungfer?«

»Aber gewiss, Richwin, gewiss. Ein Becher Wein kann durchaus die Sinne beflügeln, und die Quacksalber behaupten sogar, ein Becher Wein pro Tag sei der Gesundheit förderlich.«

»Ein Becher pro Tag?«, wiederholte der Kutscher nachdenklich. So entstand ungewollt eine lange Pause, bis Magdalena, neugierig geworden, aber auch, um das peinliche Schweigen zu überbrücken, endlich die schlichte Frage stellte: »Und Wendelin Schweinehirt?«

»Den habe ich mit dem Wein auf der Festung Marienberg abgeliefert. Er hat im Gesindehaus Unterschlupf gefunden. Seine Exzellenz Bischof Konrad lag schon im Bett und erklärte sich erst morgen bereit, den Bibliothekar zu empfangen. Ihr hattet wohl Ärger mit Eurem Begleiter?«

»Ärger, wieso?«

»Nun ja, während der letzten Tage unserer Reise habt Ihr kein Dutzend Worte gewechselt. Aber was geht es mich an!«

Mit einer heftigen Bewegung setzte Richwin den Krug an die Lippen, dass der Wein ihm ins Gesicht schwappte. Das fand der Kutscher so zum Lachen, dass er prustete und sich verschluckte und in der Hosentasche nach einem Sacktuch kramte, um sein Gesicht zu säubern.

Magdalenas Lachen blieb ihr im Halse stecken: Richwin hielt kein Sacktuch in Händen, sondern einen purpurroten Handschuh – den Handschuh, welchen sie in Wendelins Reisetruhe entdeckt hatte.

»Was habt Ihr, Jungfer«, rief der Kutscher, nachdem er sich von seinem Lachanfall erholt und wieder beruhigt hatte.

»Der Handschuh!«, sagte Magdalena leise und zeigte mit dem Finger auf das purpurrote Ding in seiner Hand.

»Ach, erinnert mich nicht daran«, erwiderte Richwin.

Über Magdalenas Nasenwurzel bildeten sich zwei senkrechte Falten. »Was willst du damit sagen?«

»Nichts«, bemerkte der Kutscher kleinlaut. »Ein Zusatzgeschäft, sozusagen. Aber unterm Strich war es ein Reinfall.«

»Ich will wissen, was hier gespielt wird!«, herrschte Magdalena Richwin an.

Der Weinkutscher schluckte. »So ein Fuhrmann, müsst Ihr wissen, Jungfer, verdient nicht viel, gerade so viel, dass er nicht verhungern muss. Wenn er aber nicht verdursten will, muss er sich etwas dazuverdienen, Ihr versteht mich?«

»Ja, ich verstehe dich. Und weiter?«

»Nun ja, ab und an nehme ich ein paar Fahrgäste mit, so wie Euch, das bringt mir den ein oder anderen Gulden ein, oder ich erledige Botendienste. Die Sache mit dem roten Handschuh war eine ganz besondere Aufgabe.«

Magdalena wurde unruhig und rutschte auf ihrer Sitzbank hin und her.

»Während meiner Wartezeit im Kloster Eberbach sprach mich eine rothaarige Frau an, ein schönes Weib!« Bei diesen Worten formte er mit den Händen die Umrisse einer Frau, die von der Natur in keiner Weise vernachlässigt worden war. »Die Rothaarige erkundigte sich, wohin meine Reise gehe und ob ich sie in östlicher Richtung mitnähme. Ich verneinte, denn ich sei mit dem Bibliothekar und Euch bereits überbesetzt.«

»Und dann? So rede endlich!«, rief Magdalena aufgeregt.

»Was soll ich sagen«, druckste der Weinkutscher herum, und dabei machte er plötzlich einen ganz nüchternen Eindruck, »da machte mir die Rothaarige ein äußerst seltsames Angebot. Ich sollte diesen roten Handschuh in das Gepäck des Bibliothekars schmuggeln. Als Lohn für meine Bemühungen versprach sie mir einen funkelnden grünen Smaragd, den sie an einer Kette zwischen ihren Brüsten trug. Obwohl mir das Ganze höchst seltsam vorkam, willigte ich ein. Als ich heute bei unserer Ankunft in Würzburg den glitzernden Stein beim Juden gegen Bares versetzen wollte, schalt er mich einen Betrüger, der ihm einen grünen Glasscherben als Edelstein zum Kauf anböte, und wies mich aus dem Haus. Ihr könnt Euch meine Wut vorstellen. Die Rothaarige hat mich betrogen! Deshalb nahm ich den Handschuh beim Entladen des Gepäcks aus der Reisetruhe. Als Sacktuch kommt er mir gerade recht.«

Angewidert spuckte der Kutscher in den Handschuh und ließ ihn in der Tasche verschwinden.

Magdalena wusste nicht, wie ihr geschah. Lange sah sie Richwin nur an. Dem kam es vor wie eine Ewigkeit.

»Ich weiß«, bemerkte er schließlich kleinlaut, »das alles klingt nicht gerade glaubhaft. Aber warum sollte ich Euch eine Lügengeschichte auftischen …«

»Ich glaube dir, Richwin«, fiel ihm Magdalena ins Wort und stellte die Frage: »Hast du dem rothaarigen Teufel das Ziel deiner Fahrt genannt?«

»Das musste ich doch tun, als sie mich danach fragte!«

Magdalena nickte. Nach einer Weile des Nachdenkens, das Richwin sich in keiner Weise erklären konnte, sagte sie: »Jedenfalls danke ich dir, dass du mich aufgeklärt hast. Du hast ja keine Ahnung, welchen Dienst du mir damit erwiesen hast.«

Der Kutscher verneigte sich höflich, und ebenso höflich erkundigte er sich: »Es geht mich ja nichts an, aber gestattet mir die Frage: Kennt Ihr die Rothaarige?«

»Flüchtig«, entgegnete Magdalena, »flüchtig!«

Am nächsten Morgen nahm Magdalena den Weg zur Festung Marienberg jenseits des Flusses, wo sich Bischof Konrad seit Wochen, seit dem blutigen Ende des Bauernaufstands, verschanzte. Konrad fürchtete die Rache der Würzburger Bürger, denen er nach dem Ende der Feindseligkeiten übel mitgespielt hatte.

Deshalb wurde Magdalena auch gar nicht eingelassen, als sie sich durch eine eisenbeschlagene Klappe im Festungstor nach dem

Verbleib von Wendelin Schweinehirt erkundigte. Dieser wolle sich bei Seiner Exzellenz als Bibliothekar verdingen.

Der Torwächter auf der anderen Seite behauptete, auf der Festung Marienberg gebe es überhaupt keine Bibliothek. Mit Büchern habe Bischof Konrad überhaupt nichts am Hut: Folglich sei auch kein Bibliothekar vonnöten. Sie solle verschwinden. Und mit lautem Krachen schlug er Magdalena die Eisenklappe vor der Nase zu.

»He!«, rief Magdalena und trommelte mit den Fäusten gegen das Festungstor, bis die Klappe erneut geöffnet wurde. In der Öffnung erschien ein zweites Gesicht.

Dieser Schweinehirt, erklärte der Wächter und machte sich kichernd über den Namen lustig, habe am Morgen die Festung verlassen, nachdem Seine Gnaden sein Anliegen ablehnend beschieden habe. Auf ihre Frage, ob der Bibliothekar eine Andeutung über sein Ziel gemacht habe, erwiderte der Wächter, Schweinehirt habe sich nach dem Weg zur Benediktinerabtei St. Jakobus erkundigt. Mehr wisse er nicht.

Die Abtei St. Jakobus lag abseits auf der westlichen Seite des Flusses, wo sich die Benediktinermönche vor den Widrigkeiten der Welt abschotteten. Askese und Geheimnistuerei schürten bei den Würzburgern das Misstrauen. Hinzu kam, dass die Mönche, wenn sie zu zweit oder zu viert das Kloster verließen, nur lateinisch parlierten, damit niemand sie verstehen konnte. Gerüchteweise war zu hören, sie würden Mitbrüder, an denen das Alter nagte, in der Krypta ihrer Kirche einmauern, zum einen, um ihnen Leid zu ersparen, zum anderen, weil sie sich auf diese Weise eines unnützen Essers entledigten. Denn St. Jakobus war eine Abtei von der ärmeren Sorte und ziemlich heruntergekommen. Im Bauernaufstand hatte sie mehr gelitten als andere Klöster der Umgebung.

Als Magdalena um die Mittagsstunde in St. Jakobus eintraf, wurde sie von einem weißhaarigen Benediktiner empfangen und in die kahle Pförtnerstube geleitet, wo ihr der alte Mönch die Frage stellte: »*Quod est nomen tuum?*«

»Magdalena«, antwortete Magdalena, »*et nomen patri mei est Beelzebub.*«[5]

Der Alte hatte wohl nicht erwartet, dass die Jungfer ihn verstehen, geschweige denn, dass sie ihm auf Latein antworten würde, als sei es ihre Muttersprache. Jedenfalls zog er es vor, die weitere Unterhaltung in deutscher Sprache zu führen.

Was sie in die Abtei St. Jakobus führe, wollte er wissen, und wo sie denn herkomme. Er sei Bruder Lucius.

Wahrheitsgemäß erwiderte Magdalena, sie suche nach Wendelin Schweinehirt, dem Bibliothekar, mit dem sie von Kloster Eberbach hierhergereist sei auf der Suche nach einer neuen Aufgabe.

Ja, gab der Mönch zu verstehen, ein Fremder dieses Namens sei gerade erst eingetroffen und beim Abt vorstellig geworden in ebendieser Angelegenheit. In welchem Verhältnis sie zu dem Menschen stehe?

Verhältnis? In keinem, antwortete Magdalena, wenn nicht diesem, dass sie mit Schweinehirt im Kloster der Zisterzienser von Eberbach zusammengearbeitet habe. Vielleicht, fragte sie, ergebe sich auch für sie die Möglichkeit, in der Bibliothek der Abtei für Ordnung zu sorgen.

Bruder Lucius rieb sich die Augen und musterte Magdalena mit unsicherem Blick von der Seite, als traue er der Jungfer nicht so recht, dann stellte er ihr die Frage, ob sie denn etwas von Büchern verstehe, von Frontispiz und Kolophon, Versal und Ligatur, Folio- und Quartformat?

Da lachte Magdalena und sagte, Frontispiz werde die Titelverzierung oder das dem Titel gegenüberstehende Blatt genannt, während das Kolophon am Ende eines Buches nichts weiter sei als eine Notiz des Setzers oder Druckers. Als Versalien würden die Großbuchstaben des Alphabets bezeichnet, während Ligatur die Verschmelzung zweier Buchstaben auf einer Letter bedeute wie zum Beispiel a und

---

[5] lat.: Wie heißt du? – Der Name meines Vaters ist Beelzebub

e zu æ. Im Übrigen wisse jeder, der schon einmal eine Bibliothek von innen gesehen habe, dass ein Bogen Papier, einmal gefaltet, das Folioformat eines Folianten ergebe; würde der Bogen zweimal gefaltet, das Quartformat, viermal das Sedezformat, achtmal das …

Der Mönch hob beide Hände, als wollte er sagen: Genug, genug! Aber er schwieg und verließ kopfschüttelnd die Pförtnerstube. Magdalena war allein. Eigentlich hatte sie nur Wendelin treffen und ihm den Grund für ihr tagelanges Schweigen erklären wollen. Aber nun verfolgte sie ein neuer Gedanke: Wenn es ihr gelänge, Zutritt zur Bibliothek zu finden, in der Trithemius gewirkt hatte – vielleicht fände sie dort den entscheidenden Hinweis auf die neun ›Bücher der Weisheit‹. Eile war geboten, denn früher oder später würde Giustiniani, der Legat des Papstes, hier auftauchen. Und Xeranthe, der Weibsteufel, wusste ebenfalls, dass sie sich nach Würzburg abgesetzt hatte.

Es war Wendelin, der sie aus ihren Gedanken riss. Schweinehirt schien überrascht, mehr noch, verwirrt, als er in die Pförtnerstube trat und Magdalena erblickte.

»Du hier?«, stammelte er verlegen. »Dich hätte ich hier zu allerletzt erwartet, als der Pförtner mir sagte, da sei jemand, der mit mir reden wolle.«

»Der Jemand bin ich«, antwortete Magdalena und trat auf Wendelin zu. Für Augenblicke standen sich die beiden ganz nahe gegenüber.

»Was habe ich getan«, fragte Wendelin, »was habe ich falsch gemacht, dass du mich plötzlich verachtest und mit Schweigen strafst? Ich bin mir keiner Schuld bewusst.«

»Nein, nein«, meinte Magdalena leise und schüttelte den Kopf. »Ich bin es, die Schuld auf sich geladen hat. Meine Gedanken gingen in die falsche Richtung. Aber wenn ich dir den Grund für meinen Irrtum erzähle, vielleicht kannst du mich dann verstehen und mir verzeihen.«

Und dann fasste Magdalena Schweinehirt an der Hand und begann zu berichten, wie sie in seinem Gepäck auf Xeranthes Handschuh gestoßen und in Panik geraten sei. Kein anderes Ziel als dieses habe der Weibsteufel mit seinem Handstreich verfolgt. Im Übrigen sei nicht nur sie von Xeranthe getäuscht worden, den unwissenden Weinkutscher habe das Weib mit einem wertlosen Glasscherben um seinen Lohn gebracht.

Zuerst schwieg Wendelin eine Weile, als zweifelte er an Magdalenas Worten. Aber dann fielen sich beide in die Arme, und Schweinehirt küsste Magdalena auf die Stirne.

Auf dem Gang zur Pförtnerstube hörte man unsichere Schritte, und die beiden ließen voneinander ab. Der weißhaarige Pförtner betrat den Raum, blickte um sich, als suche er nach etwas Bestimmtem, und begann zögernd: »Ich habe mit Abt Matthias geredet. Wenn Ihr wollt, könnt Ihr noch heute die Aufgabe des Bibliothekars der Abtei Sankt Jakobus übernehmen.« Dabei warf er Magdalena einen freundlichen Blick zu.

Mit einem Ausdruck von Ratlosigkeit sah Magdalena Wendelin an: Wieso ich? Eigentlich hatte doch *er* mit dem Abt gesprochen.

Verwirrt wandte sie sich an Bruder Lucius: »Ich danke Euch für Euer Vertrauen, aber wäre es nicht möglich, dass wir beide …«

»Für Euch, Jungfer, konnte ich leider nichts tun, obwohl ich mit Engelszungen auf den Abt einredete. Ein Frauenzimmer, meinte er, habe in den Mauern der Abtei nichts zu suchen, es verbreite nur Unruhe unter den Mönchen.«

»Aber Ihr sagtet doch eben, ich könne noch heute die Aufgabe des Bibliothekars übernehmen!«

»Nicht Ihr, Jungfer, Euer Begleiter!«

Den Augenblick allgemeiner Verwirrung nutzte Bruder Lucius zu einer Erklärung: »Vielleicht ließ mein Blick etwas anderes vermuten als meine Rede. Ihr müsst wissen, vor drei Monaten hat mich mein Augenlicht verlassen – von einem Tag auf den anderen. Ich bin blind.«

»Blind?«

Mit Entsetzen blickte Magdalena in die trüben Augen des weißhaarigen Mannes. Der schmunzelte ein wenig. Anscheinend nahm er sein Leiden nicht besonders tragisch. »Ja, blind«, wiederholte er, keineswegs nach Mitleid heischend, »dafür sehe ich mit den Ohren. Bei Euch, Jungfer, muss ich mich wohl ›verhört‹ haben. Ihr habt meine Ohren verwirrt. Gewiss seid Ihr ein ansehnliches Frauenzimmer!«

»Aber Ihr bewegt Euch wie ein Sehender! Nie und nimmer hätte ich bemerkt, dass Euch das Augenlicht abhanden gekommen ist. Seht Ihr wirklich überhaupt nichts?«

»Um mich ist nichts als Dunkelheit. Nur die Stundengebete nach den Regeln des heiligen Benedikt lassen vor meinen trüben Augen die Sonne auf- und untergehen. Im Übrigen sind Augen nicht vonnöten, wenn es darum geht, sich in einer Abtei zurechtzufinden. In diesen Mauern habe ich mein ganzes Leben zugebracht. Ich kenne jede Wand und jeden Winkel.«

Fasziniert von der Gelassenheit, die der Mönch an den Tag legte, meinte Magdalena: »Gewiss habt Ihr bei schlechtem Licht zu viel in Euren Büchern gelesen!«

»Zu viel?« Der alte Mann lachte. »Zu viel kann man überhaupt nicht lesen, eher zu wenig. Nein, wenn der Verlust meines Augenlichts einen Grund hat, so diesen, dass ich Dinge gelesen habe, die zu lesen einem frommen Christenmenschen nicht zustehen. Aber meine Neugierde auf Vergangenheit und Zukunft war größer als mein Glaube an die gegenwärtigen Gebote der Kirche. Die verbietet, sich derlei Aufzeichnungen zu Gemüte zu führen. Schändlicherweise, ich gebe es zu, habe ich es auch unterlassen, diese Werke zu verbrennen, nachdem ich sie gelesen und als dem christlichen Glauben schadend erkannt hatte. Ich bin der Ansicht, dass die Verbrennung von Büchern nichts anderes ist als ein Eingeständnis eigener Schwäche.«

Mit anscheinend sicherem Blick wandte sich Bruder Lucius Wendelin Schweinehirt zu: »Ihr werdet also annehmen? Die Bücher der Abtei dürsten nach einem sehenden Pfleger, der sich ihrer annimmt!«

Als Magdalena bemerkte, wie Schweinehirt den Kopf schüttelte, gab sie ihm ein Handzeichen, dass er zustimmen solle. Mit dem Zeigefinger deutete sie zum Fenster, was ihm sagen sollte: Später mehr!

Dem Mönch entging das scheinbar lautlose Zeichen keineswegs. Lächelnd meinte er: »In der Tat, über Einzelheiten könnt Ihr Euch draußen unterhalten.«

Magdalena und Wendelin einigten sich darauf, der Bibliothekar solle erst einmal in Erfahrung bringen, welche Handschriften und Bücher in der Abtei aufbewahrt würden. Magdalena selbst würde im Gasthaus »Zum Schwanen« wohnen bleiben, während Schweinehirt seiner Bibliothekarsarbeit nachging. Wenn es in diesem Verwirrspiel um die ›Bücher der Weisheit‹ einen Ort gab, an dem sie vielleicht neue Hinweise finden konnten, dann war es die Bibliothek des Bruders Lucius. Immerhin hatte hier Trithemius als Abt gewirkt, der Okkultist geistlichen Standes, der Einzige, der sich als Mitglied der Neun Unsichtbaren zu erkennen gegeben hatte, jener Trithemius, der auf dem Sterbebett den Seiltänzer Rudolfo zu seinem Nachfolger bestimmte.

Um ihr Vorhaben nicht zu gefährden, vermied es Magdalena in den folgenden Tagen, das Kloster zu betreten. Es war nicht einfach für Wendelin, sich einen Überblick über die Bestände der Bibliothek zu verschaffen. Zum Glück ging ihm der blinde Bruder Lucius bereitwillig zur Hand, ein ausgewiesener Büchernarr, von dem Schweinehirt noch lernen konnte.

Um seine Aufgabe als Pförtner von St. Jakobus nicht zu vernachlässigen, hatte Bruder Lucius vom Glockenzug des Eingangs zu einem offenen Fenster der nahe gelegenen Bibliothek eine Hanfschnur gespannt, welche das Fenster zuschlug, sobald ein Fremder die Eingangsglocke betätigte. Dann humpelte der Alte, so schnell es seine gichtigen Beine erlaubten, die schmale Steintreppe nach unten, überquerte den kleinen Kreuzgang in der Diagonale und fragte den Ankömmling nach seinem Anliegen.

Nach drei Tagen, in denen Schweinehirt sich den Anschein gab, die Bücher und Handschriften nach Sachgebieten zu sortieren, erkundigte er sich eher beiläufig bei Bruder Lucius, ob denn wohl die Schriften des Johannes Trithemius in der Bibliothek einen besonderen Platz einnähmen?

Da zog der Bruder die buschigen Brauen über seinen toten Augen hoch, als wolle er zum Ausdruck bringen, dass er die Frage ungehörig finde, und hüllte sich in Schweigen. Der Zufall wollte es, dass im selben Augenblick das Fenster, das mit der Eingangsglocke in Verbindung stand, mit lautem Knall zuflog. Und Lucius verschwand.

Wendelin Schweinehirt hatte in einer Kammer Unterkunft gefunden, die wie die Bibliothek im oberen Stockwerk über dem Kreuzgang lag. Ein Laienbruder brachte ihm karges Essen und sorgte während seiner Abwesenheit für Sauberkeit. Einziger Trost in dieser traurigen Düsternis waren zwei winzige Fenster, die einen Blick über die Klostermauer erlaubten.

Abends, nach getaner Arbeit, wenn Wendelin sich in seine Kammer zurückzog, trat er regelmäßig ans Fenster und blickte nach draußen. Mit Magdalena hatte er vereinbart, sich jeweils zur vollen Stunde dort blicken zu lassen, während sich die Mönche zum Stundengebet in die Klosterkirche begaben. Dann war die Klosterpforte für eine halbe Stunde verwaist.

Als Schweinehirt an diesem Abend um die siebente Stunde aus dem Fenster blickte, winkte ihm Magdalena zu. Nicht einmal das mit einer fetten Speckscheibe belegte Abendbrot und der Humpen Dünnbier vermochten Wendelin zurückzuhalten. Er stürmte nach unten, ließ die Eingangstüre einen Spalt offen stehen und fiel Magdalena in die Arme.

Magdalena musste wohl die Verzweiflung bemerkt haben, die Schweinehirt ins Gesicht geschrieben stand, denn sie fragte: »Du warst wohl nicht erfolgreich?«

»Jedenfalls habe ich mir das alles einfacher vorgestellt«, antwortete Wendelin. »Von Trithemius keine Spur!«

Magdalena strich Wendelin liebevoll über das Haar: »Du musst Geduld haben. Oder dachtest du, Trithemius habe ein Papier mit einer Skizze an die Wand geheftet: Hier findet ihr die ›Bücher der Weisheit‹?«

»Das nicht gerade«, antwortete Schweinehirt, »aber als ich den blinden Bibliothekar nach Büchern des Trithemius fragte, schließlich hat er mehr als ein Dutzend verfasst, da stieß ich auf eisiges Schweigen, als wäre Lucius nicht blind, sondern taub, als hätte er meine Frage nicht gehört.«

»Vielleicht hat er sie wirklich nicht gehört!«

»Ach was, er verzog das Gesicht und verschwand!«

Magdalena überlegte. »Aber das«, meinte sie schließlich, »ist doch ein untrügliches Zeichen dafür, dass er etwas zu verbergen hat. Und dafür, dass wir auf der richtigen Fährte sind!«

»Vielleicht hast du recht«, erwiderte Schweinehirt. Doch aus seinen Worten sprach Resignation.

Kaum hatte Schweinehirt am nächsten Morgen mit seiner Arbeit begonnen, als er Lucius' unsichere Schritte vernahm.

»Ich habe nachgedacht«, begann der alte Mönch ohne Umschweife. Und noch ehe Wendelin nachhaken konnte, fuhr er fort: »Ihr habt Euch gestern nach der Hinterlassenschaft unseres Abtes Trithemius erkundigt.«

»Oh, Ihr erinnert Euch, Bruder Lucius!«

»Ich bin zwar alt, blind und auch ein wenig gebrechlich, aber schwachsinnig bin ich nicht.«

»Verzeiht, so habe ich das nicht gemeint!«

»Spart Euch Eure Lügen. Ich habe Eure Worte durchaus so aufgefasst. Jetzt hört mir zu: Als der Papst in Rom seine Bücherdiebe in alle Länder der Christenheit schickte, damit sie sich für Gottes Lohn aus jeder Bibliothek den zehnten Teil aneigneten, da machte in allen

Klöstern von Cordoba bis Königsberg der Spruch die Runde: Versteckt Eure Zimelien[6], die Päpstlichen kommen. Zum Kostbarsten in dieser Bibliothek gehörten die Handschriften und Manuskripte des Trithemius wie sein im Jahre des Herrn 1503 entstandenes Werk »*De requisitis et effectu verae magiae*«, sein »*Tractatus chymicus*«, das Buch »*Liber octo questiorum*«, seine »*Polygraphia*«, nicht zu vergessen die »*Steganographia*«[7], in welcher er sich über die Geheimschriften auslässt, in denen manche seiner Aufzeichnungen verfasst sind.«

»Gewiss habt Ihr diese Zimelien gut versteckt!«

Zielsicher nahm Bruder Lucius eine flackernde Funzel von der Wand, die den hinteren Teil der Bibliothek erleuchtete, und ebenso zielsicher näherte er sich einem in die Wand eingelassenen Bücherregal mit fünf Reihen in Leder gebundener Folianten. Mit Geschick ertastete er den Bücherrücken eines bestimmten Bandes. Auf einen Druck teilten sich die Bücher wie zwei Türflügel. Sie sprangen auf, wie von Geisterhand geführt.

Staunend erkannte Wendelin, dass das vermeintliche Wandregal nur aus alten Buchrücken bestand, welche auf eine zweiflügelige Türe aufgeleimt waren.

»Kein schlechtes Versteck«, bemerkte Schweinehirt. »Dahinter kann nur die geheime Sammlung der Schriften des Trithemius verborgen sein.«

»Das dachte ich auch«, antwortete Bruder Lucius und reichte Wendelin die Funzel, damit er in das Versteck hineinleuchte.

Mit dem flackernden Licht in der Hand betrat Schweinehirt den fensterlosen Raum. Muffiger Geruch schlug ihm entgegen, und es dauerte ein paar Augenblicke, bis sich seine Augen an die Finsternis gewöhnt hatten.

---

[6] seltene Handschriften, kostbare alte Bücher

[7] Übersetzung der Buchtitel in der Reihenfolge: Über Ausstattung und Wirkung der wahren Magie, Abhandlung über Alchimie, Das Buch der acht Fragen, Polygraphie (Lehre von vielen Schriften), Steganographie (Geheimschreibekunst, magische Schreibkunst)

»Da ist nichts«, rief der Bibliothekar, »gar nichts! Das Versteck ist leer.«

»Ich weiß«, erwiderte Bruder Lucius. Er hatte es vorgezogen, den Raum nicht zu betreten. »Die Bücherdiebe Seiner Heiligkeit des Papstes waren im Umgang mit Klosterbibliotheken erfahren. Sie haben das Versteck sofort ausgemacht und das Verlies, von dem außer mir niemand wusste, ausgeräumt, den Inhalt in Fässer verladen und abtransportiert. Zwar wussten sie nicht, was sie raubten, aber sie dachten, alles, was sich hinter geheimen Türen verberge, sei von besonderem Wert.«

»Womit sie nicht ganz unrecht hatten.«

Der Mönch und der Bibliothekar standen sich lange schweigend gegenüber. Obwohl es nicht sein konnte, fühlte Wendelin den prüfenden Blick des Ordensbruders auf sich gerichtet.

»Wert«, meinte er endlich, »ist ein vager Begriff. Ein Stein, wertlos für jeden anderen, kann für dich von unschätzbarem Wert sein, weil er dich an einen besonderen Ort, ein außerordentliches Ereignis oder eine lieb gewordene Person erinnert, die ihn einmal in Besitz hatte. In diesem Fall, fürchte ich, werden die hohen Herren im Vatikan nicht viel Freude an den Büchern haben, sind doch viele in Geheimschrift geschrieben oder so gedruckt, dass sie nur von Eingeweihten gelesen werden können, die über einen bestimmten Schlüssel dafür verfügen.«

Mit einem Mal war Schweinehirt hellwach. Er wünschte, Magdalena wäre Zeuge ihres Gesprächs gewesen. Was wusste dieser Bruder Lucius?

»Und wenn die hohen Herrn im Vatikan mit Hilfe gebildeter Steganographen Zugang zu den Geheimbüchern und Geheimschriften fänden?«

Der blinde Mann setzte jenes überlegene Lächeln auf, das Schweinehirt von Anfang an verunsichert hatte, und antwortete: »Ad eins bezweifle ich, dass im Vatikan, wo Lust und Ausschweifung mehr Beachtung finden als die Wissenschaft, so kluge Männer ihres Amtes walten. Ad zwei wäre Seine Heiligkeit alles andere als erfreut über die Erkenntnisse des Abtes Trithemius.«

»Ihr redet, als würdet Ihr den Inhalt der geheimen Schriften kennen«, wandte Schweinehirt ein. »Oder seid Ihr gar ein Steganograph?«

»Ein Steganograph? Nein, der bin ich zu meinem Leidwesen nicht. Aber ich habe zehn Jahre die Schriften des Trithemius archiviert. Da bekommt man zwangsläufig Dinge mit, von denen ein Außenstehender keine Ahnung hat – wenn Ihr versteht, was ich meine.«

»Tut mir leid, Bruder Lucius, ich weiß wirklich nicht, was Ihr damit sagen wollt.«

Schweinehirt war wahrhaft ein schlechter Schauspieler.

Jedenfalls reagierte der blinde Mönch aufbrausend, wie er ihn bisher nicht erlebt hatte, und fauchte: »Stellt Euch nicht dümmer als Ihr seid. Ihr wisst genau, dass Trithemius nicht nur der Abt von Sankt Jakobus war, sondern auch ein Mann von höchster Bildung und umfassendem Wissen, der mit den klügsten Köpfen auf Du und Du stand. Auch bin ich der Überzeugung, dass Euch seine Mitgliedschaft in einer Geheimloge nicht unbekannt ist. Also stellt Euer Licht nicht unter den Scheffel und tut nicht so, als hättet Ihr von alldem keine Ahnung. Es ist mir wirklich zuwider, wenn man mich für einen alten, mit Blindheit geschlagenen Einfaltspinsel hält.«

»Ihr – Ihr wusstet also, dass Trithemius einer der Neun Unsichtbaren war?« Schweinehirt kam ins Stottern, so sehr beunruhigte ihn die plötzliche Wendung des Gesprächs.

»Wie ich schon sagte«, entgegnete Bruder Lucius, »zehn Jahre war ich für Trithemius so etwas wie ein Secretarius. Dabei erfuhr ich zum Beispiel, dass die Wunder, die unser Herr Jesus wirkte und die im Neuen Testament mit Hingabe beschrieben werden, gar keine Wunder sind.«

»Sondern?«

»Ausgeburten menschlichen Forscherdrangs. Seit Jahrtausenden beschäftigt sich die Menschheit mit Dingen, die möglich sind. Es wäre besser, sie würde sich mit Dingen beschäftigen, die unmöglich bleiben sollten. Trithemius gab sich ausschließlich mit solchen Dingen ab. Die Vorstellung, das Unmögliche möglich zu machen, war ihm eine Lust. Mit Vorliebe las er Bücher heidnischer Schriftsteller und sündigen Inhalts. Als ich ihn deshalb zur Rede stellte, entgegnete er schroff, ich solle mich um meinen eigenen Kram kümmern und nicht um das hehre Gedankengut großer Geister, das zu begreifen mir ohnehin nicht gegeben sei.«

»Harte Worte für einen Abt und Jünger des Herrn!«

»Allerdings. Wenn Ihr mich fragt, war Trithemius in seinen letzten Jahren weniger ein Jünger des Herrn als ein Jünger des Okkultismus. Ich bin alles andere als ein Frömmler, doch meine ich, ein Benediktiner, noch dazu ein Abt, sollte nach den Regularien des heiligen Benedikt leben und sein Leben nicht nach den Büchern obskurer Nigromanten und Okkultisten gestalten.«

»Verständlich, wenn Ihr mit Trithemius darüber in Streit geraten seid.«

»Streit?« Bruder Lucius lachte voll Bitternis. »Trithemius drohte, mich aus der Abtei zu verweisen, und entzog mir von einem Tag auf den anderen sein Vertrauen. Ihr müsst wissen, bis dahin war ich eingeweiht in alle seine Obliegenheiten. Ich hatte alle seine Bücher und Schriften gelesen und wusste von seiner Mitgliedschaft in einem Geheimbund, den einzuschätzen Ihr bei Weitem noch nicht in der Lage seid. Mich hatte Trithemius vorgesehen, sein geistiges Erbe anzutreten. Nach seinem Tod sollte ich als ›Quartus‹ Mitglied der geheimen Bruderschaft werden, die zu allen Zeiten aus neun Männern oder Frauen besteht.«

»Und was wisst Ihr über die Bruderschaft der Neun?«, fragte Schweinehirt aufgeregt.

»Manches, aber beileibe nicht alles. Und vielleicht ist das auch gut so.«

»Und was wisst Ihr über die übrigen acht? Kennt Ihr deren Namen?«

Bruder Lucius schüttelte den Kopf, dass sein weißer Bart wallte wie ein Segel im aufkommenden Wind. »Dies sei das größte Geheimnis, pflegte Trithemius, darauf angesprochen, zu sagen. Das Ergebnis unserer Meinungsverschiedenheiten war jedenfalls, dass Trithemius kurz vor seinem Tod sein Vermächtnis einem hergelaufenen Seiltänzer überantwortete. In Würzburg hielt sich zu dieser Zeit gerade eine Gauklertruppe auf. Unter ihnen ein Zauberer und Seiltänzer, der allerlei Kunststücke vollführte. Ihn, sagte Trithemius, wolle er mit seinem geheimen Erbe zum größten Seiltänzer der Welt machen. Daran mögt Ihr erkennen, welche absurden Ziele Abt Trithemius damals verfolgte.«

Schweinehirt spielte den Ahnungslosen: »Und was ist aus dem Seiltänzer geworden?«

Der Mönch machte ein Gesicht, als habe er auf ein Blatt Sauerampfer gebissen. »Er wurde tatsächlich zum bedeutendsten Seiltänzer der Welt und tingelte mit seiner Gauklertruppe durch alle Lande. Ich kann mir nicht vorstellen, dass das mit rechten Dingen zuging.«

»Was soll das heißen, Bruder Lucius?«

»Nun ja, es ist schwer nachzuvollziehen, dass ein mittelmäßiger Gaukler gleichsam über Nacht zum besten Seiltänzer der Welt wird. Es ist noch gar nicht lange her – die Bauernaufstände hatten gerade ihr blutiges Ende gefunden –, da tanzte der Große Rudolfo, wie er sich jetzt nannte, auf einen der vorderen Domtürme dieser Stadt, als sei es die selbstverständlichste Sache der Welt.«

»Aber der Seiltänzer stürzte ab und fand dabei den Tod! Wusstet Ihr davon?«

»Die Nachricht erreichte auch Würzburg und rief tiefe Bestürzung hervor. Die Nachricht von Papst Clemens' Tod hätte keine größere Wirkung haben können.«

»Spricht sein Tod nicht gegen Eure Annahme, dass der Seiltänzer sich übernatürlicher Hilfsmittel bediente?«

»Im Gegenteil!« Bruder Lucius wedelte mit den Händen. »Jeder, der dem Geheimbund angehört, schwört einen heiligen Eid, über seine Mitgliedschaft und sein Wissen zu schweigen. Bricht er das Schweigen, dann sind die übrigen Mitglieder verpflichtet, ihn zu töten. Und was den Großen Rudolfo betrifft, soll er durch ein Attentat ums Leben gekommen sein.«

»Da fügt sich in der Tat eins ins andere«, bemerkte Schweinehirt nachdenklich. »Wie starb eigentlich Euer Abt Trithemius?«

Der Mönch nickte mehrmals, als suche er nach der richtigen Antwort. Endlich begann er zu reden: »Trithemius wurde nicht einmal fünfzig Jahre alt. Kein Alter für einen Benediktiner, dessen Ordensbrüder aufgrund besonnener Lebensführung leicht das achte Jahrzehnt erreichen. Seht *mich* an! Trithemius strotzte vor Lebenskraft. Aber vor etwa neun Jahren begann er plötzlich vom Tod zu reden. Er ließ Tilman Riemenschneider kommen und gab ein Epitaph in Auftrag. In der Krypta der Abtei suchte er einen Platz aus, an dem er die letzte Ruhe finden wollte. Auch seinen Leichenzug organisierte er bis in alle Einzelheiten. Als er mit allem fertig war, legte er sich nieder und starb innerhalb einer Woche. Die näheren Umstände und das rätselhafte Zusammentreffen mit dem Seiltänzer habe ich Euch bereits geschildert.«

»Und wurde alles nach seinen Wünschen ausgeführt?«

»Es gab keinen Grund, sich seinem Letzten Willen zu widersetzen. Trithemius' Leichenzug wurde wie gewünscht gestaltet, er fand sein Grab an der vorgesehenen Stelle, und sein Epitaph, über das der Abt mit Riemenschneider heftig gestritten hatte, wurde im Kreuzgang angebracht. Allerdings mit einer veränderten Inschrift.«

In diesem Augenblick rief die Vesperglocke zum Chorgebet, und Bruder Lucius verschwand, ohne ein weiteres Wort zu verlieren.

Wendelin Schweinehirt brannte darauf, Magdalena mitzuteilen, was der blinde Bibliothekar ihm anvertraut hatte. Gewiss, manches wusste sie bereits, aber die Umstände, warum Trithemius ausgerechnet Rudolfo, den er gar nicht kannte, zu seinem Nachfolger erkoren hatte, waren neu. Ebenso, dass Trithemius sich von Riemenschneider ein Epitaph hätte meißeln lassen, über das es zu Auseinanderset-zungen mit dem Künstler gekommen sei.

Ungeduldig wartete Wendelin am Fenster seiner Kammer auf Magdalenas Erscheinen. Endlich kam sie, nichts ahnend, und Schwei-nehirt gab ihr ein Zeichen, sie solle auf ihn warten.

Wie stets beim Stundengebet war die Abtei wie ausgestorben. Nur aus der Kirche hörte man den monotonen Singsang der Mön-che.

In knappen Worten schilderte der Bibliothekar Magdalena, was er von Bruder Lucius erfahren hatte. Wie Mosaiksteine fügten sich die Einzelheiten in ein Gesamtbild, aber bei der Suche nach den ›Büchern der Weisheit‹ half auch das nicht weiter.

Angetrieben von einer unerklärlichen Macht, beharrte Magda-lena darauf, Trithemius' Epitaph in Augenschein zu nehmen. Die Zeit drängte, denn das Vespergebet war schon zur Hälfte vorüber.

Im Schein einer Laterne schlichen Magdalena und Wendelin zum Kreuzgang. Wenn das flackernde Licht auf eines der Grab-denkmäler der Äbte fiel, die zuhauf in die Wände eingelassen waren, schien es die steinernen Gesichter für Augenblicke zum Leben zu erwecken: Macarius, den ersten Abt von St. Jakobus, mit stierem Blick; den Schotten Matthew, von derbem Aussehen; und Kilian Crispus, Trithemius' Vorgänger, der staunend in die Zukunft zu bli-cken schien; und im hintersten Teil des Kreuzganges, so, als wollte man ihn verstecken und täte nur widerwillig der Christenpflicht Genüge: Johannes Trithemius.

Das Epitaph aus rötlichem Sandstein zeigte Trithemius stehend in schlichtem Ornat, die Mitra auf dem Kopf, mit der Linken den Abtsstab umfassend. Mit der Rechten presste er ein offenes Buch an den Leib. Das Faszinierendste an Trithemius' Darstellung war sein Gesicht. Es schien ausdruckslos, ungerührt stoisch, keinesfalls be-seelt wie die steinernen Gesichter der übrigen Äbte. Doch je länger man dem Bildnis in die Augen sah – Trithemius hielt den Blick fest auf den Betrachter gerichtet –, desto mehr wandelte sich sein

Gesichtsausdruck zu einem Lächeln, einem allwissenden, ironischen, sogar zynischen Lächeln.

Von Magdalena darauf angesprochen, ob er ebenso empfinde, nickte Schweinehirt verunsichert. »Wie ist das möglich?«, flüsterte er.

Magdalena nahm Wendelin die Laterne aus der Hand. »Je länger ich das offene Buch betrachte, das Trithemius an den Leib presst, desto stärker wird mein Eindruck, er will uns den Inhalt des Buches verschweigen, er will ihn für sich behalten. Eine Bibel oder ein Evangeliar ist es jedenfalls nicht.«

»Nein«, erwiderte Schweinehirt, »dazu sind die Buchbeschläge an den Ecken zu profan! Und auf dem Einband ist kein Kreuz zu sehen wie auf anderen frommen Büchern.«

Mit der Laterne leuchtete Magdalena jeden Winkel des Epitaphs ab. Und dabei machte sie eine seltsame Entdeckung: Das Denkmal war nicht aus *einem* Stein gehauen. Der Rundbogen mit dem Schriftband über dem Haupt des Trithemius war aufgesetzt.

»Ungewöhnlich, findest du nicht?«, fragte Magdalena und fügte hinzu: »Im Übrigen eines so bedeutsamen Künstlers wie Tilman Riemenschneider unwürdig: ein gestückeltes Epitaph!«

Magdalena hielt inne. Schräg oben warfen die Falten des Gewands, das Trithemius trug, breitere Schatten.

»Wendelin«, rief Magdalena wie von Sinnen, »sieh nur!«

Und als Schweinehirt nicht sofort begriff, was sie meinte, stammelte sie aufgeregt: »Die Falten sind das exakte Abbild der dreischwänzigen Schlange, die ständig mein Leben kreuzt.«

Irritiert sah Schweinehirt Magdalena an.

»Zuletzt in deiner Bibliothek in Eberbach, wo Doktor Faust über einer Mainkarte eingeschlafen war.«

In diesem Moment endete das Stundengebet mit einem kurzen Chorgesang, und für Magdalena war Eile geboten, die Abtei zu verlassen.

Im Gehen bemerkte Schweinehirt: »Du wirst mir allmählich unheimlich, Magdalena. Zweifellos hast du recht. Die dreischwänzige

Schlange ist auch in diesem Fall ein verschlüsselter Hinweis darauf, dass die ›Bücher der Weisheit‹ irgendwo am Lauf des Mains versteckt sind. Weiter hilft uns der Hinweis jedoch nicht. Der Main ist lang, und die Suche nach der Nadel im Heuhaufen ist sicher weniger mühevoll, denn dabei kennte man immerhin die Lage des Heuhaufens.«

Magdalena ging nicht näher auf Wendelins Bemerkung ein. Sie hatte eine Ahnung, wie sie nur ein Mensch haben kann, der sich tagaus tagein mit ein und derselben Sache beschäftigt. Und so nahm sie am folgenden Tag den Weg zum Haus des Tilman Riemenschneider in der Franziskanergasse.

20. KAPITEL

Das stattliche Haus in der Würzburger Franziskanergasse machte den Eindruck, als sei es von seinen Bewohnern verlassen. Als Magdalena an der kunstvoll geschnitzten Eingangstüre klopfte, geschah zunächst einmal nichts. Sie wollte schon kehrtmachen, um später noch einmal wiederzukommen, da wurde linker Hand neben der Türe ein winziges Fenster geöffnet, und ein verhärmtes Frauengesicht erschien in der Öffnung.

»Ich bin Magdalena Beelzebub und möchte Meister Tilman Riemenschneider sprechen, wenn's gefällig ist«, sagte Magdalena.

»Meister Riemenschneider lebt nicht mehr«, erwiderte die verhärmte Frau und schlug das Fenster zu.

Magdalena stand wie versteinert da. Es dauerte eine Weile, bis sie sich wieder gefangen hatte und den Rückweg antrat. Nach wenigen Schritten hörte sie, wie jemand ihren Namen rief. Sie wandte sich um: Es war Jörg, Riemenschneiders Sohn.

»Verzeiht«, rief er ihr noch aus der Entfernung zu, »aber seit die Bischöflichen meinem Vater die Hände zerschlagen haben, dass er kein Stemmeisen mehr halten kann, sitzt er nur noch herum, starrt Löcher in die Luft und redet kaum mehr als fünf Sätze am Tag.«

»Tilman Riemenschneider ist also gar nicht tot?«

»Tot? Nein, das nicht! Aber an manchen Tagen scheint es, als sei alles Leben aus ihm gewichen. Tags darauf packt ihn dann wieder die Tobsucht, er flucht und klagt über Taubheit in den Gliedern und Brand in den Fingern. Kann man das noch Leben nennen?«

Der junge Riemenschneider reichte Magdalena die Hand und verneigte sich höflich. »Er würde sich gewiss freuen, wenn Ihr ihm Eure Aufwartung macht.«

»Ihr meint, Euer Vater erkennt mich noch?«

Jörg hob beide Hände: »Wir haben mehr als einmal über Euch und Eure Hilfsbereitschaft gesprochen, damals, als er, an Leib und Leben zerstört, unverhofft freigelassen und mit Eurer Hilfe verarztet wurde. Kommt mit mir, er wird sich freuen, Euch zu sehen!«

Zögerlich folgte Magdalena dem jungen Riemenschneider. Sie war unsicher, wie der kranke Mann sie empfangen würde. Aber sie hatte ein Fünkchen Hoffnung, dass Riemenschneider ihr etwas über Trithemius sagen könnte, etwas, das ihr weiterhalf bei der Suche nach den ›Büchern der Weisheit‹.

Mit unguten Gefühlen betrat sie das Haus. Jörg geleitete sie in einen düsteren Raum im oberen Stockwerk. Dort saß er regungslos in einem Lehnstuhl, nachlässig gekleidet und wie ein Häufchen Elend: Tilman Riemenschneider. Schwer vorstellbar, dass dieser Mann, der seit ihrer Begegnung vor wenigen Wochen um Jahre gealtert war, so überragende Kunstwerke, Altäre, Grabmäler und Skulpturen geschaffen hatte – und doch war es so.

Meister Riemenschneider zeigte, als sie den Raum betraten, kein Interesse am Besuch der Fremden. Doch dann erkannte er Magdalena, und über sein trauriges Gesicht huschte ein zaghaftes Lächeln. Hilflos, beinahe wie ein Kind, streckte Riemenschneider Magdalena seine mit derbem Leinen bandagierten Unterarme entgegen, was ihm sichtlich Schmerzen bereitete.

»Meister Riemenschneider«, rief Magdalena, »ich hatte gehofft, Euch bei besserer Gesundheit anzutreffen!«

»Es geht mir gut«, spielte der alte Mann seinen Zustand herunter, doch aus seinen Worten klang unüberhörbare Bitterkeit.

»Wie könnt Ihr das behaupten?«, wandte Magdalena ein. »Eure Hände können kaum einen Meißel führen, wie könnt Ihr sagen, es gehe Euch gut?«

Da wurde Riemenschneider laut: »Selbst wenn ich noch einen Meißel halten könnte, glaubt mir, Jungfer, ich würde nie mehr ein Kunstwerk schaffen. Nicht für den römischen Papst, nicht für den Erzbischof Albrecht in Mainz, und schon gar nicht für Bischof Konrad da oben auf der Festung Marienberg. Kunst schaffen kann nur einer, der die Menschen liebt. Ich kann nur noch hassen.«

Magdalena erschrak über die offenen Worte des Künstlers. Aber wenn sie sich vor Augen führte, was Riemenschneider widerfahren war, konnte sie ihn verstehen.

»Reden wir von etwas anderem«, versuchte der Alte die Situation zu entspannen. »Auch Euch hat das Schicksal übel mitgespielt …«

»Ihr wisst …?«

»Alle Welt redet vom Tod des Seiltänzers und davon, dass er einem Attentat zum Opfer fiel. Wer tut so etwas?«

»Ja, wer tut so etwas?«, wiederholte Magdalena nachdenklich. Und fügte unvermittelt hinzu: »Meister Riemenschneider, habt Ihr nicht ein Epitaph für Abt Trithemius geschlagen?«

Es schien, als sei Riemenschneider die Frage unangenehm, denn er schwieg beharrlich. So lange, bis sein Sohn Jörg sich einmischte: »Vater, hast du nicht gehört, was Magdalena fragte?«

»Ich bin doch nicht taub!«, knurrte Riemenschneider beleidigt. Und an Magdalena gewandt: »Es ist beinahe zehn Jahre her, da rief mich Abt Trithemius in die Abtei Sankt Jakobus und gab mir den Auftrag für ein Epitaph. Ich wunderte mich, denn der Abt strotzte vor Gesundheit. Wozu, dachte ich, braucht er ein Epitaph? Aber er zahlte gut und im Voraus, also begann ich mit meiner Arbeit. Ich konnte nicht ahnen, wie viel Ärger mir der Auftrag bereiten würde.«

»Ein Epitaph, das Ärger bereitet?« Magdalena sah den alten Riemenschneider erwartungsvoll an.

»Trithemius redete mir andauernd in meine Arbeit drein. Er wollte, dass ich ihn mit einem Buch in der rechten Hand darstelle.

Also lieferte ich ihm eine Skizze. Aber er bestand darauf, ein aufgeschlagenes Buch in der Hand zu halten. Meinen Einwand, dies widerspreche jeder Ikonographie, tat er mit einer abfälligen Handbewegung und der dünkelhaften Bemerkung ab, was Ikonographie sei, bestimme *er* und kein anderer. Also stellte ich ihn auf dem Epitaph mit einem aufgeschlagenen Buch dar, welches er an den Leib presst. Aber wenn Ihr glaubt, Trithemius habe sich damit zufriedengegeben, täuscht Ihr Euch. Kaum war sein Bildnis fertig – der Abt trug ein schlichtes, geglättetes Bischofsgewand –, da zog er ein Papier hervor, auf das er seltsam unnatürliche Linien gekritzelt hatte, und meinte, ich müsste sein in Stein geschlagenes Gewand mit Falten versehen, gerade so, wie er es auf dem Papier vorgezeichnet habe. Da nahm ich meinen schwersten Hammer in beide Hände, holte aus und wollte das Epitaph mit einem kräftigen Schlag in hundert Stücke zerschlagen. Fraglos wäre mir das auch gelungen, hätte Jörg mich nicht im letzten Augenblick daran gehindert. So kam es, dass ich nachträglich für den hochwürdigsten Herrn Abt Gewandfalten aus dem Sandstein meißelte, die, ich gestehe es, eines Tilman Riemenschneider unwürdig sind.«

»Unwürdig? Warum unwürdig?«, wandte Magdalena ein. Sie war auf einmal höchst aufgeregt.

»Sie sind vollkommen unnatürlich«, polterte der Meister los. »Solche Falten gibt es überhaupt nicht. Es sind die schlechtesten Falten seit Christi Geburt!«

»Aber Meister Riemenschneider!«, versuchte Magdalena den alten Mann zu beschwichtigen. »Ich finde die Falten auf Trithemius' Gewand sehr interessant.«

»Interessant? Ich will nicht, dass man in hundert Jahren einmal sagt, dieser Riemenschneider hat dem Sandstein interessante Falten abgerungen. Nein, die Nachwelt soll sagen, dieser Riemenschneider hat Gewandfalten in Stein gehauen, man könnte meinen, sie sind aus feinstem Leinen.«

Magdalena nickte verständnisvoll. »Dieser Abt Trithemius muss ein merkwürdiger Mensch gewesen sein«, meinte sie schließlich in der Hoffnung, Riemenschneider mehr über den Unsichtbaren zu entlocken.

Doch da trat Jörg auf den Plan: »Verzeiht, wenn ich Eure Unterhaltung unterbreche«, meinte er, »mein Vater ermüdet rasch. Er hat schon lange nicht mehr so viel auf einmal geredet. Lasst es damit bewenden!«

Verständnisvoll zog sich Magdalena zurück. Sie wollte den Bildhauer nicht noch mehr bedrängen. Vor allem durfte sie nicht den Anschein erwecken, dass sie hinter einer bedeutsamen Sache her war.

Während sie abends im Gasthaus ›Zum Schwanen‹ ein karges Mahl zu sich nahm, versuchte Magdalena die Details, die Riemenschneider erwähnt hatte, in ihr bereits vorhandenes Wissen einzuordnen. Lustlos, ohne Appetit, stocherte sie in einem Eintopfgericht aus Kohl, Kraut und gedünsteten Schweineschwarten herum, als die Türe aufging und Tilman Riemenschneider in die dicht besetzte, düstere Wirtsstube trat.

Wortlos nahm er an Magdalenas Tisch Platz, winkte den Wirt herbei und bestellte für sich einen Krug von seinem besten Roten und für Magdalena, ungefragt, einen Weißen. »Ihr werdet es mir doch nicht abschlagen, mit mir einen Krug zu leeren«, meinte er, an Magdalena gewandt.

»Natürlich nicht«, erwiderte sie auf die unerwartete Einladung. Eine Weile tauschten die beiden Belanglosigkeiten aus, ungeachtet der neugierigen Blicke, mit denen die zahlreichen Gäste im Schankraum sie musterten. Unter ihnen ein neugieriger Gaffer, dessen üppige, schwarze Barttracht weder zu seinem schmalen Gesicht noch zu seinem grauen Haupthaar passen wollte.

»Ich muss unbedingt noch etwas loswerden«, sprach Riemenschneider plötzlich mit getragener Stimme. »Ich wollte nicht, dass mein Sohn Jörg etwas davon mitbekommt. Er hat ein Mundwerk wie ein Waschweib. Bei Euch, glaube ich, ist mein Wissen besser aufgehoben.«

»Ihr sprecht in Rätseln, Meister Riemenschneider!«

»Keine Bange! Gleich werdet Ihr begreifen, was ich meine: Alle Welt glaubt, Bischof Konrad von Würzburg hätte mir die Handknochen brechen lassen, weil ich am Bauernaufstand teilgenommen habe. Doch das ist falsch. Der wahre Grund, meine Hände auf der Streckbank zu zertrümmern, lag in meinem Schweigen begründet. Bischof Konrad handelte im Auftrag Albrechts von Brandenburg, der versuchte, aus mir herauszupressen, welche Bedeutung dem Epitaph des Abtes Trithemius zukommt. Der Handlanger des Fürstbischofs glaubt noch heute, Trithemius habe mich in sein obskures Geheimwissen eingeweiht.«

»Und – hat er?«

»Ich weiß nur so viel: Trithemius wollte, dass ich verschlüsselte Botschaften in den roten Sandstein einarbeite, wie die nachträglichen Falten. Sie laufen an einem Punkt zusammen, und dieser Punkt markiert einen Ort von besonderer Bedeutung. Mehr sagte Trithemius nicht. Er tat sehr geheimnisvoll. Über die Bedeutung des Ortes wüsste ich so gut wie nichts, gäbe es da nicht einen zweiten Hinweis, der mit dem ersten irgendwie in Verbindung steht. Zwar hatte ich viel Zeit, darüber nachzudenken, aber wenn ich ehrlich bin, weitergebracht hat es mich nicht.«

Magdalena trank ihren Becher in einem Zug leer. Riemenschneider staunte.

»Gewiss habt Ihr das Epitaph im Kreuzgang des Klosters schon gesehen«, fuhr er fort. »Alles andere als ein Meisterwerk. Allerdings verbirgt es mehr als ein Geheimnis. Nicht nur die Falten seines Gewands und das aufgeschlagene Buch. Bei näherer Betrachtung dürfte Euch nicht entgangen sein, dass Trithemius' Epitaph im oberen Teil eine scheinbare Bruchstelle aufweist.«

»Eine *scheinbare* Bruchstelle? Was soll das heißen, Meister Riemenschneider?«

Mit beiden zu Stein erstarrten Händen ergriff der Bildhauer den Becher, nahm einen tiefen Schluck, setzte ihn ab und ließ ein wohliges Rülpsen vernehmen zum Zeichen, dass ihm der Wein konvenierte.

»Nun ja«, ließ er sich schließlich zurückhaltend vernehmen, »ursprünglich trug der obere Teil in seinem Rundbogen eine andere Inschrift als heute. Sie war in lateinischer Sprache abgefasst und gab Anlass zu mancherlei Spekulationen. Nach Trithemius' Tod bestand Bischof Konrad darauf, die Inschrift zu entfernen und durch eine andere zu ersetzen. Die Weisung, behauptete Bischof Konrad, stammte angeblich von Kurfürst Albrecht von Brandenburg.«

»Höchst seltsam, findet Ihr nicht, Meister Riemenschneider? Zumal eine in Stein gehauene Inschrift nicht so einfach zu tilgen ist wie die Tinte auf einem Pergament!«

»Das sagt *Ihr*, denn Ihr seid ein Weib mit Verstand. Den aber möchte ich unserer kurfürstlichen Gnaden und seinem Statthalter Bischof Konrad absprechen. Ich gab mich versöhnlich und erklärte mich bereit, das Epitaph mit neuer Inschrift ein zweites Mal zu schlagen. Doch dafür beanspruchte ich noch einmal mein Honorar – schließlich hätte ich doppelte Arbeit.«

»Das scheint mir nur recht und billig, auch wenn das Vorhaben nicht den Wünschen des Abtes Trithemius entsprach. Wie ging der Handel aus?«

Meister Riemenschneider lachte verbittert: »Die hohen Herren weigerten sich, mir Lohn für ein zweites Epitaph zuzugestehen. Erbost ließ ich sie wissen, dann bliebe wohl nichts anderes, als den oberen Teil des Grabsteins mit der umstrittenen Inschrift abzuschlagen. Was als übler Scherz gedacht war, fand Bischof Konrad durchaus praktikabel. Er meinte, ich solle den oberen Teil abschlagen und einen neuen Teil draufsetzen mit einer Inschrift, die nur die lateinischen Worte ›Der verehrungswürdige Vater und Herr Johannes Trithemius‹ trüge. Die alte sollte ich zerschlagen. So geschah es.«

Magdalena schüttelte den Kopf: »Und wie lautete die Inschrift, die Albrecht von Brandenburg und Bischof Konrad so in Aufruhr versetzte, dass sie ihre Zerstörung verlangten?«

Der Bildhauer hob die Schultern. Er hatte schon reichlich dem Frankenwein zugesprochen, und seine Stimme klang dünn, seine Zunge schwer, als er antwortete: »Ich weiß es nicht. Ich habe es nie gewusst. Trithemius nannte mir an jedem Arbeitstag einen Buchstaben. Den schlug ich in Stein. Als ich fertig war und die Buchstabenfolge keinen Sinn ergab, stellte ich dem Abt die Frage, was das zu bedeuten habe. Da polterte Trithemius los, ich solle mich um meine Arbeit kümmern und meinen Verstand aus dem Spiel lassen. Es fehlte nicht viel, und ich hätte ihm meinen Meißel vor die Füße geworfen.«

»Und Ihr erinnert Euch an kein einziges Wort dieser Umschrift?«, bohrte Magdalena nach.

»Wie sollte ich«, entgegnete der Bildhauer ungehalten. »Die Umschrift bestand aus einem Gewirr von Buchstaben, und es war unmöglich, daraus auch nur ein sinnvolles Wort zu bilden. Die ersten sechs Buchstaben habe ich noch im Kopf: I.aet.ta. Daraus soll einer schlau werden!«

»Aber der Mainzer Erzbischof und sein Würzburger Amtsbruder wussten damit durchaus etwas anzufangen, sonst hätten sie nicht darauf bestanden, die ursprüngliche Inschrift zu zertrümmern.«

»Da habt Ihr allerdings recht«, bemerkte Riemenschneider. Und nach längerem Schweigen fügte er hinzu: »Man müsste die Bruchsteine zusammensetzen und das Schriftband zu Papier bringen. Ein Schriftgelehrter könnte damit vielleicht etwas anfangen.«

»Wollt Ihr damit sagen, dass Ihr die Bruchstücke aufbewahrt habt? Das alles ist doch beinahe zehn Jahre her!«

Der alte Riemenschneider verzog sein Gesicht, als dächte er besonders angestrengt nach. »Wenn ich mich recht erinnere, lagern die Steinbrocken noch in meiner Werkstatt auf einem Haufen mit anderen Bruchstücken, wie sie bei jedem Steinmetz anfallen.«

Es war spät geworden, und Magdalena, nicht gewöhnt, dem Wein so heftig zuzusprechen, zeigte deutliche Ermüdungserscheinungen. Doch die Hoffnung, die vernichtet geglaubte Inschrift könne doch noch von Nutzen sein, trieb sie an, dem Bildhauer das Versprechen abzuringen, ihr bei der Suche nach den Fragmenten behilflich zu sein.

Früh am nächsten Morgen – vom Mainfluss zogen die ersten Nebel herauf und kündigten den Herbst an – klopfte Magdalena bei Bruder Lucius an die Klosterpforte und bat den blinden Mönch, er möge Wendelin Schweinehirt von ihrer Anwesenheit unterrichten, sie müsse ihn dringend sprechen.

In kurzen Worten berichtete sie Wendelin von der verschollenen Inschrift auf dem Epitaph des Abtes Trithemius und stieß damit auf größtes Interesse. Denn, meinte Schweinehirt, wenn die Inschrift Albrecht von Brandenburg so in Unruhe versetzt habe, dass er sie zerschlagen ließ, komme ihr zweifellos hohe Bedeutung zu. Möglicherweise habe sie ihm bei der Suche nach den ›Büchern der Weisheit‹ sogar einen bedeutenden Wissensvorsprung verschafft. Auf jeden Fall sollten sie den Versuch machen, die steinernen Fragmente aufzuspüren und zusammenzusetzen.

Gemeinsam begaben sie sich zum Haus Tilman Riemenschneiders in der Franziskanergasse.

Jörg, der Sohn des Bildhauers, öffnete mit starrem Blick. »Ihr wagt es noch, dieses Haus zu betreten?«, fauchte er die frühen Besucher an und wollte die Türe zuschlagen. Da stellte Schweinehirt seinen Fuß in die Türe, und Magdalena fragte irritiert. »Was ist geschehen? Ich bin mir keiner Schuld bewusst!«

»Mein Vater Tilman Riemenschneider liegt im Sterben. Der Medicus ist bei ihm. Er sagt, man habe ihn vergiftet. Er wurde mit Euch im Gasthaus ›Zum Schwanen‹ gesehen. Warum habt Ihr das getan?«

Auf Magdalenas Stirn bildete sich eine Zornesfalte. »Ihr glaubt doch nicht etwa, ich …« Ihre Stimme überschlug sich.

»Wer sonst hätte die Möglichkeit gehabt, ihm Gift in den Wein zu schütten, wenn nicht Ihr. Vater murmelte etwas wie, er habe mit

Jungfer Magdalena Wein gezecht. Dann verließ ihn das Bewusstsein. Der Medicus steckt ihm ein ums andere Mal den Finger in den Schlund, damit er sich erbreche. Bisher vergeblich.«

»Und der Doktor ist sicher, dass Gift die Ursache ist?«

»Ganz sicher. Seine blauen Lippen, sagt der Medicus, seien ein eindeutiges Anzeichen. Gesteht wenigstens, womit Ihr ihn vergiftet habt!«

»Ich war es nicht!«, rief Magdalena immer wieder: »Ich war es nicht! Warum hätte ich das tun sollen? Ich wusste nicht einmal, dass Riemenschneider mich im Gasthaus ›Zum Schwanen‹ aufsuchen würde. Er kam, um mir Einzelheiten über Abt Trithemius zu berichten.«

»Und als er Euch diese anvertraut hatte, habt Ihr ihm Gift in den Becher geschüttet!«

Da holte Magdalena aus und schlug Jörg ins Gesicht.

Verstört, aber keineswegs mit Rachegedanken, blickte er Magdalena an und fand schließlich ein paar Worte der Entschuldigung. »Es tut mir leid. Aber wer kann bloß zu so einer Tat fähig sein?«

»Lasst mich zu ihm!«, entgegnete Magdalena, drängte den jungen Riemenschneider zur Seite und verschwand auf der Treppe nach oben.

Schweinehirt hatte die Auseinandersetzung mit Sorge verfolgt und trug sich mit dem Gedanken, wortlos zu verschwinden, als Jörg ihm einen Wink gab, er möge näher treten. »Ihr müsst das verstehen«, begann er, nachdem die Haustüre hinter ihm ins Schloss gefallen war, »aber man hat meinem Vater schon einmal nach dem Leben getrachtet.«

»Was Magdalena angeht«, fiel ihm Schweinehirt ins Wort, »glaubt mir, sie würde niemandem ein Leid zufügen.«

»Dann sagt, was wollt Ihr von meinem Vater Tilman?«

Schweinehirt dachte eine Weile nach, ob er dem jungen Riemenschneider die Wahrheit anvertrauen solle, dann antwortete er leise: »Euer Vater sagte, die Bruchstücke des Epitaphs von Abt Trithemius lagerten noch irgendwo in Eurer Werkstatt. Sie könnten uns von Nutzen sein.«

Jörg kniff die Augen zusammen und musterte Schweinehirt voller Misstrauen. »Ihr seid nicht die Ersten, die sich dafür interessieren. Vor ein paar Wochen stand plötzlich ein gut gekleideter Mann in meiner Werkstatt und fragte nach denselben Fragmenten. Er versprach mir zwei Gulden dafür, dass ich Sie ihm überließe …«

Aus dem oberen Stockwerk schallte Magdalenas Stimme, Schweinehirt solle zum Apotheker laufen und Bilsenkraut besorgen, so schnell er nur könne.

Wendelin eilte sofort von dannen, gefolgt vom jungen Riemenschneider.

»Magdalena kennt viele Wundermittel«, rief Schweinehirt im Laufen, »sie ist sehr belesen und hat die Werke der Hildegard von Bingen über die Heilpflanzen und ihre Wirkung studiert. Sie weiß mehr als mancher Medicus.«

Schnaufend und in der Hoffnung, Riemenschneider könnte mit Hilfe eines Wundermittels ins Leben zurückgeholt werden, keuchte Jörg: »Ich will Euch die Wahrheit sagen: Die Bruchsteine habe ich dem vornehmen Herrn zwei Tage später für fünf Gulden verkauft. Schnell verdientes Geld für ein paar Steinbrocken, die kaum für etwas nützlich sind.«

Wendelin Schweinehirt hielt inne und rang nach Luft. »… schnell verdientes Geld!«

Der junge Riemenschneider packte Wendelin am Ärmel. »Kommt, ich flehe Euch an, das Leben meines Vaters steht auf dem Spiel. Kommt, es soll Euer Schaden nicht sein!«

Beim Apotheker erstanden sie das gewünschte Bilsenkraut. Im Laufschritt begaben sie sich zurück zum Haus des Bildhauers. Magdalena wartete bereits mit einem Tiegel kochenden Wassers. Darin schwammen allerlei Ingredienzien, welche dem Wasser eine rötlich braune Farbe verliehen.

Geschickt zerrieb sie das getrocknete Bilsenkraut zwischen den

Handflächen, rührte mit einem Kochlöffel in dem dampfenden, pestilenzialischen Gestank verbreitenden Gebräu und verschwand damit nach oben.

Schweigend standen sich Jörg und Wendelin gegenüber und sahen sich an. Schließlich ergriff der junge Riemenschneider das Wort: »Was die Inschrift auf den Bruchsteinen betrifft«, begann er bedächtig, »wurde ich natürlich hellhörig, als mir der Fremde zwei Gulden bot. Skeptisch wurde ich, als er sogar bereit war, die von mir geforderten fünf Gulden zu bezahlen. Deshalb setzte ich noch am selben Tag die einzelnen Bruchstücke zusammen. Das war keine leichte Aufgabe, denn mein Vater hatte ganze Arbeit geleistet.«

»Wusste er von Eurem Handel?«

Jörg Riemenschneider schüttelte den Kopf. »Er sollte es auch nie erfahren.«

»Und die Umschrift auf dem Stein? Konntet Ihr sie lesen?«

»Lesen schon«, erwiderte Jörg bedächtig, »aber verstanden habe ich die geheimnisvolle Aneinanderreihung von Buchstaben nicht.«

»Ist sie Euch denn wenigstens in Erinnerung geblieben?«

»Kein Mensch kann sich so einen Unsinn merken. Das heißt, ob es Unsinn war, was man auf dem Schriftband lesen konnte, weiß ich bis heute nicht. Aber Jörg Riemenschneider mag zwar von bescheidener Bildung sein und gerade einmal lesen können, was ihm sein kluger Vater beigebracht hat – doch dumm ist er nicht!«

Als er Schweinehirts fragenden Blick bemerkte, fuhr er fort: »Folgt mir, ich will Euch etwas zeigen.«

Durch eine Hintertür verließen sie das Haus, überquerten einen Hinterhof, in dem Marmor, Kalksteine, Sandstein und Stammholz gelagert waren, und betraten die Werkstatt, in der sein Vater einst die prächtigsten Kunstwerke gemeißelt hatte.

Überall standen und lagen unvollendete Artefakte, Säulenstümpfe und aus Stein gemeißelte Ornamente herum. Die weiß gekalkten Wände waren übersät mit Werkzeugen, Papier- und Pergamentfetzen voller Skizzen und Maßangaben und mit mancherlei Zeichnungen.

In Kniehöhe, anscheinend unbeachtet, verlief ein Schriftband von Minuskeln, von flüchtiger Hand mit dem Rötel hingeschrieben.

»Da«, sagte Jörg mit einer heftigen Kopfbewegung zu der Schriftzeile. »Das ist die Umschrift von Trithemius' Epitaph!«

Sprachlos starrte Schweinehirt auf die halb verwitterten Buchstaben: I.aet.ta.li.Johannis.Trithemii.s.loc.dom.Cae.Hen.

Derlei Abkürzungen auf Epitaphien waren keine Besonderheit. Sie dienten vor allem dazu, möglichst viel Text unterzubringen. Aber was bewog Albrecht von Brandenburg dazu, den Wortlaut der Zeile auszulöschen?

In Gedanken versunken, vernahm Schweinehirt plötzlich von der anderen Seite des Hofes furchtbare Geräusche, ein Würgen, Speien und Prusten, als kehrte sich das Innere eines Menschen nach außen.

»Er lebt!«, rief Jörg Riemenschneider und stürzte wie von Sinnen aus der Werkstatt. Schweinehirt blieb verunsichert zurück. Als wolle er sich die Buchstabenfolge in sein Gehirn einbrennen, ließ Wendelin seinen Blick ein ums andere Mal über die krakelige Inschrift wandern. Schließlich riss er einen verstaubten Pergamentfetzen von der Wand und kritzelte sie mit einem Rötelstift darauf. Dann folgte er dem jungen Riemenschneider ins Haus.

Magdalenas Kräutergebräu hatte Wirkung gezeigt. Bis auf den letzten Tropfen hatte sich der Magen des alten Mannes entleert, und die Prozedur hatte ihm neues Leben eingehaucht. Unbeirrt und außer Acht lassend, dass Riemenschneider an allen Gliedern zitterte wie Espenlaub, steckte ihm Magdalena einen Trichter aus der Küche in den Mund und entleerte darin einen Humpen warmen Wassers, das der Patient umgehend in weitem Bogen ausspie, worauf er erschöpft in seine Kissen sank.

Der Medicus, ein vornehm und schwarz gekleideter Mensch mit übertrieben wirkenden Manieren, zog die Augenbrauen hoch und bemerkte, an Magdalena gerichtet: »Meinen Respekt, Jungfer, wäret Ihr kein Weib, Ihr gäbet einen guten Medicus ab! Woher nehmt Ihr Eure Kenntnisse?«

»Gewiss nicht von der Universität«, erwiderte Magdalena. »Es gibt genug schlaue Bücher, deren man sich im stillen Kämmerlein bedienen kann. Vorausgesetzt, man ist des Lesens kundig. Im Übrigen frage ich mich, welche körperlichen oder geistigen Merkmale eine Frau daran hindern sollen, als Medicus tätig zu sein.«

Als hätte er ihrer Unterhaltung gelauscht, öffnete Riemenschneider die Augen und herrschte den Medicus an: »Dank Euch, Ihr könnt verschwinden! Bei der Jungfer bin ich in besten Händen.«

Jörg, der das Geschehen aus der Entfernung beobachtet hatte, trat hinzu und versuchte den Medicus zu beschwichtigen, dessen Gesichtszüge sich verfinstert hatten wie das Firmament vor dem ersten Schöpfungstag. Vater sei dem Tod eben erst von der Schippe gesprungen, bemerkte er hinter vorgehaltener Hand, und nicht Herr seiner Sinne. Beleidigt zog sich der stolze Medicus zurück.

»Es tut mir leid, dass ich Euch verdächtigt habe«, begann Jörg Riemenschneider kleinlaut, nachdem sie das Krankenlager des Alten verlassen hatten, »aber ich fand keine andere Erklärung für den Zustand meines Vaters. Verzeiht mir!«

»Schon gut. Ich kann Euch ja verstehen«, antwortete Magdalena. »Zweifellos hatte jemand Interesse, Euren Vater zu vergiften. Gestern Abend in der Wirtsstube beobachtete ich einen Fremden, der uns nicht aus den Augen ließ. Ich schenkte dem keine Bedeutung. Rückblickend sieht die Sache anders aus. Und, ehrlich gesagt, fühle ich mich nicht ganz unschuldig. Irgendjemand will unter allen Umständen verhindern, dass ich mit Tilman Riemenschneider rede.«

Schweinehirt trat hinzu und zog den Pergamentfetzen aus seinem Wams, auf den er Trithemius' Inschrift geschrieben hatte.

»Ich hoffe, sie wird Euch von Nutzen sein«, bemerkte Jörg Riemenschneider. Und in Richtung Magdalenas gewandt: »Betrachtet sie als Dank dafür, dass Ihr meinen Vater ins Leben zurückgeholt habt. Mir selbst sagt die Buchstabenfolge nicht das Geringste.«

Mit zusammengekniffenen Augen hielt Magdalena das Pergament ins Licht, das nur spärlich ins Innere des Hauses fiel. Einmal, zweimal, immer wieder wanderte ihr Blick von links nach rechts und wieder zurück. Schließlich fragte sie Wendelin: »Was sagt dir diese Zeile? Dir sind doch solche Abkürzungen von Buchtiteln geläufig!«

»Ich bin kein Hellseher!«, entgegnete Schweinehirt voller Bedauern. »Euch, Junker Jörg, danke ich für Euer Entgegenkommen und Euer Vertrauen.«

Mit dem Versprechen, in den nächsten Tagen nach dem Rechten zu sehen, verließen die beiden das Haus und schlugen den Weg zum Kloster Sankt Jakobus ein.

»Ich wollte nicht, dass der junge Riemenschneider etwas über den Inhalt der Inschrift mitbekommt«, bemerkte Schweinehirt im Gehen. »Man weiß nie …«

»Willst du damit sagen, du hättest sie …?«

Schweinehirt blickte sich um, ob ihnen niemand folgte. Am Brunnen auf dem Marktplatz, wo Magdalena Tilman Riemenschneider zum ersten Mal begegnet war, machten sie halt und nahmen auf den Stufen Platz, die das wasserspeiende Bauwerk einrahmten. Gemeinsam starrten sie auf das Pergament:

I. aet. ta. li. Johannis. Trithemii. s. loc. dom. Cae. Hen.

Langsam, beinahe andächtig, las Magdalena die rätselhafte Zeile. Fragend blickte sie Schweinehirt an.

Der deutete auf die letzten Buchstaben: »*Dominus Caesar Henricus*«, sagte er weitaus unsicherer, als es den Anschein hatte, »unser Herr, der Kaiser Heinrich.«

»Kaiser Heinrich?« Die Aufregung stand Magdalena ins Gesicht geschrieben. »Was hatte Kaiser Heinrich mit Trithemius zu schaffen? Kaiser Heinrich war beinahe 500 Jahre tot, als Trithemius das Zeitliche segnete!«

»Das war auch *mein* erster Gedanke und macht die Sache nicht gerade einfacher. Und doch muss irgendeine Verbindung zwischen ihm und dem Okkultisten Trithemius bestehen, sonst wäre ihm nicht daran gelegen gewesen, ihn auf seinem Epitaph zu erwähnen.«

Den Blick auf das Pergament gerichtet, schwiegen beide nachdenklich, bis Magdalena aufgeregt rief: »Es gibt in der Tat eine Verbindung zwischen Kaiser Heinrich und dem Abt Trithemius: Tilman Riemenschneider!«

Schweinehirt schüttelte unwillig den Kopf, worauf Magdalena es vorzog, ihre Gedanken für sich zu behalten. Schließlich trennten sich ihre Wege. Magdalena begab sich zum ›Schwanen‹ und Wendelin in die Abtei, wo er von Bruder Lucius erwartet wurde.

Warum hätte Schweinehirt dem blinden Bibliothekar die neuen Erkenntnisse verschweigen sollen? Da der alte Mönch den geheimnisumwitterten Abt noch von Angesicht gekannt hatte und seinem Andenken nicht gerade wohlwollend gegenüberstand, konnte er bei der Entschlüsselung der Inschrift nur von Nutzen sein.

Zunächst wollte er gar nicht glauben, dass Schweinehirt den Wortlaut auf dem verschollenen Bruchstück des Epitaphs kannte, dann sagte er: »Lest mir die Zeile vor, damit ich sie vor meinem inneren Augen zu sehen vermag.«

Schweinehirt tat, was Lucius von ihm verlangte.

»Und jetzt nennt mir Majuskeln und Minuskeln[8]!«

»Die Schriftzeile enthält fünf Großbuchstaben«, erwiderte Wendelin, »das I am Anfang, J und T von Johannes Trithemius und das C und H der beiden letzten Abkürzungen, wobei es sich fraglos um Caesar Henricus handeln dürfte. Oder erkennt Ihr darin etwas anderes?«

»Da habt Ihr völlig recht: Cae. Hen. ist eine oft wiederkehrende Abkürzung. Auch der Anfang des Schriftbandes bedarf keiner langen Diskussion. Die altchristlichen Kirchenväter wie Isidor von Sevilla oder Johannes von Damaskus gebrauchten sie häufig. I. aet. bedeutet *in aeternum*, also bis in alle Ewigkeit. Um Zeit, Platz und Tinte zu

---

[8] Groß- und Kleinbuchstaben

sparen, bedienten sie sich dieser Abkürzung. Aber alles andere wird schwierig. ta.li – das kann alles und nichts bedeuten.«

Schweinehirt wischte sich mit der Hand übers Gesicht, wie er es immer tat, wenn er nicht weiterwusste. In einem Anflug von Resignation bemerkte er: »Gesetzt den Fall, Abt Trithemius bediente sich bei der Inschrift einer seiner kryptographischen Erfindungen, dann ist es ohnehin aussichtslos, das Geheimnis zu lösen. Es sei denn …«

»Es sei denn?«, wiederholte Bruder Lucius fragend, und dabei überzog ein süffisantes Grinsen sein Gesicht.

»Nun ja, das Buch, welches der hintergründige Abt über Kryptographie geschrieben hat, könnte uns vielleicht einer Lösung näherbringen; aber das haben die Bücherdiebe des Papstes sicher auch nach Rom gebracht. Wer weiß, in welcher Bibliothek des Abendlandes ein weiteres Exemplar verwahrt wird. Könnt Ihr mir sagen, Bruder Lucius, was Euch an meiner Rede so belustigt?«

»Ach ja.« Der blinde Bibliothekar tat einen tiefen Seufzer. »Zwar haben die Päpstlichen alle Bücher von Trithemius mitgenommen, die Bücher – wohlgemerkt –, aber nicht die Manuskripte, nach denen die Bücher gedruckt wurden!«

»Wollt Ihr damit sagen, diese Manuskripte befinden sich noch immer im Besitz der Abtei?« Aufgeregt starrte Schweinehirt in Lucius' tote Augen.

Die blickten, wie stets, eine Handspanne an ihm vorbei, was jeden Fragesteller ein wenig in Verlegenheit brachte. Lucius antwortete nicht. Stattdessen ging er zielstrebig wie ein Sehender auf einen tönernen, drei Klafter hohen Krug zu, wie sie, mit Wasser gefüllt, in allen Bibliotheken aufgestellt waren, um die staubige, trockene Luft verträglicher zu machen. Doch statt Wasser enthielt der Krug sechs zusammengerollte Manuskripte, deren Seiten Bruder Lucius mit Daumen und Zeigefinger prüfte, wobei er mit geneigtem Kopf dem Rascheln des Papiers lauschte. Wortlos reichte er eine davon Wendelin Schweinehirt.

Der kam aus dem Staunen nicht heraus, als er die Titelseite las: *Polygraphiae libri sex.* »Sechs Bücher über Polygraphie«, murmelte er leise vor sich hin, »gewidmet Kaiser Maximilian.« Und nach einer Pause: »Bruder Lucius, wie habt Ihr gerade dieses Buch erkannt? Oder habt Ihr gar nicht Euer Augenlicht verloren und spielt mir nur etwas vor – aus welchen Gründen auch immer?«

Lucius nickte, aber das bedeutete keineswegs Zustimmung. Im Gegenteil, aus seiner Kopfbewegung sprach tiefe Trauer. »Ich wollte, es wäre so«, bemerkte er. »Aber wie ich schon sagte, Blinde sehen anders. Ich erkenne Papier am Rascheln, das es verursacht. Trithemius hat die Drucklegung dieses Manuskripts übrigens nicht mehr erlebt. Es erschien erst zwei Jahre nach seinem Tod.«

»Glaubt Ihr, das Werk könnte den Schlüssel zur Inschrift auf dem Epitaph enthalten?«

Bruder Lucius hob die Schultern. »Zumindest hat Trithemius in seiner *Polygraphia* alle bekannten Geheimschriften aufgeführt. Auch solche, die er selbst erfunden hat wie die *Tabula recta*.«

»*Tabula recta*? Die quadratische Tafel?«

»Ganz recht. Ihr habt noch nie davon gehört?«

»Wenn ich ehrlich sein soll: nein.«

Lucius wandte sich erneut dem tönernen Krug zu und zog, nachdem er den Inhalt lange befühlt hatte, den fünften von Hand geschriebenen Teil der *Polygraphia* hervor. Nicht ohne Stolz hielt er ihn Schweinehirt entgegen.

»Etwa in der Mitte findet Ihr die *Tabula recta*, eine quadratische Tafel mit den waagerecht und senkrecht geschriebenen Buchstaben des Alphabets. Allerdings ist jede der ersten Zeile folgende Zeile um einen Buchstaben nach links verschoben, sodass das Alphabet der zweiten Zeile nicht mit A, sondern mit B beginnt, die dritte mit C und so weiter. Hätte Johannes Trithemius meinen Namen Lucius verschlüsselt, wäre daraus Lvelyx geworden.«

»Tut mir leid«, knurrte Schweinehirt, »das verstehe ich nicht!«

»Ganz einfach«, erwiderte Bruder Lucius, den Kopf zur Decke

gerichtet, »das L in der ersten Zeile bleibt gleich. Unter dem U, dem zweiten Buchstaben meines Namens in der ersten Zeile, steht in der zweiten Zeile das V, für C in der dritten Zeile das E, für I in der vierten Zeile ein L, für U in der fünften Zeile das Y, und das S am Ende meines Namens wird in der sechsten Zeile zu X. So wird aus Lucius Lvelyx.«

»Jetzt begreife ich«, rief Schweinehirt aufgeregt und ließ den Blick über das scheinbare Buchstabengewirr der Tabelle gleiten.

Gemeinsam begannen sie die zerstörte Inschrift nach dem System der *Tabula recta* des Trithemius zu entschlüsseln. Dabei vermittelte der blinde Bruder Lucius den Eindruck, als habe er die verwirrende Tafel mit allen Buchstaben im Kopf.

Schweinehirt hatte Mühe, ihm zu folgen und das Ergebnis auf einem Papier niederzuschreiben. Es war eine unsinnige Aneinanderreihung von Buchstaben. Wütend schleuderte Schweinehirt seinen Rötel an die Wand und stützte den Kopf in beide Hände.

»Den Versuch war es wert«, brummte Bruder Lucius. Er war nicht weniger enttäuscht. »Vielleicht«, begann er nach einer Weile gemeinsamen Schweigens, »vielleicht denken wir zu kompliziert. Wäre es nicht möglich, dass Trithemius sich seiner Sache zu sicher war und gar keine Anstalten machte, die rätselhafte Umschrift auf seinem Epitaph zu verschlüsseln?«

Schweinehirt sah Lucius an. Da war es wieder, dieses überhebliche Grinsen, das er nur schwer zu deuten vermochte. »Ihr glaubt, Trithemius bediente sich nur ganz gewöhnlicher Abkürzungen?«

»Ich glaube nur an Gott, den Allerhöchsten, und selbst da mache ich gewisse Einschränkungen.«

Lucius' Antwort gab Anlass zum Nachdenken, doch im Augenblick stand Wendelin die Inschrift auf dem Epitaph näher als das fragwürdige Glaubensbekenntnis des Benediktiners, und so verzichtete er auf jede Nachfrage.

»Für meine Annahme«, fuhr Lucius fort, »spricht zumindest die Redewendung, mit der die Inschrift beginnt: I.aet. – bis in alle Ewigkeit. Denkt darüber nach. Ich muss Euch jetzt leider verlassen und an der Klosterpforte nach dem Rechten sehen. Gott mit Euch!«

Wendelin Schweinehirt verbrachte den Tag mit Grübeln und der Verknüpfung wirrer Gedanken, ohne einem brauchbaren Ergebnis auch nur einen Schritt näherzukommen. Insgeheim verfluchte er das gespaltene Epitaph des Trithemius, das solche Anziehungskraft auf ihn ausübte.

Wie gewohnt traf er sich abends beim Angelus mit Magdalena, mutlos und der Verzweiflung nahe.

»Mir kam da etwas ins Gedächtnis, das ich beinahe vergessen hätte«, begann sie. »Wo ist der Pergamentfetzen mit der Abschrift?«

»In der Bibliothek«, antwortete Wendelin. »Ich habe zusammen mit Bruder Lucius viel Zeit verbracht und eine Reihe einschlägiger Bücher studiert. Alles vergeblich. Und du glaubst, etwas herausgefunden zu haben? Dann komm!«

Schweigend betraten sie die Abtei durch die verwaiste Pforte und nahmen den Weg hinüber zur Bibliothek. Vor einem Regal mit der Aufschrift ›Philosophia magica et occulta‹ stand ein verlottertes Lesepult. Darauf der Pergamentfetzen mit der Abschrift aus Riemenschneiders Werkstatt. Magdalena nahm das Pergament und hielt es dicht vor die Augen.

»Du sagtest, dir sei etwas eingefallen!«

»Ja«, erwiderte Magdalena, »die Neun Unsichtbaren geben sich untereinander mit einer Begrüßungsformel zu erkennen. Sie lautet: Satan Adama Tabat Amada Natas. Man kann die Worte, untereinander geschrieben, von links nach rechts, von oben nach unten, von unten nach oben und von rechts nach links lesen. Der Große Rudolfo beteuerte jedoch, die Formel habe keine Bedeutung außer jener, sich gegenseitig zu erkennen zu geben.«

»Das hilft uns nicht weiter!« Schweinehirt gab sich enttäuscht.

»Allerdings gibt es da noch eine weitere Formel, welche von den Unsichtbaren im Zusammenhang mit den ›Büchern der Weisheit‹ gebraucht wird.«

»Und die lautet?«

»*Tacent libri suo loco* – Die Bücher schweigen an ihrem Ort.«

Schweinehirt musterte Magdalena lange und durchdringend, als habe er Mühe, einen Zornesausbruch zu unterdrücken. »Und das sagst du erst jetzt?«, knurrte er leise, aber mit drohendem Unterton. Dabei ließ er den Blick nicht von dem Schriftzug auf dem Pergament.

Magdalena stutzte. Dann las sie stockend: »*In aeternum tacent libri Johannis Trithemii suo loco* – In alle Ewigkeit schweigen die Bücher des Johannes Trithemius an ihrem Ort. Das sind die ›Bücher der Weisheit‹!«, rief Magdalena aufgeregt.

»Da könntest du recht haben«, bemerkte Schweinehirt ironisch. »Zweifellos sind das die Worte eines Mannes, der weiß, wo die Bücher verborgen sind. Wahrscheinlich hat er sie eigenhändig an einem neuen Ort versteckt, und mir scheint, als machte er sich lustig über alle, die danach suchen.«

»Mir geht es nicht anders«, pflichtete Magdalena ihm bei. Sie stutzte und fuhr dann fort: »Aber was in aller Welt hat der Hinweis auf ›unseren Herrn und Kaiser Heinrich‹ zu bedeuten – *dominus Caesar Henricus*?«

»Das frage ich mich auch. Dem listigen Abt wäre sogar zuzutrauen, dass er mit der Erwähnung Kaiser Heinrichs nur eine falsche Fährte legen wollte. Welche Verbindung besteht zwischen Heinrich und den ›Büchern der Weisheit‹?«

»Könnte Kaiser Heinrich einer der Neun Unsichtbaren gewesen sein?«, fragte Magdalena.

Schweinehirt verzog das Gesicht: »Unmöglich ist das nicht. Aber welchen Zweck hätte Trithemius verfolgt, diesen Sachverhalt auf seinem Epitaph festzuhalten? Noch dazu auf rätselhafte Weise verschlüsselt? Nein, wir müssen bei unseren Nachforschungen irgendetwas übersehen haben.«

Aus der Klosterkirche schallten die letzten Töne des Vespergebets herüber, und Schweinehirt mahnte zum Aufbruch. Magdalenas Anwesenheit hätte ihn in unnötige Schwierigkeiten gebracht. Morgen, zur gleichen Stunde, wollten sie sich vor der Klosterpforte treffen.

Bis weit nach Mitternacht blieb Wendelin Schweinehirt in der Bibliothek, Folianten wälzend, auf der Suche nach Abkürzungen, wie sie in den Buchtiteln verwendet wurden. Aber je mehr er sich in seine Aufgabe vertiefte, desto weiter schien ihm die Lösung des Rätsels entfernt.

Bevor er seine Kammer aufsuchte, begab er sich noch einmal in den hinteren Teil des Kreuzgangs zum Epitaph des Trithemius und richtete den Lichtstrahl seiner Laterne auf die Inschrift des aufgesetzten oberen Teils.

Venerabilis. Patr. Dominus. Johannes. Trithemius.

Schweinehirt wiederholte die Textzeile ein ums andere Mal: Der verehrungswürdige Vater, Herr Johannes Trithemius – eine Floskel wie auf tausend anderen Epitaphien.

Dominus! – wie ein Blitz traf ihn der Gedanke. Hektisch zog er den Pergamentfetzen hervor, auf dem er die ursprüngliche Inschrift notiert hatte:

I. aet. ta. li. Johannis. Trithemii. s. loc. dom. Cae. Hen.

»*Dominus* – Herr«, murmelte Schweinehirt und fügte hinzu: »Großgeschrieben.« Dann hielt er das Pergament ins Licht: »*dom.* – kleingeschrieben, wie *domus*!«

Wie von Sinnen hetzte Schweinehirt den Kreuzgang entlang zur Pforte und eilte zum Gasthaus ›Zum Schwanen‹. Das Eingangstor war verschlossen, denn es ging auf den Morgen zu. Mit der Faust schlug Wendelin so lange gegen die Türe, bis der wohlbeleibte Wirt in einem leinenen Nachtgewand, eine Schlafhaube auf dem Kopf, erschien und sich mürrisch erkundigte, was denn so dringend sei, dass man ihn zu nachtschlafender Zeit aus dem Bett hole.

Es sei von größter Wichtigkeit, erwiderte Schweinehirt, er müsse Magdalena sprechen.

Der Wirt machte eine unanständige Bemerkung. Wenn er es so nötig habe, könne er doch auch auf die Hübschlerinnen im Badehaus zurückgreifen. Aber dann verwies er Wendelin auf Magdalenas Zimmer im ersten Stockwerk rechts am Ende des Ganges.

Magdalena erschrak zu Tode, als Schweinehirt plötzlich mit seiner Laterne, die einen langen Schatten warf, vor ihrem Lager stand.

»Wach auf!«, rief er leise und mit gepresster Stimme. »Ich weiß, wo die ›Bücher der Weisheit‹ verborgen sind!«

Magdalena setzte sich auf. Es dauerte eine Weile, bis ihr klar wurde, dass sie nicht träumte. »Die ›Bücher der Weisheit‹?«, fragte sie verschlafen.

»Wach auf, Magdalena!«, rief Wendelin ungehalten. Mit dem Pergament vor ihren Augen herumfuchtelnd, begann er: »Sieh hier: Wir sind davon ausgegangen *dom.Cae.Hen.* bedeute so viel wie: unser Herr, der Kaiser Heinrich.«

»Das ist naheliegend«, bemerkte Magdalena, die ganz allmählich zu sich kam.

»Naheliegend, gewiss. Vermutlich wählte Trithemius genau deshalb diese Formulierung. Aber *dom.Cae.Hen.* bedeutet in Wahrheit: *domo.Caesaris.Henrici*, also: im Dom des Kaisers Heinrich!«

»Der Dom, den Kaiser Heinrich in Bamberg errichtet hat«, bemerkte Magdalena beinahe andächtig.

Schweinehirt nickte stumm. Da fiel ihm Magdalena um den Hals, küsste ihn und drückte ihn an sich.

Wie oft hatte Wendelin ihre Nähe herbeigesehnt, aber nicht den Mut aufgebracht, sich ihr zu nähern. Dass die Initiative nun von ihr ausging, erfüllte ihn mit Genugtuung.

Magdalena nahm Wendelin das Pergament aus der Hand. Mit zitternden Fingern fuhr sie über die Zeile und murmelte: »In Ewigkeit schweigen die Bücher des Johannes Trithemius an ihrem Ort im Dom des Kaisers Heinrich.«

Mit einem Mal war sie ganz wach und sagte: »Noch heute, in aller Frühe, brechen wir auf in Richtung Bamberg!«

21. KAPITEL

Die halbe Stadt schien auf den Beinen, als Magdalena und Wendelin, von Westen kommend, dem Bamberger Rathaus zustrebten. Im territorialen Streit mit dem Fürstbischof hatten es die Bürger der Stadt kurzerhand in die Mitte der Regnitz gebaut, einen Fluss, der die Stadt in zwei Teile spaltete.

Am Markt, jenseits des Flusses, wo die Marktfrauen zu früher Stunde feilboten, was Hof und Felder hergaben, wurden sie im Gedränge mitgerissen, und da sie ohnehin nicht wussten, wo sie Station machen sollten, ließen die Ankömmlinge sich treiben wie Blätter im Herbstwind, ihr Gepäck aus Furcht vor Dieben fest an sich pressend.

Die Waschweiber, die ihnen, vom Fluss kommend, mit hochgeschürzten Röcken begegneten, machten auf der Stelle kehrt in Richtung Mühlenviertel, als sie hörten, was geschehen war, und kreischten mit heiseren Stimmen: »Ein Wunder, ein Wunder, ein Wunder!«

Wenngleich mit dem Fürstbischof in ständiger Fehde lebend – in dieser Hinsicht standen sie den Würzburgern in keiner Weise nach –, waren die Bamberger Bürger für Wunder äußerst empfänglich. Das bewog den Herrn vom Domberg dazu, ab und an ein solches zu inszenieren, gleich dem Hochamt am Tag der Erscheinung des Herrn. Nach biblischem Vorbild genasen unheilbar Kranke, Blinde und Lahme über Nacht durch Fürsprache Seiner Exzellenz. Aber auch levitierende Nonnen aus einem der umliegenden Klöster, also Nonnen, die sich in Verzückung über ihren Glauben stehenden Fußes vom Boden erhoben und drei Klafter über demselben schwebten, ernteten große Bewunderung. Allerhöchsten Anklang fand jedoch die wundersame Erweckung von Toten, vor allem dann, wenn sie nachweislich bereits einen oder mehrere Tage eingesargt verbracht hatten.

An diesem Morgen ging das Gerücht, eine weibliche Wasserleiche habe sich am Wehr der Regnitz oberhalb des Rathauses verfangen, kopfüber im Wasser treibend, mit einem auf die Brust geschnürten Schleifstein. Als Fischer sie mit Enterhaken ans Ufer zogen, habe sie, nachdem eine Fischersfrau drei heftige Kreuzzeichen geschlagen hatte, die Augen geöffnet und lächelnd in die Morgensonne geblinzelt.

Lechzend nach dem Unfassbaren, drängten sich die Bamberger nun um das Wehr, um Zeugen des Wunders zu sein – mitten unter ihnen Magdalena und Wendelin. Noch ehe die beiden das vermeintliche Wunder zu Gesicht bekamen, geriet die drängende, fromme Lieder anstimmende Pilgerschar außer Kontrolle. Schnell sprach sich herum, dass die Wasserleiche keineswegs zu neuem Leben erweckt worden war, sondern wohl nur sterbend die Augen offen behalten hatte und diese nach wie vor starr und tot gen Himmel richtete.

Bei den Bürgern rief dies höchsten Unwillen hervor, schließlich hatten sie sich so auf ein Wunder gefreut, und die Bamberger, allen voran die Waschweiber, denen damit wochenlanger Gesprächsstoff abhanden gekommen war, schimpften und geiferten und kreischten, Fürstbischof Weigand solle der Teufel holen, sie derart an der Nase herumzuführen. Wo sei denn nun das Wunder?

Es gab keines. Das Weib mit dem Schleifstein auf der Brust war ertränkt worden und hatte so das Zeitliche gesegnet. Zu diesem Ergebnis kam der herbeigerufene Stadtmedicus vom Sand, einem Stadtteil zu Füßen des Dombergs. Und da niemand die Tote von Angesicht kannte und Zweifel bestanden, ob sie zu Lebzeiten dem rechten Glauben angehört hatte, wurde nach dem Totengräber gerufen, der sie außerhalb der Stadt auf einem für solche Fälle vorgesehenen Acker verscharren sollte.

Enttäuscht zerstreuten sich die Gaffer, und Magdalena und Wendelin fanden Gelegenheit, einen Blick auf das ertränkte Frauenzimmer zu werfen. Noch immer blickte die Tote mit offenen Augen gen Himmel. Ihre langen Haare lagen wie verendete Schlangen auf dem Pflaster. Sie muss, dachte Magdalena, zu Lebzeiten von verhaltener Schönheit gewesen sein.

Da trat eine Matrone hinzu, stemmte die Fäuste in die Hüften und beugte sich mit Ekel im Gesicht über die Leiche.

»Das ist sie«, bemerkte sie schließlich. »Seit ein paar Tagen gewährte ich ihr und ihrem Begleiter Quartier. Die beiden machten keinen schlechten Eindruck, zahlten den Mietzins zwei Wochen im Voraus, gaben sich aber ziemlich geheimnisvoll, was ihren Namen und den Grund ihrer Anwesenheit betraf, so, als hätten sie etwas zu verschweigen.«

Und Balthasar Kleinknecht, der Türmer der Oberen Pfarre, der von seinem Umgang hoch oben die halbe Stadt überblicken konnte und ebenfalls zu dem Spektakulum geeilt war, fügte hinzu: »Ich habe jeden Morgen beobachtet, wie sie den Weg hinüber zum Dom nahmen. Weiß Gott, was sie dort suchten. Geistliche Einkehr war es wohl nicht. Oder was glaubst du, Pfisterin?«

»Nein«, erwiderte die Pfisterin, Wittfrau des Johann Pfister selig. Der hatte ihr ein schmalbrüstiges Haus in der ›Hölle‹ hinterlassen – so hieß die Gegend mit einer Ansammlung von Fachwerkhäusern, die sich ängstlich aneinanderschmiegten. »Nein, durch Frömmigkeit zeichneten sich beide nicht gerade aus. Sie verschmähten sogar die Sonntagsmesse. Wahrscheinlich waren es lutherische Protestanten!«

»Waren? Wo ist ihr Begleiter?«, erkundigte sich der Türmer mit einer abfälligen Kopfbewegung zur Leiche hin.

Die Pfisterin hob die Schultern: »Weiß ich's? Du hast doch von deinem Turm alles im Blick! Ich habe den gelehrten Herrn heute noch nicht zu Gesicht bekommen.«

»Sagtest du ›gelehrten Herrn‹?«, erregte sich Kleinknecht. »Auf mich machte er eher den Eindruck eines Vaganten, der mit seiner

Buhle durch die Lande zieht. Wer weiß, womit sie ihren Lebensunterhalt bestritten haben.«

»Hast du die beiden jemals aus der Nähe gesehen, Türmer?«

»Das nicht, Pfisterin, aber auch von oben herab gewinnt man einen Eindruck, der es erlaubt, den Charakter eines Menschen zu beurteilen. Gerade von oben herab! Aber da kannst du überhaupt nicht mitreden!«

Seit geraumer Zeit starrte Magdalena die aufgedunsene Wasserleiche an, wie gebannt von den weit aufgerissenen Augen. Ja, es schien, als verfolgte deren stumpfer Blick sie, als wollte die Tote im nächsten Moment zu reden beginnen. Die Morgensonne trocknete bereits ihre dunklen Schlangenhaare und ließ sie rötlich schimmern. Da ergriff Magdalena Wendelins Hand und drückte sie. Schweinehirt entging nicht, dass sie zitterte. Er sah sie fragend an.

Magdalena drängte Wendelin beiseite. Dabei raunte sie ihm zu: »Ich glaube, das ist Xeranthe aus der Gauklertruppe. Die, die Rudolfo auf dem Gewissen hat und die auch mich töten wollte. Was heißt ich glaube, Wendelin? Ich bin mir sicher!«

Kaum merklich schüttelte Schweinehirt den Kopf: »Bist du wirklich sicher?«, zischte er leise. »Der Tod durch Ertrinken verändert das Aussehen eines Menschen auf grauenvolle Weise!«

»Ich weiß«, erwiderte Magdalena mit zitternder Stimme, »aber Xeranthes Gesicht ist mir hundertmal im Traum erschienen. Ihr Aussehen hat sich in mein Gedächtnis eingebrannt. Glaube mir, sie ist es!«

Die Heimlichtuerei der beiden blieb den Umstehenden nicht verborgen. Neugierig trat der Türmer Kleinknecht, der Herz und Hirn stets auf der Zunge trug, an sie heran und stellte die Frage: »Kanntet Ihr das Frauenzimmer?«

»Die da?«, fragte Magdalena gekünstelt zurück. »Nein, wie kommt Ihr darauf?«

»Weil Ihr an ihrem Tod sichtlich Anteil nehmt. Jedenfalls kommt es mir so vor.«

»Nein, da irrt Ihr. Es war eher ein Zufall, der uns mit den Gaffern hierhergeführt hat.«

Weil er fürchtete, Magdalena könne sich verplappern, schaltete sich Wendelin ein: »Wir kommen gerade aus dem Würzburgischen und haben die Hoffnung, in einer der zahlreichen Klosterbibliotheken in Eurer Stadt Arbeit zu finden.«

»Dann seid Ihr Bibliothekare und kennt alle Schriften und die lateinische Sprache!«

»So ist es!«, erwiderte Magdalena.

»Ihr auch?«, staunte der Türmer.

»Was wundert Euch daran?«, fragte Magdalena.

»Nichts, nichts«, beeilte sich Kleinknecht zu antworten. Und eingeschüchtert fügte er hinzu: »Habt Ihr schon eine Bleibe?«

»Noch nicht. Wir sind gerade erst angekommen. Wisst Ihr eine angemessene Unterkunft?«

»Die Pfisterin in der ›Hölle‹, eine ehrliche Wittfrau, wenngleich etwas geschwätzig wie alle Wittfrauen, verdient sich ihr Zubrot, indem sie die oberen Zimmer ihres Hauses an Fremde vermietet. Dort, das wohlgenährte Weib, das ist die Pfisterin!«

»He, was erzählst du für Geschichten über mich!«, keifte die Matrone und kam näher. Und an Magdalena und Wendelin gewandt: »Ihr seid Fremde und habt noch keine Bleibe?«

»Nein«, erwiderte Magdalena. »Könnt Ihr uns aufnehmen?«

»Zwei Kreuzer pro Tag in einer Kammer unter dem Dach«, sagte die Pfisterin knapp. Der Tonfall ihrer Stimme machte deutlich, dass der Preis nicht zur Verhandlung stand. Magdalena und Wendelin sahen sich an und nickten zustimmend.

»Und wie lange wollt Ihr bleiben?«, erkundigte sich die Pfisterin. Dabei musterte sie die neuen Mietgäste von unten bis oben.

»Wir wissen es noch nicht«, antwortete Wendelin wahrheitsgemäß. »Wenn wir in einer Klosterbibliothek Arbeit fänden wie in Eberbach oder Würzburg, könnte es auch für längere Zeit sein – wenn es Euch recht ist.«

»Mir ist alles recht, was Geld bringt«, entgegnete die Wittfrau kaltschnäuzig. »Ihr seid Bibliothekare?«

»So ist es.«

»Da kann ich Euch vielleicht behilflich sein. Mein Schwippschwager Leonhard ist Cellerar bei den Benediktinern auf dem Michelsberg. Er ist für die Verwaltung des Klosters zuständig, ebenso für Dienstboten und weltliches Personal.«

»Hört sich gut an«, bemerkte Schweinehirt trocken.

Plötzlich zog die Pfisterin ihre Stirn in Falten und sagte: »Ich gehe doch recht in der Annahme, dass Ihr ein Gott wohlgefälliges Paar seid? Ihr versteht, was ich meine.«

»Natürlich, Eure Annahme täuscht Euch nicht«, erwiderte Wendelin, ohne lange nachzudenken.

Die Matrone trat näher und schüttelte den Kopf: »Nicht dass ich prüde wäre oder päpstlicher als der Papst, aber ich kann in meinem Haus keine Unzucht dulden. Der Bischof, müsst Ihr wissen, liegt mit den Bambergern in steter Fehde und versucht, auf jede nur erdenkliche Weise zu Geld zu kommen. Seine Späher sind angehalten nachzuforschen, ob ein Gastwirt oder eine Zimmerwirtin Paare ohne den Segen der Kirche beherbergt. Werden sie fündig, dann muss der Wirt einen Ablassbrief über zehn Gulden und ebenso viele Vaterunser erwerben. Dabei geht es dem frommen Herrn keineswegs um die Moral, nein, es geht ihm nur ums Geld!«

Nachdem Wendelin Schweinehirt beteuert hatte, sie könne in dieser Hinsicht gänzlich unbesorgt sein, und, gleichsam als Beweis, einen heftigen Kuss auf Magdalenas Wange gedrückt hatte, führte die Pfisterin ihre neuen Gäste zu ihrem Haus in der ›Hölle‹ und händigte ihnen die Schlüssel aus.

Bevor der Tag sich neigte, saßen Magdalena und Wendelin bei der Pfisterin in der Stube und redeten, um sich kennenzulernen. Von Zeit zu Zeit blickte die Matrone aus dem Fenster auf die fünfzehn steinernen Stufen, die bergan zur oberen Pfarre und von dort weiter zum Dom führten, und als sie Magdalenas neugierige Blicke bemerkte, meinte sie: »Ich mache mir Sorgen um Athanasius Helmont, den Schriftgelehrten. Der Tod seiner Frau geht mir, wenn ich ehrlich bin, eher weniger zu Herzen. Sie war ein Weibsteufel, aber Helmont verehrte sie. Schwer vorstellbar, dass *er* es gewesen sein soll, der sie ertränkt hat.«

Magdalena und Wendelin warfen sich vielsagende Blicke zu. Dann sagte Magdalena: »Aber es war zweifellos Mord. Oder habt Ihr eine andere Erklärung für den Schleifstein um Xeranthes Hals?«

»Woher kennt Ihr Xeranthes Namen?«, fiel ihr die Pfisterin ins Wort und sah Magdalena prüfend an.

Magdalena erschrak: »Ihr erwähntet ihn am Fundort der Leiche, unten am Wehr«, antwortete sie, ohne nachzudenken. Und um das Thema zu wechseln, fragte sie: »Ein Schriftgelehrter, sagtet Ihr, sei ihr Buhle – wie war doch sein Name?«

»Athanasius Helmont. Das behauptete er jedenfalls. Helmont versicherte, Albrecht von Brandenburg, der Mainzer Erzbischof, habe ihn mit der Aufzeichnung gewisser Inschriften an kirchlichen Gebäuden beauftragt. Pah, als wenn ihn die etwas angingen! Tatsache ist, sein Zimmer ist voll von Papier und Pergamenten mit Sätzen in lateinischer Sprache und Abkürzungen, die kein Mensch versteht. Ihr seid doch Bibliothekare, könnt Ihr mir sagen, warum sich die Menschen mit solcherlei Narretei das Leben unnötig schwermachen? Ich meine, entweder soll eine Inschrift der Nachwelt etwas vermitteln, dann soll man sich klar und deutlich ausdrücken. Oder man will der Nachwelt etwas verheimlichen, dann soll man es bleiben lassen und nicht Grabsteine und Kirchenwände mit Rätseln verunstalten!«

»In der Tat, da ist etwas Wahres dran«, meinte Magdalena lachend. »Und dieser Helmont beschäftigt sich mit nichts anderem als der Aufzeichnung von Inschriften?«

Die Pfisterin erhob sich, und mit einem vielversprechenden Wink sagte sie: »Kommt!«

Die Kammer des Schriftgelehrten lag im ersten Stockwerk, gleich rechter Hand neben der Treppe. Deren einzelne Stufen verursachten bei jedem Schritt ein anderes Knarzen, sodass jeder zwischen der unteren Schwelle und der oberen Stufe ein hässliches Konzert verursachte. Wie alle Kammern des Hauses war die Kammer des Schriftgelehrten nicht verschlossen, denn von der Haustüre abgesehen, verfügte keine Türe über ein Schloss. Der Raum mit drei Fenstern zur ›Hölle‹ hin hatte eine so niedrige Decke, dass ein stattlicher Mann sich nur mit eingezogenem Kopf fortbewegen konnte.

In der Mitte stand ein Tisch, übersät mit Zeichnungen, Plänen und Inschriften. Auch auf den Bettkästen, dem einzigen Stuhl, ja sogar auf dem beplankten Fußboden lagen Blätter ohne erkennbare Ordnung herum. Als Wendelin einen Fuß in die Stube setzen wollte, hielt ihn die Pfisterin mit ausgestrecktem Arm und der Bemerkung zurück, gewiss sei es dem Schriftgelehrten nicht recht, wenn ein Fremder das Zimmer in seiner Abwesenheit betrete.

Später, als Magdalena und Wendelin sich in ihrer Kammer unter dem Dach zur Ruhe begaben, meinte Magdalena: »Glaubst du, dass sich Albrecht von Brandenburg eines Steganographen oder Kryptographen bedient, um an die ›Bücher der Weisheit‹ zu gelangen?«

»Keine Frage«, antwortete Wendelin, »dem Mainzer Fürstbischof kann man beinahe alles zutrauen, und wenn's um Geld geht, wirklich alles. Aber auch für den Geheimschriftgelehrten Helmont würde ich meine Hand nicht ins Feuer legen …«

»Du meinst, er wirtschaftet in die eigene Tasche? Soll heißen: Für den Fall, dass er die ›Bücher der Weisheit‹ findet, könnte Helmont seinen Auftraggeber vergessen und untertauchen?«

Schweinehirt hob die Augenbrauen: »Weiß man's? Der gewaltsame Tod seiner Buhle wirft manche Frage auf.«

»So rede schon und sprich nicht in Rätseln!«, keifte Magdalena aufgebracht.

»Nun ja«, bemerkte Wendelin süffisant grinsend, »vielleicht kommen wir zu spät, und Helmont hat die ›Bücher der Weisheit‹ bereits gefunden und versucht, sich abzusetzen. Albrecht von Brandenburg bekam Wind davon und ließ Xeranthe ermorden, gleichsam als Warnung. Helmont selbst zu töten erscheint wenig ratsam, denn vielleicht ist er der Einzige, der das Versteck der Bücher des Trithemius kennt.«

»Noch eine Möglichkeit?«

»Die beiden haben die ›Bücher der Weisheit‹ gefunden und sind in Streit geraten, wem sie ihren kostbaren Fund zum Kauf anbieten sollen. Oder: Sie haben die Bücher gefunden, und auf den Büchern liegt ein todbringender Fluch.«

»Wendelin«, sagte Magdalena durchaus bewundernd, »du gäbst einen eindrucksvollen Geschichtenerzähler her und könntest von Ort zu Ort ziehen und das Volk unterhalten. Aber warum gehst du immer davon aus, dass Helmont die Bücher bereits gefunden hat? Das viele Papier in seiner Kammer beweist gar nichts. Gerade du müsstest doch wissen: Papier ist geduldig!«

Da nickte Schweinehirt, als hätte ihn Magdalena in die Wirklichkeit zurückgeholt.

»Lass uns morgen in aller Frühe mit der Suche beginnen«, sagte sie leise, aber mit Nachdruck. »Schließlich verfügen wir über mehr Wissen als alle, die hinter den ›Büchern der Weisheit‹ her sind.«

In dieser Nacht, der ersten an einem fremden Ort und in fremder Umgebung, gingen Magdalena tausend Dinge durch den Kopf. Während der gewaltsame Tod Xeranthes bei den Bamberger Bürgern kaum Interesse fand, ließ er Magdalena nicht in Ruhe.

Wer hatte Grund, die Wahrsagerin umzubringen? Oder hatte sie Selbstmord begangen? Aus welchen Motiven? Welche Rolle spielte der Geheimschriftgelehrte bei ihrem Ableben?

Gewiss, Magdalena hatte dem Weibsteufel schon tausendmal den Tod gewünscht, aber nun, da der Fluch sich erfüllt zu haben schien, fühlte sie sich schuldig, und das Ereignis belastete sie über alle Maßen.

Gedankenverloren nahm sie das Knarzen und Jammern der Treppenstufen zuerst kaum wahr, das in langen Abständen zu ihr nach oben drang, so, als bemühte sich der Verursacher möglichst unauffällig zu bleiben. Dann war es längere Zeit still.

Vielleicht, dachte sie im Halbschlaf, war der Geheimschriftgelehrte zurückgekehrt. Da vernahm sie erneut die quälenden Geräusche der hölzernen Stufen.

»Wendelin!«, flüsterte Magdalena und rüttelte Schweinehirt wach. »Hörst du nicht? Die Schritte auf der Treppe?«

Schweinehirt wälzte sich unwillig zur Seite und antwortete gähnend und schlaftrunken: »Wird wohl die Pfisterin sein, die nach dem Rechten sieht!«

»Oder der Geheimschriftgelehrte!«

»Oder der.« Wendelin war zu müde, um einen klaren Gedanken zu fassen. »Schlaf, bevor der Tag anbricht …«

Am Morgen erkundigte sich die Wittfrau misstrauisch, was Magdalena und Wendelin zu nachtschlafender Zeit denn gesucht hätten? In einem alten Haus wie diesem bleibe kein Schritt geheim. Dank der Hausgeister, die das uralte Gebälk bevölkerten, fügte sie hinzu.

Als Magdalena und Wendelin beteuerten, sie hätten ihre Kammer nicht verlassen und seien ihrerseits der Ansicht gewesen, sie, die Pfisterin, habe nach dem Rechten geschaut, da erhob sich die Wittfrau, stürmte, das Ächzen der Treppe missachtend, nach oben, riss die Türe zur Kammer des Geheimschriftgelehrten auf – dann war es lange still.

Langsamen Schrittes kam sie schließlich die Treppe herab. Mit fragendem Gesichtsausdruck trat ihr Magdalena entgegen.

»Er ist fort«, sagte die Wittfrau. Und kopfschüttelnd fügte sie hinzu: »Mit allem, was er besaß.« Dann öffnete sie die linke Faust: »Auf dem Tisch lagen vier Gulden. Dabei schuldete er mir keinen Kreuzer. Im Gegenteil, er hatte die Miete für zwei Wochen im Voraus bezahlt.«

»Er war eben ein guter Mensch«, bemerkte Schweinehirt mit einem Anflug von Ironie.

Die Pfisterin schien es nicht zu bemerken. »Dann«, erwiderte sie mit zornig funkelnden Augen, »ist es umso rätselhafter, dass er bei Nacht und Nebel verschwindet.«

Auf dem Weg zum Domberg murmelte Wendelin die Inschrift auf dem geborstenen Epitaph des Trithemius vor sich hin. Sie hatte sich so in sein Gedächtnis eingeprägt, dass er sie sogar im Schlaf hätte hersagen können: »In alle Ewigkeit schweigen die Bücher des Johannes Trithemius an ihrem Ort, im Dom des Kaisers Heinrich.«

Im Gehen bemerkte Magdalena, ohne Schweinehirt anzusehen: »Ich hoffe nur, Trithemius' Wunsch geht nicht in Erfüllung. Aber wie das Leben zeigt, irren sich kluge Männer sogar am häufigsten.«

Am Domplatz angelangt, ließen die beiden das imposante Bauwerk erst einmal auf sich wirken. Vier filigrane Türme, acht Stockwerke übereinander, mit spitzen Helmen, die wie Nadeln in den Himmel ragten, säumten einen Ost- und einen Westchor. Dazwischen ein Kirchenschiff, so hoch, als stünde es im Wettstreit mit den Türmen. Dazu vier mächtige Portale an Stellen, an denen man sie keinesfalls erwarten würde: die Adams- und die Gnadenpforte seitlich am Ostchor, das Fürstenportal, also der Haupteingang, völlig unsymmetrisch und keineswegs in der Mitte des Kirchenschiffs nach Norden hin. Beinahe versteckt im Nordwesten die Veitspforte und gegenüber in einem Anbau des Westchores eine heimliche Gittertüre. Nach Süden hin angebaut ein Kreuzgang und der Kapitelsaal. Im Ganzen gesehen ein verwirrendes Labyrinth von einer Starrheit und Strenge, die geeignet war, dem unkundigen Betrachter Angst einzuflößen.

»Ich habe Angst«, meinte Magdalena, nachdem sie das Bauwerk dreimal umrundet und mit den Augen in sich aufgesogen hatten.

»Das lag durchaus in der Absicht seiner Erbauer«, erklärte Schweinehirt. »Es gab eine Zeit, und die ist noch nicht so lange her, da waren die Päpste, Kardinäle, Bischöfe und der Klerus bemüht, die Gläubigen klein und demutsvoll zu halten. Am einfachsten erreichten sie das dadurch, dass sie gewaltige, furchteinflößende, übernatürliche Gotteshäuser aus dem Boden stampften. Ein kleines Kirchlein fordert eher zum Widerspruch heraus. Ein Bauwerk wie dieses duldet nur Demut und Gehorsam. Aber wem sage ich das!«

Magdalena nickte nachdenklich. »Insofern«, meinte sie schließlich, »ist der Dom des Kaisers Heinrich der ideale Platz für verborgene Schätze. Abt Trithemius wusste vermutlich genau, warum er die ›Bücher der Weisheit‹ gerade hier und nicht andernorts versteckte. Man kann sich schwer vorstellen, dass jemand es wagt, in den geheiligten Mauern dieses Bauwerks Bücher zu verstecken mit so profanem, ja ketzerischem Inhalt wie dem, Gold zu machen oder wundertätige Elixiere zu brauen.«

Während sie so redete, den Blick auf die Spitze des nordöstlichen der vier Türme gerichtet, wurde von innen die Gnadenpforte geöffnet. Ein alter Mann in grün-rotem Talar trat heraus und blinzelte in die Morgensonne, die mit ersten zaghaften Strahlen durch den Nebel stach. Der himmelwärts aufsteigende Domplatz war menschenleer. Noch herrschte friedliche Stille. Nur von der Alten Hofhaltung vernahm man Hundegebell.

»Ihr seid nicht von hier?«, rief der Alte in seiner Phantasieuniform vom oberen Absatz der Domtreppe herab.

Wendelin schüttelte den Kopf, ohne zu antworten.

»Wenn Ihr wollt, führe ich Euch durch den Dom. Dazu bin ich da. Es kostet nur einen Obolus in den Opferstock!«

Magdalena sah Wendelin an. Der Domführer kam wie gerufen. Vergeblich hatten sie sich Gedanken gemacht, wie sie bei der Suche nach den Büchern vorgehen sollten. Sollten sie die Wände abklopfen und nach einem Hohlraum suchen? Das erschien so unsinnig wie die Suche nach einer Perle auf dem Grund der Regnitz. Schweinehirt hatte die Vermutung geäußert, dass Trithemius das Versteck symbolhaft oder auf irgendeine andere Weise verschlüsselt gewählt haben könnte. In dieser Hinsicht konnte der Domführer wertvolle Dienste leisten.

Nachdem Wendelin eine Münze in den Opferstock am Eingang der Gnadenpforte geworfen hatte, begann der Führer mit seinen Erklärungen. Dabei fiel er in einen eigenartigen Singsang, der sich in der Tonlage wenig vom Chorgebet der Zisterzienser von Eberbach unterschied.

Mit Interesse nahmen Magdalena und Wendelin zur Kenntnis, dass der vor fünfhundert Jahren errichtete Dom des Kaisers Heinrich bereits zweimal abgebrannt und wieder neu errichtet worden war, zuletzt vor dreihundert Jahren auf Betreiben von Bischof Ekbert. Während der Jahrhunderte dauernden Bauzeit hatten sich Zeitgeschmack, Denkweise und Bedürfnisse seiner Erbauer immer wieder geändert, und so war daraus ein Bauwerk unterschiedlicher Stile erwachsen, bisweilen verwirrend in seiner Architektur und geheimnisvoll wie das Weltenende am Jüngsten Tag. Geheimnisvoll deshalb, weil während der langen Bauzeit Bedeutung und Symbolik der zahlreichen Skulpturen und Reliefs verloren gegangen waren, was bisweilen durchaus peinlich war. So konnte beispielsweise niemand erklären, warum im Jüngsten Gericht über dem Fürstenportal, wo zur Rechten Gottes die Seligen, zu seiner Linken aber die Verdammten platziert waren, warum sich unter den Verdammten unverkennbar ein König, ein Bischof und – Gott sei bei uns – sogar ein Papst befanden, Letzterer unzweifelhaft erkennbar an seiner Tiara.

Das größte Rätsel freilich war der Bamberger Reiter, ein annähernd lebensgroßes Wand-, kein Standbild, zusammengesetzt aus einem Dutzend Steinen. Eine Skulptur, von der niemand zu sagen wusste, woher sie kam und wen sie darstellte. Ihre Herkunft und Bedeutung war einfach vergessen worden. Jetzt stand der steinerne Reiter da, auf einem Wandsockel, und blickte gelassen, beinahe überheblich über die Köpfe der Gläubigen.

Kein Zweifel, der Dom Kaiser Heinrichs, der eines der größten Geheimnisse der Menschheit bergen sollte, war selbst ein einziges Rätsel.

»Kennt Ihr denn alle oder zumindest die meisten Geheimnisse in diesem Dom?«, erkundigte sich Magdalena vorsichtig beim Domführer, nachdem sie das Wichtigste über das Bauwerk erfahren hatten.

Da schmunzelte der alte Mann mit gesenktem Kopf und antwortete hüstelnd: »Ein Menschenleben ist nicht genug, alles zu ergründen, was innerhalb dieser Mauern von Menschenhand geschaffen wurde.« Und eilends fügte er hinzu: »Zur höheren Ehre Gottes!«

Inzwischen füllte sich der Dom mit immer mehr Besuchern, Menschen, die von weither kamen, um das Wunderwerk zu besichtigen, und mit einigen Bürgern der Stadt zum frommen Gebet.

Als sich der Domführer verabschiedete, um sich anderen Besuchern zuzuwenden, fasste ihn Magdalena am weiten Ärmel seiner rot-grünen Tracht. »Gestattet mir zum Schluss eine Frage!«

Mit erhobener Hand mahnte Schweinehirt zur Zurückhaltung. Eine falsche Frage reichte, den Grund für ihr besonderes Interesse an dem Bauwerk zu verraten.

»Könnte es nicht sein«, fuhr Magdalena fort, »dass sich in diesem rätselhaften Bauwerk noch Hinweise auf Dinge befinden, von denen wir keine Ahnung haben?«

Unwillig befreite sich der Führer aus Magdalenas Griff und wandte sich um. Im Gehen sagte er mit gedämpfter Stimme, als wollte er nicht, dass ihn jemand hörte: »Das könnte nicht nur so sein, Jungfer, das ist so! Und es ist gut so, wie es ist.«

Magdalena und Wendelin sahen sich lange an. Sie begriffen nicht, was sich hinter der Antwort des alten Mannes verbarg.

Auf der Suche nach irgendeinem Hinweis auf die ›Bücher der Weisheit‹ verbrachten sie den ganzen Tag bis zum Abend im Dom. Dabei nahmen sie jedes Grab, jedes Denkmal und jedes Epitaph in Augenschein. In verwirrender Vielfalt wurde die Vergangenheit lebendig.

Bisweilen fühlte sich Magdalena von Klerikern des Domkapitels beobachtet, die sich an ihre Fersen hefteten und versuchten,

Gesprächsfetzen zu erhaschen. Wandte sich der eine ab, folgte ihm ein anderer.

Zuerst zweifelte Magdalena, ob sie sich das alles nur einbildete; aber im Laufe des Tages gewann sie den Eindruck, dass die Überwachung immer deutlicher wurde. Sie ergriff Wendelins Arm und zog ihn mit sich fort ins Freie.

»Was hast du?«, erkundigte sich Schweinehirt, an dem die heimlichen Beobachtungen im Dom unbemerkt vorübergegangen waren.

»Hast du nicht gemerkt, dass wir ständig verfolgt und belauscht wurden?«, antwortete Magdalena vorwurfsvoll.

Schweinehirt versuchte Magdalena zu beruhigen: »Ich kann deine Verwirrung verstehen. Ich würde lügen, wenn ich behauptete, die Suche nach den verbotenen Büchern ließe mich kalt. Vor dem Grab des Kaisers Heinrich und seiner Frau Kunigunde, das Tilman Riemenschneider gefertigt hat, schlug mein Herz bis zum Hals. Ich überlegte: Was mochte Riemenschneider, der in das schlichte Epitaph des Trithemius solche Geheimnisse eingearbeitet hat, was mochte dieser Mann erst im Grab des Kaisers hinterlassen haben? Warum haben wir Riemenschneider nicht gefragt?«

Magdalena schüttelte den Kopf: »Wir dürfen jetzt nicht in den Irrtum verfallen, Riemenschneider könnte in jedem seiner Kunstwerke eine Botschaft eingearbeitet haben.«

Wendelin nickte.

Der Domplatz leerte sich. Stille kehrte ein. Und während Magdalena und Wendelin die kühle Spätsommerluft in sich aufsogen und beinahe flüsternd berieten, wie sie weiter vorgehen sollten, hörte man von der Gnadenpforte, wie die erzene Türe ins Schloss fiel.

»Und wenn wir uns kommende Nacht im Dom einschließen lassen?«, fragte Magdalena, den Blick auf den Eingang gerichtet.

Schweinehirt dachte nach.

»Wenn wir uns heute schon auffällig benommen haben«, legte Magdalena nach, »dann erregen wir morgen erst recht Aufsehen. In der Krypta unter dem Dom sind Bauarbeiten im Gange. Dort gibt es genug Möglichkeiten, sich zu verstecken.«

»Du hast Mut!«, bemerkte Schweinehirt bewundernd. »Bei Nacht allein in einem Raum mit einem toten Kaiser, fünf Dutzend toten Bischöfen und Dompröpsten und einem halben Jahrtausend Geschichte! Dein Entschluss fordert mir Respekt ab. Das willst du tun?«

»Sonst hätte ich es nicht vorgeschlagen. Die Auferstehung der Toten erfolgt erst am Jüngsten Tag, und bisher gibt es keine Vorzeichen, dass diese bevorstünde.« Magdalena musste schmunzeln.

22. KAPITEL

Am Tag darauf schlüpften Magdalena und Wendelin kurz vor Schließung des Doms in das Innere des Bauwerks. Unbemerkt gelangten sie in die Krypta, wo die Steinmetze bereits die Arbeit eingestellt hatten.

Hinter einer aufgeschichteten Mauer aus Sandsteinen, die hier zur Restaurierung der Treppen lagerten, ließen sie sich nieder. Es war düster. Durch die wenigen halbmondförmigen hochgelegenen Fenster fiel kaum Licht. Zudem neigte sich der Tag seinem Ende zu.

In die unheimliche Stille drang das harte Geräusch der Domtüren, die ins Schloss fielen. Kurz darauf näherten sich auf den Treppenstufen zur Krypta Schritte. Auf dem Boden hockend, legten Magdalena und Wendelin ihre Köpfe auf die angezogenen Knie und umfassten die Unterschenkel mit den Armen, als wollten sie sich unsichtbar machen. Schnell kamen die Schritte näher, aber ebenso schnell entfernten sie sich wieder. Magdalena wagte kaum zu atmen. Schweinehirt rieb sich mit beiden Händen die Augen.

Der Vorfall hatte die beiden so mitgenommen, dass keiner auch nur zu flüstern wagte. Ob ein oder zwei Stunden vergingen, in denen sie nur schweigend wie in Trance vor sich hin starrten, wussten sie nicht zu sagen.

»Pst!« Wendelin legte den Zeigefinger auf die Lippen. Von oben aus dem Kirchenschiff drangen unerklärliche Laute zu ihnen nach unten: ein Stöhnen, dumpfe Schläge auf Stein.

»Wir müssen hier raus!«, zischte Magdalena.

»Pst!«, wiederholte Schweinehirt und versuchte Magdalena in seine Arme zu ziehen. Aber Magdalena stieß ihn zurück, als hätte er sich ihr unsittlich genähert. Dann war es wieder still.

Inzwischen hatte die Dämmerung den Dom eingehüllt. In ihrem Versteck unter dem Kirchenschiff sah man kaum noch die Hand vor Augen. Aber Magdalena hatte vorgesorgt und die Funzel aus ihrer Kammer bei der Pfisterin mitgenommen. Um sie anzuzünden, mussten sie sich behutsam nach oben tasten, wo vor dem Marienaltar und dem Grab des Kaisers Heinrich bei Tag und Nacht unzählige Lichter flackerten.

»Wie wollen wir vorgehen?«, fragte Magdalena, nachdem sie die Funzel entzündet hatte. »Es macht wenig Sinn, den Dom Elle für Elle abzuklopfen und nach einem Hohlraum zu suchen. Wir müssen ein System finden und dort beginnen, wo die Wahrscheinlichkeit, auf ein Versteck zu stoßen, am größten ist.«

»Und wo, wenn ich fragen darf, ist die Wahrscheinlichkeit am größten?«, erkundigte sich Schweinehirt gereizt.

Gut, dass die Funzel und die Lichter vor dem Grab Kaiser Heinrichs und seiner Frau Kunigunde nur wenig Helligkeit verbreiteten, sonst hätte Wendelin das zornige Funkeln in Magdalenas Augen gesehen. So schwiegen sie beide vor sich hin, während sie in der Düsternis bedächtig einen Fuß vor den anderen setzten und auf das Chorgestühl im Westchor zuschritten, wo die Domherren während der Messe ihre Plätze einnahmen.

Gefragt, was sie gerade dorthin zog, hätte keiner von beiden eine Erklärung gewusst, und doch suchten sie zielstrebig gerade diesen Weg.

Mit ausgestrecktem Arm hielt Magdalena die Laterne hoch. Plötzlich hielt sie inne.

»Wendelin!«, flüsterte sie. »Wendelin, da!« Mit der anderen Hand deutete sie auf das Chorgestühl.

Schweinehirt kniff die Augen zusammen, während sein Blick ihrem Hinweis folgte. In der Dunkelheit war kaum etwas zu erkennen.

»Im Chorgestühl, rechts, in der vorderen Reihe! Siehst du nicht?«, herrschte sie Wendelin an.

Schweinehirt zuckte zusammen: In der Tat, im Chorgestühl saß schlafend ein Mann in einem weiten dunklen Mantel, den Kopf auf die Brust gesenkt. Er schien sie nicht zu bemerken. Die Wächter mussten ihn, als sie die Türe verschlossen, wohl übersehen haben.

Der unerwartete Anblick verängstigte die beiden, dennoch näherten sie sich dem Schlafenden gegen jede Vernunft. Im Näherkommen fiel seine zarte Statur auf, und als ihm Magdalena die Funzel vor das auffallend blasse Gesicht hielt, schreckte sie zurück: Der Mann schlief gar nicht. Mit offenen Augen starrte er vor sich auf den Boden.

»He, Ihr da!« Schweinehirt legte dem Mann die Hand auf die Schulter und schüttelte ihn.

Langsam neigte sich der Unbekannte vornüber und sackte, die Arme nach unten ausgestreckt, zu Boden, wo er zusammengekrümmt, das Gesicht nach unten, liegen blieb.

»Mein Gott!«, stammelte Magdalena. Mit starrem Blick beobachtete sie, wie Schweinehirt sich niederkniete und versuchte, den Mann auf den Rücken zu drehen.

Das bereitete ihm einige Schwierigkeiten, weil der gekrümmte Körper mit angewinkelten Beinen steif und störrisch und wie gefroren wirkte. Schließlich gab er sich mit der Seitenlage zufrieden.

»Er ist tot«, bemerkte Schweinehirt ohne ein Zeichen von Anteilnahme.

Mit der flachen Hand wollte Magdalena den Puls an der Halsschlagader des Mannes prüfen, doch sie schreckte zurück, als sie den dunklen, blutunterlaufenen Ring um den Hals des Toten erblickte.

»Man hat ihn erdrosselt«, stammelte sie, »mit einer Schlinge erdrosselt, verstehst du?«

Schweinehirt begriff sehr wohl. Er schüttelte den Kopf. »Das muss erst vor kurzer Zeit passiert sein, auf jeden Fall nach Schließung der Domtüren. Erinnerst du dich an die seltsamen Geräusche,

413

die in der Krypta zu hören waren?« Wendelin nahm Magdalena die Laterne aus der Hand und hielt sie hoch. Mit zitternder Hand leuchtete er ins Chorgestühl zu beiden Seiten des Chorraums.

»Denkst du, der Mörder sitzt hier noch herum?«, fragte Magdalena, um ihre Angst zu überspielen. Sie nahm Wendelin die Laterne aus der Hand und stellte sie neben der Leiche auf den Boden.

»Da!« Magdalena deutete auf ein helles Etwas, das unter dem Mantel des toten Mannes hervorlugte.

Mit spitzen Fingern zog Schweinehirt ein mehrfach gefaltetes Papier hervor und reichte es Magdalena.

»Ein wichtiges Dokument«, flüsterte sie aufgeregt, während sie das Papier entfaltete. »Ein handgeschriebener Brief mit dem Wappen Albrechts von Brandenburg!«

Sie sahen sich fragend an.

Schließlich begann Magdalena stockend zu lesen: »Wir, von Gottes Gnaden Erzbischof und Kurfürst von Mainz, versprechen auf den Tod, dem wohlgelehrten Steganographen Athanasius Helmont aus Brabant, Wohnung nehmend derzeit im Nasengässchen zu Mainz, den zehnten Teil der Einkünfte, welche zustande kommen durch die wohlgelehrte Entschlüsselung des Rätsels um die Inschrift HICIACCOD, welche der Unterzeichnete, Seine kurfürstliche Gnaden Albrecht von Brandenburg, und sein Secretarius Joachim Kirchner mit eigenen Augen gesehen am Leib des Rudolfos Rettenbeck selig, genannt der Große Rudolfo, dem Gott der Herr gnädig sei. Gezeichnet: Albrecht – Niedergelegt durch Joachim Kirchner.«

Darunter stand, mit flüchtigem Stift festgehalten:

HIC IACENT CODICES

»Hier liegen die Bücher!«, murmelte Magdalena leise vor sich hin. »Dann ist der Tote der Steganograph Athanasius Helmont, der bis vor wenigen Tagen bei der Pfisterin in der ›Hölle‹ wohnte.«

Sie gab Schweinehirt das Pergament zurück. Der nahm es, faltete es und schob es wieder in die Kleidung des Toten.

Nach Augenblicken nachdenklichen Schweigens begann Magdalena: »Ich bin dir wohl eine Erklärung schuldig. Der Große Rudolfo, musst du wissen, hatte in der Leistenbeuge eine Tätowierung: eine dreischwänzige Schlange und darunter die Buchstabenfolge HICIACCOD. Um die Bedeutung der Tätowierung machte Rudolfo ein großes Geheimnis. Früher oder später hätte er es mir sicher erklärt. Allerdings kam ihm der Tod zuvor. Mir ist rätselhaft, wie Albrecht von Brandenburg von der Tätowierung erfahren hat.«

»Hätte mich auch gewundert, wenn der feine Herr Erzbischof von Mainz seine dreckigen Finger nicht mit im Spiel gehabt hätte!«, bemerkte Schweinehirt. »Leider hilft uns die Erkenntnis, die wir aus diesem Brief ziehen können, nicht weiter.«

»Aber wer steckt hinter den Morden? Erst Xeranthe, mit der Athanasius Helmont ein Verhältnis pflegte. Und jetzt er selbst.« Magdalena erhob sich und ließ sich im Chorgestühl nieder. Wie gebannt starrte sie in das Licht der Laterne, die neben dem toten Steganographen auf dem Boden stand und einen matten Schimmer auf einen unscheinbaren grauen, beinahe schmucklosen Sarkophag warf. Im Vergleich zu anderen Grabmälern im Dom wirkte er so bescheiden, dass er meist übersehen oder nicht beachtet wurde. Die Seitenreliefs waren wenig kunstvoll, im Vergleich zu Riemenschneiders Kaisergrab sogar bescheiden.

Magdalenas Blick blieb an einem der Seitenreliefs hängen. Es war wie die übrigen Darstellungen rätselhaft: ein nackter Jüngling, hinter dem – Magdalena wollte nicht glauben, was sie sah – eine dreischwänzige Schlange zu sehen war – oder drei Flüsse, die sich zu einem vereinen.

»Wer wurde hier bestattet?«, erkundigte sich Magdalena aufgeregt.

»Das ist das Grab des Bamberger Bischofs Suidger von Mayendorff, der als Papst Clemens II. in die Geschichte einging …«

»Sag das noch mal!«, unterbrach ihn Magdalena.

»Im Jahre des Herrn 1046 wurde Suidger zum Papst gewählt, und er gab sich den Namen Clemens.«

Magdalena schluckte, als hätte sie Schwierigkeiten, das Gehörte zu verarbeiten. »*Clemens*, sagst du ...« Dabei ließ sie den Sarkophag nicht aus den Augen. »*Clemens* war das letzte Wort, das der Große Rudolfo sterbend auf dem Domplatz in Mainz stammelte!«

Schweinehirt betrachtete abwechselnd Magdalena und den unscheinbaren Sarkophag. »*Clemens*! Bist du sicher?«

Magdalena hob unwillig die Augenbrauen und schwieg.

»Das würde ja bedeuten, dass die ›Bücher der Weisheit‹ ...«

»... hier im Sarkophag des Papstes Clemens versteckt sein könnten!« Magdalena schlug die Hände vors Gesicht.

Mit der Funzel in der Hand umrundete sie die unscheinbare Grabstätte und leuchtete auf die rätselhaften Reliefs, zwei auf der rechten, drei auf der linken Seite sowie je eines an der schmalen Stirn- und Fußseite.

Generationen von Symboldeutern hatten sich schon den Kopf über die Darstellungen zerbrochen und die unterschiedlichsten Theorien entwickelt. Was hatte ein Mann, der mit einem Löwen kämpft, zu bedeuten? Oder ein halbnackter Drachenkämpfer? Mann oder Frau mit einer Waage? Und einer, der den Inhalt zweier Krüge mischt?

Vor der Szene, welche die Fußseite zierte, verharrte Magdalena lange und sprachlos: Sie zeigte einen breit lachenden Mann mit spitzer Haube, auf einem Bett liegend. Hinter ihm nahte ein geflügelter Engel mit einer Schriftrolle. Die spitze Haube wies zweifellos auf Papst Clemens hin. Und kluge Gelehrte hatten die Szene vielfach als ›Clemens auf dem Sterbebett‹ gedeutet. Dagegen sprach allerdings, dass sich Clemens bequem auf seinen rechten Unterarm stützte. Und sein lachender Gesichtsausdruck war nicht gerade der eines Sterbenden.

Wendelin trat hinzu und betrachtete lange die Darstellung des Papstes.

»Ich glaube, wir haben beide den gleichen Gedanken«, sagte er leise.

»Du meinst, worauf zeigt Clemens mit dem ausgestreckten linken Zeigefinger? Mir kommt es vor, als wollte er uns einen Hinweis geben, dass an dieser Stelle in seinem Sarkophag etwas verborgen liegt, von dem nur Eingeweihte wissen. Der flüchtige Betrachter kann sich jedenfalls kaum einen Reim darauf machen.«

»Das würde bedeuten«, sagte Schweinehirt nachdenklich, »dass nicht Trithemius die ›Bücher der Weisheit‹ hierhergebracht hat, sondern dass sie hier schon seit 500 Jahren lagern. Und − Bischof Suidger von Bamberg, der spätere Papst Clemens, gehörte zu den Neun Unsichtbaren! Soweit mir bekannt ist, war Clemens übrigens nur zehn Monate Papst. Er starb, ohne irgendwelche Anzeichen einer Krankheit, auf einer Reise nach Rom. Da hatte er jedoch seinen Sarkophag mit den rätselhaften Bildern bereits in Auftrag gegeben. Und vermutlich seinen Nachfolger bei den Unsichtbaren bestimmt.«

»*Hic iacent codices*«, murmelte Magdalena gedankenverloren vor sich hin. Ihr Tonfall verriet Ergriffenheit. Doch plötzlich, als hätte ein einziger Gedanke alles verändert, rief sie, dass es von den kahlen Mauern widerhallte: »Wir müssen den Sarkophag öffnen. Noch heute Nacht. Morgen könnte es vielleicht schon zu spät sein.«

Schweinehirt hob beschwichtigend beide Hände: »Ich verstehe ja deine Aufregung. Aber wie stellst du dir das vor?«

»In der Krypta lagert das notwendige Werkzeug der Steinmetze, Meißel und Brechstangen aus hartem Eisen. Im Übrigen ist die Deckplatte nicht so schwer, dass sie nicht von zwei kräftigen Menschen aufgehebelt werden könnte.«

»Mit den zwei kräftigen Menschen meinst du dich und mich!«

»Andere stehen uns nicht zur Verfügung«, erwiderte Magdalena trocken. »Und jetzt komm!«

In der Krypta hatten die Steinmetze ihre Werkzeuge nach Handwerkerart sorgsam aufgereiht. Magdalena und Wendelin brauchten

417

sich nur zu bedienen. Zwei kräftige Meißel, ein schwerer Hammer, zwei mannshohe Brechstangen und ein kniehoher Holzbock mussten fürs Erste genügen.

Wieder zurück, machte Magdalena einen großen Bogen um den toten Steganographen. »Ich kann mir nicht helfen«, bemerkte sie, »ich fühle mich von Helmont beobachtet. Können wir ihn nicht fortschaffen?«

Ohne zu antworten, trat Wendelin auf den Toten zu, packte ihn unter den Achseln und schleifte ihn hinter das Chorgestühl.

In der Zwischenzeit machte sich Magdalena bereits an der Deckplatte des Sarkophags zu schaffen. Um laute Hammerschläge zu vermeiden, kratzte sie mit einem Steinmetzmeißel die dünne Gipsschicht zwischen der Deckplatte und dem eigentlichen Sarkophag heraus. Zweifellos hatte vor nicht allzu langer Zeit jemand dasselbe Ziel verfolgt.

»Vielleicht«, bemerkte sie schnaufend, »können wir in dem Spalt eine Brechstange ansetzen und die Deckplatte hochhebeln. Versuche du das Gleiche auf der gegenüberliegenden Seite.«

»An dir ist ein Steinmetz verloren gegangen«, bemerkte Schweinehirt anerkennend. »Allerdings wärst du dann wohl das erste weibliche Wesen in einer Dombauhütte, und die hohen Herren würden deine Arbeit als Gotteslästerung betrachten.«

Magdalena ging nicht näher auf Schweinehirts Worte ein und mahnte zur Eile: »Nicht mehr lange, und der Tag graut. Bis dahin muss alles gelaufen sein!«

Schon schimmerte im Osten ein zartes Morgengrau durch die hohen Domfenster, und Magdalena und Wendelin hatten kaum mehr als die Hälfte der Gipsschicht, welche die Deckplatte auf dem Sarkophag festhielt, herausgekratzt.

»Wir sollten jetzt versuchen, die Deckplatte mit der Brechstange anzuheben«, sagte Schweinehirt, ohne von der Arbeit aufzublicken. »Gips ist ein brüchiges Material. Vielleicht haben wir Glück.«

An der Fußseite, knapp über dem Relief mit Papst Clemens, hatte Magdalena einen Spalt aus der Gipsschicht gekratzt, gerade so groß, dass man eine Hand hineinlegen konnte, und breit genug, um die Brechstange anzusetzen.

Schweinehirt stellte den Holzbock davor. Er sollte als Auflage für die Brechstange dienen. Dann rammte er das Werkzeug in den Spalt und lehnte sich mit seinem vollen Körpergewicht über das Ende der Eisenstange.

Entweder war die Deckplatte zu schwer, oder die verbliebene Gipsschicht hielt sie noch immer fest auf ihrem Sockel.

Magdalena und Wendelin sahen sich an. Die anstrengende Arbeit hatte ihnen den Schweiß in die Gesichter getrieben. Keiner sagte ein Wort. Mit einem Wink forderte Magdalena Schweinehirt auf, er solle es noch einmal versuchen. Sie selbst setzte zusätzlich ihr Körpergewicht ein.

Da, plötzlich ein Krachen, ein Knirschen und Mahlen, und wie von starker Hand im Innern emporgestemmt, hob sich der Deckel des Sarkophags einseitig eine Elle nach oben.

Geistesgegenwärtig klemmte Magdalena einen Hammerstiel in die entstandene Lücke. Dann zog Schweinehirt seine Brechstange zurück.

Mit der Laterne leuchtete Magdalena in den Sarkophag. Unter einem dünnen Tuch, das aussah wie ein Gespinst von tausend Spinnweben, erkannte sie die Umrisse eines Menschen. Er lag mit gefalteten Händen auf dem Rücken, schmucklos, armselig. Wurde so ein Papst bestattet?

»Was siehst du?«, drängte Wendelin.

»Nichts«, antwortete Magdalena, »außer die Leiche eines Papstes. Von den ›Büchern der Weisheit‹ keine Spur.« Dann zog sie den Kopf zurück und reichte Schweinehirt die Laterne.

Schließlich verschwand Schweinehirt mit dem Oberkörper im Sarkophag. Als er nach Minuten wieder auftauchte, hielt er einen verstaubten Packen in der Hand, an einer Seite zusammengeheftete, zum Teil gewellte Pergamentblätter. Dem ersten folgte ein zweiter, ein dritter … am Ende waren es neun Bücher, unterschiedlich gut erhalten: die neun ›Bücher der Weisheit‹.

Andächtig legte Magdalena eines neben das andere. Sie brachte kein Wort hervor, stand unter Schock, fassungslos: Was tust du da? Sie glaubte, ihre eigene Stimme zu hören: »Die ›Bücher der Weisheit‹ werden dir kein Glück bringen.«

Es war wie eine Erlösung, als Schweinehirts vertraute Stimme sie aus ihrem tranceartigen Zustand riss: »Draußen ist es schon hell. Wir müssen zusehen, dass wir hier wegkommen!«

»Ja«, antwortete Magdalena leise.

Um die Spuren ihres Einbruchs zu verwischen, verschlossen sie den Sarkophag wieder, fegten den angefallenen Schutt mit bloßen Händen zusammen und leerten die Reste in Magdalenas Haube. Dann brachten sie die Gipsreste und das entwendete Werkzeug zurück in die Krypta, mischten den Schutt unter den Haufen Bruchsteine und legten das Werkzeug an der Stelle ab, von der sie es genommen hatten. Auf diese Weise hofften sie, ihr Eindringen würde nicht sofort, vielleicht erst nach Tagen entdeckt werden. Bis dahin würden sie mit den Büchern über alle Berge sein.

Zurück im Westchor des Doms hob Magdalena ein Buch nach dem anderen auf, befreite es vom Staub und blätterte in den vergilbten Seiten. Es würde nicht einfach sein, die in unterschiedlichen Sprachen geschriebenen Texte zu lesen. Nur wenige waren in deutscher Sprache abgefasst – diese dazu noch in einem altertümlichen Dialekt. Die meisten Schreiber hatten die lateinische Sprache bevorzugt, das Italienische, Englische und die Franzosensprache. Auch in Kirchengriechisch, der Sprache der Evangelien, und Arabisch, dessen Schriftzeichen ihr so fremd waren wie der neu entdeckte Kontinent America, waren ganze Seiten abgefasst.

Die wenigen Überschriften, die ihr beim flüchtigen Blättern ins Auge stachen, versetzten sie in Aufregung. Jetzt plagte sie das schlechte Gewissen: Hatte sie das Recht, in diesen Büchern zu blättern, Büchern, deren Inhalt geeignet war, die Welt zu verändern?

Mit Staunen, bisweilen mit Bangen las sie die Überschriften einzelner Kapitel:

Der Mensch lernt fliegen wie die Engel des Himmels
Wo die Gebeine unseres Herrn Jesus gefunden werden
Der wahre Grund für die Kreuzzüge
Tiere und Pflanzen, die im Dunkeln leuchten
Wie verlorene Gliedmaßen zum Nachwachsen gebracht
    werden
Die Wunder des Alten Testaments sind keine Wunder,
    sondern Ereignisse, deren Ursache vergessen ist
Wir brauchen keine Nahrung, sondern ernähren uns aus
    der Luft
Das Errechnen der Todesstunde eines jeden Menschen
Wo der Schatz der Templer verborgen ist
Das brennende Wasser des Hephaistos
Wie man weißes Gold macht
Wie man die menschliche Fortpflanzung verhindert, ohne sich
    der Fleischeslust zu enthalten
Von anderen Bewohnern des Universums
Wie Töne, Musik und Sprache über Jahrhunderte
    aufbewahrt werden
Das Geheimnis des Pyramidenbaus
Schiffe, die nicht auf, sondern unter dem Wasser fahren

Wo war der Hinweis auf das Elixier?

In Gedanken war Magdalena weit weg, in einer Welt der Magie und Hexerei, einer Welt wundersamer Ereignisse, als Schweinehirt sie plötzlich an der Schulter berührte.

»Ich habe gerade in eine andere Welt geschaut«, sagte sie andächtig und reichte Wendelin das achte Buch, das sie in Händen hielt.

»Eine bessere Welt?«, fragte Wendelin.

Magdalena hob die Schultern.

Bei ihren Erkundungen am Tag zuvor hatten sie am Ostchor des Doms eine eisenbeschlagene Türe entdeckt, deren ursprünglicher Verwendungszweck wohl vergessen war. Der Mauerdurchlass war so schmal, dass keiner der feisten Domherren hindurchpasste, für Magdalena und Wendelin jedoch gerade noch breit genug, um sich seitlich hindurchzuzwängen. Hinzu kam, dass die Türe kein Schloss hatte und nur von innen mit einem Riegel verschlossen war.

So gelangten sie, während die Domglocken schon zur Frühmesse riefen, mit den Büchern ins Freie.

Bei ihrer Rückkehr lugte die Pfisterin hinter dem Fenster hervor. Magdalena befürchtete, sie würde sie zur Rede stellen, wo sie die Nacht verbracht hätten und was sie da herbeischleppten. Aber entgegen ihren Erwartungen erreichten sie unbehelligt ihre Kammer unter dem Dach.

Doch wohin mit den Büchern?

In der Kürze der Zeit – nie hätten sie geglaubt, bereits am zweiten Tag fündig zu werden – hatten sie verabsäumt, ein sicheres Versteck auszukundschaften. Es fehlte nicht viel, und Magdalena und Wendelin wären über das weitere Vorgehen in heftigen Streit geraten.

Magdalena schlug vor, die Bücher in den Strohsäcken zu verstecken, mit denen ihre Bettkästen ausgelegt waren. Dafür schalt Wendelin sie einen Einfaltspinsel. Aber noch bevor Magdalena zornentbrannt auf ihn losgehen und ihm die Augen auskratzen konnte, entschuldigte er sich für seine unüberlegten Worte. Die Aufregung sei einfach zu groß, um noch einen klaren Gedanken zu fassen.

Magdalena nahm auf dem einzigen Stuhl Platz, und Schweinehirt schritt, die Arme auf dem Rücken verschränkt, in der Kammer auf und ab, sieben Schritte hin, sieben Schritte zurück. Er dachte nach.

»Muss das sein?«, zischte Magdalena gereizt, nachdem eine bestimmte Bohle des Bretterbodens ein ums andere Mal ein Knarren von sich gab.

Schweinehirt hielt inne und sah Magdalena an, als hätte sie ihm gerade eine bedeutsame Eröffnung gemacht. Dann zog er aus seinem Reisesack ein Messer hervor, und mit wenigen Handgriffen hebelte er das Dielenbrett heraus. Darunter lag ein vor Staub und Mäusekot strotzender Hohlraum, Platz genug für die doppelte Anzahl Bücher.

»Bis wir entschieden haben, wie es weitergehen soll«, sagte er, »gibt es kein sichereres Versteck für die Bücher.«

Magdalena reichte Wendelin ein Buch nach dem anderen. Als alle unter den Dielenbrettern verstaut waren, setzte er die Bohle wieder ein, ohne Spuren zu hinterlassen.

Magdalena atmete auf.

»Zufrieden?«, erkundigte sich Schweinehirt.

Magdalena ging nicht auf die Frage ein und meinte: »Ich befürchte, die Bücher werden uns noch schlaflose Nächte bereiten. An ihrem Inhalt sind zu viele interessiert: Da sind Erzbischof Albrecht von Brandenburg und Giustiniani, der Legat des Papstes. Die beide hoffen, damit reich zu werden. Außerdem der undurchsichtige Doktor Faust. Und wer weiß, wer sonst noch daran interessiert ist? Nicht zu vergessen die Neun Unsichtbaren! Ich glaube nicht daran, dass die acht verbliebenen Männer den Inhalt der Bücher weiterhin geheim halten wollen. Ich glaube, jeder Einzelne würde versuchen, seinen persönlichen Vorteil daraus zu ziehen.«

»Du hast keine sehr hohe Meinung von den Großen unserer Zeit«, bemerkte Schweinehirt.

»Wundert dich das?«, fragte Magdalena zurück und ereiferte sich: »Päpste, die herumhuren wie Fuhrknechte; ein Kaiser, der korrupt ist und sich kaufen lässt; gelehrte Männer, die Wissen und Bildung auf dem Markt feilbieten wie Gaukler; und Künstler, die sich für klingende Münze anbiedern und ihr wahres Talent unter den Scheffel stellen – von solchen Leuten soll man eine hohe Meinung haben?«

Wendelin schwieg. Er konnte nicht anders, er musste ihr recht geben. Welch eine Zeit! War das der viel beschworene Aufbruch in ein neues Zeitalter? Tausend Golddukaten! Wenn sie die Bücher verkauften, hätten sie für ihr Leben ausgesorgt. Aber dann wären sie um keinen Deut besser als jene anderen.

Magdalena beobachtete Schweinehirt von der Seite. Als der ihren Blick auffing, fühlte er sich ertappt und gaffte beschämt zu Boden.

»Ich weiß, woran du gerade denkst«, sagte Magdalena.

»Woher willst du das wissen?«

»Das ist nicht schwer zu erraten, jetzt, wo wir die Bücher gefunden haben.«

Schweinehirt erwiderte aufbrausend: »Und du interessierst dich wirklich nur für dieses gottverdammte Elixier, das dich schweben lässt wie einen Vogel?«

»Für nichts anderes! Mit Hilfe des Elixiers kann ich die Dominikaner der Inquisition eines Besseren belehren. Sie wollen ein Gottesurteil, und das Elixier wird mir helfen, es zu bestehen. Ich werde zwischen den Domtürmen ein Seil spannen und von einem Turm zum anderen schreiten – vorausgesetzt, ich finde die Rezeptur für das Elixier.«

»Und vorausgesetzt, Bischof Weigand von Redwitz erteilt dir die Erlaubnis für diesen Mummenschanz.«

»Was du als Mummenschanz bezeichnest«, erwiderte Magdalena, »wird von der Heiligen Inquisition ein Gottesurteil genannt. Bischof Weigand wird es nicht wagen, sich dem Großinquisitor zu widersetzen.«

»Aber es ist Betrug!«, wandte Schweinehirt ein. »Ohne das Elixier …«

»Natürlich ist es Betrug«, ereiferte sich Magdalena. »Wenn du vor die Wahl gestellt würdest, dich für den Scheiterhaufen oder einen kleinen Betrug zu entscheiden, was würdest du tun? Ja, der edelmütige Wendelin Schweinehirt würde ohne Bedenken den Scheiterhaufen wählen – ich weiß!«

Wendelin schwieg, er schwieg beharrlich, um Magdalena mit seinem Schweigen zu bestrafen.

Im Treppenhaus knarrten die alten Stufen. Von unten näherten sich mehrere Personen. Kurz darauf wurde die Türe ihrer Kammer aufgestoßen. Ein Amtmann in schwarzer Tracht, begleitet von zwei Schergen, der Pfisterin und dem Türmer der Oberen Pfarre, drängten in den engen Raum.

»Nennt Euren Namen!«, herrschte der Amtmann Magdalena an.

»Magdalena Beelzebub«, erwiderte sie.

Und mit Blick auf Wendelin: »Euer Name?«

»Wendelin Schweinehirt.«

Dann wandte er sich der Pfisterin zu: »Sind das die beiden?«

»Gewiss, Euer Ehren! Sie logieren seit zwei Tagen bei mir.«

Und an den Türmer gewandt: »Berichte, was du gesehen hast!«

»Was ich gesehen habe? Nun ja, mir fielen die beiden auf, als ich heute Morgen von meiner Wohnung auf dem Turm nach unten blickte. Da sah ich, wie sie eilenden Schrittes vom Dom her kamen und hastig zur ›Hölle‹ strebten.«

»Wann war das?«

»Im Morgengrauen, beim Geläut zur Frühmesse.«

»Und du, Pfisterin, was hast du auszusagen?«

Die Wittfrau verschränkte die Arme vor ihren breiten Brüsten, musterte ihre Mieter mit einem abfälligen Blick und sagte: »Ich kann nur sagen, dass sie während der Nacht nicht in ihrer Kammer waren.«

Der Amtmann grinste hämisch: »Jetzt werdet Ihr uns sicher gleich erklären, wo Ihr die Nacht verbracht habt.«

Magdalena fühlte sich an die rüde Befragung des Inquisitors erinnert und daran, dass jede Antwort, die sie gab, einem im Mund umgedreht und zu ihrem Nachteil verwendet werden konnte. Deshalb zog sie es vor zu schweigen.

Auch Schweinehirt schwieg beharrlich.

Der Amtmann scharrte ungeduldig mit dem Fuß wie ein Zugpferd, das auf den Ruf wartet, sich ins Zeug zu legen.

Schließlich erkundigte sich Schweinehirt: »Welchen Verbrechens werden wir eigentlich beschuldigt?«

Da baute sich der Amtmann vor Magdalena und Wendelin auf und sprach mit erhobener Stimme: »Magdalena Beelzebub und Wendelin Schweinehirt, Ihr werdet des gemeinsamen Mordes an dem Schriftgelehrten Athanasius Helmont und seiner Buhle Xeranthe beschuldigt. Das Urteil soll am fünfzehnten Tag des ersten Herbstmonats gesprochen und nach dem Gesetz der Bamberger Halsgerichtsordnung von anno 1516 gefällt werden, welche für Mord den Tod am Galgen vorsieht.«

Und an seine Schergen gewandt: »Legt ihnen Handfesseln an und werft sie in den Kerker!«

23. KAPITEL

Nur einen Steinwurf vom Dom entfernt lag die Residenz des Fürstbischofs Weigand von Redwitz, eines kleinen, gedrungenen Mannes mit bäuerisch breitem Gesicht und waagerecht gestutztem Kinnbart. In Selbstmitleid zerfließend, nannte er sich den einsamsten Bischof der Welt, was in gewisser Weise sogar seine Richtigkeit hatte, denn zum einen war sein Land von Anhängern der lutherischen Glaubenslehre umzingelt – bei klarem Wetter konnte man in jeder Himmelsrichtung bis in protestantische Dörfer sehen –, zum anderen hatten sich die Bamberger von ihrem Bischof abgewandt, nachdem er dreizehn von ihnen öffentlich auf dem Markt hatte hinrichten lassen, weil sie angeblich Aufrührer im Bauernaufstand gewesen waren.

Jetzt waren die Messen im Dom so leer wie die Kassen Seiner Exzellenz, denn die Bürger weigerten sich – die meisten konnten auch nicht –, den geforderten Zehent zu bezahlen. In seiner Not nach jedem Strohhalm greifend, hatte Weigand einen Diakon aus dem Domkapitel – die Domherren selbst mochten den Bischof auch nicht leiden – zum Gasthaus ›Zum wilden Mann‹ gesandt, jenseits der Regnitz gelegen, wo ein Sterndeuter und Horoskopsteller logierte.

Ihm eilte der Ruf voraus, aus dem Verlauf der Gestirne die Zukunft eines jeden Menschen vorhersagen zu können. Dafür konnte er, außer Sternbildern und Tabellen, respektable Referenzen vorweisen. Kurfürst Albrecht von Brandenburg, sogar Kaiser und Papst, so erzählte man, ließen sich von ihm die Zukunft deuten, und wie es schien, lag er mit seinen Prophezeiungen nur selten daneben.

Weigand von Redwitz gestand dem hochgewachsenen, nach neuester Mode gekleideten Horoskopsteller, der sich Doktor Johannes Faust nannte, dass er mit Gott und der Welt hadere – in eben dieser Reihenfolge – und dass es ihm angenehm wäre zu wissen, welches Schicksal Gott für ihn bereithalte.

Da rieb sich der Zukunftsdeuter die Hände, keineswegs vor Freude, sondern aus Verlegenheit, denn er gehörte zu jener Sorte Menschen, die das Geld liebend gerne besitzen, aber über Zahlen äußerst ungern reden. Für solche Fälle trug er ein schwarzes Täfelchen und einen Griffel bei sich, auf das er mit flinker Hand ein X kritzelte, bevor er es Weigand vor die Augen hielt.

»Zehn Gulden?«, fragte der Fürstbischof zurück. »Dafür bekomme ich ein Pferd der besten Rasse!«

»Was ist ein Pferd gegen Euer zukünftiges Schicksal?«

Während Bischof Weigand Rat suchend zur hölzernen Decke seines bescheidenen Empfangsraumes blickte, als wollte er sich die Sache noch einmal überlegen, legte der Doktor nach: »Im Voraus, wenn ich bitten darf! Zehn Rheinische Gulden in bar.« Dabei streckte er dem Bischof die hohle Hand entgegen.

Vom Tisch, der vor dem mittleren Fenster des Raumes stand, nahm Weigand ein Glöckchen und schüttelte es, bis der Diakon erschien, der ihm als Sekretär diente, obwohl er sich mit dem Schreiben schwertat. Doch er arbeitete für Gottes Lohn.

»Gehe er zum Küster«, befahl Weigand. »Er möge die Opferstöcke des Doms leeren. Ich benötige dringend zehn Gulden. Und wenn Geiz und Habgier den Bambergern nicht so viel abgerungen haben, gehe Er zum Küster der Oberen Pfarre und bitte um den Rest. Der Fürstbischof werde, so Gott will, seine Schulden noch in dieser Woche begleichen.«

Der Diakon verneigte sich und verschwand.

Faust reichte dem Bischof sein Täfelchen, nachdem er mit einem

Sacktuch die Zahl darauf gelöscht hatte. »Schreibt mir Tag, Monat und Jahr auf.«

Weigand schrieb: XII.V.MCCCCLXXVI.

Der Sterndeuter las: »12.5.1476. Mit Verlaub, kein guter Jahrgang. Ein Jahr, in welchem der Tod große Männer auf grausame Weise dahinraffte, ohne dass ein Mann von Rang geboren wurde.«

Fürstbischof Weigand schluckte. »Ich bezahle Euch nicht, damit Ihr mir Unverschämtheiten ins Gesicht sagt«, rief er aufgebracht.

Da trat Faust nahe an Weigand heran und sagte: »Edler Herr Fürstbischof, ich kann Euch, wenn Ihr die Wahrheit nicht vertragt, Honig ums Maul schmieren und erklären, Ihr würdet Papst werden und Euer Name werde dereinst neben dem Julius II. genannt werden. Aber damit würde ich Euch betrügen, und es wäre nur mir gedient. Ich würde die zehn Gulden einstecken und mich des Lebens freuen, Ihr aber hättet nichts davon.«

Während Faust und der Bischof heftig über Geburt und Ableben bedeutender Männer diskutierten, kehrte der Diakon-Sekretär mit zehn Gulden und der Nachricht zurück, die Mörder des Schriftgelehrten Helmont und seiner Buhle seien gefasst und säßen hinter Schloss und Riegel.

Die Nachricht versetzte den Zukunftsdeuter in Aufregung, und er erkundigte sich besorgt, wer die Tat begangen habe und aus welchen niederen Motiven. Doch der Diakon blieb die Antwort schuldig. Mehr, sagte er, wisse er auch nicht.

»Davon haben Euch die Sterne wohl nichts verraten«, bemerkte Weigand von Redwitz spöttisch.

»Ich habe sie nicht danach gefragt«, antwortete Doktor Faust schlagfertig, aber sichtlich aufgebracht.

Der Zukunftsdeuter nahm die zehn Gulden in Empfang und versprach, das Horoskop binnen drei Tagen wahrheitsgemäß zu erstellen. Das Wort *wahrheitsgemäß* betonte er ausdrücklich. Eilends verschwand er, den Fürstbischof misstrauisch zurücklassend.

Um Mitternacht desselben Tages geriet die Welt der kleinen Stadt in noch größere Aufregung, als sie der Doppelmord an dem Schriftgelehrten und seiner Buhle ohnehin gebracht hatte. Vom Turm der Oberen Pfarre stieß der Türmer in sein Horn und blies das Signal ›Feuer‹: drei kurze hohe Töne und ein langer, tiefer Ton. Nach dreimaliger Wiederholung des Signals hielt er einen Trichter vor den Mund und rief in alle Himmelsrichtungen: »Feuriooo in der Hölle, Feuriooo in der Hölle!«

Der Ruf des Türmers hätte durchaus Anlass zum Schmunzeln gegeben – Feuer in der Hölle! –, aber die Lage war zu ernst: Aus dem Haus der Pfisterin loderten hohe Flammen. Helfer, die inzwischen, mit ledernen Eimern versehen, eine Menschenkette bis zur Regnitz bildeten, hatten die Wittfrau in letzter Sekunde aus ihrem Haus gerettet. Jetzt kniete sie fassungslos, die Hände vors Gesicht schlagend, vor ihrem brennenden Haus und schluchzte: »Oh, mein Herr und Gott, warum tust du mir das an!«

Die Balken des alten Fachwerkhauses waren für das Feuer ein gefundenes Fressen, und alle Löschversuche blieben vergebens. Zwei volle Stunden loderten die Flammen. Die Angst war groß, das Feuer könne auf die ganze Häuserzeile in der ›Hölle‹ übergreifen und einen Stadtbrand von ungeahntem Ausmaß verursachen, da stürzte die flammende Ruine des Hauses in sich zusammen und verursachte eine gewaltige Staub- und Aschewolke. Doch diese Wolke erstickte das Feuer wie durch ein Wunder.

Aus allen Teilen der Stadt kamen die Gaffer herbeigeeilt, um einen Blick auf das zerstörte Haus und das Leid der Pfisterin zu werfen. Es gab kaum noch ein Durchkommen, und die Kommentare der Schaulustigen reichten von Mitleid bis Schadenfreude; denn die Wittfrau war wegen ihres losen Mundwerks alles andere als beliebt.

Das war die Stunde des Türmers: Umringt von Neugierigen wusste er zu berichten, er habe vor Ausbruch des Brandes beobachtet, wie im Hinterhof des Hauses der Pfisterin eine Fackel entzündet wurde. Unter den gespannt lauschenden Zuhörern befand sich ein fremdes Gesicht, das in der Aufregung keinem außer dem Türmer auffiel.

Auf Verlangen musste er seine Beobachtung mehrmals wiederholen. Dabei hielt er den Blick fortwährend auf den Fremden gerichtet. Während die Fragen auf ihn einprasselten, wandte sich der Türmer um. Als er seinen Blick wieder nach vorne richtete, war der Unbekannte verschwunden.

Der späte Gast reiste in einem Planwagen neuester Bauart, bespannt mit vier prächtigen Rappen, und machte auch sonst einen ungewöhnlich vornehmen Eindruck. Jedenfalls begrüßte ihn der Wirt vom Gasthaus ›Zum wilden Mann‹ unterwürfigst und redete ihn mit »Euer Ehren« an wie einen kaiserlichen Gesandten.

Für sich persönlich mahnte der Fremde die beste Kammer an, für seinen Kutscher und den Lakaien eine angemessene Bleibe im Hinterhaus. Ins Fremdenbuch solle der Wirt eintragen: Matthäus Schwarz, Abgesandter, Schuldeneintreiber und Hauptbuchhalter der reichen Fugger zu Augsburg, nebst Kutscher und Lakai. Im Übrigen möge er die Pferde versorgen.

Der dicke Wirt verneigte sich so tief, dass sein ausufernder Bauch beinahe das Pflaster berührte, und rief in einem fort: »Oh, welche Ehre, Euer Ehren!«

Während eines bescheidenen Mahls in der Wirtsstube, das der dicke Wirt persönlich auftischte, beklagte dieser die Sittenlosigkeit seiner Stadt, die einst als frömmste und gottesfürchtigste im Reich gegolten habe, während man sich heute kaum noch auf die Straße wagen dürfe. Eine Brandstiftung und zwei Morde innerhalb von zwei Tagen, davon einer im Dom! Welch eine Zeit!

Matthäus Schwarz ließen die Klagen des Wirts kalt. Ihm steckte noch die lange Fahrt in den Knochen, von Würzburg her, wo die Bauernaufstände deutliche Spuren, vor allem auf den Straßen, hinterlassen hatten.

Wie alle Wirte war auch der vom ›Wilden Mann‹ ein Ausbund

an Neugierde und Indiskretion – auch wenn er genau das Gegenteil von sich behauptete. Und so erkundigte er sich zwischen zwei Bechern Frankenwein, ob Schwarz gedenke, die Schulden von Fürstbischof Weigand einzutreiben. Schließlich pfiffen die Spatzen von den Dächern, dass Seine Exzellenz bereits die Opferstöcke plündere und begonnen habe, den Kirchenschatz zu veräußern.

Da schwoll dem Fuggerschen Abgesandten auf der Stirne eine blaue Ader, ein Zeichen aufkeimender Wut, und er stellte dem feisten Wirt die Frage, wie hoch die Summe seiner eigenen Verbindlichkeiten sei und wann er gedenke, diese zu begleichen.

Das verstand der Wirt vom ›Wilden Mann‹, und er bat Schwarz um Verzeihung wegen seines losen Mundwerks.

In der Wirtsstube war nur einer der langen Tische, an denen zu beiden Seiten acht Zecher Platz fanden, besetzt. An diesem Abend hatten sich nur zwei Reisende eingefunden. Den Bamberger Bürgern saß das Geld längst nicht mehr so locker, sie blieben zu Hause. Die beiden Männer in dunklen Mänteln mit breiten Schulterkrägen redeten flüsternd aufeinander ein. Es mochten Gelehrte sein oder Medici auf der Suche nach einer bezahlten Beschäftigung.

Der Fugger-Abgesandte wunderte sich, vermied es jedoch zu fragen, wer die beiden seien, oder gar mit ihnen ins Gespräch zu kommen. Mit einem Ohr folgte Matthäus Schwarz dem Gerede, zu dem sich der Wirt aus Höflichkeit verpflichtet fühlte. In Gedanken war er woanders. Schließlich leerte er, um den geschwätzigen Belanglosigkeiten des Wirts zu entkommen, seinen Becher in einem Zug und stieg hinauf in seine Kammer.

Müde von der Reise, befreite er sich von seiner Kleidung und legte sich aufs Bett. Vor fünf Tagen war er nach einer turbulenten Zeit, in Augsburg aufgebrochen. Durch Jakob Fuggers Ableben war sein Erbe den Neffen Raymund und Anton zugefallen, denen der Gewürzhandel mit Indien, die Kupferbergwerke in Spanien und Ungarn und das europäische Finanzwesen so fremd waren wie die

Märchen aus Tausendundeiner Nacht. Umso mehr kam Schwarz die Aufgabe zu, ein wachsames Auge auf das Imperium zu haben.

Doch mehr als Gut und Geld beschäftigte den Abgesandten der Fugger ein Gedanke, der ihm buchstäblich zu Herzen ging. Seit seiner letzten Reise nach Mainz zu Kurfürst Albrecht von Brandenburg ging ihm Magdalena, die Frau des Seiltänzers, nicht mehr aus dem Kopf.

Der unerwartete Tod des Fuggers Jakob hatte ihn dazu gezwungen, Mainz überstürzt zu verlassen und nach Augsburg zurückzukehren. Aber kaum war der Fugger unter der Erde, hatte sich Schwarz erneut nach Mainz auf den Weg gemacht. Im Kloster von Eberbach traf er auf Richwin, den versoffenen Lohnkutscher. Der erzählte, er habe Magdalena und ihren Buhlen nach Würzburg befördert, wo die Frau im Gasthaus ›Zum Schwanen‹ logiere, während ihr Begleiter sich in das Kloster Sankt Jakobus zurückgezogen habe. Dort angekommen, wusste allerdings niemand, wohin sich Magdalena begeben hatte. Nur der blinde Pförtner von St. Jakobus – er tat sehr geheimnisvoll – meinte, *er* an Schwarzens Stelle würde in Bamberg nach ihr suchen. So gelangte Matthäus schließlich in die Stadt an der Regnitz.

Gedankenverloren war Matthäus Schwarz gerade am Einschlafen, als er plötzlich hochschreckte. Aus der Kammer nebenan drang eine erregte Unterhaltung:

»Ihr hättet die beiden nicht umbringen dürfen! Von Mord war nie die Rede.«

»Sie wussten zu viel. Glaubt mir, es war der einzige Ausweg! Sie wären uns sonst zuvorgekommen.«

»Ach was!«

Schweigen.

»Im Übrigen waren es Ungläubige. Sie war sogar eine Hexe. Früher oder später wäre sie sowieso auf dem Scheiterhaufen gelandet.«

»Und der Brand in der ›Hölle‹?«

»Es musste sein.«

Schweigen.

»Johannes, mir graut vor Euch!«

»Nun seid nicht päpstlicher als der Papst! Ihr wolltet unbedingt in den Besitz der Bücher kommen, koste es, was es wolle.«

»Ich sagte, koste es, was es wolle, meinetwegen tausend Goldgulden. Ich sagte nicht, Ihr sollt Menschen erwürgen oder ersäufen.«

Schweigen.

»Wo sind die Bücher?«

»Im Dom. Wo, weiß ich nicht. Noch nicht. Ihr müsst noch ein paar Tage Geduld haben. Vielleicht ein paar Wochen.«

»Ein paar Wochen? Ihr seid verrückt. Ich gebe Euch fünf Tage …«

Der weitere Verlauf des Gesprächs ging im Lärm umfallender Stühle, heftiger Schritte und keuchendem Atem unter, als fände ein Ringkampf statt.

Vergebens versuchte Schwarz sich einen Reim auf das Gehörte zu machen. Wer waren die Männer? Er erhob sich, schlüpfte in sein Wams und begab sich nach unten, wo in einer Wandnische neben dem Eingang das aufgeschlagene Fremdenbuch lag.

Der letzte Eintrag bestand aus seinem Namen. Darüber waren zwei weitere verzeichnet: Erasmus von Rotterdam, Doktor der Theologie und Schriftsteller, auf Durchreise; und: Doktor Johannes Faust, Horoskopsteller, Schwarzkünstler und ehemaliger Schulmeister zu Kreuznach, auf Durchreise.

Eilends suchte der Fugger-Abgesandte wieder seine Kammer auf. Schlaf fand er in dieser Nacht nicht.

Die Gefangennahme des fremden Bibliothekars und seiner Buhlschaft erregte die Bamberger diesseits und jenseits des Flusses aufs Äußerste. Menschentrauben versammelten sich vor dem Amtshaus des Schultheißen, der von Fürstbischof Weigand mit der Wahrnehmung der niederen und höheren Gerichtsbarkeit betraut war. In Sprechchören forderten sie die sofortige Aburteilung und Hinrichtung des Mörderpaares.

Wie geplant begann der Prozess am fünfzehnten Tag des ersten Herbstmonats, eine willkommene Abwechslung im täglichen Einerlei der kleinen Stadt. Der Gerichtssaal war bis auf den letzten Platz besetzt. Sogar in den Fensternischen hingen die Menschen und warteten sensationslüstern auf den Beginn der Verhandlung. Deren Ausgang schien nur noch eine Formsache zu sein.

Vor dem Amtshaus auf dem Markt errichteten die Zimmerleute bereits das Galgengerüst. Entgegen dem Brauch, Verbrecher vor den Mauern der Stadt vom Leben zum Tode zu befördern, hatte der Fürstbischof angeordnet, den Doppelmord und die Brandstiftung, welche nach dem Gesetz nicht weniger streng geahndet wurde, für jedermann sichtbar auf dem Marktplatz zu sühnen.

Vom Kloster auf dem Michelsberg wehten acht Glockenschläge herüber, als der Schultheiß durch die Türe an der Frontseite den Gerichtssaal betrat. Im selben Augenblick zerrten vier Schergen Magdalena und Wendelin, an den Handgelenken gefesselt, durch eine Seitentüre vor die Schranken des Gerichts. Ihre Gesichter waren aschfahl. Den Blick hielten beide gesenkt. Es schien, als hätten sie sich ihrem Schicksal ergeben.

Die Gaffer reckten die Köpfe und versuchten auf Zehenspitzen, einen Blick auf die Delinquenten zu erhaschen. Obwohl kein einziger Ruf nach Rache oder Vergeltung zu hören war, auch kein Spottgesang, die bei ähnlichen Anlässen oft erschallten, herrschte Unruhe im Saal, ein Flüstern und Raunen und Zischen.

»Nenn deinen Namen, Herkunft und Beruf«, begann der Schultheiß die Verhandlung.

»Wendelin Schweinehirt«, antwortete dieser und erntete damit hämisches Gelächter. »Zuletzt ging ich dem Beruf eines Bibliothekars in den Klöstern Eberbach und Sankt Jakobus in Würzburg nach.«

»Und du?«, fragte der Schultheiß, an Magdalena gewandt.

»Magdalena Beelzebub.« Sie drehte sich um in Erwartung ähnlich spöttischen Gelächters. Doch zu ihrer Verwunderung blieb dieses aus. Stumm starrten die Gaffer sie an. Da fuhr sie fort: »Bis vor wenigen Wochen war ich eine Gauklerin in der Truppe des Großen Rudolfo ohne festen Wohnsitz.«

Erneut brach Unruhe aus. Eine Gauklerin aus der Truppe des Großen Rudolfo? Sein Name war in Bamberg wohlbekannt und viel bewundert. Im ›Sand‹, jenseits der Regnitz, hatte sein Vater einst eine Flickschusterei besessen. Der Sohn war nach dem Tod der Eltern aus der Stadt verschwunden und hatte sich einer Gauklertruppe angeschlossen. Dass er einmal weltberühmt werden würde, hatte damals niemand geahnt.

Mit einem Holzhammer schlug der Schultheiß auf den Tisch und mahnte zur Ruhe. Dann verkündete er mit erhobener Stimme: »Ihr seid beide angeklagt, den Geheimschriftgelehrten Athanasius Helmont und seine Buhle Xeranthe ermordet zu haben. Bekennt ihr euch schuldig?«

»Nein!«, rief Magdalena zornig. »Nie im Leben würde ich einen Menschen umbringen. Das könnte ich nicht.«

»Aber du hast deinem Buhlen Beihilfe geleistet und den Tod eines Menschen billigend in Kauf genommen.«

»Schweinehirt ist nicht mein Buhle«, fuhr Magdalena dazwischen, »sondern ein treuer Reisebegleiter. In Zeiten wie diesen kann sich ein Weib nicht allein auf Reisen begeben.«

»Und was führte euch beide in unsere Stadt?«, erkundigte sich der Schultheiß mit gespielter Freundlichkeit.

»Die vielen Klöster«, antwortete Magdalena. »Schweinehirt und ich hofften in einem Eurer zahlreichen Klöster eine Anstellung als Bibliothekare zu finden. Bei den Zisterziensern in Eberbach fand unsere Arbeit durchaus Anerkennung.«

»Ein Weib als Bibliothekar!«, rief der Schultheiß voll Spott. »Hat man so etwas schon gehört?«

Magdalena schluckte. Sie hatte die passende Antwort parat, doch zog sie es vor zu schweigen.

»Und du?«, wandte sich der Schultheiß an Schweinehirt. »Bekennst du dich schuldig?«

»Nein, hoher Herr«, äußerte sich Schweinehirt kleinlaut. »Auch ich bin nicht in der Lage, einen Menschen zu töten, das müsst Ihr mir glauben, hoher Herr. Im Übrigen hätte ich keinen Grund gehabt, den Schriftgelehrten umzubringen. Er hat mir nichts getan.«

»Aber wenn er dir etwas angetan hätte, dann wärst du sehr wohl in der Lage gewesen …«

»Auch dann nicht«, unterbrach Schweinehirt den Schultheiß.

Der ließ die Pfisterin als Zeugin vortreten.

»Pfisterin«, begann er, »sind das die beiden Individuen, welchen du Unterkunft geboten hast in deinem Haus in der ›Hölle‹?«

Da brach die Wittfrau in Tränen aus und schluchzte: »Erst stirbt mein Mann einen frühen Tod, dann zündet man mir das Haus über dem Kopf an. Was habe ich nur getan, dass Gott mich so grausam straft?«

»Euer Haus ist …«, stammelte Magdalena, an die Pfisterin gewandt.

»Abgebrannt bis auf die Grundmauern. Wäret Ihr nicht im Kerker gesessen, ich hätte Euch im Verdacht. Wer mordet, zündet auch Häuser an!«

Magdalena wurde schwarz vor Augen. Sie war kurz davor, das Bewusstsein zu verlieren, und klammerte sich an die Gerichtsschranke. Alles umsonst, hämmerte es in ihrem Gehirn. Es darf nicht sein. Hatte sich die ganze Welt gegen sie verschworen? Für alle sichtbar, schüttelte Magdalena den Kopf.

»Beantworte endlich meine Frage!«, herrschte der Schultheiß die Pfisterin an. »Sind das die Individuen?«

»Ja, sie sind es.«

»Und kannst du bezeugen, dass sie während der Nacht, in welcher der Mord im Dom geschah, nicht in ihrer Kammer waren?«

»Das kann ich bezeugen. Ich beobachtete, wie sie im Morgengrauen zurückkehrten, vom Domberg kommend.«

Der Schultheiß nickte zufrieden und rief den Türmer Kleinknecht als Zeugen auf.

»Dir geht der Ruf voraus, über alles Bescheid zu wissen, was in der Stadt vor sich geht«, versuchte der Schultheiß den Zeugen zu umschmeicheln.

Der Türmer nickte: »Ich sah die beiden aus dem Dom kommen und wunderte mich, was sie zu so früher Stunde, da die Domtüren noch verschlossen sind, dort wohl zu suchen hatten.«

Triumphierend meinte der Schultheiß in Richtung der Angeklagten: »Was habt ihr dazu zu sagen?«

Magdalena schüttelte den Kopf und sah Wendelin an. Beide blieben stumm.

»Da ist noch etwas«, bemerkte der Türmer Kleinknecht. »Als man die Wasserleiche aus dem Wehr zog, tauchten die beiden plötzlich auf, tuschelten miteinander und taten sehr aufgeregt, und als ich sie schließlich fragte, ob sie die Tote kannten, stritten sie dies mit aller Heftigkeit ab.«

Und die Pfisterin fügte hinzu: »Am Abend erwähnte die da gesprächsweise den Namen Xeranthe. Ich wurde nachdenklich und fragte, woher sie den Namen der Toten kenne, da antwortete sie, ich hätte ihn erwähnt. Doch kann ich mich nicht daran erinnern.«

Aus dem Gerichtssaal schallte eine dünne Stimme: »Mörder! Hängt sie auf, alle beide!«

»Hängt sie auf!«, stimmten andere ein.

Magdalena spürte, wie sich eine eiserne Hand um ihren Hals legte. Vergeblich rang sie nach Luft, glaubte zu ersticken und schloss die Augen.

Da vernahm sie eine vertraute Stimme. Sie glaubte zu träumen.

»Mein Name ist Matthäus Schwarz, Abgesandter der Fugger zu Augsburg. Ich habe in dem zur Verhandlung stehenden Fall eine Aussage zu machen.«

Der Mann drängte sich durch die dicht an dicht stehenden Gaffer nach vorne. Sein Äußeres verlieh ihm eine gewissen Würde. Nach spanischer Art gekleidet und mit einem hellblauen Umhang um den Schultern, stach er jeden Kardinal im Pluviale aus.

»Ihr seid wahrhaftig der Fugger-Statthalter?«, erkundigte sich der Schultheiß unsicher.

»So ist es.« Wie stets legte Schwarz ungewöhnliche Gelassenheit an den Tag.

»Und was führt Euch in unsere Stadt? Was habt Ihr vor allem zu dieser Gerichtsverhandlung beizutragen?«

»Was Eure erste Frage betrifft, Herr Schultheiß, muss ich schweigen. Schon immer hat Diskretion die Fugger ausgezeichnet. Was Eure zweite Frage betrifft, erlaubt mir zu berichten, was ich gestern nach meiner Ankunft im Gasthaus ›Zum wilden Mann‹ erlebt habe.«

»So nennt Euren Namen, Eure Profession und Eure Herkunft – nur um dem Gesetz Genüge zu leisten – und tretet vor.«

Ohne Magdalena und Schweinehirt auch nur eines Blickes zu würdigen, trat der Abgesandte der Fugger neben die Angeklagten und sagte: »Mein Name ist Matthäus Schwarz, als Hauptbuchhalter zuständig für die Finanzen der Fugger Raymund und Anton, in Augsburg wohnhaft, wenngleich häufig unterwegs, um die Zinsschulden meiner Herren einzutreiben.«

Die Zuhörer feixten und pufften sich in die Seiten, denn ein jeder wusste, wem der Besuch des Fuggerschen Abgesandten galt: Fürstbischof Weigand von Redwitz.

»Was also habt Ihr zur Klärung des Verfahrens beizutragen?«, drängte der Schultheiß.

Da begann Schwarz: »Als ich mich am gestrigen Abend in meiner Kammer im ›Wilden Mann‹ zur Ruhe legte, wurde ich unfreiwillig Zeuge einer Auseinandersetzung in der Kammer nebenan. Sie gipfelte darin, dass *ein* Mann dem anderen zum Vorwurf machte, ein Paar umgebracht zu haben, was dieser nicht abstritt. Er schalt die ermordete Frau eine Hexe und den Mann einen Ungläubigen. Schließlich gestand der Mörder sogar, einen Brand in der ›Hölle‹ gelegt zu haben – was immer er damit gemeint haben mag.«

»Kennt Ihr die Namen der Übeltäter?«

439

Schwarz nickte. »Der eine ist in Kreisen der frommen Wissenschaften kein Unbekannter. Sein Name ist Erasmus von Rotterdam, Doktor der Theologie und einer der wenigen Theologen, die bei den Fuggern keine Schulden haben. Der andere, den dieser der Morde bezichtigte, nennt sich Doktor Johannes Faust, ein Schwarzkünstler und Horoskopsteller aus Kreuznach.«

Als hätte Schwarz in ein Wespennest gestochen, brach im Gerichtssaal ein Summen, Murmeln und Brodeln aus, gegen das auch die Ermahnungen des Schultheiß nichts auszurichten vermochten. So kam es, dass die meisten nicht mitbekamen, wie der Schultheißen die Schergen beauftragte, Johannes Faust und Erasmus im Gasthaus ›Zum wilden Mann‹ festzunehmen und umgehend vor die Schranken des Gerichts zu überführen. So lange sei die Verhandlung unterbrochen.

Vergeblich warf Magdalena Matthäus Schwarz flehende Blicke zu, er möge sich ihr zuwenden, nur ein einziges Wort sagen. Doch der blickte stur geradeaus.

Warum straft er mich?, dachte Magdalena. *Er* war es doch, der mich in Eberbach zurückließ.

Kaum merklich drängte sie sich näher an den Abgesandten. Ohne ihn anzusehen, raunte sie: »Ist das alles wahr?«

Schwarz antwortete, an ihr vorbeiredend: »Die Lage ist zu ernst, um Unwahrheiten zu verbreiten.«

Schweinehirt entging nicht, wie Magdalena und der Fuggerabgesandte Worte wechselten. Doch die Unruhe im Gerichtssaal verhinderte, dass er auch nur ein Wort verstand. Auch Schweinehirt hegte Zweifel, ob die Aussage des Abgesandten der Wahrheit entspräche. Aber hatte er Magdalena nicht schon einmal aus den Fängen der Inquisition befreit?

Beinahe eine Stunde verstrich, bange Augenblicke, bis die Schergen vom Gasthaus ›Zum wilden Mann‹ zurückkehrten. Doch statt Erasmus von Rotterdam und Doktor Faust befand sich nur der Wirt in ihrer Begleitung.

Vor dem Schultheiß klagte er, hätte er gewusst, welch niederträchtigen Menschen er ein Dach über dem Kopf böte, so hätte er sie aus dem Haus gewiesen. So aber seien die Halunken ihm zuvorgekommen. Übereilt und unbemerkt hätten sie den ›Wilden Mann‹ verlassen und ihre gesamte Habe zurückgelassen.

Während der Rede des feisten Wirts hatten die Schergen eine Drahtschlinge, zerfledderte Papiere, eine Flasche rätselhaften Inhalts und stinkende Kleidung auf den Richtertisch gelegt. Die Gaffer im Saal reckten die Hälse.

Die Marktweiber, bei denen der Prozess besonderes Interesse fand, hielten sich, obwohl an Gestank gewöhnt, die Nasen zu. Und der Apotheker vom ›Sand‹, ein spindeldürres Männchen mit Augengläsern auf der Nase, rief: »Leuchtöl aus der Sankt Quirinsquelle vom Kloster Tegernsee! Ich erinnere mich! Ein fremder Mann hat es vor ein paar Tagen bei mir gekauft. Brennt wie Zunder, ist allerdings sehr teuer und stinkt im Gegensatz zu einem Talglicht, dass Gott erbarm.«

»Wäre also durchaus geeignet, den Brand in einem Haus zu entfachen?«, erkundigte sich der Schultheiß.

»Es gibt nichts Besseres, Euer Ehren!« Seine Antwort erntete empörte Rufe, man müsse den Handel mit derartigem Teufelswerk verbieten, solle nicht eines Tages die ganze Welt in Brand gesetzt werden.

Der Schultheiß machte eine unwillige Handbewegung und sichtete die Papiere, welche die Schergen in der Kammer des Doktor Faust gefunden hatten, eines rätselhafter als das andere.

Auf dem einen stand die Formel: Satan Adama Tabat Amada Natas. Auf einem anderen konnte man lesen: HICIACCOD.

»Scheint ein merkwürdiger Mann zu sein, dieser Doktor Faust«, brummte der Schultheiß vor sich hin, aber so, dass es jeder im Saal hören konnte. »Hatte für alles und jedes eine Zauberformel parat. Wahrscheinlich hat er sich und seinen Begleiter aus unserer Stadt gehext.«

Unleserliche Notizen bezogen sich auf Miltenberg, Mainz und Würzburg und enthielten offensichtlich nur geographische Hinweise. Der Schultheiß hielt inne. Auf einem Pergament hatte Faust notiert:

Scientes:[9]
Athanasius Helmont †
Xeranthe †
Wendelin Schweinehirt
Magdalena Beelzebub

Der Richter reichte Schweinehirt das Pergament: »Es kommt nicht häufig vor, dass ein Mörder seine Opfer auf einem Pergament aufschreibt und nach verrichteter Tat ein Kreuz dahintersetzt. Er hatte wohl ein schlechtes Gedächtnis.«

Schweinehirt erschrak und reichte das Pergament an Magdalena weiter.

»Mein Gott«, flüsterte diese und schüttelte den Kopf, als wollte sie die Zeilen aus ihrem Gedächtnis löschen.

»Wenn es eines Beweises für eure Unschuld bedurfte, so steht er auf diesem Pergament«, sagte der Schultheiß. »Ihr seid frei!«

Unter den Zuhörern im Gerichtssaal brach Jubel aus, aber auch unflätiges Geschrei von denen, die sich an diesem fünfzehnten Tag ein schauerliches Spektakulum versprochen hatten.

Magdalena vernahm es nur von Weitem. Sie wandte sich um und fiel Matthäus schluchzend in die Arme.

»Du brauchst nicht zu weinen«, sagte Matthäus Schwarz und strich ihr sanft über das Haar. Es war länger und wellig geworden.

»Ich weine nicht«, versuchte sich Magdalena wie ein Kind zu rechtfertigen. Dabei rannen ihr dicke Tränen über die Wangen. »Und wenn«, fügte sie hinzu, »dann nur aus Freude.«

---

[9] lat. Mitwisser

»Dass du frei bist?«

»Das auch. Aber ebenso sehr, dass du gekommen bist.«

Mit seinem Sacktuch wischte der Fugger-Gesandte Magdalena die Tränen aus dem Gesicht. »Du hast mich vor keine leichte Aufgabe gestellt. Es war nicht einfach, dich zu finden. Bisweilen kam ich mir vor wie ein Jäger im Winterwald. Es gab Spuren zur Genüge, aber wenn ich mich am Ziel glaubte, warst du schon wieder verschwunden.«

Verlegen hielt sich Wendelin Schweinehirt ein wenig abseits. Magdalena trat auf ihn zu und umarmte ihn ohne ein Wort. Von dieser Umarmung ging ein anderes Gefühl aus als jenes, das Matthäus in ihr auslöste, wenn er sie in den Armen hielt.

»Ihr habt uns das Leben gerettet«, meinte Schweinehirt zum Fugger-Gesandten.

Schwarz winkte ab und sah Magdalena an: »Es war eine Schicksalsfügung. Ich wusste ja nicht einmal, wo ihr seid. Als ich Bischof Weigand aufsuchte, um ihn an seine Zinsschuld zu erinnern, fragte ich ihn, ob er mir behilflich sein könne bei der Suche nach einer Person, die mir nahesteht. Ich nannte deinen Namen. Da wurde der Bischof sehr ernst und sagte, du seist des Mordes angeklagt und würdest vermutlich morgen zum Tode durch den Strang verurteilt werden. Ich wusste ja nicht, was vorgefallen war, und plante, dem Fürstbischof die Schulden zu erlassen, wenn er dich und deinen Begleiter laufen ließe. Ich war sicher, er würde es tun; denn Weigand von Redwitz steht das Wasser bis zum Hals. Aber dann überstürzten sich die Ereignisse.«

Der Gerichtssaal hatte sich inzwischen geleert.

»Du wirkst ungemein gefasst«, sagte Matthäus, während er einen Blick aus dem Fenster warf, wo auf dem Marktplatz die Zimmerleute damit begannen, das Galgengerüst abzubauen. »Ich meine, du musstest mit dem Schlimmsten rechnen. Immerhin lautete die Anklage auf Mord, sogar Doppelmord!«

»Nein«, entgegnete Magdalena, »ich hatte keine Angst. Ich

glaubte von Anfang an an die Gerechtigkeit. Vielleicht war es ein Zeichen von Einfalt. Und du?«, sie wandte sich Wendelin zu.

Der erwiderte, noch immer totenblass: »Wenn ich ehrlich sein soll, ich hatte mich bereits aufgegeben. In den vergangenen Tagen habe ich oft deinen Mut bewundert, dein Gott- oder auch dein Selbstvertrauen. Denn ich glaube nicht an Gerechtigkeit. Gerechtigkeit nützt nur den Mächtigen.«

»Was mich noch interessieren würde«, mischte sich Matthäus ein, und dabei sah er Magdalena prüfend an: »Was trieb dich an, mainauf, mainab zu pilgern, als suchtest du die ewige Glückseligkeit?«

»Vielleicht hab ich das«, spottete Magdalena. »Aber lassen wir's gut sein. Die Zeit wird kommen, da werde ich dir die wahren Gründe für mein Verhalten nennen. Und vielleicht wirst du mich sogar verstehen.«

Magdalenas kryptische Bemerkungen weckten Schwarzens Neugier. Dennoch zog er es vor, nicht weiter auf sie einzuwirken.

Vom Michelsberg tönte das Angelus-Geläute. Im leeren Gerichtssaal stank es noch immer nach Leuchtöl.

»Wir haben alles verloren«, sagte Schweinehirt im Gehen.

»Was soll das heißen?«, fragte Schwarz.

»Das Haus, das Faust mit dem Leuchtöl angezündet hat, war das Haus der Pfisterin, wo wir Wohnung genommen hatten.«

»Dann hat sich der Brandanschlag gegen euch gerichtet!«

»Daran besteht wohl kaum ein Zweifel.«

Matthäus Schwarz zog Magdalena in seine Arme. Sie ließ es geschehen, aber sie erwiderte seine Zärtlichkeit nicht. »Gut und Geld kann man ersetzen«, flüsterte er ihr zu.

»Wenn es nur das wäre ...«, hob Magdalena an, doch sie stockte mitten im Satz.

Schwarz hielt es nicht für ratsam, Fragen zu stellen. Er spürte, wie sehr ihr das alles zu Herzen ging.

Gemeinsam gingen sie den Weg über den Fluss zur ›Hölle‹, wo ihnen beißender Gestank entgegenwehte. Vom Haus der Pfisterin war nur ein Haufen Asche übrig geblieben, aus der verkohlte Balken ragten.

»Vielleicht ist es besser so«, sagte Magdalena vor sich hin.

Wendelin verstand, was sie meinte. Nur Schwarz fand keine Erklärung.

Im Gasthaus ›Zum wilden Mann‹ empfing sie der feiste Wirt mit auserwählter Höflichkeit. Matthäus Schwarz schickte ihn zum Kleiderhändler im ›Sand‹, er möge eine Frau und einen Mann mittlerer Größe neu ausstaffieren, und zwar noch heute.

Was nun mit dem Gepäck der geflohenen Männer geschehen solle, erkundigte sich der Wirt. An eine Rückkehr von Faust und Erasmus sei wohl kaum zu denken.

Schwarz meinte, er würde gerne einen Blick auf die Hinterlassenschaft der beiden werfen. Zusammen mit Magdalena betrat er zunächst die Kammer, in der Erasmus von Rotterdam logiert hatte.

Das Reisegepäck des Gelehrten war äußerst bescheiden: ein Paar Beinkleider und schwarze Strümpfe, ein über der Brust in Falten gerafftes Hemd, dazu ein aufklappbares Reise-Schreibpult samt Gerätschaft und Bücher, mit einem Riemen zusammengeschnürt, obenauf sein eigenes Werk *Colloquia familiaria*[10]. Im Übrigen zeichnete sich die Kammer durch gewollte Unordnung aus, wie sie oft in einem frauenlosen Haushalt herrscht.

In der Kammer Fausts hingegen begegneten sie peinlicher Ordnung. Der Strohsack war geglättet, Kleidungsstücke hingen am Türhaken oder waren über die Stuhllehne gelegt, eine Reisetruhe enthielt neben Leibwäsche eine Landkarte, Papier und Schreibgerät. Eine zweite Truhe zeichnete sich vor allem durch ihr Gewicht und dadurch aus, dass ihr Deckel zugenagelt war.

Mit einem Schürhaken wuchtete Schwarz den Deckel hoch und brach in Gelächter aus: »Ehrlich gesagt, ich dachte, dieser Faust

---

[10] lat.: »Vertraute Gespräche«

schleppte einen Goldschatz mit sich herum. Und was sehe ich? Steine, Bruchstücke nur! Kannst du mir das erklären?«

Magdalena hob die Schultern.

»Da«, sagte Schwarz und deutete auf die Innenseite des Holzdeckels. Von geübter Hand mit Rötel geschrieben, stand da zu lesen: *In aeternum tacent libri Johannis Trithemii suo loco domo Caesaris Henrici.*

»In alle Ewigkeit schweigen die Bücher des Johannes Trithemius an ihrem Ort im Hause des Kaisers Heinrich.« Die Übersetzung ging Magdalena leicht von der Zunge.

Voll Bewunderung neigte Matthäus Schwarz den Kopf zur Seite und zog die Augenbrauen hoch. Dann meinte er: »Diese Schwarzkünstler sind schon merkwürdige Menschen. Ergehen sich am liebsten in Rätseln. Sie verstehen sich hervorragend darauf, die einfachsten Dinge kompliziert auszudrücken.«

Am Abend, bei Wein, Brot und Speck in der Wirtsstube, fand Magdalena allmählich wieder zu sich. Wendelin hatte sich verabschiedet, er sei müde und zu verwirrt für jede Art Konversation, und seine Kammer aufgesucht.

Nach dem dritten Becher wagte Schwarz die Frage zu stellen: »Erinnerst du dich an unser erstes Zusammentreffen im Gasthaus ›Zwölf Apostel‹ in Mainz?«

»Als du mich in die Geheimnisse des Geldgeschäfts eingeweiht hast?«

»Nicht nur das.«

»Ja, du wolltest mich in Fuggersche Dienste nehmen. Ich sollte den Stoffhandel mit Indien aufbauen.«

»Dazu stehe ich noch heute. Also, wie ist deine Antwort? Du hattest genug Zeit, darüber nachzudenken.«

Magdalena schmunzelte. Sie hielt Matthäus' Worte für einen Vorwand.

»Aber da war noch etwas.« Matthäus sah sie mit ernsten Augen an. »Vom ersten Augenblick, als ich dich sah, empfand ich eine tiefe

Zuneigung, wie ich sie zuvor noch nie verspürt habe. Und diese Zuneigung wuchs von Tag zu Tag. Ja, sie brachte mich beinahe um den Verstand.«

Welche Frau wäre nicht empfänglich für solche Worte! Doch Magdalena sah Matthäus von der Seite an und fragte: »Und wie oft hast du das schon einer Frau ins Ohr geflüstert?«

Aus ihren Augen leuchtete jener anmutige Stolz, der ihn von Anfang an fasziniert hatte – keine dumme Überheblichkeit, sondern das ehrliche Bewusstsein ihrer Wirkung auf einen Mann.

»Noch nie!«, beantwortete er ihre Frage – mochte sie es glauben oder nicht. Und beinahe schüchtern fügte er hinzu: »Ich bin zwei Wochen durch das Land gereist, ließ Zinsen Zinsen und Schulden Schulden sein, auf der Suche nach dem Glück.«

Die hochtrabenden Worte des Mannes trafen Magdalena mitten ins Herz. Warum, dachte sie, sperrst du dich gegen die Liebeserklärung eines Mannes, der jede Frau haben könnte? Oder war gerade das der Grund?

»Glück«, sagte Magdalena, »was verstehst du unter Glück?«

Schwarz dachte eine Weile nach. Dann antwortete er: »Glück ist die Zufriedenheit des Augenblicks, nicht mehr, aber auch nicht weniger!«

»Das hast du schön gesagt. Und bist du zufrieden mit dem Augenblick?«

Matthäus nickte, beugte sich über den Tisch und ergriff ihre Hand. »Du darfst nicht glauben, ich hätte Frauen gemieden wie ein Mönch des heiligen Benedikt. Ein Mann, dem der Ruf vorausgeht, er verwalte mehr Geld, als der Kaiser im Säckel hat, findet Zuneigung bei Frauen aller Stände, und manches Mal – ich gebe es zu – fiel es mir nicht leicht, mich den Geschenken zu widersetzen, die mir wohlgebaut und mit schlüpfrigen Worten dargeboten wurden.«

»Und du bist immer standhaft geblieben?«

»Nicht immer. Warum sollte ich lügen.«

447

Die offene, ehrliche Art des Mannes gefiel Magdalena. Abgesehen davon, dass er ein stattlicher Mann mit besten Manieren war, hatte er durchaus seine Vorzüge. Du musst dich in Acht nehmen, dachte Magdalena, verwirrt von seinen Annäherungsversuchen.

»Du hast mir zweimal das Leben gerettet«, sagte sie ohne Zusammenhang. »Ich weiß nicht, wie ich dir danken soll.«

»Du hast mich nicht darum gebeten«, antwortete Matthäus, »also brauchst du dich auch nicht zu bedanken. Es geschah aus freien Stücken, und ich hoffe, dass es dir recht war. Nur Dumme und Frömmler scheiden gerne aus dem Leben.«

Magdalena wollte aufstehen und auf ihre Kammer gehen. Der Tag hatte sie sehr mitgenommen. Aber dann merkte sie, dass er noch immer ihre Hand hielt, und sie wagte nicht – nein, sie *wollte* sie ihm nicht entziehen.

Sie schwiegen, und auf einmal trafen sich ihre Blicke, und Matthäus sagte, als könne er Gedanken lesen: »Du bist müde. Der Schlaf fordert sein Recht. Wir sollten gehen.«

Längst hatte sich die Wirtsstube geleert, als sie die Treppe ins obere Stockwerk hinaufstiegen. Der Wirt hatte jedem eine eigene Kammer zugewiesen, wie es für feine Herrschaften üblich war, eine für Magdalena, eine für Wendelin Schweinehirt und eine für Matthäus Schwarz.

Vor Magdalenas Kammertüre fragte Matthäus, ob er sie küssen dürfe. In Erinnerung an seine Worte über das Glück antwortete sie: Ja, wenn es zur Zufriedenheit des Augenblicks beitrage. Als sich sein Mund ihr näherte, wandte sie ihren Kopf zur Seite und bot ihm nur die Wange dar.

Später, allein in ihrer Kammer, bereute sie ihr Verhalten und ihre unüberlegte, überhebliche Bemerkung, und sie nahm sich vor, sich am nächsten Morgen zu entschuldigen. Im Unterkleid auf dem Bett liegend, zählte sie im Dämmerlicht die Holzbalken der Zimmerdecke, sinnlos. Dann schloss sie die Augen.

Wind kam auf. Der erste Herbststurm fegte den Fluss herauf,

rüttelte an den bleiverglasten Fenstern und drückte kalten Brandgeruch durch die Ritzen. Erneut kamen die Gedanken, Gedanken an die ›Bücher der Weisheit‹, die ein für allemal verloren waren. Durch ihre Schuld. Unglück oder Segen?

Ohne das Elixier würde sie niemals mehr aufs Seil gehen. Musste sie nun fürchten, ein Leben lang von der Inquisition verfolgt zu werden?

Der Wind peitschte dicke Regentropfen gegen die Scheiben, als wollte er sie zum Bersten bringen. Sie fröstelte. Im Getöse bemerkte sie nicht, wie die Türe ihrer Kammer aufging. Im Halbschlaf hatte sie plötzlich den Eindruck, jemand stünde vor ihrem Bett. Magdalena öffnete die Augen.

Matthäus! Er trug ein langes weißes Hemd.

Sie dachte, er sei gekommen, um seinen Lohn einzufordern, und rückte in ihrem Bettkasten zur Seite. Doch Matthäus kniete nieder und schüttelte den Kopf: »Ich dachte, du würdest dich fürchten«, sagte er mit beruhigender Stimme.

Magdalena wusste nicht, wie ihr geschah.

Ein Blitz zerriss die Dunkelheit. Für den Bruchteil einer Sekunde erleuchtete er ihre Gesichter, und Magdalena wusste von einem Augenblick auf den anderen, dass sie mit Matthäus ihr Leben verbringen wollte.

Sie zog ihn an sich, und sie liebten sich ungestüm. So, als müssten sie Entgangenes nachholen. Erschöpft sanken sie auf ihr Laken. Als sie erwachten, stand schon die Sonne am seidig blauen Herbsthimmel.

Der Bibliothekar Schweinehirt, sagte der Wirt vom ›Wilden Mann‹ als sie nach unten kamen, habe das Haus schon in aller Frühe verlassen. Er sage Dank für die neue vornehme Kleidung und bitte seine Rechnung zu begleichen. Ihnen beiden wünsche er alles Glück dieser Erde.

Noch am selben Tag gab Matthäus Schwarz Order, die Pferde einzuspannen und das Gepäck einzuladen. Als der schwere Wagen durch das südliche Stadttor rumpelte, ergriff Matthäus Magdalenas Hand. Übermütig ließ der Kutscher die Peitsche knallen, und die Pferde begannen zu traben. Magdalena und Matthäus fuhren in ein neues Leben.

EPILOG

Im folgenden Jahr, nach einem kalten Winter, den ich auf Vermittlung der Pfisterin in der ungeheizten Bibliothek des Klosters auf dem Bamberger Michelsberg verbrachte, hängte ich meinen Beruf als Bibliothekar an den Nagel wie einen alten Mantel. Mit Begeisterung widme ich mich seither dem Geschichtenerzählen, ziehe von Stadt zu Stadt, von Burg zu Burg und von einem Jahrmarkt zum anderen, wo man mir oft nur ein paar Kreuzer in den Hut wirft.

Und – ihr habt es längst bemerkt –, ich fand nicht nur eine neue Aufgabe, sondern gab mir auch einen neuen Namen. Ein fahrender Geschichtenerzähler darf nicht Wendelin heißen, schon gar nicht Schweinehirt, und so nannte ich mich Hildebrand von Aldersleben, nach meinem Geburtsort.

Das klingt ein bisschen nach Wolfram von Eschenbach oder Heinrich von Höllefeu, der mit seinen Minneliedern sogar Waschweiber und Stubenmädchen zum Weinen brachte.

Als Hildebrand von Aldersleben reise ich, der geborene Wendelin Schweinehirt, nun schon seit Jahren durch die Lande, Geschichten erzählend, die ich erlebt habe, und solche, die meiner Phantasie entspringen. Doch die Geschichte, die ich hier zu Papier gebracht habe, ist wahr wie das Amen in der Kirche; denn ich habe sie selbst erfahren, zum großen Teil sogar miterlebt.

Heute erscheinen mir die Ereignisse Anno Domini 1525 als die aufregendsten und seltsamsten meines Lebens. Gewiss, die Erinnerung verklärt manches und räumt dem Schönen und Guten den

Vorzug ein, doch ist mir noch immer, als wäre es gestern gewesen, die Erinnerung gegenwärtig, wie die Zimmerleute auf dem Bamberger Markt das Galgengerüst aufstellten, auf welchem mich der Henker vom Leben zum Tod bringen sollte.

Oft habe ich mir Gedanken darüber gemacht, ob die Vernichtung der ›Bücher der Weisheit‹ für die Menschheit einen Verlust darstellt, ob der Nutzen nicht sogar größer ist, wenn man bedenkt, welche Mittel und Wege gewisse Leute suchten, um in ihren Besitz zu gelangen. Damit meine ich nicht einmal Magdalena, deren einziges Interesse dem Elixier galt, das ihr ermöglichen sollte, sich von der Hexenklage der Inquisition zu befreien.

Hätten der Papst und sein geldgieriger Legat Giustiniani den Schatz der Templer gefunden, wer weiß, was sie mit dem unbeschreiblichen Vermögen angefangen hätten. Die Armen wären, da bin ich mir sicher, leer ausgegangen – ungeachtet der Worte des Herrn in der Bibel: »Was ihr dem Geringsten meiner Brüder angetan habt, das habt ihr mir getan.«

Und Albrecht von Brandenburg, der Schwerenöter? Der hätte noch aufwendiger gelebt, gesoffen und herumgehurt und wertlose Knöchlein von »Heiligen« gesammelt, die zeitlebens so heilig waren wie eine Schlachtsau.

Bleiben der Schwarzkünstler Johannes Faust und sein Auftraggeber Erasmus von Rotterdam. Als Faust, der Horoskope schlagende Scharlatan, vor ein paar Jahren das Zeitliche segnete, weinte ihm keiner eine Träne nach. Sogar Erasmus, der erlauchte Gelehrte, der gemeinsame Sache mit ihm machte, wurde an seiner Trauer gehindert, denn er schied wenige Tage nach ihm aus dieser Welt. Ich bin mir nicht sicher, ob Faust, der dem Teufel näherstand als jeder Mensch auf dieser Erde, die ›Bücher der Weisheit‹ an seinen Auftraggeber weitergegeben hätte. Hätte *er* sie gefunden, er hätte sich selbst ihres Inhalts bedient und die Neun Unsichtbaren verlacht, weil einer von ihnen ausgerechnet ihn, den größten unter allen Betrügern, mit dieser Aufgabe betraute.

Die Neun Unsichtbaren machten nicht mehr von sich reden. Zwar brachte es jeder auf seinem Gebiet zu Ruhm und Ehre, aber als Gemeinschaft hatten sie ihre Aufgabe verloren. Betrachtet man das Schicksal jener drei ›Unsichtbaren‹, deren Zugehörigkeit zu dem Geheimbund außer Frage steht, so bestätigen sie meine Bedenken, ob es nicht besser ist, dass die ›Bücher der Weisheit‹ ein für allemal aus dem Gedächtnis der Menschheit verschwunden sind. Der Große Rudolfo fiel einem Attentat zum Opfer. Der kerngesunde Abt Trithemius erlag innerhalb weniger Tage einem rätselhaften Leiden. Und Papst Clemens schied nach nur zehnmonatigem Pontifikat auf der Reise nach Rom aus dem Leben. Es scheint, als hätte ein Fluch über den geheimen Büchern gelegen und als wären sie eher geeignet gewesen, die Welt zu zerstören, als uns Menschen bessere Zeiten angedeihen zu lassen.

Was die Frau des Seiltänzers betrifft, will ich nicht verschweigen, dass ich Magdalena verehrt, ja, heimlich geliebt habe. Aber ich war nun einmal kein berühmter Seiltänzer wie der Große Rudolfo. Auch fehlte es mir an der Geschäftstüchtigkeit des Fugger-Gesandten Matthäus Schwarz.

Dass meine äußere Erscheinung beiden unterlegen war, steht außer Frage – obwohl die Erfahrung lehrt, dass gerade die schönsten Frauen von Männern, die von der Natur benachteiligt wurden, eher angezogen werden als umgekehrt.

Die Ursache dafür ist wohl ein Naturgesetz wie das der zwei Magneten, deren gleiche Pole sich abstoßen, während die ungleichen sich anziehen. Bei mir kam dieses Gesetz wohl nicht zum Tragen. Aber wer vermag schon gültige Aussagen über die Liebe zu machen? Das ist so unsinnig wie die Erforschung der Beweggründe menschlichen Handelns, das stets von unterschiedlichsten Motiven gelenkt wird.

Meine Leidenschaft als Geschichtenerzähler rührt wohl daher, dass Gaukler und Jahrmärkte eine magische Anziehungskraft auf mich ausüben. Das war nicht immer so. Vielleicht hege ich ja insgeheim die unsinnige Hoffnung, aus einem der Gauklerwagen könne eine Frau im grünen Kleid heraustreten, anmutig und selbstbewusst: Magdalena.

DIE FAKTEN

1525, von Mai bis September – das ist die Zeit, in der der Roman *»Die Frau des Seiltänzers«* spielt. Es ist die Zeit des ausgehenden Mittelalters und der Beginn der Renaissance. Aber auch die Zeit der Reformation und der blutigen Bauernkriege.

Nach Berichten alter Chroniken zogen in dieser Zeit vermehrt Gauklertruppen durch das Land, um das verängstigte Volk wieder aus den Häusern zu locken, vor allem entlang des Mains und seiner Nebenflüsse. Dort wurden die Kämpfe mit besonderer Härte und Grausamkeit geführt.

Auch in den Klöstern, die nirgends so zahlreich sind wie zwischen Bamberg und Mainz, herrschten unruhige Zeiten. Mönche und Nonnen lehnten sich gegen ihre Ordensoberen auf, weil sie ihre Tage oft gegen ihren Willen hinter den Klostermauern verbrachten. Und der römische Papst, die Kardinäle und Fürstbischöfe waren alles andere als Vorbilder für ein christliches Leben in Demut und Keuschheit. Sie führten öffentlich ein Lotterleben, dass Gott erbarm.

MAGDALENA, die Heldin des Romans, ist eine fiktive Figur. Eine Fiktion ist auch das Kloster SELIGENPFORTEN. Anders die Klöster EBERBACH und SANKT JAKOBUS in Würzburg. Letzteres wurde jedoch im Zweiten Weltkrieg zerstört.

Auch DER GROSSE RUDOLFO entsprang, wie alle Gaukler seiner Truppe, der Phantasie. Sie alle agieren jedoch in einem historischen Umfeld und mit bekannten Personen der Zeitgeschichte.

Da ist einmal der Bildhauer TILMAN RIEMENSCHNEI-DER, dem Magdalena in Würzburg begegnet. Er war 1520 bis 1521 sogar Bürgermeister seiner Heimatstadt, erlitt aber nach dem Bauernkrieg ein beklagenswertes Schicksal. Der Würzburger Fürstbischof ließ ihn als Parteigänger der Aufständischen foltern. Dabei wurden ihm die Hände zerschlagen. Nach 1525 konnte Riemenschneider nie mehr zum Meißel greifen. Er starb 1531 verbittert.

»Seine kurfürstliche Gnaden« ALBRECHT VON BRANDEN-BURG (1490–1545) ist eine historische Figur, die kein Autor besser erfinden könnte. Ab 1514 Erzbischof und Kurfürst in Mainz, ab 1518 Kardinal, hatte er Amt und Würden mit Geld erkauft, das er sich bei den Fuggern lieh. Darüber hinaus sagte man ihm einige kostspielige Leidenschaften nach: Kurfürst Albrecht sammelte, wie viele seiner Zeitgenossen, teure Reliquien. Er hatte viel übrig für schöne Frauen und für die Schönen Künste.

Was die Frauen betraf, lebte er mit ELISABETH SCHÜTZ, genannt »Leys«, in einem eheähnlichen Verhältnis, aus dem auch eine Tochter hervorging, die er mit seinem Sekretär JOACHIM KIRCHNER verheiratete. Als der »erlauchte Fürst« von »Leys« genug hatte, wandte er sich der reichen Frankfurter Witwe AG-NES PLESS, geborene Strauß, zu. Die wiederum machte er nach ein paar Jahren zur Äbtissin eines Klosters, das er im Aschaffenburger Schöntal für sie errichtete.

Die Maler ALBRECHT DÜRER und MATTHIAS GRÜ-NEWALD, vor allem aber LUCAS CRANACH DER ÄLTERE wurden von Kurfürst Albrecht mit Aufträgen überhäuft. Cranach-Porträts zeigen Albrecht als hl. Hieronymus oder zusammen mit seiner Geliebten als heiligen Martin und heilige Ursula. Auf einem anderen Cranach-Gemälde erscheint »Leys« als die Ehebrecherin aus dem Johannesevangelium.

Dass MATTHÄUS SCHWARZ (1497–1574), der Oberbuchhalter der Augsburger Fugger, bei Albrecht von Brandenburg Schulden eintreiben musste, steht außer Frage. Allerdings sind die näheren Umstände, wie er dieser Aufgabe nachkam, nicht überliefert. Eine Liebelei wie die mit der »Frau des Seiltänzers« liegt jedenfalls durchaus im Bereich des Möglichen.

Das Leben des Schwarzkünstlers und Horoskopstellers DOKTOR JOHANNES FAUST (um 1480–um 1536) ist ebenso voller Rätsel wie sein Geburts- und Sterbedatum. Sogar sein Vorname Johannes ist vermutlich falsch. Wahrscheinlich hieß Faust Georg. Und Goethe, der ihm die bedeutendste Dichtung in deutscher Sprache widmete, nannte ihn gar Heinrich. Goethe war übrigens nicht der Erste und nicht der Einzige, der sich Faust als Vorbild für eine literarische Aufarbeitung nahm. Erste dichterische Versuche gehen bis auf das Jahr 1575 zurück. Und so findet sich Faust auch in diesem Buch als Verkörperung des Bösen und Unheimlichen.

Als erwiesen gilt, dass Faust sich nach 1520 in Bamberg aufhielt und dem Bischof WEIGAND VON REDNITZ, der 1522 bis 1556 auf dem Domberg residierte, für zehn Gulden ein Horoskop erstellte. Dann verliert sich seine Spur, und er taucht erst 1528 in Ingolstadt und 1532 in Nürnberg wieder auf.

Nicht weniger sagenumwoben ist die Person des JOHANNES TRITHEMIUS (1462–1516). Der gelehrte Benediktinermönch und Okkultist machte sich weniger als Abt des Klosters St. Jakobus in Würzburg einen Namen als mit seinen zahlreichen Schriften über Magie, Nigromantie (Wahrsagerei mit teuflischer Unterstützung) und Steganographie (Geheimschreibekunst). Allzu gerne umgab er sich mit dem Nimbus des Unheimlichen und erntete damit sogar in höchsten Kreisen Anerkennung. So soll er für Kaiser Maximilian im Jahre 1482 ein makabres Schauspiel inszeniert haben, bei dem des Kaisers verstorbene Gemahlin Maria von Burgund als Geist erschien – vermutlich mit Hilfe der Projektion einer Camera obscura.

Seine Werke über die Geheimschreibekunst in lateinischer Sprache fanden Beachtung und Zuspruch weit über die deutschen Grenzen hinaus. Trithemius gilt als Erfinder der *Tabula recta* (lat.: quadratische Tafel), einer Schriftverschlüsselungsmethode, die für den

Uneingeweihten trotz verblüffender Einfachheit nicht zu knacken ist.

Die rechts abgebildete *Tabula recta* ist eine Chiffriertafel in moderner Form und mag manchen Leser zur praktischen Anwendung verleiten. Diese »progressive Chiffrierung« fand sogar noch im Zweiten Weltkrieg Anwendung. Zu beachten ist, dass das mittelalterliche Alphabet nicht 26, sondern nur 24 Buchstaben hatte. J und V waren gleich mit I und U. Außerdem endete das frühe Alphabet nicht mit U-V-W-X-Y-Z, sondern U-X-Y-Z-W.

Bei der nachfolgenden modernen *Tabula recta* wird bei *einfachster Chiffrierung* des Wortes BROT folgendermaßen vorgegangen:

Man nimmt aus der ersten waagrechten Zeile das B, aus der zweiten Zeile das R, über dem jedoch oben das Q steht, aus der dritten Zeile das O, über dem in der ersten Zeile das M steht, aus der vierten Zeile das T, über dem oben das Q steht. Aus BROT wird so BQMQ.

Durch die Verschiebung des Alphabets in jeder Zeile um einen Buchstaben kann in der Chiffre derselbe Buchstabe (hier das Q) einmal für R und einmal für T stehen. Bei der Dechiffrierung geht man in umgekehrter Reihenfolge zu Werke (vgl. Abb. rechts).

Die Spurensuche nach Johannes Trithemius gestaltet sich äußerst schwierig, weil das Würzburger Benediktinerkloster nicht mehr existiert. Es wurde 1803 aufgelöst und hatte seither eine wechselvolle Geschichte als Garnisonslazarett, Militärmagazin und seit 1804 als Garnisonskirche. Die Bomben des Zweiten Weltkriegs zerstörten es ganz.

Gerettet wurde das Epitaph, das Tilman Riemenschneider für Abt Trithemius schuf. Es ist heute im Neumünster neben dem Dom untergebracht und birgt mehr als nur ein Geheimnis. Dieses Epitaph lieferte die Idee und die Vorlage für das Buch »*Die Frau des Seiltänzers*«.

Dem aufmerksamen Betrachter entgeht nicht der im oberen Fünftel des Gedenksteins abgetrennte Rundbogen. Die symme-

A	B	C	D	E	F	G	H	I	J	K	L	M	N	O	P	Q	R	S	T	U	V	W	X	Y	Z
B	C	D	E	F	G	H	I	J	K	L	M	N	O	P	Q	R	S	T	U	V	W	X	Y	Z	A
C	D	E	F	G	H	I	J	K	L	M	N	O	P	Q	R	S	T	U	V	W	X	Y	Z	A	B
D	E	F	G	H	I	J	K	L	M	N	O	P	Q	R	S	T	U	V	W	X	Y	Z	A	B	C
E	F	G	H	I	J	K	L	M	N	O	P	Q	R	S	T	U	V	W	X	Y	Z	A	B	C	D
F	G	H	I	J	K	L	M	N	O	P	Q	R	S	T	U	V	W	X	Y	Z	A	B	C	D	E
G	H	I	J	K	L	M	N	O	P	Q	R	S	T	U	V	W	X	Y	Z	A	B	C	D	E	F
H	I	J	K	L	M	N	O	P	Q	R	S	T	U	V	W	X	Y	Z	A	B	C	D	E	F	G
I	J	K	L	M	N	O	P	Q	R	S	T	U	V	W	X	Y	Z	A	B	C	D	E	F	G	H
J	K	L	M	N	O	P	Q	R	S	T	U	V	W	X	Y	Z	A	B	C	D	E	F	G	H	I
K	L	M	N	O	P	Q	R	S	T	U	V	W	X	Y	Z	A	B	C	D	E	F	G	H	I	J
L	M	N	O	P	Q	R	S	T	U	V	W	X	Y	Z	A	B	C	D	E	F	G	H	I	J	K
M	N	O	P	Q	R	S	T	U	V	W	X	Y	Z	A	B	C	D	E	F	G	H	I	J	K	L
N	O	P	Q	R	S	T	U	V	W	X	Y	Z	A	B	C	D	E	F	G	H	I	J	K	L	M
O	P	Q	R	S	T	U	V	W	X	Y	Z	A	B	C	D	E	F	G	H	I	J	K	L	M	N
P	Q	R	S	T	U	V	W	X	Y	Z	A	B	C	D	E	F	G	H	I	J	K	L	M	N	O
Q	R	S	T	U	V	W	X	Y	Z	A	B	C	D	E	F	G	H	I	J	K	L	M	N	O	P
R	S	T	U	V	W	X	Y	Z	A	B	C	D	E	F	G	H	I	J	K	L	M	N	O	P	Q
S	T	U	V	W	X	Y	Z	A	B	C	D	E	F	G	H	I	J	K	L	M	N	O	P	Q	R
T	U	V	W	X	Y	Z	A	B	C	D	E	F	G	H	I	J	K	L	M	N	O	P	Q	R	S
U	V	W	X	Y	Z	A	B	C	D	E	F	G	H	I	J	K	L	M	N	O	P	Q	R	S	T
V	W	X	Y	Z	A	B	C	D	E	F	G	H	I	J	K	L	M	N	O	P	Q	R	S	T	U
W	X	Y	Z	A	B	C	D	E	F	G	H	I	J	K	L	M	N	O	P	Q	R	S	T	U	V
X	Y	Z	A	B	C	D	E	F	G	H	I	J	K	L	M	N	O	P	Q	R	S	T	U	V	W
Y	Z	A	B	C	D	E	F	G	H	I	J	K	L	M	N	O	P	Q	R	S	T	U	V	W	X
Z	A	B	C	D	E	F	G	H	I	J	K	L	M	N	O	P	Q	R	S	T	U	V	W	X	Y

Abb.: *Tabula recta* nach Johannes Trithemius

trisch umlaufende, aus dem Zusammenhang gerissene Umschrift »der verehrungswürdige Vater + Herr Johannes Trithemius« scheint anstelle eines früheren Rundbogens aufgesetzt. Wie aber lautete die ursprüngliche Inschrift? Und warum wurde sie entfernt?

Zudem ist der seltsame, unnatürliche Faltenwurf des Gewandes auf Trithemius' Brust eines bedeutenden Bildhauers wie Riemenschneider unwürdig. Man gewinnt den Eindruck, als wollte der Künstler oder sein Auftraggeber, der Abt, mit der ungewöhnlichen Linienführung auf etwas hinweisen. Etwa auf den Zusammenfluss dreier Flüsse?

Und da ist noch das aufgeschlagene Buch, welches Trithemius gegen den Leib presst, als wollte er vermeiden, dass jemand von seinem Inhalt Kenntnis nimmt. Die profanen Buchbeschläge tragen keinen Hinweis auf ein christliches Symbol, wie man ihn auf Bibeln, Evangeliaren oder Missalen aus der Zeit finden kann. Was also will der Abt geheim halten?

Zufall oder nicht? Nur eine Tagesreise von Würzburg entfernt, im Bamberger Dom, finden wir an versteckter Stelle den gleichen bildlichen Hinweis auf den Zusammenfluss dreier Flüsse: auf dem Sarkophag PAPST CLEMENS II. (1046/1047). Der dem sächsischen Adel entstammende Papst wurde auf eigenen Wunsch als einziger Nachfolger Petri nördlich der Alpen bestattet. Bamberg hatte er deshalb als letzte Ruhestätte ausgewählt, weil er hier als Siudger das Bischofsamt bekleidete.

Der eher schmucklose, einem Papst unangemessene Sarkophag wird derzeit aus unerfindlichen Gründen hinter einem pompösen Bischofsstuhl im Westchor des Doms versteckt, unzugänglich für die Öffentlichkeit. Seine kniehohen Reliefs geben nicht weniger Rätsel auf als das Trithemius-Epitaph.

Bis heute fanden zwei der Reliefs keine einleuchtende Erklärung: Ein nackter Jüngling in Hockstellung zeigt auf drei Rinnsale, Bäche oder Flüsse, die sich zu einem vereinen. Ist dies der gleiche Hinweis wie jener auf dem Epitaph von Abt Trithemius?

Es gibt nur zwei Städte in Deutschland, in deren Umkreis drei Flüsse zusammenfließen: Passau und Bamberg. Mit Passau haben weder Papst Clemens II. noch Abt Trithemius etwas zu tun. Bleibt Bamberg. Zumal ein weiteres Relief auf dem Papst-Sarkophag, vielfach gedeutet als Clemens auf dem Totenbett, Zweifler nachdenklich stimmen sollte: Man sieht einen lachenden Clemens, kenntlich an seiner Papsthaube, den Kopf lässig auf den rechten Arm gestützt, auf einem schlichten Bett, mit seinem linken Zeigefinger unter das Bett deutend. Hinter ihm ein lachender Engel, mit der rechten Hand gestikulierend. Man könnte meinen, die beiden freuten sich, dass niemand etwas von ihrem Versteck weiß.

Aber was verbarg Papst Clemens II. in seinem Sarkophag? Etwa die ›Bücher der Weisheit‹ mit Jahrtausende alten wissenschaftlichen Erkenntnissen?

In alten Chroniken und Inkunabeln, vor allem solchen, die sich mit Okkultismus und Magie beschäftigten, tauchen Hinweise auf Handschriften und Bücher ähnlichen Inhalts auf; doch wurde bisher keines dieser Bücher gefunden. Auch Hinweise auf die Hüter solcher Schriften konnten nie verifiziert werden – was allerdings kein Beweis dafür ist, dass es sie nie gegeben hat.

Was aber, wenn sie vor langer Zeit, im ausgehenden Mittelalter, durch Zufall, glückliche oder unglückliche Umstände entdeckt wurden? Wenn ERASMUS VON ROTTERDAM (1466–1536), PIETRO ARETINO (1492–1556), NIKOLAUS KOPERNIKUS (1473–1543), NICCOLO MACHIAVELLI (1469–1527), AGRIPPA VON NETTESHEIM (1486–1535), PARACELSUS (1493–1541), NOSTRADAMUS (1503–1566) und MATTHIAS GRÜNEWALD (1470–1528) die Aufgabe übernommen hätten, diese Bücher zu bewahren. Und was, wenn ausgerechnet ein Gaukler, ein Seiltänzer noch dazu, der sich in eine Novizin verliebt, als Einziger das Versteck gekannt hätte?

Philipp Vandenberg ließ der Gedanke nicht los, und er begann mit umfangreichen Recherchen. Dies ist das Ergebnis seiner Phantasie.

Die Waringham-Saga geht weiter!

Rebecca Gablé
DER DUNKLE THRON
Historischer Roman
960 Seiten
ISBN 978-3-431-03840-8

London 1529: Nach dem Tod seines Vaters erbt der vierzehnjährige Nick of Waringham eine heruntergewirtschaftete Baronie – und den unversöhnlichen Groll des Königs Henry VIII. Dieser will sich von der katholischen Kirche lossagen, um sich von der Königin scheiden zu lassen. Bald sind die „Papisten", unter ihnen auch Henrys Tochter Mary, ihres Lebens nicht mehr sicher. Doch in den Wirren der Reformation setzen die Engländer ihre Hoffnungen auf Mary, und Nick schmiedet einen waghalsigen Plan, um die Prinzessin vor ihrem größten Feind zu beschützen: ihrem eigenen Vater …

Lübbe Ehrenwirth

»Es werden Zeiten kommen, die alles verändern – und ihr, meine Kinder, werdet die Bürde tragen müssen!«

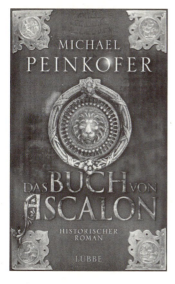

Michael Peinkofer
DAS BUCH VON ASCALON
Historischer Roman
ISBN 978-3-7857-2432-3

Köln, 1096. Unzählige Kreuzfahrer nutzen die Stadt als Durchgangsstation. Immer wieder gibt es Übergriffe gegen die jüdische Bevölkerung. Schließlich wird der Kaufmann Isaac beauftragt, den wertvollsten Besitz der Gemeinde zurück ins Gelobte Land zu bringen: das *Buch von Ascalon*. Zusammen mit seiner Tochter Chaya macht er sich auf den gefährlichen Weg. Dabei begegnen sie dem jungen Dieb Con, der um eine große Verschwörung gegen den englischen Thron weiß, und einem armenischen Gelehrten, der ganz eigene Ziele mit dem mysteriösen Buch verfolgt. In Jerusalem soll sich ihrer aller Schicksal erfüllen ...

Lübbe Hardcover